U0899449

ULYSSES

尤利西斯

〔爱尔兰〕詹姆斯·乔伊斯——著

萧乾 文洁若——译

果麦文化 出品

《尤利西斯》导读

被兰登书屋评为“二十世纪百佳英文小说”第一名的《尤利西斯》身载了诸多传言，其中之一就是这是一部让人望而生畏的“天书”，即使打开也很难往下读。但是，也有这样一种说法，即只要读了八十页还没放弃，你就能读完且有可能读懂这部“天书”。事实上，把《尤利西斯》读完了的人，最终都不得不承认这是一部杰作。梁文道就曾说，这本书他读了快三十年也没读完，但到读完时，就只能感叹“《尤利西斯》之后，再也没有事情是小说做不到的了”。这也许是因为乔伊斯在这部作品中，把日常生活的方方面面都毫无保留地写了出来，并赋予了它们诗的质感和深度。其实，《尤利西斯》并不是一本旨在刁难读者或只为研究者创作的“天书”，当代爱尔兰著名学者迪克兰·基伯德（Declan Kiberd）就将其称为“对普通人的日常琐事现实的礼赞”。这里说的普通人不只是爱尔兰人，也是我们每一个人。乔伊斯用这部作品表现了日常生活，揭示出常常被我们忽视的意义和价值，也开启了欧洲现代文学的新篇章。

一

一位我敬重的学者曾说，只要读懂两个人，就可以读通英国文学了，一个是莎士比亚，另一个是乔伊斯。这句话无疑会引起争议，细思却不无道理：读懂莎士比亚，英国古典文学的思想和语言就基本明白了；读懂乔伊斯，看英国当代文学也会有一种豁然开朗的感觉，读不少欧洲现代主义和后现代主义文学作品，也能比较轻松了。

不算各种外围作品，一般公认莎士比亚有三十九部戏剧、两首长诗和一百五十四首十四行诗。相比之下，乔伊斯正式出版的只有两部诗集（共四十九首）、四部小说和一部戏剧，而且诗歌和戏剧在各自的体裁领域影响不大，因此需要精读和深悟的不过四部小说，其中《尤利西斯》无疑起着牵一发而动全身的核心作用。从这个意义上说，《尤利西斯》不但是阅读欧洲现当代文学不可或缺的作品，而且是打开这一领域的“万能钥匙”。

乔伊斯本人的诗歌和戏剧虽然不算杰作，但他却影响了现代主义的诗歌和戏剧。艾略特的《荒原》被称作“现代诗歌的里程碑”，有人称该诗模仿了《尤利西斯》，至少在结构上非常相似。贝克特的《等待戈多》是现代戏剧的经典，自从两个流浪汉在光秃秃的舞台上等待一个永远不会到来的人之后，现代戏剧再也无法像原来那样了。而贝克特年轻时曾追随乔伊斯，像学徒一样替他抄写、打杂，乔伊斯的女儿露西亚甚至爱上了贝克特。可见，乔伊斯的语言不但使现代小说焕然一新，也改变了现代诗歌和戏剧，并为二十世纪及其后的文学树立了新的传统。

乔伊斯之所以能够取得如此大的成就，一是因为他可以当之无愧地说将一生完完全全奉献给了文学创作。乔伊斯出生在英国殖民统治下的爱尔兰，当时的爱尔兰正如“五四”时期的中国，一边争取民族的独立，一边复兴本民族的文学和文化，即叶芝等人领导的爱尔兰文艺复兴运动。虽然乔伊斯对这一运动不甚认同，最终远走海外，汇入同样如火如荼的世界现代主义文学运动，但是，正是当时爱尔兰逼仄的生存空间和浓郁的文学氛围，让文学成了他想象人生和自我实现的主要场所。乔伊斯也确实有这个能力。他从小学起就表现出了过人的写作天分，也有在保守的爱尔兰力排众议推崇拜伦和易卜生的深刻的文学品位。此外，他对生活细节有着过人的记忆力，这个记忆力又因勤奋而更为突出——

他的家中并没有多少家具，却有大量的书籍和成箱的卡片笔记。乔伊斯一生中只短暂尝试过学医、办剧团、开影院，也做过几个月银行职员，但是都匆匆放弃，甚至在学校教书也未能持久，很快就变成了家教，课上主要还是在谈自己的创作。他并未给妻子留下多少财产，儿女们也是自由成长，最终并无很大成就。一个天才用自己的一生来思考和创作，其作品的凝练和完美也就不难解释了。

更重要的是，乔伊斯从不重复自己，更不会沉湎于舒适领域。与他同时期的毛姆著述近百种，大都却只是较低水平的重复，乔伊斯的作品则都会在前一部的基础上有质的飞跃。他的四部小说（集）《都柏林人》《一个青年艺术家的画像》《尤利西斯》《芬尼根的守灵夜》，可以说完成了从现实主义到前现代主义到高端现代主义（high-modernism）和先锋派到后现代的逐次提升。而且，如果说前两部作品还只是在他人已有的风格上加以完善，那么后两部则完全是引领性的，不仅在无人之地开拓出了道路，而且直接就开拓出了已经成熟了的完美道路。在后两部百科全书式的作品中，乔伊斯用高度诗性的语言写长篇小说，对表述方式做出了全新反思，精准把握现代生活的脉搏又赋予其传统的厚重，对人性和存在有着全面深刻且具有宗教高度的思考。这其中任何一点都可以单独成就一部经典，而乔伊斯却有能力把它们完美地融入一部作品。也正因此，打开《尤利西斯》，也就看到了现代主义文学的语言风貌。

二

不过，正因为乔伊斯每部小说都是在前一部的基础上提升的，因此要读懂《尤利西斯》，首先需要读懂他的前期作品。乔伊斯的第一部短篇小说集《都柏林人》虽已成为欧美学校文学教程的常用选本，习惯了听故事的中国读者，却依然可能遇到一些困难。因为阅读乔伊斯，首先要习惯通过文学去认识人性和人生，而不是打发时间或者寻找心灵鸡汤。在乔伊斯这里，“真”是最高法则。而呈现那些在生活中被忽视的、尚未被表现过的真，呈现既有实体也有精神的真，也是文学应该追求的。和鲁迅的短篇小说类似，乔伊斯在《都柏林人》中，也写出了爱尔兰人的国民性。暴露了当地人社会生活和精神品格，折射出了中产阶级的普遍人性。与此同时，书中的象征手法、顿悟结构、虚构与现实的互指，都为传统的写实手法增添了新的维度，并将成为乔伊斯后面作品的基础手法。

如果说《都柏林人》是在探索社会，那么之后的《一个青年艺术家的画像》则开启了反思自我的前现代主题，这一过渡在《都柏林人》的最后一篇《死者》中已经有所呈现。《一个青年艺术家的画像》既开启了前现代作品关注绝对自我和艺术自由的主题，也继续了表现手法上的探索。日后将成为乔伊斯标志的“意识流”叙述手法，在这里得到正式呈现并逐渐走向成熟。这一手法包括视角（内聚焦）、结构（自由联想）、叙述（自由引语）和语言（碎片化语言）等一系列变化，熟悉了这种文体后再打开《尤利西斯》，难度会降低很多。事实上，现在已经没有人会特意去创作意识流小说了，但是随着文学重心从外部行为转入内心感受，意识流手法已经被打散、拆解，变成了当代欧美文学的常规叙述方式，在很多作品中都可以找到它们的影子，这也是欧美读者会比习惯现实主义叙述的中国读者更容易进入乔伊斯作品的原因。

不过，必须看到的是，《一个青年艺术家的画像》对叙述手法的实验并非只是为形式而形式，甚至也不只是为了现代主义在一般意义上的“求新”。乔伊斯在形式上的尝试只有两个目的，一是为了呼应主题，达到形式上的真实——意识流的叙述策略之所以如此，都是为了更真实地表现人类潜意识状态下意识的流动状态。其二，乔伊斯认识到了语言本身具有的表意能力，而这是超越了与他同时代的意识流小说家的。在罗兰·巴特用《零度写作》指出语言符号的独立表意功能之前三十多年，乔伊斯就认识到语言表述方式本身就是包含意义的，叙述风格并不只是作家的一种偏好，里面也包含着价值取向。比起内容层面上的说教，蕴于表述方式中的价值取向虽然无形，对读者的影响却更为深远。如果说乔伊斯在《一个青年艺术家的画像》中只是开始认识到这一问题，那么写作《尤利西斯》时，则有意识地对语言问题进行了大规模探讨和反思。因此，像阅读传统小说那样仅仅关注情节、主题乃至人物塑造是远远不够的,《尤利西斯》的思想还包含在它的叙述方式之中，这也是全书十八章之中包含有十余种不同叙述风格的原因。

三

现在，我们可以来看看《尤利西斯》的主题是什么，这也是让多数《尤利西斯》的读者感到困惑不解的问题。中学阶段的训练已经让我们习惯了去寻找一部作品的主题思想和艺术特色，寻找人与人之间的矛盾、冲突。但这些并不是乔伊斯关注的东西。打开《尤利西斯》之前，首先需要做的就是抛开这些习惯性期待，敞开自己，搁置评判，接受《尤利西斯》。因为乔伊斯已经颠覆了众多文学观念，目的就是帮助读者从习惯中解放出来，获得新的视野和思维方式。

用百度搜索“尤利西斯”可以看到，很多人依然在用批判现实主义的解读方式努力概括主题思想，比如“揭露殖民统治的罪恶，弘扬爱尔兰民族解放精神”“以驳斥反犹太主义为镜子，批判爱尔兰的精神瘫痪及欧洲的狭隘思想”等。国际乔学界在谈论《尤利西斯》时，也会用“主题”（theme）这个词，不过，研究者们倾向于认为全书十八章，每章都有自己不同的主题，也就是我们常说的内容。这也说明《尤利西斯》是无法用一两句话简单概括的，只读部分章节也无法概括出该书的全貌。当然，我们的确可以梳理出小说主人公的主要活动：广告推销员布卢姆因为猜到妻子摩莉下午将在家中与情人幽会，工作之余依然在都柏林城中游荡，偶遇当天早晨因与室友冲突而决心另找住处的大学毕业生斯蒂芬，并把他带回家中小坐。斯蒂芬离开后摩莉因布卢姆的上床入寝醒来，回想着她与众多情人的经历，最终认识到她与布卢姆的爱。作为现代版的《奥德修纪》，小说表现了现代人对精神家园的寻找和回归。这确实是《尤利西斯》的一个重要主题，但并不是全部。

《尤利西斯》的一个独特之处，正是在于全书十八章每章既可以单独成篇，又被主人公的漫游路线串联在了一起。当年为了帮助困惑不解的读者，乔伊斯曾经告诉朋友斯图亚特·吉尔伯特各章的主要意象和技巧，后被吉尔伯特整理成表格，放入1952年出版的《詹姆斯·乔伊斯的〈尤利西斯〉》一书中。从该表可以看出，小说每章的空间、时间、器官意象、学科、颜色、象征以及叙述技巧都各不相同，彼此之间与其说是连续，不如说是各自为政的。这意味着，十八章有十八个不同的叙述，每种叙述所要达到的目标也是不一样的。

与此同时，它们又因为人物、意象等的呼应连成一体，形成了更大的叙述场。例如在第八章的开头，布卢姆从一位基督教青年会修士的手中接过一张关于以利亚将临的传单，他把它揉成一团扔进了利菲河。到了第十章，这团纸在两小时后出现在斯蒂芬弟妹们的场景中，很快又随着河水流入了克南先生的场景、海恩斯的场景、克雷尔的场景……直到第十二章布卢姆的形象与以利亚重合的时候，读者才意识到这张传单不仅是纳博科夫推崇的“标志时间流逝的工具”，也与主人公的主题存在隐喻对应的关系。又如早晨八点，都柏林的天空飘过一朵云。第一章中，这朵云影响了站在马铁洛塔楼上看海的斯蒂芬的情绪，到了第四章中，出门买早餐的布卢姆也看到了它。斯蒂芬与布卢姆对同一朵云的不同反应之下，显示出的是两人不同的性格特征和思想模式。类似的呼应意象，《尤利西斯》中还有很多，正是它们把不同的章节不动声色地连在了一起。这也要求《尤利西斯》的读者在情节之外，也要留心细节，唯有如此才可能读出全书的奥秘。

呼应意象中最引人关注的，不外乎神秘的穿胶布雨衣的人。此人最初出现的场景是上午十一点迪格纳穆的葬礼，下午三点他又出现在下蒙特街上，边啃着没有抹黄油的面包，边从总督的车马前面穿过，

“没磕也没碰着”。晚上十点，布卢姆与医科学生们走在路上时，这个神秘人物再度出现，甚至被猜测是不是鬼魂。关于这一人物，布卢姆在第六章中提出了询问，在第十一章中做出了猜测，第十二、十三章中又产生了联想；第十六章中，他直接作为“穿胶布雨衣的人”出现在报纸的报道之中，到了第十七章，又作为谜题被提了出来……这些呼应性叙述一次次唤起读者的记忆和好奇，并以一种新的方式把小说各个章节联系了起来。虽然在《尤利西斯》第十五章布卢姆的狂想中，穿胶布雨衣的人化身为布卢姆的祖父维拉格，但直到小说结束，他的身份也未确定。在传统小说中，这种身份成谜的人物是永远不会出现的。斯图尔特·吉尔伯特认为这个人物的原型是乔伊斯的父亲约翰·乔伊斯任收税官时的同事W. 韦瑟厄普，但是并无足够依据；有研究者认为这个人其实就是布卢姆，因为书中不断提到他的雨衣；还有人认为这是乔伊斯把自己神秘地放入了作品之中……总之，这一人物形象既出现在他所属的群体画像之中，又像报幕人一样穿梭于不同场次，并在幕布上投下自己的身影，营造出了一种时空穿梭般的多维感。

这正是乔伊斯叙述的奇妙之一——我们不用像阅读故事那样一口气读完《尤利西斯》，而是可以把各章拆开来读。但是，为了获得更好的理解，读者依然需要把十八个章节像拼拼图一样地阅读完成。之后，一幅现代都市生活的全景图、一幅现代人精神世界的全景图就会浮现出来，此种博大恢弘是传统的单篇小说无法达到的。

四

不过，阅读《尤利西斯》，整体上还需要理解一些贯穿全篇的主题和表现内容。我将其概括为两对看似悖论的张力：一对是作品的先锋现代性与古典传统性之间的张力，另一对是作品的都市社会性与个人传记性之间的张力。

乔伊斯虽然是爱尔兰人，但从1904年起就生活在欧洲大陆了。

二十二岁到三十三岁（1904-1915）之间，他主要在意大利的的里雅斯特生活和工作。第一次世界大战时期（1915-1920），乔伊斯移居至中立国瑞士的苏黎世，三十八岁起定居巴黎二十年。只在去世前一年、五十九岁生日即将来临之际（1940年十二月中旬），乔伊斯才因为第二次世界大战再次移居苏黎世，但是一个月后就去世了。

现在说到的里雅斯特人们往往感到很陌生，但在二十世纪初，作为里维埃拉的主要港口，的里雅斯特是一个繁忙的国际化大都市，经常有艺术家和哲学家光顾，除了乔伊斯，还有伊塔洛·斯韦沃、弗洛伊德、德拉戈汀·凯特、伊万·参卡尔、西皮奥·斯拉塔佩尔、翁贝托·萨巴等。直到今天，维也纳风格的建筑和咖啡馆仍然遍布这座城市的大街小巷。直到1920年意大利正式吞并的里雅斯特，城中的斯洛文尼亚族群遭到法西斯主义的迫害后，该城的重要性才逐渐降低。

对乔伊斯更重要的，是他在苏黎世和巴黎生活的时期。1915年秋季，乔伊斯移居苏黎世时，流亡苏黎世的罗马尼亚人查拉、法国人阿尔普以及另外两个德国人在伏尔泰酒店组织了名为“达达”的文学团体。1919年他们又到法国巴黎组织了“达达”集团，之后巴黎就成了达达主义流派的基地，布洛东、阿拉贡、苏波、艾吕雅、皮卡比亚等都参加了达达的活动，而乔伊斯也于一年之后定居巴黎。虽然达达激进挑衅的文学姿态引来社会的不满，达达主义流派的成员也在1923年举行最后一次集合后宣告解散，许多成员转向了超现实主义。但不可否认的是，达达主义作为先锋艺术的主力，用它的行为艺术制造了当时欧洲现代文化的主要景观，搅动了当时的生活，即使反应一开始是负面的，却无人可以无视。巴黎的一些大学生就曾把象征“达达”的纸人扔进塞纳河“淹死”，以表达对达达主义的憎恨。达达主义否定一切的姿态和先锋激进的表现形式，确实让很多人难以接受。

达达主义者们在苏黎世开始以及后来转战巴黎的时间，差不多与乔伊斯是同步的。因此，乔伊斯本人虽然并未参与运动，《尤利西斯》却是在达达主义的文化氛围之中创作出来的。乔伊斯于1914年正式开始创作《尤利西斯》，前几章以意识流手法为主，但是从第七章开始，乔伊斯开始对更多的文体和叙述手法进行尝试，第十章中更是出现了文体狂想的大爆发，之后的每一章也都是打破叙述想象的过程，已非意识流手法所能涵盖。《尤利西斯》第七章的创作始于1917年，到1921年《小评论》的两位编辑被纽约防范罪恶学会起诉，乔伊斯已经完成了前十六章。也就是说，《小评论》连载的三年，正是《尤利西斯》创作的高峰期，完成了第七章到第十六章的内容，而这十章也是文体越来越自由挥洒，越来越肆意实验的阶段。既巧合又必然的是，1917年到1921年这段时间，也正是乔伊斯在苏黎世见证达达主义的诞生，然后又继达达主义之后移居巴黎，见证了达达主义走向高潮的时期。即便乔伊斯未与查拉等达达主义代表人物有直接接触，达达主义作为一个广受争议的高度行为主义的艺术团体，被当时的媒体连篇累牍地报道，与他们同在一城的乔伊斯就算慢热，三年时间也足以让他熟悉达达主义冲破一切束缚、探索一切艺术表现的可能性这一艺术理念了。可以说从达达主义开始，西方的文学和艺术观念的范式已经被彻底改变了，而《尤利西斯》的前后部分不同的文体风格正体现了这一叙述范式的转变。

达达主义只是先锋文学运动中影响乔伊斯的众多因素之一。苏黎世和巴黎在当时可谓世界文化的中心，它们给包括乔伊斯在内的众多艺术家带来的，是整个艺术观念的改变。当时，即便远在美国的作家如海明威、菲茨杰拉德等，都要赶赴巴黎接受洗礼。这个洗礼的过程，就是创作风格发生剧变、进入全新境界的过程。评论很少强调作家创作风格的不同阶段，至多把这种变化理解为一个连续的、逐渐深入的过程，很少会像理解画家风格的不同阶段那样，承认同一位作家可以在不同阶段，从艺术观念到艺术手法都发生本质性的转变。梵高在荷兰时绘画以写实为主，1886年来到巴黎，结识印象派和新印象派画家，接触日本浮世绘作品后，画风巨变，被后世推崇的风格到了此时才开始形成，因此他的绘画常被分为荷兰时期、巴黎时期、巴黎后时期三个阶段。虽然梵高的画作在荷兰时期已经极具功力，但若没有巴黎时期开始的华丽转身和巴黎后时期的凤凰涅槃，他是无法取得今天的国际巅峰的地位的。乔伊斯同样如此。他的《都柏林人》虽然使用了象征等现代技巧，但也主要以传统的批判现实主义文学手法和观念为依托，创作目的也是批判社会；《一个青年艺术家的画像》虽然使用了意识流小说的内部聚焦和自由联想，但是仍与传统叙述夹杂在一起。而正是在苏黎世和巴黎的洗礼下，《尤利西斯》不仅达到了现代主义的巅峰，而且呈现出先锋艺术的很多特征。或许有人会说先锋派在时间上比乔伊斯一般被归入的高端现代主义发生得早，但是两者可以说是两条不同的艺术方向，高端现代主义是象征派开启的现代主义的成熟发展，先锋派则可以说是后现代的先驱。事实上正因为《尤利西斯》中也包含着先锋性，之后的《芬尼根的守灵夜》才会最终走向后现代，被视为后现代的鼻祖。

不过，乔伊斯比彻底抛弃传统的达达主义更伟大也因此能够更持久的地方，也是他会被归入高端现代主义的原因之一，是他在像达达一样拥抱未来和创新的同时，又把自己的艺术深深植入传统的土壤。是他开启了传统与现代的结合方式，他和艾略特也正是在这一点上达成共识，那就是艾略特所说的“平行线结构”，简单地说就是奥德修斯在古希腊世界的漂泊与《尤利西斯》中布卢姆在二十世纪都柏林这一现代都市的漂泊平行且呼应。两者在人物、事件和意象上的呼应人们已经说得很多，这里不再赘述。得指出的是，《尤利西斯》中的呼应不只这些，他还通过象征、用典、戏仿等各种手法，把比如但丁的《神曲》、莎士比亚的《哈姆莱特》，以及不可胜数的历史、宗教、文学、民谣等典故融入小说，表面看是卖弄学识，或者形成了当代所推崇的“百科全书体”，但本质上，这一结构体现的是集体无意识和原型理论这些现代生命观，通过让《尤利西斯》在描写现代人的都市流浪的同时，也将其变成记忆的“奥德修纪”，从而改变了达达主义因一味求新而流于轻薄的缺陷，为现代存在揭示了它的纵深的时间维度，赋予了它历史的厚重感。而这种打破过去、现在与未来的时间观念，又正与提出意识流这个概念的法国哲学家柏格森的时间观不谋而合，或者更确切地说，正是因为文学发展到了意识流这一阶段，过去、现在和未来才可能在文本中紧密交织，现代与传统才可能有机地融合在个体的生命之中，因为意识的联想是不受时空的限制的。

五

乔伊斯的作品具有高度的自传性，这一点已经得到公认。虽然《一个青年艺术家的画像》对主人公斯蒂芬·迪达勒斯不无嘲讽，而不像未正式出版的《英雄斯蒂芬》，有着更符合常情的自我美化，但《一个青年艺术家的画像》和《尤利西斯》中的斯蒂芬都是以作者本人为原型加工而成，这一点已经毫无疑问了。至于《尤利西斯》中布卢姆和摩莉的原型是乔伊斯自己和妻子诺拉，还是像他在1906年写给弟弟斯坦尼斯劳斯的信中透露的那样，是受都柏林一位叫亨特的犹太人的启发，已经无法考证了。因为从布卢姆开始，乔伊斯笔下的主人公与之前相比，有了更多的艺术加工。布卢姆对被背叛的疑惧、摩莉的性欲及其不加标点的叙述风格，都有乔伊斯和诺拉的影子。不难看出，乔伊斯后期作品中的人物形象是多个原型的融合、加工和升华，更符合艺术创造的原则。这也表明《尤利西斯》和《芬尼根的守灵夜》较之前作品有着本质性的飞跃，乔伊斯的创作已经进入了一个全新的阶段。

乔伊斯后期的作品依然被公认为具有高度自传性，一是因为他仍将年轻时的自己投射在了作品之中。《尤利西斯》中的斯蒂芬和《芬尼根的守灵夜》中的山姆身上，都有他本人的影子。更重要的是，这两部作品的背景，依然是他的家乡都柏林——他不仅是在写自己，也是在为都柏林作传。其实，乔伊斯在二十二岁之后，就没怎么回过家乡了，但他却以照相机般的精细，准确复原了都柏林二十世纪二十年代初的城市风貌。用他自己的话说，如果都柏林城毁灭了，人们可以根据《尤利西斯》将其复原。值得注意的是，被乔伊斯准确记入书中的，不只有物理景观，还有当时发生的事件。1904年六月十六日那天的赛马、报纸和总督出行等等，都在小说中有所展示，这也补充了只记载大事的官方城市史。此外，乔伊斯笔下的都柏林，不只有砖石建筑而成的城市空间，还有由当天的市民活动组成的时间。在这个意义上，说《尤利西斯》是都柏林传也不为过。事实上，这是文学史上首部为一座城市作日常生活传记的小说，其中丰富而精准的细节，让都柏林真正在文字中获得了鲜活的生命。反过来，《尤利西斯》也在影响着这座城市。现在的都柏林，用各种活动、建筑、影像、文字，将《尤利西斯》融入自己城市的血肉之中，并将乔伊斯视为永恒的勋章。我们今天去都柏林旅游，不仅需要普通的导览地图，最好也得有《尤利西斯》这本文学的地图。

乔伊斯在都柏林生活的时候，全城包括郊区人口不过40.44万，而那时印度的加尔各答就已经有上百万人口。即使如此，那一年的《爱尔兰时报》仍不无自豪地称都柏林为大英帝国的第二大城市。这是因为当时欧洲城市的规模普遍不大，在此背景下，四十多万人口的都柏林，就不只是城市，而可以称之为都市了。乔伊斯在短篇小说《两个浪子》中，也对都柏林做过这样的称呼。尽管与今天相比，当时的“都市”不过是一座小城，但对于那些习惯了人口稀少、宁静亲密的村镇生活的人来说，这一生活密度带来的变化，已经足以让他们震惊了。二十世纪盛行一时的未来主义，一定程度上就是应工业时代和都市社会而生，探索表现这一新生活的文学形式的。与这一思潮不谋而合，乔伊斯在《尤利西斯》中也探索了表现都市的方式，而且他的作品更为丰盈，涵盖了都市生活的方方面面。这部作品让读者感到困难的原因之一，就是众多的人物形象——光出场人物就有八十多个，更别说被提到的了。这跟只聚焦于几个人物之间爱恨纠葛的传统小说完全不同，因此容易让读者有身陷迷宫之中的感觉。不过，这正是乔伊斯在《尤利西斯》中想要呈现的现代都市社会的感觉。一个鸡犬相闻的乡村或只有两三条大街的小城，与一个要用一天去走的都市，个人获得的能否主宰周围环境的感觉是完全不一样的。人口密集造成的成千上万的人穿梭忙碌，自己只是被裹挟其中的感觉，正需要像《尤利西斯》那样用近百个人物才能营造出来。第十章中十九个同时发生的场景，更是将都市的这种复杂空间感、共时性，以及个体只是芸芸众生中的一员的迷宫感前所未有地传递了出来。这样的心理体验之于现在生活在城市之中的读者，想必也不会陌生。

对于都市来说，个体不过是万千人流中的一朵浪花，但对于个体而言，自己的活动轨迹依然是生活的中心，不管这个生活因为都市变得多么零零碎碎、头绪纷杂。乔伊斯成功地通过布卢姆日常的一天，将这种新的存在方式表现了出来。作为广告推销员的布卢姆不需要坐在办公室，因此可以通过漫游与整个都市生活相融合——这一天他完成了购物、远程联系（去邮局取信）、去机构（报社）处理公务、使用公共服务（图书馆）、参加社会活动（丧礼）、去医院（探望产妇），当然还有都市生活不可或缺的餐馆、酒吧和路边售货摊，甚至还去了妓院，也有符合人们对都市生活期待的偶然艳遇（海滩远观格蒂）。除了看剧（经过了剧院），当时人们对都市生活的想象悉数包括其中。布卢姆的活动如同近景，同时发生的其他八十多人的活动如同远景，共同构成了都市生活从微观到宏观的立体画面。近景和远景因斯蒂芬这一形象的交互变得更加灵活生动，小说三位主人公的内心活动又赋予了个体存在更深刻的时间厚度。总之，通过社会与个人这一对张力，乔伊斯使当代都市生活获得了立体的生命。面对现代都市这一时代景观，乔伊斯在《尤利西斯》中率先探索出了表现现代都市生活的新的文学语言，甚至可以说是一种不同于传统情节叙述的新的文学范式。

《尤利西斯》是一部现代生活的史诗，它不仅是传统意义上的史诗性小说，而且是实实在在用诗歌语言写成的小说。它的叙述从表面上看也许略显零散，深究起来，却是句句都有诗歌般的准确凝练，也极具韵律感，其语言表现力之强大甚至超出了散文，更不用说和普通的小说做比较了。而此版《尤利西斯》的译者萧乾在1949年之前就作为“京派”代表作家享有文名，他和文洁若扎实的中文功底使他们的翻译语言自然优美，有着不逊于原文的美感。读者几乎可以像打开任何一部优美的中文小说一样打开《尤利西斯》，在阅读布卢姆的故事的同时，也是在阅读自己的故事。如果你到现在还没有打开或者读完《尤利西斯》的勇气，那么现在，就是最好的时机了。

戴从容

2020年6月16日

CONTENTS
目录

PART ONE

第一章

神气十足、体态壮实的勃克·穆利根从楼梯口出现。他手里托着一钵冒泡的肥皂水，上面交叉放了一面镜子和一把剃胡刀。他没系腰带，淡黄色浴衣被习习晨风吹得稍微向后蓬着[1]。他把那只钵高高举起，吟诵道：

我要走向上主的祭台。

他停下脚步，朝那昏暗的螺旋状楼梯下边瞥了一眼，粗声粗气地嚷道：

——上来，金赤[2]！上来，你这胆怯的耶稣会士！

他庄严地向前走去，登上圆形的炮座。他朝四下里望望，肃穆地对这座塔[3]和周围的田野以及逐渐苏醒着的群山祝福了三遍。然后，他一瞧见斯蒂芬·迪达勒斯就朝他弯下身去，望空中迅速地画了好几个十字，喉咙里还发出咯咯声，摇着头。斯蒂芬·迪达勒斯气恼而昏昏欲睡，双臂倚在楼梯栏杆上，冷冰冰地瞅着一边摇头一边发出咯咯声向他祝福的那张马脸，以及那顶上并未剃光[4]、色泽和纹理都像是浅色橡木的淡黄头发。

勃克·穆利根朝镜下瞅了一眼，赶快合上钵。

---

1 这里，穆利根在模仿天主教神父举行弥撒时的动作。他手里托着的那钵肥皂沫，就权当圣餐杯。镜子和剃胡刀交叉放着，呈十字架形。淡黄色浴衣令人联想到神父做弥撒时罩在外面的金色祭披。下文中的“我要……台”，原文是拉丁文。

2 金赤是穆利根给斯蒂芬·迪达勒斯起的外号。他把斯蒂芬比作利刃，用金赤来模仿其切割声。

3 指坐落在都柏林郊外的港口区沙湾（音译为桑迪科沃）的圆形炮塔。这是一八〇三至一八〇六年间为了防备拿破仑率领的法军入侵，而在爱尔兰沿岸修筑的碉堡中的一座。其造型仿效法属科西嘉岛的马铁洛岬角上的海防炮塔，故名马铁洛塔。

4 某些修会的天主教神父将头顶剃光，周围只留一圈头发。

——回到营房去，他厉声说。

接着又用布道人的腔调说：

——啊，亲爱的人们，这是真正的克里斯廷：肉体和灵魂，血和伤痕。请把音乐放慢一点儿。闭上眼睛，先生们。等一下。这些白血球有点儿不消停。请大家肃静。

他朝上方斜睨，悠长地低声吹了下呼唤的口哨，随后停下来，全神贯注地倾听着。他那口洁白齐整的牙齿有些地方闪射着金光。克里索斯托[1]。两声尖锐有力的口哨划破寂静回应了他。

——谢谢啦，老伙计，他精神抖擞地大声说。蛮好，请你关上电门，好吗？

他从炮座上跳下来，神色庄重地望着那个观看他的人。并将浴衣那宽松的下摆拢在小腿上。他那郁郁寡欢的胖脸和阴沉的椭圆形下颌令人联想到中世纪作为艺术保护者的高僧。他的唇边徐徐地绽出了愉快的笑意。

——多可笑，他快活地说。你这姓名太荒唐了，一个古希腊人[2]。

他友善而打趣地指了一下，一面暗自笑着，走到胸墙那儿。斯蒂芬·迪达勒斯爬上塔顶，无精打采地跟着他走到半途，就在炮座边上坐下来，静静地望着他怎样把镜子靠在胸墙上，将刷子在钵里浸了浸，往面颊和脖颈上涂起肥皂泡。

勃克·穆利根用愉快的声调继续讲下去。

——我的姓名也荒唐：玛拉基·穆利根，两个扬抑抑格。可它带些古希腊味道，对不？轻盈快活得正像只公鹿[3]。咱们总得去趟雅典。我要是能从姑妈身上挤出二十镑，你肯一道去吗？

他把刷子搁在一边，开心地大声笑着说：

1　克里索斯托（约347—407），古代基督教希腊教父，名叫约翰。三九八年任君士坦丁堡大主教后，锐意进行改革。但操之过急，开罪于豪富权门，曾被禁闭。死后得以昭雪，被封为圣约翰。他善于传教讲经，长于辞令，因而通称“金口约翰”。

2　迪达勒斯（Dedalus）一姓来自神话传说中的希腊建筑师和雕刻家Daedalus。有史时期的希腊人把无法溯源的建筑和雕像都算作是出自迪达勒斯之手。

3　玛拉基的绰号叫Buck，意译为公鹿。音译为勃克。

——他去吗，那位枯燥乏味的耶稣会士？

他闭上嘴，仔细地刮起脸来。

——告诉我，穆利根，斯蒂芬轻声说。

——什么，乖乖？

——海恩斯还要在这座塔里住上多久？

勃克·穆利根从右肩侧过他那半边刮好的脸。

——老天啊，那小子多么讨人嫌！他坦率地说。这种笨头笨脑的撒克逊人。他就没把你看作一位有身份的人。天哪，那帮混账英国人。腰缠万贯，脑满肠肥。因为他是牛津出身呗。喏，迪达勒斯，你才真正有牛津派头呢。他捉摸不透你。哦，我给你起的名字再好不过啦：利刃金赤。

他小心翼翼地刮着下巴。

——他整宵都在说着关于一只什么黑豹的梦话，斯蒂芬说。他的猎枪套在哪儿？

——一个可悯可悲的疯子！穆利根说。你害怕了吧？

——是啊，斯蒂芬越来越感到恐怖，热切地说。黑咕隆咚地在郊外，跟一个满口胡话、哼哼唧唧要射杀一只黑豹的陌生人待在一块儿。你曾救过快要淹死的人。可我不是英雄。要是他继续待在这儿，那我就走。

勃克·穆利根朝着剃胡刀上的肥皂泡皱了皱眉，从坐着的地方跳了下来，慌忙地在裤兜里摸索。

——糟啦，他瓮声瓮气地嚷道。

他来到炮座跟前，把手伸进斯蒂芬的胸兜，说：

——把你那块鼻涕布借咱使一下。擦擦剃胡刀。

斯蒂芬听任他拽出那条皱巴巴的脏手绢，捏着一角，把它抖落开来。勃克·穆利根干净利索地揩完剃胡刀，望着手绢说：

——“大诗人”[1]的鼻涕布！属于咱们爱尔兰诗人的一种新的艺术

1　原文作bard，原意吟游诗人。因含有挖苦口吻，故译为大诗人，并加上引号，以示区别。下同。

色彩：鼻涕青。简直可以尝得出它的滋味，对吗？

他又跨上胸墙，眺望着都柏林湾。他那浅橡木色的黄头发微微飘动着。

——喏！他安详地说。这海不就是阿尔杰所说的吗：一位伟大可爱的母亲[1]！鼻涕青的海。使人的睾丸紧缩的海。**到葡萄紫的大海**[2]上去。喂，迪达勒斯，那些希腊人啊。我得教给你。你非用原文来读不可。**海！海**[3]！她是我们的伟大可爱的母亲。过来瞧瞧。

斯蒂芬站起来，走到胸墙跟前。他倚着胸墙，俯瞰水面和正在驶出国王镇[4]港口的邮轮。

——我们的强有力的母亲，勃克·穆利根说。

他那双目光锐利的灰色眼睛猛地从海洋移到斯蒂芬的脸上。

——姑妈认为你母亲死在你手里，他说。所以她不让我跟你有任何往来。

——是有人害的她，斯蒂芬神色阴郁地说。

——该死，金赤，当你那位奄奄一息的母亲央求你跪下来的时候，你总应该照办呀，勃克·穆利根说。我跟你一样是个冷心肠人。可你想想看，你那位快咽气的母亲恳求你跪下来为她祷告。而你拒绝了。你身上有股邪气……

他忽然打住，又往另一边面颊上轻轻涂起肥皂泡来。一抹宽厚的笑容使他撇起了嘴唇。

——然而是个可爱的哑剧演员，他自言自语着。金赤，所有的哑剧演员当中最可爱的一个。

他仔细地把脸刮得挺匀净，默默地，专心致志地。

1　阿尔杰是阿尔杰农的爱称。这里指英国诗人、文学批评家查理·阿尔杰农·斯温伯恩（1837—1909）。“伟大可爱的母亲”一语出自他的长诗《时间的胜利》（1866）。

2　原文为希腊文。荷马的《奥德修纪》（杨宪益译，上海译文出版社1979年版第23页）有“强劲的西风歌啸着，吹过葡萄紫的大海”一语。

3　原文为希腊文。语出自希腊历史学家色诺芬（前431—前350以前）的《远征记》。这是文中的希腊雇用军见到海时发出的欢呼。

4　国王镇（丹莱里的旧称）是都柏林的一个海港区。

斯蒂芬一只肘支在坑洼不平的花岗石上，手心扶额头，凝视着自己发亮的黑上衣袖子那磨破了的袖口。痛苦——还说不上是爱的痛苦——煎熬着他的心。她去世之后，曾在梦中悄悄地来找过他，她那枯槁的身躯裹在宽松的褐色衣衾里，散发出蜡和黄檀的气味；当她带着微嗔一声不响地朝他俯下身来时，依稀闻到一股淡淡的湿灰气味。隔着褴褛的袖口，他瞥见被身旁那个吃得很好的人的嗓门称作伟大可爱的母亲的海洋。海湾与天际构成环形，盛着大量的暗绿色液体。母亲弥留之际，床畔曾放着一只白瓷钵，里边盛着黏糊糊的绿色胆汁，那是伴着她一阵阵的高声呻吟，撕裂她那腐烂了的肝脏吐出来的。

勃克·穆利根又揩了揩剃胡刀刃。

——啊，可怜的小狗[1]！他柔声说。我得给你件衬衫，几块鼻涕布。那条二手货的裤子怎么样？

——挺合身，斯蒂芬回答说。

勃克·穆利根开始刮下唇底下凹陷的部位。

——不是什么正经玩意儿，他沾沾自喜地说，应该叫作二腿货。天晓得是哪个患了梅毒的酒疯子丢下的。我有一条好看的细条纹裤子，灰色的。你穿上一定蛮帅。金赤，我不是在开玩笑。你打扮起来，真他妈的帅。

——谢谢，斯蒂芬说。要是灰色的，我可不能穿。

——他不能穿，勃克·穆利根对着镜中自己的脸说。礼数终归是礼数。他害死了自己的母亲，可是不能穿灰裤子。

他利利索索地折上剃胡刀，用手指的触须抚摩着光滑的皮肤。

斯蒂芬将视线从海面移向那张有着一双灵活的烟蓝色眼睛的胖脸。

——昨儿晚上跟我一道在"船记"的那个人，勃克·穆利根说，说是你患了痴麻症。他是康内利·诺曼的同事，在痴呆镇工作[2]。痴呆

1　原文作dogs' body。在凯尔特族（参看第43页注释2）的神话中，狗含有"严加保密"之意，所以穆利根用此词来称呼性格内向的斯蒂芬。

2　康内利·诺曼（1853—1908），爱尔兰精神病学家。痴呆镇指里奇蒙精神病院，自一八八六年起诺曼在那里任院长。

性全身麻痹症！

他用镜子在空中画了半个圈子，以便把这消息散发到正灿烂地照耀着海面的阳光中去。他撇着剃得干干净净的嘴唇笑了，露出发着白光的齿尖。笑声攫住了他那整个结实强壮的身子。

——瞧瞧你自己，他说，你这丑陋的“大诗人”。

斯蒂芬弯下身去照了照举在跟前的镜子。镜面上有一道弯曲的裂纹，映在镜中的脸被劈成两半，头发倒竖着。他和旁人眼里的我就是这样的。是谁为我挑选了这么一张脸？这只要把寄生虫除掉的小狗。它也在问我。

——是我从老妈子屋里抄来的，勃克·穆利根说。对她就该当如此。姑妈总是派没啥姿色的仆人去伺候玛拉基。不叫他受到诱惑。而她的名字叫乌尔苏拉[1]。

他又笑着，把斯蒂芬直勾勾地望着的镜子挪开了。

——凯列班在镜中照不见自己的脸时所感到的愤怒[2]，他说。要是王尔德还在世，瞧见你这副尊容，该有多妙。

斯蒂芬后退了几步，指着镜子沉痛地说：

——这就是爱尔兰艺术的象征。仆人的一面有裂纹的镜子。

勃克·穆利根突然挽住斯蒂芬的一只胳膊，同他一道在塔顶上转悠。揣在兜里的剃胡刀和镜子发出相互碰撞的叮当声。

——像这样拿你取笑是不公道的，金赤，对吗？他亲切地说。老天晓得，你比他们当中的任何人都有骨气。

又把话题岔开了。他惧怕我的艺术尖刀，正如我害怕他的。利器钢笔。

——仆人用的有裂纹的镜子。把这话讲给楼下那个牛津家伙听，

1 女仆与四世纪的圣女乌尔苏拉同名。

2 凯列班是莎士比亚的戏剧《暴风雨》（1611）中一个丑陋而野性的奴隶。语出自爱尔兰诗人、小说家奥斯卡·王尔德（1854—1900）的长篇小说《道林·格雷的肖像》（1891）的序言。在该文中，王尔德表达了自己为艺术而艺术的美学观点。原话是：“十九世纪人们对现实主义的厌恶，是凯列班在镜中照得见自己的脸时所感到的愤怒。十九世纪人们对浪漫主义的厌恶，是凯列班在镜中照不见自己的脸时所感到的愤怒。”

向他挤出一畿尼[1]。他浑身发散着铜臭气，没把你看成有身份的人。他老子要么是把药喇叭根做成的泻药卖给了祖鲁人[2]，要么就是靠干下了什么鬼骗局发的家。喂，金赤，要是咱俩通力合作，兴许倒能为本岛干出点名堂来。把它希腊化了[3]。

克兰利的胳膊[4]。他的胳膊。

——想想看，你竟然得向那些猪猡告帮。我是唯一赏识你的人。你为什么不更多地信任我呢？你凭什么对我鼻子朝天呢？是海恩斯吗？要是他在这儿稍微一闹腾，我就把西摩带来，我们会狠狠地收拾他一顿，比他们收拾克莱夫·肯普索普的那次还要厉害。

从克莱夫·肯普索普的房间里传出阔少们的喊叫声。一张张苍白的面孔：他们抱在一起，捧腹大笑。唉呀。我快断气啦！要委婉地向她透露这消息，奥布里[5]！我这就要死啦！他围着桌子一瘸一拐地跑，衬衫被撕成一条条的，像缎带一般在空中呼扇着，裤子脱落到脚后跟上[6]，被麦达伦学院那个手里拿着裁缝大剪刀的埃德斯追赶着。糊满了橘子酱的脸惊惶得像头小牛犊。别扒下我的裤子！你们别拿我当呆牛耍着玩！

从敞开着的窗户传出的喧嚷声，惊动了方院的暮色。耳聋的花匠系着围裙，有着一张像煞马修·阿诺德[7]的脸，沿着幽幽的草坪推着割

1　畿尼是旧时英国金币，一畿尼合二十一先令。

2　祖鲁人是非洲东南部班图族的一支土著。

3　这里的希腊化指的是使爱尔兰开化。都柏林市不同于近代化的大都会，有着当年希腊城邦的性质。

4　在乔伊斯的另一部长篇小说《一个青年艺术家的画像》第5章里，克兰利曾和斯蒂芬挽臂而行。克兰利参加了爱尔兰独立运动。斯蒂芬则说："我不愿意去为我已经不再相信的东西卖力，不管它把自己叫作我的家、我的祖国或我的教堂都一样：我将试图在……某种艺术形式中……表现我自己，并仅只使用我能容许自己使用的那些武器来保卫自己——那就是沉默、流亡和机智。"（见黄雨石译本第297页，外国文学出版社1983年版。）

5　"要委婉……息"出自美国人查理·哈里斯所作通俗歌曲《向母亲透露这消息》（1897）。写一个战士临终前嘱咐道，向母亲透露自己阵亡的消息时，要说得委婉一些。奥布里是斯蒂芬迁居到都柏林之前，住在布莱克罗克镇时的一个游伴，见《一个青年艺术家的画像》第2章。

6　剑桥、牛津等大学的学生们当中时兴的一种捉弄同学的办法：把对方的裤子剥下来，用剪子将衬衫铰成一条条的。

7　马修·阿诺德（1822—1888），英国诗人、评论家。

草机，仔细地盯着草茎屑末的飞舞。

我们自己……新异教教义……中心[1]。

——让他待下去吧，斯蒂芬说。他只不过是夜间不对头罢了。

——那么，是怎么回事？勃克·穆利根不耐烦地问道。干脆说吧。我对你是直言不讳的。现在你有什么跟我过不去的呢？

他们停下脚步，眺望着布莱岬角那钝角形的海岬——它就像一条酣睡中的鲸的鼻尖，浮在水面上。斯蒂芬轻轻地抽出胳膊。

——你要我告诉你吗？他问。

——嗯，是怎么回事？勃克·穆利根回答说。我一点儿也记不起来啦。

他边说边端详斯蒂芬的脸。微风掠过他的额头，轻拂着他那未经梳理的淡黄头发；焦灼不安的银光在他的眼睛里晃动。

斯蒂芬边说边被自己的声音弄得很沮丧：

——你记得我母亲去世后，我头一次去你家那天的事吗？

勃克·穆利根马上皱起眉头，说：

——什么？哪儿？我什么也记不住。我只记得住观念和感觉。你为什么问这个？天哪，到底发生了什么事？

——你在沏茶，斯蒂芬说，我穿过楼梯平台去添开水。你母亲和一位客人从客厅里走出来。她问你，谁在你的房间里。

——咦？勃克·穆利根说。我说什么来着？我可忘啦。

——你是这么说的，斯蒂芬回答道，哦，只不过是迪达勒斯呗，他母亲死得叫人恶心。

勃克·穆利根的两颊骤然泛红了，使他显得更年轻而有魅力。

——我是这么说的吗？他问道。啊？那又碍什么事？

他神经质地晃了晃身子，摆脱了自己的狼狈心情。

——死亡又是什么呢？他问道。你母亲也罢，你也罢，我自己也罢。

---

1 “我们自己”是十九世纪九十年代开展的复兴爱尔兰语言文化的运动所提出的口号。意思是：“爱尔兰人的爱尔兰。”“中心”，原文为希腊文。omphalos的意思是中心，转义为人体的中心部位：肚脐。

你只瞧见了你母亲的死。我在圣母和里奇蒙[1]那里，每天都看见他们突然地咽气，并在解剖室里被开膛破肚。这真是叫人恶心的事情，仅此而已。你母亲弥留之际，要你跪下来为她祷告，你却拒绝了。为什么？因为你身上有可诅咒的耶稣会士的气质，只不过到了你身上就拧啦。对我来说，这完全是个嘲讽，而且真叫人恶心。她的脑叶失灵了。她管大夫叫彼得·蒂亚泽爵士[2]，还把被子上的毛茛饰花拽下来。哄着她，直到她咽气为止呗。你拒绝满足她生前最后的一个愿望，却又跟我怄气，因为我不肯像拉鲁哀特殡仪馆花钱雇来的送葬人那样号丧。荒唐！我想必曾这么说过吧。可我无意损害你母亲死后的名声。

他越说越理直气壮了。斯蒂芬遮掩着这些话语在他心坎上留下的创伤，极其冷漠地说：

——我想的不是你对我母亲的损害。

——那么你想的是什么呢？勃克·穆利根问。

——是对我的损害，斯蒂芬回答说。

勃克·穆利根用脚后跟转了个圈儿。

——哎呀，你这家伙可真难缠！他嚷道。

他沿着胸墙疾步走开。斯蒂芬依然站在原地，目光越过风平浪静的海洋，朝那岬角望去。此刻，海面和岬角朦朦胧胧地混为一片了。他两眼的脉搏在跳动，视线模糊了，感到双颊在发热。

从塔里传来朗声喊叫：

——穆利根，你在上边吗？

——我这就来，勃克·穆利根回答说。

他朝斯蒂芬转过身来，并说：

——瞧瞧这片大海。它哪里在乎什么损害？跟罗耀拉[3]断绝关系，

1　圣母是仁慈圣母玛利亚医院的简称。这是由天主教仁慈会修女所开办的都柏林市最大的一家医院。里奇蒙是里奇蒙精神病院的简称。

2　彼得·蒂亚泽爵士是生于爱尔兰的英国戏剧家理查德·布林斯利·谢里丹（1751—1816）所作喜剧《造谣学校》（1777）中的一个人物。

3　指耶稣会的创始人，依纳爵·罗耀拉。

金赤，下来吧。那个撒克逊征服者[1]早餐要吃煎火腿片。

他的脑袋在最高一级梯磴那儿又停了一下，这样就刚好同塔顶一般齐了。

——不要成天为这档子事闷闷不乐。我这个人就是有一搭无一搭的。别再那么苦思冥想啦。

他的头消失了，然而楼梯口传来他往下走时的低吟声：

莫再扭过脸儿去忧虑，
沉浸在爱情那苦涩的奥秘里，
因黄铜车由弗格斯驾驭[2]。

树林的阴影穿过清晨的寂静，从楼梯口悄然无声地飘向他正在眺望着的大海。岸边和海面上，明镜般的海水正泛起一片白色，好像是被蹬着轻盈的鞋疾跑着的脚踹起来的一般。朦胧的海洋那雪白的胸脯。重音节成双地交融在一起。一只手拨弄着竖琴，琴弦交错，发出谐音。一对对的浪白的歌词闪烁在幽暗的潮水上。

一片云彩开始徐徐地把太阳整个儿遮住，海湾在阴影下变得越发浓绿了。这钵苦水就躺在他脚下。弗格斯之歌：我独自在家里吟唱，抑制着那悠长、阴郁的和音。她的门敞开着：她巴望听到我的歌声。怀着畏惧与怜悯，我悄悄地走近她床头。她在那张简陋的床上哭泣着。为了这一句，斯蒂芬：爱情那苦涩的奥秘。

而今在何处？

她的秘藏：她那上了锁的抽屉里有几把陈旧的羽毛扇、麝香熏过的带穗子的舞会请帖和一串廉价的琥珀珠子。少女时代，她家那浴满阳光的窗户上挂着一只鸟笼。她曾听过老罗伊斯在童话剧《可怕的土

1　原文为爱尔兰语。

2　这是爱尔兰诗人威廉·巴特勒·叶芝（1865—1939）所作《谁与弗格斯同去》一诗的第7至9行。弗格斯是据传于五世纪从爱尔兰移去的第一位苏格兰国王。下文中的"树林的阴影"和"朦胧的海洋那雪白的胸脯"，出自该诗的第10、11行。

耳克》[1]中演唱，而当他这么唱的时候，她就跟旁人一起笑了：

我就是那男孩
能够领略随心所欲的
隐身的愉快。

幻影般的欢乐被贮存起来了：用麝香熏过的。

莫再扭过脸儿去忧虑……

随着她那些小玩意儿，被贮存在大自然的记忆中了。往事如烟，袭上他那郁闷的心头。当她将领圣体时，她那一玻璃杯从厨房的水管里接来的凉水。在昏暗的秋日傍晚，炉架上为她焙着的一个去了核、填满红糖的苹果。由于替孩子们掐衬衫上的虱子，她那秀丽的指甲被血染红了。

在一场梦中，她悄悄地来到他身旁。她那枯槁的身躯裹在宽松的衣衾里，散发出蜡和黄檀的气味。她朝他俯下身去，向他诉说着无声的密语，她的呼吸有着一股淡淡的湿灰气味。

为了震撼并制伏我的灵魂，她那双呆滞无神的眼睛，从死亡中直勾勾地盯着我。只盯着我一人。那只避邪蜡烛照着她弥留之际的痛苦。幽灵般的光投射在她那备受折磨的脸上。当大家跪下来祷告时，她那嗄哑响亮的呼吸发出恐怖的呼噜呼噜声。她两眼盯着我，想迫使我下跪。

饰以百合的光明的司铎群来伴尔，极乐圣童贞之群高唱

1　老罗伊斯指英国喜剧演员爱德华·威廉·罗伊斯（1841—？）。《可怕的土耳克》（1873）是爱尔兰作家埃德温·汉密尔顿（1849—1919）根据英国童话剧《神奇的玫瑰》（1868）改编的。

赞歌来迎尔[1]。

食尸鬼！啖尸肉者！

不，妈妈！由着我，让我活下去吧。

——喂，金赤！

圆塔里响起勃克·穆利根的嗓音。它沿着楼梯上来，靠近了，又喊了一声。斯蒂芬依然由于灵魂的呼唤而浑身发颤，在倾泻而下的温煦阳光以及他背后的空气中听到了友善的话语。

——迪达勒斯，下来吧，乖乖地慢慢地挪窝吧。早点做好了。海恩斯为夜里把咱们吵醒的事直表示歉意。一切都好啦。

——我这就来，斯蒂芬转过身来说。

——看在耶稣的面上，来吧，勃克·穆利根说。为了我，也为了咱们大家。

他的头消失了，接着又露了出来。

——我同他谈起你那爱尔兰艺术的象征。他说，非常聪明。向他讨一镑好不好？我是说，一个畿尼。

——今儿早晨我就领薪水了，斯蒂芬说。

——学校那份儿吗？勃克·穆利根说。多少呀？四镑？借给咱一镑。

——如果你要的话，斯蒂芬说。

——四枚闪闪发光的金镑[2]，勃克·穆利根兴高采烈地嚷道。咱们要豪饮一通，把那些正宗的德鲁伊特[3]吓一跳。四枚万能的金镑！

他抡起双臂，咚咚地走下石梯，用东伦敦口音荒腔走调地唱道：

啊，咱们快乐一番好吗？

---

1 原文为拉丁文。是临终祷文中的两句。

2 这是英国旧时的一种金币，每枚值一英镑。因上面镌有国王（或女王）像，所以俗称“君主”。

3 德鲁伊特是古代凯尔特人中有学识者，通常担任祭司、教师和法官。

喝威士忌、啤酒和葡萄酒！

庆祝加冕，

在加冕日。

啊，咱们快乐一番好吗？

在加冕日。[1]

暖洋洋的日光在海面上嬉戏着。镍质肥皂钵在胸墙上发着亮光，被遗忘了。我何必非把它带去不可呢？要么就把它撂在那儿一整天吧，被遗忘的友谊？

他走过去，将它托在手里一会儿，触摸着那股凉劲儿，闻着里面戳着刷子的肥皂沫那黏液的气味。当年在克朗戈伍斯[2]我曾提过香炉。如今我换了个人，可又是同一个人。依然是个奴仆。一个奴仆的奴仆。

在塔内那间有着拱顶的幽暗起居室里，穿着浴衣的勃克·穆利根的身姿，在炉边敏捷地踱来踱去，淡黄色的火焰随之忽隐忽现。穿过高高的堞口，两束柔和的阳光落到石板地上。光线汇合处，一簇煤烟以及煎油脂的气味飘浮着，打着旋涡。

——咱们都快闷死啦，勃克·穆利根说。海恩斯，打开那扇门，好吗？

斯蒂芬将那只刮胡子用的钵撂在橱柜上。坐在吊床上的高个子站起来，走向门道，拉开内侧的两扇门。

——你有钥匙吗？一个声音问道。

——在迪达勒斯手里，勃克·穆利根说。他爷爷，我都给呛死啦。

他两眼依然望着炉火，咆哮道：

1　出自庆祝爱德华七世加冕（1901年1月22日）的歌曲《加冕日》。“加冕日”又指发薪日，因为工资可折合成克朗。Crown（意即王冠）是旧时的一种镌有王冠图案的硬币，每枚值五先令。

2　即克朗戈伍斯森林公学。在《一个青年艺术家的画像》一书中，斯蒂芬曾就读于这家小学。下文中的“提过香炉”指神父做弥撒时，斯蒂芬曾担任助祭。

——金赤！

——它就在锁眼里呢，斯蒂芬走过来说。

钥匙刺耳地转了两下，而当沉重的大门半开半掩时，怡人的阳光和清新的空气就进来了。海恩斯站在门口朝外面眺望。斯蒂芬把他那倒放着的旅行手提箱拽到桌前，坐下来等着。勃克·穆利根将煎蛋轻轻地甩到身旁的盘子里，然后端过盘子和一把大茶壶，使劲往桌上一放，舒了一口气。

——我都快融化了，他说，就像一支蜡烛在……的时候所说过的。但是别声张。再也不提那事儿啦。金赤，振作起来。面包，黄油，蜂蜜。海恩斯，进来吧。开饭啦。天主降福我等，暨所将受于主，普施之惠[1]。白糖呢？哦，老天，没有牛奶。

斯蒂芬从橱柜里取出面包、一罐蜂蜜和盛在防融器中的黄油。勃克·穆利根突然气恼起来，一屁股坐下。

——这算是哪门子事呀？他说。我叫她八点以后来的。

——咱们不兑牛奶也能喝嘛，斯蒂芬说。橱柜里有只柠檬。

——呸，你和你那巴黎时尚统统见鬼去吧！勃克·穆利根说。我要沙湾牛奶。

海恩斯从门道里踱了进来，安详地说：

——那个女人带着牛奶上来啦。

——谢天谢地，勃克·穆利根从椅子上跳起来，大声说，坐下。茶在这儿，倒吧。糖在口袋里。喏，我应付不了这见鬼的鸡蛋。

他在盘子里把煎蛋胡乱分开，然后甩在三个碟子里，口中念诵着：

——因父及子及圣神之名[2]。

海恩斯坐下来倒茶。

1　“天主……之惠”为《饭前祝文》。

2　原文为拉丁文，是《圣号经》的下半段。

——我给你们每人两块方糖，他说。可是，穆利根，你沏的茶可真酽，呃。

勃克·穆利根边厚厚地切下好几片面包，边用老妪哄娃娃的腔调说：

——葛罗甘老婆婆说得好，我沏茶的时候就沏茶，撒尿的时候就撒尿。

——天哪，这可是茶。海恩斯说。

勃克·穆利根边沏边用哄娃娃的腔调说：

——**我就是这样做的，卡希尔大娘，她说。说真格的，太太，卡希尔大娘说，老天保佑，您可别把两种都沏在一个壶里。**

他用刀尖戳起厚厚的面包片，分别递到共餐者面前。

——海恩斯，他一本正经地说，你倒可以把这些老乡写进你那本书里。关于登德鲁姆[1]的老乡和人鱼神[2]，五行正文和十页注释。在大风年由命运女神姐妹[3]印刷。

他转向斯蒂芬，扬起眉毛，用迷惑不解的口吻柔声问道：

——你想得起来吗，兄弟，这个关于葛罗甘老婆婆的茶尿两用壶的故事是在《马比诺吉昂》里，还是在《奥义书》里？

——恐怕都不在，斯蒂芬严肃地说。

——你现在这么认为吗？勃克·穆利根用同样的腔调说。请问，理由何在？

——我想，斯蒂芬边吃边说，《马比诺吉昂》里外都没有这个故事。可以设想，葛罗甘老婆婆跟玛丽·安[4]有血缘关系。

1　登德鲁姆有两个：一个是位于都柏林市以北六十五英里的港口；另一个是位于都柏林近郊的村。

2　人鱼神是古代腓力斯人和腓尼基人所信奉的半人半鱼的神。

3　命运女神姐妹原指《麦克白》中的三女巫，这里则影射爱尔兰诗人叶芝的姐妹伊丽莎白和莉莉。一九〇三年，伊丽莎白在登德鲁姆村创立了邓恩·埃默出版社，并为叶芝出版《在七座树林中》一书。该书的版权页上写着：完成于“大风年七月十六日，一九〇三”。按：一八三九年爱尔兰曾遭受过一场空前的大风灾。从此，“大风年”一词便流行开来。

4　玛丽·安是一八四三年左右为了吓唬苛吏而在爱尔兰民间组织起来的秘密团体。成员以妇女为主，也有乔装成妇女的男子。因此，后来又用此词来影射同性恋者。关于玛丽·安，流传着一些歌曲，而梅布尔·沃辛顿找到的那个版本的末句是：“像男人那样撒尿。”与下文中穆利根所唱的三句歌词刚好凑成一段。

勃克·穆利根的脸上泛起欣喜的微笑。

——说得有趣！他嗲声嗲气地说，露出洁白的牙齿，愉快地眨着眼，你认为她是这样的吗？太有趣啦。

接着又骤然满脸戚容，一边重新使劲切面包，一边用嘶哑刺耳的声音吼着：

——因为玛丽·安老妪，
她一点也不在乎。
可撩起她的衬裙……

他塞了一嘴煎蛋，一边大嚼一边用单调低沉的嗓音唱着。

一个身影闪进来，遮暗了门道。

——牛奶，先生。

——请进，老太太，穆利根说，金赤，拿罐儿来。

老妪走过来，在斯蒂芬身边停下脚步。

——多么好的早晨啊，先生，她说。荣耀归于天主。

——归于谁？穆利根说着，瞅了她一眼。哦，当然喽。

斯蒂芬向后伸手，从橱柜里取出奶罐。

——这岛上的人们，穆利根漫不经心地对海恩斯说，经常提起包皮的搜集者[1]。

——要多少，先生？老妪问。

——一夸脱[2]，斯蒂芬说。

他望着她先把并不是她的浓浓的白奶倾进量器，随后又倒入罐里。衰老干瘪的乳房。她又添了一量器的奶，还加了点饶头。她老迈而神秘，从清晨的世界踱了进来，兴许是位使者。她边往外倒，边夸耀牛奶好。拂晓时分，在绿油油的牧场里，她蹲在耐心的母牛旁边，一个坐在毒

1　包皮的搜集者，指耶和华。犹太教徒有行割礼（割除阴茎包皮）的传统。
2　夸脱是液量单位，一夸脱约为一点一四升。

菌上的巫婆，她的皱巴巴的指头敏捷地挤那喷出奶汁的乳头。这些身上被露水打湿、毛皮像丝绸般的牛，跟她熟得很，它们围着她哞哞地叫。最漂亮的牛，贫穷的老妪[1]，这是往昔对她的称呼。一个到处流浪、满脸皱纹的老太婆，女神假借这个卑贱者的形象，伺候着她的征服者与她那快乐的叛徒[2]。她是受他们二者玩弄的母王八[3]。来自神秘的早晨的使者。他不晓得她究竟是来伺候的呢，还是来谴责的。然而他不屑于向她讨好。

——的确好得很，老太太，勃克·穆利根边往大家的杯子里斟牛奶边说。

——尝尝看，先生，她说。

他按照她的话喝了。

——要是咱们能够靠这样的优质食品过活，他略微提高嗓门对她说，就不至于全国到处都是烂牙齿和烂肠子的了。咱们住在潮湿的沼泽地里，吃的是廉价食品，街上满是灰尘、马粪和肺病患者吐的痰。

——先生，您是医科学生吗？老妪问。

——我是，老太太，勃克·穆利根回答说。

斯蒂芬一声不吭地听着，满心的鄙夷。她朝那个对她大声说话的嗓门低下老迈的头，他是她的接骨师和药师；她却不曾把我看在眼里。也朝那个听她忏悔，赦免她的罪愆，并且除了妇女那不洁净的腰部外，为她浑身涂油以便送她进坟墓的嗓门[4]低头，而妇女是从男人的身上取出来的[5]，

1　毛皮像绢丝般的牛、最漂亮的牛和贫穷的老妪均为爱尔兰古称。

2　征服者指英国人，这里，以海恩斯为代表。快乐的叛徒指满足于现状的爱尔兰人，这里，以勃克·穆利根为代表。

3　原文为cuckquean，指其丈夫姘上了其他女人。

4　那个嗓门指神父。天主教徒临终前，神父在他（她）身上涂满香油，以便减轻肉体上的痛苦，并给心灵以慰藉。这叫作终傅礼。但据《利未记》，天主曾通过摩西说，妇女分娩后以及月经期间不洁，因此不在阴部周围涂油。

5　《创世记》："耶和华神就用从那人身上所取的肋骨，造成一个女人……那人说：'她是从男人的身上取出来的。'"

却不是照神的形象造的[1]，她成了蛇的牺牲品[2]。她还朝那个现在吩咐她别吭声的大嗓门低头，那嗓门使她眼中露出惊奇、茫然的神色。

——你听得懂他在说什么吗？斯蒂芬问她。

——先生，您讲的是法国话吗？老妪对海恩斯说。

海恩斯又对她说了一段更长的话，把握十足地。

——爱尔兰语，勃克·穆利根说。你有盖尔族[3]的气质吗？

——我猜那一定是爱尔兰语，她说，就是那个腔调。您是从西边儿[4]来的吗，先生？

——我是个英国人，海恩斯回答说。

——他是一位英国人，勃克·穆利根说，他认为在爱尔兰，我们应该讲爱尔兰语。

——当然喽，老妪说，我自己就不会讲，好惭愧啊。会这个语言的人告诉我说，那可是个了不起的语言哩。

——岂止了不起，勃克·穆利根说。而且神奇无比。再给咱倒点茶，金赤。老太太，你也来一杯好吗？

——不，谢谢您啦，先生，老妪边说边把牛奶罐上的提环儿套在手腕上，准备离去。

海恩斯对她说：

——你把账单带来了吗？穆利根，咱们最好给她吧，你看怎么样？

斯蒂芬又把三只杯子斟满。

——账单吗，先生？她停下脚步说。喏，一品脱[5]是两便士喽七个

---

1 《创世纪》，有“神就照着自己的形象造人……造男造女”一语。

2 同上：夏娃在蛇的引诱下偷吃禁果，并给她丈夫亚当吃。作为惩罚，耶和华将二人逐出伊甸园。

3 盖尔语是苏格兰高地人和古代爱尔兰盖尔族的语言。“你有盖尔族的气质吗？”是爱尔兰西部农民的口头用语，意思是：“你会讲爱尔兰语吗？”十九世纪初叶，爱尔兰民族主义的发展使人们重新对爱尔兰的语言、文学、历史和民间传说发生兴趣。当时，除了在偏僻的农村，盖尔语作为一种口语已经衰亡，英语成为爱尔兰的官方和民间通用语言。后来语言学家找到了翻译古代盖尔语手稿的方法，人们这才得以阅读爱尔兰的古籍。

4 西边儿指爱尔兰西部的偏僻农村。那里的人们依然说爱尔兰语。

5 品脱是液量单位，一品脱约合零点五七升。

早晨二七就合一先令[1]二便士喽还有这三个早晨每夸脱合四个便士三夸脱就是一个先令喽一个先令加一先令二就是二先令二，先生。

勃克·穆利根叹了口气，并把两面都厚厚地涂满黄油的一块面包皮塞进嘴里，两条腿往前一伸，开始掏起裤兜来。

——清了账，心舒畅，海恩斯笑吟吟地对他说。

斯蒂芬倒了第三杯。一满匙茶把浓浓的牛奶微微添上点儿颜色。勃克·穆利根掏出一枚佛罗林[2]，用手指旋转着，大声嚷道：

——奇迹呀！

他把它放在桌子面上，朝老妪推送过去，说着：

——别再讨了，我亲爱的，
我能给的，全给你啦[3]。

斯蒂芬将银币放到老妪那不那么急切的手里。

——我们还欠你两便士，他说。

——不着急，先生，她边接银币边说。不着急。早安，先生。

她行了个屈膝礼，踱了出去。勃克·穆利根那温柔的歌声跟在后面：

——心肝儿，倘若有多的，
统统献在你的脚前。

他转向斯蒂芬，说：

——说实在的，迪达勒斯，我已经一文不名啦。赶快到你们那家

---

1 先令是英国当时通用的货币单位。二十先令为一英镑，一先令为十二便士。英币改为十进制后，合十便士。

2 佛罗林是十三世纪时意大利开始铸造的一种银币。一八四九年以来在英国通用，一佛罗林合两先令。

3 这是斯温伯恩的长诗《日出前的歌》（1871）“贡献”一节中的第1、2行。下文中的“心肝儿……你的脚前”见同一节的第3、4行。

学校去，给咱们取点钱来。今天“大诗人”们要设宴畅饮。爱尔兰期待每个人今天各尽自己的职责[1]。

——这么一说我倒想起来了，海恩斯边说边站起身来，今天我得到你们的国立图书馆去一趟。

——咱们先去游泳吧，勃克·穆利根说。

他朝斯蒂芬转过身来，和蔼地问：

——这是你每月一次洗澡的日子吗，金赤？

接着，他对海恩斯说：

——这位肮脏的“大诗人”拿定主意每个月洗一次澡。

——整个爱尔兰都在被湾流冲洗着，斯蒂芬边说边听任蜂蜜淌到一片面包上。

海恩斯在角落里正松垮垮地往他的网球衫那宽松领口上系领巾，他说：

——要是你容许的话，我倒想把你这些说词儿收集起来哩。

他在说我哪。他们泡在澡缸里又洗又擦。内心的苛责。良心。可是这儿还有一点污迹[2]。

——关于仆人的一面有裂纹的镜子就是爱尔兰艺术的象征那番话，真是太妙啦。

勃克·穆利根在桌子底下踢了斯蒂芬一脚，用热切的语气说：

——海恩斯，你等着听他议论哈姆莱特吧。

——喏，我是有这个打算，海恩斯继续对斯蒂芬说着。我正在想这事儿的时候，那个可怜的老家伙进来啦。

——我能从中赚点儿钱吗？斯蒂芬问道。

海恩斯笑了笑。他一面从吊床的钩子上摘下自己那顶灰色呢帽，

1　这里套用一八〇五年英国海军统帅纳尔逊（1758—1805）在特拉法尔加角与法、西军舰进行殊死战时对英国海军的训话。只是把原话“英国期待每个人今天各尽自己的职责”中的“英国”改成了“爱尔兰”。

2　语出自莎士比亚的悲剧《麦克白》第5章第1场。麦克白夫人怂恿丈夫把苏格兰国王邓肯杀死后，在梦游中不断地擦手，并且说：“可是这儿还有一点污迹。”

一面说道：

——这就很难说啦。

他漫步朝门道踱了出去。勃克·穆利根向斯蒂芬弯过身去，粗声粗气地说：

——你这话说得太蠢了，为什么要这么说？

——啊？斯蒂芬说。问题是要弄到钱。从谁身上弄？从送牛奶的老太婆或是从他那里。我看他们两个，碰上谁算谁。

——我对他把你大吹了一通，勃克·穆利根说，可你却令人不快地斜眼瞟着，搬弄你那套耶稣会士的阴郁的嘲讽。

——我看不出有什么指望，斯蒂芬说，老太婆也罢，那家伙也罢。

勃克·穆利根凄惨地叹了口气，把手搭在斯蒂芬的胳膊上。

——我也罢，金赤，他说。

他猛地改变了语调，加上一句：

——千真万确，我认为你说得对。除此之外，他们什么也不称。你为什么不像我这样作弄他们呢？让他们统统见鬼去吧。咱们从这窝里出去吧。

他站起来，肃穆地解下腰带，脱掉浴衣，死了这条心般地说：

——穆利根被强剥下衣服[1]。

他把兜儿都掏空了，东西放在桌上。

——你的鼻涕布就在这儿，他说。

他一边安上硬领，系好那不听话的领带，一边对它们以及那东摇西晃的表链说着话，责骂它们。他把双手伸到箱子里去乱翻一气，并且嚷着要一块干净手绢。内心的苛责。天哪，咱们就得打扮得有点特色。我要戴深褐色的手套，穿绿色长筒靴。矛盾。我自相矛盾吗？很好，那么我就是要自相矛盾。能言善辩的[2]玛拉基。正说着的当儿，一个黑色软东西从他手里嗖地飞了出来。

1　这里，不信教的穆利根戏谑地以被恶人强剥下衣服的耶稣自况。

2　“能言善辩的”，也可以译为“墨丘利般的”，参看第26页注释4。

——这是你的拉丁区[1]帽子，他说。

斯蒂芬把它拾起来戴上了。海恩斯从门道那儿喊他们：

——你们来吗，伙计们？

——我准备好了，勃克·穆利根边回答边朝门口走去。出来吧，金赤，你大概把我们剩的都吃光了吧。

他无可奈何，一面迈着庄重的脚步走出去，一面几乎是怀着悲痛，严肃地说：

——于是他走出去，遇见了巴特里。

斯蒂芬把梣木手杖从它搭着的地方取了来，跟在他们后面走出去。当他们走下梯子时，他就拉上笨重的铁门，上了锁。他将很大的钥匙放在内兜里。

在梯子脚下，勃克·穆利根问道：

——你带上钥匙了吗？

——我带着哪，斯蒂芬边说边在他们头里走着。

他继续走着。他听见勃克·穆利根在背后用沉甸甸的浴巾抽打那长得最高的羊齿或草叶。

——趴下，老兄。放老实点儿，老兄。

海恩斯问道：

——这座塔，你们交房租吗？

——十二镑，勃克·穆利根说。

——交给陆军大臣，斯蒂芬回过头来补充一句。

他们停下步来，海恩斯朝那座塔望了望，最后说：

——啊，冬季可阴冷得够呛。你们管它叫作圆形炮塔吧？

——这些是比利·皮特[2]叫人盖的，勃克·穆利根说，当时法国人

1　拉丁区是巴黎塞纳河南岸的地区。有不少大学及文化设施，历来是学生和艺术家麇集之地。

2　比利是威廉的昵称。威廉·皮特（1759—1806），英国首相。

在海上[1]。然而我们那座是中心[2]。

——你对哈姆莱特有何高见？海恩斯向斯蒂芬问道。

——不，不，勃克·穆利根烦闷地嚷了起来，托马斯·阿奎那[3]也罢，他用来支撑自己那一套的五十五个论点也罢，我都甘拜下风。等我先喝上几杯再说。

他一边把淡黄色背心的两端拽拽整齐，一边转向斯蒂芬，说：

——金赤，起码得喝上三杯，不然你就应付不了，对吧？

——既然都等这么久了，斯蒂芬无精打采地说，不妨再等一阵子。

——你挑起了我的好奇心，海恩斯和蔼可亲地说，是什么似非而是的怪论吗？

——瞎扯！勃克·穆利根说。我们早就摆脱了王尔德和他那些似非而是的怪论啦。这十分简单。他用代数运算出：哈姆莱特的孙子是莎士比亚的祖父，而他本人是他亲爹的亡灵。

——什么？海恩斯说着，把指头伸向斯蒂芬。他本人？

勃克·穆利根将他的浴巾像祭带[4]般绕在脖子上，纵声笑得前仰后合，跟斯蒂芬咬起耳朵说：

——噢，老金赤的阴魂！雅弗在寻找一位父亲[5]！

——每天早晨我们总是疲倦的，斯蒂芬对海恩斯说，更何况说也说不完呢。

勃克·穆利根又朝前走了，并举起双手。

——只有神圣的杯中物才能使迪达勒斯打开话匣子，他说。

——我想要说的是，当他们跟在后面走的时候，海恩斯向斯蒂芬

---

1 “法国人在海上”一语出自《贫穷的老妪》。这首十八世纪末叶的爱尔兰歌谣表达了“贫穷的老妪”（爱尔兰古称）对越海而来的法国支援者的期待心情。一七九六年至一七九七年间，法国人曾两次派出远征军支援爱尔兰革命，均未能到达。一七九八年法国人虽登了陆，却被迫投降。下文中的“中心”，原文为希腊文。

2 原文是希腊文。

3 托马斯·阿奎那（1225—1274），意大利神学家、诗人。

4 祭带是神父做弥撒时所挂的细长带子，从脖颈垂到胸前。

5 指英国海军军官弗雷德里克·马里亚特（1792—1848）所写的一部以寻父为主题的小说（1836）。弃儿雅弗千方百计找到的生父，原来却是东印度群岛上的一名脾气暴躁的军官。据《创世记》：挪亚喝醉后，他的儿子闪和雅弗曾去找他。

解释道，此地的这座塔和这些悬崖不知怎的令我想到艾尔西诺。濒临大海的峻峭的悬崖之巅[1]——对吧？

勃克·穆利根抽冷子回头瞅了斯蒂芬一眼，然而并没吱声。光天化日之下，在这沉默的一刹那间，斯蒂芬看到自己身穿廉价丧服，满是尘埃，夹在服装华丽的二人之间的这个形象。

——那是个精彩的故事，海恩斯这么一说，又使他们停下脚步。

他的眼睛淡蓝得像是被风净化了的海水，比海水还要淡蓝，坚毅而谨慎。他这个大海的统治者[2]，隔着海湾朝南方凝望，一片空旷，闪闪发光的天边，一艘邮船依稀冒着羽毛形的烟。还有一叶孤帆正在穆格林沙洲那儿抢风掉向航行。

——我在什么地方读过从神学上对这方面的诠释，他若有所思地说，圣父与圣子的概念。圣子竭力与圣父合为一体。

勃克·穆利根的脸上立刻绽满欢快的笑容。他望着他们，高兴地张开那生得很俊的嘴唇，两眼那股精明洞察的神色顿然收敛，带着狂热欢快地眨巴着。他来回晃动着一个玩偶脑袋，巴拿马帽檐颤动着，用安详、欣悦而憨朴的嗓门吟咏起来：

——我这小伙子，无比的古怪，
妈是犹太人，爹是只鸟儿[3]。
跟木匠约瑟，我可合不来，
为门徒和各各他[4]干一杯。

他伸出食指表示警告：

1　艾尔西诺是丹麦的谢兰岛上一军港。莎士比亚的悲剧《哈姆莱特》即以此港为背景。“濒临……之巅”一语引自《哈姆莱特》第1幕第4场中霍拉旭对哈姆莱特所说的话。

2　“大海的统治者”指一九一四年以前英国海军和商船在海上称霸。

3　犹太童贞女玛利亚已许配给木匠约瑟，但未成婚前，因圣灵降临到她身上而怀孕，遂生下耶稣。圣灵通常以鸽子的形象出现，故有“鸟儿”一说。

4　各各他是耶稣被钉十字架的地方。

——倘有人认为，我不是神明，

我造出的酒，他休想白饮。

只好去喝水，但愿是淡的，

可别等那酒，重新变成水[1]。

为了表示告别，他敏捷地拽了一下斯蒂芬的梣木手杖，跑到悬崖边沿，双手在两侧拍打着，像鱼鳍，又像是即将腾空飞去者的两翼，并吟咏道：

——再会吧，再会，写下我说的一切，

告诉托姆、狄克和哈利，我已从死里复活。

与生俱来的本事，准能使我腾飞，

橄榄山[2]和风吹——再会吧，再会！

他朝着前方的四十步潭[3]一溜烟儿地蹿下去，呼扇着翅膀般的双手，敏捷地跳跳蹦蹦。墨丘利[4]的帽子迎着清风摆动着，把他那鸟语般婉转而短促的叫声，吹回到他们的耳际。

海恩斯一直谨慎地笑着，他和斯蒂芬并肩而行，说：

——我认为咱们不该笑。他真够亵渎神明的。我本人并不是个信徒，可以这么说。然而他那欢快的腔调多少消除了话里的恶意，你看呢？他管这叫什么来着？《木匠约瑟》？

——那是《滑稽的耶稣》小调，斯蒂芬回答说。

——哦，海恩斯说，你以前听过吗？

1　耶稣和他的门徒在加利利的迦拿应邀赴婚筵时，酒用尽了。那儿摆着六口缸。耶稣对佣人说："把缸倒满了水。"他们就倒满了，漫到缸口。舀出来一尝，水已变成了酒。这是耶稣所行的头一件神迹。这首打油诗的最后一句指喝下去的酒变成了尿。

2　橄榄山在耶路撒冷以东，耶稣经常偕同门徒到此。

3　四十步潭是沙湾的一座专供男子洗澡的天然浴场。

4　墨丘利是罗马神话中众神的信使，相当于希腊神话中的赫耳墨斯。穆利根与《旧约全书》末卷《玛拉基书》里的先知玛拉基（活动时期约前460年）同名。该名是希伯来语"我的使者"的音译，所以这里把他与墨丘利相比。

——每天三遍，饭后，斯蒂芬干巴巴地说。

——你不是信徒吧？海恩斯问。我指的是狭义上的信徒：相信从虚无中创造万物啦，神迹和人格神[1]啦。

——依我看，信仰一词只有一种解释，斯蒂芬说。

海恩斯停下脚步，掏出一只光滑的银质烟盒，上面闪烁着一颗绿宝石。他用拇指把它按开，递了过去。

——谢谢，斯蒂芬说着，拿了一支香烟。

海恩斯自己也取了一支，啪的一声又把盒子关上，放回侧兜里，并从背心兜里掏出一只镍制打火匣，也把它按开，自己先点着了烟，随即双手像两扇贝壳似的拢着燃起的火绒，伸向斯蒂芬。

——是啊，当然喽，他们重新向前走着，他说。要么信，要么不信，你说对不？就我个人来说，我就容忍不了人格神这种概念。你也不赞成，对吧？

——你在我身上看到的，斯蒂芬闷闷不乐地说，是一个可怕的自由思想的典型。

他继续走着，等待对方开口，身边拖着那根梣木手杖。手杖上的金属包头沿着小径轻快地跟随着他，在他的脚后跟吱吱作响。我的好搭档跟着我，叫着斯蒂依依依依依芬。一条波状道道，沿着小径。今晚他们摸着黑儿来到这里，就会踏着它了。他想要这把钥匙。那是我的。房租是我交的。而今我吃着他那苦涩的面包[2]。把钥匙也给他拉倒。一股脑儿。他会向我讨的。从他的眼神里也看得出来。

——总之，海恩斯开口说……

斯蒂芬回过头去，只见那冷冷地打量着他的眼色并非完全缺乏善意。

——总之，我认为你是能够在思想上挣脱羁绊的。依我看，你是你自己的主人。

1　人格神是指神也具有人格。

2　典出自《神曲·天堂》第17篇。但丁的高祖卡却基达对他说："你将懂得别人家的面包是多么苦涩，别人家的楼梯是多么难以攀上攀下。"

——我是两个主人的奴仆，斯蒂芬说，一个英国的和一个意大利的。

——意大利的？海恩斯说。

一个疯狂的女王，年迈而且爱妒忌。给朕下跪。

——还有第三个，斯蒂芬说，他要我给他打杂。

——意大利的？海恩斯又说。你是什么意思？

——大英帝国，斯蒂芬回答说，他的脸涨红了，还有神圣罗马使徒公教会[1]。

海恩斯把沾在下唇上的一些烟叶屑抹掉后才说话。

——我很能理解这一点，他心平气和地说。我认为一个爱尔兰人一定会这么想的。我们英国人觉得我们对待你们不怎么公平。看来这要怪历史。

堂堂皇皇而威风凛凛的称号勾起了斯蒂芬对其铜钟那胜利的铿锵声的记忆：**信奉独一至圣使徒公教会**[2]：礼拜仪式与教义像他本人那稀有的思想一般缓慢地发展，并起着变化，命星的神秘变化。

——当然喽，我是个英国人，海恩斯的嗓音说，因此我在感觉上是个英国人。我也不愿意看到自己的国家落入德国犹太人的手里[3]。我认为当前，这恐怕是我们全国性的问题。

有两个人站在悬崖边上眺望着：一个是商人，另一个是船老大。

——她正向阉牛港[4]开呢。

船老大略带轻蔑神情朝海湾北部点了点头。

——那一带有五英寻深，他说，一点钟左右涨潮，它就会朝那边浮去了。今儿个已经是第九天[5]啦。

淹死的人。一只帆船在空荡荡的海湾里顺风改变着航向，等待

1　指罗马天主教会。

2　原文为拉丁文。

3　指德裔犹太富豪罗斯柴尔德家族。当时他们控制着英国经济。

4　阉牛港位于都柏林湾东南方的岬角。下文中的英寻是测量水深用的长度单位，一英寻合一点八二八米。

5　民间迷信：失去踪影的沉尸会在第九天浮上来。

一团泡肿的玩意儿突然浮上来，一张肿胀的脸，盐白色的，翻转向太阳。我在这儿哪。

他们沿着弯曲的小道下到了湾汊。勃克·穆利根站在岩石上，他只穿了件衬衫，没有夹住的领带在肩上飘动。一个年轻人抓住他附近一块岩石的尖角，在颜色深得像果冻般的水里，宛若青蛙似的缓缓踹动着两条绿腿。

——弟弟跟你在一起吗，玛拉基？

——他在韦斯特米思。跟班农一家人在一起。

——还在那儿吗？班农给我寄来一张明信片。说他在那儿遇见了一个可爱的小妞儿。他管她叫照相姑娘。

——是快照吧，呃？一拍就成。

勃克·穆利根坐下来解他那高筒靴子的带子。离岩角不远处，抽冷子冒出一张上岁数的人那涨得通红的脸，喷着水。他攀住石头爬上来。水在他的脑袋以及花环般的一圈灰发上闪烁着，沿着他的胸脯和肚子流淌下来，从他那松垂着的黑色缠腰布里往外冒。

勃克·穆利根闪过身子，让他爬过去，瞥了海恩斯和斯蒂芬一眼，用大拇指指甲虔诚地在额头、嘴唇和胸骨上画了十字[1]。

——西摩回城里来啦，年轻人重新抓住岩角说，他想弃医从军呢。

——啊，随他去吧！勃克·穆利根说。

——下周就该受熬煎了。你认识卡莱尔家那个红毛丫头莉莉吗？

——认得。

——昨天晚上跟他在码头上调情来着。她爸爸阔得流油。

——她够劲儿吗？

——这，你最好去问西摩。

——西摩，一个嗜血的军官，勃克·穆利根说。

他若有所思地点点头，脱下长裤站起来，说了句老生常谈：

1　这是基督教会自古流行的一种对天主三位一体（圣父＝额头，圣子＝嘴唇，圣神＝胸部）表示尊崇的手势。天主教神父举行弥撒时，在诵读经文前以及仪式结束后，照例要画十字。

——红毛女人浪起来赛过山羊。

他惊愕地住了口，并摸了摸随风呼扇着的衬衫里面的肋部。

——我的第十二根肋骨没有啦，他大声说。我是超人[1]。没有牙齿的金赤和我。是超人。

他扭着身子脱下衬衫，把它甩在背后那堆衣服上。

——玛拉基，你在这儿下来吗？

——嗯。给我在床上让开点儿地方吧。

年轻人在水里猛地向后退去，伸长胳膊利利索索地划了两下，就游到湾汊中部。海恩斯坐在一块石头上抽着烟。

——你不下水吗？勃克·穆利根问道。

——待会儿再说，海恩斯说，刚吃完早饭可不行。

斯蒂芬掉过身去。

——穆利根，我要走啦，他说。

——金赤，给咱那把钥匙，勃克·穆利根说，好把我的内衣压压平。

斯蒂芬递给了他钥匙。勃克·穆利根将它撂在自己那堆衣服上。

——还要两便士，他说，好喝上一品脱。就丢在那儿吧。

斯蒂芬又在那软塌塌的堆儿上丢下两个便士。不是穿，就是脱。勃克·穆利根直直地站着，将双手在胸前握在一起，庄严地说：

——偷自贫穷的，就是借给耶和华[2]。琐罗亚斯德[3]如是说。

他那肥胖的身躯跳进水去。

——回头见，海恩斯回头望着攀登小径的斯蒂芬说，爱尔兰人的

1　原文为德语。《创世记》有天主抽掉亚当一根肋骨的记载。这里，穆利根以亚当自况，说他的“第十二根肋骨没有了”，这样，他就成了“超人”。

2　这里，勃克·穆利根故意篡改了《箴言》中“怜悯贫穷的，就是借给耶和华”一语，借以挖苦说，尼采是个极端的利己主义者，以别人为踏脚石来达到自己的目的。在二十世纪初，西欧曾流行过这种论点。

3　琐罗亚斯德（约前628—约前551），古波斯先知、琐罗亚斯德教创始人。古波斯语作查拉图斯特拉。《琐罗亚斯德如是说》（1883—1885）是德国哲学家尼采（1844—1900）的一部谶语式的格言著作。他在其中借琐罗亚斯德来鼓吹自己的“超人”哲学（即认为“超人”是历史的创造者，有权奴役群众，而普通人只是“超人”实现自己权力意志的工具）。

粗犷使他露出笑容。

公牛的角，马的蹄子，撒克逊人的微笑。

——在“船记”酒馆，勃克·穆利根嚷道。十二点半。

——好吧，斯蒂芬说。

他沿着那蜿蜒的坡道走去。

饰以百合的光明的
司铎群来伴尔，
极乐圣童贞之群[1]……

壁龛里是神父的一圈灰色光晕，他正在那儿细心地穿上衣服。今晚我不在这儿过夜。家也归不得。

拖得长长的、甜甜的声音从海上呼唤着他。拐弯的时候，他摆了摆手，又呼唤了。一个柔滑、褐色的头，海豹的，远远地在水面上，滚圆的。

篡夺者。

1 原文为拉丁文。

第二章

——你说说，科克伦，是哪个城市请他[1]去的？

——塔兰图姆[2]，老师。

——好极了。后来呢？

——打了一仗，老师。

——好极了。在哪儿？

孩子那张茫然的脸向那扇茫然的窗户去讨教。

记忆的女儿们[3]所编的寓言。然而，即便同记忆所编的寓言有出入，总有些相仿佛吧。那么，就是一句出自焦躁心情的话，是布莱克那过分之翅膀的扑扇[4]。我听到整个空间的毁灭，玻璃碎成碴儿，砖石建筑坍塌下来，时光化为终极的一缕死灰色火焰[5]。那样，还留给我们什么呢？

——地点我忘记啦，老师。公元前二七九年。

——阿斯库拉姆[6]，斯蒂芬朝着沾满血迹的书上那地名和年代望了一眼，说。

1　指皮勒斯（前319—前272），希腊西北部伊庇鲁斯的国王。

2　塔兰图姆乃今意大利东南部城市塔兰托的旧称。公元前八世纪沦为希腊殖民地。公元前三世纪罗马军队进逼时，塔兰图姆向伊庇鲁斯求救兵。

3　“记忆的女儿们”指希腊神话里主神宙斯与摩涅莫绪涅（记忆女神）两人所生的九位缪斯（司文艺、音乐、天文等的女神）。语出英国诗人威廉·布莱克（1757—1827）的名句：“寓言或讽喻系记忆的女儿们所编。想象被灵感的女儿们所包围……”见《最后审判的景象》（1810）。

4　这是把布莱克的《天堂与地狱的婚姻》（约1790）中的两句箴言合并而成：“过分之路导向智慧之宫”和“只要凭自己的翼，不愁鸟儿飞不高”。

5　在第3章中，描述炸监狱的场面时，也用了“玻璃碎成碴儿，砖石建筑坍塌下来”之句。参看第66页有关正文。

6　阿斯库拉姆在今意大利南部。公元前二七八年，皮勒斯在此击败罗马军队。

——是的，老师。他又说：**再打赢这么一场仗，我们就完啦**[1]。

世人记住了此语。心情处于麻木而松弛的状态。尸骸累累的平原，一位将军站在小山冈上，拄着矛枪，正对他的部下训话。任何将军对任何部下。他们洗耳恭听。

——你，阿姆斯特朗，斯蒂芬说。皮勒斯的结尾怎么样？

——皮勒斯的结尾吗，老师？

——我晓得，老师。问我吧，老师，科敏说。

——等一等。阿姆斯特朗，你说说，关于皮勒斯，你知道点什么吗？

阿姆斯特朗的书包里悄悄地摆着一袋无花果夹心面包卷。他不时地用双掌把它搓成小卷儿，轻轻地咽下去。面包渣子还沾在他的嘴唇上呢。少年的呼吸发出一股甜味儿。这些阔人以长子进了海军而自豪。多基[2]的韦克街。

——皮勒斯吗，老师？皮勒斯是栈桥[3]。

大家都笑了。并不快活的尖声嗤笑。阿姆斯特朗四下里打量着同学们，露出傻笑的侧影。过一会儿，他们将发觉我管教无方，也想到他们的爸爸所缴的学费，会越发放开嗓门大笑起来。

——现在告诉我，斯蒂芬用书戳戳少年的肩头，栈桥是什么？

——栈桥，老师，阿姆斯特朗说，就是伸到海里的东西。一种桥梁。国王镇[4]栈桥，老师。

有些人又笑了：不畅快，却别有用意。坐在后排凳子上的两个在小声讲着什么。是的。他们晓得：从未学过，可一向也不全是无知的。全都是这样。他怀着妒意注视着一张张的脸。伊迪丝、艾塞尔、格蒂、

1　皮勒斯是在伤亡惨重的情况下，于阿斯科利·萨特里亚诺之役中取得胜利的。

2　多基是斯蒂芬执教的学校所在地，位于都柏林郡海滨区，属旅游胜地，到处是富人的住宅及别墅。

3　皮勒斯（Pyrrhus）与栈桥（pier）二字发音近似。这里，阿姆斯特朗搞错了。

4　国王镇（见第5页注释4）与学校所在地多基相距不远。东码头长达一英里，夏季常有乐队在此举行露天音乐会。

莉莉[1]。跟他们类似的人：她们的呼吸也给红茶、果酱弄得甜丝丝的，扭动时，她们腕上的镯子在窃笑着。

——国王镇码头，斯蒂芬说。是啊，一座失望之桥[2]。

这句话使他们凝视着的眼神露出一片迷茫。

——老师，怎么会呢？科敏问。桥是架在河上的啊。

可以收入海恩斯的小册子。这里却没有一个人听。今晚在豪饮和畅叙中，如簧的巧舌将刺穿罩在他思想外面的那副锃亮的铠甲。然后呢？左不过是主人宫廷里的一名弄臣，既被纵容又受到轻视，博得宽厚的主人一声赞许而已。他们为什么都选择了这一角色呢？图的并不完全是温存的爱抚。对他们来说，历史也像其他任何一个听腻了的故事，他们的国土是一爿当铺。

倘若皮勒斯并未在阿尔戈斯丧命于一个老太婆手下[3]，或是尤利乌斯·恺撒不曾被短剑刺死[4]呢？这些事不是想抹杀就能抹杀的。岁月已给它们打上了烙印，把它们束缚住，关在被它们排挤出去的无限的可能性的领域里[5]。但是，那些可能性既然从未实现，难道还说得上什么可能吗？抑或唯有发生了的才是可能的呢？织吧，织风者。

——给我们讲个故事吧，老师。

——请讲吧，老师。讲个鬼故事。

——这从哪儿开始？斯蒂芬打开另一本书，问道。

——莫再哭泣，科敏说。

——那么，接着背下去，塔尔博特。

——故事呢，老师？

1　斯蒂芬教的是男校，他从班上男生的脸联想到可能与他们相好的四个女孩子的名字。

2　皮勒斯那场以惨重伤亡换得的胜利，使斯蒂芬联想到栈桥。栈桥不能通到彼岸，所以是一座失望之桥。

3　公元前二七二年，在阿尔戈斯巷战中，皮勒斯正要杀一个敌人时，此人老母从屋顶上对准骑着马的他抛下一片瓦，致使他坠马丧命。

4　古罗马统帅尤利乌斯·恺撒（前100—前44）集执政官、保民官、独裁官等大权于一身，被以布鲁图和卡西乌为首的共和派贵族阴谋刺死。

5　古希腊哲学家亚里士多德（前384—前322）在《形而上学》中提出，事情发生之前，有多种可能性；一旦其中一种成为事实之后，其他可能性便统统被排除掉了。

——待会儿，斯蒂芬说。背下去，塔尔博特。

一个面色黧黑的少年打开书本，麻利地将它支在书包这座胸墙底下。他不时地瞥着课文，结结巴巴地背诵着诗句：

——莫再哭泣，悲痛的牧羊人，莫再哭泣，
你们哀悼的利西达斯不曾死去，
虽然他已沉入水底下[1]……

说来那肯定是一种运动了，可能性由于有可能而变为现实[2]。在急促而咬字不清的朗诵声中，亚里士多德的名言自行出现了，飘进圣热内维艾芙图书馆那勤学幽静的气氛中；他曾一夜一夜地隐退在此研读[3]，从而躲开了巴黎的罪恶。邻座上，一位纤弱的暹罗人正在那里展卷精读一部兵法手册。我周围的那些头脑已经塞满了，还在继续填塞着。头顶上是小铁栅围起的一盏盏白炽灯，有着微微颤动的触须。在我头脑的幽暗处，却是阴间的一个懒货，畏首畏尾，惧怕光明，蠕动着那像龙鳞般的褶皱[4]。思维乃是有关思维的思维[5]。静穆的光明。就某种意义上而言，灵魂是全部存在：灵魂乃是形态的形态[6]。突兀、浩瀚、炽烈的静穆：形态的形态。

塔尔博特反复背诵着同一诗句：

——借着在海浪上行走的主那亲切法力，

1　出自英国诗人弥尔顿（1608—1674）为悼念一六三七年八月十日溺死于爱尔兰海的友人爱德华·金而作的《利西达斯》（1638）一诗。

2　亚里士多德在《物理学》中指出，潜在的可能性变为现实的过程即是运动。

3　圣热内维艾芙（约422—约500）是巴黎的女主保圣人。这座图书馆即以她的名字命名。乔伊斯本人在巴黎时常来此阅读。下文中的暹罗是泰国旧称。

4　布莱克在《天堂与地狱的婚姻》中写道：“我在地狱的一家印刷厂里看见知识怎样一代代地传播。第一车间有个龙人在清除洞口的垃圾；里面，一批龙在挖洞。”

5　亚里士多德在《形而上学》中提出了“主导力是有关思维本身的思维”的论断。

6　参看亚里士多德的《论灵魂》：“正如手是工具的工具，头脑乃是形态的形态。”头脑即指灵魂。意思是：一切事物都需通过头脑的活动来认识。

借着在海浪上……

——翻过去吧，斯蒂芬沉静地说。我什么也没看见。

——您说什么，老师？塔尔博特向前探探身子，天真地问道。

他用手翻了一页。他这才想起来，于是，挺直了身子背诵下去。关于在海浪上行走的主。他的影子也投射到这些怯懦的心灵上，在嘲笑者的心坎和嘴唇上，也在我的心坎和嘴唇上。还投射在拿一枚上税的银币给他看的那些人殷切的面容上。属于恺撒的归给恺撒，属于天主的归给天主[1]。深色的眼睛长久地凝视着，一个谜语般的句子，在教会的织布机上不停地织了下去。就是这样。

让我猜，让我猜，嗨哟嗬。

我爸爸给种子叫我播[2]。

塔尔博特把他那本合上的书，轻轻地放进书包。

——都背完了吗？斯蒂芬问。

——老师，背完了。十点钟打曲棍球，老师。

——半天儿，老师。星期四嘛。

——谁会破谜语？斯蒂芬问。

他们把铅笔弄得咯吱咯吱响，纸页窸窸窣窣，将书胡乱塞进书包。他们挤作一团，勒上书包的皮带，扣紧了，全都快活地吵嚷起来：

——破谜语，老师。让我破吧，老师。

——噢，让我破吧，老师。

——出个难的，老师。

——是这么个谜儿，斯蒂芬说：

1　法利赛人想用耶稣的话陷害耶稣，便问他可否纳税给恺撒。耶稣问：上税的钱币上的像和号是谁的？人们答曰是恺撒的。耶稣便说了这句话。

2　这是一个谜语的前半段，后半段是："黑黑的籽儿，白白的地儿。/这谜语，你能破，我就给你喝。"（谜底：写信。）

公鸡打了鸣，

天色一片蓝。

天堂那些钟，

敲了十一点。

可怜的灵魂，

该升天堂啦。[1]

——那是什么？

——什么，老师？

——再说一遍，老师，我们没听见。

重复这些词句时，他们的眼睛越睁越大了。沉默半晌后，科克伦说：

——是什么呀，老师？我们不猜了。

斯蒂芬回答时，嗓子直发痒：

——是狐狸在冬青树下埋葬它的奶奶[2]。

他站起来，神经质地大笑了一声，他们的喊叫声反映着沮丧情绪。

一根棍子敲了敲门，又有个嗓门在走廊里吆唤着：

——曲棍球！

他们忽然散开来，有的侧身从凳子前挤出去，有的从上面一跃而过。他们很快就消失了踪影，接着，从堆房传来棍子的碰击声、嘈杂的皮靴声和饶舌声。

萨金特独自留了下来。他慢慢腾腾地走过来，出示一本摊开的练习本。他那其乱如麻的头发和瘦削的脖颈都表明他的笨拙。透过模糊不清的镜片，他翻起一双弱视的眼睛，央求着。他那灰暗而毫无血色

1　这个谜语见P. W. 乔伊斯著《我们今日在爱尔兰所说的英语》一书。斯蒂芬把词句改得简练了，而且因对其亡母有着负疚感，故把原谜底中的“母亲”改为“奶奶”。原来的谜语和谜底是：“我猜谜，猜个准儿：/昨晚我看见了啥？/风儿刮，/公鸡打了鸣。/天堂那些钟，/敲了十一点。/我可怜的灵魂，/该升天堂啦。”（谜底：狐狸在冬青树下埋葬它的母亲。）

2　同上。

的脸蛋儿上，沾了块淡淡的枣子形墨水渍，刚刚抹上去，还湿润得像蜗牛窝似的。

他递过练习本来。头一行标着算术字样。下面是歪歪拧拧的数字，末尾是弯弯曲曲的签名，带圈儿的笔画填得满满当当，另外还有一团墨水渍。西里尔·萨金特：他的姓名和印记。

——迪希先生叫我整个儿重写一遍，他说，还要拿给您看，老师。

斯蒂芬摸了一下本子的边儿。徒劳无益。

——你现在会做这些了吗？他问。

——十一题到十五题，萨金特回答说。老师，迪希先生要我从黑板上抄下来的。

——你自己会做这些了吗？斯蒂芬问。

——不会，老师。

长得丑，而且没出息：细细的脖颈，其乱如麻的头发，一抹墨水渍，蜗牛窝。但还是有人爱过他，搂在怀里，疼在心上。倘非有她，在这谁也不让谁的世间，他早就被脚踩得烂成一摊无骨的蜗牛浆了。她爱的是从她自己身上流进去的他那虚弱稀薄的血液。那么，那是真实的喽？是人生唯一靠得住的东西喽[1]？暴躁的高隆班[2]凭着一股神圣的激情，曾迈过他母亲那横卧的身躯。她已经不在了：一根在火中燃烧过的小树枝那颤巍巍的残骸，一股黄檀和湿灰气味。她拯救了他，使他免于被践踏在脚下，而她自己却没怎么活就走了。一副可怜的灵魂升了天堂：星光闪烁下，在石楠丛生的荒野上，一只皮毛上还沾着劫掠者那血红腥臭的狐狸，有着一双凶残明亮的眼睛，用爪子刨地，听了听，刨起土来又听，刨啊，刨啊。

斯蒂芬挨着他坐着解题。他用代数运算出莎士比亚的亡灵是哈姆

1　在《一个青年艺术家的画像》一书第5章的末尾，克兰利曾对斯蒂芬说："在这个臭狗屎堆的世界上，你可以说任何东西都靠不住，但母亲的爱可是个例外。……她的感觉至少是真实的。"

2　高隆班（约543—615），爱尔兰人，凯尔特族基督教传教士。他不畏迫害，辗转在欧洲各地传教。他生性暴躁，在瑞士传教时曾放火焚烧过异教的教堂。死后被教皇封为圣徒。为了阻止他外出传教，他母亲曾横卧在家门口。

莱特的祖父。萨金特透过歪戴着的眼镜斜睨着他。堆房里有球棍的碰撞声，操场上传来了钝重的击球声和喊叫声。

这些符号戴着平方形、立方形的奇妙帽子在纸页上表演着字母的哑剧，来回跳着庄重的摩利斯舞[1]。手牵手，互换位置，向舞伴鞠躬。就是这样：摩尔人幻想出来的一个个小鬼。阿威罗伊和摩西·迈蒙尼德[2]也都离开了人世，这些在音容和举止上都诡秘莫测的人，用他们那嘲讽的镜子照着朦朦胧胧的世界之灵。黑暗在光中照耀，而光却不能理解它[3]。

——这会子你明白了吧？第二道自己会做了吗？

——会做啦，老师。

萨金特用长长的、颤悠悠的笔画抄写着数字。他一边不断地期待着得到指点，一边忠实地描摹着那些不规则的符号。在他那灰暗的皮肤下面，是一抹淡淡的羞愧之色，忽隐忽现。*母亲之爱*[4]：主生格与宾生格。她用自己那虚弱的血液和稀溜发酸的奶汁喂养他，藏起他的尿布，不让人看到。

以前我就像他：肩膀也这么瘦削，也这么不起眼。我的童年在我旁边弯着腰。遥远得我甚至无从用手去摸一下，即便是轻轻地。我的太遥远了，而他的呢，就像我们的眼睛那样深邃。我们两人心灵的黑暗宫殿里，都一动不动地盘踞着沉默不语的一桩桩秘密：这些秘密对自己的专横已感到厌倦，是情愿被废黜的暴君。

题已经算出来了。

——这简单得很，斯蒂芬边说边站起来。

——是的，老师。谢谢您啦，萨金特回答说。

1　摩利斯一词源于摩利斯科，意为“摩尔人的”。摩尔人是在非洲西北部定居下来的西班牙、阿拉伯及柏柏尔人的混血后代。

2　中世纪西欧人将阿拉伯哲学家伊本·路西德（1126—1198）的名字拉丁化了，称他为阿威罗伊。他属于摩尔族，是出生在伊斯兰教徒统治下的西班牙哲学家。摩西·迈蒙尼德（1135—1204），出生于伊斯兰教徒统治下的西班牙的犹太族哲学家，他企图调和亚里士多德哲学和犹太主义，对经院哲学家如托马斯·阿奎那等影响甚大。

3　“光在黑暗中照耀，而黑暗却不能理解它。”这里，作者把原话颠倒过来了。

4　原文为拉丁文。按主生格讲是“母爱”，按宾生格讲是“爱母”。

他用一张薄吸墨纸把那一页吸干，将练习本捧回到自己的课桌上。

——还不如拿上你的球棍，到外面找同学去呢，斯蒂芬边说边跟着少年粗俗的背影走向门口。

——是的，老师。

在走廊里就听见操场上喊着他名字的声音：

——萨金特！

——快跑，斯蒂芬说，迪希先生在叫你哪。

他站在门廊里，望着这个落伍者匆匆忙忙地奔向角逐场，那里是一片尖锐的争吵声。他们分好了队，迪希先生迈着戴鞋罩的脚，踏过一簇簇的草丛踱来。他刚一走到校舍前，又有一片争辩声喊起他来了。他把怒气冲冲的白色口髭转过去。

——这回，怎么啦？他一遍接一遍地嚷着，并不去听大家说的话。

——科克伦和哈利戴分到同一队里去啦，先生，斯蒂芬大声说。

——请你在我的办公室等一会儿，迪希先生说，我把这里的秩序整顿好就来。

他煞有介事地折回操场，扯着苍老的嗓子严厉地嚷着：

——什么事呀？这回又怎么啦？

他们的尖嗓门从四面八方朝他喊叫：众多身姿把他团团包围住，刺目的阳光将他那没有染好的蜂蜜色头发晒得发白了。

工作室里空气浑浊，烟雾弥漫，同几把椅子那磨损成淡褐色的皮革气味混在一起。跟第一天他和我在这里讨价还价时一个样儿。厥初如何，今兹亦然。靠墙的餐具柜上摆着一盘斯图亚特[1]硬币，从泥塘里挖出来的劣等收藏品：以迨永远。在褪了色的紫红丝绒羹匙匣里，舒适地躺着十二使徒[2]，他们曾向一切外邦人宣过教：及世之世。

沿着门廊的石板地和走廊传来一阵急促的脚步声。迪希先生吹着

1　斯图亚特家族自一三七一年起为苏格兰王室，一六〇三年起为英格兰王室。一六八五年詹姆斯二世继位，一六八八年被黜，逃到爱尔兰，次年用贱金属铸币，后成为罕见的收藏品。

2　指刻在羹匙柄上的十二使徒的像。

他那稀疏的口髭，在桌前站住了。

——头一桩，把咱们那一小笔账结了吧，他说。

他从上衣兜里掏出一个用皮条扎起来的皮夹子。它啪的一声打开，他就从里面取出两张钞票，其中一张还是由两个半截儿拼接起来的，并把它们小心翼翼地摊在桌子上。

——两镑，他说着，把皮夹子扎上，收了起来。

现在该开保险库取金币了。斯蒂芬那双尴尬的手抚摩着堆在冰冷的石钵里的贝壳——蛾螺、子安贝、豹贝——这个有螺纹的像是酋长的头巾。还有这个圣詹姆斯的扇贝[1]。一个老朝圣者的收藏品，死去了的珍宝，空洞的贝壳。

一枚金镑，锃亮而崭新，落在厚实柔软的桌布上。

——三镑，迪希先生把他那只小小的攒钱盒在手里转来转去，说，有这么个玩意儿可便当啦。瞧，这是放金镑的。这是放先令的，放六便士的，放半克朗的。这儿放克朗。瞧啊。

他从里面倒出两枚克朗和两枚先令。

——三镑十二先令，他说。我想你会发现没错儿。

——谢谢您啦，先生，斯蒂芬说，他难为情地连忙把钱拢在一起，统统塞进裤兜里。

——完全不用客气，迪希先生说。这是你挣的嘛。

斯蒂芬的手又空下来了，就回到空洞的贝壳上去。这也是美与权力的象征。我兜里有一小簇：被贪婪和贫困所玷污了的象征。

——不要那样随身带着钱，迪希先生说。不定在哪儿就会掏丢了。买上这样一个东西，你会觉得方便极啦。

回答点儿什么吧。

——我要是有上一个，经常也只能是空着，斯蒂芬说。

同一间房，同一时刻，同样的才智：我也是同一个我。这是第三

1　圣詹姆斯（或圣雅各）的圣祠坐落在西班牙的康波斯帖拉。中世纪的香客到此朝圣回去时，在附近拾一枚扇贝佩戴在帽子上做纪念。贝壳又是金钱的象征。

次了。我的脖子上套着三道绞索。唔。只要我愿意，马上就可以把它们挣断。

——因为你不攒钱，迪希先生用手指着说。你还不懂得金钱意味着什么。金钱是权，当你活到我这把岁数的时候就会懂得啦。我懂得。倘若年轻人有经验……然而莎士比亚是怎么说的来着？**只要把银钱放在你的钱袋里**[1]。

——伊阿古，斯蒂芬喃喃地说。

他把视线从纹丝不动的贝壳移向老人那凝视着他的目光。

——他懂得金钱是什么，迪希先生说。他赚下了钱。是个诗人，可也是个英国人。你知道英国人以什么为自豪吗？你知道能从英国人嘴里听到的他最得意的话是什么吗？

海洋的统治者。他那双像海水一样冰冷的眼睛眺望着空荡荡的海湾：看来这要怪历史：对我和我所说的话也投以那样的目光，倒没有厌恶的意思。

——说什么在他的帝国中，斯蒂芬说，太阳是永远不落的。

——不对！迪希先生大声说。那不是英国人说的。是一个法国的凯尔特族[2]人说的。

他用攒钱盒轻轻敲着大拇指的指甲。

——我告诉你，他一本正经地说，他最爱自夸的话是什么吧。**我没欠过债。**

好人哪，好人。

——我没欠过债。我一辈子没该过谁一先令。你能有这种感觉吗？**我什么也不欠。你能吗？**

---

1 “倘若年轻人有经验”是意大利一句谚语的前一半。被省略的后一半是：“而老人有精力，则世上无难事。”“只要把银钱放在你的钱袋里”是莎士比亚的悲剧《奥瑟罗》中的坏蛋伊阿古挑唆威尼斯绅士罗德利哥为非作歹时所说的话。

2 凯尔特族是公元前一千年左右居住在欧洲莱茵、塞纳等河流域的一个部落。其后裔今散布在法国北境、爱尔兰岛、苏格兰高原、威尔士等地。凯尔特族分布的地区虽广，但从未形成一个帝国，所以也不会这样夸口。“太阳是永远不落的”一语，最早是古希腊历史学家希罗多德（约前484—前430/前420）说的，他指的是波斯帝国。到了近代，英帝国也曾这样自诩过。

穆利根，九镑，三双袜子，一双粗革厚底皮鞋，几条领带。柯伦，十畿尼。麦卡恩，一畿尼。弗雷德·瑞安，两先令。坦普尔，两顿午饭。拉塞尔，一畿尼，卡曾斯，十先令，鲍勃·雷诺兹，半畿尼，凯勒，三畿尼，麦克南太太，五个星期的饭费。我这一小把钱可不顶用。

——现在还不能，斯蒂芬回答说。

迪希先生十分畅快地笑了，把攒钱盒收了回去。

——我晓得你不能，他开心地说。然而有朝一日你一定体会得到。我们是个慷慨的民族，但我们也必须做到公正。

——我怕这种冠冕堂皇的字眼儿，斯蒂芬说，这使我们遭到如此之不幸。

迪希先生神情肃然地朝着壁炉上端的肖像凝视了好半晌。那是一位穿着苏格兰花格呢短裙、身材匀称魁梧的男子：威尔士亲王艾伯特·爱德华[1]。

——你认为我是个老古板，老保守党，他那若有所思的嗓音说。从打奥康内尔[2]时期以来，我看到了三代人。我记得那次的大饥荒[3]。你晓得吗，橙带党[4]分支鼓动废除联合议会要比奥康内尔这样做，以及你们教派的主教、教长们把他斥为煽动者，还早二十年呢！你们这些

---

1 艾伯特·爱德华（1841—1910），维多利亚女王的长子，出生一个月即被其母封为威尔士亲王。女王于一九〇一年去世后，他成为大不列颠和爱尔兰国王，即爱德华七世。

2 丹尼尔·奥康内尔（1775—1847），十九世纪英国下院中第一位爱尔兰民族独立领袖，毕生为爱尔兰人信仰天主教的自由和废除英、爱联合议会，建立独立的爱尔兰议会而奋斗。他曾成功地在爱尔兰境内各地组织一系列群众集会，因而于一八四四年以阴谋煽动叛乱罪被捕，监禁三个月。这里，迪希却将英政府当局把他斥为“煽动者”一事说成是天主教的主教、教长们所为。

3 自一八四五年起，爱尔兰人民的主食土豆便歉收，一八四六、一八四七年间很多人死于大饥荒。

4 橙带党（原名奥伦治党）是爱尔兰新教徒组成的一个政治集团，旨在维护新教及其王位继承权。一七九五年，该党在爱尔兰和英国各地秘密组成分支，加强抵制爱尔兰自治法案，坚决反对地方自治。橙带党初成立时，曾反对将爱尔兰议会并入英国议会。然而那时的爱尔兰议会正是被信仰新教的英国殖民者操纵在手里的，所以他们反对联合议会，与爱尔兰人民开展的主张废除联合议会的民族主义运动，其意义迥然不同。

芬尼社社员[1]有时候是健忘的。

光荣、虔诚、不朽的纪念[2]。在光辉的阿马的钻石会堂里，悬挂着天主教徒的一具具尸首[3]。沙哑着嗓子，戴面罩，手执武器，殖民者的宣誓[4]。被荒废的北部，确实正统的《圣经》。平头派倒下去[5]。

斯蒂芬像画草图似的打了个简短的手势。

——我身上也有造反者的血液，迪希先生说。母方的。然而我是投联合议会赞成票的约翰·布莱克伍德爵士的后裔。我们都是爱尔兰人，都是国王的子嗣[6]。

——哎呀，斯蒂芬说。

——**走正路**[7]，迪希先生坚定地说，这就是他的座右铭。他投了赞成票，是穿上高筒马靴，从当郡的阿兹[8]骑马到都柏林去投的。

---

1 芬尼是爱尔兰古部落名。芬尼社是由爱尔兰革命家詹姆斯·斯蒂芬斯（1825—1901）所领导的小资产阶级秘密革命组织，主张推翻英国统治，废除大地主所有制，建立共和国。该组织是一八五七年在美国成立的，不久即在爱尔兰本土展开反英活动。一八六六年十一月斯蒂芬斯因内奸告密被捕，关在都柏林的里奇蒙监狱里。不出几天，芬尼社成员就在看守女儿的协助下，把他救了出去。次年二月，偷渡到美国，被选为在美国的芬尼社领袖。美国的芬尼社社员于一八六六年、一八七〇年和一八七一年三次越境至加拿大举行起义，均告流产。爱尔兰的芬尼社亦称爱尔兰共和兄弟会。这里，迪希是把芬尼社社员一词作为激进的共和党人的俗称来用的。

2 此语出自橙带党纪念英国国王威廉三世（1650—1702）的祝酒词：“纪念伟大的好国王威廉三世，他光荣、虔诚、不朽，拯救了我们……”威廉生在海牙，原为奥伦治亲王。一六八九年英国议会宣布信天主教的詹姆斯二世退位，威廉加冕为英格兰和苏格兰国王，并于一六九一年征服了爱尔兰。

3 一七九五年九月二十一日，二十几个信天主教的爱尔兰农民在北爱尔兰阿马郡首府阿马镇的钻石会堂聚会，以抗拒英国殖民者把全体爱尔兰天主教徒从该郡驱逐出去的勒令。他们遭到残酷屠杀，无一幸存。

4 自十七世纪初起，英政府便没收了爱尔兰北部大批土地，凡是迁移到那里的英国殖民者，只要宣誓效忠于英王，并承认信新教的英王为宗教领袖，就能领到土地。从此，信天主教的爱尔兰当地农民便沦为佃农。

5 “平头派倒下去”一语出自橙带党反对爱尔兰独立运动的一首歌。“平头派”指爱尔兰民族主义者。一七九八年，那些主张在爱尔兰实行共和制者，曾效仿法兰西革命者，也推成平头，故名。

6 约翰·布莱克伍德（1722—1799）是爱尔兰议员。英国曾以晋升爵位为钓饵，要他投联合议会的赞成票，但他坚决抵制。后却在前往都柏林去投反对票的途中，遽然去世。其子约翰·G. 布莱克伍德倒确实投了联合议会的赞成票，从而被封为达弗林爵士。这里，迪希把儿子的事写在父亲身上了。“所有的爱尔兰人都是国王的子嗣”是一句成语。

7 原文是拉丁文。

8 当郡是北爱尔兰东部一郡。十七世纪有大量移民涌入。阿兹是北爱尔兰的一个区，当时即属当郡。

吁——萧萧，吁——嘚嘚，

一路坎坷，赴都柏林[1]。

一个粗暴的绅士，足蹬锃亮的高筒马靴，跨在马背上。雨天儿，约翰爵士。雨天儿，阁下……天儿！……天儿……一双高筒马靴荡悠着，一路荡到都柏林。吁——萧萧，吁——嘚嘚。吁——萧萧，吁——嘚嘚。

——这下子我想起来啦，迪希先生说。你可以帮我点儿忙，迪达勒斯先生，麻烦你去找几位文友。我这里有一封信想投给报纸。请稍坐一会儿。我只要把末尾誊清一下就行了。

他走到窗旁的写字台那儿，把椅子往前拖了两下，读了读卷在打字机滚筒上那张纸上的几个字。

——坐下吧。对不起，他转过脸来说，**按照常识行事**。一会儿就好。

他扬起浓眉，盯着肘边的手稿，一面咕哝着，一面慢腾腾地去戳键盘上那僵硬的键。时而边吹气，边转动滚筒，擦掉错字。

斯蒂芬一声不响地在亲王那幅仪表堂堂的肖像前面坐下来，周围墙上的那些镜框里，毕恭毕敬地站着而今已消逝了的一匹匹马的形象，它们那温顺的头在空中昂着：黑斯廷斯勋爵的**挫败**，威斯敏斯特公爵的**跨越**，波弗特公爵的**锡兰**，一八六六年获**巴黎奖**[2]。小精灵般的骑手跨在马上，机警地等待着信号。他看到了这些佩戴着英王徽记的马的速度，并随着早已消逝了的观众的欢呼而欢呼。

——句号，迪希先生向打字机键盘发号施令。但是，立即公开讨论这个最为重要的问题……

1　《一路坎坷，赴都柏林》是一首爱尔兰歌谣，写一个穷苦的农村少年行路时受尽侮辱、遭到抢劫的经历。

2　“挫败”，马名，在英国新集市一年一度的赛马会中获一千畿尼奖金（1866）。小母马“跨越”在新集市的赛马中获二千畿尼奖金（1822）。“锡兰”在法国最著名的巴黎赛马中获大奖（1866）。

为了及早发上一笔财，克兰利曾把我领到这里来；我们在溅满泥点子的大型四轮游览马车之间，在各据一方的赛马赌博经纪人那大声吆唤和饮食摊的强烈气味中，在色彩斑驳的烂泥上穿来穿去，寻找可能获胜的马匹。美反叛[1]！美反叛！大热门，以一博一；冷门马以十博一。我们跟在马蹄以及戴竞赛帽穿运动衫的骑手后边，从掷骰摊和玩杯艺[2]摊跟前匆匆走过，还遇上一个大胖脸的女人，肉铺的老板娘。她正饥渴地连皮啃着一掰两半的橘子，连鼻孔都扎进去了。

操场上传来少年们一片尖叫声和打嘟噜的哨子声。

又进了一球。我也是他们当中的一员，夹在那些你争我夺、混战着的身躯当中，一场生活的拼搏。你指的是那个妈妈的宠儿“外罗圈腿”吧？他就好像肚子疼似的。拼搏啊。时间被冲撞得弹了回来，冲撞又冲撞。战场上的拼搏、泥泞和喊声，阵亡者弥留之际的呕吐物结成了冰，长矛挑起鲜血淋漓的内脏时那尖叫声。

——行啦，迪希先生站起来说。

他踱到桌前，把打好了的信别在一起。斯蒂芬站了起来。

——我把这档子事写得简单明了，迪希先生说。是关于口蹄疫问题。你看一下吧。大家一定都会同意的。

可否借用贵报一点宝贵的篇幅。在我国历史上屡见不鲜的自由放任主义原则。我国的牲畜贸易。我国各项旧有工业的方针。巧妙地操纵了戈尔韦建港计划[3]的利物浦集团。欧洲战火。通过海峡那狭窄水路的[4]粮食供应。农业部完完全全无动于衷。恕我借用一个典故。卡桑德

1　“美反叛”是一匹名马，曾在位于都柏林西南的豹镇一年一度的赛马中获胜。

2　杯艺是一种赌博，有三个扣着的顶针状小杯，叫观众猜测哪一只底下藏着豆子。

3　戈尔韦是爱尔兰戈尔韦郡港市。十九世纪五十年代，一度计划把它开辟为国际航运中心，后未能实现。但这里所说此事是被利物浦集团巧妙地操纵，与史实相悖。前文中的“自由放任主义”，原文为法语。

4　按：日俄战争已于这一年（1904）的二月八日爆发。这里指万一战争蔓延到欧洲，横渡大西洋的船只就只好不取道爱尔兰与威尔士之间的圣乔治海峡或爱尔兰与苏格兰之间的北海峡，而径直驶入戈尔韦湾了。

拉。由于一个不怎么样的女人的关系[1]。现在言归正题。

——我够单刀直入了吧？斯蒂芬往下读时，迪希先生问道。

口蹄疫。通称科克配方。血清与病毒。免疫马的百分比。牛瘟。下奥地利慕尔斯泰格的御用马群。兽医外科。亨利·布莱克伍德·普赖斯先生，献上处方，恭请一试。只能按照常识行事。无比重要的问题。名副其实地敢抓公牛角[2]。感谢贵报慷慨地提供的篇幅。

——我要把这封信登在报上，让大家都读到，迪希先生说。你看吧，下次再突然闹瘟疫，他们就会对爱尔兰牛下禁运令了。可是这病是能治好的。已经有治好的了。我的表弟布莱克伍德·普赖斯给我来信说，在奥地利，那里的兽医挂牌医治牛瘟，并且都治好了。他们表示愿意到这里来。我正在想办法对部里的人施加点影响。现在我先从宣传方面着手。我面临的是重重困难，是……各种阴谋诡计，是……幕后操纵，是……

他举起食指，老谋深算地在空中摆了几下才说下去。

——记住我的话，迪达勒斯先生，他说。英国已经掌握在犹太人手里了。占去了所有高层的位置：金融界、报界。而且他们是一个国家衰败的兆头。不论他们凑到哪儿，他们都会把国家的元气吞掉。近年来，我一直看着事态的这种发展。犹太商人们已经干起破坏勾当了，这就跟咱们站在这里一样的确凿。古老的英国快要灭亡啦。

他疾步向一旁走去，当他们跨过一束宽宽的日光时，他的两眼又恢复了生气勃勃的蓝色。他四下里打量了一下，又走了回来。

——快要灭亡了，他又说，如果不是已经灭亡了的话。

妓女走街串巷到处高呼，

1　卡桑德拉是希腊神话中特洛伊最后一个国王普里阿摩斯的女儿，为阿波罗神所爱，被赐予卜吉凶的本领。但因不肯委身于阿波罗，受其诅咒，致使她的预言没人相信，因而无法避免灾祸。“不怎么样的女人”指的是海伦。她已嫁给斯巴达国王墨涅拉俄斯，却和普里阿摩斯王的儿子帕里斯一道私奔到特洛伊，从而引起了持续十年之久的特洛伊战争。

2　“抓住公牛角”是英国谚语，意思是敢于处理棘手之事。

为老英格兰织起裹尸布[1]。

他在那束光里停下脚步，恍惚间见到了什么似的睁大了眼睛，严峻地逼视着。

——商人嘛，斯蒂芬说，左不过是贱买贵卖。犹太人也罢，非犹太人也罢，都一个样儿，不是吗？

——他们对光[2]犯下了罪，迪希先生严肃地说。你可以从他们的眼睛里看到黑暗。正因为如此，他们至今还在地球上流离失所。

在巴黎证券交易所的台阶上，金色皮肤的人们正伸出戴满宝石的手指，报着行情。嘎嘎乱叫的鹅群。他们成群结队地围着神殿[3]转，高声喧噪，粗鲁俗气，戴着不三不四的大礼帽，脑袋里装满了阴谋诡计。不是他们的：这些衣服，这种谈吐，这些手势。他们那睁得圆圆的滞钝的眼睛，与这些言谈，这些殷切、不冲撞人的举止相左；然而他们晓得自己周围积怨甚深，明白一腔热忱是徒然的。耐心地积累和贮藏也是白搭。时光必然使一切都一散而光。堆积在路旁的财宝：一旦遭到掠夺，就落入人家手里。他们的眼里熟悉流浪的岁月，忍耐着，了解自己的肉体所遭受的凌辱。

——谁不是这样的呢？斯蒂芬说。

——你指的是什么？迪希先生问道。

他向前迈了一步，站在桌旁。他的下巴颏歪向一边，犹豫不定地咧着嘴。这就是老人的智慧吗？他等着听我的呢。

——历史，斯蒂芬说，是我正努力从中醒过来的一场噩梦。

从操场上传来孩子们的一片喊叫声。一阵打嘟噜的哨子声：进球了。倘若那场噩梦像母马[4]似的尥蹶子，踢你一脚呢？

——造物主的做法跟咱们不一样，迪希先生说。整个人类的历史

---

1 出自布莱克的《清白的征兆》。原诗抨击了当时英国准许娼赌的政策。

2 这里的光即指耶稣。

3 巴黎证券交易所的建筑，是十九世纪初叶仿照罗马的韦斯巴芗神殿盖起来的。

4 英语中，噩梦（nightmare）由夜晚（night）和母马（mare）二词组成。

都朝着一个伟大的目标前进：神的体现。

斯蒂芬冲着窗口翘了一下大拇指，说：

——那就是神。

好哇！哎呀！呜噜噜噜！

——什么？迪希先生问。

街上的喊叫，斯蒂芬耸了耸肩头回答说。

迪希先生朝下面望去，用手指捏了一会儿鼻翅。他重新抬起头来，并撒开了手。

——我比你幸福，他说。我们曾犯过许多错误，有过种种罪孽。一个女人[1]把罪恶带到了人世间。为了一个不怎么样的女人，海伦，就是墨涅拉俄斯那个跟人跑了的妻子，希腊人同特洛伊打了十年仗。一个不贞的老婆首先把陌生人带到咱们这海岸上来了，就是麦克默罗的老婆和她的姘夫布雷夫尼大公奥鲁尔克[2]。巴涅尔[3]也是由于一个女人的缘故才栽的跟斗。很多错误，很多失败，然而唯独没有犯那种罪过。如今我已经进入暮年，却还从事着斗争。我要为正义而战斗到最后。

因为阿尔斯特要战斗，

1　一个女人指夏娃。

2　这里，迪希把事件中的人物关系颠倒了。史实是：一一五二年，爱尔兰的小国伦斯特的麦克默罗王把另一小国布雷夫尼的大公奥鲁尔克之妻拐走（另有一种说法是二人一道私奔的），从而引起战争。麦克默罗向英国的亨利二世求援。这便是英国入侵爱尔兰的开始。

3　查理·斯图尔特·巴涅尔（1846—1891），十九世纪末爱尔兰自治运动和民族主义领袖。一八七九年任爱尔兰农民争取土地改革的土地同盟主席。土地同盟遭到镇压后，各地不断发生恐怖事件。巴涅尔很快就使民族主义运动受到严格纪律的约束。一八八二年五月，英国政治家、爱尔兰事务大臣卡文迪和次官伯克在都柏林西郊的凤凰公园散步时，被民族主义秘密团体常胜军成员刺杀。一八八七年四月十八日，《泰晤士报》发表“巴涅尔信件”的影印图片，指控巴涅尔包庇凤凰公园暗杀案的凶手。巴涅尔立即指出这是纯属捏造的。约两年后，伪造信件者畏罪自杀，巴涅尔在英国自由党人的眼中成为英雄。这时期是他一生的顶峰。一八八九年他因与有夫之妇姘居，被其丈夫奥谢上尉控告。天主教的主教们指责他道德败坏，不宜担任领导职务。次年与奥谢夫人结婚，舆论哗然，他的事业遂前功尽弃。

阿尔斯特在正义这一头[1]。

斯蒂芬举起手里那几页信。

——喏，先生，他开口说。

——我估计，迪希先生说，你在这里干不长。我认为你生来就不是当老师的材料。兴许我错了。

——不如说是来当学生的，斯蒂芬说。

那么，你在这儿还能学到什么呢？

迪希先生摇了摇头。

——谁知道呢？他说。要学习嘛，就得虚心。然而人生就是一位伟大的老师。

斯蒂芬又沙沙地抖动着那几页信。

——至于这封信，他开口说。

——对，迪希先生说。你这儿是一式两份。你要是能马上把它们登出来就好了。

《电讯报》，《爱尔兰家园报》。

——我去试试看，斯蒂芬说，明天给您回话。我跟两位编辑有泛泛之交。

——那就好，迪希先生生气勃勃地说。昨天晚上我给议会议员菲尔德先生写了封信。牲畜商协会今天在市徽饭店开会。我托他把我的信交到会上。你看看能不能把它发表在你那两家报纸上。是什么报来着？

——《电讯晚报》……

——那就好，迪希先生说。一会儿也不能耽误。现在我得回我表弟那封信了。

1　阿尔斯特是爱尔兰古代省份之一。这两句话是英国政治家伦道夫·斯潘塞·丘吉尔（1849—1895）在竞选时为了煽动本地人反对爱尔兰自治而说的。后即成为爱尔兰北部反对爱尔兰自治、反对天主教的口号。

——再会，先生，斯蒂芬边说边把那几页信放进兜里。谢谢您。

——不客气，迪希先生翻找着写字台上的文件，说。我尽管上了岁数，却还爱跟你争论一番哩。

——再会，先生，斯蒂芬又说一遍，并朝他的驼背鞠个躬。

踱出敞开着的门廊，他沿着砂砾铺成的林荫小径走去，听着操场上的喊叫声和球棍的击打声。他迈出大门的时候，一对狮子蹲在门柱上端；没了牙齿却还在那里耍威风。尽管如此，我还是要在斗争中帮他一把。穆利根会给我起个新外号：阉牛之友派“大诗人”。

——迪达勒斯先生！

从我背后追来了。但愿不至于又有什么信。

——等一会儿。

——好的，先生，斯蒂芬在大门口回过身来说。

迪希先生停下脚步，他喘得很厉害，倒吸着气。

——我只是要告诉你，他说。人家说，爱尔兰很光荣，是唯一从未迫害过犹太人的国家。你晓得吗？不晓得。那么，你知道是为什么吗？

他朝着明亮的空气，神色严峻地皱起眉头。

——为什么呢，先生？斯蒂芬问道，脸上开始漾出笑容。

——因为她从来没让他们入过境[1]，迪希先生郑重地说。

他的笑声中含着一团咳嗽，拖着一长串咕噜咕噜响的黏痰从他喉咙里喷出来。他赶快转过身去，咳啊，笑啊，望空挥着双臂。

——她从来没让他们入过境，他一边笑着一边又叫喊，同时两只鞋上戴罩的脚踏着砂砾小径。就是由于这个缘故。

太阳透过树叶的棋盘格子，往他那睿智的肩头上抛下一片片闪光的小圆装饰，跳动着的金币。

1　这种说法与史实不符。其实早在十三世纪爱尔兰就驱逐过犹太人，十八、十九世纪还通过立法，迫使犹太人归化。

第三章

可视事物无可避免的形态[1]：至少是对可视事物，通过我的眼睛认知。我在这里辨认的是各种事物的标记，鱼的受精卵和海藻，越来越涌近的潮水，那只铁锈色的长筒靴。鼻涕青，蓝银，铁锈：带色的记号[2]。透明的限度。然而他补充说：在形体中。那么，他察觉事物的形体早于察觉其带色了。怎样察觉的？用他的头脑撞过，准是的。悠着点儿。他谢了顶，又是一位百万富翁。**有学识者的导师**[3]。其中透明的限度。为什么说其中？透明，不透明。倘若你能把五指伸过去，那就是户，伸不过去就是门。闭上你的眼睛去看吧。

斯蒂芬闭上两眼，倾听着自己的靴子踩在海藻和贝壳上的声音。你好歹从中穿行着。是啊，每一次都跨一大步。在极短暂的时间内，穿过极小的一段空间。五，六：**持续地**。正是这样。这就是可听事物无可避免的形态。睁开你的眼睛。别，唉！倘若我从濒临大海那峻峭的悬崖之巅[4]栽下去，就会无可避免地在空间**并列着**往下栽！我在黑暗中待得蛮惬意。那把梣木刀佩在腰间。用它点着地走：他们就是这么做的。我的两只脚穿着他的靴子，**并列着**[5]与他的小腿相接。听上去

1　亚里士多德认为，每一物体，每一个单一的实物，都是两种本原（物质和形态）所构成，例如铜像是由赋有一定形态的铜做成的。

2　爱尔兰哲学家、物理学家和主教乔治·伯克利（1685—1753）在《视觉新论》（1709）中提出，我们看到的不过是“带色的记号”，却把它们当成了物体本身。

3　原文为意大利语，指亚里士多德，见但丁《神曲·地狱》第4篇。

4　“濒临……巅”一语，引自《哈姆莱特》第1幕第4场。

5　这里的“并列着”和前文的“持续地”“并列着”原文均为德语，均套用德国戏剧家、评论家戈特尔德·埃弗赖姆·莱辛（1725—1871）的话。他认为画所处理的是物体（在空间中的）并列（静态），而动作（即在时间中持续的事物）是诗所特有的题材。见《拉奥孔》第15、16章，朱光潜译，人民文学出版社一九七九年版。

蛮实，一定是巨匠[1]造物主[2]那把木槌的响声。莫非我正沿着沙丘[3]走向永恒不成？喀嚓吱吱，吱吱，吱吱。大海的野生货币。迪希先生全都认得。

来不来沙丘，

母马玛达琳[4]？

瞧，旋律开始了。我听见啦。节奏完全按四音步句的抑扬格在行进。不。在飞奔：母马玛达琳。

现在睁开眼睛吧。我睁。等一会儿。打那以后，一切都消失了吗？倘若我睁开眼睛，我就将永远待在漆黑一团的不透明体中了。够啦[5]！看得见的话，我倒是要瞧瞧。

瞧吧，没有你，也照样一直存在着，以迨永远，及世之世[6]。

她们从莱希的阳台上沿着台阶小心翼翼地走下来了——婆娘们[7]。八字脚陷进沉积的泥沙，软塌塌地走下倾斜的海滨。像我，像阿尔杰一样，来到我们伟大的母亲跟前。头一个沉甸甸地甩着她那只产婆用的手提包，另一个的大笨雨伞戳进了沙滩。她们是从自由区[8]来的，出来散散心。布赖德街那位受到深切哀悼的已故帕特里克·麦凯布的遗孀，弗罗伦斯·麦凯布太太。是她的一位同行，替呱呱啼哭着的我接的生。从虚无中创造出来的。她那只手提包里装着什么？一个拖着脐带的早产死婴，悄悄地用红糊糊的呢绒裹起。所有脐带都是祖祖辈辈

1　巨匠（Los）是布莱克所著《巨匠之书》（1795）中的天神。

2　原文为希腊文，是柏拉图《蒂迈欧》篇中所载的世界创造者。

3　沙丘是都柏林市东南的海滨。

4　原文作Madeline the mare，与当时还健在的法国水彩画家Madeleine Lemaire（1845—1928）的姓名发音相近。文中把原名中的Le改成了the。下面引用时又抽掉了Ma二字，译出来就是“达琳”。

5　原文为意大利语。

6　“以迨永远，及世之世”是《圣三光荣颂》的最后两句。

7　原文为德语。

8　自由区原指封建时代教会领地附近的地区，不属于总督管辖，故名。后来范围逐渐缩小，及至一九〇四年只剩下位于利菲河南岸都柏林中心的圣帕特里克大教堂周围的贫民窟。

相连接的，芸芸众生拧成一股肉缆，所以才有那些秘教僧侣们。你们想变得像神明那样吗？那就仔细看**自己的肚脐**[1]吧。喂，喂。我是金赤。请接伊甸城。阿列夫，阿尔法[2]，零，零，一。

始祖亚当的配偶兼伴侣：赫娃[3]，赤身裸体的夏娃。她没有肚脐。仔细瞧瞧。鼓得很大、一颗痣也没有的肚皮，恰似紧绷着小牛皮面的圆楯。不像，是一堆白色的小麦，光辉灿烂而不朽，从亘古到永远[4]。罪孽的子宫。

我也是在罪恶的黑暗中孕育出的，是被造的，不是受生的[5]。是那两个人干的：男的有着我的嗓门和我的眼睛，那女幽灵的呼吸带有湿灰的气息。他们紧紧地搂抱，又分开，按照撮合者的意愿行事。盘古首初，天主就有着要我存在的意愿，而今不会让我消失，永远也不会。**永远的法则**[6]与天主共存。那么，这就是圣父与圣子同体的那个神圣的实体吗？试图一显身手的那位可怜的阿里乌老兄，而今安在？他反对“共在变体赞美攻击犹太论”[7]，毕生为之战斗。注定要倒霉的异端邪说祖师。在一座希腊厕所里，他咽了最后一口气：**猝死了**[8]。戴着镶有珠子的主教冠，手执牧杖[9]，纹丝不动地跨在他的宝座上；他成了鳏夫，主教的职位也守了寡。**主教饰带**[10]硬挺挺地翘起来，臀部净是凝成的块块儿。

微风围着他嬉戏，砭人肌肤的凛冽的风，波浪涌上来了。有如白鬃的海马，磨着牙齿，被明亮的风套上笼头，马南南[11]的骏马们。

---

1 原文为希腊文。参看第9页注释1。

2 阿列夫和阿尔法分别为希伯来文和希腊文字母表首字母的音译，相当于英文的a。

3 原文作Heva，希伯来文，意思是生命，系夏娃最早的称法。

4 “从亘古到永远”一语，出自《诗篇》。

5 这里把《尼西亚信经》中的话颠倒，原话是：“是受生的，不是被造的。”

6 原文为拉丁文，出自托马斯·阿奎那的《神学大全》（作于1265—1273）。

7 这是作者自造的复合词，由三十六个字母组成。

8 原文为拉丁文。阿里乌在就和解问题与教会商谈期间，猝死于君士坦丁堡街头厕所里。

9 牧杖是主教职标。阿里乌是基督教司铎，曾任亚历山大里亚教会长老。他非但未能升为主教，还被宣布为异端分子，于三二一年被撤职。

10 原文为拉丁文。这是主教佩戴的白绸绣花饰带，从脖间搭到左肩上，下端垂及膝盖。

11 即爱尔兰神话中能够任意改变形状的海神马南南·麦克李尔。

我可别忘了他那封写给报社的信。然后呢？十二点半钟去“船记”。至于那笔款呢，省着点儿花，乖乖地像个小傻瓜那样。对，非这么着不可。

他的脚步放慢了。到了。我去不去萨拉舅妈那儿呢？我那同体的父亲的声音。最近你见那位艺术家哥哥斯蒂芬一眼了吗？没见到？他该不是到斯特拉斯堡高台街找他舅妈萨莉[1]去了吧？难道他不能飞得更高一点儿吗，呃？还有，还有，还有，斯蒂芬，告诉我们西[2]姑父好吗？啊呀，哭泣的天主，我都跟些什么人结上了亲家呵。男娃子们在干草棚里。酗酒的小成本会计师和他那吹短号的兄弟。可敬的平底船船夫[3]！还有那个斗鸡眼沃尔特，竟然对自己的父亲以“先生”相称。先生。是的，先生。不，先生。耶稣哭了：这也难怪，基督啊。

我拉了拉他们那座关上百叶窗的茅屋上气不接下气的门铃，等着。他们以为讨债的来了，就从安全的地方朝外窥伺。

——是斯蒂芬，先生。

——让他进来，让斯蒂芬进来。

门栓拉开了，沃尔特把我让进去。

——我们还只当是旁人呢。

一张大床，里奇舅舅倚着枕头，裹在毛毯里，隔着小山般的膝盖，将壮实的手臂伸过来。胸脯干干净净。他洗过上半身。

——外甥，早晨好。

他把膝板放到一旁。他正在板上起草着拿给助理法官戈夫和助理法官沙普兰·坦迪看的讼费清单，填写着许可证、调查书以及携带着物证出庭的传票。在他那谢了顶的头上端，悬挂着用黑樫木化石做的

1　萨莉是萨拉的爱称。

2　西是西蒙的爱称。

3　“可敬……船夫”一语出自英国喜剧作家威廉·施文克·吉尔伯特（1836—1911）与作曲家阿瑟·沙利文（1842—1900）合编的轻歌剧《平底船船夫》（1889）。西蒙把这用作对两位内弟的贬语。

镜框。王尔德的《安魂曲》[1]。他吹着那令人困惑的口哨，单调而低沉，把沃尔特唤了回来。

——什么事，先生？

——告诉母亲，给里奇和斯蒂芬端麦芽酒来。她在哪儿？

——给克莉西洗澡呢，先生。

跟爸爸一道睡的小伴儿，宝贝疙瘩。

——不要，里奇舅舅……

——就叫我里奇吧。该死的锂盐矿泉水。叫人虚弱。威士忌！

——里奇舅舅，真的……

——坐下吧，不然的话，我就凭着魔鬼的名义把你揍趴下。

沃尔特斜睨着眼找椅子，但是没找到。

——他没地方坐，先生。

——他没地方放屁股吗，你这傻瓜。把咱们的奇彭代尔[2]式椅子端过来。想吃点儿什么吗？在这里，你用不着摆臭架子。来点儿厚厚的油煎鲱鱼火腿片怎样？真的吗？那就更好啦。我们家除了背痛丸，啥都没有。

当心哪！

他用低沉单调的声音哼了几小节费朗多的**出场歌**[3]。斯蒂芬，这是整出歌剧中最雄伟的一曲。你听。

他又吹起那和谐的口哨来了，音调缓和而优雅，中气很足，还抡起双拳，把裹在毛毯中的膝盖当大鼓来敲打。

这风更柔和一些。

没落之家，我的，他的，大家的。你曾告诉克朗戈伍斯那些少

---

1 《安魂曲》和前文中的“携带物证出庭的传票”，原文均为拉丁文。《安魂曲》系王尔德于一八八一年为了悼念亡姊而写的诗。

2 奇彭代尔是十八世纪英国家具大师，他的名字已成为英国洛可可式家具的同义语。最有名的奇彭代尔式样是宽座彩带式靠背椅。这里，里奇显然是在吹牛。

3 原文为意大利语，这里指意大利歌剧作曲家吉乌塞佩·威尔第（1813—1901）之名作《游吟诗人》（1853）的男主人公费朗多出场后演唱的第一首咏叹调《离别歌》。首句为：“当心哪！”

爷，你有个舅舅是法官，还有个舅舅是将军。斯蒂芬，别再来这一套啦。美并不在那里。也不在马什图书馆[1]那空气污浊的小单间里。你在那儿读过约阿基姆院长[2]那褪了色的预言书。是为谁写的？为大教堂院内那长了一百个头的乌合之众。一个憎恶同类者[3]离开他们，遁入疯狂的森林，鬃毛在月下起着泡沫，眼珠子像是星宿。长着马一般鼻孔的胡乙姆[4]。一张张椭圆形马脸的坦普尔、勃克·穆利根、狐狸坎贝尔、长下巴颏儿[5]。隐修院院长神父，暴跳如雷的副主教[6]，是什么惹得他们在头脑里燃起怒火？呸！**下来吧，秃了，不然就剥掉你的头皮**[7]，他那有受神惩之虞的头上，围着一圈儿花环般的灰发，我看见他往下爬，爬到祭台脚下（**下来吧**[8]！），手执圣体发光，眼睛像是蛇怪。下来吧，秃瓢儿！这些削了发、涂了圣油、被阉割、靠上好的麦子吃胖了的、靠神糊口的神父们，笨重地挪动着那穿白麻布长袍的魁梧身躯，从鼻息里喷出拉丁文。在祭台四角协助的唱诗班用威胁般的回声来响应。

同一瞬间，拐角处一个神父也许正举扬着圣体。丁零零！相隔两条街，另一位把它放回圣体柜，上了锁。丁零零！圣母小教堂里，又一个神父正在独吞所有的圣体。丁零零！跪下，起立，向前，退后。

1　马什图书馆在都柏林市圣帕特里克大教堂的院内。

2　约阿基姆·阿巴斯（约1130—约1202），即菲奥雷的约阿基姆，意大利神秘主义者、神学家。

3　指英国小说家乔纳森·斯威夫特（1667—1745）。十九世纪末至二十世纪初叶，西方文学评论界曾普遍认为斯威夫特憎恨人类，最后导致精神失常。其实他真正恨的是上层社会的腐败和罪恶。

4　胡乙姆是斯威夫特的寓言小说《格利佛游记》（1726）中的智马。具有高度理性的智马们生活在宗法式的公社中，一切社员享有平等的权利。

5　狐狸坎贝尔和长下巴颏儿是孩子们为一个耶稣会神父起的两个绰号。见《一个青年艺术家的画像》第4章。

6　暴跳如雷的副主教指斯威夫特。一七一三年，安妮女王任命他为圣帕特里克大教堂副主教。他死后葬于该教堂墓地。

7　原文为拉丁文，这是约阿基姆预言中的话。《列王纪下》中有年轻人讥笑先知以利沙为秃子的描述。

8　原文为拉丁文。

卓绝的博士丹·奥卡姆[1]曾想到过这一点。英国一个下雾的早晨，基督人格问题这一小精灵骚挠着他的头脑。他撂下圣体，跪下来。在他听见自己摇的第二遍铃声与十字形耳堂里的头一遍铃声（他在举扬圣体）而站起来时，又听见（而今我在举扬圣体了）这两个铃的响声（他跪下了）重叠成双元音。

表弟斯蒂芬，你永远也当不成圣人。这是圣者的岛屿[2]。你从前虔诚得很，对吗？你向圣母玛利亚祷告，祈求她不要叫你的鼻子变红。你曾在蛇根木林荫路上向魔鬼祈求，让前面那个矮胖寡妇走过水洼子时把下摆撩得更高一些。**啊，可不是嘛**[3]！为了那些用别针别在婆娘腰身上的染了色的布片，出卖你的灵魂吧。务必这么做。再告诉我一些，再说说！当你坐在驰往霍斯[4]的电车的顶层座位上时，曾独自对着雨水喊叫道：**一丝不挂的女人！一丝不挂的女人！**那是怎么回事，呃？

那又怎么啦？难道女人不就是为了这个而被创造的吗？

每天晚上从七本书里各读上两页，呃？我那时还年轻。你对着镜子朝自己鞠躬，脸上神采奕奕，一本正经地走上前去，好像要接受喝彩似的。十足的大傻瓜，万岁！万岁！谁都不曾看见：什么人也别告诉。你打算以字母为标题写一批书来着。你读过他的F吗？哦，读过，可是我更喜欢Q。对，不过W可精彩啦。啊，对，W。还记得你在椭圆形绿页上所写的深奥的显形录[5]吗？深刻而又深刻。倘若你死了，抄本将被送到世界上所有的大图书馆去，包括亚历山大在内。几千年后，亿万年后，仍将会有人捧读，就像皮克·德拉·米兰多拉[6]似

1　丹·奥卡姆，丹（dan）是先生的古称，指威廉·奥卡姆（约1285—1349），英国经院派神学家。

2　圣者的岛屿是中世纪时对爱尔兰的称呼。

3　原文为意大利语。

4　霍斯是爱尔兰都柏林郡内的一个半岛，海峡由古老的石英岩和页岩构成，与陆地之间有一条隆起的海滩连接。那里既是渔港，又是避暑胜地。

5　乔伊斯在他的早期作品《斯蒂芬英雄》（作者死后于1944年出版）中写道：显形系指潜在的灵感突然以具体形象显现出来。

6　皮克·德拉·米兰多拉（1463—1494），意大利学者，柏拉图主义哲学家。他的一篇讨论占星术的缺点的论文影响了十七世纪的科学家开普勒。

的。对，很像条鲸[1]。当一个人读到早已作古者那些奇妙的篇章时，就会感到自己与之融为一体了，那个人曾经……

粗沙子已经从他脚下消失了。他的靴子重新踩在咯吱一声就裂开来的湿桅杆上，还踩着了竹蛏，发出轧轹声的卵石，被浪潮冲撞着的无数石子，以及被船蛆蛀得满是窟窿的木料，溃败了的无敌舰队[2]。一摊摊肮里肮脏的泥沙等着吸吮他那踏过来的靴底，污水的腐臭气味一股股地冒上来。[一簇海藻在死人的骨灰堆底下闷燃着海火。][3]他小心翼翼地绕道而行。 只竖立着的黑啤酒瓶半埋在瓷实得恰似揉就的生面团的沙子里。奇渴岛上的岗哨。岸上是破碎的箍圈；陆地上，狡猾的黑网布起一片迷阵；再过去就是几扇用粉笔胡乱涂写过的后门，海岸高处，有人拉起一道衣绳，上面晾着两件活像是钉在十字架上的衬衫。林森德[4]：那些晒得黧黑的舵手和水手长的棚屋。人的甲壳。

他停下脚步。已经走过了通往萨拉舅妈家的那个路口。不去那儿吗？好像不去。四下里不见人影儿。他拐向东北，从硬一些的沙地穿过，朝鸽房[5]走去。

——谁使你落到这步田地的呢？

——是由于鸽子，约瑟[6]。

回家度假的帕特里克在麦克马洪酒吧跟我一道啜热牛奶。巴黎的

1　这是《哈姆莱特》第3幕第2场中御前大臣波洛涅斯回答哈姆莱特王子的话。王子说云彩像鲸，大臣也跟着说像。

2　指英国海军史上一大战绩。一五八八年，西班牙派遣由一百三十艘战船组成的无敌舰队驶到多佛海峡，准备入侵英国。然而舰队在英国人的抗击下遭到重创，向北绕道苏格兰，逃经爱尔兰，最后只有七十六艘船返回西班牙。

3　海火指含磷的鬼火。[ ]内的句子系根据本书海德一九八九年版（第34页第27行至28行）补译的。

4　林森德是都柏林市东岸的小渔村，位于注入都柏林湾的利菲河口。

5　鸽房原是一座六角形要塞，后改为都柏林水电站。

6　原文为法语。发问的是约瑟，回答的是他的未婚妻玛利亚。玛利亚婚前，因天主圣灵降临到她身上而怀孕。鸽子是天主圣灵的象征。

"野鹅"[1]凯文·伊根的儿子。我的老子是鸟儿。他用粉红色的娇嫩舌头舔着甜甜的热奶，胖胖的兔子脸。舔吧，兔子。他巴望中头彩[2]。关于女子的本性，他说是读了米什莱的作品。然而他非要把利奥·塔克西尔先生的《耶稣传》寄给我不可。如今借给他的一个朋友了。

——你要知道，真逗。我呢，是个社会主义者。我不相信天主的存在。可不要告诉我父亲。

——他信吗？

——父亲吗，他信[1]。

唏噜丝。他在舔哪。

我那顶拉丁区的帽子。天哪，咱们就得打扮得像个人物。我需要一副深褐色的手套。你曾经是个学生，对吧？究竟念的是什么系来着？皮西恩。P. C. N. [4]，你知道：物理、化学和生物。哎，跟那些打饱嗝的出租马车车夫们挤挤碰碰在一块儿吃那廉价的炖牛肺[5]，埃及肉锅[6]。用最自然的腔调说：当我住在巴黎圣米歇尔大街[7]时，我经常。对，身上经常揣着剪过的票。倘若你在什么地方被当作凶杀嫌疑犯给抓起来，好用来证明自己不在犯罪现场。司法神圣。一九〇四年二月十七日晚上，有两个证人目击到被告。是旁人干的：另一个我。帽子，领带，大衣，鼻子。我就是他[8]。你好像自得其乐哩。

昂首阔步。你试图学谁的模样走路哪？忘掉吧：穷光蛋。揣着母亲那八先令的汇款单，邮局的司阍朝你咣当一声摔上了门。饿得牙痛起来。还差两分钟哪。瞧瞧钟呀。非取不可。关门啦[9]。雇用的走狗！

1　一六八九年二月，英国议会宣布国王詹姆斯二世退位。三月，詹姆斯到达爱尔兰，在都柏林召开的议会承认他为国王。然而后来他被击败，保王派遂逃往欧洲大陆。他们被叫作"野鹅"。以后此词成了流落到欧洲大陆的爱尔兰亡命者的泛称。

2　此处的"头彩"与前文的"热奶""兔子"，其原文均为法语。

3　以上三句对话的原文均为法语。

4　P. C. N. 分别为法语中物理、化学和生物的首字母。

5　此处的"炖牛脯"与前文的"物理、化学和生物"其原文均为法语。

6　"埃及肉锅"代表美味的食品。

7　原文为法语。

8　原文为法语，系模仿法国国王路易十四世的"朕即国家"语气，含有嘲讽意。

9　此处的"关门啦"与前文的"两分钟哪"其原文均为法语。

用霰弹枪砰砰地给他几梭子，把他打个血肉横飞，人肉碎片溅脏了墙壁，统统是黄铜纽扣。满墙碎片哔哔剥剥又嵌回原处。没受伤吗？喏，那很好。握握手。明白我的意思吧，明白了吗？哦，那很好。握一握。哦，一切都很好。

你曾有过做出惊人之举的打算，对吗？继烈性子的高隆班[1]之后，去欧洲传教。菲亚克[2]和斯科特斯[3]坐在天堂那针毯般的三脚凳[4]上，酒从能装一品脱的大缸子里洒了出来，朗朗发出夹着拉丁文的笑声。**妙啊！妙啊！**[5]你假装把英语讲得很蹩脚，沿着纽黑文那泥泞的码头，拖着自己的旅行箱走去，省得花三便士雇脚夫。**怎么**[6]？你带回了丰富的战利品；**《芭蕾短裙》**[7]，五期破破烂烂的**《白长裤与红短裤》**[8]，一封蓝色的法国电报，足以炫耀一番的珍品。

——母病危速回父。

姑妈认为你母亲死在你手里，所以她不让……

> 为穆利根的姑妈，干杯！
> 容我说说缘由。
> 多亏了她，汉尼根家，
> 样样循规蹈矩[9]。

他忽然用脚得意地打起拍子，跨过沙垄，沿着那卵石垒成的南边

---

1 高隆班，参看第39页注释2。
2 圣菲亚克是守护园艺的圣徒，生于爱尔兰，六七〇年左右死于法国。
3 约翰·邓思·斯科特斯（约1266—1308），生于苏格兰的经院派神学家，是丹·奥卡姆之师，主张尽可能把信仰和理性结合起来。
4 “针毯般的三脚凳”，原文作creepy stools，苏格兰教会里信徒忏悔时坐的三脚凳。
5 原文为拉丁文。
6 原文为法语。
7 这是当时流行于巴黎的一份内容轻松的周刊。
8 当时巴黎流行一份内容轻松的杂志《红短裤的生活》。法语“红短裤”（Culotte Rouge）又为“营妓”的俗称。
9 摘自爱尔兰流行歌曲作家珀西·弗伦奇（1854—1920）所作的《马修·汉尼根的姑妈》一歌。原歌中“穆利根”作“汉尼根”。

的防波堤走去。他扬扬自得地凝视着那猛犸象的头盖骨般的垒起来的石头。金光洒在海洋上，沙子上，卵石上。太阳就在那儿，细溜儿的树木，柠檬色的房舍。

巴黎刚刚苏醒过来了，赤裸裸的阳光投射到她那柠檬色的街道上。燕麦粉面包那湿润的芯，蛙青色的苦艾酒，她那清晨的馨香向空气献着殷勤。漂亮男人[1]从他妻子之姘夫的老婆那张床上爬了起来，包着头巾的主妇手持一碟醋酸，忙来忙去。罗德的店铺里，伊凡妮和玛德琳用金牙嚼着油酥饼，嘴边被布列塔尼蛋糕的浓汁沾黄了，脂粉一塌糊涂，正在重新打扮。一张张巴黎男人的脸走了过去，感到十分惬意的讨她们欢心者，鬈发的征服者[2]。

晌午打盹儿。凯文·伊根用被油墨弄得污迹斑斑的手指卷着黑色火药烟丝，呷着他那绿妖精，帕特里斯喝的则是白色的[3]。我们周围，老饕们把五香豆一叉子一叉子地送下食道。来一小杯咖啡[4]！咖啡的蒸汽从打磨得锃亮的大壶里喷出来。他一招呼，她就来侍候我。他是爱尔兰的。荷兰的？不是奶酪。两个爱尔兰人，我们，爱尔兰，你明白了吗？啊，对啦！她还以为你要叫一客荷兰[5]奶酪呢。就是你那饭后的[6]。你晓得这个词儿吗？饭后的。以前在巴塞罗那，我认识一个古怪的家伙，他常把这叫作饭后的。好的：干杯[7]！一张张嵌着石板面的桌子周围，酒气和咽喉的呼噜声混在一起。他的呼吸弥漫在我们那沾着辣酱油的盘子上空。绿妖精的尖牙从他的嘴唇里龇出来。谈到爱尔

1　原文为意大利语。

2　此处的“征服者”与前文的“油酥饼”“布列塔尼蛋糕”“浓汁”其原文均为法语。

3　“绿妖精”是苦艾酒的俗称，“白色的”指牛奶。

4　原文为巴黎俚语。照字面上翻译则是“来半赛蒂耶”。赛蒂耶是古代法升。一赛蒂耶约合两加仑。

5　此处的“荷兰”与前文的“他是爱尔兰……对啦”其原文均为法语。

6　原文为拉丁文，指饭后的甜食。

7　原文为爱尔兰语。

兰，达尔卡相斯一家[1]，谈到希望、阴谋和现在的阿瑟·格里菲思[2]以及A. E.[3]，派曼德尔，人类的好牧人。要把我也套进去，充当他的轭友，大谈什么我们的罪孽啦，我们的共同事业啦。你不愧为你父亲的儿子。一听声音我就知道。他身上穿的是件印有血红色大花的粗斜纹布衬衫，每当他吐露秘密时，西班牙式的流苏就颤悠。德鲁蒙[4]先生，著名的新闻记者德鲁蒙，你知道他怎么称呼维多利亚女王吗？满嘴黄板牙的丑婆子。长着**黄牙齿**的**母夜叉**[5]。莫德·冈内[6]，漂亮的女人；**《祖国》**[7]，米利沃伊[8]先生；费利克斯·福尔[9]，你知道他是怎么死的吗？一帮好色之徒。在乌普萨拉[10]的澡堂。**一个未婚女子**[11]，**打杂女侍**替赤条条的男人按摩。她说，**对所有的先生我都这么做**。我说：**这位先生**[12]免了吧。这是再淫荡不过的习俗。洗澡是最不能让人看到的。连我弟兄，甚至亲弟兄，都不能让他看到。太猥亵了。绿眼睛[13]，我看见了你。尖牙[14]，我感觉到了。一帮好色之徒。

1　达尔卡相斯一家是中世纪爱尔兰芒斯特的王族。

2　阿瑟·格里菲思（1872—1922），爱尔兰政治家，爱尔兰自由邦第一任总统（1922）。原在都柏林当排字工人。一八九九年创办以争取爱尔兰民族独立为主旨的周刊《爱尔兰人联合报》。一九〇五年他组织爱尔兰民族主义政党新芬党，次年将报纸也易名《新芬》。新芬是爱尔兰语Sinn Fein的音译，意即“我们自己”，也就是要建立“爱尔兰人的爱尔兰”。参看第9页注释1。

3　A. E.即爱尔兰诗人、评论家、画家乔治·威廉·拉塞尔（1867—1935），他是当时健在的爱尔兰文艺复兴运动的指导者之一，曾与叶芝、约翰·埃格林顿等人一道出版《爱尔兰通神论者》杂志，使用AEON（伊涌）这一笔名。有一次，被误排为A. E.，他将错就错，就把它作为自己的另一笔名。派曼德尔是传授秘义的神，参看第694页注释1。

4　爱德华·阿道夫·德鲁蒙（1844—1917），法国新闻记者，他所编的《言论自由》报主张排斥犹太人。

5　“黄牙齿”与“母夜叉”原文均为法语。

6　莫德·冈内（1865—1953），爱尔兰爱国志士，女演员，新芬党创始人之一。

7　原文为法语，是一八四一年创刊的一份政治杂志。

8　卢西恩·米利沃伊（1850—1918），法国政治家，一八九四年起任《祖国》杂志主编。

9　费利克斯·福尔（1841—1899），法兰西第三共和国第六任总统。一八九九年二月十六日猝死于情妇的床上。

10　乌普萨拉是瑞典中东部的乌普萨拉省省会，位于斯德哥尔摩北面。

11　原文为瑞典语。

12　此处的“这位先生”与前文的“打杂女侍”“对所有……这么做”其原文均为法语。

13　绿眼睛妖魔之略，指嫉妒，出自伊阿古对奥瑟罗说的话，见《奥瑟罗》第3幕第3场。

14　尖牙是绿妖精尖牙之略，该酒因性烈遂有此称，一九一五年起在巴黎禁售。参看第64页注释3。

蓝色的引线在两手之间炽热地燃着，火苗透亮透亮的。卷得松松的烟丝点燃了：火焰和呛人的烟把我们这个角落照亮了。晓党[1]式的帽子底下，露出脸上那粗犷的颧骨。核心领导[2]是怎么逃之夭夭的呢？有个可靠的说法。化装成年轻的新娘，老兄，纱啊，橘花啊，驱车沿着通向马拉海德的路疾驰而去。确实是这样的。败退了的首领们啦，被出卖者啦，不顾一切的逃遁啦。伪装，急不暇择，逃走了，不在这里啦。

遭到冷落的情人，不瞒你说，当年我曾是个魁梧结实的年轻小伙子哩，等哪一天我把相片拿给你看。确实是这样。他作为一个情人，由于热恋她，就跟族长的后继者理查德·伯克上校一道溜着克拉肯韦尔[3]的大墙下走。正蜷缩在那里的当儿，只见复仇的火焰把那墙壁炸得飞到雾中。玻璃碎成碴儿，砖石建筑坍塌下来。他隐遁在灯红酒绿的巴黎。巴黎的伊根，除了我，谁也不来找他。他每天的栖身之所是：肮脏的活字箱，经常光顾的三家酒馆，还有睡上一会儿觉的蒙特马特的窝，那是在**金酒街**上，用脸上巴着苍蝇屎的死者肖像装饰起来。没有爱情，没有国土，没有老婆。她呢，被驱逐出境的男人不在身边，却也过得十分舒适自在。**圣心忆街**上的房东太太养着一只金丝雀，还有两个男房客，桃色腮帮子，条纹裙子，欢蹦乱跳得像个年轻姑娘。尽管被赶了出来，他并不绝望。告诉帕特[4]你看见了我，好吗？我曾经想给可怜的帕特找工作来着。**我的儿子**[5]，让他当法国兵。我教会了他唱《**基尔肯尼的小伙子，个个是健壮的荡子**》。会唱这首古老的民谣吗？我教过帕特里斯。古老的基尔肯尼：圣卡尼克教堂，那是诺尔河

1　晓党是十八世纪末爱尔兰阿尔斯特省的新教徒所组织的党派。他们企图把信天主教的农民赶出阿尔斯特，时常在拂晓时分袭击其农舍，因而得名。橙带党继承了他们的衣钵。

2　核心领导指詹姆斯·斯蒂芬斯，参看第45页注释1。

3　克拉肯韦尔是英国大伦敦伊斯林顿自治市的毗邻地区。一八六七年三月五、六日，芬尼社成员举行起义。因缺乏武器，组织也不严密而失败。当年九月，理查德·奥沙利文·伯克上校因受芬尼社之托购买武器而被捕入狱。公审前，芬尼社的成员为了使他和关在同一座牢中的伊根的原型（约翰·凯利）能够越狱，炸了监狱。

4　帕特是帕特里斯的昵称。

5　此处的“我的儿子”与前文的“金酒街”“圣心忆街”其原文均为法语。

畔的强弓[1]的城堡。这么唱。噢，噢。纳珀·坦迪[2]握住了我的手。

噢，噢，基尔肯尼的

小伙子……

一只瘦削、羸弱的手，放在我的手上。他们忘掉了凯文·伊根，他却不曾忘记他们。想起了你。噢，锡安[3]。

他走近海滨，靴子踩在湿沙子上吱吱作响。新鲜空气拨弄着粗犷神经的弦来迎迓他。野性的风所撒下的光明的种子。喏，我该不是正走向基什的灯台船吧？他蓦地站住了，两只脚徐徐陷进松软的泥沙。折回去吧。

他边往回走，边打量着南岸，双脚又缓缓地踩进新坑里。塔里的那间冰冷、拱顶的屋子在等待着他。从堞口射进来的两束阳光不断地移动着，缓慢得就像我那不断地往下陷的双脚，沿着日晷般的石板地爬向黄昏。夜幕降临了，蓝色的薄暮，湛蓝的夜晚，他们在黑暗的穹隆下等待着，杯盘狼藉的餐桌周围，是他们那推到后面的椅子和我那只方尖碑形手提箱。谁去拾掇？钥匙在他手里。今天入夜后，我不在那儿睡。沉默之塔的一扇紧闭的大门，把他们那盲目的肉体埋葬在里面。黑豹老爷和他的猎犬。呼唤嘛，没有回应。他从沙坑里拔出脚，沿着卵石垒成的防波堤踱回去。全拿去，你们统统留下好了。我的灵魂和我一道走，形态的形态。这样，在月光厮守着的夜晚，我身穿沐浴着银光的黑貂服，沿着巉岩上的小径走去，并倾听艾尔西诺那诱人

1 基尔肯尼是爱尔兰基尔肯尼郡的首府。在都柏林以南六十三英里处，有十二世纪建造的圣卡尼克大教堂。圣卡尼克（又名圣肯尼，约卒于599）曾在爱尔兰和苏格兰传教。基尔肯尼一名得自纪念他的教堂。在爱尔兰语中，基尔是教堂。强弓是第二代彭布罗克伯爵理查·德克莱尔（约1130—1176）的绰号。

2 纳珀·坦迪（1740—1803），爱尔兰政治家、革命者、爱国志士。“噢，噢。纳珀·坦迪握住了我的手”是一七九〇年开始流行的爱尔兰歌谣《穿绿衣》中的一句。

3 锡安是耶路撒冷城内两山中的东边那座。《圣经》中多以锡安代表耶路撒冷城，后用以指犹太人的故土。

的潮水声[1]。

涨上来的潮水尾随着我。我从这里可以看见它流过去了。那么，顺着普尔贝格路折回到那边的岸滩去吧。他踏过蓑衣草与鳝鱼般黏滑的海藻，坐在凳子形的岩石上，并将自己那梣木手杖搭在岩隙里。

一具胀得鼓鼓的狗尸耷拉着四肢趴在狸藻上。前面是船舷的上椽，船身已埋在沙里。路易·维伊奥称戈蒂埃的散文为**埋在沙子里的公共马车**[2]。这沉重的沙子乃是潮与风在此积累而成的一种语言。那是已故建筑师垒起的石壁，成了鼬鼠的隐身处。在那儿埋金子吧。不妨试试看。你不是有一些吗。沙子和石头。被岁月坠得沉甸甸的。巨人劳特爵士的玩具。小心不要挨个耳刮子。俺是血腥的棒巨人，把那些血腥的棒巨石统统推滚过来，铺成俺的踏脚石。吭，吭。俺闻见了爱尔兰人的血腥味。

一个小点点，一只活生生的狗映入眼帘，越变越大，从沙滩那头跑过来了。唉呀！难道它要朝我袭击吗？尊重它的自由。你不会成为旁人的主人或奴隶。我有这根手杖。坐着别动。从遥远的彼方，两个人影正背着冒白沫的潮水走向岸滩。两个女土著。她们把它妥藏在宽叶香蒲丛中了。玩捉迷藏。我看见你们啦。不，是狗。它正朝着她们跑回去。是谁呀？

一艘艘湖上人[3]的大帆船曾驶到这岸边，来寻觅掠夺品。它们那血红的喙形船首，低低地停泊在融化了的锡镴般的碎浪里。玛拉基系着金脖套的年月里[4]。丹麦海盗胸前总闪烁着战斧形的金丝项圈。炎热的晌午，一群表皮光滑的鲸困在浅滩上喷水，满地翻滚。于是，穿着紧

1　这里，斯蒂芬以哈姆莱特自况。在《哈姆莱特》第1幕第4场，霍拉旭曾劝哈姆莱特不要跟着鬼魂走，以免被诱到潮水里去。

2　路易·维伊奥（1813—1883），法国作家，教皇至上主义者的领袖。西奥菲尔·戈蒂埃（1811—1872），法国诗人、小说家、评论家、新闻记者。“埋……车”，原文为法语。

3　湖上人是爱尔兰人对自公元七八七年起入侵爱尔兰的挪威人的称呼。

4　“玛拉基系着金脖套的年月里”，出自爱尔兰诗人托马斯·穆尔（1779—1852）的《让爱琳记住古老的岁月》一诗。玛拉基（948—1022）是个爱尔兰王，曾奋力抗击来自斯堪的纳维亚的入侵者，并从他所打败的一个丹麦酋长的脖子上夺下做盔甲用的“托马尔脖套”。爱琳是爱尔兰古称，参看第176页注释2。

身皮坎肩的矮个子们，我的同族就成群结队地从饥饿的牢笼般的城里冲出来。他们手执剥皮用的小刀，奔跑、攀登、劈砍那满是肥厚的绿色脂肪的鲸肉。饥荒、瘟疫和大屠杀。他们的血液流淌在我的血管里，他们的情欲在我身上骚动。在冰封的利菲河上，我在他们当中活动[1]。我，一个习性无常的人，被松脂噼啪作响的火把映照着。我跟谁都不曾搭话，也没有人跟我攀谈。

狗吠着向他奔来，停住，又跑了回去。我的仇人的狗。我脸色苍白，只是站在那儿，一声不响，随它吠去。**你的作为何等可畏**[2]。身穿淡黄色背心的命运之奴仆，看到我的恐惧，泛出微笑。你渴望的就是他们那狗吠般的喝彩吗？篡位者们：随他们怎么去生活吧。布鲁斯之弟[3]；绢饰骑士托马斯·菲茨杰拉德[4]；约克家的伪继承人珀金·沃贝克[5]，穿着白玫瑰纹象牙色绸马裤，昙花一现；还有兰伯特·西姆内尔[6]，加冕的厨房下手，他的扈从是一群女仆和随军酒食小贩。统统都是国王的子嗣。自古至今，此地是僭君的乐园。他搭救了快要溺死的人们，你呢，听到一条野狗叫唤也瑟瑟发抖。然而曾嘲笑来自圣迈克尔大教堂的圭多的那些朝臣们，是在自己的老家里。……的老家[7]。

1　一三三一年，都柏林正闹着大饥荒的时候，大批鲸被冲上离利菲河口不远的多得尔的岸上。人们宰食了约莫二百条。一三三八年，利菲河上结了极厚的冰，可以在上面踢足球，燃篝火。一七三九年也结过厚到足供人们在上面玩耍的冰层。

2　原文为拉丁文。

3　布鲁斯是苏格兰的古老家族。布鲁斯的弟弟指一三〇六年成为苏格兰国王的罗伯特·德·布鲁斯（1274—1329）的胞弟爱德华。他代替乃兄攻入爱尔兰，一三一五年自封为爱尔兰王，一三一八年被英王爱德华二世击败战死。

4　托马斯·菲茨杰拉德（1513—1537），爱尔兰第十代基尔代尔伯爵，因命侍从一律在帽子上加绢饰，故名。一五三四年他起兵反对亨利八世，占领了都柏林。抗英战争失败后，被处绞刑。

5　珀金·沃贝克（约1474—1499），政治骗子，生于佛兰德。一四九一年去爱尔兰，诡称是约克公爵理查德，觊觎英格兰都铎王朝亨利七世的王位。后被俘，处绞刑。

6　兰伯特·西姆内尔（1475？—1535？），英格兰王位觊觎者。原为牛津一个细木工之子，后在都柏林冒充王子登上王位，自称爱德华六世。被俘后，亨利七世认为他只不过是骗子而已，就让他在御厨房里打下手。

7　据卜伽丘的《十日谈》第六天故事第九，意大利诗人圭多·卡瓦尔坎蒂（约1255—1300）曾从佛罗伦萨的圣迈克尔大教堂前往圣约翰礼拜堂，在坟地的云斑石柱间徘徊。一批绅士跑来嘲笑他。他对他们说："你们是在自己的老家里，爱怎么说我就怎么说吧。"旨在挖苦他们不学无术，比死人还不如。"……的老家"，应作"死亡的老家"。

我们完全不稀罕你们那中世纪装模作样的考证癖。他干过的，你干得了吗？假定附近就有只船，当然[1]，那儿还会为你摆个救生圈。你干不干？九天前有个男子在少女岩的海面上淹死了。他们正等着尸体浮上来。说实话吧，我想干。我想试一试。我不擅长凫水。水冰凉而柔和。当我在克朗戈伍斯把脸扎进一脸盆水里的时候，就什么都看不见了。谁在我背后哪？快点上来，快点上来！你没看见潮水从四面八方迅疾地往上涨吗？刹那间就把浅滩变成一片汪洋，颜色像椰子壳。只要我的脚能着地，我就想救他一命，但也要保住我自己的命。一个即将淹死的人。他的眼睛从死亡的恐怖中向我惊呼。我……跟他一道沉下去……我没能救她。水：痛苦的死亡；消逝了。

一个女人和一个男人。我瞧见她的裙子了。准是用饰针别着的。

他们的狗在被潮水漫得越来越窄的沙洲上到处游荡，小跑着，一路嗅着。它在寻觅着前世所失去的什么东西。它猛地像跳跃着的野兔一般蹿过去，耳朵向后掀着，追逐那低低掠过的海鸥的影子。男人尖细的口哨声传到它那柔软的耳朵里。它转身往回蹦，凑近了些，一闪一闪地迈着小腿，小跑着挨过来。一片黄褐色旷野上的一只公鹿，没有长角，优雅，脚步轻盈地蹿来蹿去。它在花边般的水滨停下来，前肢僵直，耳朵朝着大海竖起。它翘起鼻尖儿，朝着那宛如一群群海象般的浪涛声吠叫。波浪翻滚着冲着它的脚涌来，绽出许许多多浪峰，每逢第九个，浪头就碎裂开来，四下里迸溅着。从远处，从更远的地方，后浪推着前浪。

拾海扇壳的。他们涉了一会儿水，弯腰把他们的口袋浸在水里，又提起来，蹚着水上了岸。狗边吠着边向他们奔去，用后肢站着，伸出前爪挠他们。又趴下来，再用后肢站直，像熊似的默默地跟他们撒欢。当他们走向干燥些的沙洲时，尽管没去理睬那狗，它还是一直缠着他们，两颌之间气喘吁吁地吐着狼一般的红舌头。它那斑驳的身躯在他们前头款款而行，随后又像头小牛犊那样一溜烟儿跑开了。那具

1　原文为德语。

尸骸挡住了它的去路。它停下步子，嗅了一阵，然后轻轻地绕着走了一圈；是弟兄哩，把鼻子挨近一些，又兜了一圈，以狗特有的敏捷嗅遍了死狗那污泥狼藉的毛皮。狗脑壳。狗的嗅觉，它那俯瞰着地面的眼睛，向一个巨大目标移动。唉，可怜的狗儿！可怜的狗儿的尸体就横在这里。

——下三烂！放开它，你这杂种！

这么一嚷，狗就怯懦地回到主人跟前，它被没穿靴子的脚猛踢了一下，虽没伤着，却蜷缩着逃到沙滩另一头。它又绕道踅回来。这狗并不朝我望，径自沿着防波堤的边沿跳跳蹦蹦，磨磨蹭蹭，一路嗅嗅岩石，时而抬起一条后腿，朝那块岩石撒上一泡尿。它又往前小跑，再一次抬起后腿，朝一块未嗅过的岩石迅疾地滋上几滴尿。真是卑贱者的单纯娱乐。接着，它又用后爪扒散了沙子，然后用前爪刨坑，泥沙四溅。它在那儿埋过什么哪，它的奶奶。它把鼻尖扎进沙子里，刨啊，溅啊，并停下来望天空倾听着，随即又拼命地用爪子刨起沙子。不一会儿它停住了，一头豹，一头黑豹，野杂种，在劫掠死尸。

昨天夜里他把我吵醒后，做的还是同一个梦吗？等一等。门厅是敞着的。娼妓街。回忆一下。哈伦·拉希德[1]。大致想起来了。那个人替我引路，对我说话。我并不曾害怕。他把手里的甜瓜递到我面前。漾出微笑：淡黄色果肉的香气。他说，这是规矩。进来吧，来呀。铺着红地毯哩。随你挑。

红脸膛的埃及人[2]扛着口袋，踉踉跄跄踱着。男的挽起裤腿，一双发青的脚噼喳叭喳踩在冰冷黏糊糊的沙滩上，他那胡子拉碴的脖颈上是灰暗的砖色围巾。她迈着女性的步子跟在后边：恶棍和共闯江湖的姘头。她把捞到的东西搭在背上。她那赤脚上巴着一层松散的沙粒和贝壳碎片。脸被风刮皴了，披散着头发。跟随老公当配偶，朝着罗

1　哈伦·拉希德（763—809），伊斯兰国家阿拔斯王朝的哈里发（政教首脑）。他喜在首都巴格达微服出访，体察民情。《一千零一夜》中有不少关于他和他的儿子麦蒙当政时的故事。麦蒙统治时期（813—833）堪称阿拉伯文明的黄金时代。

2　这里，埃及人指吉卜赛人。

马维尔[1]走。当夜幕遮住她肉体的缺陷时，她就披着褐色肩巾，走过被狗屎弄脏了的拱道，一路吆唤着。替她拉皮条的正在黑坑的奥劳夫林小酒店里款待着两个都柏林近卫军士兵。吻她并讲江湖话，把她搂抱在怀里。哦，我多情的俏妞儿！她那件酸臭破烂的衣衫下面，是魔女般的白皙肌肤。那天晚上，在凡巴利小巷里，有一股由制革厂吹来的气味。

双手白净红嘴唇，
你的身子真娇嫩。
跟我一道睡个觉，
黑夜拥抱并亲吻[2]。

啤酒桶肚皮的阿奎那管这叫作阴沉的乐趣[3]。箭猪修士[4]。失足前的亚当曾跨在上面，却没有动情。随他说去吧：你的身子真娇嫩。这话丝毫也不比他的逊色。僧侣话，诵《玫瑰经》的念珠在他们的腰带上嘁嘁喳喳；江湖话，硬邦邦的金币在他们的兜里当啷当啷。

此刻正走过去。

他们朝我这顶哈姆莱特帽斜瞟了一眼。倘若我坐在这儿，突然间脱得赤条条的呢？我并没有。跨过世界上所有的沙地，太阳那把火焰剑尾随于后，向西边，向黄昏的土地移动[5]。她吃力地跋涉，schlepps、trains、drags、trascines[6]重荷。潮汐被月亮拖曳着，跟在她

1　罗马维尔指伦敦，是十七世纪的隐语。

2　这是十七世纪的英国诗人理查德·黑德的《恶棍喜赞共闯江湖的姘头》（1673）一诗的第二段。前文中“恶棍和共闯江湖的姘头”“跟随老公当配偶，朝着罗马维尔走”“吻她并讲江湖话，把她搂抱在怀里。哦，我多情的俏妞儿！”等句，也均出自该诗。

3　阴沉的乐趣是阿奎那在《神学大全》中用过的词，指动邪念之罪。

4　原文为意大利语。箭猪也叫豪猪，因阿奎那立论尖刻，不易被驳倒而得名。

5　剑，指亚当和夏娃因偷吃禁果被赶出伊甸园后，天主为了防止人们靠近那棵生命树而安置在伊甸园东边的“发出火焰、四面转动的剑”。黄昏的土地，见英国诗人珀西·比希·雪莱（1792—1822）的抒情诗剧《希腊》。

6　这四个字分别为德、法、英、意语，意思均为“拖着”，语尾变化则是按照英文写法。这里暗喻夏娃因先吃禁果而受的惩罚：“我要大大增加你怀孕的痛苦，生产的阵痛。”

后面向西退去。在她身体内部淌着藏有千万座岛屿的潮汐。这血液不是我的，**葡萄紫的大海**[1]，葡萄紫的暗色的海。瞧瞧月亮的侍女。在睡梦中，月潮向她报时，嘱她该起床了。新娘的床，分娩的床，点燃着避邪烛的死亡之床。**凡有血气者，均来归顺**[2]。他来了，苍白的吸血鬼。他的眼睛穿过暴风雨，他那蝙蝠般的帆，血染了海水，跟她嘴对嘴地亲吻。

喏，把它记下来，好吗？我的记事簿。跟她嘴对嘴地亲吻。不。必须是两人的嘴。把双方的牢牢粘在一起。跟她嘴对嘴地亲吻。

他那翕动的嘴唇吮吻着没有血肉的空气嘴唇：嘴对着她的子宫口。子宫，孕育群生的坟墓。他那突出来的嘴唇吐出气来，却默默无语。哦嗬嗬：瀑布般的行星群的怒吼。作球状，喷着火焰，边吼边移向远方远方远方远方远方。纸。是纸币，见鬼去吧。老迪希的信。在这儿哪。感谢你的浓情厚谊，把空白的这头撕掉吧。他背对着太阳，屈下身去在一块岩石的桌子上胡乱写着。我已经是第二次忘记从图书馆的柜台上拿些便条纸了。

他弯下腰去，遮住岩石的身影就剩下一小截了。为什么不漫无止境地延伸到最远的星宿那儿去呢？星群黑魆魆地隐在这道光的后面，黑暗在光中照耀，三角形的仙后座，苍穹。我坐在那儿，手执占卜师的梣木杖，脚蹬借来的便鞋。白天我待在铅色的海洋之滨，没有人看得见我；到了紫罗兰色的夜晚，就徜徉在粗犷星宿的统驭下。我投射出这有限的身影，逃脱不了的人形影子，又把它召唤回来。倘若它漫无止境地延伸，那还会是我的身影，我的形态的形态吗？谁在这儿守望着我呢？什么人在什么地方会读到我写下的这些话？白地上的记号。在某处，对某人，音色宛若用长笛吹奏出来的。克洛因的主教[3]大人从他那顶宽边铲形帽里掏出圣堂的幔帐：空间的幔帐，上面有着

1　原文为希腊文。

2　原文为拉丁文。出自《诗篇》。

3　乔治·伯克利是克洛因（科克郡的一个小镇）的主教。他在《视觉新论》中提出，距离不是“看到”的，而是“设想出来”的。

彩色的纹章图案。使劲拽住。在平面上着了色：是的，就是这样。我看着平面，然后设想它的距离，是远还是近。我看着平面，东方，后面。啊，现在看吧！幕突然落下来了，幻象冻结在实体镜上。戏法咔嗒一声就要完了。你觉得我的话隐晦。你不认为我们的灵魂里有着含糊不清的东西吗？像长笛吹出的优美音色。我们的灵魂被我们的罪孽所玷污，越发依附我们，正如女人拥抱情人一般，越抱越紧。

她信任我，她的手绵软柔和，眼睛有着长长的睫毛。而今我真不像话，究竟要把她带到幕幔那边的什么地方去呢？进入无可避免的视觉认知那无可避免的形态里。她，她，她。怎样的她？就是那个黄花姑娘，星期一她在霍奇斯·菲吉斯书店的橱窗里寻找你将要写的一本以字母为标题的书。你用敏锐的目光朝她瞥了一眼。她的手腕套在阳伞上那编织成的饰环里。她是一位爱好文学的姑娘，住在利逊公园，心情忧郁，是个有些轻浮的妞儿。跟旁人谈这去吧，斯蒂维，找个野鸡什么的[1]。但是她准穿着那讨厌的缀有吊袜带的紧身褡和用粗糙的羊毛线织成的浅黄长袜。跟她谈谈苹果布丁的事倒**更好一些**[2]。你的才智到哪儿去啦？

抚摩我，温柔的眼睛。温柔的、温柔的、温柔的手。我在这儿很寂寞。啊，抚摩我，现在马上就摸。大家都晓得的那个字眼儿是什么来着？我在这儿完全是孤零零的，而且悲哀。抚摩我，抚摩我吧。

他直着身子仰卧在巉岩上，把匆忙中写的便条和铅笔塞进兜里，将帽子拉歪，遮上眼睛。俨然是凯文·伊根打瞌睡时的动作，安息日的睡眠。**天主看他所创造的一切都非常好**[3]。喂！**日安**[4]！欢迎你如五月花[5]。从帽檐底下，他隔着孔雀毛一般颤悠的睫毛眺望那向南移动的

1　在《一个青年艺术家的画像》一书第5章开头部分，斯蒂芬的朋友达文，向他述说路遇“野鸡”的经历。除了家人之外，达文是唯一对斯蒂芬使用斯蒂维这个昵称的人。

2　原文为意大利语。

3　原文为拉丁文。出自《创世记》。

4　原文为法语。

5　《欢迎你如五月花》是丹·J. 沙利文作词并配曲的一首歌。

太阳。我被这炽热的景物迷住了。潘[1]的时刻，牧神的午后。在饱含树脂的蔓草和滴着乳汁的果实间，在宽宽地浮着黄褐色叶子的水面上。痛苦离得很远。

不要再扭过脸儿去忧虑。

他的视线落在宽头长筒靴上，一个花花公子丢弃的旧物，并列着[2]。他数着皮面上的皱纹，这曾经是另一个人暖脚的窝。那脚曾在地上踏着拍子跳过庄严的祭神舞，我讨厌那双脚。然而，当埃丝特·奥斯瓦特的鞋刚好合你的脚时，你可高兴啦。她是我在巴黎结识的一位姑娘。哎呀，多么小的一双脚[3]！忠实可靠的朋友，贴心的知己：王尔德那不敢讲明的爱[4]。他的胳膊，克兰利的胳膊。而今他要离我而去。该归咎于谁？我行我素。我行我素。要么得到一切，要么一无所有。

像是掴一根长套索似的，水从满满当当的科克湖里溢了出来，将发绿的金色沙滩淹没，越涨越高，滔滔滚滚流去。我这根梣木手杖也会给冲走的。且等一等吧。不要紧的，潮水会淌过去的，冲刷着低矮的岩石；淌过去，打着漩涡，淌过去。最好赶紧把这档子事干完。听吧：四个字组成的浪语：嘶——嗬——嘘——噢。波涛在海蛇、腾立的马群和岩石之间剧烈地喘着气。它在岩石凹陷处迸溅着：稀里哗啦，就像是桶里翻腾的酒。随后精力耗尽，不再喧嚣。它潺潺涓涓，荡荡漾漾，波纹展向四周，冒着泡沫，有如花蕾绽瓣。

在惊涛骇浪的海潮底下，他看到扭滚着的海藻正懒洋洋地伸直开来，勉强地摇摆着胳膊，裙裾撩得很高，在窃窃私语的水里摇曳并翻转着羞怯的银叶。它就这样日日夜夜地被举起来，浮在海潮上，接着

1　潘是希腊神话中外形有点像野兽的丰产神，常到山上放牧，并擅长吹奏排箫。

2　原文为德语。

3　原文为法语。

4　王尔德因被控与青年艾尔弗雷德·道格拉斯搞同性恋而被判入狱两年。“不敢讲明的爱”，指同性恋，出自道格拉斯写的《两档子爱》一诗。

又沉下去。天哪，她们疲倦了。低声跟她们搭话，她们便叹息。圣安布罗斯[1]听见了叶子与波浪的叹息，就伫候着，等待时机成熟。**它忍受着伤害，日夜痛苦呻吟**[2]。漫无目的地凑在一起；然后又徒然地散开，淌出去，又流回来。月亮朦朦胧胧地升起，裸妇在自己的宫殿里发出光辉，情侣和好色的男人她都看腻了，就拽起海潮的网。

那一带有五英寻深。你的父亲躺在五英寻深处。他说是一点钟[3]。待发现时已成为一具溺尸。都柏林沙洲涨了潮。尸体向前推着轻飘飘的碎石，作扇状的鱼群和愚蠢的贝壳。白得像盐一样的尸体从退浪底下浮上来，又一拱一拱的，像海豚似的漂向岸去。就在那儿。快点儿把它钩住。往上拽。虽然它已沉下水去，还是捞着了。现在省事啦。

尸体泡在污浊的咸水里，成了瓦斯袋。这般松软的美味可喂肥了大群鲦鱼。它们嗖嗖地穿梭于尸首中那扣好纽扣的裤裆隙缝间。天主变成人，人变成鱼，鱼变成黑雁，黑雁又变成堆积如山的羽绒褥垫。活人吸着死者呼出来的气，踏着死者的遗骸，贪婪地吃着一切死者那尿骚味的内脏。隔着船帮硬被拽上来的尸首，散发出绿色坟墓似的恶臭。他那患麻风病般的鼻孔朝太阳喷着气。

这是海水的变幻，褐色眼睛呈盐灰色。溺死在海里，这是亘古以来最安详的死。啊，海洋老爹。**巴黎奖**[4]。谨防假冒。你不妨试试看。灵验得很哪。

喏，我口渴[5]。云层密布。哪儿也没有乌云，有吗？雷雨。**我说，**

1　圣安布罗斯（约339—397），古代基督教拉丁教父。他擅长通过音乐抒发信仰，并厉行禁欲，谴责社会弊端，经常为被判罪的人请求宽赦。

2　原文为拉丁文。出自圣安布罗斯的《罗马书评注》。

3　“你的……深处”，引自精灵爱丽儿所唱的歌，见《暴风雨》第1幕第2场。“他说是一点钟”，参看第28页注释5及有关正文。

4　原文为法语。这是双关语。“巴黎奖”，原指巴黎赛马会上的大奖。因Paris（巴黎）与特洛伊王子帕利斯的名字拼法相同，故Prix de Paris又可解释为“帕利斯之奖”——即帕利斯由于将金苹果给了女神阿芙洛狄蒂，作为奖赏获得了美女海伦。这件事最终导致奥德修斯（即尤利西斯），在回国途中多次几乎溺死在大海中。

5　“我口渴”是耶稣被钉在十字架上后，即将咽气时所说的话。

永不沉落的晓星[1]。傲慢的智慧之闪电，被火焰包围着坠落[2]。没有。我那顶用海扇壳装饰的帽子、手杖和既是他的也是我的草鞋[3]。踱向何方？踱向黄昏的国土。黄昏即将降临。

他攥住梣木手杖的柄，轻轻地戳着，继续磨磨蹭蹭。是啊，黄昏即将降临到我内心和外部世界。每一天都必有个终结。说起来，下星期二是白昼最长的一天。在快活的新年中，妈妈[4]，啷，噹，嘀嗕嘀，噹。草地·丁尼生[5]，绅士派头的诗人。可不是嘛。有着黄板牙的丑婆子[6]。还有德鲁蒙先生，绅士派头的记者。可不是嘛[7]。我的牙糟透了。我纳闷：怎么回事呢？摸了摸。这一颗也快脱落了。只剩了空壳。我不晓得要不要用那笔钱去看牙医？那一颗，还有这一颗。没有牙齿的金赤是个超人。为什么这么说呢？或许有所指吧？

我记得，他把我那块手绢丢下了。我捡起它来了没有？

他徒然地在兜里掏了一番。不，我没有捡。不如再去买一块。

他把从鼻孔里抠出来的干鼻屎小心翼翼地放在岩角上。变成功了请喝彩。

后面，兴许有人哩。

他回过头去，隔着肩膀朝后望：一艘三桅船上那高高的桅杆正在半空中移动着。这艘静寂的船，将帆收拢在桅顶横桁上，静静地逆潮驶回港口。

1　原文为拉丁文。

2　指撒旦。

3　此句模仿奥菲利娅所唱的歌："毡帽在头杖在手，草鞋穿一双。"见《哈姆莱特》第4幕第5场。

4　这是英国诗人丁尼生（1809—1892）所作《五月女王》（1833）一诗中的半句。全句是："在快活的新年中，妈妈，这是最狂热欢乐的一天。"五月女王指在五朔节狂欢中扮演女王的姑娘。

5　丁尼生由于写了组诗《悼念》（1850），受到维多利亚女王的青睐，封他为桂冠诗人。一八八四年他还接受了男爵封号。凡受勋者，均在姓前冠以Lord（勋爵）这一尊称。这里，作者把Lord改为发音近似的Lawn（草地），此系草地网球之略语，暗喻诗人柔弱的性格。

6　指维多利亚女王。

7　此处的"可不是嘛"与前文的"可不是嘛"原文均为意大利语。

PART TWO

第四章

利奥波德·布卢姆先生吃起牲口和家禽的下水来，真是津津有味。他喜欢浓郁的杂碎汤、有嚼头的肫、填料后用文火焙的心、裹着面包渣儿煎的肝片和炸雌鳕卵。他尤其爱吃在烤架上烤的羊腰子。那淡淡的骚味微妙地刺激着他的味觉。

当他脚步轻盈地在厨房里转悠，把她早餐用的食品摆在盘底儿隆起来的托盘上时，脑子里想的就是腰子的事。厨房里，光和空气是冰冷的，然而户外却洋溢着夏晨的温煦，使他觉得肚子有点饿了。

煤块燃红了。

再添一片涂了黄油的面包：三片，四片，成啦。她不喜欢把盘子装得满满的。他把视线从托盘移开，取下炉架上的开水壶，将它侧着坐在炉火上。水壶百无聊赖地蹲在那儿，噘着嘴。很快就能喝上茶了。蛮好。口渴啦。

猫儿高高地翘起尾巴，绷紧身子，绕着一条桌腿走来走去。

——喵！

——哦，你在这儿哪。布卢姆先生从炉火前回过头去说。

猫儿回答了一声“咪”，又绷紧身子，绕着桌腿兜圈子，一路咪咪叫着。它在我的书桌上踅行时，也是这样的。噗噜噜。替我挠挠头。噗噜噜。

布卢姆先生充满好奇地凝视着它那绵软的黑色身姿，看上去干净利落：柔滑的毛皮富于光泽，尾根部一块纽扣状的白斑，绿色的眼睛闪闪发光。他双手扶膝，朝它弯下身去。

——小猫咪要喝牛奶喽，他说。

——喵，噢！猫儿叫了一声。

大家都说猫笨。其实，它们对我们的话理解得比我们对它们的更清楚。凡是它想要理解的，它全能理解。它天性还记仇，并且残忍。奇怪的是老鼠从来不叽叽叫，好像蛮喜欢猫儿哩。我倒是很想知道我在它眼里究竟是个什么样子。高得像座塔吗？不，它能从我身上跳过去。

——它害怕小鸡哩，他调侃地说。害怕咯咯叫的小鸡。我从来没见过像小猫咪这么笨的小猫。

——喵噢嗷！猫儿大声说了。

它那双贪馋的眼睛原是羞涩地合上的，如今眨巴着，拉长声调呜呜叫着，露出乳白色牙齿。他望着它那深色眼缝贪婪地眯得越来越细，变得活像一对绿宝石。然后他到食具柜前，拿起汉隆那家送牛奶的刚为他灌满的罐子，倒了一小碟还冒着泡的温奶，将它慢慢地撂在地板上。

——咯噜！猫儿边叫着边跑过去舔。

它三次屈身去碰了碰才开始轻轻地舔食，口髭在微光中像钢丝般发着亮。他边注视着，边寻思着：要是把猫那撮口髭剪掉，它就再也捕不到老鼠了，不晓得会不会真是那样。这是为什么呢？兴许是由于它那口髭的尖儿在暗处发光吧。要么就是在黑暗中起着触角般的作用。

他侧耳听着它吱吱吱舐食的声音。做火腿蛋吧，可别。天气这么干旱，没有好吃的蛋。缺的是新鲜的清水。星期四嘛，巴克利那家店里这一天也不会有可口的羊腰子。用黄油煎过以后，再撒上胡椒面吧。烧着开水的当儿，不如到德鲁加茨肉铺去买副猪腰子。猫儿放慢了舔的速度，然后把碟子舔个一干二净。猫舌头为什么那么粗糙？上面净是小孔，便于舔食。有没有它可吃的东西呢？他四下里打量了一番。没有。

他穿着那双稍微吱吱响的靴子，攀上楼梯，走到过道，并在寝室门前停下来。她也许想要点好吃的东西。早晨她喜欢吃涂了黄油的薄面包片。不过，也许偶尔要换换口味。

他在空荡荡的过道里悄声儿说：

——我到拐角去一趟，一会儿就回来。

他听见自己说这话的声音之后，就又加上一句：

——早餐你想来点儿什么吗?

一个半睡半醒中的声音轻轻地咕哝道：

——唔。

不，她什么都不要。这时，他听到深深的一声热乎乎的叹息。她翻了翻身，床架上那松垮垮的黄铜环随之丁零当啷直响。叹息声轻了下来。真得让人把铜环修好。可怜啊。还是老远地从直布罗陀运来的呢。她那点西班牙语也忘得一干二净了。不知道她父亲在这张床上花了多少钱，它是老式的。啊，对，当然喽。是在总督府举办的一次拍卖会上几个回合就买下的。老特威迪在讨价还价方面可真精明哩。是啊，先生。那是在普列文[1]。我是行伍出身的，先生，而且以此为自豪。他很有头脑，竟然垄断起邮票生意来了。这可是有先见之明。

他伸手从挂钩上取下帽子。那下面挂的是绣着姓名首字的沉甸甸的大氅和从失物招领处买到的处理雨衣。邮票。背面涂着胶水的图片。军官们从中捞到好处的不在少数。当然喽。他的帽里儿上那汗碱斑斑的商标默默地告诉他：这是顶普拉斯托的高级帽子。他朝帽子衬里上绷的那圈鞣皮瞥了一眼。一张白纸片十分安全地夹在那里。

他站在门口的台阶上，摸了摸后裤兜，找大门钥匙。咦，不在这儿，在我脱下来的那条裤子里。得把它拿来。土豆[2]倒是还在。衣橱总咯吱咯吱响，犯不上去打扰她。刚才她翻身的时候还睡意朦胧呢。他悄悄地把大门带上，又拉严实一些，直到门底下的护皮轻轻地覆盖住门槛，就像柔嫩的眼皮似的。看来是关严了。横竖在我回来之前，蛮可以放心。

他躲开七十五号门牌的地窖那松散的盖板，跨到马路向阳的那边。太阳快照到乔治教堂的尖顶了。估计这天挺暖和。穿着这套黑衣

1　普列文是保加利亚北部的城市。在俄土战争（1877—1878）中，俄军对土耳其人占领下的普列文进行围攻，土耳其人被迫投降。布卢姆的岳父特威迪当年曾在支援土耳其的英军中服役，以后又到西班牙南端的英国要塞直布罗陀服役。

2　土豆是布卢姆亡母的纪念品。他总把它当作护身符，随身携带。

服，就更觉得热了。黑色是传热的，或许反射（要么就是折射吧？）热。可是我总不能穿浅色的衣服去呀。那倒像是去野餐哩。他在洋溢着幸福的温暖中踱步，时常安详地闭上眼睑。博兰食品店的面包车正用托盘送着当天烤的面包，然而她更喜欢隔天的面包，两头烤得热热的，外壳焦而松脆，吃起来觉得像是恢复了青春。清晨，在东方的某处，天刚蒙蒙亮就出发，抢在太阳头里环行，就能赢得一天的旅程。按道理说，倘若永远这么坚持下去，就一天也不会变老。沿着异域的岸滩一路步行，来到一座城门跟前。那里有个上了年纪的岗哨，也是行伍出身，留着一副老特威迪那样的大口髭，倚着一杆长矛枪，穿过有遮篷的街道而行。一张张缠了穆斯林头巾的脸走了过去。黑洞洞的地毯店，身材高大的可怕的土耳克盘腿而坐，抽着螺旋管烟斗。街上是小贩的一片叫卖声。喝那加了茴香的水，冰镇果汁。成天溜溜达达。兴许会碰上一两个强盗哩。好，碰上就碰上。太阳快落了。清真寺的阴影投射到一簇圆柱之间。手捧经卷的僧侣。树枝颤悠了一下，晚风即将袭来的信号。我走过去。金色的天空逐渐暗淡下来。一位做母亲的站在门口望着我。她用难懂的语言把孩子们喊回家去。高墙后面发出弦乐声。夜空，月亮，紫罗兰色，像摩莉的新袜带的颜色。琴弦声。听。一位少女在弹奏着一种乐器——叫什么来着？大扬琴。我走了过去。

其实，也许完全不是那么回事。在书上可以读到沿着太阳的轨道前进这套话。扉页上是一轮灿烂的旭日。他暗自感到高兴，漾出微笑。阿瑟·格里菲思曾提过《自由人报》[1]社论花饰：自治的太阳从西北方向爱尔兰银行后面的小巷冉冉升起。他继续愉快地微笑着。这种说法有着犹太人的味道：自治的太阳从西北方冉冉升起。

他走近了拉里·奥罗克的酒店。隔着地窖的格子窗飘出走了气的黑啤酒味儿。从酒店那敞着的门口冒出一股股姜麦酒、茶叶渣和饼干糊味。然而这是一家好酒店：刚好开在市内交通线的尽头。比方说，

1　《自由人报》是一七八〇年左右创办的一份爱尔兰报纸，一九三〇年停办。该报站在温和保守的立场上主张爱尔兰自治。以爱尔兰银行大楼（一八〇〇年英、爱议会合并前为爱尔兰议会大厦）后一轮太阳为其社论花饰。

前边那家毛丽酒吧的地势就不行。当然喽，倘若从牲畜市场沿着北环路修起一条电车轨道通到码头，地皮价钱一下子就会飞涨。

遮篷上端露出个秃头。精明而有怪癖的老头子。劝他登广告算是白搭。可他最懂得生意经了。瞧，那准就是他。我那大胆的拉里[1]啊，他挽着衬衫袖子，倚着装砂糖的大木箱，望着那系了围裙的伙计用水桶和墩布在拖地。西蒙·迪达勒斯把眼角那么一吊，学他学得可像哩。你晓得我要告诉你什么吗？什么呀，奥罗克先生？你知道是怎么个情况吗？俄国人嘛，左不过会成为日本人早晨八点钟的一顿早饭[2]。

停下来跟他说句话吧：关于葬礼什么的。奥罗克先生，不幸的迪格纳穆多么令人伤心啊。

他转进多尔塞特街，朝着门道里面精神饱满地招呼道：

——奥罗克先生，你好。

——你好。

——天气多么好哇，先生。

——可不是嘛。

他们究竟是怎么赚的钱呢？从利特里姆[3]郡进城来的时候，他们只是些红头发伙计，在地窖里涮空瓶子，连顾客喝剩在杯中的酒也给攒起来。然后，瞧吧，转眼之间他们就兴旺起来，成为亚当·芬德莱特尔斯或丹·塔隆斯[4]那样的富户。竞争固然激烈，可大家都嗜酒嘛。要想穿过都柏林的市街而不遇到酒铺，那可是难上加难。节约可是办不到的。也许就在醉鬼身上打打算盘吧。下三先令的本钱，收回五先令。数目不大不碍事，这儿一先令，那儿一先令，一点一滴地攒吧。大概也接受批发商的订货吧。跟城里那些订货员勾结在一起，你向老板交了账，剩下的赚头就二一添作五，明白了吗？

1　这里，布卢姆联想到一首爱尔兰歌谣（参看第451页注释1），其主人公与这位老板同名。

2　这一天是一九〇四年六月十六日，日俄战争已打了四个月。

3　利特里姆是爱尔兰西北部康诺特省偏僻的郡，当地居民被看作是乡巴佬。

4　亚当·S. 芬德莱特尔斯是个经营茶叶和酒的商人，除了总公司，还开设了十一家分公司。丹尼尔·塔隆斯是个经营食品杂货和酒的商人，一八九九年至一九〇〇年任都柏林市市长。

每个月能在黑啤酒上赚多少呢？按十桶算，纯利打一成吧。不，还要多些，百分之十五呗。他从圣约瑟公立小学跟前走过去。小鬼们一片喧哗。窗户大敞着。清新的空气能够帮助记忆，或许还有助于欢唱。哎哔唏、嘀咿哎呋叽、喀哎啦哎哞嗯、噢噼啾、呃哎唑吐喂、哒哺呢呦。他们是男孩子吗？是的。伊尼施土耳克，伊尼沙克，伊尼施勃芬[1]，在上地理课哪。是我的哩。布卢姆山[2]。

他在德鲁加茨的橱窗前停下步子，直勾勾地望着那一束束黑白斑驳、半熟的干香肠。每束以十五根计，该是多少根呢？数字在他的脑子里变得模糊了，没算出来。他怏怏地听任它们消失。他馋涎欲滴地望着那塞满五香碎肉的一束束发亮的腊肠，并且安详地吸着调了香料做熟的猪血所发散出来的温暾气儿。

一副腰子在柳叶花纹的盘子上渗出黏糊糊的血：这是最后的一副了。他朝柜台走去，排在邻居的女仆后面。她念着手里那片纸上的项目。也买腰子吗？她的手都皱了。是洗东西时使碱使的吧。要一磅半丹尼腊肠。他的视线落在她那结实的臀部上。她的主人姓伍兹。也不晓得他都干了些什么名堂。他老婆已经上岁数了。这是青春的血液。可不许人跟在后面。她有着一双结实的胳膊，嘭嘭地拍打搭在晾衣绳上的地毯。哎呀，她拍得可真猛，随着拍打，她那歪歪拧拧的裙子就摇来摆去。

有着一双雪貂般眼睛的猪肉铺老板，用长满了疱、像腊肠那样粉红色的指头掐下几节腊肠，折叠在一起。这肉多么新鲜啊，像是圈里养的小母牛犊。

他从那一大沓裁好的报纸上拿了一张。上面有太巴列湖畔基尼烈模范农场的照片[3]。它可以成为一座理想的冬季休养地。我记得那农场

1　伊尼施土耳克（爱尔兰语：公猪岛）、伊尼沙克（爱尔兰语：公牛岛）和伊尼施勃芬（爱尔兰语：白母牛岛）都是爱尔兰中部西岸的岛屿。

2　布卢姆山位于都柏林市以南五十五英里处，系同名山脉的主峰。

3　太巴列湖即加利利海的异称，位于巴勒斯坦东北部。二十世纪初有些犹太企业家在此筹建犹太人聚居区。

主名叫摩西·蒙蒂斐奥里[1]。一座农舍，有围墙，吃草的牛群照得模糊不清。他把那张纸放远一点来瞧：挺有趣。接着又凑近一点来读：标题啦，还有那模模糊糊、正吃草的牛群。报纸沙沙响着。一头白色母牛犊。牲畜市场上，那些牲口每天早晨都在圈里叫着。被打上烙印的绵羊，吧嗒吧嗒地拉着屎。饲养员们脚蹬钉有平头钉的靴子，在褥草上踱来踱去，对准上了膘的后腿就是一巴掌：打得真响亮。他们手里拿着未剥皮的细树枝做的鞭子。他耐心地斜举着报纸，而感官和意念以及受其支配的柔和的视线却都凝聚在另外一点上：每拍打一下，歪歪扭扭的裙子就摆一下，嘭、嘭、嘭。

猪肉铺老板从那堆报纸上麻利地拿起两张，将她那上好的腊肠包起来，红脸膛咧嘴一笑。

——好啦，大姐，他说。

她粗鲁地笑了笑，伸出肥实的手脖子，递过去一枚硬币。

——谢谢，大姐。我找您一先令三便士。您呢，要点儿什么？

布卢姆先生赶紧指了指。要是她走得慢的话，还能追上去，跟在她那颤颤的火腿般的臀部后面走。大清早头一宗就饱了眼福。快点儿，他妈的。太阳好，就晒草。她在店外的阳光底下站了一会儿，就懒洋洋地朝右踱去。他在鼻子里长叹了一下：她们永远也不会懂人心意的。一双手都被碱弄皴了。脚指甲上结成硬痂。破破烂烂的褐色无袖工作服，保护着她的一前一后[2]。由于被漠视，他心里感到一阵痛苦，渐渐又变成淡淡的快感。她属于另一个男人：下了班的警察在埃克尔斯街上搂抱她来着。她们喜欢大块头的[3]。上好的腊肠。求求你啦，警察先生，我在树林子里迷了路[4]。

1　摩西·蒙蒂斐奥里（1784—1885），犹太裔慈善家。

2　原文作scapular，也作“肩衣”解。教徒们迷信褐色肩衣是保持贞操的护身符，故以崇敬圣母为宗旨的天主教在俗组织的年轻女子，把它作为虔诚的标志穿在身上。

3　在一九〇四年，身高五英尺九英寸以上的男子才能当上都柏林市的警察，超过一般市民。

4　《求求你啦，警察先生，噢噢噢》是十九世纪九十年代蒂利姐妹们在都柏林演唱的一首歌的标题，歌词作者为E. 安德鲁斯。“我在树林子里迷了路”则引自英国童话《树林里的娃娃们》。

——是三便士，您哪。

他的手接下那又黏糊又软和的腰子，把它滑入侧兜里。接着又从裤兜里掏出三枚硬币，放在麻面橡胶盘上。钱撂下后，迅速地过了目，就一枚一枚麻利地滑进钱柜。

——谢谢，先生。请您多照顾。

狐狸般的眼睛里闪着殷切的光，向他表示谢意。他马上就移开了视线。不，最好不要提了，下次再说吧。

——再见。他边说边走开。

——再见，先生。

毫无踪影，已经走掉了。那又有什么关系呢？

他沿着多尔塞特街走回去，一路一本正经地读着报。阿根达斯·内泰穆[1]：移民垦殖公司。向土耳其政府购进一片荒沙地，种上桉树。最适宜遮阳、当燃料或建筑木材了。雅法[2]北边有橘树林和大片大片的瓜地。你交八十马克，他们就为你种一狄纳穆[3]地的橄榄、橘子、扁桃或香橼。橄榄来得便宜一些，橘子需要人工灌溉。每一年的收获都给你寄来。你的姓名就作为终身业主在公司登记入册。可以预付十马克，余数分年付。柏林，西十五区，布莱布特留大街三十四号。

没什么可试的。然而，倒也是个主意。

他瞅着报纸上的照片：银色热气中朦朦胧胧望到牛群。撒遍了银粉的橄榄树丛。白昼恬静而漫长：给树剪枝，它逐渐成熟了。橄榄是装在坛子里的吧？我还有些从安德鲁那家店里买来的呢。摩莉把它们吐掉了。如今她尝出味道来啦。橘子是用棉纸包好装在柳条篓里。香橼也是这样。不晓得可怜的西特伦[4]是不是还住在圣凯文步道[5]？还有弹他那把古色古香的七弦琴的马斯添斯基。我们在一起曾度过多少愉

---

1 阿根达斯·内泰穆是希伯来文移民垦殖公司的译音。这是一九〇五年夏天创办的一个企业，旨在帮助犹太人在巴勒斯坦（当时属于土耳其帝国）定居。

2 雅法是以色列西部的港口。

3 一狄纳穆等于一千平方米。以色列目前仍采用这种面积单位。

4 香橼，原文作citron。布卢姆由此联想到住在圣凯文步道十七号的西特伦（Citron）。

5 圣凯文步道是都柏林市城南的一条街。在布卢姆夫妇当年住过的西伦巴德街的拐角处。

快的夜晚。摩莉坐在西特伦那把藤椅上。冰凉的蜡黄果实拿在手里真舒服，而且清香扑鼻。有那么一股浓郁、醇美、野性的香味儿。一年年的，老是这样。莫依塞尔告诉我，能卖高价哩。阿尔布图斯小街；普莱曾茨街；当年美好的岁月。他说，一个渣儿也不能有[1]。是从西班牙、直布罗陀、地中海和黎凡特[2]运来的。雅法的码头上摆了一溜儿柳条篓，一个小伙子正往本子上登记。身穿肮脏的粗布工作服、打赤脚的壮工们在搬运它们。一个似曾相识的人露面了。你好啊！没有理会。点头之交是令人厌烦的。他的后背倒挺像那位挪威船长。也不晓得今天能不能碰见他。洒水车。是唤雨用的。**在地上，如同在天上一样。**

一片云彩开始徐徐把太阳整个遮蔽起来。灰灰地。远远地。

不，并不是这样。一片荒原，不毛之地。火山湖，死海。没有鱼，也不见杂草，深深地陷进地里。没有风能在这灰色金属般的、浓雾弥漫的毒水面上掀起波纹。降下来的是他们所谓的硫磺。平原上的这些城市：所多玛、蛾摩拉[3]、埃多姆[4]，名字都失传了。一座在死亡的土地上的死海，灰暗而苍老。而今它老了。这里孕育了最古老、最早的种族。一个弯腰驼背的老妪从卡西迪那家酒店里走了出来，横过马路，手里攥着一只能装四分之一品脱的瓶子嘴儿。这是最古老的民族。流浪到遥远的世界各地，被俘虏来俘虏去，繁殖，死亡，又在各地诞生。如今却躺在那儿，再也不能繁衍子孙了。已经死亡。是个老妪的。世界的干瘪了的灰色阴门。

一片荒芜。

灰色的恐怖使他毛骨悚然。他把报纸叠起，放到兜里，拐进埃克

1　犹太教一年一度的住棚节（感恩节，开始于希伯来历第七个月的十五日）期间使用的香橼，不但一个渣儿也不能有，连栽培技术及环境也有各种讲究。

2　黎凡特是第一次世界大战前地中海东部诸国的通称。指小亚细亚沿海地带和叙利亚。该词也是中东或近东的同义词。

3　据《创世记》第19章，所多玛与蛾摩拉是罪恶之城，天主使“燃烧着的硫磺从天上降落”，将其毁灭。

4　埃多姆（旧译以东），古代地名，与古以色列相邻，在今约旦西南部，死海与亚喀巴湾之间。

尔斯街，匆匆赶回家去。冰凉的油在他的静脉里淌着，使他的血液发冷。年齿像盐[1]外套将他包裹起来。喏，眼下我到了这儿。对，眼下我到了这儿。今天早晨嘴里不舒服，脑子里浮现出奇妙的幻想。是从不同于往日的那边下的床。又该恢复桑道式健身操了。俯卧撑。一座座布满污痕的褐色砖房。门牌八十号的房子还没租出去呢。是怎么回事呢？估价为二十八英镑。客厅一扇扇窗户上满是招贴：托尔斯啦，巴特斯比啦，诺思啦，麦克阿瑟啦[2]。就好像是在发痛的眼睛上贴了好多块膏药似的。吸着茶里冒出来的柔和的水蒸气和平底锅里嗞嗞响的黄油的香气。去贴近她那丰腴且在床上焐暖了的肉体。对，对。

一束炽热暖人的阳光从伯克利路疾速地扑来。这位金发随风飘拂的少女足蹬细长的凉鞋，沿着越来越明亮的人行道跑来，朝我跑来了。

门厅地板上放着两封信和一张明信片。他弯下腰去捡起。玛莉恩·布卢姆太太。他那兴冲冲的心情立即颓丧下来。笔力遒劲：玛莉恩太太。

——波尔迪[3]！

他走进卧室，眯缝着眼睛，穿过温煦、黄色的微光，朝她那睡乱了的头走去。

——信是写给谁的？

他瞧了瞧。穆林加尔。米莉。

——一封是米莉给我的信，他小心翼翼地说，还有一张给你的明信片。另一封是写给你的信。

他把明信片和信放在斜纹布面床单上，靠近她膝头弯曲的地方。

——你愿意我把百叶窗拉上去吗？

当他轻轻地将百叶窗拽上半截的时候，他那只盯着后面的眼睛[4]瞥

1　所多玛和蛾摩拉城被毁后，“罗得的妻子回过头来看一看，就变成一根盐柱”。

2　托尔斯、巴特斯比、诺思和麦克阿瑟都是都柏林的房地产经纪人。

3　利奥波德的爱称。

4　语出自英国诗人埃德蒙·斯宾塞（1552—1599）的长诗《仙后》（1590—1596）。独眼的马尔贝科发现自己的妻子海伦诺尔与人通奸，他便死命地往前跑，眼睛却依然“盯着后面”。

见她瞟了一眼那封信，并把它塞到枕下。

——这样就行了吧？他转过身来问。

她用手托腮，正读着明信片。

——她收到包裹啦，她说。

她把明信片撂在一边，身子慢慢地蜷缩回原处，舒舒服服地叹了口气。他伫候着。

——快点儿沏茶吧，她说。我渴极啦。

——水烧开啦，他说。

可是为了清理椅子，他耽搁了片刻：将她那条纹衬裙和穿脏了胡乱丢着的亚麻衬衣一股脑儿抱起来，塞到床脚。

当他走下通往厨房的阶梯时，她喊道：

——波尔迪！

——什么事？

——烫一烫茶壶。

水确实烧开了，壶里正冒着一缕状似羽毛的热气。他烫了烫茶壶，涮了一遍，放进满满四调羹茶叶，斜提着开水壶往里灌。沏好了，他就把开水壶挪开，将锅平放在煤火上，望着那团黄油滑溜并融化。当他打开那包腰子时，猫儿贪馋地朝他喵喵叫起来。要是肉食喂多了，它就不逮耗子啦。哦，猫儿不肯吃猪肉。给点儿清真食品吧。来。他把沾着血迹的纸丢给它，并且将腰子放进嗞嗞啦啦响着的黄油汁里。还得加上点儿胡椒粉。他让盛在有缺口的蛋杯里的胡椒粉从他的指缝间绕着圈儿撒了下来。

然后他撕开信封，浏览了一眼那页信。谢谢。崭新的无檐软帽。科格伦先生。赴奥维尔湖野餐。年轻学生。布莱泽斯·博伊兰的《海滨的姑娘们》。

红茶泡出味儿来了。他微笑着把自己的搪须杯斟满。那个有着王冠图案仿造德比的瓷器还是傻妞儿米莉送给他的生日礼物哩，当时她才五岁。不对，是四岁。我给了她一串人造琥珀项链，她给弄坏了。还曾替她往信箱里放些折叠起来的棕色纸片。他笑嘻嘻地倒着茶。

哦，米莉·布卢姆，你是我的乖，
从早到晚，你是我的明镜，
凯西·基奥虽有驴和菜地，
我宁肯要你，哪怕一文不名[1]。

可怜的老教授古德温。老境狼狈不堪。尽管如此，他不失为一个彬彬有礼的老头儿。当摩莉从舞台上退场时，他总是照老规矩向她鞠个躬。他的大礼帽里藏着一面小镜子。那天晚上，米莉把它拿到客厅里来了。噢，瞧瞧我在古德温教授的帽子里找到了什么！我们全都笑了。甚至那时候她就情窦初开了。可真是个活泼的小乖乖啊。

他把叉子戳进腰子啪的一声将它翻了个个儿。然后把茶壶摆在托盘上。当他端起来的时候，隆起来的盘底凹了下去。都齐了吗？抹上黄油的面包四片，白糖，调羹，她的奶油。齐啦。他用大拇指钩住茶壶柄，把托盘端上楼去。

他用膝盖顶开门，端着托盘进去，将它搁在床头的椅子上。

——瞧你这蘑菇劲儿！她说。

她用一只胳膊肘支在枕头上，敏捷地坐起来时，震得黄铜环丁零当啷响，他安详地俯视着她那丰满的身躯和睡衣里面像母山羊奶子那样隆起的一对绵软柔和的大乳房之间的缝隙。她那仰卧着的身上发散出的热气同她斟着的茶水的清香汇合在一起。

凹陷的枕头底下露出一小截撕破了的信封。他边往外走，边停下脚来抻了抻被子。

——信是谁写来的？他问。

笔力遒劲。玛莉恩。

——哦，是博伊兰。他要把节目单带来。

——你唱什么？

1　这里套用爱尔兰诗人、歌词作家塞缪尔·洛弗（1797—1868）所作的诗（收于一八三五年出版的《爱尔兰传说与故事》），并把原诗中的“撒迪·布雷迪”改成“米莉·布卢姆”，“布赖恩·加拉格尔虽有房子”改成“凯西·基奥虽有驴”。

——和J. C. 多伊尔合唱《**手拉着手**》[1]，她说，还有《**古老甜蜜的情歌**》[2]。

她那丰腴的嘴唇边啜茶边绽出笑容。那种香水到了第二天就留下一股有点酸臭的气味，就像是馊了的花露水似的。

——打开一点窗户好不好？

她边把一片面包叠起来塞到嘴里，边问：

——葬礼几点钟开始？

——我想是十一点钟吧，他回答说。我没看报纸。

他顺着她所指的方向从床上拎起她那脏内裤的一条腿。不对吗？接着是一只歪歪拧拧地套在长袜上的灰色袜带。袜底皱皱巴巴，磨得发亮。

——不对，要那本书。

另一只长袜。她的衬裙。

——准是掉下去啦，她说。

他到处摸索。**我要，又不愿意**。不知道她能不能把那个字咬清楚：**我要**[3]。书不在床上，想必是滑落了。他弯下身撩起床沿的挂布。书果然掉下去了。摊开来靠在布满回纹的尿盆肚上。

——给我看看，她说。我做了个记号。有个词儿我想问问你。

她从捧在手里的杯中呷了一大口茶，麻利地用毛毯揩拭了一下指尖，开始用发夹顺着文字划拉，终于找到了那个词儿。

——遇见了他[4]什么？他问。

——在这儿哪，她说。这是什么意思？

1　原文为意大利语，出自奥地利作曲家沃尔夫冈·阿马德乌斯·莫扎特（1756—1791）所作歌剧《唐乔万尼》（1787）第1幕第3场中的二重唱。男主人公唐乔万尼引诱农村姑娘泽莉娜，说："咱们将结婚，咱们将手拉着手前往……"

2　《古老甜蜜的情歌》（1884）是G. 克利夫顿·宾厄姆（1859—1913）作词、爱尔兰作曲家詹姆斯·莱曼·莫洛伊（1837—1909）配曲的一首歌曲。

3　此处的"我要"与前文的"我要，又不愿意"原文均为意大利歌词，是摩莉即将演唱的泽莉娜对唐乔万尼所做的答复，原作Vorrei enon vorrei，意即"我愿意，又不愿意"，表达了女主人公在受诱惑时的矛盾心绪。在这里，布卢姆却把vorrei（愿意）误作voglio（要）了。

4　后文中的metempsychosis系源于希腊文的外来语，意思是轮回、转生。此词的前半截metem，与英语met him（遇见了他）发音相近。

他弯下身去，读着她那修得漂漂亮亮的大拇指甲旁边的字。

——Metempsychosis?

——是啊，他到底是哪儿的什么人呢?

——Metempsychosis，他皱着眉头说。这是个希腊字眼儿，从希腊文来的，意思就是灵魂的转生。

——哦，别转文啦！她说。用普普通通的字眼告诉我！

他微笑着，朝她那神色调皮的眼睛斜瞟了一眼。这双眼睛和当年一样年轻。就是在海豚仓猜哑剧字谜后那第一个夜晚。他翻着弄脏了的纸页。《马戏团的红演员鲁碧》[1]。哦，插图。手执赶车鞭子的凶悍的意大利人。赤条条地待在地板上的想必是红演员鲁碧喽。好心借与的床单[2]。**怪物马菲停了下来，随着一声诅咒，将他的猎物架猛扔出去**。内幕残忍透了。给动物灌兴奋剂。亨格勒马戏团的高空吊。简直不能正眼看它。观众张大了嘴呆望着。你要是摔断了颈骨，我们会笑破了肚皮。一家子一家子的，都干这一行。从小就狠狠地训练，于是他们转生了。我们死后继续生存。我们的灵魂。一个人死后，他的灵魂，迪格纳穆的灵魂……

——你看完了吗？他问。

——是的，她说。一点儿也不黄。她是不是一直在爱着那头一个男人?

——从来没读过。你想要换一本吗?

——嗯。另借一本保罗·德·科克[3]的书来吧。他这个名字挺好听。

她又添茶，并斜眼望着茶水从壶嘴往杯子里淌。

必须续借卡佩尔街图书馆那本书，要不他们就会寄催书单给我的

1　此书原名叫《鲁碧，根据一个马戏团女演员的生活写成的小说》（伦敦，1889），作者为艾米·里德。这里还把马戏团老板恩里科的名字改成马菲。该书写一个十三岁时上被卖给马戏团的小姑娘鲁碧被虐待致死的事。

2　原文作Sheet kindly lent。扎克·鲍恩在《詹姆斯·乔伊斯的音乐暗喻》（1974，第88页）中指出，此句与英国枢机主教约翰·亨利·纽曼（1801—1890）所作的颂歌《云柱》（1833）中的诗句Lead kindly light（光啊，仁慈地引导）发音相近。

3　查理-保罗·德·科克（1793—1871），法国作家。所著反映巴黎生活的小说，略有色情描写，曾在欧洲风靡一时。

保证人卡尔尼。转生，对，就是这词儿。

——有些人相信，他说，咱们死后还会继续活在另一具肉体里，而且咱们前世也曾是那样。他们管这叫作转生。还认为几千年前，咱们全都在地球或旁的星球上生活过。他们说，咱们不记得了。可有些人说，他们还记得自己前世的生活。

黏糊糊的奶油在她的红茶里弯弯曲曲地凝结成螺旋形。不如重新提醒她这个词儿：轮回。举个例会更好一些。举个什么例子呢？

床上端悬挂着一幅《宁芙[1]沐浴图》。这是《摄影点滴》[2]复活节专刊的附录，是人工着色的杰出名作。没放牛奶之前，红茶就是这种颜色。未尝不像是披散起头发时的玛莉恩，只不过更苗条一些。在这副镜框上，我花了三先令六便士。她说挂在床头才好看。裸体宁芙们，希腊。拿生活在那个时代的人们作例子也好嘛。

他一页页地往回翻。

——转生，他说，是古希腊人的说法。比方说，他们曾相信，人可以变成动物或树木。譬如，还可以变作他们所说的宁芙。

正在用调羹搅拌着砂糖的她，停下手来。她定睛望着前方，耸起鼻孔吸着气。

——一股煳味儿，她说。你在火上放了些什么东西吗？

——腰子！他猛地喊了一声。

他把书胡乱塞进内兜，脚趾尖撞在破脸盆架上，朝着那股气味的方向奔出屋子，以慌慌张张的白鹳般的步子，匆忙冲下楼梯。刺鼻的烟从平底锅的一侧猛地往上喷，他用叉子尖儿铲到腰子下面，将它从锅底剥下来，翻了个个儿。只煳了一丁点儿。他拿着锅，将腰子一颠，让它落在盘子上，并且把剩下的那一点褐色汁子滴在上面。

现在该来杯茶啦。他坐下来，切了片面包，涂上黄油。又割下腰子煳了的部分，把它丢给猫。然后往嘴里塞了一叉子，边咀嚼边细细

1　宁芙是音译，希腊神话中半神半人的少女。她们通常住在山林水泽中。

2　《摄影点滴》是一八九八年在伦敦创刊的一份周刊，每册一便士，逢星期四出版，所刊照片略带色情味道。

品尝着那美味可口的嫩腰子。烧得火候正好。喝了口茶。接着他又将面包切成小方块儿，把一块在浓汁里蘸了蘸，送到嘴里。关于年轻学生啦，郊游啦，是怎么写的来着？他把那封信铺在旁边摩挲平了，边嚼边慢慢读着，将另外一小方块也蘸上汁子，并举到嘴边。

最亲爱的爹爹：

非常非常谢谢您这漂亮的生日礼物。我戴着合适极了。大家都说，我戴上这顶新的无檐软帽，简直成了美人儿啦。我也收到了妈妈那盒可爱的奶油点心，并正在写信给她。点心很好吃。照相这一行，现在我越干越顺当。科格伦先生为我和他太太拍了一张相片，冲洗出来后，将给您寄去。昨天我们生意兴隆极了。天气很好，那些胖到脚后跟的统统都来啦。下星期一我们和几位朋友赴奥维尔湖做小规模的野餐。问妈妈好，给您一个热吻并致谢。我听见他们在楼下弹钢琴哪。星期六将在格雷维尔徽章饭店举行音乐会。有个姓班农的年轻学生，有时傍晚到这儿来。他的堂兄弟还是个什么大名人，他唱博伊兰（我差点儿写成布莱泽斯·博伊兰了）那首关于海滨姑娘们的歌曲。告诉他，傻米莉向他致以最深切的敬意。我怀着挚爱搁笔了。

热爱您的女儿

米莉

又及：由于匆忙，字迹潦草，请原谅。再见。

米

昨天她就满十五岁了。真巧，又正是本月十五号。这是她头一回不在家里过生日。别离啊。想起她出生的那个夏天的早晨，我跑到丹齐尔街去敲桑顿太太的门，喊她起床。她是个快活的老太婆。经她手接生来到世上的娃娃，想必多得很哩。她一开始就晓得可怜的小鲁迪活不长。——先生，天主是仁慈的。她立刻就知道了。倘若活了下来，如今他已十一岁了。

他神色茫然，带些怜惜地盯着看那句附言。字迹潦草，请原谅。匆忙。在楼下弹钢琴。她可不再是乳臭未干的毛丫头啦。为了那只手镯的事，曾在第四十号咖啡馆和她拌过嘴。她把头扭过去，不吃点心，也不肯说话。好个倔脾气的孩子。他把剩下的面包块儿都浸在浓汁里，并且一片接一片地吃着腰子。周薪十二先令六便士，可不算多。然而，就她来说，也还算不错哩。杂耍场舞台。年轻学生，他呷了一大口略凉了些的茶，把食物冲了下去。然后又把那封信重读了两遍。

哦，好的，她晓得怎样当心自己了。可要是她不晓得呢？不，什么也不曾发生哩。当然，也许将会发生。反正等发生了再说呗。简直是个野丫头。迈着那双细溜的腿跑上楼梯。这是命中注定的。如今快要长成了。虚荣心可重哩。

他怀着既疼爱又不安的心情朝着厨房窗户微笑。有一天我瞥见她在街上，试图掐红自己的腮帮子。她有点儿贫血，断奶断得太晚了。那天乘"爱琳王"号绕基什一周[1]，那艘该死的旧船颠簸得厉害。她可一点儿也不害怕，那淡蓝色的头巾和头发随风飘动。

鬈发和两腮酒窝，
简直让你晕头转向。

海滨的姑娘们。撕开来的信封。双手揣在兜里，唱着歌儿的那副样子，活像是逍遥自在地度着一天假的马车夫。家族的朋友。他把"晕"说成了"云"。夏天的傍晚，栈桥上点起灯火，铜管乐队。

那些姑娘，那些姑娘，
海滨那些俏丽的姑娘。

---

1 "爱琳王"号是一艘游览船，沿都柏林湾航行，并绕过基什的灯台船。

米莉也是如此。青春之吻，头一遭儿。早已经成为过去了。玛莉恩太太。这会子想必向后靠着看书哪，数着头发分成了多少绺，笑眯眯地编着辫子。

淡淡的疑惧，悔恨之情，顺着他的脊骨往下窜。势头越来越猛。会发生的，是啊。阻挡也是白搭，一筹莫展。少女那俊美、娇嫩的嘴唇。也会发生的啊。他觉得那股疑惧涌遍全身。现在做什么都是徒然的。嘴唇被吻，亲吻，被吻。女人那丰满而如胶似漆的嘴唇。

她不如就待在眼下这个地方。远离家门。让她有事儿可做。她说过想养只狗作消遣。也许我到她那儿去旅行一趟。利用八月间的银行休假日，来回只消花上两先令六便士。反正还有六个星期哪。也许能弄到一张报社的乘车证。要么就托麦科伊。

猫儿把浑身的毛舔得干干净净，又回到沾了腰子血的纸那儿，用鼻子嗅了嗅，并且大模大样地走到门前。它回头望了望他，喵喵叫着。想出去哩。只要在门前等着，迟早总会开的。就让它等下去好了。它显得烦躁不安，身上起了电哩。空中的雷鸣。是啊，它还曾背对着火，一个劲儿地洗耳朵来着。

他觉得饱了。撑得慌；接着，肠胃一阵松动。他站起来，解开裤腰带。猫儿朝他喵喵叫着。

——喵！他回答。等我准备好了再说。

空气沉闷，看来是个炎热的日子。吃力地爬上楼梯到平台那儿去，可太麻烦了。

要张报纸。他喜欢坐在便桶上看报。可别让什么无聊的家伙专挑这种时候来敲门。

他从桌子的抽屉里找到一份过期的《珍闻》[1]。他把报纸叠起来，夹在腋下，走到门前，将它打开。猫儿轻盈地蹿跳着跑上去了。啊，它是想上楼，到床上蜷缩作一团。

1　《珍闻·摘自世界最有趣的书报杂志》是一八八一年问世的一份周刊，被认为是现代通俗刊物的滥觞。

他竖起耳朵，听见了她的声音：

——来，来，小咪咪。来呀。

他从后门出去，走进园子，站在那儿倾听着隔壁园子的动静。那里鸦雀无声。多半是在晾晒着衣服哪。女仆在园子里。早晨的天气多好。

他弯下身去望着沿墙稀稀疏疏地长着的一排留兰香。就在这儿盖座凉亭吧。种上红花菜豆或五叶地锦什么的。这片土壤太贫瘠了，想整个儿施一通肥。上面是一层像是肝脏又近似硫磺的颜色。要是不施肥，所有的土壤都会变成这样。厨房的泔水。怎么才能让土壤肥沃起来呢？隔壁园子里养着母鸡。鸡粪就是头等肥料。可再也没有比牲口粪更好的了，尤其是用油渣饼来喂养的牛。牛粪可以做铺垫。最好拿它来洗妇女戴的羔羊皮手套。用脏东西清除污垢。使用炭灰也可以。把这块地都开垦了吧。在那个角落里种上豌豆。还有莴苣。那么就不断地有新鲜青菜吃了。不过，菜园子也有缺陷。圣灵降临节的第二天，这里就曾招来成群的蜜蜂和青蝇。

他继续走着。咦，我的帽子呢？想必是把它挂回到木钉上啦。也许是挂在落地衣帽架上了。真怪，我一点儿也记不得。门厅里的架子太满了。四把伞，还有她的雨衣。方才我拾起那几封信的时候，德雷格理发店的铃声响起来了。奇怪的是我正在想着那个人。涂了润发油的褐色头发一直垂到他的脖领上。一副刚刚梳洗过的样子。不知道今天早晨来不来得及洗个澡。塔拉街。他们说，坐在柜台后面的那个家伙把詹姆斯·斯蒂芬斯[1]放跑了。他姓奥布赖恩。

那个叫德鲁加茨的家伙声音挺深沉的。那家公司叫阿根达斯什么来着？——好啦，大姐。狂热的犹太教徒。

他一脚踢开厕所那扇关不严的门。还得穿这条裤子去参加葬礼哪，最好多加小心，可别给弄脏了。门楣挺矮，他低着头走进去。门半掩着，在发霉的石灰浆和陈年的蜘蛛网的臭气中，解下了背带。蹲

1　詹姆斯·斯蒂芬斯是爱尔兰独立运动的志士，参看第45页注释1。

坐之前，隔着墙缝朝上望了一下邻居的窗户。国王在他的账房里[1]。一个人也没有。

他蹲在凳架上，摊开报纸，在自己赤裸裸的膝上翻看着。读点新鲜而又轻松的。不必这么急嘛。从从容容地来。《珍闻》的悬赏小说：《马查姆的妙举》，作者菲利普·博福伊先生是伦敦戏迷俱乐部的成员。已经照每栏一畿尼付给了作者。三栏半。三镑三先令。三镑十三先令六便士。

他不急于出恭，从从容容地读完第一栏，虽有便意却又憋着，开始读第二栏。然而读到一半，就再也憋不住了。于是就一边读着一边让粪便静静地排出。他仍旧耐心地读着，昨天那轻微的便秘完全畅通了。但愿块头不要太大，不然，痔疮又会犯了。不，这刚好。对。啊！便秘嘛，请服一片药鼠李皮。人生也可能就是这样。这篇小说并未使他神往或感动，然而写得干净利索。如今啥都可以印出来，是个胡来的季节。他继续读下去，安然坐在那里闻着自己冒上来的臭味。确实利索。马查姆经常想起那一妙举，凭着它，自己赢得了大笑着的魔女之爱，而今她……开头和结尾都有说教意味。手拉着手。写得妙！他翻过来又瞅了瞅已读过的部分，同时觉出尿在静静地淌出来，心里毫无歹意地在羡慕那位由于写了此文而获得三镑十三先令六便士的博福伊先生。

也许好歹能写出一篇小品文。利·玛·布卢姆夫妇作。由一句谚语引出一段故事如何？可哪句好呢？想当初，她在换衣服，我一边看她梳妆打扮，一边把她讲的话匆匆记在我的袖口上。我们不喜欢一道换装。一会儿是我刮胡子，刮出了血，一会儿又是她，裙腰开口处的钩子不牢，狠狠地咬着下唇。我为她记下时间，九点一刻：罗伯兹付你钱了没有？九点二十分：葛莉塔·康罗伊穿的是什么衣服？九点二十三分：我究竟着了什么魔，买下这么一把梳子！九点二十四分：

1　此句与前面“女仆在园子里”均套用了爱尔兰一首儿歌。全段为：“国王在账房里，数着他的钱币；王后在客厅里，吃面包和蜂蜜。女仆在园子里，晾晒着衣服呢；飞来只小黑鸟，咬掉她的鼻尖。”

吃了那包心菜，肚子胀得厉害。她的漆皮靴上沾了点土。于是轮流抬起脚来，用靴子的贴边灵巧地往袜筒上蹭。在义卖会舞会上，梅氏乐队演奏了庞契埃利的《时间之舞》。那是第二天早晨的事。你解释一下：早晨的时光，晌午，随后傍晚来临，接着又是晚上的时光。她刷牙来着。那是头一个晚上。她脑子里还在翩翩起舞。她的扇柄还在咯嗒咯嗒响着。那个博伊兰阔吗？他有钱。怎见得？跳舞的时候，我发觉他呼出浓郁的、好闻的气味。那么，哼哼唱唱也是白搭。还是暗示一下为好。昨天晚上的音乐可妙哩。镜子挂在暗处。于是，她就用自己的带柄手镜在她那裹在羊毛衫里的颤巍巍的丰满乳房上敏捷地擦了擦。她照着镜子，然而眼角上的鱼尾纹却怎么也抹不掉。

黄昏时分，姑娘们穿着灰色网纱衫。接着是夜晚的时光：穿黑的，佩匕首，戴着只露两眼的假面具。多么富于诗意的构思啊：粉色，然后是金色，接着是灰色，接着又是黑色。也是那样栩栩如生。先是昼，随后是夜。

他把获奖小说吱拉一声扯下半页，用来揩拭自己。然后系上腰带和背带，扣上纽扣。他将那摇摇晃晃关不紧的门拽上，从昏暗中走进大千世界。

在明亮的阳光下，四肢舒展爽朗起来。他仔细审视着自己的黑裤子：裤脚、膝部、腿窝。丧礼是几点钟来着？最好翻翻报纸。

空中响起金属的摩擦声和低沉的回旋声。这是乔治教堂在敲钟。那钟在报时辰，黑漆漆的铁在轰鸣着。

叮当！叮当！
叮当！叮当！
叮当！叮当！

三刻钟了。又响了一下。回音划破天空跟过来。第三下。

可怜的迪格纳穆！

第五章

布卢姆先生沿着停在约翰·罗杰森爵士码头上的一排货车稳重地走去，一路经过风车巷、利斯克亚麻籽榨油厂和邮政局。要是把这个地址也通知她就好了。走过了水手之家。他避开了早晨码头上的噪声，取道利穆街。一个拾破烂的少年在布雷迪公寓旁闲荡，拎着一桶串起来的下水，吸着人家嚼剩的烟头。比他年纪小、额上留有湿疹疤痕的女孩朝他望着，懒洋洋地攥着个压扁了的桶箍。告诉他：吸烟可就长不高了。算啦，随他去吧！他这辈子反正也享不到什么荣华富贵。在酒店外面等着，好把爹领回家去。爹，回家找妈去吧。酒馆已经冷清下来，剩不下几位主顾啦。他横过汤森德街，打绷了面孔的伯特厄尔前面走过。厄尔，对：之家：阿列夫，伯特[1]。接着又走过尼科尔斯殡仪馆。葬礼十一点才举行，时间还从容。我敢说准是科尼·凯莱赫替奥尼尔殡仪馆揽下今天这档子葬事的。闭着眼睛唱歌。科尼这家伙。有一回在公园遇见她啦。摸着黑儿啊。真有趣儿呀。给警察盯上了哩。她说出了姓名和住址，哼唱着我的吐啦噜，吐啦噜，呔。哦，肯定是他兜揽下来的。随便找个地方花不了几个钱把他埋掉算啦。我的吐啦噜，吐啦噜，吐啦噜，吐啦噜。

他在韦斯特兰横街的贝尔法斯特与东方茶叶公司的橱窗前停了下来，读着包装货物的锡纸上的商标说明：精选配制，优良品种，家用红茶。天气怪热的。红茶嘛，得到汤姆·克南那儿去买一些。不过，在葬礼上不便跟他提。他那双眼茫然地继续读着，同时摘下帽子，安详地吸着自己那发油的气味，并且斯文地慢慢伸出右手去抚摩前额和

1　伯特厄尔（Bethel）是希伯来语“上帝之家”的译音。

头发。这是个炎热的早晨。他垂下眼皮，瞅了瞅这顶高级帽子衬里上绷着的那圈鞣皮的小小帽花。在这儿哪。他的右手从头上落下来，伸到帽壳里。手指麻利地掏出鞣皮圈后面的名片，将它挪到背心兜里。

真热啊，他再一次更缓慢地伸出右手，摸摸前额和头发，然后又戴上帽子，松了口气。他又读了一遍：精选配制，用最优良的锡兰品种配制而成。远东。那准是个可爱的地方，不啻是世界的乐园；慵懒的宽叶，简直可以坐在上面到处漂浮。仙人掌，鲜花盛开的草原，还有那他们称作蛇蔓的。难道真是那样的吗？僧伽罗人在阳光下闲荡，**什么也不干是美妙的**[1]。成天连手都不动弹一下。一年十二个月，睡上六个月。炎热得连架都懒得吵。这是气候的影响。嗜眠症。怠惰之花。主要是靠空气来滋养。氮。植物园中的温室。含羞草。睡莲。花瓣发蔫了。大气中含有瞌睡病。在玫瑰花瓣上踱步。想想看，炖牛肚和牛蹄吃起来该是什么味道。我在什么地方看到过一个人的照片，是在哪儿拍的呢？对啦，他仰卧在死海上，撑着一把阳伞，还在看书哪。盐分太重，你就是想沉也沉不下去。因为水的重量，不，浮在水面上的身体的重量，等于什么东西的重量来着？要么是容积和重量相等吧？横竖是诸如此类的定律。万斯在高中边教着书，边打着榧子。大学课程，紧张的课程。提起重量，说真的，重量究竟是什么？每秒三十二英尺，每秒钟。落体的规律：每秒钟，每秒钟。它们统统都落到地面上。地球。重量乃是地球引力。

他掉转方向，溜溜达达地横过马路。她拿着香肠，一路怎样走来着？是照这样走的吧。他边走边从侧兜里掏出折叠起来的《自由人报》，打开来又把它竖着卷成棍状。每踱一步便隔着裤子用它拍一下小腿，做出一副漫不经心的样子：像是只不过顺路进去看看而已。每秒钟，每秒钟。每秒钟的意思就是每一秒钟。他从人行道的边石那儿朝邮政局门口投了锐利的一瞥。迟投函件的邮筒。倒可以在这儿投邮。一个人也没有。进去吧。

1　原文为意大利语。

他隔着黄铜格栅把名片递过去。

——有没有给我的信？他问。

当那位女邮政局长在分信箱里查找的时候，他盯着那征募新兵的招贴。上面是各兵种的士兵在列队行进。他把报纸卷的一端举起来按在鼻孔上，嗅着那刚印刷好的糙纸的气味。兴许没有回信。上一次说得过火了。

女邮政局长隔着黄铜格栅把他的名片连同一封信递了过来。他向她道了谢，赶快朝那打了字的信封瞟上一眼：

亨利·弗罗尔先生

本市　　韦斯特兰横街邮政局转交

总算来了回信。他把名片和信塞到侧兜里，又望了望行进中的士兵。老特威迪的团队在哪儿？被抛弃的兵。在那儿：戴着插有鸟颈毛的熊皮帽。不，那是个掷弹兵。尖袖口。他在那儿。都柏林近卫步兵连队。红上衣。太显眼了。所以女人才追他们呢。穿军装。不论对入伍还是操练来说，这样的军服都更便当些。莫德·冈内来信提出，他们给咱们爱尔兰首都招来耻辱，夜间应当禁止他们上奥康内尔大街去。格里菲思的报纸如今也在唱同一个调子。这支军队长了杨梅大疮，已经糜烂不堪了。海外的或醉醺醺的帝国。他们看上去半生不熟，像是处于昏睡状态。向前看！原地踏步！贴勃儿：艾勃儿。贝德：艾德。这就是近卫军。他从来也没穿过消防队员或警察的制服。可不是嘛，还加入过共济会哩[1]。

他慢慢腾腾地踱出邮政局，向右转去。难道靠饶舌就能把事情办好吗！他把手伸进兜里，一只食指摸索到信封的口盖，分几截把信扯开

1　“他”指爱德华七世。他于一八七四年成为共济会领导人，直到一九〇一年即位才辞去此职。共济会是起源于中世纪的石匠和教堂建筑工匠的行会。十七世纪初开始允许非石匠的名誉会员参加。一般说来，在使用拉丁语系语言的各国中，共济会吸引着自由思想家及反对教权者；在操盎格鲁-撒克逊语的诸国，会员则多是白人新教徒。

了。我不认为女人有多么慎重。他用指头把信拽出，并在兜里将信封揉成一团。信上用饰针别着什么东西：兴许是照片吧。头发吗？不是。

麦科伊走过来了。赶紧把他甩掉吧。碍我的事。就讨厌在这种时刻遇上人。

——喂，布卢姆。你到哪儿去呀？

——啊，麦科伊。随便溜溜。

——身体好吗？

——好。你呢？

——凑合活着呗，麦科伊说。

他盯着那黑色领带和衣服，关切地低声问道：

——有什么……我希望没什么麻烦事儿吧。我看到你……

——啊，没有，布卢姆先生说。是这样的，可怜的迪格纳穆，今天他出殡。

——真的，可怜的家伙。原来是这样。几点钟呀？

那不是相片。也许是一枚会徽[1]吧。

——十一点钟，布卢姆先生回答说。

——我得想办法去参加一下，麦科伊说。十一点钟吗？昨天晚上我才听说。谁告诉我来着？霍罗翰。你认识独脚吧？

——认识。

布卢姆先生朝着停在马路对面格罗夫纳饭店门前的那辆座位朝外的双轮马车望去。脚行举起旅行手提箱，把它放到行李槽里。当那个男人，她的丈夫，也许是兄弟，因为长得像她，摸索兜里的零钱时，她静静地站在那儿等候着。款式新颖的大衣还带那种翻领，看上去像是绒的。今天这样的天气，显得太热了些。她把双手揣在明兜里，漫不经心地站在那儿，活像是在马球赛场上见过的那一位高傲仕女。女人们满脑子都是身份地位，直到你触着她的要害部位。品德优美才算

1　这是天主教在俗信徒组织（如公教进行会等）的会员所佩戴的会徽，有的将它当成护身符。

真美。为了屈就才那么矜持。那位可敬的夫人，而布鲁图是个可敬的人[1]。一旦占有了她，就能够使她服帖就范。

——我跟鲍勃·多兰在一块儿来着，他犯了老毛病，又喝得醉醺醺的了，还有那个名叫班塔姆·莱昂斯的家伙。我们就在那边的康韦酒吧间。

多兰和莱昂斯在康韦酒吧间。她把一只戴着手套的手举到头发那儿。独脚进来了，喝上一通。他仰着脸，眯起眼睛，看见颜色鲜艳的鹿皮手套在强烈的阳光下闪烁着，也看见镶在手套背上的饰纽。今天我可以看得一清二楚了。兴许周围的湿气使人能望到远处。这家伙还在东拉西扯。她有着一双贵夫人的手。到底要从哪边上车呢？

——他说：咱们那个可怜的朋友帕狄真是可惜呀！哪个帕狄？我说。可怜的小帕狄·迪格纳穆。他说。

要到乡间去，说不定是布罗德斯通[2]吧。棕色长筒靴，饰带晃来晃去。脚的曲线很美。他没事儿摆弄那些零钱干什么？她发觉了我在瞅着她。那眼神儿仿佛老是在物色着旁的男人。一个好靠山。弓上总多着一根弦。

——怎么啦？我说。他出了什么事？我说。

高傲而华贵：长筒丝袜。

——唔，布卢姆先生说。

他把头略微偏过去一点，好躲开麦科伊那张谈兴正浓的脸。马上就要上车了。

——他出了什么事？他说。他死啦，他说。真的，他就泪汪汪的了。是帕狄·迪格纳穆吗？我说。乍一听，我不能相信。至少直到上星期五或星期四，我还在阿奇酒店见到了他呢。是的，他说。他走啦。他是星期一去世的，可怜的人儿。

1　前文的“高傲仕女”，指默雯·塔尔博伊，参看第15章。布卢姆一时记不起她的名字了，但“可敬的”一词令他联想起莎士比亚的历史剧《尤利乌斯·恺撒》第3幕第2场中安东尼所说的“布鲁图是个可敬的人”一语。

2　布罗德斯通是铁路终点站。

瞧哇！瞧哇！华贵雪白的长袜，丝光闪闪！瞧啊！

一辆沉甸甸的电车，叮叮当当地拉响警笛，拐过来，遮住了他的视线。

马车没影儿了。这吵吵闹闹的狮子鼻真可恶。觉得像是吃了闭门羹似的。“天堂与妖精”[1]。事情总是这样的。就在关键时刻。那是星期一，一个少女在尤斯塔斯街的甬道里整理她的吊袜带来着。她的朋友替她遮住了那露出的部位。**互助精神**[2]。喂，你张着嘴呆看什么呀？

——是啊，是啊，布卢姆先生无精打采地叹了口气说。又走了一个。

——最好的一个，麦科伊说。

电车开过去了。他们的马车驰向环道桥，她用戴着考究的手套的手握着那钢质栏杆。闪烁，闪烁：她帽子上那丝质飘带在阳光下闪烁着，飘荡着。

——你太太好吧？麦科伊换了换语气说。

——啊，好，布卢姆先生说。好极了，谢谢。

他随手打开那卷成棍状的报纸，不经意地读着：

倘若你家里没有，
李树[3]商标肉罐头，
那就是美中不足，
有它才算幸福窝。

——我太太刚刚接到一份聘约，不过还没有谈妥哪。

1　“天堂与妖精”是爱尔兰诗人托马斯·穆尔（1779—1852）的叙事诗《拉拉·鲁克，一首东方传奇》（1817）中的一个故事：被关在天堂门外的妖精，为了赎罪，把神最喜欢的礼物送上去，遂得以进门。

2　原文为法语。

3　这条广告虽是虚构的，但当时都柏林确实有个名叫乔治·W. 普勒姆垂（Plumtree）的老板开了一家罐头肉厂。此姓与英语的“李树”拼音相同。“把肉装入罐头”是都柏林粗俗俚语，指性交。

又来耍这套借手提箱的把戏了。倒也不碍事。谢天谢地，这套手法对我已经不灵啦。

布卢姆先生心怀友谊慢悠悠地将那眼睑厚厚的眼睛移向他。

——我太太也一样，他说。二十五号那天，贝尔法斯特的阿尔斯特会堂举办一次排场很大的音乐会，她将去演唱。

——是吗？麦科伊说。那太好啦，老伙计。谁来主办？

玛莉恩·布卢姆太太。还没起床哪。王后在寝室里，吃面包和[1]。没有书。她的大腿旁并放着七张肮脏的宫廷纸牌。黑发夫人和金发先生。来信。猫蜷缩成一团毛茸茸的黑球。从信封口上撕下来的碎片。

古老
甜蜜的
情
歌，
听见了古老甜蜜的……

——这是一种巡回演出，明白吧，布卢姆先生若有所思地说。甜蜜的情歌。成立了一个委员会，按照股份来分红。

麦科伊点点头，一边揪了揪他那胡子碴儿。

——唔，好，他说。这可是个好消息。

他移步要走开。

——喏，你看上去蛮健康，真高兴，他说。咱们说不定在什么地方又能碰见哩。

——是啊，布卢姆先生说。

——话又说回来啦，麦科伊说。在葬礼上，你能不能替我把名字也签上？我很想去，可是也许去不成哩。瞧，沙湾出了一档子淹死人的事件，也许会浮上来。尸体假若找到了，验尸官和我就得去一趟。

1　这里把摇篮曲的一句做了改动，省去“蜂蜜”二字。参看第98页注释1。

我要是没到场，就请你把我的名字给塞上好不好？

——好的，布卢姆先生说着就走开了。就这么办吧。

——好吧，麦科伊喜形于色地说。谢谢你啦，老伙计。只要能去，我是会去的。喏，应付一下，写上C. P. 麦科伊就行啦。

——一准办到，布卢姆先生坚定地说。

那个花招没能使我上当。敏捷地脱了身。笨人就容易上当。我可不是什么冤大头。何况那又是我特别心爱的一只手提箱，皮制的。角上加了护皮，边沿还用铆钉护起，并且装上了双锁。去年举办威克洛艇赛音乐会时，鲍勃·考利把自己那只借给了他。打那以后，就一直没下文啦。

布卢姆先生边朝布伦斯威克街溜达，边漾出微笑。“我太太刚刚接到一份。”满脸雀斑、嗓音像芦笛的女高音。用干酪削成的鼻子。唱一支民间小调嘛，倒还凑合。没有气势。你和我，你晓得吗，咱们的处境相同。这是奉承话。那声音刺耳。难道他就听不出其中的区别来吗？想来那样的才中他的意哩。不知怎的却不合我的胃口。我认为贝尔法斯特那场音乐会会把他吸引住的。我希望那里的天花不至于越闹越厉害。她恐怕是不肯重新种牛痘了。你的老婆和我的老婆。

不晓得他会不会在盯梢？

布卢姆先生在街角停下脚步，两眼瞟着那些五颜六色的广告牌。坎特雷尔与科克伦姜麦酒（加了香料的）。克勒利的夏季大甩卖。不，他笔直地走下去了。嘿，今晚上演班德曼·帕默夫人的《丽亚》[1]哩。巴不得再看一遍她扮演这个角色。昨晚她演的是哈姆莱特[2]。女扮男装。说不定他本来就是个女的哩。所以奥菲利娅才自杀了。可怜的

1　班德曼·帕默夫人（1865—1905）。美国名演员，《自由人报》（1904年6月16日）载有她在都柏林的欢乐剧场扮演《被遗弃的丽亚》（1862）一剧中女主角丽亚的广告。该剧以十八世纪初叶的奥地利农村为背景，对反犹太主义进行了抨击，是美国剧作家约翰·奥古斯丁·戴利（1838—1899）根据德、奥地利剧作家所罗门·赫尔曼·莫森索尔（1821—1877）的剧本《底波拉》（1850）编译而成。

2　一九〇四年六月十六日的《自由人报》曾指出，帕默夫人十五日晚上在欢乐剧场扮演哈姆莱特这个角色时，演得“惟妙惟肖”。

爸爸！他常提起凯特·贝特曼扮演的这个角色。他在伦敦的阿德尔菲剧场外面足足等了一个下午才进去的。那是一八六五年——我出生前一年的事。还有里斯托里在维也纳的演出。剧目该怎么叫来着？作者是莫森索尔。是《蕾洁》吧？不是的[1]。他经常谈到的场景是：又老又瞎的亚伯拉罕[2]听出了那声音，就把手指放在他的脸上。

拿单的声音！他儿子的声音！我听到了拿单的声音，他离开了自己的父亲，任他悲惨忧伤地死在我的怀抱里。他就这样离开了父亲的家，并且离开了父亲的上帝[3]。

每句话都讲得那么深沉，利奥波德。

可怜的爸爸！可怜的人！幸而我不曾进屋去瞻仰他的遗容。那是怎样的一天啊！哎呀，天哪！哎呀，天哪！嗬！喏，也许这样对他最好不过。

布卢姆先生拐过街角，从出租马车停车场那些耷拉着脑袋的驽马跟前走过。到了这般地步，再想那档子事也是白搭。这会子该给马套上秣囊了。要是没遇上麦科伊这家伙就好了。

他走近了一些，听到牙齿咀嚼着金色燕麦的嘎吱嘎吱声，轻轻地咀嚼着的牙齿。当他从带股子燕麦清香的马尿气味中走过时，那些马用公羊般的圆鼓鼓的眼睛望着他。这才是它们的理想天地。可怜的傻瓜们！它们一无所知，对什么也漠不关心，只管把长鼻头扎进秣囊里。嘴里塞得那么满，连叫都叫不出来了。好歹能填饱肚子，也不缺睡的地方。而且被阉割过：一片黑色杜仲胶在腰腿之间软软地耷拉下来，摆动着。就那样，它们可能还是蛮幸福的哩。一看就是些善良而可怜的牲口。不过，它们嘶鸣起来也会令人恼火。

1　莫森索尔所写的戏应作《底波拉》。剧中人名均借自《创世记》，所以布卢姆搞混了。丽亚是以色列人的祖先雅各的第一个妻子。雅各原来想娶丽亚的妹妹蕾洁。但根据当地风俗，小女儿不能先嫁，所以做父亲的拉班便让大女儿顶替嫁了过去。底波拉是丽百加（雅各之母）的奶妈。

2　在《创世记》中，亚伯拉罕是希伯来人的祖先。在《被遗弃的丽亚》中，他是个双目失明的犹太老人，曾为拿单之父送葬。

3　拿单是个变节的犹太人。他遗弃了丽亚（一个犹太姑娘），并隐瞒自己的身份，冒充基督教徒。亚伯拉罕识破了拿单的真实面目，因而被拿单扼死。

他从兜里掏出信来，将它卷在带来的报纸里。说不定会在这儿撞上她。巷子里更安全一些。

他从出租马车夫的车棚前走过。马车夫那种流浪生活真妙。不论什么样的天气，也不管什么地点、时间或距离，都由不得自己的意愿。我要，又不[1]。我喜欢偶尔给他们支香烟抽。交际一下。他们驾车路过的时候，大声嚷出一言半语。他哼唱着：

咱们将手拉着手前往[2]。

啦啦啦啦啦啦。

他拐进坎伯兰街，往前赶了几步，就在车站围墙的背风处停下了。周围一个人也没有。米德木材堆放场。堆积起来的梁木。废墟和公寓。他小心翼翼地踱过"跳房子"游戏的场地，上面还有遗忘下的跳石子儿。我没犯规。一个娃娃孤零零地蹲在木材堆放场附近弹球儿玩，用灵巧的大拇指弹着球。一只明察秋毫的母花猫，俨然是座眨巴着眼睛的斯芬克斯，待在暖洋洋的窗台上朝这边望着，不忍心打搅他们。据说穆罕默德曾为了不把猫弄醒，竟然将斗篷剪掉一块。把信打开吧。当我在那位年迈的女老师开办的学校就读时，也曾玩过弹球儿。她喜爱木樨草。埃利斯太太的学校。她丈夫叫什么名字来着？用报纸遮着，他打开了那封信。

信里夹的是花。我想是。一朵瓣儿已经压瘪了的黄花。那么，她没生我的气喽？信上怎么说？

亲爱的亨利：

我收到了你的上一封信，很是感谢。遗憾的是，你不喜欢我上次的信。你为什么要附邮票呢？我非常生气。我多么希望

1　原文为意大利语。此句不完整，参看第91页注释3。

2　原文为意大利语。参看第91页注释1。

能够为这件事惩罚你一下啊。我曾称你作淘气鬼，因为我不喜欢那另一个世界。请告诉我那另一个字真正的含意。你在自己家里不幸福吗？你这可怜的小淘气鬼？我巴不得能替你做点什么。请告诉我，你对我这个可怜虫有什么看法。我时常想起你这个名字有多么可爱。亲爱的亨利，咱们什么时候能见面呢？你简直无法想象我多么经常地想念你。我从来没有被一个男人像被你这么吸引过。弄得我心慌意乱。请给我写一封长信，告诉我更多的事情。不然的话我可要惩罚你啦，你可要记住。你这淘气鬼，现在你晓得了，假若你不写信，我会怎样对付你。哦，我多么盼望跟你见面啊。亲爱的亨利，请别拒绝我的要求，否则我的耐心就要耗尽了。到那时候我就一股脑儿告诉你。现在，再见吧，心爱的淘气鬼。今天我的头疼得厉害，所以一定要立即回信给苦苦思念你的

玛莎

附言：一定告诉我，你太太使用哪一种香水。我想知道。

他神情严肃地扯下那朵用饰针别着的花儿，嗅了嗅几乎消失殆尽的香气，将它放在胸兜里。花的语言。人们喜欢它，因为谁也听不见。要么就用一束毒花将对方击倒。于是，他慢慢地往前踱着，把信重读一遍，东一个字、西一个词地念出声来。对你　郁金香　生气　亲爱的　男人花　惩罚　你的　仙人掌　假若你不请　可怜虫　勿忘草　我多么盼望　紫罗兰　给亲爱的　玫瑰　当我们快要　银莲花　见面　一股脑儿　淘气鬼　夜茎　太太　玛莎的香水。读完之后，他把信从报纸卷里取出来，又放回到侧兜里。

他心中略有喜意，咧开了嘴。这封信不同于第一封。不知道是不是她亲笔写的。装出一副生气的样子：像我这样的良家少女，品行端正的。随便哪个星期天，等诵完玫瑰经，不妨见见。谢谢你，没什么。谈恋爱时候通常会发生的那种小别扭。然后你追我躲的。就跟同摩莉吵架的时候那么麻烦。抽支雪茄烟能起点镇静作用，总算是麻醉

剂嘛。一步步地来。淘气鬼。惩罚。当然喽，生怕措词不当。粗暴吗，为什么不？反正不妨试它一试，一步步地来。

他依然用指头在兜里摆弄着那封信，并且把饰针拔下。这不是根普通的饰针吗？他把它扔在街上。是从她衣服的什么地方取下来的：好几根饰针都别在一起。真奇怪，女人身上总有那么多饰针！没有不带刺的玫瑰。

单调的都柏林口音在他的头脑里响着。那天晚上在库姆，两个婊子淋着雨，互相挽着臂在唱：

> 哦，玛丽亚丢了衬裤的饰针。
> 她不知道怎么办，
> 才能不让它脱落，
> 才能不让它脱落。

饰针？衬裤。头疼得厉害。也许她刚好赶上玫瑰期间。要么就是成天坐着打字的关系。眼睛老盯着，对胃神经不利。你太太使用哪一种香水？谁闹得清这是怎么回事！

才能不让它脱落。

玛莎，玛丽亚。如今我已忘记是在哪儿看到那幅画了。是出自古老大师之手呢，还是为赚钱而制出的赝品？他坐在她们家里，谈着话。挺神秘的。库姆街的那两个婊子也乐意听的。

才能不让它脱落。

傍晚的感觉良好。再也不用到处流浪了。只消懒洋洋地享受这宁静的黄昏，一切全听其自然。忘记一切吧。说说你都去过哪些地方和当地的奇风异俗。另一位头上顶着水罐，在准备晚饭：水果，橄榄，从井里打来的沁凉可口的水。那井像石头一样冰冷，像煞阿什汤的墙壁上的洞[1]。下次去参加小马驾车赛，我得带上个纸杯子。她倾听着，

1　阿什汤是凤凰公园的一座大门，旁边墙壁上有个洞。选民从洞里伸进手去，就可以拿到一把硬币。这样，他就可以发誓否认见过行贿者，或发生过此等事。

一双大眼睛温柔而且乌黑。告诉她，尽情地说吧。什么也别保留。然后一声叹息，接着是沉默。漫长、漫长、漫长的休息。

他在铁道的拱形陆桥底下走着，一路掏出信封，赶忙把它撕成碎片，朝马路丢去。碎片纷纷散开来，在潮湿的空气中飘零。白茫茫的一片，随后就统统沉落下去了。

亨利·弗罗尔。你蛮可以把一张一百英镑的支票也这么撕掉哩。也不过是一小片纸而已。据说有一回艾弗勋爵[1]在爱尔兰银行就用一张七位数的支票兑换成百万英镑现款。这说明黑啤酒的赚头有多大，可是人家说，他的胞兄阿迪劳恩勋爵[2]依然得每天换四次衬衫，因为他的皮肤上总繁殖虱子或跳蚤。百万英镑，且慢。两便士能买一品脱黑啤酒，四便士能买一夸脱，八便士就是一加仑。不，一加仑得花一先令四便士。二十先令是一先令四便士的多少倍呢？大约十五倍吧。对，正好是十五倍。那就是一千五百万桶黑啤酒喽。

我怎么说起桶来啦？应该说加仑。总归约莫有一百万桶吧。

入站的列车在他的头顶上沉重地响着，车厢一节接着一节。在他的脑袋里，酒桶也在相互碰撞着，黏糊糊的黑啤酒在桶里迸溅着，翻腾着。桶塞一个个地崩掉了，大量浑浊的液体淌出来，汇聚在一起，迂回曲折地穿过泥滩，浸漫整个大地。酒池缓缓地打着漩涡，不断地冒起有着宽叶的泡沫花。

他来到诸圣教堂那敞着的后门跟前。边迈进门廊，边摘下帽子，并且从兜里取出名片，塞回到鞣皮帽圈后头。唉呀，我本可以托麦科伊给弄张去穆林加尔的免费车票呢。

门上贴的还是那张告示。十分可敬的耶稣会会士约翰·康米布道，题目是：耶稣会传教士圣彼得·克莱佛尔及非洲传道事业。当格

1　艾弗勋爵即爱德华·塞西尔·吉尼斯（1847—1927），为曾任都柏林市长的酿酒商本杰明·李·吉尼斯（1798—1868）之第三子，与其兄亚瑟同为吉尼斯公司股东。酿制烈性黑啤酒的吉尼斯公司是他们的祖父一七五九年在都柏林创立的。

2　阿迪劳恩勋爵即亚瑟·吉尼斯（1840—1915），政治家，曾任皇家都柏林学会会长。

莱斯顿[1]几乎已人事不醒之后，他们仍为他皈依天主教而祷告。新教徒也是一样。要使神学博士威廉·詹·沃尔什[2]皈依真正的宗教。要拯救中国的芸芸众生。不知道他们怎样向中国异教徒宣讲。宁肯要一两鸦片。天朝的子民。对他们而言，这一切是十足的异端邪说。他们的神是如来佛，手托腮帮，安详地侧卧在博物馆里。香烟缭绕。不同于头戴荆冠、钉在十字架上的。“瞧！这个人！[3]”关于三叶苜蓿，圣帕特里克想出的主意太妙了[4]。筷子？康米。马丁·坎宁翰认识他。他气度不凡。可惜我不曾在他身上下过功夫，没托他让摩莉参加唱诗班，我却托了法利神父。那位神父看上去像个傻瓜，其实不然。他们就是被那么培养出来的。他总不至于戴上蓝眼镜，汗水涔涔地去给黑人施洗礼吧，他会吗？太阳镜闪闪发光，会把他们吸引住。这些厚嘴唇的黑人围成一圈坐着，听得入了迷。这副样子倒蛮有看头哩，活像是一幅静物画。我想，他们准是把他传的道当作牛奶那么舐掉了。

圣石发出的冰冷气息呼唤着他。他踏着磨损了的台阶，推开旋转门，悄悄地从祭坛背后走进去。

正在进行着什么活动：教友的聚会吧。可惜这么空空荡荡的。要是找个不显眼的位子，旁边有个少女倒不赖。谁是我的邻人呢？听着悠扬的音乐，挤在一起坐上一个钟头。就是望午夜弥撒时遇见的那个女人，使人觉得仿佛上了七重天。妇女们跪在长凳上，脖间系着深红色圣巾，低着头。有几个跪在祭坛的栏杆那儿。神父嘴里念念有词，双手捧着那东西，从她们前边走过。他在每个人面前都停下来，取出一枚圣体。甩上一两下（难道那是浸泡在水里的不成？），利利索索地送到她嘴里。她的帽子和头耷拉下去。接着就是第二个。她的帽子也

1　威廉·尤尔特·格莱斯顿（1809—1898），英国政治家，自由党领袖，历任四届首相。他一直赞同爱尔兰自治并曾于一八八六年提出爱尔兰自治法案；尽管在议会中遭到否决，却赢得了爱尔兰天主教徒的好感。

2　威廉·詹·沃尔什（1841—1921），一八八五年任都柏林罗马天主教会的大主教。

3　原文是拉丁文。

4　圣帕特里克（活动时期约在5世纪后半叶）是在爱尔兰建立天主教会的传教士，罗马教廷谥为圣徒。他用柄上长着三叶的苜蓿来象征天主的三位一体，此花遂成为爱尔兰的国花。

立即垂下来。随后是旁边的那个：矮个子的老妪。神父弯下腰，把圣体送进她的嘴里，她不断地咕哝着。那是拉丁文。下一个。闭上眼，张开嘴。是什么来着？Corpus：Body. Corpse[1].用拉丁文可是个高明的主意。首先，那就会使这些女人感到茫然。收容垂死者的救济院。她们好像并不咀嚼：只是把圣体吞咽下去。吃尸体的碎片，可谓异想天开，正投食人族之所好。

他站在一旁，望着蒙起面纱的她们，沿着过道顺序走来，寻找各自的座位。他走到一条长凳跟前，靠边儿坐下，帽子和报纸捧在怀里。我们还得戴那种活像是一口口深锅的帽子。我们理应照着头型缝制帽子。这儿，那儿，周围那些系着深红色圣巾的女人们依然低着头，等待圣体在她们的胃里融化。真有点像是无酵饼：那种上供用的没有发酵的饼。瞧瞧她们。这会子我敢说圣体使她们感到幸福。就像是吃了棒糖似的。可不是嘛。对，人们管它叫作天使的饼子。这背后还有个宏大的联想：你觉得，心里算是有了那么一种神的王国。初领圣体者。那其实只不过是一便士一撮的骗人的玩意儿。可这下子她们就都感到是家族大团聚。觉得像是在同一座剧场里，同一道溪流中。我相信她们是这样感觉的，因而也就不大孤独了。因为大家都属于咱们的教团了。多余的精力发泄个够，然后，像是狂欢了一场般地走了出来。问题在于，你得真心笃信它。卢尔德[2]的治疗，忘却的河流，诺克[3]的显圣，淌血的圣像。一位老人在那个忏悔阁子旁边打盹儿哪，所以才鼾声不断。盲目的信仰。安然待在那即将降临的天国怀抱里，一切痛苦都止息了。明年这个时候将会苏醒。

他望到神父把圣体杯收好，放回尽里边，对着它跪了片刻，身上

1　Corpus，拉丁文，意思是身体、物体，也作尸体解。英文中，此词也指身体、躯体，并作为诙谑语，指尸体。Body，英文，意思是身体、物体，也作尸体解。Corpse，英文，意思是尸体。

2　卢尔德是法国西南部比利牛斯省一城镇。一八五八年，一个女孩在该镇附近河流左岸洞穴中幻见到圣母玛利亚。从此，洞穴中的地下水被奉为神水，每年必有众多残疾人赴该地朝圣求治。

3　诺克是爱尔兰康诺特省梅奥郡的戈尔韦湾附近一荒村。

那镶有花边的衣裾下边，露出老大的灰色靴底。要是他把里头的饰针弄丢了呢？他就不知道该怎么办啦。后脑勺上秃了一块。他背上写的是I. N. R. I.[1]吗？不，是I. H. S.[2]。有一回我问了问摩莉，她说那是：I have sinned.要么就是：I have suffered. 另外那个呢？Iron nails ran in.[3]

随便哪个星期天诵完玫瑰经之后，都不妨去见见。请别拒绝我的要求。她蒙着面纱，拎上一只黑色手提包，背着光，出现在暮色苍茫中。她在脖颈间系着根丝带进堂，却暗地里干着另一种勾当，就是这么个性格。那个向政府告密、背叛"常胜军"的家伙，他叫凯里，每天早晨都来领圣体。就在这个教堂里。是啊，彼得·凯里。不，我脑子里想的是彼得·克拉弗。唔，是丹尼斯·凯里[4]。想想看。家里还有老婆和六个娃娃哪。可还一直在策划着那档子暗杀事件。那些假虔诚，这个绰号起得好，他们总是带着那么一副狡猾的样子。他们也不是正经的生意人。啊，不，她不在这里。那朵花儿，不，不在。还有，我把那信封撕掉了吗？可不是嘛，就在陆桥底下。

神父在涮圣爵，然后仰脖儿把剩下的酒一饮而尽。葡萄酒。这要比大家喝惯了的吉尼斯黑啤酒或是无酒精饮料，惠特利牌都柏林蛇麻子苦味酒或者坎特雷尔与科克伦姜麦酒（加了香料的）都要来得气派。这是上供用的葡萄酒，一口也不给教徒喝；只给他们面饼。一种冷遇。这是虔诚的骗局，却也做得十分得体。不然的话，一个个酒鬼就都会蜂拥而至，全想过过瘾。整个气氛就会变得莫名其妙了。做得十分得体。这样做完全合理。

布卢姆先生回头望了望唱诗班。可惜不会有音乐了。这儿的管风琴究竟是由谁来按的呢？老格林有本事让那架乐器响起来，发出轻微

1　这是拉丁文Iesus Nazarenus Rex Iudaeorum的首字，意思是："拿撒勒人耶稣，犹太人之王。"

2　这是拉丁文Iesus Hominum Salvator的首字，意思是："万人的救主耶稣。"

3　以上三句话均为英文，意思分别为："我犯了罪"；"我受了苦"；"把铁钉扎了进去"。摩莉把拉丁字母当作英文，这么乱猜。

4　此人实名詹姆斯·凯里（1845—1883），是常胜军的指导成员之一，曾参加凤凰公园的暗杀事件。被捕后，出卖同伙，致使其被绞死。

颤音[1]。大家说他在加德纳街每年有五十英镑的进项。那天摩莉的嗓子好极了，她唱的是罗西尼的《站立的圣母》[2]。先由伯纳德·沃恩神父讲道：基督还是彼拉多？基督，可是不要跟我们扯上一个晚上。大家要听的是音乐。用脚打拍子的声音停下了。连掉根针都能听见。我曾关照她，要朝那个角落引颈高唱。我感觉到那空气的震颤，那洪亮的嗓门，那仰望着的听众。

什么人[3]？

有些古老的圣教音乐十分精彩，像梅尔卡丹特的《最后七句话》。莫扎特的《第十二弥撒曲》，尤其是其中的《荣耀颂》[4]。以前的教皇们热衷于音乐、艺术、雕塑乃至各种绘画。帕莱斯特里纳[5]就是个例子。他们生逢盛世，享尽了清福。他们也都健康，准时吟诵《圣教日课》，然后就酿酒。有本笃酒和加尔都西绿酒。可是让一些阉人[6]参加唱诗班却大煞风景。他们唱出什么调调呢？听完神父们自己洪亮的男低音，再去听他们那种嗓音，会觉得挺古怪吧。行家嘛。要是被阉后就毫无感觉了呢？从某种意义上来说，是无动于衷。无忧无虑。他们会发福的，对吧？一个个脑满肠肥，身高腿长。兴许是这样的吧。阉割也是个办法。

他看见神父弯下腰去吻祭坛，然后转过身来，祝福全体教友。大家在胸前画了十字，站起来。布卢姆先生四下里打量了一下，然后站起身，隔着会众戴起的帽子望过去。朗诵福音书时，自然要起立喽。随即又统统跪下。他呢，静悄悄地重新在长凳上落座。神父走下祭坛，捧着那东西，和助祭用拉丁文一问一答着。然后神父跪下，开始望着卡片诵读起来：

1 原文为意大利语。
2 原文为拉丁文。
3 原文为拉丁文。
4 原文为拉丁文。
5 帕莱斯特里纳创作了大量优美的宗教与世俗音乐，一五七八年被教皇格列高利十三世授予音乐大师称号。
6 过去梵蒂冈教廷唱诗班为了使男童歌手保持女高音或女低音声调，将其阉割。直到一八七八年教皇利奥十三世（1810—1903）登位，才明令禁止。

——啊，天主，我们的避难所和力量……

布卢姆先生为了听得真切一些，就朝前面探探头。用的是英语。丢给他们一块骨头。我依稀想起来了。上次是多久以前来望过弥撒？光荣而圣洁无玷的圣处女。约瑟是她的配偶。彼得[1]和保罗[2]。倘若你能了解这个中情节，就会更有趣一些。这个组织真了不起，一切都按班就绪，有条不紊。忏悔嘛，人人都想做。那么我就一股脑儿对您说出来吧。我悔改，请惩罚我吧。他们手握大权，医生和律师也都只能甘拜下风。女人最渴望忏悔了，而我呢，就嘘嘘嘘嘘嘘嘘。那么你喳喳喳喳喳喳了吗？为什么要这么做？她低头瞧着指环，好找个借口。回音回廊，隔墙有耳。丈夫要是听见了，会大吃一惊的。这是天主开的一个小小的玩笑。然后她就走出来了。其实，所忏悔的只不过是浮皮潦草。多么可爱的羞耻啊。她跪在祭坛前祷告，念着《万福玛利亚》和《至圣玛利亚》。鲜花，香火，蜡烛在融化。她把羞红的脸遮起。救世军[3]不过是赤裸裸的模仿而已。改邪归正的卖淫妇将当众演说：我是怎样找到上主的。那些坐阵罗马的家伙们想必是顽固不化的，他们操纵着整套演出。他们不是也搜刮钱财吗？一笔笔遗赠也滚滚而来：教皇能够暂且任意支配的圣厅献金。为了我灵魂的安息，敞开大门公开献弥撒。男女修道院。弗马纳的神父站在证人席上陈述。对他吹胡子瞪眼睛是不灵的。所有的提问他都回答得恰到好处。他维护了我们神圣的母亲——教会的自由，使其发扬光大。教会的博士们编出了整套的神学。

神父祷告道：

——圣米迦勒总领天使，请尔护我于攻魔，卫我于邪神恶计。（吾又哀求天主，严儆斥之！）今魔魁恶鬼，遍散普世，肆害人灵。

1　彼得是早期基督教会所称耶稣十二门徒之首。

2　保罗（活动时期1世纪），耶稣的使徒之一，基督教传教士。

3　救世军的创办者是循道会牧师W. 布斯。自一八六五年起，他开始在伦敦东区的贫民窟中传教，一八七八年他将自己创立的组织易名为“救世军”。其宗教活动的特点之一，是皈依者当众忏悔。

求尔天上大军之帅，仗主权能，麾入地狱。

神父和助祭站起来走了。诸事完毕。妇女留下来念感谢经。

不如溜之乎也。巴茨[1]修士。他也许会端着募款盘前来：请为复活节捐款。

他站了起来。咦，难道我背心上这两颗纽扣早就开了吗？女人们喜欢看到这样。她们是决不会提醒你的。要是我们，就会说一声：对不起，小姐，这儿（哦！）有那么一点儿（哦！）毛毛。要么就是她们的裙子腰身后边有个钩子开了，露出一弯月牙形。倘若你不提醒一声，她们会气恼的：你为什么不早点儿告诉我？可她们喜欢你更邋遢一些。幸而不是更靠下边的。他边小心翼翼地扣上纽扣，边沿着两排座位之间的通道走去。穿出正门，步入阳光中。他两眼发花，在冰凉的黑色大理石圣水钵旁边伫立片刻。在他前后各有一位信徒，悄悄地用手蘸了蘸浅浅的圣水。电车，普雷斯科特洗染坊的汽车，一位身穿丧服的寡妇。因为我自己就穿着丧服，所以马上就会留意到。他戴上帽子。几点钟啦？十点一刻。时间还从容。不如去配化妆水。那是在哪儿来着？啊，对，上一次去的是林肯广场的斯威尼药房。开药铺的是轻易不会搬家的。他们那些盛着绿色和金色溶液作为标志的瓶子太重了，不好搬动。汉密尔顿·朗药房，还是发大水的那一年开的张呢。离胡格诺派[2]的教会墓地不远。赶明儿去一趟吧。

他沿着韦斯特兰横街朝南踱去。哎呀，处方在另外那条裤子里哪，而且那把大门钥匙我也忘记带了。这档子葬事真令人厌烦。不过，噢，可怜的伙计，这怪不得他。上次是什么时候给我开的处方呢？且慢。记得我是拿一枚金镑让他找的钱，想必是本月一号或二号喽。对，他可以查查处方存根嘛。

药剂师一页页地往回翻着。他好像散发出一股粗涩、枯萎的气

1　原文作Buzz，可作“忙来忙去”或“扒手”解。前文中的“圣米……地狱”为弥撒后所诵经文。

2　胡格诺派是十六世纪欧洲宗教改革运动中兴起于法国的新教教派，长期遭迫害。十七世纪末，被迫大批逃亡到英格兰、爱尔兰、美洲等地。

味。脑壳萎缩了。而且上了年纪。炼金术士们曾四处寻找点金石。麻醉剂使你的神经亢奋起来，接着就使你衰老。然后陷入昏睡状态。为什么呢？是一种副作用。一夜之间仿佛就过了一生。会使你的性格逐渐起变化。从早到晚在草药、药膏、消毒剂中间消磨岁月。周围都是些雪花石膏般纯白的瓶瓶罐罐。乳钵与乳钵槌。Aq. Dist. Fol. Laur. Te Virid.[1] 这气味几乎教你一闻就百病消除，犹如牙科医生的门铃。庸医。他应该给自己治治病。干药糖剂啦，乳剂啦。头一个采下药草试着医治自己的那个人，可真得需要点勇气哩。药用植物。可得多加小心。这里有的是足以使你神志昏迷的东西。做个试验吧：能把蓝色的石蕊试纸变成红色。用氯仿处理。服用了过量的鸦片酊剂。安眠药。春药。止痛用的鸦片糖浆对咳嗽有害处。要么是毛气孔被堵塞，要么就是黏痰反而会多起来。唯一的办法是以毒攻毒。在你最意想不到的地方能找到疗法。大自然多么乖巧啊。

——大约两周以前吗，先生？

——是的，布卢姆先生说。

他在柜台跟前等待着，慢慢地嗅着药品那冲鼻子的气味以及海绵和丝瓜瓤那满是灰尘的干燥气味，得花不少时间来诉说自己这儿疼那儿疼呢。

——甜杏仁油、安息香酊剂，布卢姆先生说。还有香橙花液……

这确实使她的皮肤细腻白净如蜡一般。

——还有白蜡，他说。

那会使她的眸子显得格外乌黑。当我扣着袖口上的链扣的时候，她把被单一直拉到眼睛底下望着我，一派西班牙风韵，并闻着自己的体臭。这种家用偏方往往最灵不过：草莓对牙齿好，荨麻加雨水；据说还有在脱脂乳里浸泡过的燕麦片。皮肤的滋润剂。老迈的女王的儿子当中的一个——就是那位奥尔巴尼公爵吧？对，他名叫利奥波德[2]。

1　Aq. Dist（蒸馏水）、Fol. Laur（月桂叶）、Te Virid（绿茶）均为拉丁文。

2　利奥波德·奥尔巴尼公爵（1853—1884），维多利亚女王的幼子。他患的实际上是血友病，世人则以为他是由于皮肤比一般人薄，才动辄出血不止。

他只有一层皮肤。我们有三层。更糟的是，还长着疣子、腱膜瘤和粉刺。然而，你也想要香水啊。你太太使用哪一种香水？**西班牙皮肤**[1]。香橙花液多么清新啊。那些肥皂的味儿好香，是纯粹的乳白肥皂。还来得及到拐角处去洗个澡，土耳其式的蒸汽浴。外带按摩。泥垢总是积在肚脐眼里。要是由一位漂亮姑娘给按摩就更好了。我还想干那个。是啊，我。在浴缸里干。奇妙的欲望，我。把水排到水里。正经事同找乐子结合起来了。可惜没有时间按摩。反正这一整天都会感到爽快的。葬礼可真教人阴郁。

——哦，先生，药剂师说，那是两先令九便士。您带瓶子来了吗？

——没带，布卢姆先生说。请给调配好。今天晚些时候我来取吧。我还要一块这种肥皂。多少钱一块？

——四便士，先生。

布卢姆先生把一块肥皂举到鼻孔那儿。蜡状，散发着柠檬的清香。

——我就要这块，他说。统共是三先令一便士。

——是的，先生，药剂师说。等您回头来的时候一道付吧，先生。

——好的，布卢姆先生说。

他从药房里溜达出来，把卷起的报纸夹在腋下，左手握着那块用纸包着、摸上去凉丝丝的肥皂。

从他的腋窝下边传来班塔姆·莱昂斯的声音，并且伸过一只手：

——喂，布卢姆，有什么顶好的消息？这是今天的报纸吗？给咱看一眼。

哎哟，他又刮了口髭！那长长的上唇透出一股凉意。为的是显得少相些。他看上去确实傻里傻气的。比我年轻。

班塔姆·莱昂斯用指甲发黑的黄色手指打开了报纸卷儿。这手也该洗一洗了，去去那层泥垢。早安。你用过皮尔牌肥皂吗？他肩膀上落着头皮屑，脑袋瓜儿该抹抹油啦。

——我想知道一下今天参赛的那匹法国马的消息，班塔姆·莱昂

1　原文为法语。

斯说。他妈的，登在哪儿呢？

他把折叠起来的报纸弄得沙沙响，下巴颏在高领上扭动着。长了须癣。领子太紧，头发会掉光的。还不如干脆把报纸丢给他，摆脱了拉倒。

——你拿去看吧，布卢姆先生说。

——阿斯科特。金杯赛。等一等，班塔姆·莱昂斯喃喃地说。等一会儿。马克西穆姆二世[1]。

——我正要把它丢掉呢，布卢姆先生说。

班塔姆·莱昂斯蓦地抬起眼睛，茫然地斜瞅着他。

——你说什么来着？他尖声说。

——我说，你可以把它留下，布卢姆先生回答道。我正想丢掉[2]呢。

班塔姆·莱昂斯迟疑了片刻，斜睨着，随后把摊开的报纸塞回布卢姆先生怀里。

——我冒冒风险看，他说。喏，谢谢你。

他朝着康威角[3]匆匆走去。祝这小子成功。

布卢姆先生微笑着，将报纸重新叠成整整齐齐的四方形，把肥皂也塞了进去。那家伙的嘴唇长得蠢。赌博。近来这帮人成天泡在那儿。送信的小伙子们为了弄到六便士的赌本竟去偷窃。只要中了彩，一只肥嫩的大火鸡就到手了。你的圣诞节正餐的代价只是三便士。杰克·弗莱明就是为了赌博而盗用公款的，然后远走高飞去了美国。如今在开着一家饭店。他们是再也不会回来的了。埃及的肉锅[4]。

他高高兴兴地朝那盖得像是一座清真寺的澡堂走去。红砖和尖塔

1　阿斯科特是英格兰地名。每年六月举行为期四天的皇家阿斯科特赛马会，胜者获金杯奖。布卢姆拿给莱昂斯看的六月十六日的《自由人报》上刊有参赛马匹的全部名单，马克西穆姆二世便是其中的一匹。

2　英语中，throw away是“丢掉”的意思。莱昂斯满脑子都是赛马的事。这里他误以为布卢姆在劝他把赌注压在一匹名叫“丢掉”（Throwaway）的马身上。

3　康威角指康威酒吧间。角（原文作corner）为伦敦的塔特索尔马市场和赛马场的俗称。以后那些兼售马券的私营酒吧间也在店名后面加上corner一词。

4　以色列人离开埃及后，曾在旷野里挨饿，于是说：“在埃及，我们至少可以围着肉锅吃肉……”作者用这个典故暗指新到一个地方去的人们不免怀念故土。

都会使你联想到伊斯兰教的礼拜寺。原来今天学院里正举行运动会[1]。他望了望贴在学院运动场大门上的那张马蹄形海报：骑自行车的恰似锅里的鳕鱼那样蜷缩着身子。多么蹩脚的广告！哪怕做成像车轮那样圆形的也好嘛。辐条上排列起“运动会、运动会、运动会”字样，轮毂上标上“学院”两个大字。这样一来该多醒目啊！

霍恩布洛尔站在门房那儿。跟他拉拉关系。兴许只消点点头就会放你进去转一圈哩。你好吗，霍恩布洛尔先生？你好吗，先生？

天气真是再好不过了。要是一辈子都能像这样该有多好。这正是宜于打板球的天气。在遮阳伞下坐成一圈儿，裁判一再下令改变掷球方向。出局。在这里，他们是没有希望打赢的。六比零。然而主将布勒朝左方的外场守场员猛击出一个长球，竟把基尔达尔街俱乐部的玻璃窗给打碎了。顿尼溪集市[2]更合他们的胃口。麦卡锡一上场，我们砸破了那么多脑壳[3]。一阵热浪，不能持久。生命的长河滚滚向前，我们在流逝的人生中所追溯的轨迹比什么都珍贵[4]。

舒舒服服地洗个澡吧。一大浴缸清水，沁凉的陶瓷，徐缓地流着。这是我的身体。

他预见到自己那赤裸苍白的身子仰卧在温暖的澡水之胎内，手脚尽情地舒展开来，涂满溶化了的滑溜溜的香皂，被水温和地冲洗着。他看见了水在自己那柠檬色的躯体和四肢上面起着涟漪，并托住他，浮力轻轻地把他往上推；看见了状似肉蕾般的肚脐眼；也看见了自己那撮蓬乱的黑色鬈毛在漂浮；那撮毛围绕着千百万个娃娃的软塌塌的父亲——一朵凋萎的漂浮着的花。

1 指在三一学院（也叫都柏林大学，建于1591年，是爱尔兰最古老的学府）举行的赛车会。下文中的霍恩布洛尔是该校司阍。

2 顿尼溪是都柏林市以南一小镇。自十三世纪起，每年举行一次以酒色、赌斗著称的集市，一八五五年被禁止。顿尼溪集市后来遂成为扰攘吵闹的代名词。

3 “麦……壳”一语出自罗伯特·马丁所作的歌曲《恩尼斯卡锡》。

4 “生……贵”一语出自爱德华·菲茨勃尔（1792—1873）编写、爱尔兰作曲家威廉·文森特·华莱士（1813—1865）配乐的歌剧《玛丽塔娜》（1845）第2幕第1场。

第六章

马丁·坎宁翰首先把戴着丝质大礼帽的头伸进嘎嘎作响的马车，轻捷地进去落座了。鲍尔先生小心翼翼地弯着修长的身躯，跟在他后面也上了车。

——来吧，西蒙。

——您先上，布卢姆先生说。

迪达勒斯先生匆匆戴上帽子，边上车边说：

——好的，好的。

——人都齐了吗？马丁·坎宁翰问。上车吧，布卢姆。

布卢姆先生上了车，在空位子上落座。他反手带上车门，咣当了两下，直到把它撞严实了才撒手。他将一只胳膊套在拉手吊带里，神情严肃地从敞着的车窗里眺望马路旁那一扇扇拉得低低的百叶窗[1]。有一副帘子被拉到一边，一个老妪正向外窥视。鼻子贴在玻璃窗上又白又扁。她在感谢命运这一遭儿总算饶过了自己。妇女们对尸体所表示的兴趣是异乎寻常的。我们来到世上时给了她们那么多麻烦，所以她们乐意看到我们走。她们好像适合于干这种活儿。在角落里鬼鬼祟祟的。趿拉着拖鞋，轻手轻脚地，生怕惊醒了他。然后给他装裹，以便入殓。摩莉和弗莱明大妈在往棺材里面铺着什么。再往你那边拽拽呀。我们的包尸布。你决不会知道自己死后谁会来摸你。洗身子啦，洗头啦。我相信她们还会给他剪指甲和头发，并且装在信封里保存一点儿。这之后，照样会长哩。这可是件脏活儿。

大家伫候着，谁也不吭一声儿。大概是在装花圈哪。我坐在硬邦

1　根据爱尔兰风俗，左近有人家出殡时，店铺一律停业，住户则把百叶窗拉低，以示哀悼。

邦的东西上面。唔，原来是我后裤兜儿里的那块香皂。最好把它挪一挪，等有机会再说。

大家全在伫候。过一会儿，前方传来了车轮的转动声，越来越挨近，接着就是马蹄声。车身颠簸了一下。他们的马车开始前进了，摇摇摆摆，吱嘎作响。后面也响起了另外一些马蹄的声音和车轱辘的嘎吱声。马路旁的百叶窗向后移动；门环上蒙着黑纱的九号那半掩着的大门，也以步行的速度过去了。

他们依然坐在那里一声不响，膝盖抖动着。直到车子拐了个弯，沿着电车轨道走去，这时才打破了沉寂。特里顿维尔路。速度加快了。车轮在卵石铺成的公路上咯噔咯噔地向前滚动，像是发了疯似的玻璃在车门框里咔嗒咔嗒地震颤着。

——他这是拉着咱们走哪条路啊？鲍尔先生隔着车窗边东张西望边问。

——爱尔兰区，马丁·坎宁翰说。这是林森德。布伦斯威克大街。

迪达勒斯先生朝车窗外望着，点了点头。

——这是个古老的好风习[1]，他说。我很高兴如今还没有废除。

大家隔着车窗望了望。行人纷纷脱便帽或礼帽，表示敬意呢。马车经过沃特利巷后就离开电车轨道，走上较为平坦的路。布卢姆先生定睛望望，只见有个身材细溜、穿着丧服、头戴宽檐帽的青年。

——迪达勒斯，你的一个熟人刚刚走过去了，他说。

——谁呀？

——你的公子兼继承人。

——他在哪儿？迪达勒斯说着，斜探过身子来。

马车正沿着一排公寓房子驰去，房前的路面上挖出一条条明沟，沟旁是一溜儿土堆。在拐角处车身蓦地歪了歪，又折回到电车轨道上了，车轮喧闹地咯噔咯噔向前滚动。迪达勒斯先生往后靠了靠身子，说：

1　好风习指的是出殡队伍故意从繁华地区经过，以便让更多的路人向死者表示哀悼。

——穆利根那家伙跟他在一道吗？他的忠实的阿卡帖斯[1]！

——没有，布卢姆先生说，就他一个人。

——大概是看他的萨莉舅妈去啦，迪达勒斯说。古尔丁那一伙儿：喝得醉醺醺的小成本会计师，还有克莉西，爸爸的小屎橛子，知父莫如聪明的小妞儿。

布卢姆先生望着林森德路凄然一笑。华莱士兄弟瓶厂：多德尔桥。

里奇·古尔丁和律师用的公文包。他管这事务所叫作古尔丁-科利斯-沃德[2]。他开的玩笑如今越来越没味儿了。从前他可是个大淘气包。一个星期天早晨，他用饰针把房东太太的两顶帽子别在头上，同伊格内修斯·加拉赫一道在斯塔默街上跳起华尔兹舞，通宵达旦地在外边疯闹。如今他可垮下来了，我看他的背痛，就是当年埋下的根子。老婆替他按摩背。他满以为服点药丸就能痊愈。其实那统统都只不过是面包渣子。利润高达百分之六百左右。

——他跟一帮下贱痞子鬼混，迪达勒斯先生骂道。大家都说，那个穆利根就是个坏透了的流氓，心肠狠毒，堕落到了极点。他的名字臭遍了整个都柏林城。在天主和圣母的佑助下，我迟早非写封信给他老娘、姑妈或是什么人不可。叫她看了，会把眼睛瞪得像门一样大。我要胳肢他屁股[3]！我说话算数。

他用大得足以压住车轮咯嗒声的嗓门嚷着：

——我绝不能听任她那个杂种侄子毁掉我儿子。他爹是个站柜台的，在我表弟彼得·保罗·麦克斯威尼的店里卖棉线带。我决不让他得逞。

他住了嘴。布卢姆先生把视线从他那愤怒的口髭，移到鲍尔先生那和蔼的面容，以及马丁·坎宁翰的眼睛和严肃地摇曳着的胡子上。

1　原文为拉丁文。阿卡帖斯是埃涅阿斯的忠实、勇敢的同伴。埃涅阿斯是罗马神话中所传特洛伊和罗马的英雄。

2　古尔丁是科利斯-沃德律师事务所的一名成本会计师。他却把自己的姓加在事务所前面，以便让人认为他是大老板。

3　语出自《亨利四世（下）》第2幕第1场。当野猪头酒店老板娘带着差役来拘捕福斯塔夫时，他骂道："滚开，你这贱婆娘！……我要胳肢你屁股！"

好一个吵吵闹闹、固执己见的人。满脑子都是儿子。他说得对。总得有个继承人啊。倘若小鲁迪还在世的话，我就可以看着他长大。在家里能听到他的声音。他穿着一身伊顿[1]式的制服，和摩莉并肩而行。我的儿子。他眼中的我。那必然会是一番异样的感觉。我的子嗣。纯粹是出于偶然。准是那天早晨发生在雷蒙德高台街的事。她正从窗口眺望着两条狗在停止作恶[2]的墙边搞着。有个警官笑嘻嘻地仰望着。她穿的是那件奶油色长袍，已经绽了线，可她始终也没缝上。摸摸我，波尔迪。天哪，我想得要死。这就是生命的起源。

于是，她有了身孕。葛雷斯顿斯音乐会的邀请也只好推掉。我的儿子在她肚子里。倘若他活着，我原是可以一直帮助他的。那是肯定的。让他能够自立，还学会德语。

——咱们来迟了吗？鲍尔先生问。

——迟了十分钟，马丁·坎宁翰边看着表边说。

摩莉。米莉。一个模子里刻出来的，就是单薄了点。是个假小子，满嘴村话。呸，跳跳蹦蹦的朱庇特哪！你这天神和小鱼儿哪！可她毕竟是个招人疼的好妞儿，很快就要成为妇人啦。穆林加尔。最亲爱的爹爹。年轻学生。是啊，是啊，也是个妇人哩。人生啊，人生。

马车左摇右晃，他们四个人的身躯也跟着颠簸。

——科尼蛮可以给咱们套一辆更宽绰些的车嘛，鲍尔先生说。

——他原是可以的，迪达勒斯先生说。要不是被那斜视症折腾的话。你懂我的意思吗？

他合上了左眼。马丁·坎宁翰开始把腿下的面包渣子掸掉。

——这是什么呀，他说。天哪，是面包渣儿吗？

——想必新近有人在这儿举行过野餐哩，鲍尔先生说。

大家都抬起腿来，厌恶地瞅着那散发着霉臭、扣子也脱落了的座位皮面。迪达勒斯先生抽着鼻子，蹙眉朝下望望说：

1　伊顿学院是英国贵族公学，设在伯克郡伊顿镇。

2　里奇蒙·布赖德韦尔监狱的门上写有“停止作恶，学习行善”这一标语。语出自《以赛亚书》。

——除非是我完全误会了……你觉得怎么样，马丁？

——我也这么认为，马丁·坎宁翰说。

布卢姆先生把大腿放下来。亏得我洗了那个澡。脚上感到很清爽。可要是弗莱明大妈替我把这双短袜补得更细一点就好了。

迪达勒斯先生无可奈何地叹了口气。

——这毕竟是，他说，世界上最自然不过的事。

——汤姆·克南露面了吗？马丁·坎宁翰慢条斯理地捻着胡子梢儿，问道。

——来啦，布卢姆先生回答说。他跟内德·兰伯特和海因斯一道坐在后面哪。

——还有科尼·凯莱赫本人呢？鲍尔先生问。

——他到公墓去啦，马丁·坎宁翰说。

——今天早晨我遇见了麦科伊，布卢姆先生说。他说他尽可能来。

马车猛地停住了。

——怎么啦？

——堵车了。

——咱们这是在哪儿呢？

布卢姆先生从车窗里探出头去。

——大运河，他说。

煤气厂。听说这能治百日咳哩。亏得米莉从来没患上过。可怜的娃娃们！痉挛得都蜷缩成一团了，脸上青一块紫一块的。真够受的。相形之下，她患的病倒比较轻，不过是麻疹而已。煎亚麻籽。猩红热。流行性感冒。我这是在替死神兜揽广告哪。可别错过这个机会。狗收容所就在那边。可怜的老阿索斯！好好照料阿索斯，利奥波德，这是我最后的愿望。**愿你的旨意实现**。坟墓里的人们我们总是唯命是从。那是他弥留之际潦潦草草写下的。狗伤心得衰竭而死。那是一只温和驯顺的家畜。老人养的狗通常都是这样的。

吧嗒一声一滴雨点落在他的帽子上。他缩回脖子。接着，一阵骤雨滴滴答答地落在灰色的石板路上。奇怪，稀稀落落的，就像是漏勺滤下来的。我料到会下。想起来啦，我的靴子咯吱咯吱直响来着。

——变天啦，他安详地说。

——可惜没一直晴下去，马丁·坎宁翰说。

——乡下可盼着雨哪，鲍尔先生说。太阳又出来啦。

迪达勒斯先生透过眼镜凝视着那遮着一层云彩的太阳，朝天空默默地发出诅咒。

——它就跟娃娃的屁股一样没准儿，他说。

——咱们又走啦。

马车又转动起那硬邦邦的轱辘了。他们的身子轻轻地晃悠着。马丁·坎宁翰加快了捻胡须梢儿的动作。

——昨天晚上汤姆·克南真了不起，他说。帕迪·伦纳德当面学他那样儿取笑他。

——噢，马丁，把他的话都引出来吧，鲍尔先生起劲地说。西蒙，你等着听克南对本·多拉德唱的《推平头的小伙子》[1]所作的评论吧。

——了不起，马丁·坎宁翰用夸张的口气说。马丁啊，他把那支纯朴的民歌唱绝了，是我这辈子所听到的气势最为磅礴的演唱。

——气势磅礴，鲍尔先生笑着说。他最喜欢用这个字眼，还爱说回顾性的编排。

——你们读了丹·道森的演说吗？马丁·坎宁翰问。

——我还没读呢，迪达勒斯先生说。登在哪儿啦？

——今天早晨的报纸上。

布卢姆先生从内兜里取出那张报。我得给她换那本书。

——别，别，迪达勒斯先生连忙说。回头再说吧。

布卢姆先生的目光顺着报纸边往下扫视着讣闻栏：卡伦、科尔曼、迪格纳穆、福西特、劳里、瑙曼、皮克。是哪个皮克呢？是在克罗斯比-艾莱恩那儿工作的那家伙吗？不对，是厄布赖特教堂同事。

1　本·多拉德是本地的一名歌手。本书第11章有他演唱《推平头的小伙子》的场面。这是一首颂扬爱尔兰民族主义者的歌谣。“平头派”，参看第45页注释5。

报纸磨破了，上头的油墨字迹很快就模糊了。向小花[1]致以谢忱。深切的哀悼。遗族难以形容的悲恸。久患顽症，医治无效，终年八十八岁。为昆兰举行的周月追思弥撒。仁慈的耶稣，怜悯他的灵魂吧。

亲人亨利已遁去，
住进天室今月弥，
遗族哀伤并悲泣，
翘盼苍穹重相聚。

我把那个信封撕掉了吗？撕掉啦。我在澡堂子里看完她那封信之后，放在哪儿啦？他拍了拍背心上的兜。在这儿放得安安妥妥的。亲人亨利已遁去。趁着我的耐心还没有耗尽。

国立小学。米德木材堆放场。出租马车停车场。如今只剩下两辆了。马在打瞌睡，肚子鼓得像壁虱。马的头盖上，骨头太多了。另一辆载着客人转悠哪。一个钟头以前，我曾打这儿经过。马车夫们举了举帽子。

在布卢姆先生这扇车窗旁边，一个弯着腰的扳道员忽然背着电车的电杆直起了身子。难道他们不能发明一种自动装置吗？那样，车轮转动得就更便当了。不过，那样一来就会砸掉此人饭碗了吧？但是另一个人却会捞到制造这种新发明的工作吧？

安蒂恩特音乐堂。眼下什么节目也没上演。有个身穿一套淡黄色衣服的男子，臂上佩戴着黑纱。他服的是轻丧，不像是怎么悲伤的样子。兴许是个姻亲吧。

他们默默地经过铁道陆桥下圣马可教堂那光秃秃的讲道坊，又经过女王剧院。海报牌上是尤金·斯特拉顿和班德曼·帕默夫人。也不晓得我今天晚上能不能去看《丽亚》。我原说是要去的。要么就去看

1　小花指圣女小德肋撒（1873—1897），法国人，十五岁在利雪城加入加尔默罗会。她的自传《灵心小史》（她自称“天主的小花”）于一八九七年出版后，有些天主教徒深为推崇，誉为“小花”精神。

《基拉尼的百合》吧？由埃尔斯特·格莱姆斯歌剧团演出。做了大胆的革新。刚刚刷上去、色彩鲜艳的下周节目预告：《布里斯托尔号的愉快航行》。马丁·坎宁翰总能替我弄到一张欢乐剧院的免费券吧。得请他喝上一两杯，反正是一个样。

下午他就来了。她的歌儿。

普拉斯托帽店。纪念菲利普·克兰普顿爵士的喷泉雕像。这是谁呀？

——你好！马丁·坎宁翰边说边把巴掌举到额头那儿行礼。

——他没瞧见咱们，鲍尔先生说。啊，他瞧见啦。你好！

——是谁呀？迪达勒斯先生问。

——是布莱泽斯·博伊兰，鲍尔先生说。他正摘下帽子让他的鬈发透透风哪。

此刻我刚好想到了他。

迪达勒斯先生探过身去打招呼。红沙洲餐厅的门口那儿，白色圆盘状的草帽闪了一下，作为回礼。潇洒的身影过去了。

布卢姆先生端详了一下自己左手的指甲，接着又看右手的。是呀，指甲。除了魅力而外，妇女们，她，在他身上还能看得到旁的什么呢？魅力。他是都柏林最坏的家伙，却凭着这一点活得欢欢势势。妇女们有时能够感觉出对方是个什么样的人。这是一种本能。然而像他那种类型的人嘛。我的指甲。我正瞅着指甲呢。修剪得整整齐齐。然后，我就独自在想着。浑身的皮肉有点儿松软了。我能发觉这一点，因为我记得原先是什么样子。这是怎么造成的呢？估计是肉掉了，而皮肤收缩得却没那么快。但是身材总算保持下来了。依然保持了身材。肩膀。臀部。挺丰满的。舞会的晚上换装时，衬衣后摆竟夹在屁股缝儿里了。

他十指交叉，夹在双膝之间，感到心满意足，茫然地环视着他们的脸。

鲍尔先生问：

——巡回音乐会进行得怎样啦，布卢姆？

——哦，好极啦，布卢姆先生说。我听说，颇受重视哩。你瞧，这可真是个好主意……

——你本人也去吗？

——哦，不，布卢姆先生说。说实在的，我得到克莱尔郡去办点私事。你要知道，这个计划是把几座主要城镇都转上一圈。这儿闹了亏空，可以上那儿去弥补。

——可不是嘛，马丁·坎宁翰说。玛丽·安德森眼下在北边哪。你们有能手吗？

——路易斯·沃纳是我老婆的经纪人，布卢姆先生说。啊，对呀，所有那些第一流的我们都能邀来。我希望J. C. 多伊尔和约翰·麦科马克[1]也会来。确实是出类拔萃的。

——还有夫人[2]哪，鲍尔先生笑眯眯地说。压轴儿的。

布卢姆先生松开手指，打了个谦恭和蔼的手势，随即双手交叉起来。史密斯·奥布赖恩[3]。有人在那儿放了一束鲜花。女人。准是他的忌日喽。多福多寿[4]。马车从法雷尔[5]所塑造的那座雕像跟前拐了个弯。于是，他们就听任膝头毫无声息地碰在一起。

靴子：一个衣着不起眼的老人站在路边，举着他要卖的东西，张着嘴：靴子。

——靴子带儿，一使士四根。

不晓得此人是怎么被除名的。本来他在休姆街开过自己的事务所。跟与摩莉同姓的那位沃德福德郡政府律师特威迪在同一座房屋里。打那时候起，就有了那顶大礼帽。往昔体面身份的遗迹。他还服着丧哪。可怜的苦命人，潦倒不堪！像是守灵夜的鼻烟似的，被人踢

1　J. C. 多伊尔是男中音歌手。约翰·麦科马克（1884—1945），出生于爱尔兰的男高音歌手，在伦敦成名。

2　原文为法语。

3　指竖在街头的威廉·史密斯·奥布赖恩（1803—1864）的雕像。他是爱尔兰爱国主义者，青年爱尔兰运动领导人，死于六月十六日。因此，这一天刚好是他的忌日。

4　原文作：For many happy returns. 原是用在生日或喜庆的祝贺语，很少用在忌日。

5　即托马斯·法雷尔（1827—1900），爱尔兰雕刻家。

来踢去[1]。奥卡拉汉已经落魄了[2]。

还有夫人[3]哪。十一点二十分了。起床啦。弗莱明大妈已经来打扫了。她一边哼唱，一边梳理头发。**我要，又不愿意**。不，应该是：**我愿意，又不愿意**[4]。她在端详自己的头发梢儿分叉了没有。**我的心跳得快了一点儿**[5]。唱到tre这个音节时，她的嗓音多么圆润，声调有多么凄切。鸫鸟。画眉。画眉一词正是用来形容这种歌喉的。

他悄悄地扫视了一下鲍尔先生那张五官端正的脸。鬓角已花白了。他是笑眯眯地提到**夫人**的，我也报以微笑。微微笑，顶大用。也许只是出于礼貌吧。蛮好的一个人。人家说他有外遇，谁晓得是真是假？反正对他老婆来说，这可不是什么愉快的事。然而他们又说，是什么人告诉我的来着？并没有发生肉体关系。谁都会认为，那样很快就会吹台的。对啦，是克罗夫顿。有个傍晚撞见他正给她带去一磅牛腿扒。她是干什么的来着？朱里饭店的酒吧女招待，要么就是莫伊拉饭店的吧？

他们从那位披着大斗篷的解放者[6]的铜像下面经过。

马丁·坎宁翰用臂肘轻轻地碰了碰鲍尔先生。

——吕便支族的后裔，他说。

一个留着黑胡须的高大身影，弯腰拄着拐棍，趔趔趄趄地绕过埃尔韦里的象记商店拐角，只见一只张着的手巴掌弯过来放在脊梁上。

——保留了原始的全部英姿，鲍尔先生说。

迪达勒斯先生目送着那拖着沉重脚步而去的背影，温和地说：

——就欠恶魔没弄断你那脊梁骨的大筋啦！

1　守灵夜吸鼻烟原是为了压住死亡气息，把它踢来踢去表示没派上正当用场。

2　美国剧作家威廉·贝尔·伯纳德（1807—1875）的二幕滑稽戏《他已穷途末路》（1839）中的主要角色叫作费利克斯·奥卡拉汉。他原是个乡绅，后来落魄。

3　这里和下文中的“夫人”原文均为法语。

4　此处的“我愿意，又不愿意”与前文的“我要，又不愿意”原文均为意大利语。后一句中，布卢姆纠正了自己的错误。参看第91页注释3。

5　原文为意大利语。这是《伸给她》二重唱中女主角泽尔丽娜对男主角唐乔万尼所唱的歌词。

6　解放者指丹尼尔·奥康内尔，参看第44页注释2。此处指竖立于奥康内尔大桥桥头的铜像。

鲍尔先生在窗边一手遮着脸，笑得弯了腰。这时马车正从格雷[1]的雕像前经过。

——咱们都到他那儿去过了，马丁·坎宁翰直率地说。

他的目光同布卢姆先生的相遇。他捋捋胡子，补上一句：

——喏，差不多人人都去过啦。

布卢姆先生望着那些同车人的脸，抽冷子热切地说了起来：

——关于吕便·杰和他儿子，有个非常精彩的传闻。

——是船家那档子事吗？鲍尔先生问。

——是啊。非常精彩吧？

——什么事呀？迪达勒斯先生问。我没听说。

——牵涉到一位姑娘，布卢姆先生讲起来了，于是为了安全起见，他打定主意把儿子送到曼岛上去。可是爷儿俩正……

——什么？就是那个声名狼藉的小伙子吗？

——是啊，布卢姆先生说。爷儿俩正要去搭船，他却想跳下水去淹死……

——淹死巴拉巴[2]！老天爷，我但愿他能淹死！

鲍尔先生从那用手遮住的鼻孔里发出的笑声持续了好半晌。

——不是，布卢姆先生说，是儿子本人……

马丁·坎宁翰粗暴地插嘴说：

——吕便·杰和他儿子沿着河边的码头往下走，正准备搭乘开往曼岛的船，那个小骗子忽然溜掉，翻过堤坝纵身跳进了利菲河。

——天哪！迪达勒斯先生惊吓得大吼一声。他死了吗？

——死！马丁·坎宁翰大声说。他可死不了！有个船夫弄来根竿子，钩住他的裤子，把他捞上岸，半死不活地拖到码头上他老子跟前。全城的人有一半都在那儿围观哪。

1　约翰·格雷爵士（1816—1875），《自由人报》的经理，因倡议在都柏林市铺设自来水管有功。

2　在英国戏剧家克里斯托弗·马洛（1564—1593）的诗剧《马耳他岛的犹太人》（1589）中，主角巴拉巴落入一锅滚水中而死，而那原是他用来陷害敌人的。

——是啊，布卢姆先生说。最逗的是……

——而吕便·杰呢，马丁·坎宁翰说，为了酬劳船夫救了他儿子一条命，给了他两个先令。

从鲍尔先生手下传来一声低微的叹息。

——哦，可不是嘛，马丁·坎宁翰斩钉截铁地说，摆出大人物的架势，赏了他一枚两先令银币。

——非常精彩，对吗？布卢姆先生殷切地说。

——多付了一先令八便士，迪达勒斯先生用冷漠的口吻说。

鲍尔先生忍俊不禁，马车里回荡着低笑声。

纳尔逊纪念柱[1]。

——八个李子一便士！八个才一便士！

——咱们最好显得严肃一些，马丁·坎宁翰说。

迪达勒斯先生叹了口气。

——不过，说实在的，他说，即便笑一笑，可怜的小帕狄也不会在意的。他自己就讲过不少非常逗趣儿的话。

——天主宽恕我！鲍尔先生用手指揩着盈眶的泪水说，可怜的帕狄！一个星期前我最后一次见到他的时候，他还跟平素一样那么精神抖擞呢。我再也没想到会这么乘马车给他送葬。他撇下咱们走啦。

——戴过帽子的小个儿当中，难得找到这么正派的，迪达勒斯先生说。他走得着实突然。

——衰竭，马丁·坎宁翰说。心脏。

他悲痛地拍拍自己的胸口。

满脸通红，像团火焰。威士忌喝多了。红鼻头疗法。拼死拼活地灌，把鼻头喝成灰黄色的了。为了把鼻头变成那种颜色，他钱可没少花。

鲍尔先生定睛望着往后退去的那些房屋，黯然神伤。

1　这是为了纪念纳尔逊的战功而于一九〇八年在奥康内尔街的十字路口建立的纪念柱，柱上有他的雕像，一九六六年被毁。

——他死得真是突然，可怜的人，他说。

——这样死再好不过啦，布卢姆先生说。

大家对他瞠目而视。

——一点儿也没受罪，他说。一眨眼就都完啦。就像在睡眠中死去了似的。

没有人吭气。

街的这半边死气沉沉。就连白天，生意也是萧条的：土地经纪人，戒酒饭店，福尔克纳铁路问讯处，文职人员培训所，吉尔书店，天主教俱乐部，盲人习艺所。这是怎么回事呢？反正有个原因。不是太阳就是风的缘故。晚上也还是这样。只有一些扫烟囱的和做粗活的女佣。在已故的马修神父[1]的庇护下。巴涅尔纪念碑的基石。衰竭。心脏[2]。

前额饰有白色羽毛的几匹白马，在街角的圆形建筑那儿拐了个弯儿，飞奔而来。一口小小的棺材一闪而过。赶着去下葬哩。一辆送葬马车。去世的是未婚者。已婚者用黑马。单身汉用花斑马。修女用棕色的。

——可惜了儿的，马丁·坎宁翰先生说。一个娃娃哩。

一张侏儒的脸，像小鲁迪的那样紫红色而布满皱纹。一副侏儒的身躯，油灰一般软塌塌的，陈放在衬了白布的松木匣子里。费用是丧葬互助会给出的。每周付一便士，就能保证一小块草地。咱们这个小乞丐。小不点儿。无所谓。这是大自然的失误。娃娃要是健康的话，只能归功于妈妈。否则就要怪爸爸[3]。但愿下次走点运。

——可怜的小家伙，迪达勒斯先生说。他总算没尝到人世间的

1　西奥博尔德·马修神父（1790—1861），爱尔兰天主教司铎，嘉布遣小兄弟会分会会长。他在全爱尔兰奔走游说，劝人戒酒，成绩昭著，故有“戒酒使徒”之称。他的雕像也立在奥康内尔街上。

2　巴涅尔纪念碑的基石早在一八九九年就安置好了，然而直至一九一一年才竖立起由美国雕刻家奥古斯塔斯·圣-高丹斯设计的纪念碑。巴涅尔死于由急性肺炎而导致的心力衰竭。

3　根据古老的犹太信条，孩子的健康取决于父亲是否强壮。犹太法律指出，一个男人必须儿女双全，并要求这些儿女也能够繁衍后代。

辛酸。

马车放慢速度，沿着拉特兰广场的坡路往上走。骨骼咯咯响，颠簸石路上。不过是个穷人，没人肯认领[1]。

——在生存中[2]，马丁·坎宁翰说。

——然而最要不得的是，鲍尔先生说。自寻短见的人。

马丁·坎宁翰匆匆地掏出怀表，咳嗽一声，又塞了回去。

——给一家人带来莫大的耻辱，鲍尔先生又补上一句。

——当然是一时的精神错乱，马丁·坎宁翰斩钉截铁地说。咱们应该用更宽厚的眼光看这个问题。

——人家都说干这种事儿的是懦夫，迪达勒斯先生说。

——那就不是咱们凡人所能判断的了，马丁·坎宁翰说。

布卢姆先生欲言又止。马丁·坎宁翰那双大眼睛，而今把视线从我身上移开了。他通情达理，富于恻隐之心，天资聪颖。长得像莎士比亚。开口总是与人为善。本地人对那种事儿和杀婴是毫不留情的。不许作为基督教徒来埋葬。早先竟往坟墓中的死者心脏里打进一根木桩[3]，唯恐他的心脏还没有破碎。其实，他们有时也会懊悔的，不过已经来不及了。在河床里发现他的时候，手里还死命地攥住芦苇呢。他瞅我来着。还有他那娘儿们——一个不可救药的醉鬼。一次次地为她把家安顿好，然而几乎一到星期六她就把家具典当一空，让他去赎。他过着像是在地狱里一般的日子。即便是一颗石头做的心脏，也会消磨殆尽的。星期一早晨，他又用肩膀顶着轱辘重新打鼓另开张。老天爷，那天晚上她那副样子真有瞧头。迪达勒斯告诉过我，他刚好在场。她喝得醉醺醺的，抡着马丁的雨伞欢蹦乱跳。

1　“骨骼咯咯响……没人肯认领”这四句诗摘自英国诗人托马斯·诺埃尔（1799—1861）所作的《为穷人驾灵车》。全诗描写一个马车夫赶着用一匹马拉着的破灵车，把穷人的遗骸送往教堂墓地。

2　这里，马丁·坎宁翰只引用了诗文的上半句，下半句是：“我们与死亡为伍。”

3　直到十九世纪初叶，爱尔兰民间还迷信自杀者的阴魂会像妖精那样回到人间来作祟。只有往尸体的心脏里打进一根木桩，才能防止。

他们称我作亚洲的珍宝，

亚洲的珍宝

日本的艺伎[1]。

他把视线从我身上移开了。他明白。骨骼咯咯响。

验尸的那个下午。桌上摆着个贴有红标签的瓶子。旅馆那个房间里挂着一幅幅狩猎图。令人窒息的气氛。阳光透过威尼斯式软百叶帘射了进来。验尸官那双毛茸茸的大耳朵沐浴在阳光下。茶房做证，起先只当他还睡着呢。随后见到他脸上有些黄道道。已经滑落到床脚了。法医验明为：服药过量。意外事故致死。遗书：致吾儿利奥波德。

再也尝不到痛苦了。再也醒不过来了。无人肯认领。

马车沿着布莱辛顿街辘辘地疾驰着。颠簸石路上。

——我看咱们正飞跑着哪，马丁·坎宁翰说。

——上天保佑，可别把咱们这车人翻在马路上，鲍尔先生说。

——但愿不至于，马丁·坎宁翰说。明天在德国有一场大赛。戈登·贝纳特国际汽车赛。

——唉呀，迪达勒斯先生说。那确实值得一看。

当他们拐进伯克利街时，水库附近一架手摇风琴迎面送来一阵喧闹快活的游艺场音乐，走过去后，乐声依然尾随着。这儿可曾有人见过凯利[2]？凯歌的凯，利益的利。接着就是《扫罗》中的送葬曲[3]。他坏得像老安东尼奥，撇下了我孤苦伶仃[4]！足尖立地旋转！**仁慈圣母玛利亚医院**[5]。这是埃克尔斯街，我家就在前边。一座庞大的建筑，

1　引自轻歌剧《艺伎》中的曲子《亚洲的珍宝》。

2　这是美国人威廉·J. 麦克纳根据英国歌曲《来自曼岛的凯利》（1908）改编的俗谣《这儿可曾有人见过凯利?》(1909）的首句，下一句是："来自绿宝石岛的凯利。"绿宝石岛是爱尔兰别名。

3　《扫罗》是德国（后来入了英国籍）作曲家乔治·弗里德里克·亨德尔（1685—1759）取材于《圣经》的清唱剧，一七三九年在伦敦首次演出。送葬曲是其中的一个插曲。

4　有关凯利的歌前面都冠以一首序歌，叙述一个像凯利一样忘恩负义的意大利冰淇淋商人的故事。"他坏得像……伶仃"是其中的两句。

5　原文为拉丁文。

那里为绝症患者所设的病房。真令人感到鼓舞。专收垂死者的圣母济贫院。太平间就在下面，很便当。赖尔登老太太就是在那儿去世的。那些女人的样子好吓人呀。用杯子喂她东西吃，调羹在嘴边儿蹭来蹭去。然后用围屏遮起她的床，等着她咽气。那个年轻的学生多好啊，那一次蜜蜂蜇了我，还是他替我包扎的。他们告诉我，如今他转到产科医院去了。从一个极端到了另一个极端。

马车急转了个弯：停住了。

——又出了什么事？

身上打了烙印的牛，分两路从马车的车窗外走过去，哞哞叫着，无精打采地挪动着带脚垫的蹄子，尾巴在瘦骨嶙峋、巴着粪的屁股上徐徐地甩来甩去。打了赭红色印记的羊，吓得咩咩直叫，在牛群外侧或当中奔跑。

——简直像是移民一样，鲍尔先生说。

——嘚儿！马车夫一路吆喝着，挥鞭啪啪地打着牲口的侧腹。嘚儿！躲开！

这是星期四嘛。明天该是屠宰日啦。怀仔的母牛。卡夫把它们按每头约莫二十七镑的代价出售。兴许是运到利物浦去的。给老英格兰的烤牛肉[1]。他们把肥嫩的牛统统买走了。这下子连七零八碎儿都没有了：所有那些生料——皮啦，毛啦，角啦。一年算下来，蛮可观哩，单打一的牛肉生意。屠宰场的下脚料还可以送到鞣皮厂去或者制造肥皂和植物黄油。不晓得那架起重机如今是不是还在克朗西拉从火车上卸下那些次等的肉。

马车又穿过牲畜群继续前进了。

——我不明白市政府为什么不从公园大门口铺一条直通码头的电车道？布卢姆先生说。这么一来，所有这些牲口就都可以用货车运上船了。

1　英国小说家、剧作家亨利·菲尔丁（1707—1754）的早期剧作《现代丈夫》（1732）第3幕第2场中有一首题为《老英格兰的烤牛肉》的诗，后由R. 莱弗里奇配曲，成为流行歌曲。全诗大意是说，英国人由于爱吃烤牛肉，身心健康，士兵也勇敢。

——那样也就不至于堵塞道路啦，马丁·坎宁翰说。完全对，他们应该这么做。

——是啊，布卢姆先生说。我还常常转另外一个念头：要像米兰市那样搞起市营的殡仪电车，你们晓得吧。把路轨一直铺到公墓门口，设置专用电车——殡车、送葬车，全齐了。你们明白我的意思吧？

——那可是个奇妙的主意，迪达勒斯先生说。再挂上一节软卧和高级餐车。

——对科尼来说，前景可不美妙啊，鲍尔先生补充了一句。

——怎么会呢？布卢姆先生转向迪达勒斯先生问道，不是比坐双驾马车奔去体面些吗？

——嗯，说得有点儿道理，迪达勒斯先生承认了。

——而且，马丁·坎宁翰说，有一次殡车在敦菲角前面拐弯的时候翻啦，把棺材扣在马路上。像那样的事，也就不会发生了。

——那回太可怕啦，鲍尔先生面呈惧色地说，尸首都滚到马路上去了。可怕啊！

——敦菲领先，迪达勒斯先生点着头说。争夺戈登·贝纳特奖杯。

——颂赞归于天主！马丁·坎宁翰虔诚地说。

咕咚！翻了。一副棺材扑通一声跌到路上。崩开了。帕狄·迪格纳穆身着过于肥大的褐色衣服，被抛出来，僵直地在尘埃中打滚。红脸膛：现呈灰色。嘴巴咧开来。在问这会子出了啥事儿。完全应该替他把嘴合上。张着的模样让人感到不舒服。内脏也腐烂得快。把一切开口都堵上就好得多。对，那也堵起来。用蜡。括约肌松了。一股脑儿封上。

——敦菲酒馆到啦，当马车向右拐的时候，鲍尔先生宣告说。

敦菲角。停着好几辆送葬回来的车。人们在借酒浇愁。可以在路边歇上一会儿。这是开酒店的上好地点。估计我们归途会在这儿停下来，喝上一杯，为他祝祝冥福，大家也聊以解忧。长生不老剂[1]。

1　爱尔兰人称威士忌为长生不老剂。西欧古代的炼金术师曾相信红葡萄能使人长生不老。

然而假定现在发生了这样一档子事。倘若翻滚的当儿，他身子给钉子扎破了，他会不会流血呢？我猜想，也许流，也许不流。要看扎在什么部位了。血液循环已经停止了。然而碰着了动脉，就可能会渗出点儿血来。下葬时，装裹不如用红色的：深红色。

他们沿着菲布斯巴勒街默默前进。刚从公墓回来的一辆空殡车迎面擦过，马蹄嘚嘚嘚响着，一派轻松模样。

克罗斯冈斯桥：皇家运河。

河水咆哮着冲出闸门。一条驶向下游的驳船上，在一堆堆的泥炭当中，站着条汉子，船闸旁的纤路上，有一匹松松地系着缰绳的马。布加布出航[1]。

他们用眼睛盯着他。他乘了这条用一根纤绳拽着的木排，顺着涓涓流淌、杂草蔓生的河道，涉过苇塘，穿过烂泥，越过一只只堵满淤泥的细长瓶子，一具具腐烂的狗尸，从爱尔兰腹地漂向海岸。阿斯隆、穆林加尔、莫伊谷[2]，我可以沿着运河徒步旅行去看望米莉。要么就骑自行车前往。租一匹老马，倒也安全。雷恩上次拍卖的时候倒是有过一辆，不过是女车。发展水路交通。詹姆斯·麦卡恩[3]以用摆渡船把我送过渡口为乐。这种走法要便宜一些。慢悠悠地航行。是带篷的船。可以坐去野营。还有灵柩船，从水路去升天堂。也许我不写信就突然露面。径由莱克斯利普和克朗西拉，通过一道接一道船闸顺流而下，直抵都柏林。从中部的沼泽地带运来了泥炭。致敬。他举起褐色草帽，向帕狄·迪格纳穆致敬。

他们的马车从布赖恩·勃罗马酒家前经过。墓地快到了。

——不晓得咱们的朋友弗格蒂[4]情况怎样了，鲍尔先生说。

1　《布加布出航》是J. P. 鲁尼所作的一首讽刺诗，写一个舵手在睡梦中驾着一条名叫“布加布”的驳船运送泥炭。运河上风平浪静，水手们却幻想船正在惊涛骇浪中行驶。

2　阿斯隆、穆林加尔和莫伊谷是位于爱尔兰皇家运河沿岸从西至东的三座城市。

3　詹姆斯·麦卡恩，爱尔兰大运河公司董事长，他已于布卢姆回顾此事的四个月前（即1904年2月12日）逝世。

4　弗格蒂是《都柏林人·圣恩》中的一个人物，经营一爿食品杂货店。汤姆·克南是他的朋友，曾从他的店里赊购，一直没付款。

——不如去问问汤姆·克南，迪达勒斯先生说。

——怎么回事？马丁·坎宁翰说。把他撇下，听任他去抹眼泪吧，是吗？

——形影虽消失，迪达勒斯先生说，记忆诚可贵[1]。

马车向左拐，走上芬格拉斯路。

右侧是石匠作坊。最后一段工序。狭长的场地，密密匝匝地挤满默默无言的雕像。白色的，悲恸的。有的安详地伸出双手，有的忧伤地下跪，手指着什么地方。还有削下来的石像碎片。在一片白色沉默中哀诉着。为您提供最佳产品。纪念碑建造师及石像雕刻师托马斯·H. 登纳尼。

走过去了。

教堂司事吉米·吉尔里的房屋前，一个老流浪汉坐在人行道的栏石上，一边嘟囔着，一边从他那双开了口、脏成褐色的大靴子里倒着泥土和石子儿。他已走到人生旅途的尽头。

车子经过一座接一座荒芜不堪的花园，一幢幢阴森森的房屋。

鲍尔先生用手指了指。

——那就是蔡尔兹被谋杀的地方，他说。最后那幢房子。

——可不是嘛，迪达勒斯先生说。可怕的凶杀案。西摩·布希[2]让他免于诉讼。谋杀亲哥哥。或者据说是这样。

——检察官没有掌握证据，鲍尔先生说。

——只有旁证，马丁·坎宁翰补充说。司法界有这么一条准则：宁可让九十九个犯人逃脱法网，也不能错判一个无辜者有罪。

他们望了望。一座凶宅。它黑魆魆地向后退去。拉上了百叶窗，没有人住，花园里长满了杂草。这地方整个都完了。被冤枉地定了罪。凶杀。凶手的形象留在被害者的视网膜上。人们就喜欢读这类故事。在花园里发现了男人的脑袋啦。她的穿着打扮啦。她是怎样遇

---

1 “形影……诚可贵”是常见于十八、十九世纪的爱尔兰墓碑和讣文上的用语，还曾编入乔治·林利（1798—1825）的歌曲《你的记忆诚可贵》(1840)。

2 西摩·布希是爱尔兰的著名律师。

害的啦。新近发生的凶杀案。使用什么凶器。凶手依然逍遥法外。线索。一根鞋带。要掘墓验尸啦。谋杀的内情总会败露。

这辆马车太挤了。她可能不愿意我事先不通知一声就这么忽然跑来。对女人总得谨慎一些。她们脱裤衩时，只要撞上一回，她们就永远也不会饶恕你。她已经十五岁了嘛。

前景公墓的高栅栏像涟漪般地从他们的视野里淌过。幽暗的白杨树林，偶尔出现几座白色雕像。雕像越来越多起来，白色石像群集在树间，白色人像及其断片悄无声息地竖立着，在虚空中徒然保持着各种姿态。

车轮的钢圈嘎的一声蹭着人行道的栏石，停了下来。马丁·坎宁翰伸出胳膊，拧转把手，用膝盖顶开了车门。他下了马车，鲍尔先生和迪达勒斯先生跟着也下去了。

趁这会子把肥皂挪个窝儿吧。布卢姆先生的手麻利地解开裤子后兜上的纽扣，将巴在纸上的肥皂移到装手绢的内兜里。他边跨下马车，边把另一只手攥着的报纸放回兜里。

简陋的葬礼：一辆大马车，三辆小的。还不都是一样。抬棺人，金色缰绳，安魂弥撒，一发齐射。为死亡摆排场。殿后的马车对面站着个小贩，身旁的手推双轮车上放着糕点和水果。那是些西姆内尔糕饼[1]，整个儿粘在一起了。那是给死者上供用的糕点。狗饼干[2]。谁吃？正从墓地往外走的送葬者。

他跟随着同伴们。接着就是克南先生和内德·兰伯特。海因斯也走在他们后面。科尼·凯莱赫站在敞着门的灵车旁边，取出一对花圈，并将其中的一个递给了男孩子。

刚才那个娃娃的送葬行列不知消失到哪儿去了？

从芬格拉斯那边来了一群马，吃力地迈着沉重的步子，拖着一辆载有庞大花岗石的大车，发出的嘎嘎响声打破了葬礼的沉寂，走了

1　一种葡萄干糕饼，得名于兰伯特·西姆内尔。参看第69页注释6。

2　喂狗用的硬饼干，掺以骨粉等制成。这里，因西姆内尔糕饼的外皮很硬，所以比作狗饼干。

过去。在前边领路的车把式向他们点头致意。如今是灵柩了。尽管他已死去，却比我们先到了。马扭过头来望着棺材，头上那根羽毛饰斜插向天空。它两眼无神：轭具勒紧了脖子，像是压迫着一根血管还是什么的。这些马晓不晓得自己每天拉车运些什么到这儿来？每天准有二三十档子葬事。新教徒另有杰罗姆山公墓。普天之下，每分钟都在举行着葬礼。要是成车地用铁锹铲进土里，就会快上好几倍。每小时埋上成千上万。世界上人太多了。

送葬者从大门里走了出来。一个妇女和一个小姑娘。妇女的相貌刁悍，尖下巴颏儿，看上去是个胡乱讨价还价的那号人，歪戴着一顶软帽。小姑娘满脸灰尘和泪痕，她挽着妇人的臂，仰望着，等待要她号哭的信号。鱼一般的脸，铁青而毫无血色。

殡殓工们把棺材扛在肩上，抬进大门。尸体沉得很。方才我从浴缸里迈出来，也觉得自己的体重增加了。死者领先，接着是死者的朋友。科尼·凯莱赫和那个男孩子拿着花圈跟在后面。挨着他们的是谁？啊，是死者的内弟。

大家都跟着走。

马丁·坎宁翰悄声说：

——当你在布卢姆面前谈起自杀的事来时，我心里感到万分痛苦。

——为什么？鲍尔先生小声说。怎么回事？

——他父亲就是服毒自杀的，马丁·坎宁翰跟他交头接耳地说。生前在恩尼斯[1]开过皇后饭店。你不是也听见他说要去克莱尔吗？那是忌辰。

——啊，天啊！鲍尔先生压低嗓门说。我这是头一回听说。是服毒吗？

他回过头去，朝那张有着一双沉思的乌黑眼睛的脸望去。那人边说话，边跟着他们走向枢机主教的陵墓。

——上保险了吗？

1　恩尼斯是爱尔兰克莱尔郡的一个镇子。

——我想一定上啦，克南先生说。然而保险单已经抵押出去，借了一大笔钱。马丁正想办法把那个男孩子送到阿尔坦[1]去。

——他撇下了几个孩子？

——五个。内德·兰伯特说过，他要想方设法把一个女孩子送进托德[2]去。

——真够惨的，布卢姆先生轻声说。五个幼小的孩子。

——对可怜的妻子来说，是个很大的打击，克南先生又补上一句。

——说的是啊，布卢姆先生随声附和道。

如今，她胜利地活过了他。

他低头望了望自己涂油擦得锃亮的靴子。她的寿数比他长。失去了丈夫。对她来说，这死亡比对我关系重大。总有一个比另一个长寿。明智的人说，世上的女人比男人多[3]。安慰她吧：你的损失太惨重了。我希望你很快就跟随他而去。只有对信奉印度教的寡妇才能这么说[4]。她会再婚的。嫁给他吗？不。然而谁晓得以后会怎样呢？老女王去世后，就不兴守寡了。用炮车运送。维多利亚和阿尔伯特。在福洛格摩举行的追悼仪式[5]。可后来她还是在软帽上插了几朵紫罗兰。在心灵深处[6]，她毕竟好虚荣的。这一切都是为了一个影子。女王的配偶而已，连国王也不是。她儿子的位分才是实实在在的。那可以有新的指望[7]；不像她想要唤回来而白白等待着的过去。过去是永远也不复返了。

总得有人先走。孤零零地入土，不再睡在她那温暖的床上了。

——你好吗，西蒙？内德·兰伯特一边握手，一边柔声地说。近

1　阿尔坦是位于都柏林市东北部一英里的一个村子，那里有天主教办的一所儿童救济院。

2　托德-伯恩斯公司的简称，是都柏林的一家绸布衣帽店。乔伊斯本人的一个胞妹梅就曾在此做过工。

3　“明智的……人多”，语出自默雷和利所作的一首题为《三女对一男》的滑稽歌曲。

4　印度某些地区的习俗，寡妇为亡夫举行火葬时，也要当众跳进火堆自焚以殉夫。

5　老女王指维多利亚女王（1819—1901）。她统治英国达六十四年之久（1837—1901），于一八六一年丧偶，遂在福洛格摩建陵安葬亡夫阿尔伯特亲王，并终身守寡。她本人去世后，根据遗愿，灵柩用炮车运送，遗体与亡夫合葬。

6　紫色象征真挚的爱，服丧时，可用以代替黑色。

7　指维多利亚女王的长子威尔士亲王（参看第44页注释1）能够继承王位。

一个月来，连星期天也一直没见着你啦。

——从来没这么好过。科克这座城市[1]里，大家都好吗？

——复活节的星期一，我去看科克公园的赛马了，内德·兰伯特说，还是老一套，六先令八便士[2]。我是在狄克·蒂维家过的夜。

——狄克这个实实在在的人，他好吗？

——他的头皮和苍天之间已经毫无遮拦啦，内德·兰伯特回答说。

——哎呀，我的圣保罗！迪达勒斯先生抑制着心头的惊愕说。狄克·蒂维谢顶了吗？

——马丁正在为那些孩子们募集一笔捐款，内德·兰伯特指着前边说。每人几先令。让他们好歹维持到保险金结算为止。

——对，对，迪达勒斯先生迟迟疑疑地说。最前面的那个是大儿子吧？

——是啊，内德·兰伯特说，挨着他舅舅。后面是约翰·亨利·门顿。他认捐了一镑。

——我相信他会这么做的，迪达勒斯先生说。我经常对可怜的帕狄说，他应该在自己那份工作上多下点儿心。约翰·亨利并不是世界上最坏的人。

——他是怎么砸的饭碗？内德·兰伯特问道。酗酒，还是什么？

——很多好人都犯这个毛病，迪达勒斯先生叹了口气说。

他们在停尸所小教堂的门旁停下了。布卢姆先生站在手执花圈的男孩儿后面，俯视着他那梳理得光光整整的头发和那系着崭新的硬领、有着凹沟的纤细脖颈。可怜的孩子！也不晓得当他爸爸咽气时，他在不在场？双方都不曾意识到死神即将来临。弥留之际才回光返照，最后一次认出人来。多少未遂的意愿。我欠了奥格雷狄三先令[3]。

---

1 《科克这座城市》(1825)是托马斯·克罗夫顿·克罗克(1798—1854)所作歌曲名，内容炫耀当地的吃喝玩乐。科克是爱尔兰芒斯特省科克郡的首府。

2 这是当时把一个被处死的罪犯之尸体运到坟地，并按照基督教徒的礼节予以埋葬所需费用。这里，把“六先令八便士”当作“一点儿也没变”的代用语。

3 爱尔兰有一首滑稽歌曲名叫《我欠了奥格雷狄十块钱》(1887)。作者为哈里·肯尼迪。写一个小裁缝奥格雷狄怎样也讨不回一个失业者(“我”)欠他的钱。

他能领会吗？殡殓工把棺材抬进了小教堂。他的头在哪一端？

过了一会儿，他跟在别人后头走进去，在透过帘子射进来的日光下眨巴着眼儿。棺材停放在圣坛前的柩架上，四个角各点燃一支高高的黄蜡烛。它总是在我们的前边。科尼·凯莱赫在四个角各放了只花圈，然后向那男孩子打了个手势，让他跪下。送葬者东一个西一个地纷纷跪在祈祷桌前。布卢姆先生站在后面，离圣水盂不远。等大家都跪下后，才从兜里掏出报纸摊开来，小心翼翼地铺在地上，屈起右膝跪在上面。他将黑帽子轻轻地扣在左膝上，手扶帽檐，虔诚地弯下身去。

一名助祭提着盛有什么的黄铜桶[1]，从一扇门后面走了进来，白袍神父跟在后面。他一只手整理着祭带，另一只手扶着顶在他那癞蛤蟆般的肚子上的一本小书。谁来读这本书？白嘴鸦说：我[2]。

他们在柩架前停下步子。神父嗄声流畅地读起他那本书来。

科菲神父。我晓得他的姓听上去像“棺材”[3]。哆咪内呐咪内[4]。他的嘴巴那儿显得盛气凌人。专横跋扈。健壮的基督教徒。任何人斜眼瞧他都要遭殃。因为他是神父嘛。你要称作彼得。迪达勒斯曾说：他的肚子会横着撑破的，就像是尽情地吃了三叶草的羊似的。挺着那么个大肚子，活像一只被毒死的小狗。那个人找到了最有趣儿的说法。哼：横里撑破。

——求你不要审问我，你的仆人[5]。

用拉丁文为他们祷告，会使他们觉得自己的身价抬高了些。安魂弥撒。身穿绉纱的号丧者[6]。黑框信纸。你的名字已经列在祭坛名单上。这地方凉飕飕的。可得吃点好的才行。在昏暗中一坐就是整个上

1　黄铜桶里装的是圣水，以及用来蘸圣水往棺材上洒的一根棍子。

2　这是一首由十四段组成的童谣《公知更鸟》中的两句。第一段是：“谁杀了公知更鸟？/麻雀说：是我。/用我的弓箭。/我杀了公知更鸟。”与本文有关的是第六段：“谁来当神父？/白嘴鸦说：我。/带着我的小书，/我来当神父。”

3　英文里，棺材（coffin）读作科芬，与科菲（coffey）发音相近。

4　这句拉丁文祷词原作In nomine Domini（因主之名）。布卢姆却听成是Domine namine。Domine是“主”，namine则无此字。

5　原文为拉丁文，出自《诗篇》。这是做完安魂弥撒后，即将把棺材往坟地里抬时念的经文首句。

6　花钱雇来的号丧人，身穿廉价的黑色绉纱丧服。

午，磕着脚后跟，恭候下一位。连眼睛都像是癞蛤蟆的。是什么使他胀成这样呢？摩莉一吃包心菜就肚胀。兴许是此地的空气在作怪。看来弥漫着疠气。这一带必定充满了在地狱里般的疠气。就拿屠夫来说吧：他们变得像生牛排似的。是谁告诉我来着？是默文·布朗。圣沃伯格教堂有一架可爱的老风琴，已经历了一百五十个星霜。在教堂地下灵堂里，必须不时地在棺材上凿个窟窿，放出疠气，点燃烧掉。蓝色的，一个劲儿地往外冒。只要吸上一口，你就完蛋啦。

我的膝盖硌得疼了。唔。这样就好一些了。

神父从助祭提着的桶里取出一根顶端呈圆形的棍子，朝棺材上甩了甩。然后他走到另一头，又甩了甩。接着他踱了回来，将棍子放回桶里。你安息前怎样，如今还是怎样。一切都有明文规定，他照办就是了。

——不要让我们受到诱惑[1]。

助祭尖声细气地应答着。我常常觉得，家里不如雇个小男仆。最大不超过十五岁。再大了，自然就……

那想必是圣水。洒出来的是永眠。这份差事他准干腻了。成天朝送来的所有的尸首甩那劳什子。要是他能看到自己在往谁身上洒圣水，也不碍事嘛。每迎来一天，就有一批新的：中年汉子，老妪，娃娃，死于难产的孕妇，蓄胡子的男人，秃顶商人，胸脯小得像麻雀的结核病姑娘。他成年为他们做同样的祷告，并且朝他们洒圣水：安息吧。如今该轮到迪格纳穆了。

——在天堂里[2]。

说是他即将升天堂或已升入天堂。对每个人都这么说。这是一份令人厌烦的差事。可是他总得说点儿什么。

神父合上圣书走了，助祭跟在后面。科尼·凯莱赫打开侧门，掘墓工进来，重新抬起棺材，抬出去装在他们的手推车上。科尼·凯莱

1　原文为拉丁文。
2　原文为拉丁文。这是准备下葬时所念的经文中的词句。

赫把一只花圈递给男孩儿，另一只递给他舅舅。大家跟在他们后面，走出侧门，来到外边柔和的灰色空气中。布卢姆先生殿后。他又把报纸折好，放回兜里，神情严肃地俯视着地面，直到运棺材的手推车向左拐去。金属轱辘磨在砂砾上，发出尖锐的嘎嘎声。一簇靴子跟在手推车后面踏出钝重的脚步声，沿着墓丛间的小径走去。

嗒哩嗒啦嗒哩嗒啦嗒噜。主啊，我绝不可在这儿哼什么小曲儿。

——奥康内尔的圆塔，迪达勒斯先生四下里望了望说。

鲍尔先生用柔和的目光仰望着那高耸的圆锥形塔的顶端。

——老丹·奥[1]在他的人民当中安息哪，他说，然而他的心脏却埋在罗马[2]。这儿埋葬了多少颗破碎的心啊，西蒙！

——她[3]的坟墓就在那儿，杰克，迪达勒斯先生说。我不久就会抻腿儿躺在她身边了。任凭天主高兴，随时把我接走吧。

他的精神崩溃了，开始暗自哭泣，稍打着趔趄。鲍尔先生挽住他的胳膊。

——她在那儿安息更好，他体贴地说。

——那倒也是，迪达勒斯先生微弱地喘了口气说。假若有天堂的话，我猜想她准是在那里。

科尼·凯莱赫从行列里跨到路边，让送葬者拖着沉重的脚步从他身旁踱过去。

——真是个令人伤心的场合，克南先生彬彬有礼地开口说。

布卢姆先生合上眼，悲恸地点了两下头。

——别人都戴上帽子啦，克南先生说。我想，咱们也可以戴了吧。咱们在后尾儿。在公墓里可不能大意。

他们戴上了帽子。

——你不觉得神父先生念祷文念得太快了些吗？克南先生用嗔怪

1　丹·奥是丹尼尔·奥康内尔的简称。

2　奥康内尔于一八四七年在日内瓦去世。根据他的遗愿，心脏葬于罗马，遗体则运回都柏林。

3　她指西蒙·迪达勒斯的亡妻玛丽·古尔丁·迪达勒斯。

的口吻说。

布卢姆先生注视着他那双敏锐的、挂满血丝的眼睛，肃然点了点头。诡谲的眼睛，洞察着内心的秘密。我猜想他是共济会的，可也拿不准。又挨着他了。咱们在末尾。同舟共济[1]。巴不得他说点儿旁的。

克南先生又加上一句：

——我敢说杰罗姆山公墓举行的爱尔兰圣公会的仪式更简朴，给人的印象也更深。

布卢姆先生谨慎地表示了同意。当然，语言又当作别论[2]。

克南先生一本正经地说：

——**我就是复活，就是生命**。这话触动人的内心深处。

——是啊，布卢姆先生说。

也许会触动你的心，然而对于如今脚尖冲着雏菊，停在六英尺见长、二英尺见宽的棺材里面的那个人来说，又有什么价值呢？触动不了他的心。寄托感情之所在。一颗破碎了的心。终归是个泵而已，每天抽送成千上万加仑的血液。直到有一天堵塞了，也就完事大吉。此地到处都撂着这类器官：肺、心、肝。生了锈的老泵，仅此而已。复活与生命。人一旦死了，就是死了。末日的概念。去敲一座座坟墓，把他们都喊起来。拉撒路，出来！然而他是第五个出来的，所以失业了。起来吧！这是末日！于是，每个人都四下里摸索自己的肝啦、肺啦以及其他内脏。那个早晨要是能把自己凑个齐全，那就再好不过了。颅骨里只有一英钱粉末。每英钱合十二克。金衡制[3]。

科尼·凯莱赫和他们并排走起来。

——一切都进行得头等顺利，他说。怎么样？

他用眼睛不慌不忙地打量着他们。警察般的肩膀。吐啦噜吐啦噜地哼着小调儿。

1　同舟共济，这里指的是送葬者中只有他本人和克南两个人不信天主教，处境相同。

2　爱尔兰圣公会举行仪式时使用英语，不用拉丁文。

3　金衡制是英、美用来量金、银、宝石的重量单位。每英镑合十二英两，每英两合二十英钱，每英钱合二十四谷（格令）。克为公制重量单位，每克约合十五谷半。

——正应该这样，克南先生说。

——什么？呃？科尼·凯莱赫说。

克南先生请他放心。

——后面那个跟汤姆·克南一道走着的汉子是谁？约翰·亨利·门顿问。看来挺面熟。

内德·兰伯特回过头去瞥了一眼。

——布卢姆，他说，原先，不，我的意思是说现在，有个名叫玛莉恩·特威迪夫人的女高音歌手。她就是此人的老婆。

——啊，可不是嘛，约翰·亨利·门顿说。我已经好久没见到她了。她长得蛮漂亮。我跟她跳过舞；哦，打那以后，已过了十五个——啊，十七个黄金年月啦。那是在圆镇的马特·狄龙家。当年她可有搂头啦。

他回头隔着人缝儿望去。

——他是什么人？他问。做什么的？他干过文具行当吧？一天晚上我跟他吵过架，记得是在滚木球场上。

内德·兰伯特笑了笑。

——对，他干过那一行，他说，在威兹德姆·希利的店里，推销吸墨纸。

——天哪，约翰·亨利·门顿说，她干吗要嫁给这么一个上不了台面的家伙呢？当年她劲头可足啦。

——如今也不含糊，内德·兰伯特说。他管拉些广告。

约翰·亨利·门顿那双大眼睛直勾勾地盯着前面。

手推车转进一条侧径。一个身材魁梧的人在草丛里伫候，举举帽子来表示敬意。掘墓工们也用手碰了一下便帽。

——约翰·奥康内尔，鲍尔先生欣然说。他从来没忘记过朋友。

奥康内尔先生默默地和每一个人握了手。迪达勒斯先生说：

——我又来拜望您啦。

——我亲爱的西蒙，公墓管理员悄声回答说。我压根儿不希望您来光顾！

他向内德·兰伯特和约翰·亨利·门顿致意后，就挨着马丁·坎宁翰继续往前走，还在背后摆弄着两把长钥匙。

——你们听说过关于库姆街的马尔卡希那档子事吗？他问道。

——我没听说，马丁·坎宁翰说。

他们不约而同地把戴着大礼帽的脑袋凑过去，海因斯侧耳静听。管理员的两个大拇指勾在打着弯儿的金表链上。他朝着他们那一张张茫然的笑脸，用谨慎的口吻讲开了。

——人们传说着这么个故事，他说，一个大雾弥漫的傍晚，一对醉鬼到这儿来寻找一个朋友的坟墓。他们打听库姆街的马尔卡希，人家便告诉他们那人埋在哪儿。他们在雾里摸索了好一阵子，果真找到了坟墓。一个醉鬼拼出了死者的姓名：特伦斯·马尔卡希。另一个醉鬼却朝死者遗孀托人竖起的那座救世主雕像直眨巴眼儿。

管理员翻起眼睛，冲着他们正走过的一座坟墓瞅了一眼。接着说：

——他睁大了眼朝那座圣像望了好半晌之后说：**一点儿也不像那个人**。又说：**不管是谁雕的，反正这不是马尔卡希**。

大家听了，报以微笑。接着他就退到后面，去和科尼·凯莱赫攀谈，收下对方递过来的票据，边走边翻看着。

——全都是故意讲的，马丁·坎宁翰向海因斯解释说。

——我晓得，海因斯说。我也注意到了。

——为的是让人鼓起劲儿来，马丁·坎宁翰说。纯粹是出于好心，绝没有旁的用意。

布卢姆先生欣赏管理员那肥硕、魁梧的身躯。人人都乐意和他往来。约翰·奥康内尔为人正派，是个道地的好人。他身上挂的那两把钥匙就像是凯斯[1]商店的广告似的。不必担心有人会溜出去。不需要通行证。得到**人身保护**。葬礼结束后，我得办理一下那份广告。那天我写信给玛莎的时候，她闯了进来。我用一个信封遮住了，上面写没写鲍尔斯桥呢？但愿没有被丢进死信保管处。最好刮刮脸。长出灰胡子

1　英文里，keys（钥匙）与凯斯（Keyes）谐音。后文中的“人身保护”，原文为拉丁文。

碴儿了，那是头发变灰的兆头。脾气也变坏了。灰发中夹着银丝[1]。想想看，给这样的人做老婆！我纳闷他当年是怎么壮起胆子去向人家姑娘求婚的。来吧，跟我在坟场里过日子。用这来诱惑她。起初她也许还会很兴奋呢。向死神求爱。这里，夜幕笼罩下，四处躺着死尸。当坟地张大了口的时候，鬼魂从坟墓里出来[2]。我想，丹尼尔·奥康内尔准是其后裔。是谁来着，常说丹尼尔是个奇怪的、生殖力旺盛的人[3]，同时仍不失为一位伟大的天主教徒，像个顶天立地的巨人矗立在黑暗中。鬼火。坟墓里的疠气。必须把她的心思从这档子事排遣开才行。不然的话，休想让她受孕。妇女尤其敏感得厉害。在床上给她讲个鬼故事，哄她入睡。你见过鬼吗？喏，我见过。那是个漆黑的夜晚。时钟正敲着十二点。然而只消把情绪适当地调动起来，她们就准会来接吻的。在土耳其，坟墓里照样有窑姐儿。只要年轻的时候就着手，凡事都能学到家。在这儿你兴许还能够勾搭上一位小寡妇呢。男人就好这个。在墓碑丛中谈情说爱。罗密欧[4]。给快乐平添情趣。在死亡中，我们与生存为伍[5]。两头都衔接上了。那些可怜的死者眼睁睁望着，只好干着急呗。那就好比让饥肠辘辘者闻烤牛排的香味，馋得他们心焦火燎。欲望煎熬着人。摩莉很想在窗畔搞来着。反正管理员已有了八个孩子。

他此生已见过不少人入土，躺到周围一片片的茔地底下。神圣的茔地。倘若竖着埋，就必然可以省出些地方。坐着或跪着的姿势可就省不了。站着埋吗[6]？要是有朝一日大地往下陷，他的脑袋兴许会钻

---

1 这里套用一首题为《金发中夹着银丝》（1874）的歌曲。该歌颂扬一对年老的恩爱夫妻，由埃本·E. 雷克斯福德作词，哈特·皮斯·丹克斯（1834—1903）配曲。

2 “当……来”一语出自《哈姆莱特》第3幕第2场。此刻王子已打定主意要报杀父之仇，用这段自白来表露心迹。

3 至今都柏林还有关于丹尼尔·奥康内尔曾有过一大批私生子的传说，故称他为“爱尔兰之父”。

4 指罗密欧掘开墓门，见到服了安眠药后昏睡中的朱丽叶。参看《罗密欧与朱丽叶》第5幕第3场。

5 这是把“在生存中，我们与死亡为伍”一语倒过来说的。参看第138页注释2。

6 古代爱尔兰王和酋长的遗体有时是全身披挂，面部朝着敌国的方向，以站立的姿势入殓的。

出地面，手还指着什么地方。地面底下一准统统成了蜂窝状：由一个个长方形的蜂房所构成。而且他把公墓收拾得非常整洁：又推草坪，又修剪边沿。甘布尔少校[1]管这座杰罗姆山叫作他自己的花园。可不是嘛。应该栽上睡眠花。马斯添斯基曾告诉我说，中国茔地上种着巨大的罂粟，能够采到优等鸦片。植物园就在前边。正是侵入到土壤里的血液给予了新生命。据说犹太人就是本着这个想法来杀害基督教徒的男孩儿的。人们的价码各不相同。保养得好好的、肥肥胖胖的尸体，上流人士，美食家，对果园来说是无价之宝。今有新近逝世的威廉·威尔金森（审计员兼会计师）的尸体一具，廉价处理：三镑十三先令六便士。谨此致谢。

我敢说，有了这些尸肥，骨头、肉、指甲，这片土壤一定会肥沃极了。一座座存尸所。令人毛骨悚然。都腐烂了，变成绿色和粉红色。在湿土里，也腐烂得快。瘦削的老人不那么容易烂。然后变成像是牛脂一般的、干酪状的东西。接着就开始发黑，渗出糖浆似的黑液。最后干瘪了。骷髅蛾[2]。当然，细胞也罢，旁的什么也罢，还会继续活下去。不断地变换着。实际上是物质不灭。没有养分的话，就从自己身上吸吮养分。

但是准会繁殖出大量的蛆。土壤里确实有成群的蛆蠕动着。简直让你晕头转向。海滨那些漂亮的小姑娘[3]。他心满意足地望着这一切。想到其他所有的人都比他先入土，给予他一种威力感。不晓得他是怎样看待人生的。嘴里还一个接一个地蹦出笑话，暖一暖心坎上的褶子。有这么个关于一张死亡公报的笑话：斯珀吉昂今晨四时向天堂出发。现已届晚间十一时（关门时间），尚未抵达。彼得[4]。至于死者本人，男的横竖爱听个妙趣横生的笑话，女的想知道什么最时新。来个

1　甘布尔少校是杰罗姆山公墓的管理员。

2　一种飞蛾，背上有酷似头盖骨的纹，故名。

3　这两句均引自博伊兰关于海滨姑娘的歌（博伊兰曾把“晕”唱成“云”）。第二句略有出入。

4　易卜生的诗剧《培尔·金特》第3幕第4场中，培尔就哄着弥留之际的母亲说，他要送她升天堂，彼得正在守着天堂的大门。

多汁的梨，或是女士们的潘趣酒，又热和又浓烈又甜。可以搪潮气。你有时候也得笑笑，所以不如这么做。《哈姆莱特》中的掘墓人[1]。显示出对人类心灵的深邃理解。关于死者，起码两年之内不敢拿他们开玩笑。**关于死者，除了过去，什么也别说**[2]。等出了丧期再说。难以想象他本人的葬礼将是怎样的。像是开个玩笑似的。他们说，要是念念自己的讣告，就能延年益寿。使你返老还童，又多活上一辈子。

——明天你有几档子？管理员问。

——两档子，科尼·凯莱赫说。十点半和十一点。

管理员将票据放进自己的兜里。手推车停了下来。送葬者分散开来，小心翼翼地绕过茔丛，踱到墓穴的两侧。掘墓人把棺材抬过来，棺材前端紧贴着墓穴边沿撂下，并且在棺材的周围拢上绳子。

要埋葬他了。我们是来埋葬恺撒的。他的三月中或六月中[3]。他不晓得都有谁在场，而且也不在乎。

咦，那边那个身穿胶布雨衣、瘦瘦高高的蠢货是谁呀？我倒想知道一下。要是有人告诉我，我情愿送点薄礼。总会有个你再也想不到的人露面。一个人能够孤零零地度过一生。是呀，他能够。尽管他可以为自己挖好墓穴，但他死后还是得靠什么人为他盖土。我们都是这样。只有人类死后才要埋葬。不，蚂蚁也埋葬。任何人首先想到的就是这件事。埋葬遗体。据说鲁滨孙·克鲁索过的是顺从于大自然的生活。喏，可他还是由“星期五”埋葬的呢[4]。说起来，每个星期五都埋

1　《哈姆莱特》第5幕第1场中，由两个小丑扮演的掘墓工说了一些既荒唐又似是富于哲理的话。

2　原文为拉丁文谚语。这里，布卢姆记错了一个字，原应作：“关于死者，除了好话，什么也别说。”

3　“我……的”一语出自莎士比亚悲剧《尤利乌斯·恺撒》第3章第2场。古代罗马统帅恺撒被共和党人刺杀后，恺撒的拥护者安东尼向民众发表演说，煽动人民，把共和党人逐出罗马。这句话出现在演说的开头部分。作者引用时把原句中的“我”改成了“我们”。月中是古罗马历三、五、七、十月中的第十五日，以及其他各月中的第十三日。三月中是恺撒遇刺日，六月中是迪格纳穆的忌日。

4　鲁滨孙·克鲁索是笛福（1660—1731）的同名小说（1719）中的主人公。他流落到荒岛后，在星期五那天从吃人生番手中救下一个土著，取名“星期五”。但在原作中，他并非由“星期五”埋葬，而是搭乘一艘英国船返国的。

葬一个星期四哩。

> 哦，可怜的鲁滨孙·克鲁索！
> 你怎能这样做[1]？

可怜的迪格纳穆！这是他最后一遭儿了，躺在地面上，装在棺材匣子里。想到所有那些死人，确实像是在糟蹋木料。全都让虫子蛀穿了。他们蛮可以发明一种漂亮的尸架，装有滑板，尸体就那样哧溜下去。啊，他们也许不愿意用旁人使过的器具来入土。他们可挑剔得很哪。把我埋在故乡的土壤里。从圣地取来的一把土[2]。只有母亲和死胎才装在同一口棺材里下葬。我明白这是什么意思。我明白。为的是即便入土之后，也尽可能多保护婴儿一些日子。爱尔兰人的家就是他的棺材[3]。在地下墓窟里使用防腐香料，跟木乃伊的想法一样。

布卢姆先生拿着帽子站在尽后边，数着那些脱了帽子的脑袋。十二个。我是第十三个。不，那个身穿胶布雨衣的家伙才是第十三个呢。不祥的数目。那家伙究竟是打哪儿突然冒出来的？我敢发誓，刚才他并没在小教堂里。关于十三的迷信，那是瞎扯。

内德·兰伯特那套衣服是用柔软的细花呢做的，色调有点发紫。当我们住在伦巴德西街时，我也有过这样的一套。当年他曾经是个讲究穿戴的人，往往每天换上三套衣服。我那身灰衣服得叫梅西雅斯给翻改一下。咦，他那套原来是染过的哩。他老婆。哦，我忘了他是个单身汉，兴许公寓老板娘应该替他把那些线头摘掉。

棺材已经由叉开腿站在墓穴搭脚处的工人们徐徐地撂下去，看不到了。他们爬上来，走出墓穴。大家都摘了帽子。统共是二十人。

1　这是一首题名《可怜的老鲁滨孙·克鲁索》的歌曲的第一句和第四句，引用时略做了改动。原歌为："可怜的老鲁滨孙·克鲁索失踪了，/人家说是到了一座岛屿，/他偷了一只公山羊的皮，/我不晓得他怎能这样做。"

2　犹太人渴望死后能把遗体运回圣地巴勒斯坦去埋葬，至少也要在棺材里放进一把从该地取来的泥土陪葬。

3　这里，作者诙谐地模拟英国谚语：英格兰人的家就是他的堡垒。

静默。

倘若我们忽然间统统变成了旁人呢。

远方有一头驴子在叫。要下雨了。驴并不那么笨。人家说，谁都没见过死驴。它们以死亡为耻，所以躲藏起来。我那可怜的爸爸也是在远处死的。

和煦的馨风围绕着脱帽的脑袋窃窃私语般地吹拂。人们叽叽喳喳起来。站在坟墓上首的男孩子双手捧着花圈，一声不响地定睛望着那黑魆魆、还未封顶的墓穴。布卢姆先生跟在那位身材魁梧、为人厚道的管理员后面移动脚步。剪裁得体的长礼服。兴许正在估量着，看下一个该轮到谁了。喏，这是漫长的安息。再也没有感觉了。只有在咽气的那一刹那才有感觉。准是不愉快透了。开头儿简直难以置信。一定是搞错了，该死的是旁的什么人。到对门那家去问问看。且慢，我要。我还没有。然后，死亡的房间遮暗了。他们要光[1]。你周围有人窃窃私语。你想见见神父吗？接着就漫无边际地胡言乱语起来。隐埋了一辈子的事都在谵语中抖搂出来了。临终前的挣扎。他睡得不自然。按一按他的下眼睑吧。瞧瞧他的鼻子是否耸了起来，下颚是否凹陷，脚心是否发黄。既然他是死定了，就索性把枕头抽掉，让他在地上咽气吧[2]。在"罪人之死"那幅画里，魔鬼让他看一个女人。他只穿着一件衬衫，热切地盼望与她拥抱。《露西亚》[3]的最后一幕。**我再也见不到你了吗？**砰！他咽了气。终于一命呜呼。人们谈论你一阵子，然后就把你忘了。不要忘记为他祷告。祈祷的时候要惦记着他。甚至连巴涅尔也是如此，常春藤日[4]渐渐被人遗忘了。然后，他们也接踵而去，

1　德国诗人约翰·沃尔夫冈·封·歌德（1749—1832）弥留之际曾说："亮一些！再亮一些！"

2　"既然……吧"一语出自法国小说家埃米尔·左拉（1860—1902）的《土地》（1887）。

3　《露西亚》是盖塔诺·多尼塞蒂（1797—1848）根据英国小说家沃尔特·司各特（1771—1832）的长篇历史小说《拉马摩尔的新娘》（1819）改编而成的歌剧，一八四三年在伦敦上演。在最后一幕中，男主角知晓自己的情人露西亚因被迫出嫁，已神经错乱而死，就也自寻短见。

4　每年到了查理·斯图尔特·巴涅尔的忌日（10月6日），他的支持者们总佩戴常春藤叶作为悼念，故名。参看《都柏林人·纪念日，在委员会办公室》。

一个接一个地坠入穴中。

眼下我们正为迪格纳穆灵魂的安息而祷告。愿你平平安安，没下地狱。换换环境也蛮好嘛。走出人生的煎锅，进入炼狱的火焰。

他可曾想到过等待着他的那个墓穴？人们说，当你在阳光下打哆嗦时，就说明你想到了。有人在墓上踱步。传唤员来招呼你了：快轮到你啦。我在靠近芬格拉斯路那一带买下一块茔地，我的墓穴就在那里。妈妈，可怜的妈妈，还有小鲁迪也在那里永眠。

掘墓工们拿起铁锹，将沉甸甸的土块儿甩到穴里的棺材上。布卢姆先生扭开他的脸。倘若他一直还活着呢？唷！哎呀，那太可怕啦！不，不，他已经死了，当然喽。他当然已经死啦。他是星期一咽气的。应该规定一条法律，把心脏扎穿，以便知道确已死亡；要么就在棺材里放一只电钟或一部电话，装个帆布做的通气孔也行。求救信号旗。以三天为限。夏天可搁不了这么久。一旦验明确实断了气，还是马上把棺材封闭起来的好。

土坷垃砸下去的声音越来越小了。已开始被淡忘了。眼不见，心也不想了。

管理员移动了几步，戴好帽子。真够了。送葬者们舒了口气，一个个悄悄地戴上帽子。布卢姆先生也把帽子戴好。他望到那个魁梧的身姿正灵巧地穿过墓丛的迷津拐来拐去。他静静地、把握十足地跨过这片悲伤的场地。

海因斯在笔记本上匆匆地记着什么。啊，记名字哪。然而所有的人他都认识啊。咦，朝我走过来了。

——我在记名字，他压低嗓门说，你的教名是什么来着？我没把握。

——利，布卢姆先生说。利奥波德。你不妨把麦科伊的名字也写上。他托付过我。

——查理，海因斯边写边说，我晓得。他曾经在《自由人报》工作过。

是这样的。后来他才在收尸所找到了差事，当路易斯·伯恩的帮手。让大夫来验尸倒是个好主意。原来只是凭想象，这下子可以弄明真相了。他是星期二死的。就那样溜了。收了几笔广告费，就携款逃之夭夭。查理，你是我亲爱的人[1]。所以他才托付我的。啊，好的，不碍事的，我替你办就是了，麦科伊。劳驾啦，老伙计，衷心感谢。一点儿都没破费，还让他领了我的情。

——我想打听一下，海因斯说，你认识那个人吗？那边的那个穿，身穿……

他东看看西望望。

——胶布雨衣。是的，我瞅见他了，布卢姆先生说。现在他在哪儿呢？

——焦勃雨伊，海因斯边草草记下边说。我不知道他是谁。这是他的姓吧？

他四下里望了望，走开了。

——不是，布卢姆先生开口说，转过身去，想拦住他。喂，海因斯！

没听见。怎么回事？他到哪儿去啦？连个影儿都没有了。喏，可真是。这儿可曾有人见过？凯歌的凯，利益的利[2]。消失了踪影。天哪，他出了什么事？

第七个掘墓人来到布卢姆先生身旁，拿起一把闲着的铁锹。

——啊，对不起！

他敏捷地闪到一边去。

墓穴里开始露出潮湿的褐色泥土。逐渐隆起。快堆完了。湿土块垒成的坟头越来越高，又隆起一截。掘墓工们停下了挥锹的手。大家再度脱帽片刻。男孩儿把他的花圈斜立在角落里，那位舅爷则将自己那一只放在一块土坷垃上。掘墓工们戴上便帽，提着沾满泥土的铁锹，朝手推车走去。接着，在草皮上轻轻地磕打一下锹刃，拾掇得干

1　有一首苏格兰民歌题为《查理是我亲爱的人》，填词者为奈恩夫人。歌中的查理指觊觎王位者查理·爱德华·斯图亚特（1720—1788）。

2　参看第139页注释4。

干净净。一个人弯下腰去摘缠在锹把上的一缕长草。另一个离开伙伴们，把锹当作武器般地扛着，缓步走去，铁刃闪出蓝光。还有一个在坟边一声不响地卷着拢棺材用的绳子。他的脐带。那位舅爷掉过身去要走时，往他那只空着的手里塞了点儿什么。默默地致谢。您费心啦，先生。辛苦啦。摇摇头。我明白。只不过向你们大家表表寸心。

送葬者们沿了弯弯曲曲的小径徐徐地走着，不时地停下来念念墓上的名字。

——咱们弯到首领[1]的坟墓那儿去看看吧，海因斯说。时间还很从容。

——好的，鲍尔先生说。

他们向右拐，一路在缓慢思索着。鲍尔先生怀着敬畏的心情，用淡漠的声调说：

——有人说，他根本就不在那座坟里。棺材里装满着石头。说有一天他还会来的。

海因斯摇了摇头。

——巴涅尔再也不会来啦，他说，他的整个儿肉体都在那里。愿他的遗骨享受安宁。

布卢姆先生悄悄地沿着林荫小径向前踱去。两侧是悲恸的天使，十字架，断裂的圆柱[2]，家茔，仰望天空做祷告的希望的石像，还有古爱尔兰的心和手。倒不如把钱花在为活人办点慈善事业上更明智一些哩。为灵魂的安息而祈祷。难道有人真心这么祷告吗？把他埋葬，一了百了。就像用斜槽卸煤一样。然后，为了节省时间，就把他们都凑在一堆儿。万灵节[3]。二十七日我要给父亲上坟。给园丁十先令。他把茔地的杂草清除得一干二净。他自己也上了岁数，还得弯下腰去用大剪刀咯吱咯吱修剪。半截身子已经进了棺材。某人溘然长逝。某人

1　首领是古老的盖尔族尊称，此处指巴涅尔。

2　坟墓上的石雕做断裂的圆柱状，以象征人生的缺憾。下文中的“古爱尔兰的心和手”系套用一首颂扬爱尔兰的歌曲名，作者为理查德·F. 哈维。

3　每年的十一月二日，天主教会为一切死者的灵魂做祷告，称为万灵节。

辞世[1]。就好像是他们都出于自愿似的。他们统统是被推进去的。某人翘辫子。倘若再写明这些死者生前干的是哪一行，那就更有趣了。某某人，车轮匠。我兜售软木。我破了产，每镑偿还五先令了事。要么就是一位大娘和她的小平底锅：爱尔兰炖肉是我的拿手好菜。乡村墓园挽歌非那一首莫属，究竟是华兹华斯还是托马斯·坎贝尔作的呢[2]？照新教徒的说法就是进入安息。老穆伦大夫常挂在嘴上的是：伟大的神医召唤他回府。喏，这是天主为他们预备的园地[3]。一座舒适的乡间住宅。新近粉刷油漆过。对于静静地抽烟和阅读《教会时报》来说，是个理想的所在。他们从来不试图把结婚启事登得漂亮些。挂在门把手上的生锈的花圈，花冠是用青铜箔做的。花同样的钱，可就更经久了。不过，还是鲜花更富诗意。金属的倒是永不凋谢，可渐渐地就令人生厌了。灰毛菊，索然无味。

一只鸟儿驯顺地栖在白杨树枝上，宛如制成的标本似的。就像是市政委员胡珀送给我们的结婚礼品。嘿！真是纹丝儿不动。它晓得这儿没有朝它射来的弹弓。死掉的动物更惨。傻米莉把小死鸟儿葬在厨房的火柴匣里，并在坟上供个雏菊花环，铺一些碎瓷片儿。

那是圣心：裸露着的。掏出心来让人看。应该把它放得靠边一点，涂成鲜红色，像一颗真的心一般。爱尔兰就是奉献于它或是类似东西的。看来一点儿也不满意。为什么要受这样的折磨？难道鸟儿会来啄它吗？就像对拎着一篮水果的男孩那样？然而他说不会来啄，因为鸟儿理应是怕那个男孩的。那就是阿波罗[4]。

这许多！所有这些人，生前统统在都柏林转悠过。信仰坚定的死

1　“溘然长逝”和“辞世”都是墓碑上常用的词句。

2　威廉·华兹华斯（1770—1850）和托马斯·坎贝尔（1777—1844）均未写过这样的诗。倒是另一位英国诗人托马斯·格雷（1716—1771）写过一首《墓园挽歌》（1750），对农民寄予同情，惋惜他们没有发挥天赋的机会，还抨击了大人物的傲慢与奢侈。

3　在英国，坟地也被称作“天主的园地”。

4　阿波罗在古希腊神话中是太阳、音乐、诗、健康等的守护神。这里，布卢姆把他与雅典画家阿波罗多罗斯（活动时期前5世纪）搞混了。古代文献中提到他的《奥德修斯》等画作，无一传世。比他稍晚一些的古希腊著名画家宙克西斯（？—约前400）曾创作过一些风俗画，如《持葡萄的男孩》。传说葡萄画得以假乱真，引来一些小鸟啄它。画家本人说，倘若男孩也画得同样逼真，鸟儿就会吓得不敢来啄食了。这里，作者把传说做了一些改动。

者们。我们曾经像你们现在这样[1]。

而且你又怎么能记得住所有的人呢？眼神，步态，嗓音。声音嘛，倒是有留声机。在每座坟墓里放一架留声机，或是保管在家里也行。星期天吃罢晚饭，放上可怜的老曾祖父的旧唱片。喀啦啦！喂喂喂我高兴极啦　喀啦喀　高兴极啦能再见到　喂喂　高兴极啦　喀噗嘶嘘。会使你记起他的嗓音，犹如照片能使你忆起他的容貌一样。不然的话，相隔那么十五年，你就想不起他的长相了。譬如谁呢？譬如我在威兹德姆·希利的店里时死去的一个伙计。

吱噜吱噜！石头子儿碰撞的声音。且慢。停下来！

他定睛看着一座石砌墓穴。有个什么动物。哦。它在走动哪。

一只胖墩墩的灰鼠趔趔趄趄地沿着墓穴的侧壁爬过去，一路钩动了石头子儿。它是个曾祖父，挺在行哩。懂得窍门。这只灰色的活物想扁起身子钻到石壁脚板下，硬是扭动着身子挤进去了。这可是藏匿珍宝的好场所。

谁住在这儿？罗伯特·埃默里的遗体安葬于此。罗伯特·埃米特是在火炬映照下被埋葬在这儿[2]的吧？老鼠在转悠哪。

如今，尾巴也消失了。

像这么个家伙，三下两下就能把一个人吃掉。不论那是谁的尸体，连骨头都给剔得干干净净。对它们来说，这就是一顿便饭。尸体嘛，左不过是变了质的肉。对，可奶酪又是怎样呢？是牛奶的尸体。我在那本《中国纪行》里读到：中国人说白种人身上有一股尸体的气味。最好火葬。神父们死命地反对。他们这叫吃里爬外。焚尸炉和荷兰铁皮烤肉箱的批发商。闹瘟疫的时期，把尸首扔进生石灰高温坑里

1　这是常见的墓志铭，下面往往还有一句："你们也即将像我们现在这样。"是死者（自称"我们"）对活人讲话的口吻。

2　墓碑上的罗伯特·埃默里这个名字使布卢姆想起同名而姓的发音也近似的爱尔兰民族主义领袖罗伯特·埃米特（1778—1803）。埃米特曾参加一七九一年成立的以解放天主教和实现议会改革为宗旨的爱尔兰政治组织爱尔兰人联合会，并曾率领一批抗英起义者，向都柏林堡进军。事败后被捕，定为叛国罪，被处绞刑。"这儿"指墓穴。埃米特被处死后，相传其遗体被转移到都柏林的圣迈肯教堂或葛拉斯涅文的这座前景公墓，秘密安葬。然而一九〇三年（埃米特逝世100周年），人们来此寻觅他的骸骨时却毫无所得。

去销毁。煤气屠杀室。本是尘埃，还原归于尘埃。要么就海葬。帕西人的沉默之塔在哪里？被鸟儿啄食[1]。土，火，水。人家说，论舒服莫过于淹死。刹那间自己的一生就从眼前闪过去了。然而一旦被救活可就不妙了。不过，空葬是行不通的。从一架飞行器往下投。每逢丢下一具尸体时，不晓得消息会不会就传开了。地下通信网。我们还是从它们那儿得到的消息呢。这也不足为奇。它们对于像这样一顿正餐已习以为常。人们还没真正咽气，苍蝇就跟踪而至了。迪格纳穆这次，它们也是闻风而来。它们才不介意那臭味呢。盐白色的尸首，软塌塌，即将溃烂，气味和味道都像是生的白萝卜。

大门在前面发着微光，还敞着哪。重返尘世。这地方已经待够了。每来一次，都更挨近一步。上回我到这儿来，是给辛尼柯太太[2]送葬。还有可怜的爸爸。致命的爱。我从书中得知：有人夜里提着灯去扒坟头，找新埋葬了的女尸，甚至那些已经腐烂而且流脓的墓疮。读罢使你真感到毛骨悚然。我死后将会在你面前出现。我死了，你会看到我的幽灵。我死后，将阴魂不散。死后有另一个叫作地狱的世界。她信里写道，我不喜欢那另一个世界。我也不喜欢。还有许许多多要看要听要感受的呢。感受到自己身边那热乎乎的生命。让他们在爬满了蛆的床上长眠去吧。他们休想拉我去参加这个轮回。热乎乎的床铺，热乎乎的、充满活力的生活。

马丁·坎宁翰从旁边的一条小径里出现了，他正和什么人一本正经地谈着话。

那想必是个律师，挺面熟。姓门顿，名叫约翰·亨利，是个律师，经管宣誓书和录口供的专员。迪格纳穆曾在他的事务所里工作过。好久以前了，在马特·狄龙家。快活的马特，欢乐的晚宴。冷冻

1　帕西人是公元七八世纪为逃避穆斯林压迫而自波斯移居印度的拜火教（亦名祆教或琐罗亚斯德教）教徒的后裔。拜火教徒把尸体置于塔上，待尸肉被鸟啄食后，将骨骼密封在罐中。

2　辛尼柯太太是《都柏林人·悲痛的往事》中的一个人物，系辛尼柯船长的夫人。她因得不到爱情的温暖而酗酒，在横跨铁道时被火车轧死。

禽肉，雪茄烟，坦塔罗斯酒柜[1]。马特确实有着一颗金子般的心。对，是门顿。那天傍晚在滚木球的草地上，由于我的球滚进他的内线，他就大发雷霆。纯粹是出于偶然，滚了个偏心球。于是他把我恨之入骨。一见面就引起仇恨。摩莉和弗洛伊·狄龙在一棵丁香树下挽着胳膊笑。男人向来如此，只要有女人在场，就感到耻辱。

咦，他的帽子有一边瘪下去啦，是在马车里碰的吧。

——先生，对不起，布卢姆先生在他们旁边说。

他们停下了脚步。

——你的帽子瘪下去一点儿，布卢姆先生边指了指边说。

约翰·亨利·门顿纹丝儿不动，凝视了他片刻。

——那个地方，马丁·坎宁翰帮着腔，也用手指了指。

约翰·亨利·门顿摘下礼帽，把瘪下去的部分弄鼓起来，细心地用上衣袖子把丝质帽面的绒毛捋了捋，然后又戴上了。

——现在好啦，马丁·坎宁翰说。

约翰·亨利·门顿点了点头，表示领情。

——谢谢你，他简短地说。

他们继续朝大门走去。布卢姆先生碰了个钉子，灰溜溜地挨后几步，免得听到他们的谈话。马丁一路指手画脚。他只消用一个小指头就能随心所欲地摆弄那样一个蠢货，而本人毫无察觉。

一双牡蛎般的眼睛。管它呢，以后他一旦明白过来，说不定就会懊悔的。只有这样才能摆布他。

谢谢。今天早晨咱们多么了不起啊！

1　坦塔罗斯是希腊传说中宙斯的儿子。《奥德修纪》卷11中提到尤利西斯看见他在冥界所受的酷刑：他站在齐下巴的水里，但每当他张口想喝，那水就退去。他头上挂着累累果实，但只要他伸手去拿，风就把果实吹向云霄。这里指有着暗锁、不能任意取饮的玻璃酒柜。

第七章

在希勃尼亚[1]首都中心

一辆辆电车在纳尔逊纪念柱前减慢了速度，转入岔轨，调换触轮，重新发车，驶往黑岩、国王镇和多基、克朗斯基亚、拉思加尔和特勒努尔、帕默斯顿公园、上拉思曼斯、沙丘草地、拉思曼斯、林森德和沙丘塔以及哈罗德十字路口。都柏林市联合电车公司那个嗓音嘶哑的调度员咆哮着把电车撵走：

——开到拉思加尔和特勒努尔去！

——下一辆开往沙丘草地！

右边是双层电车，左边是辆单层电车。车身咣当咣当地晃悠着，铃铛丁零零地响着，一辆辆地分别从轨道终点发车，各自拐进下行线，并排驶去。

——开往帕默斯顿公园的，发车！

王冠佩戴者

中央邮局的门廊下，擦皮鞋的边吆喝着边擦。亲王北街上是一溜儿朱红色王室邮车，车帮上标着今上御称的首字E. R.[2]。成袋成袋的挂号以及贴了邮票的函件、明信片、邮简和邮包，都乒啷乓啷地被扔上了车，不是寄往本市或外埠，就是寄往英国本土或外国的。

---

1 希勃尼亚是拉丁文中对爱尔兰的称谓，多用于文学作品中。

2 E. R. 是Edwardus Rex（爱德华王的拉丁文称呼）的首字。

新闻界人士

穿粗笨靴子的马车夫从亲王货栈里推出酒桶，滚在地上发出钝重的响声，又哐当哐当码在啤酒厂的平台货车上。由穿粗笨靴子的马车夫从亲王货栈里推滚出来的酒桶，在啤酒厂的货车上发出一片钝重的咕咚咕咚声。

——在这儿哪，红毛穆雷说。亚历山大·凯斯。

——请你给剪下来，好吗？布卢姆先生说，我把它送到《电讯报》报馆去。

拉特利奇的办公室的门嘎地又响了一声。小个子戴维·斯蒂芬斯严严实实地披着一件大斗篷，鬈发上是一顶小毡帽，斗篷下抱着一卷报纸，摆出一副国王信使的架势踱了出去。

红毛穆雷利利索索地用长剪刀将广告从报纸上铰了下来。剪刀和糨糊。

——我到印刷车间去一趟，布卢姆先生拿着铰下来的广告说。

——好哇，要是他需要一块补白的话，红毛穆雷将钢笔往耳朵上一夹，热切地说，我们想法安排一下吧。

——好的，布卢姆先生点点头说，我去说说看。

我们。

沙丘奥克兰兹的
威廉·布雷登阁下

红毛穆雷用那把大剪刀碰了碰布卢姆先生的胳膊，悄悄地说：

——布雷登。

布卢姆先生回过头去，看见穿着制服的司阍摘了摘他那顶印有字母的帽子。这当儿，一个仪表堂堂的人从《自由人周刊·国民新闻》和《自由人报·国民新闻》的两排阅报栏之间走过来。发出钝重响声的吉尼斯啤酒桶。他用雨伞开路，庄重地踏上楼梯，长满络腮胡子的脸上是一派严肃神色。他那穿着高级绒面呢上衣的脊背，一步步地往上升。脊背。西蒙·迪达勒斯说，他的脑子全都长在后颈里头了。他背后隆起一棱棱的肉。脖颈上，脂肪起着褶皱。脂肪，脖子，脂肪，脖子。

——你不觉得他长得像咱们的救世主吗？红毛穆雷悄悄地说。

拉特利奇那间办公室的门吱嘎嘎地低声响着。为了通风起见，他们总是把两扇门安得对开着。一进一出。

咱们的救世主。周围镶着络腮胡子的鸭蛋脸，在暮色苍茫中说着话儿。玛丽和玛尔塔。男高音歌手马里奥用剑一般的雨伞探路，来到脚亮处跟前。

——要么就像马里奥，布卢姆先生说。

——对，红毛穆雷表示同意，然而人家说，马里奥活脱儿就像咱们的救世主哩。

红脸蛋的耶稣·马里奥穿着紧身上衣，两条腿又细又长。他把一只手按在胸前，在歌剧《玛尔塔》[1]中演唱着：

回来吧，迷失的你，
回来吧，亲爱的你[2]！

牧杖与钢笔

——主教大人今儿早晨来过两次电话，红毛穆雷板着面孔说。

---

1 《玛尔塔》（1847）是法国歌剧作曲家弗里德里希·弗赖赫尔封·弗洛托（1812—1883）用德文写的五幕轻歌剧，后译成意大利文。写英国安妮女王宫廷里的宫女哈丽特装扮成村女，化名玛尔塔，来到里奇蒙集市，遇到富裕农场主莱昂内尔并相爱。玛尔塔一度逃跑，致使莱昂内尔精神失常，直到把集市上初次相见的情景扮演给他看，他才恢复理智，于是有情人终成眷属。

2 这两行摘自《玛尔塔》第4幕中莱昂内尔的咏叹调。

他们望着那膝盖、小腿、靴子依次消失。脖子。

一个送电报的少年脚步轻盈地踅进来，往柜台上扔下一封电报，只打了声招呼就匆匆地走了：

——《自由人报》！

布卢姆先生慢条斯理地说：

——喏，他也是咱们的救世主之一。

他掀起柜台的活板，穿过一扇侧门，并沿着暖和而昏暗的楼梯和过道走去，还经过如今正回荡着噪声的一个个车间，一路脸上泛着柔和的微笑。然而，难道他挽救得了发行额下跌的局面吗？咣当当。咣当当。

他推开玻璃旋转门，走了进去，迈过散布在地上的包装纸，穿过一道轮转机铿锵作响的甬路，走向南尼蒂的校对室。

海因斯也在这里：也许是来结讣告的账吧。咣当当。咣当。

讣告

一位至为可敬的都柏林市民仙逝

谨由衷地表示哀悼

今天早晨，已故帕特里克·迪格纳穆先生的遗体。机器。倘若被卷了进去，就会碾成齑粉。如今支配着整个世界。他这部机器也起劲地开动着。就像这些机器一样，控制不住了，一片混乱。一个劲儿地干着，沸腾着。又像那只拼命要钻进去的灰色老鼠。

一份伟大的日报是怎样编印出来的

布卢姆先生在工长瘦削的身子后面停下脚步来，欣赏着他那贼亮的秃脑瓢儿。

奇怪的是他从未见过真正的祖国。爱尔兰啊，我的祖国。学院草地的议员。他竭力以普通一工人的身份，使报纸兴旺起来。周刊全靠广告和各种专栏来增加销数，并非靠官方公报发布的那些陈旧新闻。诸如一〇××年政府发行的官报。安妮女王驾崩[1]等等。罗森纳利斯镇区的地产，廷纳欣奇男爵领地。有关人士注意：根据官方统计从巴利纳出口的骡子与母驴的数目一览表。园艺琐记。漫画。菲尔·布莱克在周刊上连载的《帕特和布尔》的故事。托比大叔为小娃娃开辟的专页。乡下佬问讯栏。亲爱的编辑先生，有没有治肚胀的灵丹妙剂？编这一栏倒不赖，一边教人，一边也学到很多东西。人间花絮。《人物》。人多是照片。黄金海岸上，丽人们穿着泳装亭亭玉立。世界上最大的氢气球。一对姐妹同时举行婚礼，双喜临门。两位新郎脸对着脸，开怀大笑。其中一个就是排字工人卡普拉尼，比爱尔兰人还更富于爱尔兰气质。

机器以四分之三拍开动着。咣当，咣当，咣当。倘若他在那儿突然中了风，谁都不晓得该怎样关机器，那它就会照样开动下去，一遍遍地反反复复印刷，整个儿弄得一塌糊涂。可真得要一副冷静的头脑。

——喏，请把这排在晚报的版面上，参议员先生，海因斯说。

过不久就会称他作市长大人啦。据说，高个儿约翰是他的后台。

工长没有答话。他只在纸角上潦潦草草地写上付排，并对排字工人打了个手势。他一声不响地从肮脏的玻璃隔板上面把稿纸递过去。

——好，谢谢啦，海因斯边说边走开。

布卢姆先生挡住了他的去路。

——假若你想领钱，出纳员可正要去吃午饭哪，他说着，翘起大拇指朝后指了指。

——你领了吗？海因斯问。

1 英国女王安妮于一七一四年逝世的消息早已家喻户晓后，英国散文家约瑟夫·艾迪生（1672—1719）所办刊物《旁观者》才报道说：“安妮女王驾崩。”从此，这个句子遂成为“过时消息”的代用语。

——唔，布卢姆先生说，赶快去，还来得及。

——谢谢，老伙计，海因斯说，我也去领。

他急切地朝《自由人报》编辑部奔去。

我曾在弥尔酒店里借给他三先令。已经过了三个星期。这是第三回提醒他了。

我们看见广告兜揽员在工作

布卢姆先生将剪报放在南尼蒂先生的写字台上。

——打扰您一下，参议员，他说，这条广告是凯斯的，您还记得吗？

南尼蒂对着那则广告沉吟片刻，点了点头。

——他希望七月里登出来，布卢姆先生说。

工长把铅笔朝剪报移动。

——等一等，布卢姆先生说。他想改动一下。您知道，凯斯，他想在上端再添两把钥匙。

这噪声真讨厌。他听不见啊，南南。得有钢铁般的神经才行。兴许他能理解我的意思。

工长掉过身来，好耐着性子去倾听。他举起一只胳膊肘，开始慢慢地挠他身上那件羊驼呢夹克的腋窝底下。

——就像这个样子，布卢姆先生在剪报上端交叉起两个食指比画着。

让他首先领会这一点。布卢姆先生从他用指头交叉成的十字上斜望过去，只见工长脸色灰黄，暗自思量他大概有点儿病。那边，恭顺的大卷筒在往轮转机里输送大卷大卷的印刷用纸。铿锵锵、铿锵锵地闹腾吧。那纸要是打开来，总得有好几英里长。印完之后呢？哦，包肉啦，打包裹啦，足能派上一千零一种用场。

每逢噪声间歇的当儿他就乖巧地插上一言半语，并在遍体斑痕的木桌上麻利地画起图样。

钥匙之家[1]

——您瞧，是这样的。这儿有两把十字交叉的钥匙[2]。一个圈儿，字号写在这儿。亚历山大·凯斯，茶叶、葡萄酒及烈酒商什么的。

对他的业务，最好不要去多嘴多舌。

——参议员，您自己晓得他的要求。然后在上端，把“钥匙之家”这几个铅字排成个圆圈。您明白吧？您不觉得这是个好主意吗？

工长把挠个不停的手移到下肋部，又悄悄地挠着那儿。

——这个主意，布卢姆先生说，是从钥匙议院得来的。您晓得，参议员，是曼克斯议会。这暗示着自治。从曼岛会引来游客的，您瞧，会引人注目的。您能办得到吗？

也许我可以问问他voglio[3]这个字该怎样发音。可要是他不晓得，那只不过是把他弄得很尴尬而已。还是不要问为好。

——我们能办到，工长说。你有图案吗？

——我可以弄来，布卢姆先生说。基尔肯尼的一家报纸上登过。他在那儿也开了一家店。我跑一趟去问问他就是了。喏，您可以那么办，再附上一小段，引起注意就成了。您知道通常的写法。店内经特许供应高级酒类，以满足顾客多时的愿望什么的。

工长沉吟了片刻。

——我们能办到，他说。每隔三个月让他跟我们续订一次合同吧。

这时，一个排字工人给他送来一份软塌塌的毛样。他一声不响地开始校对。布卢姆先生站在他身边，听着机器发出的震响，望着那些在活字分格盘旁一声不响地操作着的排字工人。

1　原文作House of Key（e）s。下议院的院徽图案由两把十字交叉的钥匙构成，故有House of Keys之称。

2　Keyes（凯斯）与keys发音相近。亚历山大·凯斯所开的店叫House of Keyes（凯斯商行），所以他把下议院的这个徽记用在店铺的广告中了。

3　这是意大利文，意思是“要”。

错字校正

他自己非拼写得准确无讹不可。校对热。今天早晨马丁·坎宁翰忘记给我们出他那个拼写比赛的难题了。看一个焦虑不安的行商在墓地的墙下，测量一只削了皮的梨有多么匀称所感到的无比困惑，是饶有趣味的。有些莫名其妙，对不？把墓地一词加进去，当然是为了匀称[1]。

当他戴上那顶大礼帽时，我本该说声谢谢。我应该扯一扯旧帽子什么的。可不，我本来可以这么说。看上去还跟新的一样哩。倒想看看他脸上会有什么反应。

吱。第一部印刷机那最下面的平台把拨纸器吱的一声推了出来，上面托着第一沓对折的报纸。它就这样吱的一声来引起注意，差不多像个活人了。它竭尽全力来说着话。连那扇门也吱吱响着，在招呼人把它关上。每样东西都用各自的方式说话。吱。

著名的神职人员
不定期的撰稿者

工长突如其来地把毛样递过来说：

——等一下。大主教的信在哪儿呢？还得在《电讯报》上重登一遍。那个叫什么名字来着的人在哪儿？

他朝周围那一部部只顾轰鸣却毫无反响的机器望了望。

——先生，是蒙克斯吗？铸字间一个声音问道。

——嗯。蒙克斯在哪儿？

——蒙克斯！

布卢姆先生拿起他那份剪报。该走了。

——那么，我把图案弄来，南尼蒂先生，他说。我知道你准会给

1　英语中，墓地（cemetery）与匀称（symmetry）发音相近。

它安排个好位置。

——蒙克斯！

——哦，先生。

每隔三个月，续订一次合同。我先得去吸口新鲜空气。好歹试试看吧。八月见报吧。是个好主意：在巴尔斯布里奇举办马匹展示会的月份。旅游者会前来参加展示会的。

排字房的老领班

穿过排字房时，他从一个戴眼镜、系了围裙的驼背老人身边走过。那就是排字房的老领班蒙克斯。他这辈子想必亲手排了许多五花八门的消息：讣告、酒店广告、讲演、离婚诉讼、打捞到溺死者。如今，快要走到生命尽头了。我敢说，这是个处世稳重、一丝不苟的人，银行里多少总有些积蓄。老婆做得一手好菜，衣服洗得干净。闺女在客厅里踩着缝纫机。相貌平庸的简，从不惹是生非。

逾越节[1]到了

他停下脚步，望着一个排字工人利利索索地分字模。先得倒过来读。他读起来快得很。这功夫是练出来的。穆纳格迪·克里特帕。可怜的爸爸曾经拿着《哈加达》，用手指倒指着念给我听。**逾越节**[2]。明年在耶路撒冷。唷，哎呀！经过漫长的岁月，吃尽了苦头。我们终于被领出埃及的土地，进入了为奴之家。**哈利路亚**[3]。以色列人哪，**你们要留心听！上主是我们的上帝**[4]。不，那是另一档子事。还有那十二个弟兄，雅各的儿子们。再就是羔羊、猫、狗、杖、水和屠夫。然后，

---

1 逾越节是犹太民族的主要节期，约在阴历三、四月间。犹太人以此节为一年的开始。

2 原文为希伯来文。按：希伯来文是自右至左写，所以说是“倒指着”。

3 原文为希伯来文。

4 原文为希伯来文，系赞美歌。

死亡的天使杀了屠夫，屠夫杀了公牛，狗杀了猫[1]。乍一听好像有点儿莫名其妙，其实再探究一下就会明白，这意味着正义：大家都在相互你吃我，我吃你。这毕竟就是人生。这活儿他干得多快啊。熟能生巧。他像在用指头读着原稿似的。

布卢姆先生从那咣当咣当的噪声中踱出，穿过走廊，来到楼梯平台。现在我打算一路搭电车前往。也许能找到他吧。不如先给他挂个电话。号码呢？跟西特伦家的门牌号码一样。二八。二八四四。

只再挪一次，那块肥皂

他走下露天的楼梯。是哪个讨厌鬼用火柴在墙上乱涂一气？看上去仿佛是为了打赌而干的。这些厂房里总是弥漫着浓烈的油脂气味。当我待在汤姆隔壁的时候，就老是闻到这种温吞吞的鳔胶气味。

他掏出手绢来搌了搌鼻孔。香橼柠檬？啊，我还在那儿放了块肥皂呢。在那个兜儿里会弄丢的。他放回手绢时取出肥皂，然后把它塞进裤后兜，扣上纽扣。

你太太使用哪一种香水？我还来得及乘电车回家一趟。借口说忘了点儿东西。在她换衣服之前，瞧上一眼。不。这儿。不。

抽冷子从《电讯晚报》的编辑部里传出一阵刺耳的尖笑声。我知道那是谁。怎么啦？溜进去一会儿，打个电话吧。那是内德·兰伯特。

他踅了进去。

爱琳[2]，银海上的绿宝石

——幽灵走来了，麦克休教授嘴里塞满饼干，朝那积着尘埃的窗

1　语摘自逾越节中唱的《查德·加迪亚》（希伯来语，意思是《一只小羚羊》）。此歌以弱肉强食为主题，而排在末位、受害最深的小羚羊象征着以色列老百姓。

2　爱琳（Erin）是爱尔兰古称，由盖尔语爱利（Eire）演变而来。至今仍用作富有诗意的称呼。

玻璃低声咕哝。

迪达勒斯先生从空洞洞的壁炉旁朝内德·兰伯特那张泛着冷笑的脸望去，尖酸地问：

——真够呛，这会不会使你的屁股感到烟熏火燎呢？

内德·兰伯特坐在桌子上，继续读下去：

——再则，请注意那打着漩涡蜿蜒曲折地哗哗淌去的汩汩溪流与拦住去路的岩石搏斗，在习习西风轻拂下，冲向海神所支配的波涛汹涌的蔚蓝领国；沿途，水面上荡漾着灿烂的阳光，两边的堤岸爬满青苔，森林中的巨树那架成拱形的繁叶[1]，将阴影投射于溪流那忧郁多思的胸脯上。怎么样，西蒙？他从报纸的上端望着问。挺出色吧？

——他调着样儿喝酒，迪达勒斯先生说。

内德·兰伯特边笑边用报纸拍着自己的膝盖，重复着：

——忧郁多思的胸脯和蒙在屁股上的繁叶。真够绝的了！

——色诺芬[2]俯瞰马拉松[3]，迪达勒斯先生说，他又瞧了瞧壁炉和窗户，马拉松濒临大海[4]。

——行啦，麦克休教授从窗旁大声说。我再也不想听那套啦。

他把啃成月牙形的薄脆饼干吃掉，还觉得饿，正准备再去啃拿在另一只手里的饼干。

咬文嚼字的玩意儿。吹牛皮，空空洞洞。依我看，内德·兰伯特准备请一天假。每逢举行葬礼，这一天就整个儿被打乱了。人家说，他有势力。大学副校长，老查特顿是他的伯祖父或曾伯祖父。据说眼看就九旬了。也许报馆为这位副校长的噩耗所写的短评老早就准备好

1　原文作overarching。兰伯特故意把它读成相近的overarsing。按：over含有“蒙在……上面”之意，而arsing则是他杜撰的，系将名词arse（屁股）写成了进行式。

2　色诺芬是苏格拉底的弟子，出生于阿提卡一个雅典人家庭。苏格拉底于公元前三九九年被处死后，色诺芬曾参加斯巴达国王阿格西劳斯二世所指挥的部队，他们在科罗尼亚战役中打败了希腊联军。

3　马拉松是希腊东南部阿提卡东北岸的一片平原。这里是古战场，公元前四九〇年，雅典军队曾在此击败前来进犯的波斯大军。

4　这里套用拜伦的长诗《唐璜》（1818—1823）第3章的诗句。原诗作：“群山俯瞰马拉松，马拉松濒临大海。”

了。他简直就是为了刁难他们才活得这么长。说不定他自己倒会先死哩。约翰尼，替你伯父让路吧[1]。赫奇斯·艾尔·查特顿阁下。每逢该交租金的日子，老人就用他那颤巍巍的手给他签上一两张字迹古怪的支票。老人一旦蹁了腿，他就可以发一笔横财。哈利路亚。

——又一阵发作吧，内德·兰伯特说。

——什么呀？布卢姆先生说。

——新近发现的西塞罗[2]断简残篇，麦克休教授煞有介事地回答说。我们美丽的国土。

简单然而扼要

——谁的国土？布卢姆先生简捷地问。

——问得再中肯不过了，教授边咀嚼着边说。并且在谁的上加重了语气。

——丹·道森[3]的国土，迪达勒斯先生说。

——指的是他昨天晚上的演说吗？布卢姆先生问。

内德·兰伯特点了点头。

——且听听这个，他说。

这当儿，门被推开了，球形的门把手碰着了布卢姆先生的腰部。

——对不起，杰·杰·奥莫洛伊边走进来边说。

布卢姆先生敏捷地往旁边一闪。

——不客气，他说。

——你好，杰克。

——请进，请进。

1 这里套用十九世纪末叶流行的一首歌曲，只是把原歌中的“汤米”改成了“约翰尼”。

2 马库斯·图利乌斯·西塞罗（前106—前43），罗马政治家、律师、古典学者、作家。他的演说词内容充实，说服力强，讲究层次和对称。教授为了讽刺丹·道森那篇演说词内容空虚，故意把它说成是西塞罗的文章。

3 查理·丹·道森是都柏林面包公司老板，曾任都柏林市市长（1882—1883），一九〇四年任都柏林市政府收税官。

——你好。

——你好吗，迪达勒斯？

——蛮好。你呢？

杰·杰·奥莫洛伊摇了摇头。

伤心

在年轻一辈的律师中间他曾经是最精明强干的一位。如今患了肺病，可怜的伙计。从他脸上那病态的潮红看，这个人已经病入膏肓，随时都可能一命呜呼。究竟是怎么回事？为金钱发愁吧。

——**或者，倘若我们攀登重岩叠嶂的峰巅。**

——你的气色异常地好。

——能见见主编吗？杰·杰·奥莫洛伊边往里屋瞅边问。

——当然可以，麦克休教授说。可以见他并且谈谈。他正在自己屋里跟利内翰在一起。

杰·杰·奥莫洛伊踱到办公室里那张斜面写字台前，从后往前翻看着用浅粉色纸印刷的报纸合订本。

本来或许可以有所成就的，可是业务荒疏了，灰心丧气，贪起赌来。弄得债台高筑。播下风，收割的是暴风。过去，狄与托·菲茨杰拉德事务所常常付给他优厚的预约辩护费。他们是为了显示智力而戴假发的。就像是坐落于葛拉斯涅文的塑像似的，炫耀着自己的头脑。他想必是跟加布里埃尔·康罗伊一道为《快报》撰写一些文章。此人博学。迈尔斯·克劳福德是以在《独立报》上写文章起家的。那些报人只要一听说哪儿有空子可钻，马上就见风使舵，煞是可笑。风信鸡。嘴里一会儿吹热气，一会儿又吹冷风！不知道该相信哪个好了。听到第二个故事之前，觉得头一个也蛮好。在报上彼此猛烈地开笔仗，然后一切都被淡忘。一转眼就又握手言欢。

——喂，请你们务必听听吧，内德·兰伯特央求说。**或者，倘若我们攀登重岩叠嶂的峰巅……**

——言过其实！教授暴躁地插嘴说，这种夸夸其谈的空话已经听够啦！

内德·兰伯特继续读下去：

——峰巅，巍然耸立。我们的灵魂恍若沐浴于……

——还不如沐浴一下他的嘴巴呢，迪达勒斯先生说，永恒的上帝，难道他还能从中得到些报酬吗？

——沐浴于爱尔兰全景那无与伦比的风光中。论美，尽管在其他以秀丽见称的宝地也能找到被人广为称颂的典型，然而我们温柔、神秘的爱尔兰在黄昏中那无可比拟的半透明光辉，照耀着郁郁葱葱的森林，绵延起伏的田野，和煦芬芳的绿色牧场。所有这些，真是举世无双的……

——月亮，麦克休教授说。他忘记了《哈姆莱特》[1]。

他家乡的土话

——黄昏辽远而广阔地笼罩着这片景色，直到月亮那皎洁的球体喷薄欲出，闪烁出它那银色的光辉……

——哦！迪达勒斯先生绝望地呻吟着，大声说。狗屁不值！足够啦，内德，人一生时光有限啊！

他摘下大礼帽，不耐烦地吹着他那浓密的口髭，把手指扎煞开来，活像一把威尔士梳子[2]，梳理着头发。

内德·兰伯特把报纸甩到一旁，高兴地暗自笑着。过了一会儿，麦克休教授那架着黑框眼镜、胡子拉碴的脸上，也漾起刺耳的哄笑。

——夹生傻瓜[3]！他大声说。

1　在《哈姆莱特》一剧第1幕第1场中，霍拉旭说："支配潮汐的月亮……"后来又说："可是瞧，清晨披着赤褐色的外衣，已经踏着那边东方高山上的露水走过来了。"丹·道森这篇文章只描述了月夜的爱尔兰，并没有像霍拉旭那样继续写迎来曙光的爱尔兰，所以麦克休说"他忘记了《哈姆莱特》"。

2　威尔士梳子指五个手指。这是对威尔士人的贬语，说他们粗野，不整洁，用手代替梳子。

3　原文作Doughy Daw。Doughy的意思是夹生。Daw可作傻瓜解。

韦瑟厄普如是说

此文如今白纸黑字已经印了出来，自然尽可以挖苦它一通，可是这类货色就像刚出锅的热饼一样脍炙人口哩。他干过面包糕点这一行，对吧？所以大家才管他叫作夹生傻瓜。反正他也已经赚足了。闺女跟内地税务署的那个拥有小轿车的家伙订了婚。乖巧地让他上了钩，还大张宴席，应酬款待。韦瑟厄普一向说：用酒肉把他们置于掌心。

里屋的门猛地开了，一张有着鹰钩鼻子的红脸膛伸了进来，头上是一撮羽毛似的头发，活像个鸡冠。一双蓝色、盛气凌人的眼睛环视着他们，并且粗声粗气地问：

——什么事？

——冒牌乡绅亲自光临！麦克休教授堂哉皇哉地说。

——去你的吧，你这该死的老教书匠！主编说，算是跟他打了招呼。

——来，内德，迪达勒斯先生边戴帽子边说。这事完了之后，我非得去喝上一盅不可啦。

——喝酒！主编大声说。望弥撒之前，什么也别想喝。

——说得蛮对，迪达勒斯先生说着就往外走。来呀，内德。

内德·兰伯特贴着桌边哧溜了下来。主编的一双蓝眼睛朝着布卢姆先生那张隐隐含着一丝笑意的脸上瞟去。

——你也跟我们一道来吗，迈尔斯？内德·兰伯特问。

回顾难忘的战役

——北科克义勇军！主编跨着大步走到壁炉台跟前，大声嚷着。咱们连战连胜！北科克和西班牙军官们！

——是在哪儿呀，迈尔斯？内德·兰伯特若有所思地望着自己的鞋尖问。

——在俄亥俄！主编吼道。

——可不是嘛，没错儿，内德·兰伯特表示同意。

他一面往外走，一面跟杰·杰·奥莫洛伊打耳喳说：

——酒精中毒，真可悲。

——俄亥俄！主编仰起红脸膛儿，用尖锐的最高音嚷道。我的俄亥俄[1]！

——地地道道的扬抑扬音步！教授说。长，短，长。

哦，风鸣琴[2]！

他从背心兜里掏出一卷清除牙缝的拉线，扯下一截，灵巧地用它在那未刷过的两对牙齿之间奏出声来。

——乒乒，乓乓。

布卢姆先生看见时机正好，就走向里屋。

——借光，克劳福德先生，他说。为了一件广告的事，我想打个电话。

他走了进去。

——今天晚上那篇社论怎么样？麦克休教授问。他走到主编跟前，一只手牢牢地按在他的肩头。

——那样就行啦。迈尔斯·克劳福德较为平静地说。喂，杰克，不用着急。那样就可以啦。

——你好，迈尔斯，杰·杰·奥莫洛伊说，他手一松，合订本的

1 主编所提到的北科克义勇军，在一七九八年的爱尔兰反英起义中曾站在英军一边。他们接连吃败仗。这支军队跟北美洲的俄亥俄风马牛不相及。一七五五年，英国倒是曾派爱德华·布雷多克少将（1695—1755）赴弗吉尼亚，任驻北美的英军指挥官。为了将法国人逐出俄亥俄盆地，他率兵远征迪凯纳堡（即今匹兹堡）的法国据点。但中途遭法军及其印第安盟军的突袭，远征遂以失败告终。

2 风鸣琴是靠风力鸣响的一种弦乐器。凯尔特吟游诗人喜奏竖琴，它是爱尔兰这个国家的象征。在土话中，"竖琴"也指爱尔兰天主教徒。

几页报纸就又软塌塌地滑回去了。加拿大诈骗案今天登出来了吗？

里屋电话铃在丁零零响着。

——二八……不，二〇……四四……对。

看准赢家

利内翰拿着《体育》的毛样从里面的办公室走了出来。

——谁想知道哪匹马准能得金杯奖？他问，就是奥马登所骑的那匹“权杖”。

他把毛样朝桌上一掼。

打赤脚沿着过道跑来的报童的尖叫声忽然挨近了，门猛地被推开。

——安静点儿，利内翰说。我听到脚步声啦。

麦克休教授跨大步走过去，一把拽住那个战战兢兢的少年的脖领，旁的孩子们赶紧沿着过道往外逃，冲下楼梯。那些毛样被穿堂风刮得沙沙响，蓝色的潦草字迹在空中飘荡，然后落到桌子底下。

——不是我，先生。是我背后那个大个子猛推了我一下，先生。

——把他赶出去，关上门，主编说，正在刮飓风哪。

利内翰开始从地板上抓起毛样，两次蹲下去时全嘟嘟囔囔的。

我们在等赛马特辑哪，先生，报童说。帕特·法雷尔猛推了我一把，先生。

他指了指从门框后面窥伺着的两张脸。

——就是他，先生。

——快给我滚，麦克休教授粗暴地说。

他把少年胡乱搡出去，砰的一声关上了门。

杰·杰·奥莫洛伊沙沙地翻着那合订本，边咕哝边查找：

——下接第六页第四栏。

——对，这里是《电讯晚报》，布卢姆先生在里间办公室里打着电话，老板呢？……是的，《电讯》……到哪儿去啦？噢！哪家拍卖行？……啊！我明白啦。好的，我一定能找到他。

接着是一次相撞

他刚挂上电话，那铃又丁零一声响了。他赶忙走进外屋，恰好跟又一次捡起毛样正在直起腰来的利内翰撞了个满怀。

——对不起，先生[1]，利内翰说，他紧紧抓了布卢姆先生一把，做了个鬼脸。

——都怪我，布卢姆先生说，他听任对方抓住自己。没伤着你吗？都怪我太急啦。

——我的膝盖，利内翰说。

他做出一副滑稽相，边揉着膝盖边哼哼唧唧地说：

——年岁[2]不饶人啊。

——对不起，布卢姆先生说。

他走到门边，把门推开一半，又停下来了。杰·杰·奥莫洛伊还在翻看着那沉甸甸的纸页。两个蹲在大门外台阶上的报童发出的尖声喊叫和一只口琴吹奏出的音响，在空洞洞的过道里回荡着：

我们是韦克斯福德的男子汉，
凭着胆量和双臂酣战[3]。

布卢姆退场

——我要跑一趟巴切勒步道，布卢姆先生说，张罗一下凯斯这则广告。想把它定下来。听说他正在狄龙拍卖行那儿哪。

他望着他们的脸，迟疑了片刻。主编一手支着头，倚着壁炉架，

1　原文为法语。

2　原文作A. D.，为拉丁文Anno Domini（吾主之年）的简称。原指公元后，口语中，有时亦指“老年”“衰龄”。

3　韦克斯福德是爱尔兰东南端伦斯特省一郡，也指该郡海湾和首府。这两句歌词出自爱尔兰民谣《韦克斯福德的男子汉》（1798）。这首民谣描述了在一七九八年爆发的民众起义中，韦克斯福德的男子汉们怎样在奥拉尔特镇击溃北科克义勇军。

突然将一只臂往前一伸。

——走吧！他说。世界在你前面呢[1]。

——一会儿就回来，布卢姆边说边匆匆往外走。

杰·杰·奥莫洛伊从利内翰手里接过毛样来读。他轻轻地把它们一页页地吹开，不加评论。

——他准能拉到那宗广告，他透过黑框眼镜，从半截儿窗帘上端眺望着说。瞧那帮小无赖跟在他后面呢。

——让我瞧瞧。在哪儿？利内翰喊叫着，跑到窗前。

街头行列

他们两个人面泛微笑，从半截儿窗帘上端眺望那些跳跳蹦蹦地尾随着布卢姆先生的报童们。最后一个少年在和风中放着一只尾巴由一串白色蝴蝶结组成的风筝，像是嘲弄一般在东倒西歪地摆来摆去。

——瞧那群流浪儿跟在他后面大喊大叫，利内翰说，真逗！快把人笑死了。喔，肋骨都笑拧了！学他那扁平足的走法。多么乖巧。逮得着云雀。

他以矫捷而滑稽的玛祖卡舞步从壁炉前滑过，来到杰·杰·奥莫洛伊跟前。奥莫洛伊把毛样递到他那摊开来的手里。

——怎么啦？迈尔斯·克劳福德吃惊地说。另外两位哪儿去啦？

——谁？教授转过身来说。他们到椭圆酒家喝点儿什么去了。帕迪·胡珀和杰克·霍尔也在那儿。是昨天晚上来的。

——那就走吧，迈尔斯·克劳福德说。我的帽子呢？

他趔趔趄趄地走进后面的办公室，撩起背心后面的衩口，丁零当啷地从后兜里掏出钥匙。钥匙又在半空中响了一下，当他锁书桌抽屉时，它们碰在木桌上又响了。

1　这里套用约翰·弥尔顿（1608—1674）的长诗《失乐园》（1667）中描述亚当和夏娃被逐出伊甸园的诗句："整个世界在他们前面。"

——他的病情不轻哪，麦克休教授低声说。

——看来是这样，杰·杰·奥莫洛伊说。他掏出个香烟盒，若有所思地念叨着，然而也未必如此。谁的火柴最多？

和平的旱烟袋[1]

他敬一支烟给教授，自己也拿了一支。利内翰赶紧划了根火柴，依次为他们点燃了香烟。杰·杰·奥莫洛伊又打开烟盒来让。

——谢喽你[2]，利内翰说着，拿了一支。

主编从里面的办公室走了出来，草帽歪戴在额头上。他凛然地指着麦克休教授，背诵了两句歌词：

地位名声将你蛊惑，
使你醉心的是帝国[3]。

教授那长嘴唇抿得紧紧的，嬉笑着。

——呃？你这暴戾的老罗马帝国？迈尔斯·克劳福德说。

他从开着盖儿的烟盒里取了一支香烟。利内翰立刻殷勤地为他点上，并且说：

——静一静，听听我这崭新的谜语！

——罗马帝国[4]呗。杰·杰·奥莫洛伊安详地说。听上去要比不列颠的或布里克斯顿[5]文雅一些。这个词不知怎的使人想到火里的脂肪。

迈尔斯·克劳福德噗的一声猛地朝天花板喷出第一口烟。

1　原文作calumet，系印第安人谈判时使用的一种长杆旱烟袋，象征着和平。

2　原文为法语。

3　语出自《卡斯蒂利亚的玫瑰》（1857）第3幕中化装成赶骡人的卡斯蒂利亚国王曼纽尔唱给“卡斯蒂利亚的玫瑰”艾尔微拉听的咏叹调。

4　原文为拉丁文。

5　布里克斯顿位于伦敦西南部兰姆贝斯区。在二十世纪初，此地曾被认为是枯燥乏味的工业化地区的典型。

——对呀，他说。咱们是脂肪。你和我就是火里的脂肪。咱们的处境甚至还不如地狱里的雪球呢。

罗马往昔的辉煌

——且慢，麦克休教授从从容容地举起瘦削得像爪子一样的两只手说。咱们可不能被辞藻，被辞藻的音调牵着鼻子走。咱们心目中的罗马是帝国的，强制的，专横的[1]。

稍顿了顿，他又以雄辩家的派头，摊开那双从又脏又破的衬衫袖口里伸出的胳膊：

——他们的文明是什么？庞大的，我承认：然而是粗鄙的。厕所[2]：下水道。犹太人在荒野里以及山顶上说：**这是个适当的地方，我们为耶和华筑一座圣坛吧**。罗马人，正如跟他亦步亦趋的英格兰人一样，每当踏上新岸（他从未踏上过我们的岸边），就一味地执着于修厕所。身穿宽大长袍的他，四下里打量了一下，然后说：**这是个适当的地方，我们装个抽水马桶吧**。

——他们这么说，也就这么做了，利内翰说。据《吉尼斯》第一章[3]，咱们古老的祖先对流水曾有过偏爱。

——他们生来就是绅士，杰·杰·奥莫洛伊咕哝道。然而，咱们也有《罗马法》[4]。

——而庞修斯·彼拉多[5]是那部法典的先知，麦克休教授回答说。

1　英文中，帝国的（imperial）、专横的（imperious）、强制的（imperative）这三个形容词的语根都是imper。

2　原文为拉丁文。

3　原文作the first chapter of Guinness。这是双关语。英文里，《创世记》作Genesis，而吉尼斯作Guinness，发音相近。直译就是：《吉尼斯》第1章。暗指爱尔兰人热衷于喝吉尼斯公司所酿造的烈性黑啤酒。

4　《罗马法》是罗马奴隶制国家的法律总称。其中最早的是公元前五世纪中叶颁布的《十二表法》，系一部保护私有制反映商品生产最完备、最典型的古代法律，对现代资本主义国家的民法有较大影响。

5　庞修斯·彼拉多，公元一世纪罗马帝国驻犹太地方的总督（约26—36在职）。据《新约》记载，耶稣是由他判决钉死在十字架上的。

——你晓得税务法庭庭长帕利斯那档子事吗？杰·杰·奥莫洛伊问。那是在王家大学的宴会上。一切都进行得顺顺当当……

——先听我的谜语吧，利内翰说。你们准备好了吗？

身着宽松的多尼戈尔灰色花呢衣服、个子高高的奥马登·伯克[1]先生从过道里走了进来。斯蒂芬·迪达勒斯跟在他后面，边进屋边摘下帽子。

——请进，小伙子们[2]！利内翰大声说。

——我是前来护送一个求情者的，奥马登·伯克先生悦耳的声调说。这位青年在饱有经验者的引导下，来拜访一名声名狼藉者了。

——你好吗？主编说着，伸出一只手来。请进。你家老爷子刚走。

？？？

利内翰对大家说：

——静一静！哪一出歌剧跟铁路线相似？考虑，沉思，默想，解决了再回答我。

斯蒂芬一面把打字信稿递过去，一面指着标题和署名。

——谁？主编问。

撕掉了一个角儿。

——加勒特·迪希先生，斯蒂芬说。

——又是那个矫情鬼，主编说。这是谁撕的？他忽然想解手了吗？

扬起火焰般的帆，

从南方的风暴中乘快船，

他来了，苍白的吸血鬼，

跟我嘴对嘴地亲吻[3]。

1　奥马登·伯克这个人物曾出现在《都柏林人·母亲》中。

2　原文为法语。

3　“扬起……亲吻”：这四句诗系斯蒂芬根据《我的忧愁在海上》一诗的末段润色加工而成。

——你好，斯蒂芬，教授说，他凑过来，隔着他们的肩膀望去。口蹄疫？你改行了吗？……

阉牛之友派“大诗人”呗。

在一家著名餐馆里闹起的纠纷

——您好，先生，斯蒂芬涨红了脸回答说。这封信不是我写的。加勒特·迪希先生托我……

——哦，我认识他，迈尔斯·克劳福德说，我也认识他老婆。是个举世无双的凶悍老泼妇。天哪，她准是害上了口蹄疫！那天晚上，她在金星嘉德饭店里，把一盆汤全泼到侍者脸上啦。哎呀！

一个女人把罪恶带到人世间。为了墨涅拉俄斯那个跟人私奔了的妻子海伦，希腊人竟足足打了十年仗。布雷夫尼大公奥鲁尔克[1]。

——他是个鳏夫吗？斯蒂芬问。

——啊，跟老婆分居着哪，迈尔斯·克劳福德边浏览着打字信稿边说。御用马群。哈布斯堡[2]。一个爱尔兰人在维也纳的城堡跟前救了皇帝一命。可不要忘记！爱尔兰的封蒂尔柯涅尔伯爵马克西米连·卡尔·奥唐奈[3]。为了封国王做奥地利陆军元帅，而今把他的嗣子派了来[4]。那儿迟早总有一天会出事。“野鹅”[5]。啊，是的，每一次都是这样。可不要忘记这一点！

——关键在于他忘没忘记，杰·杰·奥莫洛伊把马蹄形的镇纸翻

1　奥鲁尔克，参看第50页注释2。

2　指哈布斯堡王朝（1020—1919），即奥地利帝国，系欧洲最大的王朝之一。

3　封蒂尔柯涅尔伯爵马克西米连·卡尔·奥唐奈是个爱尔兰移民之子，一八一二年生在奥地利，任奥地利皇帝（1867年奥匈帝国成立，兼匈牙利国王）弗兰西斯·约瑟夫一世（1848—1916在位）的侍从武官。一八五三年他陪皇帝沿着维也纳周围的堡垒散步。一天，他及时击倒了一个刺伤皇帝的匈牙利裁缝，皇帝说他救了自己一命。

4　大不列颠和爱尔兰国王爱德华七世于一九〇三年对奥匈帝国作国事访问时，在维也纳将英国陆军元帅头衔授予皇帝弗兰西斯·约瑟夫一世。一九〇四年六月九日，奥匈帝国皇位继承人奥地利大公弗兰茨·斐迪南（1863—1914）对英国做国事访问时，回赠给爱德华七世一根奥地利陆军元帅官杖。

5　“野鹅”，参看第62页注释1。

了个个儿，安详地说。拯救了王侯，也不过赢得一声道谢而已。

麦克休教授朝他转过身来。

——不然的话呢？他说。

——我把事情的来龙去脉说一说吧，迈尔斯·克劳福德开口说。有一天，一个匈牙利人[1]……

失败者

被提名的高贵的侯爵

——我们一向忠于失败者[2]，教授说。对我们来说，成功乃是智慧与想象力的灭亡。我们从来不曾效忠于成功者。只不过侍奉他们就是了。我教的是刺耳的拉丁文。我讲的是这样一个民族的语言，他们的智力的顶点乃是一寸光阴一寸金这么一条格言。物质占支配地位。主啊！[3]主啊！这句话的灵性何在？主耶稣还是索尔兹伯里勋爵[4]？伦敦西区一家俱乐部里的沙发[5]。然而希腊文却不同！

主啊，怜悯我们吧！[6]

开朗的微笑使他那戴着黑框眼镜的两眼炯炯有神，长嘴唇咧得更长了。

——希腊文！他又说。主[7]！辉煌的字眼！闪米特族和撒克逊族

1　指对奥地利皇帝行刺的匈牙利裁缝。

2　创造了真正的文化的希腊却败在罗马手下。克劳福德作为英国的属国爱尔兰的一个公民，这里把英国比作罗马。

3　原文为拉丁文。

4　英文中，勋爵和主（指耶稣、天主）均为Lord。罗伯特·塞西尔·索尔兹伯里勋爵（1830—1903）是英国保守党领袖，曾三次出任首相。他主张不对爱尔兰做任何让步。

5　伦敦西区是繁华地带，有上层人士的俱乐部。此处指索尔兹伯里等人坐在那里舒适的沙发上行使对爱尔兰的统治权。

6　原文为希腊文。天主教和希腊正教用作弥撒的起始语。

7　原文为希腊文。

都不晓得的母音[1]。**主啊**！智慧的光辉。我应该教希腊文，教这心灵的语言。**主啊，怜悯我们吧**[2]！修厕所的和挖下水道的[3]永远不能成为我们精神上的主宰。我们是溃败于特拉法尔加[4]的欧洲天主教骑士精神的忠实仆从，又是在伊哥斯波塔米随着雅典舰队一道沉没了的精神帝国[5]——而不是统治权[6]——的忠实仆从。对，对，他们沉没了。皮勒斯被神谕所哄骗[7]，孤注一掷，试图挽回希腊的命运。这是对于失败者的效忠啊。

他离开了他们，跨着大步走向窗口。

——他们开赴战场，奥马登·伯克先生用阴郁的口吻说，然而总吃败仗。

——呜呜！利内翰低声哭泣着，演出[8]快要结束的时候，竟被一片瓦击中[9]。可怜的、可怜的、可怜的皮勒斯！

然后，他跟斯蒂芬打起耳喳来。

利内翰的五行打油诗

学究麦克休好气派，

1　闪米特族是分布在亚洲西南部的大种族，古代包括希伯来人、亚述人、腓尼基人、阿拉伯人、巴比伦人等。撒克逊族是日耳曼民族的一支，古时居住在今石勒苏益格地区和波罗的海沿岸。这里指盎格鲁-撒克逊族。闪米特族和撒克逊族都不晓得的母音，即希腊文第二十个字母upsilon，这是希伯来字母和英文字母中所没有的。英文中用u和y来代替。

2　此处的"主啊，怜悯我们吧"与前文的"主啊"原文均为希腊文。

3　修厕所的暗指罗马，挖下水道的暗指英国。

4　特拉法尔加是加的斯和直布罗陀海峡之间的一个海角。一八〇五年，法、西舰队在此溃败于纳尔逊麾下的英国舰队，损失了约二十艘舰船。

5　伊哥斯波塔米是古代色雷斯的一条河流，它注入赫勒斯潘海峡。公元前四〇五年，来山得率领的斯巴达舰队偷袭雅典海军的停泊地，使其几乎全军覆没，次年雅典被迫投降。精神帝国即指希腊。

6　原文为拉丁文。

7　皮勒斯曾出兵攻打马其顿，把雅典从德米特里的包围中解救出来，又忍受惨重伤亡，打败罗马军队。后来在梦中接受神谕，误以为必胜无疑，就去大举进攻斯巴达，结果死于阿尔戈斯巷战中。

8　原文为法语。

9　参看第35页注释3。

黑框眼镜成天戴，

醉得瞧啥皆双影，

何必费事把它戴？

我看不出这有啥可笑，你呢？

穆利根说，这是为了悼念萨卢斯特[1]。他母亲死得叫人恶心。

迈尔斯·克劳福德把那几张信稿塞进侧兜里。

——这样就可以啦，他说，回头我再读其余的部分。这样就可以啦。

利内翰摊开双手表示抗议。

——还有我的谜语呢！他说，哪一出歌剧跟铁路线相似？

——歌剧？奥马登·伯克先生那张斯芬克斯般的脸把谜语重复了一遍。

利内翰欢欢喜喜地宣布说：

——《卡斯蒂利亚的玫瑰》。你懂得它俏皮在什么地方吗？谜底是：并排的铸铁[2]。嘻嘻嘻。

他轻轻戳了一下奥马登·伯克先生的侧腹。奥马登·伯克先生假装连气儿都透不过来了，手拄阳伞，风度优雅地朝后一仰。

——帮我一把！他叹了口气。我虚弱得很。

利内翰踮起脚尖，赶紧用毛样沙沙沙地扇了扇他的脸。

教授沿着合订本的架子往回走的时候，用手掠了一下斯蒂芬和奥莫洛伊先生那系得稀松的领带。

——过去和现在的巴黎，他说。你们活像是巴黎公社社员。

——像是炸掉巴士底狱的家伙，杰·杰·奥莫洛伊用安详的口吻

---

1 即盖乌斯·萨卢斯特·克里斯普斯（前86—前35），罗马政治家和历史学家。穆利根的话含有挖苦意，因萨卢斯特结束政治生涯后虽在历史著作中揭露了罗马政治的腐败，但他本人从政期间（他曾任保民官、行政官、行省总督）也曾巧取豪夺。

2 《卡斯蒂利亚的玫瑰》，原文中，“The Rose of Castile”这一剧名与“Rows of cast steel”（“并排的铸铁”）读音相近。

挖苦说。要不然，芬兰总督就是你们暗杀的吧？看上去你们仿佛干了这档子事——干掉了博布里科夫将军[1]。

——我们仅仅有过这样的念头罢了，斯蒂芬说。

万紫千红[2]

——这里人才济济，迈尔斯·克劳福德先生说。法律方面啦，古典方面啦……

——赛马啦，利内翰插嘴道。

——文学，新闻界。

——要是布卢姆在场的话，教授说。还有广告这高雅的一行哩。

——还有布卢姆夫人，奥马登·伯克先生加上一句。声乐女神。都柏林的首席歌星。

利内翰大咳一声。

——啊嗨！他用极其细柔的嗓音说。哎，缺口新鲜空气！我在公园里感冒了。大门是敞着的。

"你能胜任！"

主编将一只手神经质地搭在斯蒂芬的肩上。

——我想请你写点东西，他说。带点刺儿的。你能胜任。一看你的脸就知道。**青春的词汇里**[3]……

从你的脸上就看得出来。从你的眼神里也看得出来。你是个懒

1　尼古拉·博布里科夫（1839—1904）原为俄国陆军将官，一八九八年任俄国驻芬兰大公国总督。由于他大肆镇压芬兰人的消极抵抗，一九〇四年六月十六日上午（都柏林时间为清晨）被反对俄国的芬兰人所刺杀。

2　原文为拉丁文。

3　语出自英国小说家、戏剧家爱德华·布尔沃-利顿（1803—1873）的戏剧《黎塞留》（1838）第3幕第1场中的台词，下半句是："没有失败一词。"

散、吊儿郎当的小调皮鬼[1]。

——口蹄疫！主编用轻蔑口吻谩骂道。民族主义党在勃里斯-因-奥索里召开大会。真荒唐！威胁民众！得刺他们两下！把我们统统写进去，让灵魂见鬼去吧。圣父圣子和圣灵，还有茅坑杰克·麦卡锡。

——咱们都能提供精神食粮，奥马登·伯克先生说。

斯蒂芬抬起两眼，目光与那大胆而鲁莽的视线相遇。

——他要把你拉进记者帮呢！杰·杰·奥莫洛伊说。

了不起的加拉赫

——你能胜任，迈尔斯·克劳福德为了加强语气，还攥起拳头，又说了一遍。等着瞧吧，咱们会使欧洲大吃一惊。还是伊格内修斯·加拉赫丢了差事之后，在克拉伦斯当台球记分员时经常说的。加拉赫才算得上是个新闻记者呢。那才叫作笔杆子。你晓得他是怎样一举成名的吗？我告诉你吧。那可是报界有史以来最精彩的一篇特讯哩。八一年[2]五月六日，常胜军时期，凤凰公园发生了暗杀事件[3]。你那时大概还没有出生[4]呢。我找给你看看。

他推开人们，踱向报纸合订本。

——喂，瞧瞧，他回过头来说。《纽约世界报》拍了封海底电报来约一篇特稿。你还记得当时的事吗？

麦克休教授点了点头。

——《纽约世界报》哩，主编兴奋地把草帽往后推了推说。案件发生的地点。蒂姆·凯里，我的意思是说，还有卡瓦纳、乔·布雷

1　在《一个青年艺术家的画像》一书第1章中，斯蒂芬因打碎了眼镜，无法完成作业。教导主任多兰神父对他说："懒惰的小捣蛋鬼。我从你的脸上就看得出你是个捣蛋鬼。懒散、吊儿郎当的小调皮鬼！"

2　这里，克劳福德把年份搞错了。按照史实，应作一八八二年。转年二月十日，"常胜军"成员之一的彼得·凯里在法庭上做证，供述了所有参与作案的人。

3　暗杀事件，参看第50页注释3。

4　本书第十七章中说，斯蒂芬出生于一八八二年。乔伊斯本人也出生于一八八二年的二月二日。

迪[1]和其他那些人。剥山羊皮[2]赶马车经过的路程。写明整个路程，明白吧？

——剥山羊皮，奥马登·伯克先生说，就是菲茨哈里斯。听说他在巴特桥那儿经营着一座马车夫棚。是霍罗翰告诉我的。你认识霍罗翰吗？

——那个一瘸一拐的吧？迈尔斯·克劳福德说。

——他告诉我说，可怜的冈穆利也在那儿，替市政府照看石料，守夜的。

斯蒂芬惊愕地回过头来。

——冈穆利？他说。真的吗？那不是家父的一个朋友吗？

——不必管什么冈穆利了！迈尔斯·克劳福德气愤地大声说，就让冈穆利去守着他那石头吧，免得它们跑掉。瞧这个。依纳爵·加拉赫做了什么？我告诉你。凭着天才和灵感，他马上就拍了海底电报。你有三月十七号的《自由人周刊》吗？对，翻到了吗？

他把合订本胡乱往回翻着，将手指戳在一个地方。

——掀到第四版，请看布朗森的咖啡广告。找到了吗？对。

电话铃响了。

远方的声音

——我去接，教授边走向里屋，边说。

——B代表公园大门。对。

他的手指颤悠悠地跳跃着，从一个点戳到另一个点上。

——T代表总督府。C是行凶地点。K是诺克马龙大门。

1　以上三个人都是“常胜军”成员。据法庭上的证词，乔·布雷迪为主凶，他将两个被害人刺倒在地。蒂姆·凯里割断了他们的喉咙。作案者乘的出租马车是迈克尔·卡瓦纳驾驭的。

2　剥山羊皮即杰姆斯·菲茨哈里斯的外号。他曾宰掉一只心爱的山羊以卖皮偿还酒债，遂有此绰号。参与凤凰公园暗杀案后，他赶一辆用以迷惑警方的出租马车，取直道从公园来到都柏林。他被判无期徒刑，一九〇二年假释出狱。

他颈部那松弛的筋肉像公鸡的垂肉般颤悠着。没有浆好的衬衫假前胸一下子翘了起来，他猛地将它掖回背心里面。

——喂？是《电讯晚报》。喂？……哪一位？……是的……是的……是的。

——F至P是剥山羊皮为了证明他们当时不在犯罪现场而赶车走过的路线。英奇科尔、圆镇、风亭、帕默斯顿公园、拉尼拉。符号是F. A. B. P. 。懂了吧？X是上利森街的戴维酒吧。

教授出现在里屋门口。

——是布卢姆打来的，他说。

——叫他下地狱去吧，主编立刻说。X戴维酒吧，晓得了吧？

伶俐极了

——伶俐，利内翰说，极了。

——趁热给他们端上来，迈尔斯·克劳福德说，血淋淋地和盘托出。

你永远不会从这场噩梦中苏醒过来。

——我瞧见了，主编自豪地说。我刚好在场。迪克·亚当斯是天主把生命的气吹进去的科克人当中心地最他妈善良的一位。他和我本人都在场。

利内翰朝空中的身影鞠了一躬，宣布说：

——太太，我是亚当。在见到夏娃之前曾经是亚伯[1]。

1　这是文字游戏。原文作："Madam，I'm Adam. And Able was I ere I saw Elba."这两个短句子，从哪头念都一样，中间用"and"相连接。Eva（夏娃）与Elba读音相近，亚当与夏娃所生的第二个儿子亚伯（Abel）又与Able读音相近，所以可读作："我是亚当，在见到夏娃之前曾是亚伯。"另一种读法是，由于拿破仑曾说过他的字典里没有"不可能"一词，他失败后被流放到厄尔巴（Elba）岛上，同时他又是个阳痿者，把这几种因素糅在一起，将前面的短句重新组合成：Mad am，I mad am.（疯了，我疯了。）后面的短句则理解成："在见到厄尔巴之前，我是不知道不可能一词的。"Able语意双关。既可理解为"能够做到"，也可理解为"并非阳痿"。

——历史！迈尔斯·克劳福德大声说。亲王街的老太婆[1]打头阵。读了这篇特稿，哀哭并咬牙切齿。特稿是插在广告里的。格雷戈尔·格雷设计的图案。他从此就扶摇直上。后来帕迪·胡珀在托·鲍面前替他说项，托·鲍就把他拉进了《星报》。如今他和布卢门菲尔德打得火热。这才叫报业呢！这才叫天才呢！派亚特！他简直就是大家的老爹！

——黄色报纸的老爹，利内翰加以证实说，又是克里斯·卡利南的姻亲。

——喂？听得见吗？嗯，他还在这儿哪。你自己过来吧。

——如今晚儿，你可到哪儿去找这样的新闻记者呀，呃？主编大声说。

他呼啦一下把合订本合上了。

——很得鬼[2]，利内翰对奥马登·伯克先生说。

——非常精明，奥马登·伯克先生说。

麦克休教授从里面的办公室走了出来。

——说起常胜军，他说，你们晓得吗，一些小贩被市记录法官[3]传了去……

——可不是嘛，杰·杰·奥莫洛伊热切地说。达德利夫人[4]为了瞧瞧被去年那场旋风[5]刮倒了的树，穿过公园走回家去。她打算买一张都柏林市一览图。原来那竟是纪念乔·布雷迪或是老大哥或是剥山羊皮的明信片。而且就在总督府大门外出售着哩，想想看！

——如今晚儿这帮家伙净抓些鸡毛蒜皮，迈尔斯·克劳福德说。

1　亲王街的老太婆是《自由人报》的绰号。

2　这是文字游戏。利内翰把“Damn clever”（鬼得很）一词的首字互相调换，变成“Clamn dever”。

3　按：一九〇四年六月九日的《自由人报》报道说，尽管自一九〇三年十一月以来，警察当局三令五申，予以禁止，小贩们仍热衷于出售有关凤凰公园暗杀案的明信片和纪念品。记录法官是季审法院中最初在审判时担任记录、以后对提交季审法院的刑事案件负责单独预审者。

4　当时的爱尔兰总督达德利伯爵（1866—1932）的夫人。

5　指一九〇三年二月二十七日刮的一场都柏林有史以来最猛烈的台风。

呸！报业和律师业都是这样！现在吃律师这碗饭的，哪里还有像怀特赛德、像伊萨克·巴特、像口才流利的奥黑根那样的人呢？呃？哎，真是荒唐透顶！呸！只不过是撮堆儿卖的货色！

他没再说下去，嘴唇却一个劲儿地抽搐着，显示出神经质的嘲讽。

难道会有人愿意跟那么个嘴唇接吻吗？你怎么知道呢？那么你为什么又把这写下来呢？

韵律与理性

冒斯，扫斯。冒斯和扫斯之间多少有些关联吧？要么，难道扫斯就是一种冒斯吗？准是有点儿什么。扫斯，泡特，奥特，少特，芝欧斯[1]。押韵：两个人身穿一样的衣服，长得一模一样，并立着[2]。

……给你太平日子，

……听你喜悦的话语，

趁现在风平浪静的一刻[3]。

但丁瞥见少女们三个三个地走了过来。着绿色、玫瑰色、枯叶色的衣服，相互搂着；穿过了这样幽暗的地方[4]，身着紫红色、紫色的衣服，打着那和平的金光旗[5]，使人更加恳切地注视[6]的金光灿烂的军旗，走了过来。可我瞧见的却是一些年迈的男人，在暗夜中，忏悔着

1　这里，作者是在语音上做文章。冒斯（mouth，嘴）、扫斯（South，南）、泡特（pout，噘嘴）、奥特（out，向外）、少特（shout，呼喊）、芝欧斯（drouth，干旱）均为英语叠韵单词的译音。

2　参看《神曲·净界》第29篇："我看见两个老人，衣服式样不同，但是在态度上是同样庄重而可敬的。"

3　原文为意大利语，出自《神曲·地狱》第5篇。

4　原文为意大利语，出自《神曲·地狱》第5篇。

5　原文为意大利语，出自《神曲·天堂》第31篇。金光旗是天使加百列赐给古时法兰西王的军旗，金地烈火图案。据认为打着此旗，无往而不胜。

6　原文为意大利语，出自《神曲·天堂》第31篇。

自己的罪行，拖着铅一般沉重的脚步：冒斯、扫斯；拖姆、卧姆[1]。

——说说你的高见吧，奥马登·伯克先生说。

一天应付一天的就够了……

杰·杰·奥莫洛伊那苍白的脸上泛着微笑，应战了。

——亲爱的迈尔斯，他说，一边丢掉纸烟，你曲解了我的话。就我目前掌握的情况而言，我并不认为第三种职业[2]这整个行当都是值得辩护的。然而你的科克腿被感情驱使着哪。为什么不把亨利·格拉顿和弗勒德，以及狄靡西尼和埃德蒙·伯克也抬出来呢？我们全都晓得伊格内修斯·加拉赫，还有他那个老板，在查佩利佐德出版小报的哈姆斯沃思；再有就是他那个出版鲍厄里通俗报纸的美国堂弟。《珀迪·凯利要闻汇编》《皮尤纪事》以及我们那反应敏捷的朋友《斯基勃林之鹰》，就更不用说了。何必扯到怀特赛德这么个法庭辩论场上的雄辩家呢？编报纸，一天应付一天的就够了。

同往昔岁月的联系

——格拉顿和弗勒德都为这家报纸撰过稿，主编朝着他嚷道。爱尔兰义勇军[3]。你们如今都哪儿去啦？一七六三年创刊的。卢卡斯大夫。像约翰·菲尔波特·柯伦这样的人，如今上哪儿去找呀？呸！

——喏，杰·杰·奥莫洛伊说，比方说，英国皇家法律顾问布什。

——布什？主编说。啊，对。布什，对。他有这方面的气质。肯德尔·布什；我指的是西摩·布什。

——他老早就该升任法官了，教授说，要不是……唉，算啦。

1　拖姆（tomb，坟墓）、卧姆（womb，子宫）为英语叠韵单词的译音。

2　第三种职业指律师、文人、记者、政论家等著述家；第一、二种为神职人员和医务人员。

3　爱尔兰义勇军是一七七八年为了防备法军入侵而组织起来的。一七八二年曾支援格拉顿争取爱尔兰议会独立的斗争。

杰·杰·奥莫洛伊转向斯蒂芬，安详而慢腾腾地说：

——在我听到过的申辩演说中，最精彩的正是出自西摩·布什之口。那是在审理杀兄事件——蔡尔兹凶杀案。布什替他辩护来着。

注入我的耳腔之内[1]。

顺便问一下，是怎样发觉的呢？他是正在睡着的时候死的呀。还有另外那个双背禽兽[2]的故事呢？

——演说的内容是什么？教授问。

意大利，艺术女教师[3]

——他谈的是《罗马法》的证据法，杰·杰·奥莫洛伊说，把它拿来跟古老的《摩西法典》——也就是说，跟《同态复仇法》[4]——相对照。于是，他就举出安置于罗马教廷的米开朗琪罗的雕塑“摩西”做例证。

——嗬。

——讲几句恰当的话，利内翰做了开场白。请肃静！

静场。杰·杰·奥莫洛伊掏出他的香烟盒。

虚妄的肃静。其实不过是些老生常谈。

那位致开场白的取出他的火柴盒，若有所思地点上一支香烟。

1　这是哈姆莱特王子之父的亡灵对他说的话。亡灵说，自己的兄弟怎样把毒药注入他的耳腔，害死他后娶了王后，见《哈姆莱特》第1幕第5场。

2　“双背禽兽”暗喻男女交媾（见《奥瑟罗》第1幕第1场）。在《哈姆莱特》第1幕第5场中，亡灵对哈姆莱特王子说，克劳狄斯是个“奸淫的畜生”，而王后只是“外表上装得非常贞淑”。斯蒂芬把亡灵的话理解为：克劳狄斯早在哈姆莱特王在世期间就与王后勾搭成奸。

3　原文为拉丁文。

4　原文为拉丁文。指惩罚暴行要以命偿命，以牙还牙。下文中提到的“摩西”，指米开朗琪罗于一五一三年至一五一六年间所雕的石像。都柏林法院的门廊里也有一座“摩西”石像。

从此，我经常回顾那奇怪的辰光，并发现，划火柴本身固然是很小的一个动作，它却决定了我们两个人那以后的生涯。

千锤百炼的掉尾句

杰·杰·奥莫洛伊字斟句酌地说下去：

——他是这么说的：那座堪称为冻结的音乐的石像，那个长了犄角的可怕的半神半人的形象，那智慧与预言的永恒象征。倘若雕刻家凭着想象力和技艺，用大理石雕成的那些净化了的灵魂和正在净化着的灵魂的化身，作为艺术品有永垂不朽的价值的话，它是当之无愧的。

他挥了挥细长的手，给词句的韵律和抑扬平添了一番优雅。

——很好！迈尔斯·克劳福德立刻说。

——非凡的灵感，奥马登·伯克说。

——你喜欢吗？杰·杰·奥莫洛伊问斯蒂芬。

那些辞藻和手势的优美使得斯蒂芬从血液里受到感染。他涨红了脸，从烟盒里取出一支香烟。杰·杰·奥莫洛伊把那烟盒伸向迈尔斯·克劳福德。利内翰像刚才那样为大家点燃香烟，自己也当作战利品似的拿了一支，并且说：

——多多谢谢嘞。

高风亮节之士

——马吉尼斯教授跟我谈到过你，杰·杰·奥莫洛伊对斯蒂芬说。对于那些神秘主义者[1]，乳白色的、沉寂的[2]诗人们以及神秘主义

1　指二十世纪初叶着迷于神秘主义和通神学的一批文人。拉塞尔是一九〇四年经海伦娜·勃拉瓦茨基所认可的通神学会都柏林大白屋支部（又名大雅利安支部）的成员。

2　“乳白色的”和“沉寂的”是拉塞尔本人以及受他影响的年轻诗人（如埃拉·扬）在诗中喜用的词句。

大师A. E.[1]，你真正的看法是怎样的？这是那个姓勃拉瓦茨基[2]的女人搞起来的。她是个惯于耍花招的老婆子。A. E. 曾跟前来采访的美国记者说，你曾在凌晨去看他，向他打听过心理意识的层次。马吉尼斯认为你是在嘲弄A. E. 。马吉尼斯可是一位高风亮节之士哩。

谈到了我。他说了些什么？他说了些什么？他是怎样谈论我的？不要去问。

——不抽，谢谢，麦克休教授边推开香烟盒边说。且慢，我只说说一件事。我平生听到的最精彩的一次演说，是约翰·弗·泰勒在学院的史学会上发表的。法官菲茨吉本先生——现任上诉法庭庭长——刚刚讲完。所要讨论的论文（当时还是蛮新鲜的）是提倡复兴爱尔兰语。

他转过身来对迈尔斯·克劳福德说：

——你认识杰拉尔德·菲茨吉本。那么你就不难想象出他演说的格调了。

——听说眼下他正跟蒂姆·希利一道，杰·杰·奥莫洛伊说，在三一学院担任财产管理委员会委员哪。

——他正跟一个穿长罩衫的乖娃儿[3]在一起哪。迈尔斯·克劳福德说，讲下去吧，呃？

——那篇讲演嘛，你们注意听着，教授说，是雄辩家完美的演说词。既彬彬有礼，又奔放豪迈，用语洗练而流畅。对于新兴的运动虽然还说不上是把惩戒的愤怒倾泻出来，但总归是倾注了高傲者的侮辱。当时那还是个崭新的运动呢。咱们是软弱的，因而是微不足道的。

他那长长的薄嘴唇闭了一下。但他急于说下去，就将一只扎煞开

1　A. E. 是拉塞尔的笔名，参看第65页注释3。

2　海伦娜·佩特罗夫娜·勃拉瓦茨基（1831—1891），俄国女通神学家、著作家，一度嫁给俄国军官勃拉瓦茨基，不久便分手。一八七五年与奥尔科特等人共同建立通神学会。一八七九年赴印度，三年后创办该会杂志《通神学家》，自任主编（1879—1888）。她研究神秘主义和招魂术，多年来足迹遍及亚、欧两洲及美国。晚年在伦敦潜心写作。

3　乖娃儿指希利。在十九世纪，三四岁以下的男童多着长罩衣。这里是挖苦希利装出一副天真的样子来谴责巴涅尔所谓“道德败坏”的罪行。

来的手举到眼镜那儿，用颤巍巍的拇指和无名指轻轻扶了一下黑色镜框，使眼镜对准新的焦点。

即席演说

他恢复了平素的口吻，对杰·杰·奥莫洛伊说：

——你应该知道，泰勒是带病前往的。我不相信他预先准备过演说词，因为会场上连一个速记员都没有。他那黝黑瘦削的脸上，胡子拉碴，肮里肮脏的。松松地系着一条白绸领巾，整个来说，看上去像个行将就木之人（尽管并不是这样）。

此刻他的视线徐徐地从杰·杰·奥莫洛伊的脸上转向斯蒂芬，然后垂向地面，仿佛若有所寻。他那没有浆洗过的亚麻布领子从弯下去的脖颈后面露了出来，领子已被枯草般的头发蹭脏了。他继续搜寻着，并且说：

——菲茨吉本的演说结束后，约翰·弗·泰勒站起来反驳他。据我的回忆，大致是这么说的。

他坚毅地抬起头。眼睛里又露出沉思的神色。迟钝的贝壳在厚实的镜片中游来游去，在寻找着出口。

他说：

——主席先生，诸位女士们，先生们：刚才听到我那位学识渊博的朋友对爱尔兰青年所发表的演说，佩服之至。我仿佛被送到离这个国家很远的一个国家，来到离本时代很远的一个时代；我仿佛站在古代埃及的大地上，聆听着那里的某位祭司长对年轻的摩西训话。

听众指间一动也不动地夹着香烟，聆听着。细微的轻烟徐徐上升，和演说一道绽开了花。让香烟袅袅上升[1]。这就要说出崇高的言辞来了。请注意。你自己想不想尝试一下呢？

——我好像听见那位埃及祭司长把声音提高了，带有自豪而傲慢

1 “让……上升”出自辛白林对预言者所讲的话，见莎士比亚的《辛白林》第5幕第5场。

的腔调。我听见了他的话语，并且领悟了他所启迪的含义。

教父[1]们所示

我受到的启迪是：这些事物固然美好，却难免受到腐蚀；只有无比美好的事物，抑或并不美好的事物，才不可能被腐蚀[2]。啊，笨蛋！这是圣奥古斯丁的话哩。

——你们这些犹太人为什么不接受我们的文化、我们的宗教和我们的语言？你们不过是一介牧民，我们却是强大的民族。你们没有城市，更没有财富。我们的都市里，人群熙攘；有着三至四层桨的大帆船，满载着各式各样的商品，驶入全世界各个已知的海洋。你们刚刚脱离原始状态，而我们却拥有文学、僧侣、悠久的历史和政治组织。

尼罗河。

娃娃，大人，偶像[3]。

婴儿的奶妈们跪在尼罗河畔。用宽叶香蒲编的摇篮。格斗起来矫健敏捷的男子。长着一对石角，一副石须，一颗石心。

——你们向本地那无名的偶像祷告。我们的寺院却宏伟而神秘，居住着伊希斯和俄赛里斯，何露斯和阿蒙-瑞[4]。你们信仰奴役、畏惧与谦卑；我们信仰雷和海洋。以色列人是孱弱的，子孙很少；埃及人

1　教父是对早期基督教会领袖的称呼，这里指圣奥古斯丁（354—430）。他曾于三九六至四三〇年任罗马帝国非洲领地希波（即今阿尔及利亚境内）主教，是当时西方教会最杰出的思想家。

2　"我受到……腐蚀"，出自圣奥古斯丁的《忏悔录》第7卷。下面的句子是："因此，倘若把事物中美好的部分统统剥夺掉，它们也就不存在了。因此，只要它们存在，它们就是美好的。因此，凡是存在的东西，就都是美好的。"

3　埃及王曾下令将希伯来人的新生男婴统统扔进尼罗河。有一对夫妇用蒲草编了只篮子，将自己的男婴放进去，然后把篮子藏在河边芦苇丛里。娃娃被埃及王的女儿所收养。公主说："我从水里把这孩子拉上来，就叫他摩西吧。"在希伯来语中，"摩西"与"拉出"，发音相近。摩西长大后，被推崇为犹太人的领袖，成为该民族的偶像般的人物。

4　伊希斯是古埃及主要女神之一，司众生之事，能起死回生。俄赛里斯是古埃及主神之一，他统治死者。何露斯是古埃及宗教所奉之神，其形象似隼，太阳和月亮是他的双目。阿蒙-瑞是古埃及的国神，号称众神之王。其像如人，有时生有公羊头，与妻子穆特和养子柯恩苏共为底比斯的三神。

口众多，武力令人生畏。你们被称作流浪者和打零工的；世界听到我们的名字就吓得发抖。

演说到此顿了一下，他悄悄地打了个饿嗝，接着又气势澎湃地扬起了嗓门：

——可是，各位女士，各位先生，倘若年轻的摩西聆听并接受这样的人生观；倘若他在如此妄自尊大的训诫面前俯首屈从，精神萎顿，那么他就永远也不会领着选民离开他们被奴役的地方了[1]，更不会白天跟着云柱走[2]。他决不会在雷电交加中在西奈山顶与永生的天主交谈。更永远不会脸上焕发着灵感之光走下山来，双手捧着十诫的法版，而那是用亡命徒的语言镌刻的。

他住了口，望着他们，欣赏着这片寂静。

不祥之兆——对他而言！

杰·杰·奥莫洛伊不无遗憾地说：

——然而，他还没进入应许给他们的土地就去世啦[3]。

——当时——来得——突然——不过——这病——拖延——已久——早就——频频——预期到会因吐血症——致死的[4]，利内翰说。他本来是会有锦绣前程的。

传来了一群赤足者奔过走廊，并吧嗒吧嗒地上楼梯的声音。

——那才是雄辩之才呢，教授说。没有一个人反驳得了。

随风飘去。位于马勒麻斯特和塔拉那诸王的军队。连绵数英里的柱廊，侧耳聆听。保民官怒吼着，他的话语随风向四方飘去。人们隐

1 摩西对以色列人民说："要牢记这一天；这一天你们离开了埃及——你们被奴役过的地方。"

2 摩西率领以色列人离开埃及后，"白天，上主走在他们前面，用云柱指示方向……"。

3 "他"指摩西。

4 "预期到会致死的一吐血症"，原文作expectorated-demise。这是文字游戏。"Expectorate"作"吐痰、吐血"解，"demise"作"死亡"解。"Expectorated"一词，语意双关，如果去掉中间的"ora"三个字母，就成了"expected"，作"预期"解。

蔽在他的嗓音里[1]。业已消逝了的音波。阿卡沙秘录[2]——它记载着古往今来在任何地方发生过的一切。爱戴并称赞他。不要再提我。

我有钱。

——先生们，斯蒂芬说。作为下一项议程，我可不可以提议议会立即休会？

——你叫我吃了一惊。这该不会是法国式的恭维[3]吧？奥马登·伯克先生问道。打个比喻吧，我认为现在正是古老客栈里的那只酒瓮使人觉得无比惬意的时刻哩。

——那么，就明确地加以表决。凡是同意的，请说是，利内翰宣布说。不同意的，就说不。一致通过。到哪家酒馆去呢？……我投穆尼一票！

他领头走着，并告诫说：

——咱们是不是要断然拒绝喝烈性酒呢？对，咱们不喝。无论如何也不。

奥马登·伯克先生紧跟在他后面，用雨伞戳了他一下，以表示是同伙，并且说：

——来，麦克德夫[4]！

——跟你老子长得一模一样！主编大声说着，拍了拍斯蒂芬的肩膀。咱们走吧。那串讨厌的钥匙哪儿去啦？

他在兜里摸索着，拽出那几页揉皱了的打字信稿。

——口蹄疫。我晓得。那能行吧。登得上的。钥匙哪儿去了呢？

---

1 “位于马勒麻斯特……嗓音里”影射奥康内尔的活动。奥康内尔曾以爱尔兰人民的保民官（古罗马各种军事和民政官员的总称。其职责是保护人民，反对行政长官发布的命令）自况。这里还显然把聚集的群众比作古代诸王的军队。“人们隐蔽在他的嗓音里”指的是他作为爱尔兰律师，能够把法庭当成民族主义的讲坛，以表达人民的心声。奥康内尔在全国范围内召开一系列大规模群众集会，其中声势最浩大的是一八四三年在马勒麻斯特和塔拉举行的两次集会，号召爱尔兰人民团结起来争取建立独立的爱尔兰议会。

2 阿卡沙是神秘学名词。指关于太初以来人间一切事件、活动、思想和感觉的形象记录。据说是印在阿卡沙（即人类所感觉不到的一种星光——液态以太）上。

3 法国式的恭维——指言而无信。

4 这是《麦克白》第5幕第8场中，篡夺了王位的麦克白与苏格兰贵族麦克德夫决斗时，麦克白所说的话。

有啦。

他把信稿塞回兜里，走进了里间办公室。

寄予希望

杰·杰·奥莫洛伊正要跟他往里走，却先悄悄地对斯蒂芬说：

——我希望你能活到它刊登出来的那一天。迈尔斯，等一下。

他走进里间办公室，随手带上了门。

——来吧，斯蒂芬，教授说。挺好的，对吧？颇有预言家的远见。特洛伊不复存在[1]！对多风的特洛伊大举掠夺。世上的万国。地中海的主人们而今已沦落为农奴。

走在顶前面的那个报童紧跟在他们后面。吧哒吧哒地冲下楼梯，奔上街头，吆喝着：

——赛马号外！

都柏林。我还有许许多多要学的。

他们沿着阿贝街向左拐去。

——我也有我的远见，斯蒂芬说。

——呃？教授说，为了赶上斯蒂芬的步伐，他双脚跳动着，克劳福德会跟上来的。

另一个报童一个箭步从他们身旁蹿了过去，边跑边吆喝着：

——赛马号外！

可爱而肮脏的都柏林

都柏林人。

1　原文为拉丁文，出自《埃涅阿斯记》第2卷。在迦太基女王狄多的央求下，埃涅阿斯对她诉说攻陷伊利昂城时的情景。

——两位都柏林的维斯太[1]，斯蒂芬说，曾经住在凡巴利小巷里。一个是五十岁，另一个五十三。

——在什么地方？教授问。

——在黑坑口外，斯蒂芬说。

湿漉漉的夜晚，飘来生面团气味，引人发馋。倚着墙壁。她那粗斜纹布围巾下面，闪烁着一张苍白的脸。狂乱的心。阿卡沙秘录。快点儿呀，乖乖！

讲出来吧，果敢地。要有生命。

——她们想从纳尔逊纪念柱顶上眺望都柏林的景色。她们在红锡做的信箱形攒钱罐里存起了三先令十便士。从罐里摇出几枚三便士和一枚六便士的小银币，又用刀刃拨出些铜币。两先令三便士是银币，一先令七便士是铜币。然后戴上软帽，穿上最好的衣服，还拿了雨伞，防备下雨。

——聪明的处女们，麦克休教授说。

粗鄙的生活

——她们在马尔巴勒的北城食堂，从老板娘凯特·科林斯手里买了一先令四便士的腌野猪肉和四片面包。在纳尔逊纪念柱脚下，又从一个姑娘手里买了二十四个熟李子，为了吃完咸肉好解渴。她们付给把守旋转栅门的人两枚三便士银币，然后打着趔趄，慢慢腾腾地沿着那螺旋梯攀登，一路咕哝着，气喘吁吁，都害怕黑暗，相互鼓着劲儿。这个问那个带没带上咸肉，并赞颂着天主和童贞圣母玛利亚。忽而说什么干脆下去算了，忽而又隔着通气口往外瞧。荣耀归于天主。她们再也没想到纪念柱会有这么高。

——有一个叫安妮·基恩斯，另一个叫弗萝伦斯·麦凯布。安

1　维斯太是古罗马宗教所信奉的女灶神。祭司长从七至十岁的童贞女中选六名，让她们主持对该神的国祭，叫作维斯太贞女。一经选中须供职三十年，其间必须坚守童贞。期满后方可嫁人。此词转义为童贞女或尼姑。

妮·基恩斯患腰肌病，擦着一位太太分给她的路德圣水——一位受难会神父送给那位太太一整瓶。弗萝伦斯·麦凯布每逢星期六晚饭时吃一只猪蹄子，干一瓶双X牌啤酒。

——正好相反，教授点了两下头说。维斯太贞女们。我仿佛能够看见她们。咱们的朋友在磨蹭什么哪？

他回过头去。

一群报童连蹦带跳地冲下台阶，吆喝着朝四面八方散去，呼扇呼扇地挥着白色报纸。紧接着，迈尔斯·克劳福德出现在台阶上，帽子像一道光环，镶着他那张红脸。他正在跟杰·杰·奥莫洛伊谈着话。

——来吧，教授挥臂大声嚷道。

他又和斯蒂芬并肩而行。

——是啊，他说。我仿佛看得见她们。

布卢姆归来

在《爱尔兰天主教报》和《都柏林小报》的公事房附近，布卢姆先生被卷进粗野的报童们的旋涡里，气儿都透不过来了。他招呼道：

——克劳福德先生！等一等！

——《电讯报》！赛马号外！

——什么呀？迈尔斯·克劳福德退后一步说。

一个报童冲着布卢姆的脸嚷道：

鲁思迈因斯的大惨剧！风箱叼住了娃娃！

会见主编

——就是这份广告的事儿，布卢姆先生推开报童们，呼哧呼哧地挤向台阶，并从兜里掏出剪报说。我刚刚跟凯斯先生谈过。他说，他要继续刊登两个月广告，以后再说。然而他还想在星期六的《电讯报》上登一则花边广告，好引人注目。要是来得及的话，他想把《基尔肯尼民众报》的图案描摹下来。这，我已经告诉南尼蒂参议员了。我可以从国立图书馆弄到这图案。钥匙议院，你明白吧。他姓凯斯。刚好谐音。然而他实际上已经答应续登了。不过，他要求给弄得花哨一点。你有什么话要我捎给他吗，克劳福德先生？

吻我的屁股[1]

——请你告诉他“吻我的屁股”好吗？迈尔斯·克劳福德边说边摊开胳膊，加强了语气，马上去告诉他这是条直接来自马房的消息。

怪心烦的。留神着点狂风。相互挽着胳膊，大家一道出去喝酒。头戴水手帽的利内翰也跟在后面，想捞上一盅。他像往常一样拍马屁。令人纳闷的是，竟然由小迪达勒斯带头。今天他穿了双好靴子。上次我见到他的时候，连脚后跟都露出来了。也不知道在什么地方蹚过烂泥。这小子就是这么大大咧咧。他在爱尔兰区干什么来着？

——喏，布卢姆先生把视线移回来说。要是我能够把图案弄到手，我认为是值得为它写上一段的。他想必会刊登广告。我要对他说……

吻我高贵的爱尔兰屁股[2]

——他可以吻我高贵的爱尔兰屁股，迈尔斯·克劳福德回过头来大声嚷道。告诉他吧，随便什么时候来都行。

正当布卢姆先生站在那儿琢磨着该怎样回答才好并正要泛出笑容的当儿，对方已跨着大步一颠一颠地走掉了。

1　原文作：K. M. A.，为kiss my arse的首字。这是门徒们对魔鬼表示恭顺的方式。

2　原文作：K. M. R. I. A.，为kiss my royal Irish arse的首字。

筹款

——**囊空如洗**[1]，杰克，他把手举到下巴颏那儿说。水已经淹到我这儿啦。我自己也是穷得一筹莫展。上礼拜我还在找个人出面在我的借据上签字担保呢！对不起，杰克。我是心有余而力不足啊。请你务必体谅我这苦衷。要是好歹能够筹到钱，我一定乐意帮你忙。

杰·杰·奥莫洛伊把脸一耷拉，默默地继续踱着步。他们追上前面的人，和他们并肩而行。

——当她们吃完腌肉和面包，用包面包的纸把二十个指头擦干净之后，就靠近了栅栏。

——你听了会开心的，教授向迈尔斯·克劳福德解释道。两个都柏林老妪爬到纳尔逊纪念柱顶上去啦。

了不起的圆柱！——蹒跚走路者如是说

——这可是挺新鲜，迈尔斯·克劳福德说。够得上是条新闻素材。简直就像是到达格尔去参加皮匠的野餐会。两个刁婆子，后来呢？

——可是她们都害怕柱子会倒下来，斯蒂芬接下去说。她们眺望着那些屋顶，议论着哪座教堂在哪儿：拉思曼斯的蓝色拱顶，亚当与夏娃教堂，圣劳伦斯·奥图尔教堂。瞧着瞧着，她们发晕了。于是，撩起了裙子……

有点无法无天的妇女

——大家安静下来！迈尔斯·克劳福德说。谁作诗也不许破格。如今咱们是在大主教的辖区里哪。

1　原文为拉丁文。法律用语，指欠债者无财物可变卖抵债或作为抵押。

——她们垫着条纹衬裙坐了下去，仰望着独臂奸夫[1]的那座铜像。

——独臂奸夫！教授大声说。我喜欢这种说法。我明白你的意思。我明白你指的是什么。

据信，二位女士赠予都柏林市民
高速陨石及催长粒肥

——后来她们的脖子引起了痉挛，斯蒂芬说。累得既不能抬头，也不能低头或说话。她们把那袋李子放在中间，一枚接一枚地掏出来吃。用手绢擦掉从嘴里淌下的汁子，慢悠悠地将核儿吐到栅栏之间。

他猛地发出青春的朗笑声，把故事结束了。利内翰和奥马登·伯克先生闻声回过头来，招招手，带头向穆尼酒馆走去。

——完了吗？迈尔斯·克劳福德说。只要她们没干出更越轨的事就好。

智者派[2]使傲慢的海伦丢丑
斯巴达人咬牙切齿
伊大嘉人断言潘奈洛佩[3]乃天下第一美人

——你使我联想到安提西尼[4]，教授说。智者派高尔吉亚[5]的门徒。据说，谁也弄不清他究竟是对旁人还是对自己更加怨恨。他是一位贵族同一个女奴所生之子。他写过一本书，其中从阿凯人[6]海伦那儿

1　奸夫指纳尔逊。一七九七年在和西班牙舰队进行海战时，他右臂受伤，后截肢。一七九八年，他与英国驻那不勒斯公使威廉·汉密尔顿爵士（1730—1803）之妻艾玛（约1765—1815）发生暧昧关系，此事成为当时英国政界一大丑闻。

2　智者派指公元前五世纪至前四世纪古希腊的一些演说家、作家和教师。后来此词衍成为“强词夺理的诡辩者”的替代语。

3　潘奈洛佩是伊大嘉国王奥德修斯之妻，以贞节著称。

4　安提西尼（约前445—前365），古希腊哲学家，犬儒学派创始人。他抨击社会上的蠢事和不平，并号召人们克己自制。此派人生活刻苦，衣食简朴。

5　高尔吉亚（活动时期约前427—约前399），希腊智者派和雄辩家。

6　阿凯人指希腊人。古希腊有几个地区叫作阿凯斯（包括整个伯罗奔尼撒半岛的东部地区）。

夺走了美的棕榈枝，将它交给了可怜的潘奈洛佩。

贫穷的潘奈洛佩。潘奈洛佩·里奇[1]。

他们准备横穿过奥康内尔街。

喂，喂，总站！

八条轨道上，这儿那儿停着多辆电车，触轮一动也不动。有往外开的，也有开回来的。拉思曼斯、拉思法纳姆、黑岩国王镇，以及多基、沙丘草地、林森德；还有沙丘塔、唐尼布鲁克、帕默斯顿公园，以及上拉思曼斯，全都纹丝不动。由于电流短路的缘故，开不出去了。出租马车、街头揽座儿的马车、送货马车、邮件马车、私人的四轮轿式马车，以及一瓶瓶的矿泉汽水在板条箱里咣当咣当响的平台货车，全都由蹄子嘚嘚响的马儿拉着，咯嗒咯嗒地疾驰而去。

叫什么？——还有——在哪儿？

——然而，你管它叫什么？迈尔斯·克劳福德问道。她们是在哪儿买到李子的？

老师说要维吉尔风格的，
大学生为摩西老人投一票

——管它叫作——且慢，教授张大了他那长长的嘴唇，左思右想，管它叫作——让我想想。管它叫作：《神赐予我们安宁》[2]怎么样？

1　潘奈洛佩·里奇（约1562—1607），英国贵妇人。一五八一年嫁给里奇勋爵，后离婚，改嫁蒙乔伊勋爵。宫廷诗人菲利普·锡德尼爵士（1554—1586）曾与她相爱，并为她写了一组十四行诗《爱星者和星星》（1582）。“星”指的就是她。她为人风流，与奥德修斯那个从一而终的妻子形成对照，正如她的姓里奇（Rich，意即“阔绰”）与“贫穷”（poor）形成对照。

2　原文为拉丁文。语出自维吉尔的《牧歌》。

——不，斯蒂芬说。我要管它叫《登比斯迦眺望巴勒斯坦》[1]，要么就叫它《李子寓言》[2]。

——我明白了，教授说。

他朗声笑了。

——我明白啦，他带着新的喜悦重复了一遍。摩西和神许诺给他们的土地。他对杰·杰·奥莫洛伊又补了一句：这还是咱们启发他的呢。

在这个明媚的六月日子里，

霍雷肖[3]在众目睽睽之下

杰·杰·奥莫洛伊疲惫地斜睨了铜像一眼，默不作声。

——我明白啦，教授说。

他在竖有约翰·格雷爵士[4]的街心岛上停下脚步，布满皱纹的脸上泛着苦笑，仰望那高耸的纳尔逊。

对轻佻的老妪来说，缺指头简直太逗乐了。

安妮钻孔。弗萝遮遮掩掩

然而，你能责备她们吗？

——独臂奸夫，他狞笑着说。不能不说是挺逗乐的。

——要是能让人们晓得全能的天主的真理的话，迈尔斯·克劳福德说。两位老太婆也觉得挺逗乐的。

---

1 指摩西从比斯迦山峰上俯瞰迦南一事。

2 耶稣喜欢用寓言来教导门徒。照基督教的说法，李子象征忠诚与独立。

3 霍雷肖是纳尔逊的教名。

4 约翰·格雷爵士（参看第135页注释1）的雕像坐落在街心岛上。

第八章

菠萝味硬糖果，蜜饯柠檬，黄油糖块。一个被糖弄得黏糊糊的姑娘正在为基督教兄弟会的在俗修士[1]一满勺一满勺地舀着奶油。学校里要举行什么集会吧。让学童享一次口福吧，可是对他们的肠胃并不好。国王陛下御用菱形糖果及糖衣果仁制造厂。上帝拯救我们的……[2]坐在宝座上，把红色的枣味胶糖嘬到发白为止。

一个神色阴郁的基督教青年会[3]的小伙子，站在格雷厄姆·莱蒙的店铺溢出来的温馨、芳香的水蒸气里，留心观察着过往行人，把一张传单塞到布卢姆先生手里。

推心置腹的谈话。

布卢……指的是我吗？不是。

羔羊的血[4]。

他边读边迈着缓慢的步子朝河边走去。你得到拯救了吗？在羔羊的血里洗涤了一切罪愆。上主要求以血做牺牲。分娩，处女膜，殉教，战争，被活埋在房基下者，献身，肾脏的燔祭，德鲁伊特的祭台[5]。以利亚来了。锡安教会的复兴者约翰·亚历山大·道维博士[6]来了。

1　基督教兄弟会是天主教在俗修士的组织，致力于实用通俗教育，学校的经费募自民间。

2　这是十六世纪编成的英国国歌首句的前半句。

3　基督教青年会通过团体活动来传教。一八四四年成立于伦敦，一八五一年传到北美。

4　原文作Bloo。布卢姆，英文作Bloom，而“血”则为“blood”。布卢姆最初以为这里写的是他，及至看下去才知道是“血”。

5　德鲁伊特。每逢有人病危或在战争中受重伤时，德鲁伊特即为之献祭。办法是将活人装入人形的柳条笼里焚烧。一般使用罪犯，有时也使用无辜者。

6　约翰·亚历山大·道维（1847—1907），以信仰疗法传教的美国布道家。他通过个人摆脱病痛的经验提出灵性疗法，成立国际神圣疗法协会。一九〇一年集结约五千信徒在距芝加哥约四十英里处建锡安城。同年以再世的以利亚自居。一九〇四年六月十一日至十八日，他来到欧洲。一九〇六年因滥用资金并宣扬一夫多妻主义等丑闻而为信徒们所唾弃。

来了！来了！！来啦！！！

大家衷心欢迎。

这行当挺划算。去年，托里和亚历山大[1]来了。一夫多妻主义。他的妻子会阻拦的。我是在哪儿见到伯明翰某商行那个夜光十字架的广告来着？我们的救世主。半夜醒来，瞥见他悬挂在墙上。佩珀显灵的手法[2]。把铁钉扎了进去。

那准是用磷做的。比方说，倘若你留下一段鳕鱼，就能看见上面泛起一片蓝糊糊的银光。那天夜里我下楼到厨房的食橱去。那里弥漫着各种气味，一打开橱门就冲过来，可不好闻。她想要吃什么来着？马拉加葡萄干。她在思念西班牙。那是鲁迪出生以前的事。那种蓝糊糊、发绿的玩意儿就是磷光。对大脑非常有益。

他从巴特勒这座纪念碑房的拐角处眺望巴切勒步道。迪达勒斯的闺女还待在狄龙的拍卖行外面呢。准是出售什么旧家具来了。她那双眼睛跟她父亲的一模一样，所以一下子就认得出来。她闲荡着，等候父亲出来。母亲一死，一个家必然就不成其为家了。他有十五个孩子，几乎每年生一个。这就是他们的教义[3]，否则神父就不让那可怜的女人忏悔，更不给她赦罪。生养并繁殖吧。你可曾听到过如此荒唐的想法？连家带产都吃个精光。神父本人反正用不着养家糊口。他们享受丰足的生活。神父的酒窖和食品库。我倒是想看看他们在赎罪日[4]是否严格遵守绝食的规定。十字面包。先吃上一顿饭，再补一道茶点，免得晕倒在祭坛前。你可以去问问一位神父所雇用的管家婆。绝对打听不出来的。正如从她的主人那里讨不到英镑、先令或便士。他独自过得蛮富裕，从来不请客。对旁人一毛不拔。连家里的水都看得很

1　指美国一批以托里和亚历山大为首的信仰复兴运动者。一九〇三年至一九〇五年间，他们到英国进行活动，并于一九〇四年三四月间前往都柏林。

2　指十九世纪七十年代英国人约翰·佩珀所想出的一套办法：他用灯光、黑帷幕和发磷光的服装等，以加强鬼戏的舞台效果。

3　指天主教禁止教徒节制生育。

4　赎罪日是犹太教最隆重的节日，在犹太教历提市黎月（公历9、10月间）初十。从赎罪日前夕至赎罪日全天，犹太教徒都要进行祈祷和默念，禁绝饮食和男女之事。

严。你得自带黄油抹面包。神父大人，闭上你的嘴。

天哪，那个可怜的小妞儿，衣服破破烂烂的。她看上去好像营养也不良。成天是土豆和人造黄油，人造黄油和土豆。当他们感觉到的时候，就已来不及了。布丁好坏，一尝便知。这样，身体会垮的。

当他来到奥康内尔桥头时，一大团烟像羽毛般地从栏杆处袅袅升起。那是啤酒厂的一艘驳船，载有供出口的烈性黑啤酒，正驶向英国。我听说海风会使啤酒变酸的。哪一天我要是能通过汉考克弄到一张参观券就好啦，去看看那家啤酒公司该多么有趣。它本身就是个井然有序的世界。排列着大桶大桶的黑啤酒，一派宏伟景象。老鼠也蹿了进来，把肚皮喝得胀鼓鼓的，大得宛若一条柯利狗，漂在酒面上。啤酒喝得烂醉如泥。一直喝到像个基督徒那样呕吐出来。想想看，让我们喝这玩意儿！老鼠，大桶。喏，倘若我们晓得这一切，可就……

他朝下面望去，瞥见几只海鸥使劲拍着翅膀，在萧瑟的码头岸壁间兜着圈子。外面正闹着天气。倘若我纵身跳下去，又将会怎样？吕便·杰的儿子想必就曾灌进一肚子那样的污水。多给了一先令八便士。嘻嘻嘻。西蒙·迪达勒斯的话说得就是这样俏皮。他也确实会讲故事。

海鸥兜着圈子，越飞越低，在寻找猎物。等一等。

他把揉成一团的纸朝海鸥群中掷去。以利亚以每秒三十二英尺的速度前来。海鸥们根本不予理睬。受冷落的纸团落在汹涌浪涛的尾波上，沿着桥墩漂向下游。它们才不是什么大笨蛋呢。有一天我从爱琳王号上也扔了块陈旧的点心，海鸥竟在船后五十码的尾流中把它叼住了。它们鼓翼兜着圈子飞翔，就这样凭着智慧生存下来。

海鸥啊饿得发慌，
飞翔在沉滞的水上。

诗人就这样合辙押韵。莎士比亚却不用韵体。他写的是无韵诗。语言流畅，思想宏伟。

哈姆莱特，我是你父亲的灵魂，

注定在地上游行相当一个时期[1]。

——两个苹果一便士！两个一便士！

他的视线扫过排列在货摊上那些光溜溜的苹果。这个季节嘛，准是从澳大利亚运来的。果皮发亮，想必是用抹布或手绢擦的。

且慢。还有那些可怜的鸟儿哪。

他又停下脚步来，花一便士从卖苹果的老妪手里买了两块班伯里点心，掰开那酥脆的糕饼，一块块地扔进利菲河。瞧见了吗？起初是两只，紧接着所有的海鸥都悄悄地从高处朝猎物猛扑过去，全吃光了。一丁点儿也没剩。他意识到它们的贪婪和诡诈，就将手上沾的点心渣儿掸下去。它们未曾指望会有这样的口福。**吗哪**[2]。所有的海鸟——海鸥也罢，海鹅也罢，都靠食鱼而生，连肉都带鱼腥味了。安娜·利菲[3]的白天鹅有时顺流而下，游到这里，就用嘴梳理自己的羽毛，炫耀一番。人各有所好。也不晓得天鹅的肉是什么滋味儿。鲁滨孙·克鲁索只得靠它们的肉为生呢。

它们有气无力地拍翅兜着圈子。我再也不丢给你们啦。一便士的就蛮够啦。你们本该好好地向我道声谢的，可是连呱的一声都没叫。而且它们还传染口蹄疫。倘若净用栗子粉来煨火鸡，肉也会变成栗子味的。吃猪就像猪。然而咸水鱼为什么不咸呢？究竟是怎么回事？

他扫视着河面，想寻求个答案。只见一艘划艇停泊在形似糖浆的汹涌浪涛上，懒洋洋地摇晃着它那灰胶纸拍板。

吉诺批发店

1　“哈姆……时期”一语出自《哈姆莱特》第1幕第5场。

2　吗哪是希伯来文，为“是什么东西”的译音，系古以色列人漂泊荒野时天主所赐类似蜜饼的白色食物。

3　安娜·利菲是利菲河（爱尔兰语：生命之河）的别称。通常是指流经都柏林市南部和西部景色优美的上游。

11/–

裤子

那倒是个好主意。也不晓得吉诺向市政府当局交租金不。你怎么可能真正拥有水呢？它不断地流，随时都变动着，我们在流逝的人生中追溯着它的轨迹。因为生命是流动的。任何场所统统适合登广告。每一座公用厕所都有治淋病的庸医的招贴。而今完全看不到了。严加保密。亨利·弗兰克斯大夫。跟舞蹈师傅马金尼的自我广告一样，一分钱也不用花。要么托人去贴，要么趁着深更半夜悄悄跑进去，借解纽扣的当儿，自己把它贴上。麻利得就像夜晚躲债的。这地方再合适不过了。禁止张贴广告、邮寄一百零十粒药丸。有人服下去，心里火烧火燎的。

倘若他……

哦！

呃？

不……不。

不，不。我不相信。他该不至于吧？

不，不。

布卢姆先生抬起神情困惑的眼睛，向前踱去。不要再想这个了。一点钟过了。港务总局的报时球已经降下来了。邓辛克标准时间。罗伯特·鲍尔爵士的那本小书饶有趣味。视差。我始终也没弄清楚这个词的意思。那儿有个神父，可以去问问他。这词儿是希腊文：平行，视差。我告诉她什么叫作轮回之前，她管它叫遇见了他尖头胶皮管[1]。哦，别转文啦！

布卢姆先生，朝着港务总局的两扇窗户泛出微笑。哦，别转文啦！她的话毕竟是对的。用夸张的字眼来表达平凡的事物，只不过是

1　英文里，除了“transmigration”，另有个源于希腊文的外来语“metempsychosis”，也作“轮回”解，与“met him pike hoses”（遇见了他尖头胶皮管）读音相似，故有此误会。

取其音调而已。她讲话并不俏皮，有时候还挺粗鲁。我只是心里想想的话，她却脱口捅了出来。但是倒也不尽然。她常说，本·多拉德有着一副下贱的桶音[1]。他那两条腿就跟桶一样，他仿佛在往桶里唱歌。喏，这话不是说得蛮俏皮吗！他们通常管他叫大本钟。远不如称他作下贱的桶音来得俏皮。他们饭量大如信天翁。一头牛的脊肉，一顿就吃光。他喝上等巴斯啤酒的本事也不含糊。是只啤酒桶。怎么样？俏皮话说得都很贴切吧。

一排穿白罩褂，胸前背后挂着广告牌的人工沿着明沟慢慢地朝他走来。每个人都在广告牌上斜系着一条猩红的饰带。大甩卖。他们正像今天早晨那位神父一样：我们犯了罪。我们受了苦[2]。他读着分别写在他们那五顶白色高帽上的红字母：H·E·L·Y·S。威兹德姆·希利商店[3]。帽子上写着Y的男子放慢脚步，从胸前的广告牌下面取出一大块面包，塞到嘴里，边走边狼吞虎咽着。我们每天在主食上花三先令，沿着明沟，穿街走巷。靠面包和稀稀的麦片粥，勉强把皮和骨连在一起。他们不是博伊——不，而是默·格拉德的伙计。反正招徕不了多少顾客。我曾向他建议，让两个美女坐在一辆透明的陈列车里写信，并摆上笔记本、信封和吸墨纸。我敢断定，那准会轰动。美女写字，马上就会引人注目。人人都渴望知道她在写什么。要是你站在那里望空发愣，就会有二十个人围上来。谁都想参与别人的事，女人也是如此。好奇心。盐柱[4]。希利不肯接受这个主意，因为这不是他首先想出来的。我还建议做个墨水瓶的广告，用黑色赛璐珞充当流出来的墨水渍。他在广告方面的想法就像在讣告栏底下刊登李树商标肉罐头，冷肉部。你不能小看它们。什么？敝店的信封。——喂，琼斯，

1　原文作base barreltone，是文字游戏。Base既可作“下贱”解，又可作“男低音”解。Barreltone的意思是“桶音”，与“barytone”（男中音）谐音。这里还有双关之意。多拉德胖得像是巴思（Bass）酒厂的酒桶。

2　神父身上的祭披背后写有I. H. S. 三个字母。本为拉丁文“万人的救主耶稣”的首字。摩莉却按照英语把它理解为“我犯了罪”“我受了苦”。这里，把“我”改成了“我们”。

3　HELY（希利）是店老板的姓，后面加上“'S”，代表“的”，意思是“希利所开的店”。

4　盐柱，指因好奇心而受到处罚。参看第88页注释1。

你到哪儿去呀？——鲁滨孙，我不能耽误，得赶紧去买唯一靠得住的坎塞尔牌消字灵，戴姆街八十五号希利商店出售的。幸而我不再在那儿干了。去那些修道院收账可真是件苦差事。特兰奎拉女修道院[1]。那儿有个漂亮的修女，一张脸长得可真俊。小小的头上包着尖头巾，非常合适。修女？修女？从她的眼神来看，我敢说她曾失过恋。跟那种女人是很难讨价还价的。那天早晨她正在祈祷的时候，我打扰了她。但是她好像蛮乐意跟外界接触。她说：这是我们的大日子。迦密山的圣母节。名字也挺甜：像糖蜜[2]。她认识我，从她那副样子也看得出，她认识我。要是她结了婚，就不会这样了。我估计修女们确实缺钱。尽管如此，不论煎什么，她们仍旧用上等黄油。她们可不用猪油。吃大油吃得我直烧心。她们喜欢里里外外抹黄油。摩莉掀起头巾，在品尝黄油。修女？她叫帕特·克拉费伊，是当铺的女儿。人们说，铁蒺藜就是一位尼姑发明的。

当那个帽子上写着带有撇号的S字的人拖着沉重的脚步走过去后，他才横穿过韦斯特莫兰街。罗弗自行车铺。今天举行赛车会。那是多久以前的事儿来着？是菲尔·吉利根去世的那一年。我们住在伦巴德西街。且慢，当时我正在汤姆的店铺来着。我们结婚那一年，我在威兹德姆·希利的店里找到了工作。六年。他是十年前——九四年死的。对，就是阿诺特公司着大火的那一年。维尔·狄龙正任市长。格伦克里的午餐会。市参议员罗伯特·奥赖利在比赛开始前，将葡萄酒全倒进汤里。吧唧吧唧替内在的参议员把它舔干净。简直听不清乐队在演奏什么。主啊，所赐万惠，我等……[3]那时候，米莉还是个小娃娃哩。摩莉身穿那件钉着盘花饰扣的灰象皮色衣服。那是男裁缝的手艺，钉了包扣。她不喜欢这身衣服，因为她头一回穿它去参加合唱队在糖锥山举行的野餐会那一天，我把脚脖子扭伤了。就好像该怪它似

1　这是一八三三年由天主教的迦尔默罗会在拉思曼斯的特兰奎拉所创立的女修道院。

2　这是文字游戏。迦密的原文作Carmel，而糖蜜的原文是caramel，这两个词音相近。

3　“主啊，所赐万惠，我等”是天主教的《饭后祝文》。“我等”后面省略了“感激称颂”四字。

的。老古德温的大礼帽仿佛是用什么黏糊糊的东西修补过的。那也是给苍蝇开的野餐会哩。她从未穿过剪裁这么得体的衣服。不论肩膀还是臀部，都像戴手套一样，刚好合身。那阵子她的体态开始丰腴了。当天我们吃的是兔肉馅饼。大家都追着她看。

幸福啊。当时我们可比现在幸福。舒适的小房间，四周糊着红色墙纸。是在多克雷尔那家店里买的，每打一先令九便士。给米莉洗澡的那个晚上，我买了一块美国香皂，接骨木花的。澡水散发出馨香的气味。她浑身涂满肥皂，真逗。身材也蛮好。如今她正干着照相这一行。我那可怜的爹告诉我，他曾搞过一间银板照相的暗室。这也是一种祖传的兴趣吧。

他沿着人行道的边石走去。

生命的长河。那个活像是神父的家伙姓什么来着？每逢路过的时候，他总是斜眼望着我们家。视力不佳，女人。曾在圣凯文步道的西特伦家住过一阵子。姓彭什么的。是彭迪尼斯吗？近来我的记性简直。彭……？当然喽，那是多年以前的事啦。也许是电车的噪声闹的。哦，既然他连每天见面的排字房老领班姓什么都记不起来。

巴特尔·达西是当时开始出名的男高音歌手。排练后，总送她回家。他是个自命不凡的家伙，用发蜡把胡子捻得挺拔。他教会了她《南方刮来的风》这首歌。

风刮得很猛的那个晚上，我去接她。古德温的演奏会刚在市长官邸的餐厅或橡木室里举行完毕。分会正在那里为彩票的事开着碰头会。他和我跟在后面走。我手里拿着她的乐谱，其中一张被刮得贴在高中校舍的栏杆上。幸亏没刮跑。这种事会破坏她整个儿晚上的情绪。古德温教授跟她相互挽着臂走在前面。可怜的老酒鬼摇摇晃晃，脚步蹒跚。这是他的告别演奏会了，肯定是最后一次在任何舞台上露面。也许几个月，也许是永远地[1]。我还记得她冲着风畅笑，竖起挡风

---

1 “也许……永远地”出自安妮·巴里·克劳福德作词、弗雷德里克·N. 克劳奇配曲的《凯思琳·马沃宁》这首歌的第一段。

雪的领子。记得吧？在哈考特街角上，一阵狂风。呜呜呜！她的裙子整个儿被掀起，她那圆筒形皮毛围巾把老古德温勒得几乎窒息而死。她被风刮得涨红了脸。记得回家后，我把火捅旺，替她煎了几片羊腿肉当晚餐，并浇上她爱吃的酸辣酱。还有加了糖和香料、烫热了的甘蔗酒。从壁炉那儿可以瞥见她在卧室里正解开紧身褡的金属卡子。雪白的。

她的紧身褡嗖的一声轻飘飘地落在床上。总是带着她的体温。她一向喜欢松开一切束缚。她在那儿坐到将近两点钟，一根根地摘下发卡。米莉严严实实地裹在小床里。幸福啊，幸福，就在那个夜晚……

——哦，布卢姆先生，你好吗？

——哦，你好吗，布林太太？

——抱怨也是白搭。摩莉近来怎么样？我好久没见着她啦。

——精神抖擞，布卢姆先生快活地说。喏，知道吗，米莉在穆林加尔找到工作啦。

——离开家啦？可真了不起！

——可不是嘛，在一家照相馆里干活儿。像火场一样忙得团团转。您府上的孩子们好吗？

——个个都有一张吃饭的嘴，布林太太说。

她究竟有多少儿女呢？眼下倒不像是在身怀六甲。

——你戴着孝哪。难道是……？

——没有，布卢姆先生说。我刚刚参加了一场丧礼。

可以想象，今天一整天都会不断有人问起：谁死啦？什么时候怎么死的？反正躲也躲不掉。

——哎呀妈呀！布林太太说。我希望总不是什么近亲。

倒也不妨让她表表同情。

——姓迪格纳穆的，布卢姆先生说。是我的一位老朋友。他死得十分突然，可怜的人哪。我相信得的是心脏病。葬礼是今天早晨举行的。

你的葬礼在明天，

当你穿过裸麦田[1]。

嗨唷嗬，咿呀嗨，

嗨唷嗬……

——老朋友死了真令人伤心，布林太太说。她那女性的眼睛里露出悲怆的神色。

这个话题就说到这儿吧。还是适可而止。轻轻地问候一声她老公吧。

——你先生——当家的好吗？

布林太太抬起她那双大眼睛。她的眼神倒还没失去往日的光泽。

——哦。可别提他啦！她说。他这个人哪，连响尾蛇都会被他吓倒的。眼下他在餐馆里拿着法律书正在查找着诽谤罪的条例哪。我这条命早晚会送在他手里。等一等，我给你看个东西。

一股热腾腾的仿甲鱼汤蒸汽同刚烤好的酥皮果酱馅饼和果酱布丁卷的热气从哈里森饭馆里直往外冒。浓郁的午餐气味刺激着布卢姆先生的胃口。为了做美味的油酥点心，就需要黄油、上等面粉和德梅拉拉砂糖。要么就和滚烫的红茶一道吃。气味或许是这个妇女身上散发出来的吧？一个赤脚的流浪儿站在格子窗跟前，嗅着那一股股香味。借此来缓和一下饥饿的煎熬。这究竟是快乐还是痛苦呢？廉价午餐。刀叉都锁在桌上[2]。

她打开薄皮制成的手提包。帽子上的饰针：对这玩意儿得当心点儿——在电车里可别戳着什么人的眼睛。乱找一气。敞着口儿。钱币。请自己拿一枚吧。她们要是丢了六便士，那可就麻烦啦。惊天动地。丈夫吵吵嚷嚷：星期一我给你的十先令哪儿去啦？难道你在养活你弟弟一家人吗？脏手绢。药瓶。刚掉下去的是润喉片。这个女人要

1　“你的葬礼在明天”，套用费利克斯·麦格伦农的《他的葬礼在明天》，将“他”改成了“你”。“当你穿过裸麦田”，套用罗勃特·彭斯的诗句《穿过裸麦田》。

2　每年冬季，都柏林基督教协会为贫民供应每顿仅一便士半的廉价午餐，每逢星期日免费供应早餐。就餐者站在柜台前吃，而餐具都用铁链锁住。

干什么？……

——准是升起了新月，她说。一到这时候老毛病就犯啦。你猜他昨儿晚上干什么来着？

她不再翻找了。她惊愕地睁大了一双眼睛盯着他，十分惊愕，可还露着笑意。

——怎么啦？布卢姆先生问。

让她说吧。直勾勾地盯着她的眼睛。我相信你的话，相信我吧。

——夜里，他把我叫醒啦，她说。他做了个梦，一场噩梦。

消化不良呗。

——他说，黑桃A[1]走上楼梯来啦。

——黑桃幺！布卢姆先生说。

她从手提包里掏出一张折叠起来的明信片。

——念念看，她说。他今天早晨接到的。

——这是什么？布卢姆先生边接过明信片，边说。万事休矣。

——万事休矣：完蛋，她说。有人在捉弄他。不论是谁干的，真是太缺德啦。

——确实是这样，布卢姆先生说。

她把明信片收回去，叹了口气。

——他这会子就要到门顿先生的事务所去。他说他要起诉，要求赔偿一万镑。

她把明信片叠好，放回她那凌乱的手提包，啪的一声扣上金属卡口。

两年前她穿的也是这件蓝哔叽衣服，料子已经褪色了。从前它可风光过。耳朵上有一小绺蓬乱的头发。还有那顶式样俗气的无檐女帽上头还缀了三颗古色古香的葡萄珠，这才勉强戴得出去。一位寒酸的淑女。从前她可讲究穿戴啦。如今嘴边已经出现了皱纹。才比摩莉大上一两岁。

1　算命的认为“黑桃A”是不祥（也许是死亡）的预兆。

那个女人从她身旁走过去的时候，曾用怎样的眼神瞅她！残酷啊。不公正的女性。

他依然盯着她，竭力不把心头的不悦形之于色。仿甲鱼汤、牛尾汤、咖喱鸡肉汤的气味冲鼻。我也饿了。她那衣服的贴边上还沾着点心屑呢，腮帮子上也巴着糖渣子。填满了各色果品馅儿的大黄酥皮饼[1]。那时候她叫乔西·鲍威尔。那是好久以前的事了，在海豚仓的卢克·多伊尔家玩过哑剧字谜。万事休矣：完蛋。

换个话题吧。

——最近你见着博福伊太太了吗？布卢姆先生问。

——米娜·普里福伊吗？她说。

我脑子里想的是菲利普·博福伊。戏迷俱乐部。马查姆经常想起那一妙举。我拉没拉那链儿呢？拉了，那是最后一个动作。

——是的。

——我刚才顺路去探望了她一下，看看她是不是已分娩了。眼下她住进了霍利斯街的妇产医院。是霍恩大夫让她住院的。她已足足折腾了三天。

——哦，布卢姆先生说。我听了很难过。

——可不是嘛，布林太太说。家里还有一大帮娃娃哪。护士告诉我，是不常见的难产。

——哎呀，布卢姆先生说。

他的目光表露着深切的怜悯，全神贯注地倾听她这个消息，同情地咂着舌头：啧！啧！

——我听了很难过，他说。怪可怜的！三天啦！够她受的！

布林太太点了点头。

——从星期二起，阵痛就开始啦……

布卢姆先生轻轻地碰了一下她的胳膊肘尖儿，提醒她说：

——当心！让这个人过去吧。

1　酥皮饼，原文作tart，也有荡妇之意。

一个瘦骨嶙峋的人从河边沿着人行道的边石大步流星地走了过来，隔着系有沉甸甸的带子的单片眼镜，茫然地凝视着阳光。一顶小帽像头巾一般紧紧地箍在他头上。迈一步，夹在腋下的那件折叠起来的风衣、拐杖和雨伞就晃荡一阵。

——瞧他，布卢姆先生说。总是在街灯外侧走路。瞧啊！

——我可以问一下他是谁吗？布林太太说。他是个半疯儿吗？

——他名叫卡什尔·博伊尔·奥康内尔·菲茨莫里斯·蒂斯代尔·法雷尔，布卢姆先生笑眯眯地说。瞧啊！

——这串儿够长的啦，她说。丹尼斯迟早也会变成这个样子。

她突然闭上了嘴。

——他出来啦，她说。我得跟着他走。再见吧。请代我向摩莉问候一声，好吗？

——好的，布卢姆先生说。

他望着她一路躲闪着行人，走到店铺前面去。丹尼斯·布林身穿紧巴巴的长礼服，脚蹬蓝色帆布鞋，腋下紧紧地夹着两部沉甸甸的大书，从哈里森饭馆里拖着脚步走了出来。像往常一样，仿佛是一阵风把他从海湾刮来的似的。他听任她赶上自己，并没有感到意外，一路朝她噘他那脏巴兮兮的灰胡子，摆动着皮肉松弛的下巴，热切地说着什么。

疯狂[1]。完全疯啦。

布卢姆先生继续轻松愉快地走去。瞥见前面阳光下那顶像头巾一般紧紧地箍在头上的小帽，还有那大摇大摆地晃荡着的拐杖、雨伞和风衣。瞧瞧他！又离开了人行道。这也是在世上鬼混的一种方式。还有另一个披头散发、衣衫褴褛的老疯子，到处闲荡。如果跟这种人一道过日子，必然够呛。

万事休矣：完蛋。那准是阿尔夫·柏根或里奇·古尔丁干的。毫无疑问，是在苏格兰屋开着玩笑写的。他正前往门顿的事务所。一路

1　原文为依地语，又称“意第绪语”或“犹太德语”。中欧和东欧大多数犹太人的主要口语。

用那双牡蛎般的眼睛瞪着明信片的那副样子，足以让众神大饱眼福。

他从爱尔兰时报社前走过。那儿兴许还放着其他应征者的回信哩。我倒巴不得统统给答复了。这制度倒是替罪犯大开方便之门：暗码。现在正是吃午饭的时候。那边那个戴眼镜的职员并不认识我。啊，就把他们先撂在那儿，慢慢儿来吧。光是把那四十四封信浏览一遍就够费事的了。招聘一名精干的女打字员，协助一位先生从事文字工作。我曾管你叫淘气鬼，因为我不喜欢那另一个世界。请告诉我它的含意。请告诉我，你太太使用哪一种香水。告诉我世界是谁创造的。她们就像这样劈头盖脑地向你提出各种问题。另外一个叫莉齐·特威格，说是：我的文学作品有幸受到著名诗人A.E.（乔·拉塞尔先生）的赞赏。她边呷着浑浊的茶，边翻看一本诗集，连梳理头发的工夫都没有。

这家报纸登小广告赛过任何一家。如今扩大到各郡。聘请厨师兼总管家，一级烹调，并有女仆打下手。征聘性格活泼的酒柜侍者。今有品行端正的女青年（罗马天主教徒），愿在水果店或猪肉铺觅职。那份报纸是詹姆斯·卡莱尔创办的，百分之六点五的股息。买科茨公司的股票大赚了一笔。一步一步地来。老奸巨猾的苏格兰守财奴。净写一些溜须拍马的报道。我们这位宽厚而深孚众望的总督夫人啦。如今，他连《爱尔兰狩猎报》也给买下来了。蒙卡什尔夫人产后已完全康复，昨日率领医院俱乐部的一批猎犬骑马前往拉思奥斯参加放猎大会。不能食用的狐狸。也有专为果腹而狩猎的。恐怖感能使猎物的肉变得松软多汁。她的骑法就跟男子汉一样，叉开腿跨在马背上。这是一位能够拔山扛鼎的女狩猎家。侧鞍也罢，后鞍也罢，她一概不骑，乔可决不要[1]！集合时她首先赶了来。及至杀死猎物时，她也亲临现场。有些女骑手简直健壮得像母种马一样。她们在马房周围大摇大摆地转悠。一眨眼的工夫就把一杯不兑水的白兰地一饮而尽。今天早晨待在格罗夫纳饭店前的那个女人嗖地一下就上了马车。嘘——嘘。她

1 “乔可决不要！”一语出自十九世纪六十年代在都柏林流行的一首歌曲。

敢骑在马上跨过一道石墙或有着五根横木的障碍物。那个瘪鼻子的电车司机想必是故意使的坏。她究竟长得像谁呢？对啦！像是曾经在谢尔本饭店把自己的旧罩衫和黑色衬衣卖给我的那位米莉亚姆·丹德拉德太太。离了婚的西班牙裔美国人。我摆弄它们时，她毫不理会。大概把我看成她的衣服架子了。我是在总督的宴会上遇到她的。公园护林人斯塔布斯把我和《快报》的维兰带进去参加了。吃的是那些达官贵人的残羹剩汤。一顿有肉食的茶点。我把蛋黄酱当作乳蛋羹，浇在李子布丁上了。打那以后，她一定耳鸣了好几个星期。我恨不得当她的公牛。她是个天生的花魁。谢天谢地，看孩子可别找她。

可怜的普里福伊太太！丈夫是个循道公会[1]教徒。他说的虽然是疯话，其中却包含着哲理[2]。中午吃教育奶场所生产的番红花甜面包，喝牛奶和汽水。基督教青年会。边吃边看着记秒表，每分钟嚼三十二下，然而他那上细下圆的羊排状络腮胡子还是长得密密匝匝。据说他的后台挺硬。西奥多的堂弟在都柏林堡。家家都有个显赫的亲戚。每年他总给她一株茁壮的一年生植物[3]。有一次，我看见他光着头正领着一家人从"三个快乐的醉汉"酒馆前大踏步走过。大儿子还用买东西的网兜提着一个。娃娃们大哭大叫。可怜的女人！她得年复一年，整日整夜地喂奶。这些禁酒主义者是自私自利的。马槽里的狗[4]。劳驾，红茶里我只要一块糖就够了。

他在舰队街的十字路口停下来。该吃午饭的时候了。到罗依去吃上一客六便士的份饭吧？还得到国立图书馆去查阅那条广告呢。倒不如到伯顿去吃那八便士一客的，刚好路过那里。

他从博尔顿的韦斯特莫兰店前走过。茶。茶。茶。我忘了向汤姆·克南订购茶叶啦。

---

1 也译作美以美会，是基督教的一个支派，一七二七年由约翰·卫斯理（1703—1791）创立。教徒组成小组，小组成员的绰号为"循道者"。

2 "他……哲理"，这里套用《哈姆莱特》第2幕第2场中御前大臣波洛涅斯给予哈姆莱特王子的评语。

3 暗指年年生孩子。

4 这是《伊索寓言》里的故事。一只狗自己不吃草，却钻进饲料槽里，不让马吃草。

呃呃呃，嘚嘚嘚！想想看，她在床上哼了三天，额头上绑着一条泡了醋的手绢，挺着个大肚子。唉！简直太可怕了！胎儿的脑袋太大啦，得用钳子。在她肚子里弯曲着身子，摸索着出口，盲目地试图往外冲。要是我的话，准把命送啦。幸而摩莉十分顺产。他们应该发明点办法来避免这样。生命始于分娩的痛苦。昏睡分娩法。维多利亚女王就使用过这种办法。她生了九胎。一只多产的母鸡。老婆婆以鞋为家，生下一大群娃娃[1]。倘若他患的是肺病呢。现在该是考虑这些的时候了，而别去与什么忧郁多思的胸脯闪着银白色光辉这类的空话了。那是哄傻子的空话。他们完全不用伤筋动骨，三下两下就能盖起一座大医院。从各种税收中，按复利借给每一个出生的娃娃五镑。按五分利计算，到了二十一岁就积累成一百零五先令了。英镑挺麻烦的，得用十进法乘二十。要鼓励大家存钱。二十一年内可存上一百一十多先令。想在纸上好好计算一下。数目相当可观哩，比你想象的要多。

死胎当然不算数。连户口都不给上嘛。那是徒劳。

两个大腹便便的孕妇待在一起，煞是可笑。摩莉和莫依塞尔太太。母亲们的聚会。肺结核暂且收敛，随后又回来了。分娩后，她们的肚皮一下子就扁平了！温和的眼神。卸下了个大包袱的感觉。产婆桑顿老大娘是个快活的人儿。她说：这些都是我的娃娃。喂娃娃之前，她总先把奶面糊糊的匙子放在自己嘴里尝尝。哦，好吃，好吃。替老汤姆·沃尔的儿子接生的时候，她把手扭伤了。那是他头一次亮相。脑袋活像个获奖的老倭瓜。爱生气的穆伦大夫。人们随时都来敲门喊醒他。“求求您啦，大夫。我内人开始阵痛啦。”至于谢礼呢，一连拖欠几个月。那是你老婆的出诊费呀。净是些忘恩负义的家伙。医生大多是好心肠的。

爱尔兰国会大厦那老高老大的门前，一簇鸽子在飞来飞去。它们吃饱了在嬉戏。咱们撒到哪个人身上呢？我挑那个穿黑衣服的家伙。

1　“老婆婆……娃娃”出自英国一首摇篮曲。后两句为：“只给汤喝没面包，狠抽一顿送上床。”下面的“他”指艾伯特。实际上他死于伤寒病。

撒了。好运道。从空中往下撒，该是多么过瘾啊。有一回，阿普约翰、我本人和欧文·戈德堡爬上古斯草地附近的树，学猴子玩。他们叫我青花鱼[1]。

一队警察排成纵队，迈着正步从学院路走了过来。一个个吃得脸上发热，汗水顺着钢盔往下淌，轻轻地拍打着警棍。饭后，皮带底下塞满了油汪汪的浓汤。警察的日子通常过得蛮快活[2]。他们分成几股散开来，边敬礼边回到各自的地段上去。放他们出去填饱肚子。最好是在吃布丁的时候去袭击，正进餐的当儿给他一拳头。另一队警察三三两两地分散开来，绕过三一学院的栅栏，走向派出所。饲料槽在等着他们。准备迎接骑兵队。准备迎接浓汤。

他从汤米·穆尔那捣鬼[3]的指头底下横穿过去。他们把他这座铜像竖在一座小便池上，倒是做对了。众水汇合[4]。应该给妇女也修几座厕所。她们总是跑进点心铺，佯说是："整理一下我的帽子。"**世界纵然辽阔，唯数此峡……** 这是朱莉娅·莫尔坎演唱的拿手歌曲。直到最后的时刻，她的嗓音始终都保持得洪亮如初。她是迈克尔·巴尔夫的女弟子吧？

他目送着最后一名警察那穿着宽宽的制服上衣的背影。干这行当，就得对付一批棘手的主顾。杰克·鲍尔可以告诉你一桩事。他爹就是一名便衣刑警。要是一个家伙在被抓的时候给了他们麻烦，等那人进了拘留所，就狠狠地让他尝尝厉害。干的是那种差事嘛，倒也难怪他们。尤其是年轻警察。乔·张伯伦在三一学院被授予学位的那一

1　原文（mackerel）作为俚语，含有"男妓"或"拉皮条"之意。

2　此语系把吉尔伯特与沙利文合编的喜剧《彭赞斯的海盗》（1880）中的歌词"警察的日子过得可并不快活"做了改动。

3　汤米是托马斯的爱称。托马斯·穆尔（1779—1852），爱尔兰诗人、讽刺作家。他的主要作品《爱尔兰歌曲集》（1807—1834）曾赢得人们对爱尔兰民族主义者的同情和支持。"捣鬼的指头"暗喻弗朗西斯·马奥尼（1804—1866）的《汤姆·穆尔捣的鬼》一文。这位爱尔兰神父指出，穆尔的几首最流行的歌曲是从法文或拉丁文蹩脚地译过来的。三一学院附近竖有他的雕像，雕像下是一座公共便池。

4　《众水汇合》是托马斯·穆尔的《爱尔兰歌曲集》中的一首歌曲名。"世界纵然辽阔，唯数此峡最美丽"是歌词中的两句。

天，那个骑警为他可费了大事[1]。这是千真万确！他的马蹄沿着阿贝街一路嘚嘚嘚地朝我们逼来。幸而我灵机一动，一个箭步蹿进曼宁酒吧去，不然我准会惹上麻烦。他真是飞奔而来，想必是栽在人行道的鹅卵石上撞破了脑壳。我悔不该被卷进那批医学院学生当中。还有三一学院那些戴学士帽的一年级学生。反正就是想闹事。不过，这下子我倒结识了小迪克森。我被蜜蜂蜇了的那回，就是他在仁慈圣母医院替我包扎的。如今他在霍利斯街，普里福伊太太就在那儿。轮中套轮[2]。警笛的响声至今还萦回在我耳际。大家仓皇逃走。他为什么单单盯上了我呢？他对我说，你被捕了。事情就是这样开始的。

——支持布尔人[3]！

——为德威特[4]三欢呼！

——把乔·张伯伦吊死在酸苹果树上！

蠢才们。成群的野小子们声嘶力竭地喊叫。醋山冈[5]。奶油交易所的乐队[6]。不出几年，其中半数就必然将成为治安法官[7]和公务员。一打起仗来，就手忙脚乱地参军。就是这些人，过去经常说：哪怕上高高的断头台[8]。

你决不知道自己在跟什么人说话。科尼·凯莱赫的眼神活像是

1　乔是约瑟夫的简称。约瑟夫·张伯伦（1836—1914），英国政客，反对爱尔兰自治。在南非与英国的冲突中，竭力主战。一八九九年他到都柏林三一学院来接受一项荣誉学位。同一天，莫德·冈内等爱尔兰爱国志士在利菲河对岸集会支持南非，对英国政府提出抗议，并不顾警察的弹压，过河游行到学院草地。

2　指曾在仁慈圣母医院实习的迪克森如今转到霍利斯街的妇产医院来了，而米娜·普里福伊也在那里住院待产，机缘凑巧。

3　布尔人是南非荷兰人后裔。一八九九年至一九〇二年在南非开展反英独立战争，即布尔战争。

4　克里斯琴·鲁道夫·德威特（1854—1922），南非布尔人的将军，政治家。

5　醋山冈在韦克斯福德郡的恩尼斯科西。在一七九八年的民众起义中，起义军的指挥部即设在这里。当年六月二十一日被英军击溃。

6　奶油交易所是个奶场场主的同业公会，在爱尔兰的几座城市中设有分会。都柏林分会拥有一支乐队。布卢姆正回忆的那次游行示威，该乐队也参加了。

7　十九世纪末叶，爱尔兰各地区（都柏林除外）共有六十四名治安法庭长官。由于待遇好，被视为最理想的职业。

8　语出自T. D. 沙利文（1827—1914）所作《天主保佑爱尔兰》。最后三句是：“哪怕上高高的断头台，我们战死沙场也心甘，只要是为了亲爱的爱尔兰！”

哈维·达夫[1]。活像是那个密告常胜军计划的彼得——不对，是丹尼斯——不对，是詹姆斯·凯里[2]，其实他是市政府的官员。他煽动莽撞的小伙子去刺探情报，暗地里却不断从都柏林堡领取情报活动津贴。快别再跟他来往了吧，危险哩。这些穿便衣的家伙怎么老是缠住女用人啊？平素穿惯制服的人，一眼就认得出来。把女佣推得紧紧贴着后门，粗鲁地挑逗一番。接着就干起正事了。来的那位先生是谁呀？少爷说过什么没有？从钥匙孔里偷看的汤姆[3]。做囮子的野鸭。血气方刚的年轻大学生抚摩着正在熨衣服的她那丰腴的胳膊，同她起腻。

——这些是你的吗，玛丽？

——我才不穿这样的呢……住手，不然我就向太太告你的状。深更半夜还在外面游荡。

——好日子快要到来了，玛丽。你等着瞧吧。

——喏，你同那快要到来的好日子一道给我滚吧。

还有酒吧间的女招待。纸烟店的姑娘。

詹姆斯·斯蒂芬斯的主意再高明不过了。他了解对方。他们每十个人分作一组，所以一个成员就是告密也超不出本组范围[4]。新芬[5]。要是想开小差，就准会挨一刀。有只看不见的手。留在党内呢，迟早会被刑警队枪杀。看守的闺女帮助他从里奇蒙越狱，乘船离开拉斯科。他曾在警察的鼻子底下住进白金汉宫饭店。加里波第[6]。

你得有点儿个人魅力才行，像巴涅尔那样。阿瑟·格里菲思是个奉公守法的人，然而不孚众望。要么就海阔天空地谈论我们可爱的祖

---

1 哈维·达夫是《少朗》(1874)中的一个乔装成农夫的密探。

2 詹姆斯·凯里，参看第116页注释4。

3 此处的汤姆是泛称，尤指下流的偷看者。

4 詹姆斯·斯蒂芬斯所创立的芬尼社，组织严密，每十人分为一组，各有组长。组内也只有直线联系。

5 指在“新芬”这一口号下从事爱尔兰民族独立运动的芬尼社（亦称爱尔兰共和兄弟会）。新芬党的创立者格里菲思即为芬尼社社员。

6 加里波第（1807—1882），意大利民族英雄。一八六〇年组织红衫党，解放西西里和那不勒斯。次年意大利王国宣告成立。他一生中最大的贡献是为意大利的复兴和统一而进行宣传和战斗。

国。腊肉烧菠菜[1]。都柏林面包公司的茶馆。那些讨论会。说共和制乃是最好的政治制度，又说什么国语问题应该优先于经济问题。还说你的女儿们可曾把他们勾引到你家来呢？肉啊酒的，让他们填饱肚子。米迦勒节的鹅[2]。为你准备了一大堆调好了味的麝香草，塞在鹅的肚皮里。趁热再吃一夸脱鹅油吧。半饥半饱的宗教狂们。揣上个一便士的面包卷[3]，就跟着乐队走它一遭儿。东道主忙于切肉，顾不得做感恩祷告啦。一想到另一个人会为你付钱，就吃得格外香。毫不客气。请把那些杏子——其实是桃子——递过来。那个日子不太遥远了。爱尔兰自治的太阳正从西北方冉冉升起。

走着走着，他脸上的笑容消失了。乌云徐徐地遮住太阳，三一学院那阴郁的正面被暗影所笼罩。电车一辆接一辆地往返行驶，叮叮当当响着。说什么也是白搭。日复一日，事物毫无变化。一队警察开出去，又开回来。电车来来往往。那两个疯子到处徘徊。迪格纳穆被车载走了。米娜·普里福伊挺着大肚皮躺在床上，呻吟着，等着娃娃从她肚子里被拽出来。每秒钟都有一个人在什么地方出生，每秒钟另外又有一个死去。自从我喂了那些鸟儿，已经过了五分钟。三百人翘了辫子，另外又有三百个呱呱落地，洗掉血迹。人人都在羔羊的血泊中被洗涤[4]，妈啊啊啊地叫着。

整整一座城市的人都死去了，又生下另一城人，然后也死去。另外又生了，也死去。房屋，一排排的房屋；街道，多少英里的人行道。堆积起来的砖，石料。易手。主人转换着。人们说，房产主是永远不会死的。此人接到搬出去的通知，另一个便来接替。他们用黄金买下了这个地方，而所有的黄金还都在他们手里。也不知道在哪个环节上诈骗的。日积月累发展成城市，又逐年消耗掉。沙中的金字塔。

1　俚语中，转义指家常便饭，毫不稀奇。一首民歌有"肥胖的家禽，丝毫不稀奇"之句。

2　西方教会定于每年九月二十九日纪念天使长米迦勒。爱尔兰人和英国人在此节日有食鹅肉的习俗，据说是为了保证来年生活富裕。

3　凡是跟着救世军（成立于1865年）的乐队走街串巷，表示自己悔改的，均能领到一个值一便士的面包卷。

4　照基督教的说法，用羔羊的血可以赎罪。

是啃着面包和洋葱[1]盖起来的。奴隶们修筑的中国万里长城。巴比伦。而今只剩下巨石。圆塔。此外就是瓦砾，蔓延的郊区，偷工减料草草建成的屋舍。柯万用微风盖起来的那一座蘑菇般的房子[2]。只够睡上一夜的蔽身处。

人是毫无价值的。

这是一天当中最糟糕的时辰。活力。慵懒，忧郁。我就恨这个时辰。只觉得像是被谁吞下去又吐了出来似的。

学院院长的宅第。可敬的萨蒙博士。鲑鱼[3]罐头。严严实实地装在那个罐头里[4]。活像是小教堂的停尸所。即便给我钱，我也不愿意去住那样的地方。今天要是有肝和熏猪肉就好了。大自然讨厌真空状态。

太阳徐徐从云彩间钻出，使街道对面沃尔特·塞克斯顿店那橱窗里的银器熠熠发光。约翰·霍华德·巴涅尔连看也没看一眼就从橱窗前走过去了。

这是那一位的哥哥[5]，跟他长得一模一样。那张脸总是在我眼前晃。这是个巧合。当然，有时你也会想到某人数百次，可就是碰不见他。他那走路的样儿，活像个梦游者。没有人认识他。今天市政府准是在召开什么会议。据说自从他就职以来，连一次也没穿过市政典礼官的制服。他的前任查理·卡瓦纳总是戴着翘角帽，头发上搽了粉，刮了胡子，得意扬扬地骑着高头大马上街。然而，瞧瞧他走路时那副狼狈相，仿佛是个在事业上一败涂地的人。一对荷包蛋般的幽灵的眼睛。我好苦恼。啊，伟人的老弟。乃兄的胞弟。他要是跨上了市政典礼官的坐骑，那才神气呢。兴许还要到都柏林面包公司去喝杯咖啡，

1　面包和洋葱被视为典型的奴隶伙食。

2　迈克尔·柯万是都柏林的一个建筑承包人，他在凤凰公园东边为都柏林工匠住房公司盖了一批廉价房屋。

3　乔治·萨蒙（1819—1904）曾任三一学院院长（1888—1902）。他的姓萨蒙（Salmon）与鲑鱼拼法相同。

4　都柏林俚语，“装在罐头里”指富有。

5　那一位指查理·斯图尔特·巴涅尔。他的哥哥约翰·霍华德·巴涅尔（1843—1923）自一八九五年起，任爱尔兰伦斯特省南米斯郡的下议院议员，一九〇三年被希伊击败。这之后，他改任都柏林市政典礼官兼典当商代理人。

在那儿下下象棋。他哥哥曾把部下当作“卒”来使用。对他们一概见死不救。人们吓得不敢说他一句什么。他那眼神让人见了毛骨悚然。这就是他引人瞩目的地方。名气。整个家族都有点儿神经病。疯子范妮[1]，另外一个妹妹就是迪金森太太[2]，给马套上猩红色挽具，赶着车子到处跑。她昂首挺胸，活像是马德尔外科医生。然而在南米斯郡，这位弟弟还是败在大卫·希伊手下了。他曾申请补上奇尔特恩分区的空缺，然后引退成为官吏。爱国主义者的盛宴：在公园里剥橘皮吃[3]。西蒙·迪达勒斯曾经说过，他们要是把这个弟弟拉进议会，巴涅尔就会从坟墓里回来，抓住他的胳膊将他拖出下议院。

——说到这双头章鱼[4]，一个脑袋长在世界的尽头忘记来到的地方，而另一个脑袋则用苏格兰口音讲话。上面长的八腕……

有两个人沿着便道的边石走，从背后赶到布卢姆先生前面去了。胡子[5]和自行车，还有一位年轻女人。

哎呀，他也在那儿。这可真是凑巧了。是第二回。未来的事情早有过预兆。承蒙著名诗人乔·拉塞尔先生的赞赏。跟他走在一起的说不定就是莉齐·特威格哩。A. E. 究竟是什么意思呢？兴许是名姓的首字：艾伯特·爱德华，亚瑟·埃德蒙，阿方萨斯·埃比或埃德或埃利[6]

1　范妮（弗朗西斯的简称）·伊莎贝拉·巴涅尔（1849—1882）曾协助其兄查理·斯图尔特·巴涅尔从事爱尔兰民族主义运动，组织能力很强，并擅长演说。后赴美，写了一批充满爱国主义情绪的诗。

2　迪金森太太，原名埃米莉·巴涅尔（1841—1918）。查理·斯图尔特·巴涅尔死后，她写了一部关于她哥哥的传记《一个爱国主义者的错误》。《爱尔兰时报》评论说，此书应改题名为《一个爱国主义者的妹妹的错误》。

3　橙带党（Orange Order）是一七九五年成立于北爱尔兰的一个秘密团体，旨在支持新教。爱尔兰民族主义者在凤凰公园聚会时，故意剥橘子（orange）吃，以表示爱尔兰一旦取得了统一与独立，橙带党必将被吞没。这里，原文作Eating orangepeels（吃橘皮），恰与爱尔兰警察制度的制定者罗伯特·奥林奇·皮尔的姓名在拼法上相同。所以这又是“吃掉警察制度制定者”的双关语。

4　双头章鱼指英国。两个脑袋即英国的伦敦和苏格兰的爱丁堡。暗指它们正在扼杀爱尔兰的经济。

5　胡子指诗人乔·拉塞尔（A. E.）。他留着胡子，总是骑着自行车到处活动，对农民发表演说，并组织他们参加合作社。

6　埃比（Eb）是埃比尼泽（Ebenezer）的简称。埃德（Ed）是埃德加（Edgar）或埃德华（Edward）的简称。埃利（El）是埃利阿斯（Elias）的简称。

或阁下[1]。他说什么来着？世界的两端用苏格兰口音讲话。八腕：章鱼。大概是什么玄妙的法术或象征含义吧。他在滔滔不绝地说着。她一声不响地聆听着。给一位从事文字工作的先生当个助手。

他目送着那位穿手织呢衣服[2]的高个子，以及他的胡子和那辆自行车，还有他身旁那仔细聆听着的女人。他们是从素饭馆走出来的，只吃了些蔬菜和水果，不吃牛排。你要是吃了，那头母牛的双眼就会永远盯着你。他们说，素食更有益于健康。不过，老是放屁撒尿。我试过。成天净跑厕所了。跟患气胀病一样糟糕。通宵达旦地做梦。他们为什么把给我吃的那玩意儿叫作坚果排呢？坚果主义者，果食主义者。让你觉得你吃的像是牛腿扒。真荒谬。而且咸得很。是用苏打水煮的。害得你整晚守在自来水龙头旁边。

她那双长袜松垮垮地卷在脚脖子上。我最讨厌这个样子，太不雅观了。他们统统是搞文学、有灵气的人。梦幻般的，朦朦胧胧的，象征主义的。他们是唯美主义者。就算是你所看到的食物会造成那种富于诗意的脑波，我也毫不以为奇。就拿那些连衬衫都被爱尔兰土豆洋葱炖羊肉般的黏汗浸透了的警察来说吧，你从他们当中的任何一个也挤不出一行诗来。他甚至不晓得诗是什么。非得沉浸在某种情绪里才行。

梦幻一般朦胧的海鸥，
在沉滞的水上飞翔。

他在纳索街角穿过马路，站在耶茨父子公司的橱窗前，估计着双筒望远镜的价码。要么我到老哈里斯家去串门，跟小辛克莱聊一聊吧？他是个文质彬彬的人。此刻多半正吃着午饭哪。得把我那架旧望远镜送去修理啦。戈埃兹棱镜片要六畿尼。德国人到处钻。他们靠优

1　原文作Esquire，首字为E。

2　拉塞尔一向穿手织布或手织呢衣服，以示他相信爱尔兰作为一个农业国家，其家庭手工艺大有潜力。

惠条件来占领市场。削价抢生意。兴许能从铁路遗失物品管理处买上一架。人们忘掉在火车上和小件寄存处的物品之多，简直惊人。脑子里都在想些什么呢？女人也是这样。真是难以置信。去年到恩尼斯去旅行的时候，我只好替那个农场主的女儿捡起她的手提包，在利默里克换车的当儿交给了她。还有无人认领的钱呢。银行屋顶上有一块小表，是用来测试这些望远镜的。

他把眼睑一直耷拉到虹膜的底边。瞧不见。倘若你设想着表在那儿，你就好像能看见似的。然而还是瞧不见。

他掉转身去，站在两个布篷之间，朝太阳伸直了右臂，张开手。他已多次想这么尝试一下了。是啊，很完整。用小指头尖儿遮着太阳的圆盘[1]。准是光线在这里聚焦的缘故。我要是有副墨镜就好了。那该多么有趣呀。我们住在伦巴德西街的时候，关于太阳的黑子，大家议论纷纷。那是可怕的爆炸形成的。今年将有日全食，秋季不定什么时候。

现在我才想起来。原来那个报时球是按照格林尼治标准时间下降的。从邓辛克接上一根电线，用来操纵时钟。我一定得在某月的第一个星期六去看一趟。我要是能弄到一封给乔利教授[2]的介绍信，或是找到一些有关他的家谱的资料才好呢。叫他出其不意地受到恭维。这挺灵。他会感到怡然自得。贵族总以做国王情妇的后裔为荣。他的女祖先。反正竭力阿谀。脱帽鞠躬，必须畅通无阻[3]。可不能一进去就信口开河地说些明知道不该说的话：视差是什么？结果就是：把这位先生领出去。

哎呀。

他又把右手垂到身边了。

关于这些，完全不摸头脑。纯粹是浪费时间。一个个气体球儿旋转着。相互交错，然后消失。亘古及今，周而复始。起初是气体，接

1　据德鲁伊特说，这样做能检验一个人有没有未卜先知的本领。

2　查尔斯·贾斯帕·乔利（1864—1904），三一学院天文学教授，邓辛克气象台台长。该台每月第一个星期六对外开放一天。

3　爱尔兰谚语。意思是：谦恭的人远比傲慢的人吃得开。

着就是固体，然后是世界。冷却了，死去的硬壳四处漂流，冻僵的岩石宛如菠萝糖块[1]。月亮。她说：准是升起了新月。我也相信是这样。

他从克莱尔屋[2]前走过。

且慢。两周前的星期日我们在那儿时是满月，所以今天应该刚好是新月。我们沿着托尔卡河往下游走去。费尔维尤那里适宜观赏月色。她低吟着：五月的新月喜洋洋，宝贝。那个男人走在她的另一侧。肘。胳膊。他。荧光灯一闪一闪的，宝贝。互相触摸。指头。这个提出要求。那个回答：好的。

别想下去了，别想下去了。既然必须这样，那就只好这样呗。必须。

布卢姆先生呼吸急促，放慢脚步穿过亚当小巷。

他的心情好容易才宁静下来，神态安详地放眼望去。大白天在这条街上走着的，正是肩膀颇像酒瓶的鲍勃·多兰。麦科伊曾说，他一年一度痛饮一遭。他们纵酒是为了说点什么或者做点什么，要么就是为了追女人。跟相公们和妓女们在库姆街鬼混一阵，一年里的其他日子就像法官那么清醒。

对，果然不出所料。他正溜进帝国酒馆。消失了。光喝苏打水有益于他的健康。在惠特布雷德经营女王剧院之前，这里原是帕特·金塞拉开哈普剧院的地方。他仍保持着孩子气。按照戴恩·鲍西考尔特的派头，在秋月般的脸上扣着一顶式样俗气的无檐圆帽。《三个俊俏姑娘放学了》。日子过得真快啊。呃？他的裙子底下露出长长的红裤子。酒徒们喝啊，笑啊，忽而喷溅出酒沫子，忽而又给酒呛住了。再给我满上吧，帕特。刺眼的红色。醉鬼们寻欢作乐。哄堂大笑，喷烟吐雾。摘下那顶白帽子。他那双喝得挂满了血丝的眼睛。现在他到哪儿去啦？在什么地方当叫化子呢？那把竖琴害得我们大家挨过饿[3]。

那阵子我更幸福一些。可那时的我究竟是我吗？或许难道现在的我

1　法国天文学家皮埃尔·西蒙（1749—1827）认为，地球也将像月球那样冷却下去，以致全部生命必然消灭殆尽。

2　原文为法语，是一家专做大礼服的裁缝店。

3　“那把……挨过饿”，套用托马斯·穆尔所作的《那把竖琴曾越过塔拉大厅》一歌。自古以来竖琴是爱尔兰的象征。

才是我吗？当时我二十八，她二十三。我们从伦巴德西街搬走之后，起了点儿变化。鲁迪一死，再也不能像往常那样啦。没法叫时光倒流。那就像是想用手去攥住水似的。难道你想回到那个时期吗？刚开始的那个时期。真想吗？你在自己家里不幸福吗，你这可怜的小淘气鬼？她恨不得替我钉纽扣哩。我得写封回信。到图书馆去写吧。

格拉夫顿街上，花花哨哨地张挂着商店的遮阳篷，使他眼花缭乱。平纹印花细布，穿绸衣的太太们和上了岁数的贵妇，还有发出一片叮当声的挽具，在灼热的街道上低低地响着的马蹄声。那个穿白袜子的女人有着一双粗腿。但愿下场雨，把她弄得满脚烂泥。土里土气的乡巴佬。那些胖到脚后跟的统统都来啦。女人一发福，腿就那么臃肿。摩莉的腿看上去也不直溜。

他溜溜达达地从布朗·托马斯开的那爿绸缎铺的橱窗前走过。瀑布般的飘带。中国薄绢。从一只倾斜的瓮口里垂下血红色的府绸。红艳艳的血。是胡格诺派教徒带进来的。**事业是神圣的**。**嗒啦**。**嗒啦**。那个合唱可精彩啦。**嗒哷**，嗒啦。得用雨水来洗。梅耶贝尔。**嗒啦：嘣嘣嘣**[1]。

针插。我老早就催老婆去买一个了。她到处乱插。窗帘上也插了好几根。

他挽了挽左袖：蜇的痕迹差不多看不见啦。今天就算了吧。得折回去取化妆水。也许等她过生日那天再去买吧。六、七、八，九月八日。差不多还有三个月呢。何况她未必喜欢。女人不肯捡起针来，说是那样就会把爱情断送掉[2]。

闪亮的绸缎，搭在纤细黄铜栏杆上一条条的衬裙，摆成辐射状的扁平长筒丝袜闪闪发光。

回忆过去是徒然的。该当怎样就怎样。把一切都向我讲了吧。

1　“事业……的”“嗒啦……嘣”，原文均为意大利语。这里，布卢姆站在橱窗前忽然想起《胡格诺派教徒》（1836）中的这些台词。

2　民间有一种迷信，认为如果一个姑娘捡起一根针，就会断送与原来男友之间的爱情，必须另交男友。

高嗓门。被太阳晒暖了的绸缎。马具叮当响。一切都是为了一个女人：家庭和房子，丝织品，银器，多汁的水果，来自雅法的香料。移民垦殖公司。全世界的财富。

一个温馨、丰腴的肉体在他的头脑里安顿下来。他的脑子屈服了，拥抱的芳香从四面八方向他袭来。他的肉体隐然感到如饥似渴，默默地渴望着热烈的爱。

公爵街。终于到了。必须吃点儿什么。伯顿饭馆。那样就会舒坦一点。

他在剑桥的犄角拐了弯，依然被那种感觉纠缠着。叮当声，马蹄声。馨香的肉体，温暖而丰满。吻遍了通身。默许了。在盛夏的田野里，在被压得缠在一起的蒿草丛中，在公寓那滴滴答答漏着雨的门厅里，在沙发或咯吱咯吱响的床上。

——杰克，心肝儿！

——宝贝！

——吻我，雷吉！

——我的乖！

——宝宝！

他心里怦怦跳着，推开了伯顿饭馆的门。一股臭气堵塞住他那颤巍巍的呼吸。冲鼻的肉汁，泥浆般的蔬菜。瞧瞧动物们那副狼吞虎咽的样子。

人啊，人啊，人啊。

他们有的端坐在酒柜旁的高凳上，把帽子往后脑勺一推，有的坐在桌前，喊着还要添免费面包。狂饮劣酒，往嘴里填着稀溜溜的什么，鼓起眼睛，揩拭沾湿了的口髭。一个面色苍白、有着一张板油般脸色的小伙子，正用餐巾擦他那玻璃酒杯、刀叉和调羹。又是一批新的细菌。有个男人胸前围着沾满酱油痕迹的小孩餐巾，喉咙里呼噜噜地响着，正往食道里灌着汤汁。另一个把嘴里的东西又吐回到盘子上。那是嚼了一半的软骨，嘴里只剩齿龈了，想嚼却没有了牙。放在铁丝格子上炙烤的厚厚的一大片肋肉，囫囵吞下去拉倒。酒鬼那双悲戚的眼睛。他咬下一大口肉，又嚼不动了。我也像那副样子吗？用别人看我们的眼睛来瞧瞧自己[1]。肚子饿了的就怒气冲天。牙齿和下巴活动着。别嚼啦！哎呀！一块骨头！在教科书的一首诗里写着：爱尔兰最后一位异教徒国王科麦克就是在博因河以南的斯莱镇上噎死的。不晓得他吃的是什么。想必是美味无比的佳肴吧。圣帕特里克后来使他皈依基督教了。不过，他并没能全盘接受[2]。

——烤牛肉和包心菜。

——来一盘焖肉。

男人的气味。啐上了唾沫的锯屑，甜丝丝、温吞吞的纸烟气味，嚼烟的恶臭，洒掉的啤酒，啤酒般的人尿味，发霉的酵母气味。

他快要呕吐了。

在这里，连一口也咽不下去。那个汉子在磨刀叉哪，打算把他面前的东西吃个一干二净。那老家伙在剔牙。一阵轻微的痉挛，肚子填得饱饱的，正在反刍。饭前饭后。饭后的祝祷文。望望这一幅画像，再望望那幅。用浸泡得烂糟糟的面包片蘸肉汁来吃。干脆把盘子都舔个干净算啦，人啊！不要再这样啦！

他紧蹙鼻翼，四下里打量那些坐在凳子上对桌进食的人们。

——给咱来两瓶黑啤酒。

——来盘罐头腌牛肉配包心菜。

那家伙挑起满满一刀子包心菜，往嘴里塞，像是靠这来活命似的。一口就吞了下去。我看着都吓一跳。还不如用三只手来吃[3]呢。把肢体一根根地撕裂。这是他的第二天性。他是嘴里叼着一把银刀子生下来的。我认为这话挺俏皮。啊，不。银子就意味着生在阔人家。叼着一把刀子生下来的。可那么一来，隐喻就消失了。

1　“用别人……自己”，套用罗伯特·彭斯的《致虱子：在教堂里一个女人的帽子上所见》（1786）。

2　科麦克王（约254—约277在位）是爱尔兰的开国元勋，建都于塔拉山。他是最早皈依基督教的，以致惹怒了德鲁依特，故意让他吞食大马哈鱼刺因而被卡死。

3　当一个小孩用手抓饭菜时，大人常挖苦说：“你要是有三只手就好啦。”

一个腰带系得松松的侍者在稀里哗啦地收走黏糊糊的盘子。法警长罗克站在柜台那儿，把他那大杯上冒起的啤酒泡沫吹掉。冒起了一大堆，黄黄地溅在他的靴子周围。一个就餐者直直地竖起刀叉，双肘倚着桌面，正准备吃下一道菜。他隔着摊在面前的那张污迹斑斑的报纸，正朝着食物升降机那边凝望。另一个家伙嘴里塞得满满的，在跟他谈着什么。很谈得来的知音。饭桌上的谈话。星乞一，我在芒切斯特银行[1]雨见了特。咦，是吗，真的呀？

布卢姆先生迟迟疑疑地把两个手指按在嘴唇上。眼神里表示：

——不在这儿吃啦。别去看他。

走吧。我就恨这种吃相下作的人。

他朝门口退去。到戴维·伯恩那儿去吃点快餐吧。先填上肚皮，好能走动。早饭吃得挺饱。

——这儿要烤牛肉和土豆泥。

——再来一品脱黑啤酒。

大家都在全力以赴，埋头大吃。咕嘟咕嘟。吃下去。咕嘟咕嘟。往嘴里填。

他走出门外，吸到清新一些的空气，就朝格拉夫顿街折回去。要么吃，要么被吃掉。杀！杀！

假定几年以后成立起公共伙房，那会怎么样呢？大家都带上粥钵和饭盒，等人给盛，在街上就把自己那一份吞下去了。这里有约翰·霍华德·巴涅尔，比方说，还有三一学院院长，每一个母亲的儿子。别提你们的院长们和三一学院院长。妇孺，马车夫，神父，牧师，元帅，大主教。来自艾尔斯伯里路，克莱德路，工匠住所，北都柏林联合救济院，市长乘着他那辆富丽堂皇、古色古香的马车，老女王坐着软轿。我的盘子空啦。请你排到我前面来。带上我们市政府的杯子，就跟菲利普·克兰普顿爵士的饮用喷泉一样。用你的手绢擦掉

1　指都柏林市芒切斯特（与伦斯特）银行。前句的“星乞（期）一”（Munchday），及后句的“雨（遇）见”，均是乔伊斯故意错写的。

细菌。下一个人又用他的来再擦上去一批。奥弗林神父会指出他们大家的愚昧无知。尽管如此，还是会打架的。人人都争头一份儿。孩子们争夺着巴在锅底儿上的那点残渣。得用凤凰公园那样大的一口汤锅才行。用鱼叉叉起腌猪里脊和后腿肉来吃。你会憎恨周围的一切人。她把这叫作市徽饭店的**客饭**[1]。浓汤、肘子和甜食。永远也无法知晓你咀嚼的究竟是谁的思想。那么，所有这些盘子啦，叉子啦，又由谁来洗呢？到那时候兴许全都靠药片来充饥吧。牙齿就越来越糟了。

素食主义毕竟也有些道理：大地栽培出来的东西总是清香的。当然，大蒜挺臭，像那些意大利摇手风琴师的身上散发出的新鲜葱头、蘑菇和块菌的气味。也给动物带来痛苦。拔掉家禽的羽毛，把下水掏净。牲畜市场上那些不幸的牲口等着屠夫用斧子把它们的头盖骨劈成两半，哞！可怜的、浑身发抖的小牛。咩！打着趔趄的牛崽子。煎白菜牛肉卷。屠夫的桶里装满了颤动着的肺脏。替咱把那爿胸脯肉从钩子上卸下来。啪嗒！刚砍下来的头和鲜血淋漓的骨头。剥了皮、眼睛酷似玻璃球儿般的羊，钩子钩在腰腿部位，从那堵着血淋淋的纸的鼻子里往锯屑上淌浓鼻涕。鞭打陀螺，让它们旋转个不停。娃娃们，可千万不要把它们胡乱抽碎。

他们给痨病患者开的药方是鲜血。什么时候都需要血。不知不觉之间病情就厉害起来了。趁着它还冒着热气儿，把那浓得像糖一样的血舔个干净。饿鬼们。

啊，我饿了。

他走进戴维·伯恩的店。这是一爿规规矩矩的酒吧。老板不喜欢饶舌。偶尔请你白喝上一盅，但次数少得就像四年一度的闰年。有一回他替我兑现了一张支票。

我吃什么好呢？他掏出怀表。现在让我想想看。啤酒兑柠檬汽水？

——喂，布卢姆，大鼻子弗林从他惯常坐的角落里说。

1　原文为法语。

——哦，弗林。

——近来怎么样?

——好得很……让我想想看。来杯勃艮第红葡萄酒和……我想想看。

架子上摆着沙丁鱼。光是望一望就几乎吃出了味道似的。三明治？在火腿和用它做成的食品上涂点芥末，夹在面包当中。肉罐头。倘若你家里没有李树商标肉罐头呢？那可就美中不足了[1]。多么愚蠢的广告！他们把这则广告插在讣告下面。这么一来，死者就统统爬上了李子树[2]。迪格纳穆的肉罐头。嗜食人肉者会就着柠檬和大米饭来用餐了。白种人传教士味道太咸了，很像腌猪肉。酋长想必会吃那精华的部分。由于经常使用，肉一定会老吧。他的妻子们全都站成一排，等着看效果。**从前有过一位正统、高贵的黑皮肤老国王。他把可敬的麦克特里格尔先生的什么物儿吃掉了还是怎么了**。有它才算幸福窝。天晓得是怎么搭配的。把胎膜、发霉的肺脏以及气管剁碎，搅和在一起来冒充。费多大劲也找不到一丝肉。清真食品。不能把肉和牛奶放在一道吃。照现在的说法就是食品卫生。犹太教赎罪日的斋戒是内脏的一次春季大扫除。和平与战争取决于某人的消化力。各种宗教。圣诞节的火鸡和鹅。屠杀无辜。吃啊，喝啊，快活一场。然后济贫院的临时收容所遂告爆满。一个个头上缠着绷带。奶酪把本身以外的一切全消化掉。强力的奶酪。

——你们有奶酪三明治吗?

——有的，先生。

要是有的话，我还想来几颗橄榄。我更喜欢意大利产的。一杯高级勃艮第葡萄酒会使我忘掉那档子事。那是润滑油。一客美味的拌生菜，凉凉的，像是黄瓜。汤姆·克南善于烹调。做得有滋有味。纯的橄榄油。米莉替我在炸肉排旁添上一根嫩嫩的荷兰芹菜，端给我。要

1 “倘若……不足”和“有它……窝”均参看第106页注释3。

2 爬上了李子树含有被逼入绝境之意。

一颗西班牙葱头。天主创造了食物，魔鬼制造了厨子。辣子螃蟹[1]。

——太太好吗?

——蛮好，谢谢……那么，来一客奶酪三明治吧。你们有戈尔贡佐拉奶酪吗?

——有的，先生。

大鼻子弗林饮着他那兑水烈酒。

——近来演唱了吗?

瞧他那张嘴。简直能够往自己的耳朵里吹口哨了。再配上一双扇风耳。音乐。这方面他懂得的跟我的马车夫一般多。不过，还是告诉他的好。没什么害处，免费广告嘛。

——她已经订了合同，本月底就参加一次大规模的巡回演出。你也许已经听说了吧。

——没听说。哦，挺时髦的。谁是经纪人?

侍者端上了盘子。

——多少钱?

——七便士，先生……谢谢您，先生。

布卢姆先生把他的三明治切成细条。**麦克特里格尔先生**。比那梦幻般的、奶油状的玩意儿要好切一些。**他那五百个妻子。她们尽情地得到了满足**。

——要芥末吗，先生?

——谢谢。

他把三明治一条条揭起，抹满黄色的斑斑点点。**得到了满足**。我想起来了：**它变得越来越大，越来越大，越来越大**。

——经纪人?他说。喏，那就像个公司，明白吧。资金大家摊，赚了钱大家分。

——啊，现在我记起来了，大鼻子弗林说。他把一只手伸进兜里

1　这是文字游戏。原文里，魔鬼是devil，而辣子螃蟹则是devilled crab；devil与devilled读音相近。

去挠大腿窝的痒处，是谁告诉我的来着？布莱泽斯·博伊兰也掺和进去了吧？

芥末热辣辣地刺激着布卢姆先生的心脏。他抬起双眼，跟那座逼视着的挂钟打了个照面。两点钟。酒吧的钟快了五分钟。时间在流逝。指针在移动。两点钟。还不到。

这当儿他的小腹往上翻，随后又垂下去。越发热烈地渴望着，渴望着。

葡萄酒。

他闻着并啜着那醇和的汁液，硬逼着自己的喉咙一饮而尽。然后，小心翼翼地把酒杯撂下。

——是的，他说。实际上他是发起人。

没什么可怕的：这家伙没有头脑。

大鼻子弗林吸溜着鼻涕，挠着痒。跳蚤也正在饱餐着哪。

——杰克·穆尼告诉我，他走了红运。迈勒·基奥在那次拳击比赛中又击败了贝洛港营盘的士兵[1]，所以他赌赢了。真的，他还告诉我，他把那小子带到卡洛郡去啦……

但愿他那鼻涕别溜进他的玻璃杯里去。没有，他又把它吸回去了。

——听我说，比赛之前差不多一个月光景，就让他光嘬鸭蛋，天哪，听候底下的吩咐。用意是让他把酒戒掉，明白吗？哦，天哪，布莱泽斯可是个刁滑的家伙。

戴维·伯恩从后面的柜台那儿走了过来。他的衬衫袖子打了裥，用餐巾抹着嘴唇，脸色红涨得像鲱鱼似的。微笑使他的鼻眼显得那么饱满。活像是在欧洲防风根上抹了过多的大油。

——他本人来啦，精神饱满，大鼻子弗林说。你能告诉我们哪匹马会赢得金杯吗？

1　《自由人报》（1904年4月28、29日）曾登出广告说，军民之间将于四月二十九日和三十日两天进行拳击比赛。在二十九日的比赛中，基奥击败了第六龙旗兵团的加里。这里，乔伊斯把日期改为五月二十二日，将加里改成英国炮队的军士长珀西·贝内特。贝洛港营盘是位于都柏林郊外的英国兵营。

——我跟这不沾边儿，弗林先生，戴维·伯恩回答说。我绝不在马身上下赌注。

——这你算做对啦，大鼻子弗林说。

布卢姆先生把他那一条条的三明治吃掉。是新鲜干净的面包做的。呛鼻子的芥末和发出脚巴丫子味儿的绿奶酪，吃来既恶心可又过瘾。他啜了几口红葡萄酒，觉得满爽口。里面并没掺洋苏木染料。喝起来味道越发醇厚，而且能压压寒气。

精致安静的酒吧。柜台使用的木料也挺精致。刨得非常精致。我喜欢它那曲线美。

——我根本不想沾赛马的边儿，戴维·伯恩说。就是这些马，害得许许多多人破了产。

酒商大发横财。他们获得了在店内供应啤酒、葡萄酒和烈性酒的特许证。正面我赢，反面你输。

——你说得有道理，大鼻子弗林说。除非你了解内情，不然的话，眼下没有不捣鬼的比赛。利内翰就得到了些内情。今天他把赌注压在权杖上。霍华德·德·沃尔登爵士的坐骑馨芳葡萄酒挺走红，它曾在埃普瑟姆赢过。骑手是莫尔尼·卡农。两周以前，我要是把赌注下在圣阿曼上，原是会以七博一获胜的。

——是吗？戴维·伯恩说。

他朝窗户走去，拿起小额收支账簿翻看。

——这话一点儿不假，大鼻子弗林吸溜着鼻涕说。那可是一匹少见的名马。它老爹是圣弗鲁斯奎。罗斯柴尔德的这匹小母马曾在一场雷雨当中获胜，它耳朵里塞了棉花。骑师身穿蓝夹克，头戴淡黄色便帽。大个子本·多拉德和他那约翰·奥冈特统统见鬼去吧！唉，是他拦住我，劝我别把赌注押在圣阿曼上的。

他无可奈何地喝着杯子里的酒，并且用手指顺着酒杯的槽花往下摸。

——唉，他叹了口气说。

布卢姆先生站在那儿大吃大嚼，一面低头望着他叹气。笨脑瓜大鼻子。我要不要告诉他利内翰那匹马的事？他已经知道啦。不如让他忘掉。跑去会输掉更多钱的。傻瓜和他的钱[1]。鼻涕又往下淌了。他吻女人的时候，鼻子准是冰凉的。兴许她们还高兴呢。女人喜欢针刺般的胡子。狗的鼻子冰凉。市徽饭店里，赖尔登老太太正带着她那条饥肠辘辘的斯凯梗狗。摩莉把它放在腿上抚摩着。啊，好大的狗，汪汪汪，汪，汪汪汪！

葡萄酒把嘴里那卷起来的面包心、芥末和令人一阵恶心的奶酪都浸软了。这可是好酒。我并不渴，所以味道就更醇香了。当然，一方面是由于刚洗完澡。喝上一两口就行了。然后，在六点钟左右我就可以……六点。六点。时光流逝得好快啊。她。

葡萄酒的炆火暖起他的血管。我太需要这杯酒了。近来觉得自已气色不佳。他那双不再饥饿了的眼睛打量着架子上那一排排的罐头：沙丁鱼、颜色鲜艳的龙虾大螯。人们专挑那古里古怪的东西吃。从贝壳和海螺里用针挑出肉来吃。还从树上捉。法国人吃地上的蜗牛。要不就在钩子上挂鱼饵，从海里钓。鱼可真傻，一千年也没学到乖。要是你不晓得随便往嘴里放东西有多么危险。有毒的浆果。犬蔷薇果。圆嘟嘟的，你会以为蛮安全。花哨刺目的颜色会引起你的警惕。大家传来传去就都知道了。先让狗吃吃看。会被那气味或模样吸引住。诱人的水果。圆锥形的冰淇淋。奶油。本能。就拿橘树林来说吧，也需要人工灌溉。布莱布特洛伊街。是啊，然而牡蛎怎么样呢？难看得像一口痰，外壳儿也肮里肮脏。要费九牛二虎之力才撬得开。是谁发现的？它们就靠从丢弃的残羹剩饭和下水道的污物长肥的。就着红岸餐馆的牡蛎喝香槟酒。倒是能促进性欲。春药。今天早晨他还在红岸餐馆来着。在饭桌上他活像一只老牡蛎，一到床上身子兴许就变年轻了。不，六月没有r字，所以不吃牡蛎[2]。可有些人就是喜欢吃发霉的食品。变了质的野味。用土锅炖的野兔肉。得先逮只野兔。中国人讲

1　这是一句谚语的上半句。下半句为“相处不长”。

2　指英语里，五、六、七、八这四个月没有字母“r”。这期间牡蛎的味道不好，只宜在有字母“r”的八个月中吃。

究吃贮放了五十年的鸭蛋，颜色先蓝后绿。一桌席上三十道菜。每一道菜都是好端端的，吃下去就掺在一起了。这倒是一篇投毒杀人案小说的好材料。是大公爵利奥波德吗？不，嗯。要么就是哈布斯堡王室后裔的一个叫作奥托的人吧？是谁净吃自己脖颈后面的头皮呀？那是全城最廉价的午饭啦。当然喽，是贵族们，接着，其他人也都跟着赶起时髦来。米莉也说石油加面粉好吃。我自己也喜欢生面团。据说，为了怕跌价，他们把捕到的一半牡蛎又丢回大海里去啦。一便宜就没有头主啦。鱼子酱。那可是美味。盛在绿玻璃杯里的莱茵白葡萄酒。豪华盛宴。某某夫人。敷了脂粉的胸脯上挂着珍珠。**高贵仕女。上流社会的名流**[1]。这帮人为了显示自己的身份，总点些特殊的菜肴。隐士则吃大盘大盘的豆食，这样好抑制肉欲的冲动。想了解我的话，就来同我一道就餐吧。王室御用的鲟鱼。屠夫科菲从名誉郡长那里获得猎取森林中鹿类的权利。他将半头母牛孝敬了郡长。我曾瞥见摆在高等法院法官府上厨房里的野味。戴白帽的**大师傅**[2]活像个犹太教教士。火烧鸭子。**帕穆公爵夫人式**[3]波纹形包心菜。最好写在菜单上，好知道你吃了些什么。药味重了就会毁了肉汤。我有亲身体验。把它放在爱德华牌汤粉里做调料。为了他们，把鹅像傻瓜般地填喂。将龙虾活活地扔进沸水里煮。请吃点雷鸟。在高级饭店里当个侍者倒也不赖。接小费，穿礼服，净是些半裸的夫人们。杜比达特小姐，我可以给您再添点儿柠檬汁板鱼片吗？好的，再来点儿，而且她真的吃了。我估计她必是胡格诺派教徒家的。我记得有位杜比达特小姐曾在基利尼住过。我记得法语du de la[4]。但也许这就是同一条鱼哩，穆尔街的老米基·汉隆为了挣钱，曾把手指伸进那条鱼的腮里，开了膛掏出内脏。他连在支票上签名都不会。咧着嘴，只当是在画一幅风景画呢。默哎迈克

1　原文为法语。
2　原文为法语。
3　原文为法语。
4　Du是du le（加在阴性名词前即为de la）的缩写，系法语的前置词（表示所属关系），相当于英语的of the（“……的”“属于……的”）。

尔，吓哎汉[1]。像一大筐翻毛生皮鞋那样愚蠢，却偏偏称有五万英镑。

两只苍蝇巴在窗玻璃上，嗡嗡叫着，紧紧摽在一块儿。

热烘烘的葡萄酒在口腔里打了个转儿就咽了下去，余味仍盘桓不已。把勃艮第葡萄放在榨汁器里碾碎。晒在炎日下。好像悄悄地触摸一下，勾起桩桩往事。触到他那润湿了的感官，使他回忆起来了。他们曾躲藏在霍斯那片野生的羊齿丛里。海湾在我们脚下沉睡着。天空。一片沉寂。天空。在狮子岬，海湾里的水面发紫，到了德鲁姆列克一带就变成绿色了。靠近萨顿那边又呈黄绿色。海底的原野，浮在海藻上那淡褐色条纹。一座座被淹没的都市。她披散着头发，枕着我的上衣。被石楠丛中的蠼螋蹭来蹭去。我的手托着她的后颈。尽情地摆弄我吧。哎呀，太好啦！她伸出涂了油膏、冰凉柔软的手摸着，爱抚着我，一双眼睛直勾勾地凝望着我。我心荡神移地压在她身上，丰腴的嘴唇大张着，吻着她。真好吃。她把嘴里轻轻地咀嚼得热乎乎的香籽糕递送到我的嘴里。先在她口中用牙根嚼得浸透唾沫、又甜又酸、黏糊糊的一团儿。欢乐。我把它吞下了：欢乐。富于青春的生命。她把递过那一团儿的嘴唇噘起来。柔软、热乎乎、黏咂咂、如胶似漆的嘴唇。她的两眼像花儿一样，要我吧，心甘情愿的眼睛。小石子儿掉下来了。她躺在那儿纹丝儿不动。一只山羊，一个人也没有。在霍斯那高高的山丘上面，一只母山羊缓步走在杜鹃花丛中，醋栗一路坠落着。在羊齿草的屏障下，她被暖暖和和地围裹起来，漾着微笑。我狂热地压在她身上，吻她。眼睛，嘴唇，她那舒展的脖颈。女人那对乳房在修女薄呢短上衣里面挺得鼓鼓的，怦怦悸动。肥大的奶头高耸着。我用热热的舌头舔着她。她吻了我。我被吻了。她委身于我，爱抚着我的头发。亲嘴儿，她吻了我。

我。而我现在呢。

1　这里描述老人一面在嘴里拼音，一面写着自己的姓名迈克尔（Michael）的那副神态。米基是迈克尔的简称。

紧紧摽在一块儿的苍蝇嗡嗡叫着。

他那低垂的眼睛沿着栎木板那寂然无声的纹理扫视。美丽。它画着曲线。曲线是美的。婀娜多姿的女神们。维纳斯，朱诺。举世赞美的曲线。只要到图书馆和博物馆去，就能看见裸体女神伫立在圆形大厅里。有助于消化。不论男人瞧哪个部位，她们全不介意。一览无余。从来不言不语。我的意思是说，从来不对弗林那样的家伙说什么。倘若她真像加拉蒂亚对皮格马利翁[1]那样开了腔，她首先会说什么呢？凡人啊！马上就叫你乖乖就范了。跟众神一道畅饮甘露神酒吧，金盘子里盛的统统是神馔。可不像我们通常吃的那种六便士一份的午餐：炖羊肉、胡萝卜、芜菁和一瓶奥尔索普。神酒，可以设想那就跟喝电光一样。神馔。按照朱诺的形象雕刻的女人那优美的神态。不朽的丽质。然而我们是往一个孔里填塞食品，又从后面排泄。食物，乳糜，血液，粪便，土壤，食物。得像往火车头里添煤似的填塞食品。女神们却没有。从来没见过。今天我倒要瞧一瞧。管理员不会理会的。故意失手掉落一样东西，然后弯下身去拾，好瞧瞧她究竟有没有。

从他的膀胱里点点滴滴地透出无声的信息，去解吗？不去解啦，不，还是去解了吧。作为一个男子汉，他拿定了主意把杯中物一饮而尽，然后起身走到后院去。边走边想：她们觉得自己就像是男人，但也曾委身于男人们，并且跟相恋的男人们睡觉。一个小伙子曾享用过她。

当他的皮靴声消失后，戴维·伯恩边看着账簿边说：

——他是哪一行的？不是干保险这个行当的吗？

——他早就不干那一行啦，大鼻子弗林说。他在给《自由人报》拉广告哪。

——我跟他挺熟的，戴维·伯恩说。他是不是遭到什么不幸啦？

---

1 据希腊神话，皮格马利翁是塞浦路斯国王，他也是位雕刻家，并爱上了他手雕的一座女性象牙雕像加拉蒂亚。后来女神让它变为活人，并与皮格马利翁结为夫妻。

——不幸？大鼻子弗林说。可没听说。怎么看出的？

——我留意到他穿着丧服。

——是吗？大鼻子弗林说。确实是这样。我问过他家里的人都好吗。你说得一点儿不错，他确实穿着丧服。

——我要是看到一位先生在这方面遭到不幸，戴维·伯恩用慈祥的口吻说。我就绝不去碰这个话题。那只会又一次勾起他们的悲伤。

——反正他也不是替老婆戴孝，大鼻子弗林说。前天我还碰见他正从约翰·威思·诺兰的妻子在亨利大街上经营的那家爱尔兰牛奶坊里走出来，手里捧着一罐子奶油，带回去给心爱的太太。真的，她在吃上讲究极啦。胸脯丰满，可妖艳哩。

——他在替《自由人报》做事情吗？戴维·伯恩说。

大鼻子弗林噘起嘴来。

——他可不是靠拉广告的收入来买奶油的，一点儿没错。

——那究竟是怎么回事呢？戴维·伯恩放下他的账簿，走过来说。

大鼻子弗林用手指变戏法般地望空比画了几下，眨了眨眼。

——他加入共济会啦。

——真的吗？戴维·伯恩说。

——千真万确，大鼻子弗林说。古老、自由而众所公认的行会。天主赐予光、生命和爱。他们帮了他一把。告诉我这话的是一位……喏，还是姑隐其名吧。

——确有此事吗？

——嗯，那可是个出色的组织，大鼻子弗林说。你有困难的时候，他们就助你一臂之力。我晓得有个人正在千方百计想参加，然而他们那门关得可紧啦。他们绝不让女人参加，这一点着实做得对。

戴维·伯恩边微笑边打哈欠边点头。

——啊——咻！

——一回，有个女人躲在一座巨大的时钟里，大鼻子弗林说。想看看他们究竟搞些什么名堂。可他妈的，给他们发觉了，就把她拖了出来，让她当场宣誓，当上一名师傅。听说她是唐奈赖尔的圣莱杰家族里的一名成员[1]。

戴维·伯恩打完哈欠后又坐了下来，泪汪汪儿地说：

——这是真的吗？他可是位规规矩矩、不多言不多语的先生呢。他常常光顾这里，可我从来没看见他——喏，酒后失态过。

——连全能的天主都不能把他灌醉，大鼻子弗林斩钉截铁地说。每逢闹腾得过了火，他就开溜啦。你没见到他在瞧自己的表吗？啊，当时你不在座。要是你邀他喝上一盅，他就会先掏出怀表，看看该喝点儿什么。我敢说他确实是这样。

——有些人就是这样的，戴维·伯恩说。我看他是个牢靠的人。

——他这个人不赖，大鼻子弗林边吸溜着鼻涕边说。还听说，他曾伸手去帮过一个伙伴的忙。平心而论，哦，布卢姆有种种长处。然而有一件事，他是绝对不干的。

他把手指当作没有蘸墨水的钢笔，在那杯兑了水的烈性酒旁，作潦潦草草地签字的样子。

——我知道，戴维·伯恩说。

——白纸黑字，他可绝对不肯，大鼻子弗林说。

帕迪·伦纳德和班塔姆·莱昂斯走了进来。汤姆·罗赤福特皱着眉头跟在后面，闷闷不乐地一只手按在紫红色背心上。

——你好，伯恩先生。

——你们好，各位先生。

他们在柜台那儿停下了脚步。

——谁来做东？帕迪·伦纳德问道。

——反正我已经坐下啦，大鼻子弗林回答说。

——那么，喝什么好呢？帕迪·伦纳德问。

——我要姜麦酒加冰块，班塔姆·莱昂斯说。

1　共济会分会将成员划为三个主要等级：学徒、师兄弟、师傅。该会吸收过几名妇女。伊丽莎白·奥尔沃思（？—1773）是最早的一人。她是第一任唐奈赖尔子爵阿瑟·圣莱杰的独女。据说她十七岁时，家里召开共济会的会议，给她撞见了。为了保守秘密，就让她入了会。

——来多少？帕迪·伦纳德大声说。你到底是什么时候喜欢上这个的？你要什么，汤姆？

——下水道的干管怎么样啦？大鼻子弗林边呷酒边问。

汤姆·罗赤福特用手紧紧按住胸骨，打了个嗝作为答复。

——劳驾给我杯清水好吗，伯恩先生？他说。

——好的，先生。

帕迪·伦纳德朝着他的酒友们瞟了一眼。

——哎呀，好没出息！他说。我在请什么样的人喝啊，凉水和姜麦酒！分明是两个酒徒，连伤腿上的威士忌都会舔个干净的家伙。他好像掌握着一匹能得金杯的骏马。万无一失啦。

——是馨芳葡萄酒吧？大鼻子弗林问。

汤姆·罗赤福特从纸卷里往摆到他跟前的杯中撒了点粉末。

——这消化不良症真讨厌，他在喝下之前说。

——小苏打很有效哩，戴维·伯恩说。

汤姆·罗赤福特点点头，喝了下去。

——是馨香葡萄酒吗？

——什么也不要说！班塔姆·莱昂斯使了个眼色，我准备自己在那马上投五先令。

——妈的，你要是个好汉，就告诉我们吧，帕迪·伦纳德说，这究竟是谁透露给你的？

布卢姆先生一面往外走，一面伸了伸三个指头来致意。

——再见吧！大鼻子弗林说。

其他人都掉过头去。

——就是那个人透露给我的，班塔姆·莱昂斯悄悄地说。

——呸！帕迪·伦纳德鄙夷地说。伯恩先生，我们还要两小瓶詹姆森威士忌，还有……

——冰块姜麦酒，戴维·伯恩彬彬有礼地补充说。

——唉，帕迪·伦纳德说。给娃娃个奶瓶嘬嘬。

布卢姆先生边朝道森大街走去，边用舌头把牙齿舔净。必须是绿色的东西才行：比方说，菠菜。这样，就能用伦琴射线透视办法来追踪了。

在公爵巷，一只贪吃的梗狗正往鹅卵石路面上吐着一摊令人恶心的肘骨肉，然后又重新热切地舔着。饕餮。把吞下的充分消化后，又怀着谢意把它吐了出来。第一次是香甜的，第二次蛮有滋味。布卢姆先生小心翼翼地绕道而行。反刍动物们。这是第二道菜肴。它们用上颚嚼动着。我倒是想知道汤姆·罗赤福特会怎样对待他那项发明的。对着弗林那张嘴去解释，是白费时间。瘦人嘴巴长。应该有个大厅或什么地方，发明家可以聚在那里，自由自在地搞发明。当然喽，那样一来，各种怪人就会都来找麻烦了。

他哼唱着，用庄严的回声拉长了各小节的尾音：

——唐乔万尼，你邀请我
今晚赴宴[1]。

觉得舒坦些了。勃艮第。能够提神。最早酿酒的是谁呢？什么地方的一个心情忧郁的汉子。酒后撒疯。现在我得到国立图书馆去查查《基尔肯尼民众报》了。

威廉·米勒卫生设备商店的橱窗里摆着一具具光秃秃、干干净净的抽水马桶，把他的思绪又拉回来了。能做到的。吞进一根针去，盯着它一直落下去。有时又在几年后从肋骨里冒出来了。在体内周游一遭：经过不断起着变化的胆汁导管，把忧郁喷了出去的肝脏、胃液、像管子般弯弯曲曲的肠子。然而那被试验的可怜虫老得站在那儿展示自己的内脏。这就是科学。

——A cenar teco.[2]

1　原文为意大利语。这是奥地利作曲家莫扎特的歌剧《唐乔万尼》（1787年首演）中被杀死的骑士长亡灵的唱词。

2　意大利语，意思是“今晚同你”。下面的“teco”，意思是“同你”。

这里的teco是什么意思呢？也许是今晚吧。

——唐乔万尼，你邀请我，
今天同你共进晚餐，
泽，朗姆，泽，朗达姆。

不对头[1]。

凯斯。只要南尼蒂那儿顺顺当当，我就能有两个月的进项。这样就有两镑十先令——两镑八先令左右了。海因斯欠了我三先令。两镑十一先令。普雷斯科特染坊的运货马车就在那儿。要是拉到比利·普雷斯科特的广告，那就能挣两镑十五先令。加在一起是五畿尼左右。打着如意算盘吧。

可以给摩莉买条真丝衬裙，颜色正好配她那副新袜带。

今天。今天。不去想了。

然后到南方逛逛去。英国的海滨浴场怎么样？布赖顿，马盖特。沐浴在月光下的码头。她的嗓音悠然飘荡。海滨那些俏丽的姑娘。一个睡意朦胧的流浪汉倚着约翰·朗酒吧的墙，边啃着结了一层厚痂的指关节，边深深地陷入冥思。巧手工匠，想找点活儿干。工钱低也行，给啥吃啥。

布卢姆先生在格雷糖果点心铺那摆着售不出去的果酱馅饼的橱窗跟前拐了弯，从可敬的托马斯·康内兰的书店前走过去。《我为什么脱离了罗马教会》[2]。鸟窝会[3]的女人们在支持他。据说，土豆歉收的年头，她们经常施汤给穷孩子们，好叫他们改信新教。以前，爸爸曾到

1　布卢姆先用意大利语唱了一句，接着又用英语来唱，因而失去了原作的韵味，所以这里说不对头。

2　《我为什么脱离了罗马教会》（伦敦，1883）是查尔斯·帕斯卡尔·特勒斯弗尔·奇尼其（1809—1899）所写的小册子。他于一八三三年当上天主教神父，一八五八年皈依新教，成为加拿大长老会牧师。

3　“鸟窝会”是个新教传道会，收养着一百七十名穷孩子。

过马路对面那个使穷犹太人皈依基督教的公会[1]。他们用的是同样的诱饵。**我们为什么脱离了罗马教会。**

一个年轻的盲人站在那儿用根细杖敲着人行道的边石。没有电车的影子。他想横过马路。

——你想到对面去吗？布卢姆先生问。

年轻的盲人没有回答。他那张墙壁般的脸上稍微皱起眉头，茫然地晃动了一下头。

——你现在是在道森大街上，布卢姆先生说。莫尔斯沃思大街就在对面。你想横穿过去吗？眼下什么过路的也没有。

他的手杖颤悠悠地朝左移动。布卢姆先生目送着，就又瞥见普雷斯科特染坊的那辆载货马车还停在德拉格理发馆门前。上午我在同一个地方瞥见他那涂了润发油的头，当时我刚好。马耷拉着脑袋。车把式正在约翰·朗酒吧里润着喉咙呢。

——那儿有一辆载货马车，布卢姆先生说。可是它一动也没动。我送你过去吧。你想到莫尔斯沃思大街去吗？

——是的，年轻人回答说。南弗雷德里克大街。

——来吧，布卢姆先生说。

他轻轻地碰了一下盲青年那瘦削的肘部，然后拉着那只柔弱敏感的手，替他引路。

跟他搭讪一下吧。可别采取居高临下的态度。他们会不相信你的话的。随便拉拉家常吧。

——雨不下啦。

不吭声。

他的上衣污迹斑斑。他必是一边吃一边洒。对他来说，吃起东西来味道也完全不同。最初得用匙子一口一口地喂。他的手就像是娃娃的手。米莉的手也曾经是这样的。很敏感。他多半能凭着我的手估摸出我个头有多大。他总该有个名字吧？载货马车。可别让他的手杖碰

1　指附属于犹太人皈依基督教伦敦公会的爱尔兰教会。

着马腿。马累得正在打着盹儿。好啦，总算安安全全地过了马路。要从公牛后面，马的前面走[1]。

——谢谢您，先生。

凭着嗓音，知道我是个男的了吧。

——现在行了吧？到了第一个路口就朝左拐。

年轻的盲人敲敲边石，继续往前走。他把拐杖抽回来，又探一探。

布卢姆先生跟在盲人的脚后面走着。他穿着一套剪裁不得体的人字呢衣服。可怜的小伙子！他是怎么知道那辆载货马车就在那儿的呢？准是感觉到的。也许用额头来看东西。有一种体积感。一种比暗色更要黑一些的东西——重量或体积。要是把什么东西移开了，他能感觉得到吗？觉察出一种空隙。关于都柏林城，他想必有一种奇妙的概念，因为他总像那样敲着石头走路。倘若没有那根手杖，他能够在两点之间笔直地走吗？一张毫无血色的、虔诚的脸，就像是许下愿要当神父似的。

彭罗斯！那人就叫这个名字。

瞧，他们可以学会做多少事。用手指读书。为钢琴调音。只要他们稍微有点儿头脑，我们就会感到吃惊。一个残疾人或驼背的要是说出常人也会说的话，我们就会夸他聪明。当然，在其他方面他们的感官比我们灵敏。刺绣。编箩筐。大家应该帮帮他们。等摩莉过生日的时候，给她买一只针线筐吧。她就讨厌做针线活儿。也许会不高兴的。人们管他们叫瞎子。

他们的嗅觉也一定更敏锐。四面八方的气味都聚拢了来。每一条街各有不同的气味。每一个人也是这样。还有春天、夏天，各有不同的气味。种种味道呢？据说双目紧闭或者感冒头痛的时候，就品尝不出酒的味道。还说摸着黑抽烟，一点儿味道也没有。

比方说，对待女人也是如此。看不见就更不会害臊了。那个仰着

1　意思是说，从公牛后面和马前面走才安全。因为公牛喜用犄角顶，马好尥蹶子。

头从斯图尔特医院[1]跟前走过的姑娘。瞧瞧我，穿戴得多么齐全。要是瞧不见她，该是多么奇怪啊。在他心灵的眼睛里，会映出一种形象。嗓音啦，体温啦。当他用手指摸她的时候，就几乎能瞥见线条，瞥见那些曲线了。比方说，他把手放在她头发上。假定那是黑色的。好的。我们就称它作黑色吧。然后移到她的白皮肤上。兴许感觉就有所不同。白色的感觉。

邮局。得写封回信。今天可真忙啦。用邮政汇票给她寄两先令去——不，半克朗吧。薄礼，尚乞哂纳。这儿刚巧有家文具店。且慢。考虑考虑再说。

他用一根手指非常缓慢地把头发朝耳后拢了拢。又摸了一遍。像是极为柔细的稻草。然后又用手指去抚摩一下右脸颊。这里也有茸毛，不够光滑。最光滑要算肚皮了。四下里没有人。那个青年正走进弗雷德里克大街。也许是到利文斯顿舞蹈学校去给钢琴调音哩。我不妨装出一副调整背带的样子。

他走过多兰酒吧，一边把手偷偷伸进背心和裤腰之间，轻轻拉开衬衫，摸了摸腹部那松弛的皱皮。然而我知道那颜色是黄中透白。还是找个暗处去试试吧。

他缩回了手。把衣服拽拢。

可怜的人哪！他还是个孩子呢。可怕啊。确实可怕。什么都看不见，那么他都做些什么梦呢？对他来说，人生就像是一场幻梦。生就那副样子，哪里还有什么公道可言？那些妇孺参加一年一度的游览活动，在纽约被烧死、淹死[2]。一场浩劫。他们说，业就是为了赎你在前世所犯下的宿孽，而轮回转生，遇见了他尖头胶皮管子。哎呀，哎呀，哎呀。当然值得同情。然而不知怎的，他们总有点儿难以接近。

弗雷德里克·福基纳爵士正步入共济会会堂。庄严如特洛伊。

1　斯图尔特医院是专门收留弱智儿童和精神病患者的医院。

2　据《自由人报》（1904年6月16日），在美国的德国圣马丁路德教会主日学校当天组织了一次乘汽船（“斯洛克姆将军”号）游览的活动。结果船在纽约港起火，烧死一千零三十人，大部分是妇孺。

他刚在厄尔斯福特高台街美美地吃过一顿午餐。司法界的一群老朽们都聚在一道，起劲地喝着大瓶大瓶的葡萄酒，海阔天空地谈论着法院啦，巡回裁判啦，慈善学校年鉴啦。我判了他十年徒刑。他也许对我喝的那种玩意儿嗤之以鼻。他们喝的是瓶子上沾满尘埃、标着酿造年份的陈年老酒。关于记录官法庭该怎样主持公道，他自有看法。这是位用心良好的老人。警察的刑事诉讼卷宗里塞满了种种案件，他们为了提高破案率而捏造罪名。他要求他们纠正。对那些放债者毫不姑息。曾把吕便·杰狠狠地收拾了一顿。说起来他可不折不扣是个人们所说的可鄙的犹太人。这些法官权力很大。都是些戴假发、脾气暴躁的老酒鬼。就像爪子疼痛发炎的熊一样。愿天主可怜你的灵魂[1]。

哦，招贴画。麦拉斯义卖会。总督阁下。十六日，那就是今天啊。为默塞尔医院募款。《弥赛亚》的首演[2]也是为了这个。对。亨德尔。到那儿去看看怎样？鲍尔斯桥。顺便到凯斯商店走一遭。像水蛭似的巴在他身上也没用。待长了会讨嫌。在门口总会碰上熟人的。

布卢姆先生来到了基尔戴尔大街。首先得去图书馆。

在阳光底下戴着草帽。棕黄色皮鞋。卷边长裤。对，就是他。

他的心轻轻地悸跳着，向右拐吧。博物馆。女神们。他向右拐了个弯。

是他吗？多半是。别看他了。酒上了我的脸。我为什么要？太叫人发晕。对，就是他。走路的那个姿势。别看他啦。别看他啦。往前走吧。

他边大步流星地走向博物馆的大门，边抬起眼睛。漂亮的建筑。是托马斯·迪恩爵士设计的。他没跟在我后边吧？

也许他没瞧见我。阳光正晃着他的眼睛。

他气喘吁吁，发出一声声短促的叹息。快点儿。冰冷的雕像群。那里挺僻静，不出一分钟我就安全了。

---

1 “愿……魂”是审判长对被判死刑者说的套语。

2 《弥赛亚》是德国作曲家亨德尔所作最为脍炙人口的圣乐，一七四二年四月十三日在都柏林首演，给人留下极其深刻的印象。

是啊，他没瞧见我。两点多啦。就在大门口那儿。

我的心脏！

他的眼睛直跳，直勾勾地望着奶油色石头的曲线。托马斯·迪恩爵士，希腊式建筑。

我要找样东西。

他那只焦躁的手急忙伸进一个兜里，掏出来一看，是读后没叠好的移民垦殖公司的广告。可放在哪儿了呢？

匆匆忙忙地找。

他赶快又将公司的广告塞了回去。

她说是下午。

我找的是那个。对，那个。所有的兜都翻遍了。手绢。《自由人报》。放在哪儿了呢？对啦。裤子。皮夹子。土豆。我放在哪儿了呢？

快点儿。放轻脚步。马上就到啦。我的心脏。

他一边用手摸索着那不知放到哪儿去了的东西，一边念叨着还得去取化妆水。在裤兜里找到了肥皂，上面粘着温吞吞的纸。啊，肥皂在这儿哪。对，来到大门口了。

安全啦！

第九章

Scylla and Charybdis

14:00

为了缓和大家的情绪，公谊会教徒-图书馆长文质彬彬地轻声说道：

——我们不是还有《威廉·迈斯特》那珍贵的篇章吗？一位伟大的诗人对另一位弟兄般的大诗人加以论述[1]。一具犹豫不决的灵魂，被相互矛盾的疑惑所撕扯，挺身反抗人世无边的苦难，就像我们在现实生活中所看到的那样。

他踏着橐橐作响的牛皮鞋，跳着五步舞前进一步，又跳着五步舞，在肃穆的地板上后退一步。

一名工役悄悄地把门开了个缝儿，默默地朝他做了个手势。

——马上就来，他说，踏着橐橐作响的鞋正要走开，却又踟蹰不前。充满绮丽幻想而又不实际的梦想家，面临严峻的现实，就只有一败涂地。我们读到这里，总觉得歌德的论断真是对极了。他的宏观分析是正确的。

像是听了倍加响亮的分析，他踩着“科兰多”舞步走开了。谢顶的他，在门旁耸起那双大耳朵，倾听着工役的每一句话，然后就走了。

只剩下两个人。

——德·拉帕利斯先生，斯蒂芬冷笑着说，直到死前一刻钟还活着[2]。

1　“珍贵的篇章”指歌德的《威廉·迈斯特的学习时代》（1824）第4部第13章至第5部第12章，写威廉怎样翻译、改编并参加《哈姆莱特》的演出（他本人扮演哈姆莱特王子）。

2　德·拉帕利斯（1400—1452），法国著名将军，原名杰克·德·查邦尼斯。他是骑士团首领，精力非常充沛，受重伤后，一直活跃到咽气前一刻钟。部下为了纪念他，作了一首通俗歌曲。其中有“直到死前一刻钟还活跃”句，后来讹传为“还活着”，因此，“德·拉帕利斯的真理”便成了废话的代用语。

——你找到那六个勇敢的医科学生了吗？约翰·埃格林顿[1]以长者的刻薄口气问道，好叫他们把《失乐园》[2]笔录下来。他管这叫作《魔鬼之烦恼》。

微笑吧。露出克兰利[3]的微笑吧。

起初他为她搔痒，
接着就抚摩她，
并捅进一根女用导尿管。
因为他是个医科学生，
爽朗快活的老医……

——倘若是写《哈姆莱特》的话，我觉得你还需要再添上一个人物。对神秘主义者来说，七是个可贵的数字。威·巴把它叫作灿烂的七[4]。

他目光炯炯，将长着赤褐色头发的脑袋挨近绿灯罩的台灯，在暗绿的阴影下，寻觅着胡子拉碴的脸——长着圣者的眼睛的奥拉夫般的脸[5]。他低声笑了。这是三一学院工读生的笑。没有人理睬他。

管弦乐队的魔鬼痛哭，
淌下了天使般的眼泪[6]。

1　约翰·埃格林顿是威廉·柯克柏特里克·马吉（1868—1961）的笔名，爱尔兰文艺复兴运动中敏锐的批评家，是神秘派作家之一。

2　《失乐园》（1667）是弥尔顿晚年双目失明后，口授给女儿们完成的。

3　克兰利，参看第8页注释4。据艾尔曼的《詹姆斯·乔伊斯》（第118页），下面的诗引自戈加蒂的一首未发表的淫诗《医科学生迪克和医科学生戴维》。

4　根据希伯来、希腊、埃及和东方传统，“七”被认为体现着完美与统一，而早期的基督教作家也把“七”当作完美的数字。威·巴即诗人威廉·巴特勒·叶芝。“灿烂的七”见他的《摇篮曲》（1895年版）。

5　奥拉夫是基督教传来之前，古爱尔兰的博学大师兼诗人。这里指爱尔兰文艺复兴运动的领导人之一拉塞尔。

6　“魔鬼痛哭”与“淌下了天使般的眼泪”，系模仿《失乐园》卷1中的诗句。

然而他以自己的屁股代替了号筒[1]。

他抓住我的愚行当作了把柄。

克兰利手下那十一名土生土长的威克洛男子有志于解放祖国。豁牙子凯思林，她那四片美丽的绿野，她家里的陌生人[2]。还有一个向他致意的："你好，拉比[3]。"蒂那依利市的十二个人。在狭谷的阴影下，他吹口哨吆唤他们。一个又一个夜晚，我把灵魂的青春献给了他。祝你一路平安。好猎手。

穆利根收到了我的电报。

愚行。一不做，二不休。

——咱们爱尔兰的年轻诗人们，约翰·埃格林顿告诫说，还得塑造出一位将被世人誉为能与撒克逊佬莎士比亚的哈姆莱特相媲美的人物。尽管我和老本[4]一样佩服他，并且对他崇拜得五体投地。

——这些纯粹属于学术问题，拉塞尔从阴影里发表宏论。我指的是哈姆莱特究竟是莎士比亚还是詹姆斯一世，抑或是埃塞克斯伯爵这样的问题，就像是由教士们来讨论耶稣在历史上的真实性一样。艺术必须向我们昭示某种观念——无形的精神真髓。关于一部艺术作品首要的问题是：它究竟是从怎样深邃的生命中涌现出来的。古斯塔夫·莫罗[5]的绘画表达了意念。雪莱最精深的诗句，哈姆莱特的话语，都能够使我们的心灵接触到永恒的智慧，接触到柏拉图的观念世界。其他左不过是学生们之间的空想而已。

A. E. 曾对前来采访的美国记者这么说过。唉，该死的！

---

1 原文为意大利文，出自《神曲·地狱》第21篇末句。

2 在叶芝的剧本《豁牙子凯思林》（1902）中，凯思林这个贫穷的老妪象征着失去自由的爱尔兰。她说她那四片美丽的绿野（指爱尔兰的四省，阿尔斯特、伦斯特、芒斯特、康诺特）都被夺走了。"家里的陌生人"，指英国入侵者。

3 原文为拉丁文。拉比是犹太教中对老师的尊称。

4 指本·琼森（约1572—1637），英国剧作家、诗人及评论家。他曾赞誉莎士比亚为"时代的灵魂"，但又批评他缺少"艺术"。

5 古斯塔夫·莫罗（1826—1898），法国象征主义画家，被认为是抽象表现主义的先驱。

——学者也得先当学生呀，斯蒂芬极其客气地说。亚里士多德就曾经是柏拉图的学生。

——而且他始终是那样，像我们所希望的，约翰·埃格林顿安详地说。我们仿佛总可以看到他那副腋下夹着文凭的模范生的样子。

他又朝着现在正泛着微笑的那张胡子拉碴的脸，笑了笑。

无形的精神上的。父，道，圣息。万灵之父，天人。希稣斯·克利斯托斯[1]，美的魔术师，不断地在我们内心里受苦受难的逻各斯[2]。这确实就是那个。我是祭坛上的火。我是供牺牲的黄油。

邓洛普[3]，贾奇[4]，在他们那群人当中最高贵的罗马人[5]，A. E. 。阿尔瓦尔[6]，高高在天上的那个应当避讳的名字：库·胡[7]——那是他们的大师，消息灵通人士都晓得其真实面目。大白屋支部[8]的成员们总是观察着，留意他们能否出一臂之力。基督携带着新娘子修女，润湿的光，受胎于圣灵的处女，忏悔的神之智慧[9]，死后进入佛陀的境界。密教的生活不适宜一般人。芸芸众生必须先赎清宿孽。库珀·奥克利夫人有一次瞥见了我们那位大名鼎鼎的姊妹海·佩·勃的原始状态。

哼！哼！呸！呸！**可耻，冒失鬼**[10]！你不应该看，太太。当一个女人露出原始状态的时候，那是不许看的。

贝斯特[11]先生进来了。个子高高的，年轻，温和，举止安详。他手

1　原文为希腊语，即耶稣·基督。

2　逻各斯是希腊哲学、神学用语。

3　丹尼尔·尼科尔·邓洛普，爱尔兰通神论者。曾主编《爱尔兰通神论者》（约1896—1915），并用阿雷塔斯这一笔名发表文章。

4　威廉·Q. 贾奇（1851—1896），爱尔兰裔美国通神论者，曾协助海·佩·勃拉瓦茨基建立通神学会。

5　见《尤利乌斯·恺撒》第5幕第5场。这原是安东尼对勃鲁托斯的评语。

6　原指古罗马的祭司团阿尔瓦尔弟兄会。其职责是每年主持献祭以祈祷土地肥沃。成员共十二人，从最高阶层选出。从事通神论者运动的也有十二人，并起名密教派或阿尔瓦尔。

7　指来自中国西藏的库特·胡米大圣。他是海·佩·勃拉瓦茨基的两位大师之一。

8　大白屋支部，信奉神秘主义的拉塞尔等人均为其成员。

9　原文作sophia。按照通神论的说法，系指人格化了的神之智慧。

10　原文为德语。

11　理查德·欧文·贝斯特（1872—1959），先后任爱尔兰国立图书馆副馆长（1904—1923）、馆长（1924—1940），曾把法国教授玛利·亨利·达勃阿·德·朱班维尔（1827—1910）的《爱尔兰神话始末与凯尔特神话》译成英文，一九〇三年在都柏林出版。

里文雅地拿着一本又新又大、洁净而颜色鲜艳的笔记本。

——那个模范学生会认为，斯蒂芬说，哈姆莱特王子针对自己灵魂的来世所做的冥想，那难以置信、毫不足取、平淡无奇的独白，简直跟柏拉图一样浅薄。

约翰·埃格林顿皱起眉头，怒气冲冲地说：

——说实在的，一听见有人把亚里士多德跟柏拉图相比较，我就气炸了肺。

——想把我赶出理想国的，斯蒂芬问，是他们两个当中的哪一个呢？

亮出你那匕首般的定义吧。马性者，一切马匹之本质也。他们崇敬升降流和伊涌[1]。神：街上的喊叫。逍遥学派[2]味道十足。空间：那是你非看不可的东西。穿过比人血中的红血球还小的空间，追在布莱克的臀部后面，他们慢慢爬行到永恒。这个植物世界仅只是它的影子[3]。紧紧地把握住此时此地，未来的一切都将经由这里涌入过去[4]。

贝斯特先生和蔼可亲地走向他的同僚。

——海恩斯走掉啦，他说。

——是吗？

——我给他看朱班维尔[5]的书来着。要知道，他完全热衷于海德的《康诺特情歌》。我没能把他拉到这儿来听听大家的议论，他到吉尔书店买这本书去了。

1　升降流和伊涌均为诺斯替教（融合多种信仰的通神学和哲学的宗教，盛行于2世纪）用语。诺斯替教义主要讲人和人在宇宙中的位置。升降流指宇宙行星的运行，伊涌指至高神所溢出的一批精灵。

2　逍遥学派即亚里士多德学派。因古希腊哲学家亚里士多德在学园内漫步讲学而得名。

3　这里套用但丁的《神曲·地狱》和威廉·布莱克的《弥尔顿》。在《地狱》第34篇末尾，维吉尔背着但丁，下降到恶魔的臀部，又掉转来向上爬，从地狱返回人间。威廉·布莱克的《弥尔顿》第1篇："比人血中的红血球还小的每个空间/通向永恒/这个植物世界仅只是其一抹阴影。

4　套用圣奥古斯丁（353—430）所著《论灵魂之不朽》中的"行动的意志属于现在，未来经由这里涌入过去"一语。

5　参看第268页注释11。

我的小册子，快快前去，

向麻木的公众致意，

写作用贫乏寒碜的英语，

决不是我的原意[1]。

——泥炭烟上了他的大脑，约翰·埃格林顿议论道。

我们英国人觉得……悔悟的窃贼。走掉啦。我吸了他的纸烟。一颗璀璨的绿色宝石。镶嵌在海洋这指环上的绿宝石[2]。

——人们不晓得情歌有多么危险，金蛋拉塞尔用诡谲的口吻警告说，在世界上引起的革命运动，原是在山麓间，在一个庄稼汉的梦境和幻象中产生的。对他们来说，大地不是可供开拓的土壤，而是位活生生的母亲。学院和街心广场那稀薄的空气会产生六先令一本的小说和游艺场的小调。法国通过马拉梅[3]创造了最精致的颓废之花，然而唯有灵性贫乏者，才能获得理想生活的启迪。比方说，荷马笔下的腓依基人[4]的生活。

听罢这番话，贝斯特先生将那张不冲撞人的脸转向斯蒂芬。

——要知道，马拉梅写下的那些精彩的散文诗，他说，在巴黎的时候，斯蒂芬·麦克纳常朗读给我听。有一首是关于《哈姆莱特》的[5]。他说：**他边读一本写他自己的书，边漫步**[6]。要知道：边读一本写他自己的书。他描述了一个法国镇子上演《哈姆莱特》的情景。要知道，是内地的一个镇子。他们还登了广告。

1　这是道格拉斯·海德的一首诗的第1节。第2行的“麻木”，原诗中作“有教养”。此诗收入其所著《早期盖尔文学的故事》（伦敦，1894）中。海德于一八九三年创立盖尔语联盟，另外还著有《爱尔兰文学史》（1899）。

2　这是约翰·菲尔波特·柯伦（1750—1817）所写《我的心在跳动》一诗的第2句。绿宝石象征爱尔兰。首句是：“好爱琳，你的绿胸起伏，多么诱人。”

3　斯蒂芬·马拉梅（1842—1898），法国象征派诗人、理论家。他认为完美形式的真谛在于虚无之中，诗人的任务就是去感知那些真谛并加以凝聚、再现。

4　腓依基人，见《奥德修纪》卷6中瑙西卡公主的故事。腓依基人的岛上四季都有水果，男人擅长驾船，女人善于纺织，王侯十分富有。

5　指马拉梅的散文诗《哈姆莱特与福廷布拉》（1896）。

6　原文为法语。

他用那只空着的手优雅地比比画画，在虚空中写下小小的字：

哈姆莱特

或者

心神恍惚的男子

莎士比亚的剧作[1]

他对约翰·埃格林顿那再一次皱起来的眉头重复了一遍：

——要知道，**莎士比亚的戏剧**哩。法国味十足。法国人的观点。**哈姆莱特或者**[2]……

——心神恍惚的乞丐[3]，斯蒂芬替他把话结束了。

约翰·埃格林顿笑了。

——对，依我看就是这样，他说，毫无疑问，那是个优秀的民族，可在某些事物上，目光又短浅得令人厌烦。

豪华而情节呆板、内容夸张的凶杀剧[4]。

——罗伯特·格林曾称他作灵魂的刽子手[5]，斯蒂芬说。他真不愧为屠夫的儿子，在手心上啐口唾沫，就抡起磨得锃亮的杀牛斧。为了他父亲这一条命，葬送掉了九条。我们在炼狱中的父亲[6]。身着土黄色

1　以上四行的原文为法语。

2　此处的“哈姆莱特或者”与前文的“莎士比亚的戏剧”原文均为法语。

3　《心神恍惚的乞丐》是英国小说家、诗人拉迪亚德·吉卜林（1865—1936）作词、阿瑟·沙利文配曲的一首歌（“恳请你掷入我的小铃鼓一先令，/为了奉调南方穿土黄军服的先生们”），在南非战争期间演唱，曾为英国士兵募集二万五千英镑。这里，斯蒂芬是站在爱尔兰人反对英国扩张主义的立场来引用此词的。

4　“豪华……凶杀剧”一语，出自《哈姆莱特与福廷布拉》。

5　罗伯特·格林（1558—1592），英国小说家、戏剧家、小册子作者，也是散文作家之一。莎士比亚的《冬天的故事》（1610）直接取材于格林的田园诗《潘多斯托》（1588）。他在自传性小册子《百万忏悔换取的四便士的智慧》（1592）里说，贪婪乃是“灵魂的刽子手”。这个小册子附有致三个同时代戏剧家的信，其中攻击莎士比亚是“一只自命不凡的乌鸦，用我们的羽毛美化他自己”。

6　在《哈姆莱特》第1幕第5场中，哈姆莱特父亲的鬼魂曾向他描述自己在炼狱中所受火焰烧灼的情景。

军服的哈姆莱特们毫不迟疑地开枪[1]。第五幕那浴血的惨剧乃是斯温伯恩先生在诗中歌颂过的集中营的前奏[2]。

克兰利，我是他的一名沉默寡言的传令兵，离得远远地观望着战斗。

对凶恶敌人之妇孺，
只有我们予以宽恕……

夹在撒克逊人的微笑与美国佬的饶舌之间。魔鬼与深渊之间。

——他想把《哈姆莱特》说成是个鬼怪故事，约翰·埃格林顿替贝斯特先生解释说，像《匹克威克》里的胖小子似的，他想把我们吓得毛骨悚然[3]。

听着，听着，啊，听着[4]！

我的肉身倾听着他的话，胆战心惊地听着。

要是你曾经[5]……

——什么是鬼魂？斯蒂芬精神抖擞地说，那不外乎就是一个人由

1　这里把《哈姆莱特》一剧末尾的流血惨剧比作南非战争中的杀戮。当时英国士兵均穿土黄色制服。一八八七年在科克郡的一场骚乱中，有个叫普伦基特的上尉喊出“毫不迟疑地开枪”的口令。从那以后，这便成为爱尔兰人反对英国高压政策的口号。

2　斯温伯恩曾写过一首十四行诗《哀悼本森上尉》（1901）向死在布尔俘虏营中的本森上尉致哀，并赞扬英军为包括妇孺在内的布尔市民建立了集中营。有人立即撰文批评了他。他反驳说，既然布尔人虐待了英国战俘，把他们关入集中营也是应该的。

3　在狄更斯的第一部长篇小说《匹克威克外传》（1836—1837）第8章中，胖小子乔（沃德尔先生的仆人）向沃德尔太太报告他看见沃德尔小姐怎样和匹克威克派的一个成员偷情。他劈头就说：“我想把你吓得毛骨悚然。”

4　“听着，听着，啊，听着！”一语出自《哈姆莱特》第1幕第5场里鬼魂对哈姆莱特王子所说的台词。

5　这是鬼魂接上一句所说的话，全句是：“要是你曾经爱过你亲爱的父亲——”

于死亡，由于不在，由于形态的变化而消失到虚无缥缈中去。伊丽莎白女王时代的伦敦与斯特拉特福[1]相距之远，一如今天堕落的巴黎之于纯洁的都柏林。谁是那个离开了**幽禁祖先的所在**[2]而返回到已把他遗忘了的世界上来的鬼魂呢？谁是哈姆莱特王呢？

约翰·埃格林顿挪动了一下他那瘦小的身躯，向后靠了靠，在做出判断。

情绪激昂了。

——那是六月中旬的一天，就在这个时辰，斯蒂芬迅疾地扫视了大家一眼，好让人们注意倾听他的话。河滨的剧场升起了旗子。旁边的巴黎园里，撒克逊大熊在栏中吼叫着。跟德雷克一道航过海的老水手们，混在池座的观众当中，嚼着香肠[3]。

地方色彩。把自己晓得的统统揉进去。让他们做同谋者。

——莎士比亚离开了西尔弗街那所胡格诺派教徒的房子，沿着排列在河岸上的天鹅槛走去。然而他并不停下脚步来喂那赶着成群小天鹅朝灯心草丛中走去的母天鹅。埃文河的天鹅[4]别有心思。

场子的构图[5]。依纳爵·罗耀拉啊，赶快来帮助我吧！

——戏开台了。一个演员从暗处踱了过来。他身披宫廷里哪位花花公子穿剩的铠甲，体格魁梧，有着一副男低音的嗓子。这就是鬼魂，是国王，又不是国王，演员乃是莎士比亚[6]。他毕生的岁月不曾虚度，都倾注在研究《哈姆莱特》上了，以便扮演幽灵这个角色。他

1　莎士比亚的故乡埃文河畔斯特拉特福镇位于伦敦西北，属沃里克郡。

2　原文为拉丁文。见莎士比亚的历史剧《亨利八世》第5幕第4场。

3　巴黎园指十六世纪至十八世纪之间坐落于环球剧场附近的熊园。撒克逊大熊是该园的一头著名的熊。参看《温莎的风流娘儿们》第1幕第1场末尾斯兰德的台词。弗朗西斯·德雷克爵士（约1540—1596），英国航海家，一五八八年他曾率领舰队击溃西班牙无敌舰队。按：当时池座里的观众都站着看戏，并向小贩买各种零食。

4　“埃文河的天鹅”即指莎士比亚。这是本·琼森在《莎士比亚戏剧全集》（1623）的序诗中，对莎士比亚的称誉。

5　“场子的构图”一语出自依纳爵·罗耀拉的《圣功》（1548）。

6　英国诗人、戏剧家尼古拉斯·罗（1674—1718）查明，莎士比亚曾扮演过《哈姆莱特》中的幽灵这一角色。

隔着绷了一层蜡布[1]的架子，呼唤着站在自己对面的年轻演员伯比奇[2]的名字：

哈姆莱特啊，我是你父亲的阴魂……

并吩咐他听着。他是对儿子，自己的灵魂之子——王子，年轻的哈姆莱特——说话；也对肉身之子哈姆奈特[3]·莎士比亚说话——他死在斯特拉特福，以便让他的同名者获得永生。

身为演员的莎士比亚，由于外出而做了鬼魂，身穿死后做了鬼魂的墓中的丹麦先王的服装，他可不可能就是在对亲生儿子的名字（倘若哈姆奈特·莎士比亚不曾夭折，他就成为哈姆莱特王子的双生兄弟了），说着自己的台词呢？我倒是想知道，他可不可能，有没有理由相信：他并不曾从这些前提中得出或并不曾预见到符合逻辑的结论：你是被废黜的儿子，我是被杀害的父亲，你母亲就是那有罪的王后[4]，娘家姓哈撒韦的安·莎士比亚？

——但是像这样来窥探一个伟大人物的家庭生活，拉塞尔不耐烦地开了腔。

你在那儿吗，老实人[5]？

只有教区执事才对这有兴趣。我的意思是说，我们有剧本在手。也就是说，当我们读《李尔王》的诗篇时，该诗作者究竟是怎样生活过来的，干我们什么事？维利耶·德利尔曾说，我们的仆人们可以替

---

1 蜡布是裹在遗体上防腐用的。“隔着……蜡布”指幽灵在冥界。

2 理查德·伯比奇（约1567—1619），英国演员，莎士比亚戏剧主要角色扮演者，善于饰演悲剧角色（尤其是哈姆莱特）。莎士比亚在伦敦时同他交往密切，并在遗嘱中给他留下了一件纪念品。

3 莎士比亚的妻子于一五八五年二月二日生下一对双胞胎，儿子名叫哈姆奈特，一五九六年八月，十一岁上夭折，女儿名朱迪斯。

4 参看第200页注释2。

5 “你在……人？”哈姆莱特正要求霍拉旭等人对见到先王鬼魂一事宣誓严加保密时，听见鬼魂在地下帮腔说：“宣誓！”于是朝着地下说了这句话。见《哈姆莱特》第1幕第5场。

我们活下去[1]。窥视并刺探演员当天在休息室里的蜚短流长：诗人怎么酗酒啦，诗人如何负债啦。我们有《李尔王》，而那是不朽的。

这话是说给贝斯特先生听的，他露出赞同的神色。

用你的波浪，你的海洋淹没他们吧，

马南南啊，马南南·麦克李尔[2]……

喂，老兄，你饿肚子的时候他借给你的那一镑钱哪儿去啦？

哎唷，我需要那笔钱来着。

把这枚诺布尔[3]拿去吧。

去你的吧！你把大部分钱都花在牧师的女儿乔治娜·约翰逊的床上啦。内心的呵责。

你打算偿还吗？

嗯，当然。

什么时候？现在吗？

喏……不。

那么，什么时候？

我没欠过债。我没欠过债。

要镇定。他是从博伊恩河彼岸来的。在东北角上[4]。你欠了他钱。

且慢。已经过了五个月。分子统统起了变化。现在的我已换了个人。钱是另外那个我欠下的。

早过时啦！

然而我，生命原理，形态的形态，由于形态是不断变化的，在记

---

1 维利耶·德利尔-阿达姆（1838—1883），法国诗人、剧作家、短篇小说家。"我们的仆人们可以替我们活下去"出自他的遗作《阿克塞尔》（1890）。主人公阿克塞尔子爵与美人萨拉一见钟情。他建议二人一道自杀，并且说了这句话。叶芝在《秘密的玫瑰》（1897）中以此话作为引语，并献给了拉塞尔。

2 这两句诗出自拉塞尔的三幕诗剧《迪尔德丽》（1902年初次上演，1907年出版）。马南南·麦克李尔，参看第56页注释11。

3 诺布尔是英国古金币（用到1461年为止），一诺布尔相当于旧制六先令八便士。

4 拉塞尔生在位于爱尔兰东北角上的阿尔斯特郡。

忆之中，我依然是我[1]。

我，曾经犯过罪，祈祷过，也守过斋戒。

康米从体罚中拯救过的一个孩子[2]。

我，我和我，我。

A. E. I. O. U.

——难道你想违反已经延续了三个世纪的传统吗？约翰·埃格林顿用吹毛求疵的腔调问道。至少她的亡灵已永远安息了。至少就文学来说，她还没出生之前就已去世。

——她是在出生六十七年之后去世的，斯蒂芬反驳说，她看到他出世，以及离开人间[3]。她接受了他第一次的拥抱。她生下了他的娃娃们。在他弥留之际，她曾把几枚便士放在他眼睑上，好让他瞑目。

母亲临终卧在床上。蜡烛。用布单罩起来的镜子。把我生到这世上的人躺在那里，眼睑上放着青铜币，在寥寥几朵廉价的花儿下。饰以百合的光明[4]……

我独自哭泣。

约翰·埃格林顿瞧着他那盏火苗纠缠在一起发出荧光的灯。

——世人相信莎士比亚做错了一件事，他说，并尽快地用最巧妙的办法脱了身[5]。

——那是胡扯！斯蒂芬鲁莽地说。天才是不会做错事的。他是明知故犯，那是认识之门。

1　生命原理是亚里士多德的术语，表示使纯系潜在之物变为现实。灵魂（或生命机能）是亚里士多德在其《论灵魂》中所说的有生命机体的生命原理。关于形态，参看第36页注释6。

2　斯蒂芬小时候在克朗戈伍斯森林公学读书期间，曾因打碎了眼镜，未能写作文，因而被教导主任多兰神父用戒尺打了手心。他向校长康米神父提出申诉，才得以免除进一步的惩罚。参看《一个青年艺术家的画像》一书第1章。下文中的A. E. I. O. U. 是英文中的五个元音字母。英人打借条常用IOU（即I owe you）。这里，就含有"A. E. 我欠你"之意。

3　这里，"她"指莎士比亚的妻子安·哈撒韦。莎士比亚是十八岁时结婚的，安生于一五五六年，比他大八岁。莎士比亚死于一六一六年，而安一直活到一六二三年。

4　原文为拉丁文。

5　"犯了错误"指莎士比亚与安结婚；"脱了身"指莎士比亚于一五八六年左右把妻儿留在家乡，只身出走伦敦。

认识之门打开了，公谊会教徒-图书馆长走了进来，脚下的鞋轻轻地吱吱响着。他已谢顶，竖起耳朵，兢兢业业。

——很难想象，约翰·埃格林顿卓有见识地说，泼妇会是个有用的认识之门。苏格拉底从赞蒂贝[1]身上又认识到了什么呢？

——辩证法嘛，斯蒂芬说。还从他母亲那儿学会了怎样把思想带到人间[2]。他从另一个老婆默尔托[3]（**名字是无所谓的**[4]！）——也就是说，“好苏格拉底[5]的灵魂的分身”——那儿学到了什么，任何男人或女人都永远不得而知。然而助产术也罢，闺训[6]也罢，都未能从新分党[7]的执政官与他们那杯毒芹下救他一命[8]。

——可是安·哈撒韦呢？贝斯特先生像是心不在焉似的以安详的口吻说，是啊，我们好像忘记了她，正如莎士比亚本人也把她遗忘了。

他的视线从冥思着的那个人的胡子扫到吹毛求疵者的脑壳，宛若在提醒他们，和颜悦色地责备他们，然后又转向那尽管无辜却受到迫害的罗拉德派[9]那粉红色的秃脑袋。

——他颇有点儿机智，斯蒂芬说，记忆力也不含糊。当他用口哨

1　据说苏格拉底的妻子赞蒂贝是个有名的泼妇。

2　据说苏格拉底的母亲是个产婆。苏格拉底接二连三地向同他交谈的人提问题，迫使对方承认自己的无知，然后引导对方认识真正的美德。换言之，帮助思想的产生（即“助产术”）。

3　据说默尔托（阿里斯泰得斯之女）是苏格拉底的第一个妻子。

4　原文是拉丁文。

5　原文作Socratididion，为苏格拉底的爱称，也可译为“亲爱的苏格拉底”。

6　闺训，原文作caudlelectures。Caudle是供病人饮用的滋养饮料。英国剧作家道格拉斯·杰罗尔德（1803—1857）的连载作品《幕训》（1846）中的女主人公考德尔（Caudle）夫人整夜整夜地在闺房中教训丈夫，乔伊斯便据此造了这个词。

7　这里，新芬党指判处苏格拉底死刑的古希腊民主政体。

8　公元前三九九年苏格拉底被控为“不敬神”。苏格拉底不服，进行申辩，然而法庭仍以微弱的多数票判处他死刑。友人劝他逃跑，但他说，判处虽违背事实，但这是合法法庭的判决，遂服下狱卒交给他的毒药死去。

9　罗拉德派是英国人对威克里夫一派人的谑称，意为喃喃祈祷者。威克里夫（约1330—1384）是英国神学家，他倡导的非正统教义和社会理论是十六世纪宗教改革运动的先声。一三八〇年左右，威克里夫与牛津大学的一些同事成立了最早的罗拉德派。一三九九年曾被当作异端分子镇压。这里指托马斯·威廉·利斯特，他是个罗拉德派和公谊会教徒，不信天主教，因而公众对他存着戒心。

吹着《我撇下的姑娘》，朝罗马维尔[1]吃力地走着的时候，他的行囊里就装有记忆。即便那场地震不曾记载下来[2]，我们也应知道，该把蹲在窝里的可怜的小兔、猎犬的吠声、镂饰的缰绳、她那蓝色的窗户[3]，放在他一生的哪个时期。《维纳斯与阿都尼》中所描绘的那番记忆[4]，存在于伦敦每个荡妇的寝室里。悍妇凯瑟丽娜[5]长得丑吗？霍坦西奥说她又年轻又漂亮。难道你以为《安东尼与克莉奥佩特拉》的作者，一个热情的香客[6]，两眼竟长在脑后，单挑沃里克郡最丑的淫妇来跟自己睡觉吗？不错，他撇下了她，而获得了男人的世界。然而由男童所扮演的女角儿们[7]是从一个男童眼中看到的女人们。她们的生活、思想、语言，都是男人所赋予的。难道他没选好吗？我觉得毋宁说他是被选的。倘若其他女人能够从心所欲，安自有她的办法。的的确确，她该受责难。是她这个二十六岁的甜姐儿对他进行引诱的。好比是美妙的开场白，灰眼女神[8]伏在少年阿都尼身上，屈就取胜。这就是厚脸皮的斯特拉特福荡妇，她曾把比自己年轻的情人压翻在麦田里。

轮到我？什么时候？

来吧！

——裸麦地，贝斯特先生欣喜快活地说，并且欣喜地、快活地高举着他那本新书。

然后，他喃喃地吟诵起来；那头金发使大家赏心悦目。

---

1 指伦敦，参看第72页注释1。

2 莎士比亚最早的长诗《维纳斯与阿都尼》（1593）第1046至1048行有关于地震的描绘。一五八〇年英国发生过大地震，当时莎士比亚年仅十六岁。

3 “可怜的小兔”（第697行）、“镂饰的缰绳”（第37行）、“蓝色的窗户”（指眼睛，第482行）均见《维纳斯与阿都尼》。

4 指莎士比亚在家乡与安·哈撒韦谈情说爱的事。

5 凯瑟丽娜是莎士比亚的喜剧《驯悍记》中的女主人公，霍坦西奥是她的妹妹比恩卡的求婚者。

6 《热情的香客》(1599）是一部诗集，共二十首（或二十一首）诗，其中四、五首系莎士比亚所写。

7 伊丽莎白时代的舞台上，女角概由男童扮演。

8 “灰眼女神”指维纳斯。在伊丽莎白时代，灰眼睛（gray eyes）的gray，指blue（蓝）。《维纳斯与阿都尼》第140行有“我两眼灰亮，转盼多风韵”之句。

裸麦地的田垄间，

俊俏乡男村女眠[1]。

帕里斯，陶醉了的诱惑者[2]。

身穿毛茸茸的家织布衣的高个子从阴影里站起来，掀开了他从合作社买来的怀表的盖子。

——看来我得到《家园报》去啦。

去哪儿？到可开拓的土地上去。

——你要走了吗？约翰·埃格林顿挑起眉毛问。今儿晚上咱们在穆尔[3]家见面，好吗？派珀要来哩。

——派珀！贝斯特先生尖声说，派珀回来了吗？

彼得·派珀噼噼啪啪地一点点挑选着啄食盐汁胡椒。

——这就难说了。这是星期四嘛，我们还有会呢，要是我能及时脱身的话……

道森套房里那间通神学家们的瑜伽魔室。《揭去面纱的伊希斯》[4]。我们曾试图把他们这本巴利语[5]著作送进当铺。在暗褐色华盖的遮阴下，他盘腿坐在宝座上；在星界发挥机能的阿兹特克族的逻各斯[6]，他们的超灵[7]，大我[8]。已够入门资格的虔诚的秘义信徒们环绕着他，等待着启示。路易斯·H. 维克托里。T. 考尔菲尔德·艾尔温。

1　见《皆大欢喜》第5幕第3场的歌词第2段。

2　帕里斯与巴黎拼法相同。

3　乔治·奥古斯塔斯·穆尔（1852—1933），爱尔兰小说家，一九〇一年迁居都柏林，为筹建阿贝剧院作出贡献。

4　伊希斯是古埃及神话中的重要女神。《揭去面纱的伊希斯——古今科学与通神学奥秘诠释》（1876）一书系海·佩·勃拉瓦茨基所撰，被她的门徒们视为通神学的经典著作。

5　巴利语起源于北印度，公元前一世纪，成为标准的国际佛教语言。

6　海·佩·勃拉瓦茨基在《揭去面纱的伊希斯》一书中说，墨西哥人与古代巴比伦及埃及人的传统甚至所信仰的神明等都有共同之处。因此，阿兹特克族的逻各斯是宇宙真理（“宇宙宗教”）的基础。阿兹特克族系操纳华特尔语的民族。

7　超灵是由美国作家、十九世纪超验主义文学运动领袖拉尔夫·沃尔多·爱默生（1803—1882）创造的哲学用语。他认为真正的智慧是通过“自然”领会神旨，强调人可以通过道德本性和直觉认识真理，从而发展成为超验主义观点。

8　原文为梵语。在通神学中，指进入涅槃（佛教所指的最高境界。后世也称僧人逝世为“涅槃”）境界。

莲花净土的少女们不断地注视着他们。他们的松果体[1]熠熠发光。他内心里充满了神，登上宝座。芭蕉树下的佛陀。吞入灵魂者，吞没者[2]。他的幽魂，她的幽魂，成群的幽魂。他们呜呜哀号，被卷入旋涡，边旋转，边痛哭。

精妙纤细小身躯，
肉器经年女魂栖[3]。

——他们说在文艺方面将有一桩惊人之举，公谊会教徒-图书馆长友好而诚挚地说。风闻拉塞尔先生正在把我们年轻诗人的作品收成集子[4]。大家都在翘首企盼着哪。

他借那圆锥形的灯光热切地扫视着。在灯光映照下，三张脸发着亮。

看吧，并且记在脑子里。

斯蒂芬俯视着横挂在他膝头的那根梣木手杖柄上的宽檐平顶帽。我的盔和剑。用两根食指轻轻地摸一下。亚里士多德的试验。一个还是两个？必然性就在于此。人只能是自己，不可能是其他任何东西。所以，一顶帽子就是一顶帽子。

听着。

年轻的科拉姆和斯塔基。乔治·罗伯茨负责商务方面。朗沃思会在《快邮报》上把它大捧一通的。噢，他会吗？我喜欢科拉姆的《牲畜商》。对，我认为他具有那种古怪的东西——天才。你认为他真有

1　据通神学的说法，松果体（亦称松果腺，一种内分泌腺）原是人的“第三只眼睛”，能够透视心灵，后来退化为松果体。

2　“吞入灵魂者，吞没者”指普在超灵（即神）。通神学家认为万人灵魂与普在超灵本为一体，作为它的火花的每一灵魂反复投生，又被其吞没，轮回不已。

3　“精妙……女魂栖”是路易斯·H. 维克托里所作《震撼灵魂的模仿》（收入其诗集《尘埃中的想象》）一诗的头两句，是悼念一个四岁上夭折的娃娃的，作者引用时把“四年”改为“经年”。

4　拉塞尔所编的这部《新诗集》出版于一九〇四年五月。拉塞尔在诗中讴歌爱尔兰传奇中的英雄和神，对其他同辈诗人影响颇大。

天才吗？叶芝曾赞美过他这句诗：**宛如一只埋在荒漠中的希腊瓶**[1]。是吗？我希望今天晚上你能够来。玛拉基·穆利根也要来的。穆尔托会把海恩斯带来。你听到过米切尔小姐讲的关于穆尔和马丁的笑话吗？她说，穆尔是马丁的浪荡儿[2]。讲得真是巧妙，令人联想到堂吉诃德和桑丘·潘沙。西格尔逊博士[3]说，我们民族的史诗至今还没写出来。穆尔正是适当的人选。他是都柏林这里的一位愁容骑士[4]。奥尼尔·拉塞尔[5]穿一条橘黄色百褶短裙[6]吗？啊，对，他一定会讲庄重的古语。还有他那位杜尔西尼娅[7]呢？詹姆斯·斯蒂芬斯正在写俏皮的小品文。看来我们变得越来越重要了。

考狄利娅。**考德利奥**。李尔那最孤独的女儿[8]。

偏僻荒蛮。现在该上你最拿手的法国磨光漆了。

——非常感谢你，拉塞尔先生，斯蒂芬边站起身来边说。劳驾请把这封信交给诺曼先生……

——啊，好的。假若他认为这重要，就会刊用的。我们的读者来稿踊跃极了。

——我知道，斯蒂芬说。谢谢啦。

1　这是《新诗集》中的主诗《一幅肖像》（科拉姆作）中的一句；后易题为《四十年代的穷学者》（《荒漠》，都柏林，1907）。

2　苏姗·米切尔（1866—1926）是受拉塞尔影响的女诗人，《新诗集》里收有她的诗作。爱德华·马丁（1859—1923）是爱尔兰戏剧家。苏姗在《乔治·穆尔》（纽约，1916）一书中写道，穆尔是个“天生的文学强盗”，“对爱德华·马丁进行掠夺”（第103页），将其剧本《一个镇子的故事》（1902）改写，易名《弯枝》。叶芝在《自传》（纽约，1958）中说穆尔是个“农民罪犯”，马丁是个“农民圣人”。这里的浪荡儿，原文作wild oats。Sow one's wild oats指年轻时生活放荡，尤其指婚前性关系混乱。苏姗使用这个譬喻则指马丁与穆尔交往会吃大亏。

3　乔治·西格尔逊博士（1838—1925），爱尔兰学者，他所从事的爱尔兰古代文学的翻译介绍，成为爱尔兰文艺复兴运动的端倪。

4　愁容骑士是堂吉诃德的别称。

5　托马斯·奥尼尔·拉塞尔（1828—1908），语言学家，曾致力于复兴凯尔特语。

6　当时有些爱尔兰民族主义者认为橘黄色百褶短裙是古代爱尔兰的标准衣着，然而近年来学者们认为，这并非爱尔兰的传统服装，这个印象主要是小说中的描写所造成的。

7　杜尔西尼娅是堂吉诃德幻想的意中人。

8　考狄利亚是李尔王最小的女儿。她是唯一孝顺老王的，却被她那黑心的姐姐害死。（见《李尔王》）考德利奥是意大利语，发音与考狄利亚相近，含意为“深重的悲哀”。

天老爷犒劳你[1]。猪猡的报纸[2]。阉牛之友派。

辛格也曾答应我，要为《达娜》杂志[3]写篇稿子。我们的文章会有读者吗？我认为会有的。盖尔语联盟要点用爱尔兰语写的东西。我希望今天晚上你肯来。把斯塔基也带来吧。

斯蒂芬坐了下来。

公谊会教徒-图书馆长向那些告辞的人们打完招呼之后，就走过来了。他泛红着假面具般的脸说：

——迪达勒斯先生，你的观点极有启发性。

他踮起脚尖，脚步声橐橐地踱来踱去，**鞋跟有多么厚，离天就靠近了多少**[4]。然后在往外走的一片嘈杂声的掩盖下，他低声说：

——那么，你认为她对诗人不忠贞吗？

那张神色惊愕的脸问我。他为什么走过来呢？是出于礼貌，还是得到了什么内心之光？

——既然有和解，斯蒂芬说，当初想必有过纷争。

——可不是嘛。

穿着鞣皮紧身裤的基督狐[5]。一个亡命徒，藏到枯树杈里，躲避着喧嚣。他没同母狐狸打过交道。孑然一身，被追逐着。他赢得了女人们的心，都是些软心肠的人们：有个巴比伦娼妇，还有法官夫人们，以及胖墩墩的酒馆掌柜的娘儿们。狐与鹅群[6]。在新地大宅[7]，有个慵懒的浪荡女人。想当初她曾经像肉桂那么鲜艳、娇嫩、可人，

1　“天老爷犒劳你”出自小丑试金石之口，见《皆大欢喜》第5幕第4场。

2　指《爱尔兰家园报》)。前文中提到的哈里·费利克斯·诺曼（1868—1947）是该报主编（1899？—1905）。

3　《达娜——独立思考杂志》是由约翰·埃格林顿和爱尔兰经济学家、新闻记者、编辑弗雷德·瑞安（1876—1913）合编的一本小杂志（1904—1905）。达娜参看第284页注释5。

4　“鞋跟有多么厚，离天就靠近了多少”引自哈姆莱特对优伶所说的话，见《哈姆莱特》第2幕第2场。

5　原作这段十分隐晦，作者在这里把莎士比亚和乔治·福克斯联系起来了。基督狐：公谊会认为，基督作为“内心之光”存在于人的精神世界里，因而是一只神秘不可思议的狐狸。福克斯与狐狸拼法相同，故语意双关。福克斯喜欢穿爱尔兰与苏格兰高原地区的那种鞣皮紧身裤。他和他的追随者一向都不尊重官员，不起誓，不纳税，因而经常被捕。

6　狐入鹅群是一种棋戏：由十五只鹅对付一只狐狸。鹅不得后退，狐狸却可以任意活动。

7　新地大宅指莎士比亚于一五九七年在斯特拉特福镇买下的房产。他隐退后住在这里。

而今全部枝叶都已凋落，一丝不挂，对窄小的墓穴心怀畏惧，并且未得到宽恕。

——可不是嘛。那么，你认为……

门在走出去的人们背后关上了。

一片静寂突然笼罩了这间幽深的拱顶斗室。是温暖和沉滞的空气带来的静寂。

维斯太[1]的一盏灯。

在这里，他冥想着一些莫须有的事：倘若恺撒相信预言家的警告而活下来的话[2]，那么他究竟会做些什么事呢？有可能发生的事。可能发生的、可能的情况的种种可能性。不可知的事情。当阿戏留生活在女辈中间时，他用的是什么名字呢[3]？

我周围是封闭起来的思想，装在木乃伊匣里，填上语言香料保存起来。透特[4]，图书馆的神，头戴月冠的鸟神。我听见那位埃及祭司长的声音：*在那一间间堆满泥板书的彩屋里*。

这些思维是沉寂的。它们在人的头脑里却曾经十分活跃。沉寂：但是它们内部却怀着对死亡的渴望，在我耳际讲个感伤的故事，敦促我表露他们的愿望。

——毫无疑问，约翰·埃格林顿沉吟一下说，在所有的伟人中间，他是最难以理解的。除了他曾生活过并且苦恼过而外，我们对他一无所知。不，连这一点也不清楚。旁人经受我们的置疑[5]。其余的都遮在阴影之下。

——然而《哈姆莱特》这个作品多么富于个人色彩啊，对吗？贝

1　维斯太，参看第208页注释1。

2　在莎士比亚的《尤利乌斯·恺撒》第1幕第2场中，有个预言家警告恺撒要当心三月十五日。恺撒未加理睬，结果在这一天就遇刺身死。

3　阿戏留是荷马史诗《伊里昂纪》中的英雄人物。他小时候，母亲听了预言家的话，怕他死在未来的特洛伊战争中，故把他装扮成女孩子。

4　透特是古埃及所奉的神，原是月神，后司计算及学问。据说他发明了语言和文字，并为诸神担任文书、译员及顾问。

5　“旁人经受我们的置疑”，出自马修·阿诺德的关于莎士比亚的一首十四行诗（见于他1844年8月1日写给简·阿诺德的信）。

斯特先生申辩说，要知道，我是说，这是有关他的私生活的一种个人手记——我是说，他的生平。至于谁被杀或是谁是凶手，我倒丝毫也不在意……

他把清白无辜的笔记本放在桌边上，面上泛着挑战似的微笑。用盖尔语所撰写的他的个人记录。**船在陆上**。**我是个僧侣**。把它译成**英文**[1]吧，小个子约翰。

小个子约翰·埃格林顿说：

——根据我听玛拉基·穆利根所谈起过的，对于这些奇谈怪论我是有准备的。不过我不妨忠告你：倘若你想动摇我对于莎士比亚就是哈姆莱特这一信念，那可不是轻而易举的。

原谅我。

斯蒂芬忍受着在皱起的眉毛下，严厉地闪着邪光的那双眼睛的剧毒。小王[2]。**而一经它盯视，人就被蛊惑致死**[3]。布鲁涅托[4]先生，我要为这句话而感谢你。

——正像我们，或母亲达娜[5]，一天天地编织再拆散我们的身子，斯蒂芬说，肉体的分子来来回回穿梭；一位艺术家也这样把自己的人物形象编织起来再拆散。尽管我的肉身反复用新的物质编织起来，我右胸上那颗胎里带来的痣还在原先的地方。同样的，没有生存在世上的儿子的形象，通过得不到安息的父亲的亡灵，在向前望着。想象力迸发的那一瞬间，用雪莱的话来说，当精神化为燃烧殆尽的煤那一瞬间，过去的我成为现在的我，还可能是未来的我。因此，在未来（它是过去的姊妹）中，我可以看到当前坐在这里的自己，但反映的却是未来的我。

1　此处的“英文”与前文的“船在陆上。我是个僧侣”，原文均是爱尔兰语。

2　小王是希腊神话中的一种怪物。据说它住在非洲沙漠上，凭借日光和呼出的气息就能使人丧命。它状似蛇、蜥和龙。美洲热带地区江河、溪流附近的树上至今还栖居着一种“王蜥”，因与小王相像而得名。

3　原文为意大利文，引自拉蒂尼的《宝藏集》第1卷。

4　布鲁涅托·拉蒂尼（1220—1294），意大利佛罗伦萨著名学者。

5　达娜，又名达努。从爱尔兰到东欧，都崇敬它为大地之母，即阴性之元，诸神都曾受她哺育。

霍索恩登的德拉蒙德[1]帮助你渡过了难关。

——是啊，贝斯特先生朝气蓬勃地说。我觉得哈姆莱特十分年轻。他对世事那股子激愤可能来自他父亲，可是跟奥菲利娅的那些段落肯定来自他本人。

这可就大错特错啦。他在我的父亲之中，我在他的儿子之中。

——那颗痣是无从消失的，斯蒂芬笑着说。

约翰·埃格林顿绷着脸皱起眉头。

——倘若那是天才的胎记，他说，天才就成了市场上的滞销货啦。勒南[2]所称赞不已的莎士比亚晚年的戏剧，呈现出的可是另一种精神。

——和解的精神，公谊会教徒-图书馆长低声说。

——和解又从何谈起，斯蒂芬说，除非先有过纷争。

话就说到这里。

——倘若你想知道，《李尔王》《奥瑟罗》《哈姆莱特》和《特洛伊罗斯与克瑞西达》的可怕时刻，究竟被哪些事件罩上了阴影，你就得先留意这个阴影是什么时候和怎样消失的。在一场场可怕的风暴中，泰尔亲王配力克里斯的船翻了，他像另一个尤利西斯那样受尽磨难[3]。是什么给他的心带来慰藉呢？

头戴红尖帽，受尽折磨，被泪水遮住了视线。

——一个娃娃——放在他怀里的女孩儿玛丽娜[4]。

——智者派容易误入外典[5]这一歧途的倾向是一条永恒不变的规

1　霍索恩登的威廉·德拉蒙德（1585—1649）是最早用英语写作的苏格兰诗人。因定居于霍索恩登的庄园，故名。收入他的诗集《锡安山之花》（1630）里的散文《丝柏丛》中有一段关于过去、现在和未来的反思。

2　欧内斯特·勒南（1823—1892），法国哲学家及历史学家。他称赞莎士比亚晚年的戏剧（尤其是《暴风雨》）是"成熟的哲学剧"。

3　尤利西斯是《特洛伊罗斯与克瑞西达》中的一个人物。布兰代斯在《威廉·莎士比亚》一书中说："配力克里斯是个富于浪漫精神的尤利西斯。"

4　玛丽娜是《泰尔亲王配力克里斯》中的女主人公，配力克里斯亲王的女儿。

5　智者派见第218页注释1。外典是不列入正典《圣经》的经籍。早期基督教会所称外典指真伪未辨、不宜在公共场合诵读的著作。二十世纪初有些学者认为《泰尔亲王配力克里斯》是莎士比亚的外典，即怀疑它不是莎士比亚所写。见查尔斯·W. 华莱士：《关于莎士比亚的新发现：人中之人莎士比亚》（1910）。

律，约翰·埃格林顿一语道破。大道[1]固然冷清，然而它通向城市。

好样儿的培根[2]。已经发了霉。莎士比亚即培根这一牵强附会的说法[3]。用密码来变戏法的[4]走在大道上。从事宏伟的探索的人们。到哪座城市去呀，各位好老爷？隐姓埋名：A. E.，永恒。马吉是约翰·埃格林顿。太阳之东，月亮之西[5]，长生不老国[6]。两个人都脚蹬长靴，拄着拐杖。

离都柏林[7]还有多远？

先生，还得走七十英里。

掌灯时分能到吗？

——布兰代斯先生认定，斯蒂芬说，它是晚期的头一部剧本[8]。

——是吗？关于这一点，西德尼·李[9]先生——或照某些人的说法：原名叫西蒙·拉扎勒斯的——又怎么说呢？

1　英国诗人、思想家塞缪尔·泰勒·柯尔律治（1772—1834）称赞莎士比亚始终走在“人类感情的康庄大道上”（《柯尔律治的莎士比亚评论》，托马斯·米德尔顿·雷逊编，1930）。

2　弗朗西斯·培根（1561—1626），英国经验派哲学家，散文家。培根（Bacon）这个姓，与熏猪肉拼法一样。同时，培根在《新学问》（1603）第1部中劝人照《耶利米书》第6章第16节（“你们要站在路上察看，探问古道，那是善道，便行在其间”）行事，所以这里说他思想旧得“已经发了霉”。

3　十九世纪中叶有些学者认为莎剧艺术水平之高，非培根莫属。但莎剧是由莎士比亚剧团的两位演员收集成书的，同时代剧作家本·琼森还为这部全集写了献诗，因此怀疑派的观点不能成立。

4　美国小说家、社会改革家伊格内修斯·唐纳利（1831—1901）在《大密码》（芝加哥、伦敦，1887）和《莎士比亚戏剧中的密码》(1900）二书中，曾试图论证莎剧系培根所作。

5　彼得·克里斯琴·阿斯布琼逊所编、由G. W. 达桑译成英文（1859）的一部北欧民间故事集（1842—1845），以其中的一篇《太阳之东，月亮之西》为书名。

6　长生不老国（原文为爱尔兰语）是爱尔兰神话中的国度，由安古斯神（掌管青春、美和诗的神）所统治。据爱尔兰传说，英雄、说唱诗人莪相曾旅居此地。后来他违反禁令，踏上故乡的土地，遂变成白发苍苍的老人，再也不能返回长生不老国了。

7　这里把一首儿歌中的巴比伦这一地名换成了都柏林。

8　莎士比亚晚期的五个剧本为：《泰尔亲王配力克里斯》(1608)、《辛白林》(1609)、《冬天的故事》(1610)、《暴风雨》(1611)、《亨利八世》(1612)。

9　西德尼·李（1859—1926），英国莎士比亚专家，著有《威廉·莎士比亚传》（伦敦，1898）等。

——玛丽娜是风暴的孩子[1]，米兰达是奇迹[2]，潘狄塔是失去了[3]。丢失了的，又还给他了：他女儿的娃娃[4]。配力克里斯曾说：我的最亲爱的妻子正像这个女郎一样[5]。任何一个男人，倘若没有爱过母亲，他会爱女儿吗[6]？

——做爷爷的艺术，贝斯特先生开始咕哝道。变得伟大的艺术[7]……

[——他会不会参照自己年轻时代的记忆，在她身上看到另一个形象的新生呢？

你知道自己在说些什么吗？爱——是的。大家都晓得的字眼。爱乃出于给予对方之欲望，使之幸福。要某物，则属对自己愿望之满足。[8]]

——对于一个具有那种叫作天才的古怪东西的人来说，他的形象就是一切经验的基准，不论是物质还是精神方面的。这样的共鸣会触动他的心弦。跟他同一血统的其他男子的形象，会引起他的反感。他会从中看到大自然预示或重复他自己的那种不伦不类的尝试。

公谊会教徒－图书馆长那宽厚的前额被希望点燃了，泛着玫瑰色。

——为了启发大家，我希望迪达勒斯先生会完成他的这一学说。

1　配力克里斯之女玛丽娜是在风暴中诞生在海船上的。

2　米兰达是《暴风雨》中的女主人公。那不勒斯王子腓迪南对她一见钟情，说："哦，你是个奇迹！"见第1幕第2场。

3　潘狄塔是《冬天的故事》中西西里国王里昂提斯的女儿，在襁褓中就被遗弃，由牧人抚养大。

4　莎士比亚的大女儿苏珊娜与约翰·霍尔结婚，于一六〇八年生了个女孩，起名伊丽莎白，刚好相当于他写作生涯末期的开始。

5　这是配力克里斯对玛丽娜所说的话。见《泰尔亲王配力克里斯》第5幕第1场。

6　布兰代斯说莎士比亚最宠爱苏珊娜（见《威廉·莎士比亚》第677页），所以使她当了"主要继承人"（见第686页）。这里对此说予以反驳。

7《做爷爷的艺术》（1877）是法国诗人、小说家维克托·雨果（1802—1885）所著的一部儿童诗集。变得伟大的艺术，原文为法语。法语中，爷爷是"grandpère"。贝斯特只说到"grandp"，听上去就跟"grand"（伟大）同音了。

8　原文为拉丁文，是摘录托马斯·阿奎那的《神学大全》第1卷第91章中的几个句子而成。方括弧内的两段系根据海德一九八九版补译。

我们还必须提到另一位爱尔兰注释者乔治·萧伯纳[1]先生。我们也不可忘记弗兰克·哈里斯先生。他在《星期六评论》上所发表的关于莎士比亚的论文着实精彩。说也奇怪，他也为我们描述了《十四行诗》[2]的作者和“黑夫人”之间不幸的关系。受到这位女人青睐的情敌是彭布罗克伯爵——威廉·赫伯特[3]。我认为，倘若诗人非遭到拒绝不可，那么这样的拒绝——怎么说好呢？——似乎是和我们对于本来不应有的情况所抱观点毋宁是一致的[4]。

他说完这番措词恰当的话之后，就在众人当中昂起温顺的头，一枚海雀蛋[5]，大家争夺的猎物。

他使用丈夫那种老式词句。浑家啦，内助啦。卿爱否，米莉亚姆[6]？爱汝夫否[7]？

——这也可能吧，斯蒂芬说。马吉喜欢引用歌德的一句话：**当心你年轻时所抱的愿望，因为到了中年就会变为现实**[8]。他为什么派一个小贵族[9]去向一个花姑娘求婚呢？她是人人行驶的海湾，少女时代声名狼藉的宫女。他本人是个语言贵族，成为一位卑微的绅士，他还写了《罗密欧与朱丽叶》。为什么？他的自信心过早地被扼杀了。首先，

---

1 萧伯纳在喜剧《十四行诗和“黑夫人”》（1910）中描述了莎士比亚和“黑夫人”之间不幸的关系。戏里把“黑夫人”写成是玛利·菲顿，序言中却又驳斥了这一观点。玛利·菲顿（1578—约1647）自一五九五年起，任英国女王伊丽莎白一世的侍从官女。有人认为她是莎士比亚《十四行诗》中的神秘人物“黑夫人”的原型。

2 莎士比亚的《十四行诗》，开头写诗人对一贵族青年的友谊的升沉变化，是献给一位W. H. 先生的（第1—126首），其次写诗人对“黑夫人”的爱恋（第127—152首），最后两首（第153—154首）收尾。

3 威廉·赫伯特（约1506—1570）是第一代彭布罗克伯爵。他自一五六八年起任王室事务总管。

4 指当时风行的一种说法：莎士比亚“热恋”着威廉·赫伯特（见布兰代斯的《威廉·莎士比亚》，第714页）。

5 海雀是北极的潜鸟，每逢产卵季节，只下一颗布满大理石彩纹的卵，一般视为罕物。这里是指利斯特的头所产生的思想像海雀卵一样斑斓多彩。

6 米莉亚姆是希伯来语中的玛利。这里指玛利·菲顿。

7 公谊会教徒喜用老式字眼。

8 该句是歌德的自传著作《诗与真》第2卷开头部分的话。

9 小贵族指彭布罗克伯爵。哈里斯认为，莎士比亚爱上了玛利·菲顿，并请彭布罗克给牵线。结果菲顿反倒和彭布罗克相好了。莎士比亚遂同时失去了意中人和朋友（见《莎士比亚其人及其悲惨生涯》第202页）。

他曾被压翻在麦田（可以说是裸麦地）里。打那以后，他在自己眼中再也不是赢者了，更不能在笑而躺下的游戏[1]中取胜。不论怎样以唐璜[2]自居，也无济于事。后来再怎么弥补，也无法挽回最初的失败。他被野猪的獠牙咬伤了[3]，悍妇即使输了，她手中也还有那看不见的女性武器。我感觉，他的言辞中有着刺激肉身使其陷入新的激情的东西。这是比最初的激情还要晦暗的影子，甚至使他对自己的认识都模糊起来。同样的命运在等待着他，两种狂乱汇成一股旋涡。

他们在倾听。我往他们的耳腔内注入。

——灵魂已经受到了致命的一击，睡觉的时候，毒草汁被注入耳腔。然而在睡眠中遇害的人不可能了解自己是怎样被害的，除非造物主赋予他们的灵魂以洞察来世的本事。倘若造物主不曾让他晓得，哈姆莱特王的鬼魂不可能知道毒杀以及促使这一行动的双背禽兽的事。正因为如此，他的言辞（贫乏而且寒碜的英语）总是转到旁的方面，转到后面。既是凌辱者又是被凌辱者，既愿意又不愿意，从鲁克丽丝那蓝纹纵横的象牙球般的双乳[4]，到伊摩琴袒露着的胸脯上那颗梅花形的痣[5]，一直紧紧缠绕着他。为了逃避自己，他积累起一大堆创作。如今对这些都已厌倦了，就像一只舔着旧时伤口的老狗似的折回去了。然而，由于失对他来说就是得，他就带着丝毫不曾减弱的人性步入永恒。他所写下的智慧也罢，他所阐明的法则也罢，都没有使他受到教益。他的脸甲掀起来了[6]。如今他成为亡灵，成为阴影；他成为从艾尔西诺的巉岩间刮过去的风；或是各遂所愿，成了海洋的声音——只有

1　“笑而躺下”是伊丽莎白时代的一种纸牌游戏。

2　唐璜是十四世纪左右西班牙传说中的一个人物，是浪荡子的典型。唐是西班牙语“先生”的译音，或译作堂。西班牙名字“璜”，相当于英语中的“约翰”。

3　套用《维纳斯与阿都尼》（第1052、1056行）：“野猪在他的嫩腰上扎的那个大伤口……无不染上他的血，像他一样把血流。”

4　“蓝纹……双乳”，见莎士比亚的长诗《鲁克丽丝受辱记》（1593—1594）第407行。

5　“梅花形的痣”，见莎士比亚的戏剧《辛白林》（1609）第2幕第2场末尾。伊摩琴是英国国王辛白林的女儿，绅士波塞摩斯之妻。波塞摩斯的朋友阿埃基摩用卑鄙手段瞥见了伊摩琴胸脯上的痣，事后向波塞摩斯谎称伊摩琴曾委身于他。

6　“他的脸……来了”，见《哈姆莱特》第1幕第2场。在原剧中，霍拉旭对哈姆莱特王子讲述自己所看到的哈姆莱特王的鬼魂的情况，这里的“他”，则指莎士比亚。

作为影子的实体的那个人，与父同体的儿子，才听得见的声音。

——阿门！有个声音在门口回答说。

我的冤家呀，你找到我了吗？

幕间休息[1]。

这时，形容猥琐、神态像副主教那样阴沉的勃克·穆利根身穿色彩斑斓的小丑服装，愉快地向笑脸相迎的人们走来。我的电报。

——假若我没听错的话，你在谈论没有实质的脊椎动物吧？他问斯蒂芬。

他穿着淡黄色背心，把他摘下的巴拿马草帽当作丑角的帽子似的抡着，快活地致意。

大家向他表示欢迎。你尽管嘲弄他，也还是得侍奉他[2]。

一群嘲弄者，佛提乌，冒牌的小先知，约翰·莫斯特[3]。

他，自我诞生之神，以圣灵为媒介，自己委派自己为赎罪者，来到自己和旁人之间，他受仇敌欺骗，被剥光衣服，遭到鞭笞，被钉在十字架上饿死，宛若蝙蝠钉于谷仓门上，听任自己被埋葬，重新站起，征服了地狱，升入天堂。一千九百年来，坐于自己的实体之右。当生者全部死亡之日，将从彼而来，审判生死者。

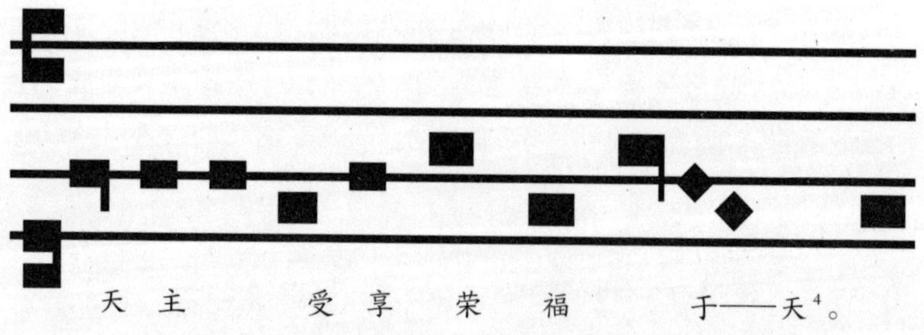

---

1 原文为法语。

2 德国谚语，原文为德语。

3 约翰·莫斯特（1846—1906），德裔美国装订工人，无政府主义者。因主张对凤凰公园凶杀案的参加者处理从宽而深得爱尔兰人心。

4 原文为拉丁文。

他举起双手。圣器的帷幕垂下来了。啊，成簇的花儿！一座又一座又一座钟，响成一片。

——是呀，确实是，公谊会教徒-图书馆长说。那是一场最令人受教益的讨论。穆利根先生想必对莎士比亚的戏剧也自有他的高见。应该把人生的各个方面都谈一谈。

他一视同仁地朝四面八方微笑着。

勃克·穆利根困惑地左思右想。

——莎士比亚？他说。我好像听说过这个名字。

他那皮肉松弛的脸上闪过一丝开朗的微笑。

——没错儿，他恍然大悟了。就是写得像辛格[1]的那位老兄。

贝斯特先生转向他。

——海恩斯找你哪，他说。你碰上他了吗？回头他要在都柏林面包公司跟你见面。他到吉尔书店买海德的《康纳特情歌》去了。

——我是从博物馆穿过来的，勃克·穆利根说。他来过这儿吗？

——大诗人的同胞们也许对咱们这精彩的议论颇感厌烦了，约翰·埃格林顿回答说。我听说昨天晚上在都柏林，一位女演员第四百零八次演出《哈姆莱特》。维宁提出，这位王子是个女的。有没有人发现他是个爱尔兰人呢？我相信审判官巴顿正在查找什么线索。他（指王子殿下，而不是审判官大人）曾凭着圣帕特里克的名义起过誓。

——最妙的是王尔德的故事《威·休先生的肖像》，贝斯特先生举起他那出色的笔记本说。他在其中证明《十四行诗》是一个名叫威利·休斯的八面玲珑的人写的[2]。

——那不是献给威利·休斯的吗？公谊会教徒-图书馆长问。

要不就是休依·威尔斯？威廉先生本人[3]。W. H. 我是谁？

1　叶芝曾称誉当时的爱尔兰戏剧家辛格为埃斯库罗斯（古希腊三大悲剧家之一）再世，这里穆利根故意说得比叶芝更加夸大，把辛格比作莎士比亚。

2　王尔德在《威·休先生的肖像》（伦敦，1889）中提出，《十四行诗》是献给一个叫作威利·休斯（Wllie Hughes）的少年演员的（见《十四行诗》第20首第7行：“充满美色的男子，驾驭着一切美色”）。

3　休依·威尔斯（Hughie Wills）、威廉先生本人（Mr. William Himself）的首字均为W. H.。

——我认为是为威利·休斯而写的，贝斯特先生顺口纠正自己的谬误说，当然喽，这全是些似是而非的话。要知道，就像休斯和砍伐和色彩[1]，他的写法独特。要知道，这才是王尔德的精髓呢。落笔轻松。

他泛着微笑，轻轻地扫视大家一眼。白肤金发碧眼的年轻小伙子。王尔德那柔顺的精髓[2]。

你着实鬼得很。用堂迪希的钱喝了三杯威士忌。

我花了多少？哦，不过几个先令。

为了让一群新闻记者喝上一通。讲那些干净的和不干净的笑话。机智。为了把他打扮自己的那身青春的华服弄到手，你不惜舍弃你的五种机智。欲望得到满足的面貌。

机会是很多的。交媾的时候，把她让给你吧。天神啊，让他们过一个凉快的交尾期吧。对，把她当作斑鸠那样地疼爱吧。

夏娃在赤裸的小麦色肚皮下面犯的罪孽。一条蛇盘绕着她，龇着毒牙跟她接吻。

——你认为这不过是谬论吗？公谊会教徒-图书馆长在问。当嘲弄者最认真的时候，却从未被认真对待过。

他们严肃地讨论起嘲弄者的真诚。

勃克·穆利根又把脸一耷拉，朝斯蒂芬瞅了几眼。然后摇头晃脑地凑过来，从兜里掏出一封折叠着的电报。他那灵活的嘴唇读时露出微笑，带着新的喜悦。

——电报！他说。了不起的灵感！电报！罗马教皇的训谕！

他坐在桌子灯光照不到的一角，兴高采烈地大声读着：

——伤感主义者乃只顾享受而对所做之事不深觉歉疚之人[3]。署名：迪达勒斯。你是打哪儿打的电报？窑子吗？不。学院公园？你把

1　休斯（Hughes）、砍伐（hews）、色彩（hues），在原文中都是谐音字。

2　王尔德（Wilde）与粗犷（wild）谐音。他因同性恋问题栽跟头后不久，《笨拙》杂志上刊载了一首题为《斯温伯恩论王尔德》的讽刺诗，其中有“诗人名叫王尔德，但其诗是柔顺的”之句。

3　这句话引自英国诗人、小说家梅瑞狄斯（1828—1909）的《理查·弗维莱尔的苦难》（伦敦，1859年初版，乔伊斯引自1875年德国托奇尼兹版）。

四镑钱都喝掉了吧？姑妈说是要去拜访你那位非同体的父亲。电报！玛拉基·穆利根。下阿贝街船记酒馆。噢，你这个举世无双的滑稽演员！哦，你这个以教士自居的混蛋金赤！

他乐呵呵地将电报和封套塞到兜里，却又用爱尔兰土腔气冲冲地说：

——是这么回事。好兄弟，当海恩斯亲自把电报拿进来的时候，他和我都正常得苦恼烦闷来着。我们曾嘟囔说，要足足地喝上它一杯，让行乞的修士都会起魔障。我正转着这个念头，他呢，跟姑娘们黏糊起来了。我们就乖乖儿地坐在康纳里那儿，一个钟头，两个钟头，三个钟头地等下去，指望着每人喝上五六杯呢。

他唉声叹气地说：

——我们就待在那儿，乖乖[1]，把舌头耷拉得一码长，活像那想酒想得发昏的干嗓子教士。你呢，也不知道躲到哪儿去了，居然还给我们送来了这么个玩意儿。

斯蒂芬笑了。

勃克·穆利根像是要提出警告似的弯下腰去。

——流浪汉辛格[2]正在找你哪，他说，好把你宰了。他听说你曾往他那坐落在格拉斯特赫尔的房子的正门上撒尿。他趿拉着一双破鞋到处走，说是要把你给宰了。

——我！斯蒂芬喊道。那可是你对文学作出的一桩贡献呀。

勃克·穆利根开心地向后仰着，朝那黑咕隆咚偷听着的天花板大笑。

——宰了你！他笑道。

在圣安德烈艺术街上，我一边吃着下水杂烩，一边望着那些严厉

---

1 原文为爱尔兰语。穆利根这几段话模仿辛格剧本语言的特殊风格。威克洛郡（辛格的出生地）以及爱尔兰西部的方言是把爱尔兰句法和古英语结合而成。辛格根据它来创造了富于诗意的戏剧语言。

2 辛格经常称自己为流浪汉。

的怪兽形面孔。用那对语言报以语言的语言，讲一通话[1]。我相和帕特里克[2]。他在克拉玛尔森林遇见了抡着酒瓶的牧羊神。那是圣星期五！杀人凶手爱尔兰人。他遇见了自己游荡着的形象。我遇见了我的。我在林中遇见一个傻子[3]。

——利斯特先生，一个工役从半掩着的门外招呼说。

——……每个人都能在其中找到自己的形象。审判官先生马登在他的《威廉·赛伦斯少爷日记》中找到了狩猎术语……啊，什么事？

——老爷，来了一位先生，工役走过来，边递上名片边说。是自由人报社的。他是想看看去年的《基尔肯尼民众报》合订本。

——好的，好的，好的。这位先生在……？

他接过那张殷勤地递过来的名片，带看不看地瞥了一眼，放下来，并没有读，只是瞟着，边问边把鞋踩得橐橐作响。又问：

——他在……？哦，在那儿哪！

他快步跳着五步舞出去了。在浴满阳光的走廊上，他不辞劳苦，热情地、口若悬河地谈着，极其公正、极其和蔼地尽着本分，不愧为一名最忠诚的“宽边帽”[4]。

——是这位先生吗？《自由人报》？《基尔肯尼民众报》？对。您好，先生。《基尔肯尼……》……我们当然有喽……

一个男子的侧影耐心地等待着，聆听着。

——主要的地方报纸全都有……《北方辉格》《科克观察报》《恩尼斯科尔西卫报》。去年。一九〇三……请您……埃文斯，给这位先生领路……您只要跟着这个工役……要么，还是我自己……这边……先生，请您……

1　原文为西班牙语。

2　据爱尔兰传说，莪相一直活到五世纪，曾与帕特里克相遇，故事告以结束于三世纪的英雄时代。

3　“我在林……傻子”是杰奎斯对公爵说的话，见《皆大欢喜》第2幕第7场。

4　公谊会教徒喜戴宽边黑帽，故有此绰号。

口若悬河，尽着本分，他领先到放着所有地方报纸的所在。一个鞠着躬的黑影儿尾随着他那匆忙的脚后跟。

门关上了。

——犹太佬！勃克·穆利根大声说。

他一跃而起，一把抓住名片。

——他叫什么名字？艾克依·摩西[1]吗？布卢姆。

他喋喋不休地讲下去：

——包皮的搜集者耶和华已经不在了。刚才我在博物馆里遇见过他。我到那儿是去向海泡里诞生的阿佛洛狄忒致意的。这位希腊女神从来没有歪起嘴来祷告过。咱们每天都得向她致敬。**生命的生命，你的嘴唇点燃起火焰**[2]。

他突然转向斯蒂芬：

——他认识你。他认识你的老头子。哦，我怕他，他比希腊人还要希腊化。他那双淡色的加利利眼睛总盯着女神中央那道沟沟。**美臀**维纳斯[3]。啊，她有着怎样一副腰肢啊！**天神追逐，女郎躲藏**[4]。

——我们还想再听听，约翰·埃格林顿征得贝斯特先生的赞同后说。我们开始对莎太太感兴趣了。在这之前，即便我们想到过她，也不过把她看作是一位有耐心的克丽雪达，留守家中的潘奈洛佩。

戈尔吉亚的弟子安提西尼，斯蒂芬说，从曼涅劳士的妻子、阿凯人海伦手里把美的标志棕榈枝拿过来，交给了可怜的潘奈洛佩。二十位英雄在特洛伊那匹母木马里睡过觉。他在伦敦住了二十年，其间有个时期领的薪水跟爱尔兰总督一样多。他的生活是丰裕的。他的艺术超越了沃尔特·惠特曼所说的封建主义艺术，乃是饱满的艺术。热腾腾的鲱鱼馅饼、绿杯里斟得满满的白葡萄酒、蜂蜜酱、蜜饯玫瑰、杏

1　艾克依·摩西是十九世纪末叶爱尔兰人对试图挤进中产阶级的犹太人的蔑称。

2　“生命的……火焰”，见雪莱的诗剧《解放了的普罗米修斯》（完成于1820，出版于1839）。

3　美臀，原文为希腊文。美臀维纳斯是从罗马的尼禄金殿遗址发掘出来的一尊大理石雕像，收藏于那不勒斯国立美术馆。

4　“天神……躲藏”，见斯温伯恩的长诗《阿塔兰忒在卡吕冬》（1866）。

仁糖、醋栗填鸽、刺芹糖块。沃尔特·雷利爵士[1]被捕的时候，身上穿着值五十万法郎的衣服，包括一件精致的胸衣。放高利贷的伊丽莎·都铎[2]的内衣之多，赛得过示巴女王[3]。足足有二十年之久，他徘徊在夫妻那纯洁缠绵的恩爱与娼妇淫荡的欢乐之间。你们可晓得曼宁汉姆那个关于一个市民老婆的故事吧：她看了迪克·伯比奇在《理查三世》中的演出，就邀请他上自己的床。莎士比亚无意中听到了，没费多大力气就制服了母牛。当伯比奇前来敲门的时候，他从阉鸡[4]的毯子下面回答说：征服者威廉已比理查三世捷足先登啦[5]。快活的小夫人、情妇菲顿[6]噢的一声就骑了上去。还有他那娇滴滴的婆娘潘奈洛佩·里奇[7]。这位端庄的上流夫人适合做个演员；而河堤上的娼妇，一回只要一便士。

王后大道。**再出二十苏吧。给你搞点小花样儿。玩小猫咪？你愿意吗**[8]？

——上流社会的精华。还有牛津的威廉·戴夫南特爵士[9]的母亲，只要是长得像金丝雀那样俊秀的男人，她就请他喝杯加那利酒。

勃克·穆利根虔诚地抬起两眼祷告道：

——圣女玛格丽特·玛丽·安尼科克[10]！

1　沃尔特·雷利爵士（1554—1618），英国探险家。他曾两度被捕，关入伦敦塔。

2　伊丽莎白（伊丽莎为昵称）一世是英国都铎王朝的最后一个君王。

3　示巴女王（活动时期前10世纪）以富有著称。传说示巴王国位于阿拉伯半岛西南。

4　阉鸡指妻子跟别人私通的丈夫。

5　征服者威廉指英格兰第一位诺曼人国王威廉一世（约1028—1087）。他和莎士比亚同名。这里是莎士比亚自况，并把伯比奇比作同名的理查三世。理查三世为十五世纪英王。

6　菲顿，参看第288页注释1。

7　以杰拉德·梅西（1828—1907）为代表的几位英国十九世纪学者认为潘奈洛佩·里奇乃是莎士比亚《十四行诗》中的“黑夫人”的原型。

8　这是乔伊斯在巴黎王后大道（塞纳河右岸的闹市）所听到的娼妇拉客套话。原文为法语。苏是法国旧铜币，二十苏合一法郎。

9　威廉·戴夫南特爵士（1606—1668），英国诗人、剧作家和剧院经理。其母在牛津经营皇冠客栈。莎士比亚在往返伦敦途中总在这里下榻。有人认为她是“黑夫人”的原型。戴夫南特是莎士比亚的教子，也可能是他的儿子。

10　安尼科克的原文是Anycock。Any的意思是“任何”，cock原指公鸡，与其他动物名连用时则指雄性。所以此词就含有“只要是公的”之意。法国有个圣女叫玛格丽特·玛丽·阿拉科克（1647—1690）。穆利根把她的姓略加改动，就成了俏皮话。

——还有换过六个老婆的哈利的女儿[1]。再就是草地·丁尼生、绅士诗人所唱的：附近邸舍的高贵女友。这漫长的二十年间，你们猜猜，斯特拉德福的潘奈洛佩在菱形窗玻璃后面都干什么来着？

干吧，干吧，干出成绩。他在药用植物学家杰勒德那座位于费特小巷的玫瑰花圃里散步，赤褐色的头发已灰白了。**像她的脉管一样蓝的风信子。朱诺的眼睑，紫罗兰。**他散步。人生只有一次，肉体只有一具。干吧。专心致志地干。远处，在淫荡和污浊的臭气中，一双手放在白净的肉身上。

勃克·穆利根使劲敲着约翰·埃格林顿的桌子。

——你猜疑谁呢？他盘问。

——假定他是《十四行诗》里那位被舍弃的情人吧。被舍弃一回，就有第二回。然而宫廷里的那个水性杨花的女子是为了一个贵族——他的好友——而舍弃他的。

不敢说出口的爱。

——你的意思是说，刚毅的约翰·埃格林顿插进嘴去，作为一个英国人，他爱上了一位贵族。

蜥蜴们沿着古老的墙壁一闪而过。我在查伦顿[2]仔细观察过它们。

——好像是的，斯蒂芬说，为了这位贵族，并为所有其他特定的、未被耕耘过的处女的胎，他想尽尽马夫对种马所尽的那种神圣职责。也许跟苏格拉底一样，不仅妻子是个悍妇，母亲也是个产婆呢。然而她，那个喜欢痴笑的水性杨花的女子，并不曾撕毁床头盟。鬼魂满脑子都是那两档子事：誓盟被破坏了，她移情于那个迟钝的乡巴佬——亡夫的兄弟身上。我相信可爱的安是情欲旺盛的。她向男人求过一次爱，就会求第二次。

斯蒂芬在椅子上果敢地转了个身。

1　哈利指英国国王亨利八世（1491—1547），他曾结过六次婚。他死后，接连由他的三个子女（爱德华六世、玛丽一世、伊丽莎白一世）继承王位。这里指女王伊丽莎白一世（1533—1603）。

2　查伦顿是距巴黎东南五英里的一座小镇。

——证明这一点的责任在你们而不在我，他皱着眉头说。倘若你们否认他在《哈姆莱特》第五场里就给她打上了不贞的烙印，那么告诉我：为什么在他们结婚三十四年间，从迎娶那天直到她给他送殡，她始终只字没被提到过。这些女人统统为男人送了葬：玛丽送走了她的当家人约翰，安送走了她那可怜的、亲爱的威伦；尽管对于比她先走感到愤懑，他还是死在她前头了。琼送走了她的四个弟弟[1]。朱迪斯[2]送走了她丈夫和所有的儿子。苏珊也送走了她丈夫[3]。苏珊的女儿伊丽莎白呢，用爷爷的话说：先把头一个丈夫杀了，再嫁给第二个[4]。哦，对啦。有人提到过。当他在基督伦敦过着豪华的生活时，她不得不向她父亲的牧羊人借四十先令来还债。你们解释好了。还解释一下《天鹅之歌》[5]，作者在诗中向后世颂扬了她。

他面对着大家的沉默。

埃格林顿对他这么说：

你指的是遗嘱。
然而我相信法律家已做了诠释。
按照不成文法，她作为遗孀，
有权利继承遗产。法官们告诉我们，
他具有丰富的法律知识。
恶魔嘲弄他。
嘲弄者：

1　琼（1558—1646）是莎士比亚的姐姐。除了莎士比亚，她还有三个弟弟：埃德蒙（1569—1607）、理查德（1584—1613）、吉尔伯特（1566—？）。吉尔伯特也和琼一样长寿，只比她死得略早一点。

2　朱迪斯是莎士比亚的二女儿。

3　苏珊是苏珊娜的爱称，莎士比亚的大女儿。她死于一六四九年，她丈夫约翰·霍尔死于一六三五年。

4　莎士比亚的外孙女伊丽莎白于一六四七年居孀，后再嫁给鳏夫约翰·伯纳德。这里借用哈姆莱特王子指责他母亲的话："简直就跟杀了一个国王再去嫁给他的兄弟一样坏。"见《哈姆莱特》第1幕第4场。

5　"天鹅之歌"见《鲁克丽丝受辱记》（1593—1594）第1613行至1649行。作者把鲁克丽丝比作天鹅。她受辱后，嘱丈夫为自己报仇雪恨，并愤而举刀自刎。

因此，他把她的名字
从最初的草稿中勾销了；
然而他并未勾销对外孙女和女儿们的赠予，
赠予他妹妹以及他在斯特拉特福和伦敦的挚友们的礼物。
因此，据我所知，
当他被提醒说，不要漏掉她的名儿
他才留给她
次好的
床[1]。
要点[2]。
留给她他那
次好的床
留给她他那
顶呱呱的床
次好的床
留给一张床。
喔啊！

——当时连俊俏的乡男村女都几乎没什么家当，约翰·埃格林顿说，倘若我们的农民戏反映得真实的话，他们至今也还是没有多少。

——他是个富有的乡绅，斯蒂芬说，有着盾形纹章，还在斯特拉特福拥有一座庄园，在爱尔兰庭园有一栋房屋。他是个资本家和股东，证券发起人，还是个交纳什一税的农场主。倘若他希望她能在鼾声中平安地度过余生的话，为什么不把自己最好的床留给她呢？

——他显然有两张床，一张最好的，另一张是次好的，次好的贝

1 莎士比亚于一六一六年三月二十五日要求他的律师起草第二份遗嘱，其中写道："我把我次好的床和全部家具留给我妻子。"

2 原文为德语。从这一行到"喔啊！"可以用德国作曲家、音乐戏剧家理查德·瓦格纳（1813—1883）的《莱茵黄金》中少女合唱的曲调来唱。

斯特先生[1]乖巧地说。

——向饭桌和寝室告别[2]，勃克·穆利根说得更透彻些，博得了大家的微笑。

——关于一张张有名的床，古人说过不少话，其次的埃格林顿噘起嘴来，面泛床笑。让我想想看。

——古人记载着那个斯塔基莱特的顽童和秃头的异教贤人的事，斯蒂芬说，他在流亡中弥留时，释放了他的奴隶们，留给他们资财，颂扬祖先，在遗嘱中要求把自己合葬在亡妻的遗骨旁边，并托付友人好生照顾他生前的情妇（不要忘记内尔·格温·赫尔派利斯），让她住在他的别墅里。

——你认为他是这么死的吗？贝斯特先生略表关切地问道。我是说……

——他是喝得烂醉而死的，勃克·穆利根劈头就说。一夸脱浓啤酒，就连国王也喜爱[3]。哦，我得告诉你们多顿[4]说了些什么！

——说了什么？最好的埃格林顿[5]问。

威廉·莎士比亚股份有限公司。人民的威廉。详情可询：爱·多顿，海菲尔德寓所……

——真可爱！勃克·穆利根情意绵绵地叹息说，我问他，关于人们指责那位大诗人有鸡奸行为，他做何感想。他举起双手说：**我们所能说的仅仅是：当时的生活中充满了欣喜欢乐**[6]。真可爱！

娈童。

——对美的意识使我们误入歧途，沉浸在哀愁美中的贝斯特对正

1　原文作Mr. Secondbest Best。贝斯特（Best）这个姓，与“最好的”拼法相同。

2　原文是拉丁文，指分居。根据一八五七年修订的婚姻法，离婚之前必须经历分居的过程。

3　语出自流氓奥托里古斯所唱的歌，见《冬天的故事》第4幕第2场。

4　爱德华·多顿（1843—1913），爱尔兰评论家、传记作者、诗人。他的《莎士比亚：关于他的思想和艺术的评论研究》（伦敦，1875）是第一部全面和系统地研究和介绍莎士比亚的英语专著。

5　原文作Besteglinton。贝斯特和约翰·埃格林顿是两个人。这里把两个人的姓连在一起。也可译为贝斯特·埃格林顿。

6　多顿在《莎士比亚》（1877）一文中写道：“十六世纪末叶，英国的生活中充满了欣喜欢乐。”

在变丑的埃格林顿说。

坚定的约翰严峻地回答道：

——博士可以告诉咱们那话是什么意思。你不能既吃了点心又还拿在手里。

你这么说吗？难道他们要从我们——从我这里夺去美的标志——棕榈枝不成？

——还有对财产的意识，斯蒂芬说。他把夏洛克从他自己的长口袋[1]里拽了出来。作为啤酒批发商和放高利贷者的儿子，他本人也是个小麦批发商和放高利贷的。当由于闹饥荒而引发那场暴动时，他手里存有十托德[2]小麦。毫无疑问，向他借钱的那帮人是切特尔·福斯塔夫所说的信仰各种教派的人。他们都说，他公平交易。为了讨回几袋麦芽的款，他和同一个剧团的演员打官司，作为贷款的利息，索取对方的一磅肉。不然的话，奥布里[3]所说的那个马夫兼剧场听差怎么能这么快就发迹了呢？为了赚钱，他什么都干得出。女王的侍医、犹太佬洛佩斯[4]那颗犹太心脏被活生生地剜出来，在上绞刑架之后，大卸八块，紧接着就是一场对犹太人的迫害。这和夏洛克事件不谋而合。《哈姆莱特》和《麦克白》与有着焚烧女巫的嗜好的伪哲学家的即位赶在同一个时期[5]。在《爱的徒劳》中，被击败的无敌舰队成了他嘲笑的对象。他的露天演出——也就是历史剧，在马弗京的一片狂热[6]中，粉墨登场了。当沃里克郡的耶稣会士受审判后，我们就听到过一个门房关

---

1 长口袋指吝啬的富人。

2 托德是英国重量单位。一托德合二十八磅。

3 约翰·奥布里（1626—1697），英国文物研究者、作家，以替同时代人撰写传记小品而闻名。

4 一五九四年二月，女王侍医、犹太人洛德利格·洛佩斯被控接受了西班牙间谍的贿赂，企图毒死女王和西班牙叛教者安东尼奥·佩雷斯。在证据不足的情况下，他就被当众处以绞刑，因双脚着地，被肢解时尚未咽气。三年后，莎士比亚写成《威尼斯商人》。

5 伪哲学家指詹姆士一世（1566—1625），他曾在苏格兰发表论文《恶魔研究》（1597），表述对精神世界感到恐惧的想法。一六〇三年伊丽莎白一世逝世后，他继承英国王位，在时间上与《哈姆莱特》（1601）和《麦克白》（1606）的写作日期接近。

6 马弗京是南非开普省北部城镇，英国要塞所在地。在布尔战争（英国为一方、布尔人的德兰士瓦共和国和奥兰治共和国为另一方的战争）中，当被围困七个多月的英军于一九〇〇年五月迫使布尔军队撤退后，英国曾举国欢腾。“马弗京的狂热”指对令人难以首肯的事所表示的过度狂热。

于暧昧不清的说法[1]。"海洋冒险号"从百慕大驶回国时，勒南所称赞过的以我们的美国堂弟帕齐·凯列班为主人公的那出戏写成了。继锡德尼之后，他也写了馨美的十四行诗组诗。关于仙女伊丽莎白（又名红发贝斯），那位胖处女授意而写成的《温莎的风流娘儿们》，就让哪位德国绅士耗用毕生心血去从洗衣筐的尽底儿上搜集吧，以便探明它的深邃含义[2]。

我觉得自己颇有领会。那么，把神学论理学语言学什么学掺合在一起再看看。撒着尿，撒了尿，撒着尿的，撒尿[3]。

——证明他是个犹太人吧，约翰·埃格林顿有所期待地将了一军。你们学院的院长说他是个罗马天主教徒。

——我应该受到抑制[4]。

——他是德国制造的[5]，斯蒂芬回答说，是一位用法国磨光漆来涂饰意大利丑闻的高手。

——一位拥有万众之心的人，贝斯特先生提醒道。柯尔律治说他是一位拥有万众之心的人。

泛言之，人类社会中，让众人之间存在友情，乃是至关重要的[6]。

1　耶稣会士指英格兰的耶稣会隐修院院长亨利·加尼特（1555—1606）。他因参加"火药阴谋"（企图在1605年国会开会时杀死信仰新教的英王詹姆斯一世，以报复当局对天主教徒施加酷刑），被捕处死。在法庭上，他曾作一套暧昧含糊的理论替自己辩护。西德尼·李在《威廉·莎士比亚传》（第239页）中认为，莎士比亚写《麦克白》一剧中门房的下述独白时，曾联想到加尼特："一定是什么讲起话来暧昧含糊的家伙。……他那条暧昧含糊的舌头却不能把他送上天堂去。"（见第2幕第3场）

2　仙女见于爱德蒙·斯宾塞的长诗《仙后》，影射英国女王伊丽莎白一世。她是红头发，所以绰号叫"红毛贝斯"。"胖处女"指的也是她。英国评论家、剧作家约翰·丹尼斯（1657—1734）曾把莎士比亚的《温莎的风流娘儿们》（1598）改写一遍，易名《滑稽的情郎》。他在题词中重述了莎士比亚当年是根据女王授意而写《温》剧的说法。女王想要看到福斯塔夫在一出戏中坠入情网。在《温》剧第3幕第3场中，福斯塔夫藏进一只洗衣筐，被人连同脏衣服扔进泰晤士河。

3　原文为拉丁文"尿"字的四种变格，与英语"掺和"一词拼法相近。

4　原文为拉丁文。关于罗马雄辩家哈帖里乌斯，古罗马皇帝奥古斯都（前63—14）曾说："他应该受到抑制。"英国评论家本·琼森在其遗著、评论文集《木材，又名关于人与物的发现》（1641）中，曾引用此语来评述莎士比亚。这里，把"他"改成了"我"。

5　这是双关语：一方面暗喻十九世纪末叶德国产品开始泛滥于欧洲市场，同时又讽刺德国学者喜用"我们的莎士比亚"一词。

6　原文为拉丁文。

——圣托马斯，斯蒂芬开始说……

——为我等祈[1]，僧侣穆利根边瘫坐在椅子上，边呻吟道。

从那儿，他凄凉地吟起北欧古哀诗来：

——吻我屁股！我心脏的搏动[2]！从今天起，咱们毁灭啦！咱们确实毁灭啦！

大家各自泛出微笑。

——圣托马斯……斯蒂芬笑眯眯地说，那部卷帙繁多的书，我是从原文披阅并赞赏的。他是站在不同于马吉先生所提到的新维也纳学派[3]的立场上，来谈乱伦的问题的。他以他特有的睿智而奇特的方法，把乱伦比作在情感方面的贪得无厌。他指出，血统相近者之间滋生的这种爱情，对于那些可能渴望它的陌生人，却贪婪地被抑制住了。基督教徒谴责犹太人贪婪，而犹太人是所有的民族中最倾向于近亲通婚的。这一谴责是愤怒地发出的。基督教戒律使犹太人成为巨富（对他们来说，正如对罗拉德派一样，风暴为他们提供了避难所），也用钢圈箍在他们的感情上[4]。这些戒律究竟是罪恶还是美德，神老爹[5]会在世界末日告诉我们的。然而一个人如此执着于债权，也同样会执着于所谓夫权。任何笑眯眯的邻居[6]也不可去贪图他的母牛、他的妻子、他的婢女或公驴[7]。

——或是他的母驴，勃克·穆利根接着说道。

——温和的威尔[8]遭到了粗暴的对待，温和的贝斯特先生温和地说。

1　原文为拉丁文。

2　原文为爱尔兰语。

3　弗洛伊德和个体心理学理论的创始人艾尔弗雷德·阿德勒（1870—1937）均为奥地利人，所以这里称之为新维也纳学派。

4　“用钢圈……上”，这里套用波洛涅斯对雷欧提斯所说的话。原话是：“用钢圈箍在你的灵魂上。”见《哈姆莱特》第1幕第3场。

5　神老爹是布莱克在同名的诗中所塑造的凶恶的神明形象。

6　“笑眯眯的邻居”出自里昂提斯的独白，见《冬天的故事》第1幕第2场。

7　“不可去贪……公驴”，套用《摩西十诫》。

8　本·琼森在《莎士比亚戏剧全集》（1623）前面的序诗中，曾两次用“温和的莎士比亚”一词。这里把莎士比亚改为威尔（威廉的简称）。

——哪个威尔呀？勃克·穆利根亲切地打了句诨。简直都掺混不清了。

——活下去的意志，约翰·埃格林顿用哲理解释道，对威尔的遗孀——可怜的安来说，就是为了迎接死亡的遗嘱[1]。

——安息吧[2]！斯蒂芬祷告说。

当年雄心壮志何在？
早已烟消云散。[3]

——尽管你们证明当时的床就像今天的汽车那样珍贵，而床上的雕饰也令七个教区感到惊异；却不能改变她——那蒙面皇后穿着寿衣僵硬地挺在那次好的床上这一事实。在晚年，她跟那些传福音的打得火热——其中的一个跟她一道住在新地大宅，共饮那由镇议会付款的一夸脱白葡萄酒。然而，他究竟睡在哪张床上，就不得而知了。她听说自己有个灵魂。她读（或者请旁人读给她听）他那些沿街叫卖的廉价小册子。她喜欢它们更甚于《温莎的风流娘儿们》。她每天晚上跨在尿盆上撒尿，驰想着《信徒长裤上的钩子和扣眼》以及《使最虔诚的信徒打喷嚏的最神圣的鼻烟盒》[4]。维纳斯歪起嘴唇祷告着。内心的苛责。悔恨之心。这是一个精疲力竭的淫妇衰老后在寻觅着神的时代。

——历史表示这是真实的，编年学家埃格林顿引证说[5]。时代不断地更迭。然而一个人最大的仇敌乃是他自己家里的人和家族，这话是有可靠根据的。我觉得拉塞尔是对的。我们何必去管他的老婆或者父

1　威尔（Will）如作为人名，首字应大写。小写则可作愿望、意志及遗嘱解。

2　原文为拉丁文。

3　这是拉塞尔的《小路上唱的歌》（《诗集》，伦敦，1926）一诗的头两句。

4　《信徒长裤上的钩子和扣眼》（伦敦，约1650）是清教徒的一个论慈善事业的小册子；后者则是根据清教徒的另一个小册子《使灵魂虔诚地打喷嚏的神圣的鼻烟盒》（伦敦，1653）的题目略做改动。

5　原文为拉丁文。Chronolologos（编年学家）是把一个希腊字加以拉丁化了。

亲的事呢？依我说，只有家庭诗人才过家庭生活。福斯塔夫并不是个守在家里的人。我觉得这个胖骑士才是他所创造的绝妙的人物。

瘦骨嶙峋的他往椅背上靠了靠。出于羞涩，否定你的同族吧，你这个**自命清高的人**[1]。他羞涩地跟那些不信神的人一道吃饭，还偷酒杯[2]。这是住在阿尔斯特省安特里姆[3]的一位先生这样嘱咐他的。每年四季结账时就来找他。马吉先生，有位先生要来见您。我？他说他是您的父亲，先生。请把我的华兹华斯[4]领进来。大马吉·马修进来了。这是个满脸皱纹、粗鲁、蓬头乱发的庄稼汉，穿着胯间有个前兜的紧身短裤，布袜子上沾了十座树林的泥污，手里拿着野生苹果木杖。

你自己的呢？他认得你那老头子——一个鳏夫。

我从繁华的巴黎朝临终前的她那肮脏的床头赶去。在码头上摸了摸他的手。他说着话儿，嗓音里含着新的温情。鲍勃·肯尼大夫在护理她。那双眼睛向我祝福，然而并不了解我。

——一个父亲，斯蒂芬说，在抑制着绝望情绪，这是无可避免的苦难。他是在父亲去世数月之后写的那出戏。这位头发开始花白、有着两个已届婚龄的女儿的年方三十五岁的男子，**正当人生的中途**[5]，却已有了五十岁的人的阅历。倘若你认为他就是威登堡那个没长胡子的大学生，那么你就必须把他那位七十岁的老母看作淫荡的王后。不，约翰·莎士比亚的尸体并不在夜晚到处徘徊。它一小时一小时地腐烂下去。他把那份神秘的遗产留给儿子之后，就摆脱了为父的职责，开始安息了。卜伽丘的卡拉特林[6]是空前绝后的一个自己认为有了身孕的男人。从有意识地生育这个意义上来说，男人是缺乏父性这一概念

1　原文为苏格兰方言，套用彭斯的《致自命清高的人》一诗的标题。

2　在《亨利四世上篇》第3幕第3场中，福斯塔夫抱怨说，“那些坏朋友”（指亲王哈尔等人）害得他好久没进教堂了，并控告他们“偷酒杯”。

3　安特里姆是北爱尔兰东北部一郡。

4　埃格林顿在《关于硕果仔存者的两篇短论》（1896）中，对华兹华斯给予了很高评价。这里把来自农村的埃格林顿之父（一个新教牧师）比作华兹华斯。

5　原文为意大利文。见《神曲·地狱》第1篇首句。当时认为人的平均寿命为七十岁。

6　卡拉特林是《十日谈》第九天第三个故事中的主人公。他的两个朋友串通大夫哄骗他说，他怀了孕，他竟信以为真。

的。那是从唯一的父到唯一的子之间的神秘等级，是使徒所继承下来的。教会不是建立在乖巧的意大利智慧所抛给欧洲芸芸众生的那座圣母像上，而是建立在这种神秘上——牢固地建立在这上面。因为正如世界，正如大宇宙和小宇宙，它是建立在虚空之上，建立在无常和不定之上的。主生格和宾生格的**母爱**[1]也许是人生中唯一真实的东西。父性可能是法律上的假定。谁是那位受儿子爱戴，或疼爱儿子的为人之父呢？

你究竟要扯些什么呢？

我晓得。闭嘴。该死的。我自有道理。

越发。更加。再者。其后[2]。

你注定要这么做吗？

——难以自拔的肉体上的耻辱使父子之间产生隔阂。世上的犯罪年鉴虽被所有其他乱伦与兽奸的记录所玷污，却几乎还没记载过这类越轨行为。子与母、父与女、姐妹之间的同性恋，难以说出口的爱，侄子与祖母，囚犯与钥匙孔，皇后与良种公牛[3]。儿子未出世前便损害了美。出世之后，带来痛苦，分散爱情，增添操劳。他是个新的男性：他的成长乃是他父亲的衰老；他的青春乃是他父亲的妒嫉；他的朋友乃是他父亲的仇敌。

在王子街[4]上，我想过此事。

——在自然界，是什么把这二者结合起来的呢？是盲目发情的那一瞬间。

我是个父亲吗？倘若我是的话？

皱缩了的、没有把握的手。

——非洲的撒伯里乌，野生动物中最狡猾的异端的首领，坚持

1 原文为拉丁文。参看第40页注释4。

2 原文为拉丁文。

3 希腊神话中的克里特统治者弥诺斯触怒了海神波塞冬。作为报复，波塞冬使弥诺斯之妻帕西淮爱上一头白公牛，遂生下半人半牛怪物弥诺陶洛斯。

4 原文为法语。二十世纪初巴黎红灯区的一条街。

说，圣父乃是他自己的圣子。没有不能驾驭的语言的斗犬阿奎那[1]驳斥了他。那么，倘若没有儿子的父亲就不成其为父亲，那么没有父亲的儿子能成其为儿子吗？当拉特兰·培根·南安普敦·莎士比亚[2]或错误的喜剧里的另一个同名[3]诗人撰写《哈姆莱特》的时候，他不仅是自己的儿子之父，而且还由于他不再是儿子了，他就成为、自己也感到成为整个家庭之父——他自己的祖父之父，他那未出世的孙儿之父。顺便提一下，那个孙儿从未诞生过，因为照马吉先生的理解，大自然是讨厌完美无缺的[4]。

埃格林顿两眼洋溢着喜悦，羞怯而恍然似有所悟地抬头望着。这个愉快的清教徒隔着盘绕在一起的野蔷薇[5]，乐呵呵地望着。

恭维一番。极偶然的。然而恭维一番吧。

——他本人就是他自己的父亲，儿子穆利根喃喃自语。且慢。我怀孕了。我脑中有个尚未出世的娃娃。明智女神雅典娜[6]！一出戏！关键在于这出戏[7]！让我分娩吧！

他用那双接生的手抱住自己突出的前额。

——至于他的家庭，斯蒂芬说，他母亲的名字还活在亚登森林里[8]。她的死促使他在《科利奥兰纳斯》中写出伏伦妮娅的场景[9]。《约翰王》中少年亚瑟咽气的场面就描述了他的幼子之死。身着丧服的哈姆莱特王子是哈姆奈特·莎士比亚。我们晓得《暴风雨》《配力克里斯》《冬天的故事》中的少女们都是谁。埃及的肉锅克莉奥佩特

1　斗犬阿奎那指托马斯·阿奎那，参看第24页注释3。
2　拉特兰指第五代拉特兰伯爵罗杰·曼纳斯（1576—1612）。有人认为莎剧是他或培根所写。也有人认为是莎士比亚的保护人、南安普敦伯爵三世（1573—1624）所写。这里，原文把他们的名字连到一起。
3　莎士比亚的喜剧《错误的喜剧》中有两对同名的孪生兄弟，所以闹出一连串误会和笑话。
4　“大自……的”一诗出自埃格林顿的《小河中的卵石》（都柏林，1901）一书。
5　这是文字游戏。野蔷薇（eglantine）和埃格林顿（Eglintone）拼写相近。“盘绕……薇”一词，出自弥尔顿的短诗《快乐的人》(1632）。
6　在希腊宗教里，雅典娜是城市的保护女神和明智女神。她没有母亲，是从宙斯的前额中跳出来的。品达罗斯还说，是赫菲斯托斯用斧头劈开宙斯的头，使她出生的。
7　“关键……戏！”是哈姆莱特的一句独白，见《哈姆莱特》第2幕第2场。
8　莎士比亚的母亲名叫玛丽·亚登，而《皆大欢喜》一剧是以亚登森林为背景的。
9　伏伦妮娅是《科利奥兰纳斯》(1607）的主人公科利奥兰纳斯的母亲。

拉[1]和克瑞西达[2]以及维纳斯都是谁，我们也猜得出。然而他的眷属中还有一个被记载下来的人。

——情节变得复杂啦，约翰·埃格林顿说。

公谊会教徒-图书馆长震颤着，悄悄地走了进来。颤着他那张没有表情的脸，很快地颤着，颤着，颤着[3]。

门关上了。斗室。白昼。

他们倾听着。三个。他们。

我、你、他、他们。

来吧，开饭啦。

斯蒂芬

他有三个弟兄：吉尔伯特、埃德蒙、理查德。吉尔伯特进入老年后，对几个绅士说，有一次他去望弥撒，教堂收献金的送了他一张免票。于是他就去了，瞅见他哥哥——剧作家伍尔在伦敦上演一出打斗戏，背上还骑着个男人。戏园子里的香肠吉尔伯特吃得可开心啦。哪儿也见不到他。然而可爱的威廉却在作品里记下了一个埃德蒙和一个理查德。

马吉·埃格林·约翰

姓名！姓名有什么意义？

1　埃及肉锅的典故，参看第62页注释6。埃及女王克莉奥佩特拉秀色可餐，所以这里把她比作肉锅。

2　克瑞西达是《特洛伊罗斯与克瑞西达》中的女主人公，系向希腊投降的特洛亚祭司之女。

3　作者这里是利用“公谊会”（音译为贵格会）做文章。“贵格”（Quake）原意为“震动”。此会创始人乔治·福克斯于一六四八年在基督教内部闹过一次革命，反对一系列教条，自称“震动派”（Quaker，即造反之意），因而备受迫害。此会反对一切战争，两次大战均拒服兵役。

贝斯特

理查德就是我的名字，你晓得吗？我希望你替理查德说句好话。要知道，是为了我的缘故。

（笑声）

勃克·穆利根

（轻柔地，渐弱）[1]

于是，医科学生迪克

对他的医科同学戴维说了[2]……

斯蒂芬

他笔下的黑心肠的三位一体——那帮恶棍扒手：伊阿古、罗锅儿理查德和《李尔王》中的埃德蒙，其中两个的名字都跟他们那坏蛋叔叔一样。何况当他写成或者正在撰写这最后一部戏的时候，他的胞弟埃德蒙正奄奄一息地躺在萨瑟克。

贝斯特

我巴不得埃德蒙遭殃，我不要理查这个名字……

（笑声）

---

1 （ ）内的音乐术语均为意大利文，下同。

2 这两句诗出自由穆利根的原型即奥利弗·圣约翰·戈加蒂未出版的黄色小诗《医学生迪克和医学生戴维》。

公谊会教徒利斯特

（恢复原速）可是他偷去了我的好名声[1]……

斯蒂芬

（渐快）他把自己的名字——威廉这个美好的名字，隐藏在戏里。在这出戏里是配角，那出戏里又是丑角。就像从前意大利画家在画布的昏暗角落里画上了自己的肖像似的，他在满是威尔字样的《十四行诗》里，表明了这一点[2]。就像冈特·欧·约翰[3]一样，对他来说姓名是宝贵的，就像他拼命巴结到手的纹章——黑底右斜线[4]上绘有象征荣誉的[5]矛或银刃的纹章——那样宝贵。比当上本国最伟大的剧作家这一荣誉还更要宝贵。姓名有什么意义？那正是当我们幼时被告知自己的姓名，并把它写下来之际，所问过自己的。他诞生的时候，出现了一颗星[6]，一颗晨星，一条喷火龙。白天，它在太空中独自闪烁着，比夜间的金星还要明亮。夜里，它照耀在标志着他的首字W[7]、横卧于群星中的仙后座那三角形上。午夜，当他离开安·哈撒韦的怀抱，从肖特利[8]回去时，他一边走在困倦的夏天田野上，一边放眼望着那低低地躺在大熊座东边的地平线上的这颗星。

---

1 “可是他……名声”是旗官伊阿古在摩尔族贵胄奥瑟罗面前诽谤奥瑟罗的副将凯西奥而说的话。见《奥瑟罗》第3幕第3场。

2 纳博科夫认为，“他把自己的名字……表明了这一点”是夫子自道。正如莎士比亚把自己的名字隐藏在戏里一样，乔伊斯借着穿棕色胶布雨衣者这个人物把自己藏在小说里。《十四行诗》指莎士比亚的《十四行诗》第135、136首。

3 冈特·欧·约翰（1340—1399）是英格兰亲王，兰开斯特公爵。在《理查二世》第2幕第1场中，年老多病的他念念不忘自己的姓氏，说了不少俏皮话。

4 盾面的纹章上自右上至左下的右斜线。

5 原文为拉丁文，引自乡人考斯塔德对侍童毛子说的话。见《爱的徒劳》第5幕第1场。

6 丹麦天文学家布拉赫·第谷（1546—1601）于一五七二年十一月十一日发现仙后座中出现了一颗比金星还亮的新星，起名第谷新星。按：莎士比亚出生于一五六四年四月二十三日，当时是八岁半。

7 仙后座内的五颗亮星，如以线连接，形似拉丁字母W。那是“威廉”的第一个字母。

8 肖特利是安·哈撒韦的娘家所在的沃利克州一村庄。

两个人都感到满意，我也满意。

不要告诉他们，当那颗星消失的时候，他年方九岁。

而且从她的怀抱当中。

等待着被求爱并占有。哎，你这个懦夫，谁会向你求爱呢?

读一读天空吧。**虐己者**[1]。**斯蒂芬的公牛精神**[2]。你的星座在哪里？斯蒂芬，斯蒂芬，面包要切匀。S. D.：**他的情妇**。**不错——他的**。**杰林多打定主意不去恋慕S. D.**[3]。

——迪达勒斯先生，那是什么呀？公谊会教徒-图书馆长问道，是天体现象吗?

——夜间有星宿，斯蒂芬说，白天有云柱[4]。

此外还有什么可说的呢?

斯蒂芬瞅了瞅自己的帽子、手杖和靴子。

斯蒂法诺斯[5]，我的王冠。我的剑。他的靴子使我的脚变了形。买一双吧。我的短袜净是窟窿。手绢也一样。

你善于在名字上做文章，约翰·埃格林顿承认道。你自己的名字也够别致的了。我看这就正好说明你这个喜欢幻想的性格。

我、马吉和穆利根。

神话中的工匠[6]。长得像鹰的人。你飞走了。飞向哪里？从纽黑文到迪耶普[7]，统舱客。往返巴黎。凤头麦鸡[8]。伊卡洛斯[9]。**父亲啊，**

1　原文为希腊语。

2　原文（Bous Stephanoumenos）为学生们所杜撰的希腊语。在《一个青年艺术家的画像》第4章中，当立志做艺术家的斯蒂芬向海滨走去时，同学们一遍遍地这么朝他喊叫。

3　原文为意大利语。杰林多是男子名。文中最后的S. D.是双关语。既是斯蒂芬·迪达勒斯的首字，又是意大利语“sua donna”（“他的情妇”）的缩写。

4　原典作“白天有云柱，夜间有火柱”。

5　原文作Stephanos，系希腊文，意思是王冠、花环。

6　参看第3页注释2。

7　纽黑文是英格兰东萨塞克斯郡的港口城镇。濒临英吉利海峡，与巴黎西北的海港迪耶普遥遥相望。

8　原文作lapwing，又名田凫。在《哈姆莱特》第5幕第2场中，霍拉旭说：“这一只凤头麦鸡顶着壳儿逃走了。”从语源上来看，这是由lap（跳跃的过去式）和wing（飞行）组成的复合词。wing又作“翼”解，故联系到下文中伊卡洛斯的蜡翼。

9　伊卡洛斯是希腊神话中迪达勒斯之子。他借助于蜡翼飞上天空，随父逃离克瑞特。但因违背父嘱，飞得过高，蜡翼为太阳熔化，遂坠海而死。

帮助我吧[1]。被海水溅湿，一头栽下去，翻滚着。你是一只凤头麦鸡，变成一只凤头麦鸡。

贝斯特先生热切地、安详地举起他的笔记本来说：

——那非常有趣儿。因为，要知道，在爱尔兰传说中，我们也能找到弟兄这一主题。跟你讲的一模一样。莎士比亚哥儿仨。格林里也有。要知道，那些童话里，三弟总是跟睡美人结婚，并获得头奖。

贝斯特弟兄们当中最好的。好，更好，最好。

公谊会教徒-图书馆长来到旁边，像弹簧松了似的突然站住了。

——我想打听一下，他说，是你的哪一位弟兄……假若我没理解错的话，你曾暗示说，你们弟兄当中有一个行为不轨……然而，也许我理解得过了头？

他察觉到自己失言了，四下里望望大家，把底下的话咽了下去。

一个工役站在门口嚷道：

——利斯特先生！迪宁神父要见……

——噢，迪宁神父！马上就来。

他立刻把皮鞋踩得橐橐响，随即径直走了出去。

约翰·埃格林顿提出了挑战。

——喂，他说。咱们听听足下关于理查德和埃德蒙有何高见。你不是把他们留到最后吗？

——我曾请你们记住那两位高贵的亲族——里奇叔叔和埃德蒙叔叔，斯蒂芬回答说，我觉得我也许要求得过多了。弟兄正像一把伞一样，很容易就被人忘记。

凤头麦鸡。

你的弟弟在哪儿？在药剂师的店里。砥砺我者，他，还有克兰利，穆利根[2]。现在是这帮人。夸夸其谈。然而要采取行动。把言语付诸实践。他们嘲弄你是为了考验你。采取行动吧。让他们在你身上采

1　原文为拉丁文。在《一个青年艺术家的画像》第5章末尾，斯蒂芬也曾以伊卡洛斯自况，呼吁道："老父亲，古老的巧匠，现在请尽量给我一切帮助吧。"

2　在《皆大欢喜》第1幕第2场中，西莉娅曾说："傻瓜的愚蠢往往是聪明人的砺石。"

取行动。

凤头麦鸡。

我对自己的声音感到厌烦了，对以扫的声音感到厌烦了。愿用我的王位换一杯酒[1]。

继续说下去吧。

——你会说，这些名字早就写在被他当作戏剧素材的纪年记里了。他为什么不采用旁的，而偏偏采用这些呢？理查德，一个婊子养的畸形的罗锅儿，向寡妇安（姓名有什么意义？）求婚并赢得了她——一个婊子养的风流寡妇。三弟——征服者理查德，继被征服者威廉之后而来。这个剧本的其他四幕，松松散散地接在第一幕后面。在莎士比亚笔下所有的国王中，理查是世界上的天使中他唯一不曾怀着崇敬心情加以庇护的。《李尔王》中埃德蒙登场的插话取自锡德尼的《阿卡迪亚》，为什么要把它填补到比历史还古老的凯尔特传说中去呢？

——那是威尔惯用的手法，约翰·埃格林顿辩护说。我们现在就不可能把北欧神话和乔治·梅瑞狄斯的长篇小说的摘录联结在一起。穆尔就会说："这有什么办法呢？[2]"他把波希米亚搬到海边[3]，让尤利西斯引用亚里士多德[4]。

——为什么呢？斯蒂芬自问自答。因为对莎士比亚来说，撒谎的弟兄、篡位的弟兄、通奸的弟兄，或者三者兼而有之的弟兄，是总也离不开的题材，而穷人却不常跟他在一起。从心里被放逐，从家园被放逐，自《维洛那二绅士》起，这个放逐的旋律一直不间断地响下去，直到普洛斯彼罗折断他那根杖，将它埋在地下数英寻深处，并把

1　这里把理查三世的一句台词略加改动。原话是："用我的王位换一匹马！"见《理查三世》第5幕第4场。

2　原文为法语。

3　莎士比亚的《冬天的故事》（1610）一剧直接取材于英国散文家罗伯特·格林（1558?—1592）的田园诗《潘多斯托》（1588），"把波希米亚搬到海边"这个错误即由此而来。

4　在《特洛伊罗斯与克瑞西达》（1602）第2幕第2场中，赫克托（不是尤利西斯）曾说："正像亚里士多德所说的那种……"按：亚里士多德（前384—前322）的年代迟于赫克托（前12、13世纪）将近一千年。

他的书抛到海里[1]。他进入中年后，这个旋律的音量加强了一倍，反映到另一个人生，照序幕、展开部、最高潮部、结局来复奏一遍。当他行将就木时，这个旋律又重奏一遍。有其母必有其女。那时，他那个已出嫁的女儿苏珊娜被指控以通奸罪。然而使他的头脑变得糊涂、削弱他的意志、促使他强烈地倾向于邪恶的，乃是原罪。照梅努斯的主教大人们说来，原罪者，正因为是厚罪，尽管系旁人所犯，其中也自有他的一份罪愆[2]。在他的临终遗言里，透露了这一点。这话铭刻在他的墓石上。她的遗骨不得葬在下面[3]。岁月不曾使它磨灭。美与和平也不曾使它消失。在他所创造的世界各个角落，都变幻无穷地存在着。在《爱的徒劳》中，两次在《皆大欢喜》中，在《暴风雨》中，《哈姆莱特》中，《一报还一报》中——以及其他所有我还没读过的剧作中。

为了把心灵从精神的羁绊中解放出来，他笑了。

审判官埃格林顿对此加以概括。

——真理在两者之间，他斩钉截铁地说。他是圣灵，又是王子。他什么都是。

——可不是嘛，斯蒂芬说。第一幕里的少年就是第五幕中的那个成熟的男人。他什么都是。在《辛白林》，在《奥瑟罗》中，他是老鸨，给戴上了绿头巾，他采取行动，也让别人在他身上采取行动。他抱有理想，或趋向堕落，就像荷西那样杀死那活生生的嘉尔曼[4]。他那冷酷严峻的理性就有如狂怒的伊阿古，不断地巴望自己内心的摩尔人[5]会受折磨。

1　普洛斯彼罗是《暴风雨》中的旧米兰公爵，精通魔术。他的兄弟篡了位，并把他和他的女儿米兰达一道放逐到海岛上。杖指魔杖，书指魔术书。

2　梅努斯是爱尔兰基尔代尔郡一镇，位于都柏林东北十五英里。当地的圣帕特里克学院是不列颠诸岛中最大的天主教神学院。斯蒂芬这句话套自《梅努斯教义问答集》（都柏林，1882）。

3　莎士比亚的墓志铭中写着：不得掘开这块碑石，移动遗骨。因而，死在他后面的妻子安就无法与他合葬了。

4　荷西是法国小说家普罗斯珀·梅里美（1803—1870）的中篇小说《嘉尔曼》（1845）中的一个纯真的青年。他为了爱吉卜赛女郎嘉尔曼而堕落成为强盗，最后将嘉尔曼杀死，自己也被处绞刑。法国作曲家乔治·比才（1838—1875）据此改编的同名歌剧，一直脍炙人口。

5　摩尔人指奥瑟罗。

——咕咕！咕咕！穆利根用淫猥的声调啼叫着。啊，可怕的声音[1]！

黑暗的拱形顶棚接受了这声音，发出回响。

——伊阿古是怎样的一个人物啊！无所畏惧的约翰·埃格林顿喊叫着说。归根结蒂，小仲马（也许是大仲马[2]吧？）说得对：天主之外，莎士比亚创造的最多。

男人不能使他感到喜悦；不，女人也不能使他感到喜悦[3]，斯蒂芬说。离开一辈子后，他又回到自己出生的那片土地上。从小到大，他始终是那个地方的一名沉默的目击者。在那里，他走完了人生的旅途。他在地里栽下自己的那棵桑树，然后溘然长逝。呼吸停止了。掘墓者埋葬了大哈姆莱特和小哈姆莱特[4]。国王和王子在音乐伴奏下终于死去了。遭到谋杀也罢，被陷害也罢，又有何干？因为不论他是丹麦人还是都柏林人，所有那些柔软心肠的人们都会为之哀泣，悼念死者的这份悲伤乃是她们不肯与之离婚的唯一的丈夫。倘若你喜欢尾声，那么就仔细端详一下吧。幸福的普洛斯彼罗[5]是得到好报的善人。丽齐[6]是外公的宝贝疙瘩；里奇叔叔这个歹徒按照因果报应的原则被送进坏黑人注定去的地方了。结局圆满，幕终。他发现，内在世界有可能实现的，外在世界就已经成为现实了。梅特林克说：**倘若苏格拉底今天离家，他会发现贤人就坐在他门口的台阶上。倘若犹大今晚**

---

1 “咕咕！咕咕！啊，可怕的声音！”是《爱的徒劳》第5幕第2场末尾《春之歌》中的一行。下一行是“害得做丈夫的肉跳心惊”。咕咕在英文中既是布谷鸟，又指布谷鸟的啼声。Cuckold（奸妇的本夫）一词便是由cuckoo引申而来，而cuckoo也含有“傻子”或“做了王八的丈夫”意。

2 小仲马（1824—1895）是大仲马（1802—1870）的私生子。父子均名亚历山大，并且都是法国作家。“小”和“大”，原文都是法语。

3 “男人……喜悦”是哈姆莱特王子对朝臣所说的话。见《哈姆莱特》第2幕第2场。两个“他”，原剧中均作“我”，是哈姆莱特自指。引用时改为“他”，以指莎士比亚。

4 “大”“小”，原文为法语。

5 在英文中，富裕、兴旺的（prosperous）与普洛斯彼罗（Prospero）拼音相近。

6 指莎士比亚的头一个外孙女伊丽莎白·霍尔。她是苏珊娜之女，生于一八〇八年。

外出，他的脚会把他引到犹大那儿去[1]。每一个人的一生都是许多时日，一天接一天。我们从自我内部穿行，遇见强盗、鬼魂、巨人、老者、小伙子、妻子、遗孀、恋爱中的弟兄们，然而，我们遇见的总是我们自己。编写世界这部大书而且写得很蹩脚的那位剧作家（他先给了我们光，隔了两天才给太阳），也就是被天主教徒当中罗马味最足的家伙称之为煞神[2]——绞刑吏之神的万物之主宰；毫无疑问，他什么都是，存在于我们一切人当中：既是马夫，又是屠夫，也是老鸨，并被戴上了绿头巾。然而倘若在天堂实行节约，像哈姆莱特所预言的那样，那么就再也不要什么婚娶；或者有什么光彩的人，半阴半阳的天使，将成为自己的妻子[3]。

——**我发现啦**[4]！勃克·穆利根大声说。**我发现啦！**

他突然高兴了，跳起来，一个箭步蹿到约翰·埃格林顿的书桌跟前。

——可以吗？他说。玛拉基接受了神谕。

他在一片纸上胡乱涂写起来。

往外走的时候，从柜台上拿几张纸条儿吧。

——已经结婚的，安详的使者贝斯特先生说，除了一个人，都将活下去。没有结婚的，不准再结婚[5]。

他这个未婚者对独身的文学士约翰·埃格林顿笑了笑。

他们没有家室，没有幻想，存着戒心，每天晚上边摸索各自那部

1　比利时象征主义诗人和剧作家莫里斯·梅特林克（1862—1949）在《明智和命运》（巴黎，1899）中写道："我们永远不要忘记，与我们的本性不相符的事是不会发生在我们身上的……倘若犹大今晚外出，他就会走向犹大，从而有了出卖的机会；然而倘若苏格拉底打开自己的门，他会发现苏格拉底睡在门口的台阶上，从而就有了变得聪明起来的机会。"乔伊斯引用时做了改动。

2　原文为意大利语。

3　这一段套用哈姆莱特对奥菲利娅所说的话（"再不要结什么婚了"，见《哈姆莱特》第3幕第1场）和耶稣的一段训话（"他们要跟天上的天使一样，也不娶也不嫁"，见《马太福音》第22章第30节）。

4　原文为希腊文。古希腊理论力学创始人阿基米德（约前287—约前212）奉命测定王冠含金的纯度，他洗澡时看到澡水溢出，从而发现了阿基米德浮力定理。这句是他当时所说的话。

5　"已经……再结婚"引自哈姆莱特对奥菲利娅所说的一段话。见《哈姆莱特》第3幕第1场。

有诸家注释的《驯悍记》，边在沉思。

——你这是谬论，约翰·埃格林顿率直地对斯蒂芬说。你带着我们兜了半天圈子，不过是让我们看到一个法国式的三角关系。你相信自己的见解吗？

——不，斯蒂芬马上说。

——你打算把它写下来吗？贝斯特先生问。你应该写成问答体。知道吧，就像王尔德所写的柏拉图式的对话录。

约翰·埃克列克提康露出暧昧的笑容。

——喏，倘若是那样，他说，既然连你自己都不相信，我就不明白你怎么还能指望得到报酬呢。多顿相信《哈姆莱特》中有些神秘之处，然而他只说到这里为止。派珀在柏林遇见的勃莱布楚**先生**正在研究关于拉特兰[1]的学说，他相信个中秘密隐藏在斯特拉特福的纪念碑里。派珀说，他即将去拜访当前这位公爵，并向公爵证明，是他的祖先写下了那些戏剧。这会出乎公爵大人的意料，然而勃莱布楚相信自己的见解。

我信，噢，主啊，但是我的信心不足，求您帮助我[2]！就是说，帮助我去信，或者帮助我不去信。谁来帮助我去信？**我自己**[3]。谁来帮助我不去信呢？另一个家伙。

——在给《达娜》撰稿的人当中，你是唯一要求付酬的。像这样的话，下一期如何就难说了。弗雷德·瑞安还要保留些篇幅来刊登一篇有关经济学的文章呢。

弗莱德琳。他借给过我两枚银币。好歹应付一下吧。经济学。

——要是付一畿尼，斯蒂芬说，你就可以发表这篇访问记了。

面带笑容正在潦潦草草写着什么的勃克·穆利根，这时边笑边站

---

1 卡尔·勃莱布楚（1859—1928），德国诗人、评论家、戏剧家。他在《莎士比亚问题解答》（柏林，1907）中提出拉特兰（参看第307页注释2）是真正的莎剧写作者。“先生”，原文为德语。

2 “我信……我！”这原是求耶稣给自己的儿子治病的父亲所说的话。

3 原文为希腊文。

起来，然后笑里藏刀，一本正经地说：

——我到“大诗人”金赤在上梅克伦堡街的夏季别墅那里去拜访过他，发现他正和两个生梅毒的女人——新手内莉和煤炭码头上的婊子罗莎莉——一道埋头研究《反异教大全》[1]呢。

他把话顿了一顿。

——来吧，金赤，来吧，飘忽不定的飞鸟之神安古斯[2]。

出来吧，金赤，你把我们剩的都吃光了。嗯，我把残羹剩饭和下水赏给你吃。

斯蒂芬站起来了。

人生不外乎一天接一天。今天即将结束了。

——今天晚上见，约翰·埃格林顿说。**我们的朋友**穆尔说，务必请勃克·穆利根来。

勃克·穆利根挥着那纸片和巴拿马帽。

——穆尔**先生**[3]，他说，爱尔兰青年的法国文学讲师。我去。来吧，金赤，“大诗人”们非喝酒不可。你不用扶能走吗？

他边笑着，边……

痛饮到十一点，爱尔兰的夜宴。

傻大个儿……

斯蒂芬跟在一个傻大个儿后面……

有一天，我们在国立图书馆讨论过一次。莎士[4]。然后，我跟在傻乎乎的他背后走。我和他的脚后跟挨得那么近，简直可以蹭破那上面的冻疮了[5]。

斯蒂芬向大家致意，然后垂头丧气地跟着那个新理过发、头梳得

1　原文为拉丁文，是圣托马斯·亚奎那的著作。

2　安古斯·奥格神是爱尔兰神话中掌管青春、美和诗的神。他发现经常出现在梦境中的理想伴侣原来是一只白天鹅，自己便也变成白天鹅，与她比翼腾空而去。

3　此处的“先生”与前文的“我们的朋友”原文均为法语。

4　原文作shakes，是双关语。既可作莎士比亚的简称，又作“摇晃不定”解。

5　这里把《哈姆莱特》第5幕第1场中哈姆莱特对掘墓工甲所说的话略做了改动。原话是：“庄稼汉的脚指头和朝廷贵人的脚后跟挨得那么近，足以磨破那上面的冻疮了。”原文作gall his kibe，转义为：触及他的痛处。

整整齐齐、爱说笑话的傻大个儿，从拱顶斗室走入没有思想的灿烂骄阳中去。

我学到了什么？关于他们？关于我自己？

眼下就像海恩斯那样走吧。

长期读者阅览室。在阅览者签名簿上，卡什尔·博伊尔·奥康内尔·菲茨莫里斯·蒂斯代尔·法雷尔用龙飞凤舞的字体写下了他那多音节的名字。研究项目：哈姆莱特发疯了吗？谢顶的公谊会教徒正在跟一个小教士虔诚地谈论着书本。

——啊，请您务必……那我真是太高兴啦……

勃克·穆利根觉得有趣，自己点点头，愉快地咕哝道：

——心满意足的波顿[1]。

旋转栅门。

难道是……？饰有蓝绸带的帽子……？胡乱涂写着……？什么？……看见了吗？

弧形扶栏。明契乌斯河缓缓流着，一平如镜[2]。

迫克[3]·穆利根，头戴巴拿马盔，一边走着，一边忽高忽低地唱着：

——约翰·埃格林顿，我的乖，约翰[4]，
你为啥不娶个老婆？

他朝半空中啐了一口，唾沫飞溅。

——噢，没下巴的中国佬！靳张艾林唐[5]。我们曾到过他们那戏棚

1 这里，穆利根把谈兴正浓的利斯特比作《仲夏夜之梦》中那个戴着驴头和仙后提泰妮娅谈情说爱的织工波顿。

2 “明契……如镜”引自弥尔顿的《利西达斯》一诗。明契乌斯河在意大利，流经罗马诗人维吉尔的家乡安第斯。

3 迫克（Puck）是中世纪英格兰民间传说中的顽皮小妖，系《仲夏夜之梦》的主角之一。勃克（Buck）也喜欢搞恶作剧，两个名字拼音又相近，所以这么称呼他。

4 这里把罗伯特·彭斯的《约翰·安德森，我的乖》（1789—1790）一诗中的“安德森”改成了“埃格林顿”。安德森和埃格林顿都是秃头。

5 “没……林唐”，套用《艺伎》（参看第139页注释1）中的歌词，略做改动。

子，海恩斯和我，在管子工会的会馆。我们的演员们正在像希腊人或梅特林克先生那样，为欧洲创造一种新艺术。阿贝剧院！我闻见了僧侣们阴部的汗臭味[1]。

他漠然地啐了口唾沫。

一古脑儿全抛在脑后了，就像忘记了可恶的路希那顿鞭子一样[2]。也忘记了撇下那个三十岁的女人[3]的事。为什么没再生个娃娃呢？而且，为什么头胎是个女孩儿呢？

事后聪明。从头来一遍。

倔强的隐士依然在那儿呢（他把点心拿在手里），还有那个文静的小伙子，小乖乖，菲多那团团般的金发[4]。

呃……我只是呃……曾经想要……我忘记了……呃……

——朗沃思和麦考迪·阿特金森也在那儿……

伯克·穆利根合辙押韵，颤声吟着：

——每逢喊声传邻里，
　　或听街头大兵语，
　　我就忽然间想起，
　　弗·麦考迪·阿特金森，
　　一条木腿是假的，
　　穿着短裤不讲道理，
　　渴了不敢把酒饮，
　　不善言辞的马吉，
　　活了一世怕娶妻，

1　管子工会会馆是机工协会会馆的俗称。一九〇四年夏季，该会馆被改建成阿贝剧院。该剧院可以说是爱尔兰文艺复兴运动的摇篮，以叶芝为首的爱尔兰国民戏剧协会即设在这里。“我……臭味”一语暗指僧侣们曾竭力制止在该剧院上演新剧作。

2　关于一五八六年左右莎士比亚离开家乡的原因，传说最多的是他偷了附近的乡绅托马斯·路希的鹿，挨了一顿鞭子，因而逃往伦敦。

3　原文为法语。巴尔扎克有一部小说也题名为《三十岁的女人》(1831)。

4　柏拉图在《菲多篇》中写道，苏格拉底抚摩着弟子菲多的头发说：“我想，菲多，当你明白过来，就会把这头秀发剪掉啦。”意思是说，菲多那套血气方刚的争辩也将随之而去。

二人成天搞手淫[1]。

继续嘲弄吧。认识自己。

一个嘲弄者在我下面停下脚步，望着我。我站住了。

——愁眉苦脸的戏子，勃克·穆利根慨叹道。辛格为了活得更自然，不再穿丧服了。只有老鸨、教士和英国煤炭才是黑色的。

他唇边掠过一丝微笑。

——自从你写了那篇关于狗鳕婆子格雷戈里的文章，他说，朗沃思就感到非常烦闷。哦，你这个好窥人隐私、成天酗酒的犹太耶稣会士！她在报馆里替你谋一份差事，你却骂她是蹩脚演员，写了那些蠢话。你难道不能学点叶芝的笔法吗[2]？

他歪鼻子斜眼地走下楼梯，优雅地抡着胳膊吟诵着：

——我国当代一部最美的书。它令人想到荷马。

他在楼梯下止住了步子。

——我为哑剧演员们构思了一出戏，他认真地说。

有着圆柱的摩尔式大厅，阴影交错。九个头戴有标志的帽子的男人跳的摩利斯舞结束了。

勃克·穆利根用他那甜润、抑扬顿挫的嗓音读着那个法版：

——人人是各自的妻

或

到手的蜜月

（由三次情欲亢进构成的、国民不道德剧）

作者

1　这首打油诗的文体模仿叶芝的《贝尔和艾琳》(1903）一诗第1段。

2　格雷戈里夫人（1852—1932），爱尔兰剧作家。原名伊萨贝拉·奥古斯塔·佩尔斯。她于一八九二年丧夫后，开始文学生涯，一九〇四年任阿贝剧院经理。乔伊斯写过一篇批评其《诗人与梦想家》的文章，刊载在朗沃思主编的《每日快报》(1903年3月26日）上。叶芝曾称赞格雷戈里夫人的书为“当代爱尔兰首屈一指的”，下文中的“令人想到荷马”，系穆利根添加的。

巴洛基·穆利根[1]

他朝斯蒂芬装出一脸快乐的傻笑，说：

——就怕伪装得不够巧妙。可是且听下去。

他读道，清晰地[2]：

——登场人物

托比·托斯托夫（破了产的波兰人）

克雷布（土匪）[3]

医科学生迪克
和　　　　　　　　} 一石二鸟
医科学生戴维

老妪葛罗甘（送水者）

新手内莉

以及

罗莎莉（煤炭码头上的婊子）

他摇头晃脑地笑了，继续往前走，斯蒂芬跟在后面。他对着影子——对着人们的灵魂快快乐乐地说着话儿：

——啊，坎姆顿会堂的那个夜晚啊！——你躺在桑葚色的、五彩缤纷的大量呕吐物当中。为了从你身上迈过去，爱琳的女儿们得撩起她们的裙子！

——她们为之撩起裙子的，斯蒂芬说，是爱琳最天真无邪的儿子。

正要走出门口的当儿，他觉出背后有人，便往旁边一闪。

走吧。现在正是时机。那么，去哪儿呢？倘若苏格拉底今天离开家，倘若犹大今晚外出。为什么？它横在我迟早会无可避免地要到达

1　意译就是“睾丸的穆利根”。

2　原文为意大利语。

3　在英国大学里，托比和克雷布这两个名字均含有猥亵意。

的空间。

我的意志。与我遥遥相对的是他的意志。中间隔着汪洋大海。

一个男人边鞠躬边致意，从他们之间穿过。

——又碰见了，勃克·穆利根说。

有圆柱的门廊。

为了占卜凶吉，我曾在这里眺望过鸟群。飞鸟之神安古斯。它们飞去又飞来。昨天晚上我飞了。飞得自由自在。人们感到惊异。随后就是娼妓街。他捧着一只淡黄色蜜瓜朝我递过来。进来吧。随你挑。

——一个流浪的犹太人，勃克·穆利根露出小丑那战战兢兢的样子悄悄地说。你瞅见他的眼神了吗？他色眯眯地盯着你哩。我怕你，老水手[1]。哦，金赤。你的处境危险呀。去买条结实的裤衩吧。

牛津派头。

白昼。拱形桥的上空，悬着状似独轮手车的太阳。

黑色的脊背迈着豹一般的步伐，走在他们前面，从吊门的倒刺下边钻了出去。

他们跟在后面。

继续对我大放厥词吧，说下去。

柔和的空气使基尔戴尔街的房屋外角轮廓鲜明。没有鸟儿。两缕轻烟从房顶袅袅上升，形成羽毛状，被一阵和风柔和地刮走。

别再厮斗了。辛白林的德鲁伊特祭司们的安宁，阐释秘义：在辽阔的大地上筑起一座祭坛。

> 让我们赞美神明；
> 让袅袅香烟从我们神圣的祭坛
> 爬入他们的鼻孔[2]。

1　“我怕你，老水手”，出自柯尔律治的《老水手》（1798）一诗。

2　“让我们……鼻孔”，出自《辛白林》第5幕第5场末尾。

第十章

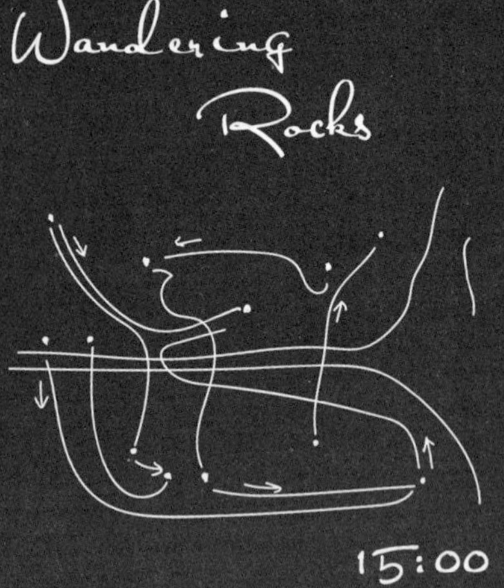

耶稣会会长，十分可敬的约翰·康米[1]边迈下神父住宅的台阶，边把光滑的怀表揣回内兜。差五分三点。还来得及，正好走到阿坦。那个男孩儿姓什么来着？迪格纳穆。对。**着实恰当而正确**[2]。应该去见见斯旺修士[3]。还有一封坎宁翰先生的来信呢。是啊，尽可能满足他的要求吧。这是位善良而能干的天主教徒。布教的时候能派上用场。

一个独腿水手，架着双拐，无精打采地一步一挪地往前悠荡，嘴里哼唱着什么曲调。他悠荡到仁爱会修女院前面，蓦地停了下来，朝着耶稣会这位十分可敬的约翰·康米伸过一顶鸭舌帽，求他施舍。康米神父在阳光下祝福了他，因为神父知道自己的钱包里只有一克朗银币。

康米神父横过马路，跨过蒙乔伊广场。他想了一下被炮弹炸断了腿的士兵和水手怎样在贫民救济所里结束余生的事，又想起红衣主教沃尔西的话："如果我用为国王效劳的热诚来侍奉天主，他也不会在我垂老之年抛弃我。"[4]他沿着树荫，走在闪烁着阳光的树叶底下；议会议员戴维·希伊先生的太太迎面而来。

——我很好，真的，神父。您呢，神父？

康米神父确实非常健康。他也许会到巴克斯顿[5]去洗洗矿泉澡。她

1　冠于天主教圣职人员姓名前的敬称，分三个等级。可敬的（神父）、十分可敬的（教长）、至尊的（主教）。约翰·康米神父是方济各·沙勿略教堂的教长，耶稣会会长（1897—1905）。

2　原文为拉丁文，弥撒用语。其中dignum（恰当）一词，与Dignam（迪格纳穆）读音近似。

3　斯旺修士是儿童救济院主任，该院在阿坦左近。

4　托马斯·沃尔西（约1475—1530），英国红衣主教，政治家。一五三〇年一度受宠于亨利八世，后因未能按国王意愿让教皇宣布国王与阿拉贡的凯瑟琳的婚姻无效，被指控犯有叛逆罪（与法国王室通信），被捕后在即将受审时身死。

5　巴克斯顿是英国德比郡海皮克区的一个地方，建有矿泉浴池，对痛风等症有疗效。

的公子们在贝尔维迪尔[1]念得蛮好吧？是吗？康米神父听到这情况，的确很高兴。希伊先生本人呢？还在伦敦。议会仍在开会，可不是嘛。多好的天气啊，真让人心旷神怡。是啊，伯纳德·沃恩[2]神父极可能会再来讲一次道。啊，可不，了不起的成功。的确是位奇才。

康米神父看到议会议员戴维·希伊先生的太太显得那么健康，高兴极了，他恳请她代为向议会议员戴维·希伊先生致意。是的，他准登门去拜访。

——那么，再见吧，希伊太太。

康米神父脱下大礼帽告别，朝着她面纱上那些在阳光下闪着墨光的乌珠莞尔一笑。一边走开一边又漾出微笑。他晓得自己曾用槟榔果膏把牙刷得干干净净。

康米神父踱着，边走边泛出微笑，因为他记起伯纳德·沃恩神父那逗乐儿的眼神和带伦敦土腔的口音。

——彼拉多[3]！你咋不赶走那些起哄的家伙？

不管怎么说，他是个热心肠的人。这一点不假。以他独特的方式，确实做过不少好事。这是毫无疑问的。他说他热爱爱尔兰，也热爱爱尔兰人。谁能相信他还出身于世家呢？是威尔士人吧？

哦，可别忘了。那封给管辖教区的神父的信。

在蒙乔伊广场的角落里，康米神父拦住三个小学童。对，他们是贝尔维迪尔的学生。呃，班次很低。他们在学校里都是好学生吗？哦，那就好极啦。那么，他叫什么名字呢？杰克·索恩。他叫什么？杰尔·加拉赫。另一个小不点儿呢？他的名字叫布鲁尼·莱纳姆。哦，起了个多么好的名字。

康米神父从前胸掏出一封信来，递给少年布鲁尼·莱纳姆，并指了指菲茨吉本街拐角处的红色邮筒。

---

1 贝尔维迪尔是都柏林的一所由耶稣会创办的学校。康米神父在该校当教务主任期间，乔伊斯曾与希伊夫妇的两个儿子（理查和尤金）在该校同学。

2 伯纳德·沃恩（1847—1922），英国耶稣会神父，为当时有名的布道师，著作甚丰。

3 彼拉多，参看第187页注释5。这里指为什么不制止那些受蒙蔽而要求把耶稣处死的群众。

——可是留点儿神，别把你自个儿也投进邮筒里去，小不点儿，他说。

孩子们的六只眼睛盯着康米神父，大声笑了起来：

——哦，您哪。

——喏，让我瞧瞧你会不会投邮，康米神父说。

少年布鲁尼·莱纳姆跑到了马路对面，将康米神父那封写给管辖教区神父的信塞进红艳艳的邮筒口里。康米神父泛着微笑，点了点头。然后又笑了笑，就沿着蒙乔伊广场向东踱去。

舞蹈等课程的教师丹尼斯·杰·马金尼先生头戴丝质大礼帽，身穿滚着绸边的暗蓝灰色长礼服，系着雪白的蝴蝶结，下面是淡紫色紧腿裤；戴着鲜黄色手套，脚蹬尖头漆皮靴。他举止端庄地走着，来到迪格纳穆庭院的角上。这时，马克斯韦尔夫人擦身而过，他赶紧毕恭毕敬地闪到边石上去。

那不是麦吉尼斯太太吗？

满头银发、仪表堂堂的麦吉尼斯太太在对面的人行道上款款而行。她朝康米神父点头致意。康米神父含笑施礼。她近来可好？

夫人风度优雅，颇有点儿像苏格兰女王玛丽。想想看，她竟然是个当铺老板娘！哟，真是的！这么一派……该怎么说呢？……这么一派女王风度。

康米神父沿着大查尔斯街前行，朝左侧那紧闭着门的自由教会[1]瞟了一眼。可敬的文学士T. R. 格林将（**按照神的旨意**[2]）布道。他们称他作教区牧师。他呢，认为讲上几句儿乃是义不容辞的[3]。然而，得对他们宽大为怀。不可克服的愚昧。他们毕竟也是根据自己的见解行事的啊。

1　狭义的自由教会指四个英国非主教制教会（浸礼会、公谊会、循道公会、长老会）。一六六二年以前，统称为清教徒，十九世纪末叶起，自称自由教会。

2　原文为拉丁文。

3　这是文字游戏。教区牧师和义不容辞，原文均作incumbent。下文（“不可克服的愚昧”）反映了天主教神父康米对新教的看法。

康米神父拐了弯，沿着北环路踱去。奇怪，这样一条重要的通衢大道，竟然没铺设电车路。肯定应该铺设。

一群背着书包的学童从里奇蒙大街那边跨过马路而来。个个扬起肮里肮脏的便帽。康米神父一次又一次慈祥地朝他们还礼。这都是些公教弟兄会[1]的孩子们。

康米神父一路走着，闻到右侧飘来一股烟香。波特兰横街的圣约瑟教堂。那是给贞节的老妪们开设的[2]。神父冲着圣体摘下帽子。她们固然操守高尚，只是，有时脾气挺坏。

来到奥尔德勃勒邸第附近，康米神父想起那位挥金如土的贵族。而今，这里改成了公事房还是什么的[3]。

康米神父开始顺着北滩路走去，站在自己那爿商号门口的威廉·加拉赫先生朝他施礼。康米神父向威廉·加拉赫先生还礼，并嗅到了成条的腌猪肋骨肉和桶里装得满满的冰镇黄油的气味。他走过葛洛根烟草铺，店前斜靠着一块块张贴新闻的告示板，报道发生在纽约的一桩惨案[4]。在美国，这类事件层出不穷。倒霉的人们毫无准备地就那么送了命。不过，彻底悔罪也能获得赦免。

康米神父走过丹尼尔·伯金的酒馆儿。两个没找到活儿干的男人在闲倚着窗口消磨时光。他们向他行礼，他也还了礼。

康米神父走过H. J. 奥尼尔殡仪馆。科尼·凯莱赫正一边嚼着一片枯草，一边在流水账簿上划算着。一个巡逻的警察向康米神父致敬，康米神父也回敬了一下。走过尤克斯泰特猪肉店，康米神父瞧见里面整整齐齐地摆着黑白红色的猪肉香肠，像是弯曲的管子。在查尔维尔林荫道的树底下，康米神父瞅见一艘泥炭船，一匹拉纤的马低垂着脑

1　公教弟兄会是从事青少年教育工作的在俗人员组织。一八〇二年，爱尔兰公教学校弟兄会成立于沃特福德，为爱尔兰贫穷的天主教徒子弟提供受教育的机会。

2　指毗邻圣约瑟教堂的圣约瑟贞节妇女养老院。

3　奥尔德勃勒勋爵（？—1801）曾斥资四万英镑、费时六年（1792—1798），为妻子在此盖了一座豪华住宅。妻子却嫌地势不佳（当时为都柏林郊区），连一天也没住。一九〇四年改为邮政总局。

4　指汽船起火案。参看第261页注释2。

袋，头戴脏草帽的船老大坐在船中央，抽着烟，目不转睛地望着头顶上一根白杨树枝。真是一派田园风光。康米神父琢磨着造物主的旨意：让沼泽里产生泥炭，供人们来挖掘，运到城市和村庄。于是，穷人家里就生得起火了。

来到纽科门桥上，上加德纳街圣方济各·沙勿略教堂的这位十分可敬的耶稣会会长约翰·康米跨上一辆驶往郊外的电车。

一辆驶往市内的电车在纽科门桥这一站停住了。圣阿加莎教堂的本堂神父、至尊的尼古拉斯·达德利下了车。

康米神父是由于讨厌徒步跋涉泥岛那段脏路，才在纽科门桥搭乘这趟驶往郊外的电车的。

康米神父在电车的一角落座。他仔细地把一张蓝色车票掖在肥大的小山羊皮手套的扣眼间；而四先令和一枚六便士以及五枚一便士则从他的另一只戴了小山羊皮手套的巴掌上，斜着滑进他的钱包。当电车从爬满常春藤的教堂前驰过的时候，他想道：通常总是刚一粗心大意地扔掉车票，查票的就来了。康米神父觉得，就如此短暂而便宜的旅途而言，车上的乘客未免过于一本正经了。康米神父喜欢过得既愉快而又事事得体。

这是个宁静的日子。坐在康米神父对面那位戴眼镜的绅士解释完了什么，朝下望去。康米神父猜想，那准是他的妻子。

一个小哈欠使那位戴眼镜的绅士的妻子启开了口。她举起戴着手套的小拳头，十分文雅地打了个哈欠，用戴了手套的小拳头轻轻碰了碰启开的嘴，甜甜地泛出一丝微笑。

康米神父觉察出车厢里散发着她那香水的芬芳。他还发觉，挨着她另一边的一个男子局促不安地坐在座位的边沿上。

康米神父曾经在祭坛栏杆边上吃力地把圣体送进一个动作拙笨的老人嘴里。那人患有摇头症。

电车在安斯利桥停了下来。正要开动时，一个老妪抽冷子从她的座位上站了起来。她要下车。售票员拽了一下铃绳，叫刹车，好让她下去。她挎着篮子，提了网兜，踱出车厢。康米神父望见售票员将她连篮子带网兜扶下车去。康米神父思忖，她那一便士车钱都差点儿坐过了头。从这一点来看，她是那种善良人中间的一个，你得一再告诉她们说，已经被赦免了：**祝福你，我的孩子，为我祈祷吧**[1]。然而她们在生活中有那么多忧虑，那么多操心的事儿，可怜的人们。

广告牌上的尤金·斯特拉顿先生咧着黑人的厚嘴唇，朝康米神父做出一副怪相。

康米神父想到黑、棕、黄色人种的灵魂啦，他所做的有关耶稣会的圣彼得·克莱佛尔和非洲传教事业的宣讲啦，传播信仰啦，还有那数百万黑、棕、黄色的灵魂。当大限像夜里的小偷那样忽然来到时，他们却尚未接受洗礼。康米神父认为，那位比利时耶稣会会士所著《选民之人数》一书中的主张，还是入情入理的。那数百万人的灵魂是天主照自己的形象创造的。然而他们不曾（**按照神的旨意**[2]）获得信仰。但他们毕竟是天主的生灵，是天主所创造的。依康米神父看来，让他们统统沉沦未免太可惜了，而且也可以说是一种浪费。

康米神父在豪斯路那一站下了车。售票员向他致敬，他也还了礼。

马拉海德路一片寂静。这条路和它的名字很合康米神父的心意。马拉海德喜洋洋，庆祝钟声响啊响[3]。马拉海德的塔尔伯特勋爵，马拉海德和毗邻海域世袭海军司令的直系继承者。紧接着，征召令下来了。在同一天，她从处女一变而为妻子和遗孀[4]。那是世风古朴的年月，乡区里一片欢快，是效忠爵爷领地的古老时代。

康米神父边走边思索着自己所著的那本小书《爵爷领地的古老时代》以及另一本值得一写的书：关于耶稣会修道院以及莫尔斯沃思勋

1　这是教徒向神父忏悔后，神父代表天主赦免其罪时所说的话。

2　原文为拉丁文。

3　“马拉……响”是爱尔兰诗人杰拉尔德·格里芬（1803—1840）所作《马拉海德的新娘》一诗的首句。此诗写莫德·普伦克特结婚后，喜庆之钟一下子变成丧钟。

4　普伦克特勋爵之女莫德最初嫁给赫西·高尔特里姆。刚举行完婚礼，他就奉命带兵去剿匪，因而阵亡。于是莫德在一天之内就从处女变成妻子和寡妇。以后她改嫁两次。第三个丈夫是马拉海德的理查·塔尔伯特爵士（？—1329）。下文中的乡区是隶属于爱尔兰教区的小区。

爵之女——第一代贝尔弗迪尔伯爵夫人玛丽·罗奇福特[1]。

一个青春已逝、神色倦怠的夫人，沿着艾乃尔湖[2]畔踽踽独行。第一代贝尔弗迪尔伯爵夫人神色倦怠地在苍茫暮色中彷徨。当一只水獭跃进水里时，她也木然无所动。谁晓得实情呢？正在吃醋的贝尔弗迪尔爵爷不可能，听她忏悔的神父也不可能知道她曾否与小叔子完全通奸，曾否被他往自己那**女性天然器官内射精**[3]吧？按照妇女的常情，倘若她没有完全犯罪，她只需不痛不痒地忏悔一番。知道实情的，只有天主、她本人以及他——她那位小叔子。

康米神父想到了那种暴虐的纵欲，不管怎么说，为了人类在地球上繁衍生息，那是不可或缺的。也想到了我们的所作所为迥乎不同于天主。

唐约翰·康米[4]边走路边在往昔的岁月里徘徊。在那儿，他以慈悲为怀，备受尊重。他把人们所忏悔的桩桩隐私都铭记在心头；在一间天花板上吊着累累果实、用蜜蜡打磨的客厅里，他以笑脸迎迓贵人们一张张笑容可掬的脸。新郎和新娘的手，贵族和贵族，都通过唐约翰·康米，将掌心叠放在一起了。

这是令人心旷神怡的日子。

隔着教堂墓地的停柩门，康米神父望到一畦畦的卷心菜，它们摊开宽绰的下叶向他行着屈膝礼。天空，一小簇白云彩映入眼帘，正徐徐随风飘下。法国人管这叫**毛茸茸的**[5]。这个词儿恰当而又朴实。

康米神父边诵读日课[6]，边眺望拉思科非[7]上空那簇羊毛般的云彩。他那穿着薄短袜的脚脖子被克朗戈伍斯田野里的残梗乱茬刺得痒痒的。他一面诵着晚课，一面倾听分班排游戏的学童们的喊叫声——

1　玛丽·罗奇福特（1720—约1790）被控与小叔子私通，被丈夫罗伯特·贝尔弗迪尔伯爵（1708—1774）囚禁在家中多年。伯爵去世后，她虽获得了自由，却终身过着隐居生活。

2　艾乃尔湖位于爱尔兰韦斯特米斯郡，玛丽即被囚禁在湖畔的伯爵私邸里。

3　原文为拉丁文。

4　唐约翰，参看第289页注释2。

5　原文为法语。

6　天主教神职人员每日七次诵读《圣教日课》。

7　拉思科非是位于都柏林以西十六英里处的一座村庄。

稚嫩的嗓音划破傍晚的静谧。当年他曾经当过他们的校长。他管理得很宽厚[1]。

康米神父脱掉手套，掏出红边的《圣教日课》。一片象牙书签标示着该读哪一页。

九时课[2]。按说应该在午饭前诵读的。可是马克斯韦尔夫人来了。

康米神父悄悄地诵毕《天主经》和《圣母经》[3]，在胸前画个十字：天主啊，求你快快拯救我[4]！

他安详地踱步，默诵着九时课，边走边诵，一直诵到心地纯洁的人有福了[5]的第Res[6]节：

你法律的中心乃是真理；

你一切公正的诫律永远长存[7]！

一个涨红了脸的小伙子从篱笆缝隙间钻了出来。跟着又钻出一个年轻姑娘，手里握着一束摇曳不停的野雏菊。小伙子突然举帽行了个礼，年轻姑娘赶忙弯下腰去，缓慢仔细地将巴在她那轻飘飘的裙子上的一截小树枝摘掉。

康米神父庄重地祝福了他们俩，然后翻开薄薄的一页《圣教日课》：Sin[8]。

有权势的人无故逼迫我，但我尊重你的法律[9]。

1　这里，康米神父回顾着他在拉思科非村附近的克朗戈伍斯森林公学担任校长时的往事。学童们曾说：“他是克朗戈伍斯有史以来最正派的校长。”见《一个青年艺术家的画像》第1章末尾。

2　九时课是日出后第九时的日课。这是按古罗马的计算法，相当于现在的下午三点钟。

3　《天主经》和《圣母经》，原文均为拉丁文，是九时课的序章。

4　原文为拉丁文，出自《诗篇》，是九时课正文的开头部分。

5　原文为拉丁文，也是九时课的一部分。

6　Res是希伯来文第二十个字母，用来标明章节次序。

7　原文为拉丁文。语出自《诗篇》。

8　Sin是希伯来文的第二十一个字母。在英文中，此词作“罪”（道德上的）解。

9　原文为拉丁文。语出自《诗篇》。

* * *

科尼·凯莱赫合上他那本长方形的流水账簿，用疲惫的目光扫了扫那宛如哨兵般立在角落里的松木棺材盖儿一眼。他挺直了身子，走到棺材盖儿跟前，以它的一角为轴心，旋转了一下，端详着它的形状和铜饰。他边嚼着那片干草，边放回棺材盖儿，来到门口。他在那儿把帽檐往下一拉，好让眼睛有个遮阴，然后倚着门框懒洋洋地朝外面望着。

约翰·康米神父在纽科门桥上了驶往多利山的电车。

科尼·凯莱赫交叉着那双穿了大皮靴子的大脚，帽檐拉得低低的，定睛望着，嘴里还咀嚼着那片干草。

正在巡逻的丙五十七号警察停下脚步，跟他寒暄。

——今儿个天气不错，凯莱赫先生。

——可不是嘛，科尼·凯莱赫说。

——闷热得厉害，警察说。

科尼·凯莱赫一声不响地从嘴里啐出一口干草汁，它以弧形线飞了出去。就在这当儿，一只白皙的胳膊从埃克尔斯街上的一扇窗户里慷慨地丢出一枚硬币。

——有什么最好的消息？他问。

——昨儿晚上我看到了那个特别的聚会，警察压低嗓门说。

* * *

一个独腿水手架着丁字拐，在麦康内尔药房跟前拐了个弯，绕过拉白奥蒂的冰淇淋车，一颠一颠地进了埃克尔斯街。拉里·奥罗克只穿了件衬衫站在门口，水手就朝着他毫不友善地吼叫：

——为了英国……

他猛地往前悠荡了几步，从凯蒂和布棣·迪达勒斯身边走过，并站住，吼了一声：

——为了家园和丽人[1]。

从杰·杰·奥莫洛伊那张苍白愁苦的脸可以知道，兰伯特先生正在库房里接见来客。

一位胖太太停下来，从手提包里掏出一枚铜币，丢在伸到她跟前的便帽里。水手喃喃地表示谢意，愠怒地朝那些对他置之不理的窗户狠狠地盯了一眼，把脑袋一耷拉，又向前悠荡了四步。

他停下来，怒冲冲地咆哮着：

——为了英国……

两个打赤脚的顽童嚼着长长的甘草根，在他身旁站下来，嘴里淌着黄糊糊的涎水，呆呆望着他那残肢。

他使劲朝前悠荡了几步，停下来，冲着一扇窗户扬起头，用拖长的深沉嗓音吼道：

——为了家园和丽人。

窗内发出小鸟鸣啭般的圆润快活的口哨声，持续了一两节才止住。窗帘拉开了。一张写着“房间出租，自备家具”字样的牌子打窗框上滑落下去。窗口露出一只丰腴赤裸、乐善好施的胳膊，是从连着衬裙的白色乳褡那绷得紧紧的吊带间伸出的。一只女人的手隔着地下室前的栏杆掷出一枚硬币。它落在人行道上了。

一个顽童朝这枚硬币跑去，拾了起来，把它投进这位歌手的便帽时，嘴里说着：

——喏，大叔。

* * *

凯蒂和布棣·迪达勒斯推开门，走进那狭窄、蒸汽弥漫的厨房。

——你把书当出去了吗？布棣问。

---

1 “为了英国……”和“为……丽人”，出自S. J. 阿诺德作词、J. 布雷厄姆作曲的颂扬独臂英雄为国捐躯的歌曲《纳尔逊之死》。接下去的歌词是：“期待每人今天各尽自己的职责。”

玛吉站在铁灶跟前，两次用搅锅的棍儿把一团发灰的什么杵进冒泡的肥皂水里，然后擦了擦前额。

——他们一个便士也不给，她说。

康米神父走过克朗戈伍斯田野，他那双穿着薄短袜的脚脖子被残茬扎得痒痒的。

——你到哪家去试的？布棣问。

——麦吉尼斯当铺。

布棣跺了跺脚，把书包往桌上一掼。

——别自以为了不起，叫她遭殃去吧！她嚷道。

凯蒂走到铁灶跟前，眯起眼睛凝视着。

——锅里是什么呀？她问。

——衬衫，玛吉说。

布棣气恼地嚷道：

——天哪！难道咱们什么吃的也没有了吗？

凯蒂用自己的脏裙子垫着手，掀开汤锅的盖儿问：

——这里面是什么？

锅里喷出的一股热气就回答她了。

——豌豆汤，玛吉说。

——你打哪儿弄来的？凯蒂问。

——玛丽·帕特里克修女那儿，玛吉说。

打杂的摇了一下铃。

——叮啷啷！

布棣在桌前落座，饿着肚子说：

——端到这儿来。

玛吉把稠糊糊的汤从锅里倒进了碗。坐在布棣对面的凯蒂边用指尖将面包渣塞进嘴里，边安详地说：

——咱们有这么多吃的就蛮好了。迪丽哪儿去啦？

——接父亲去了，玛吉说。

布棣边把面包大块儿大块儿地掰到黄汤里，边饶上一句：

——我们不在天上的父亲……

玛吉边往凯蒂的碗里倒黄汤，边嚷道：

——布棣！别胡说八道！

一叶小舟——揉成一团丢掉的“以利亚来了”，浮在利菲河上，顺流而下。穿过环道桥，冲出桥墩周围翻滚的激流，绕过船身和锚链，从海关旧船坞与乔治码头之间向东漂去。

* * *

桑顿鲜花水果店的金发姑娘正往柳条筐里铺着窸窣作响的纤丝。布莱泽斯·博伊兰递给她一只裹在粉红色薄绉纸里的瓶子以及一个小罐子。

——把这些先放进去，好吗？他说。

——好的，先生，金发姑娘说。上面放水果。

——行，这样挺好，布莱泽斯·博伊兰说。

她把圆滚滚的梨头尾交错地码得整整齐齐，还在夹缝儿里搁上羞红了脸的熟桃。

布莱泽斯·博伊兰脚上蹬着棕黄色新皮鞋，在果香扑鼻的店堂里踱来踱去，拿起那鲜嫩、多汁、带褶纹的水果，又拿起肥大、红艳艳的西红柿，嗅了嗅。

头戴白色高帽的H. E. L. Y'S从他面前列队而行；穿过坦吉尔巷，朝着目的地吃力地走去。

他从托在薄木片上的一簇草莓跟前蓦地掉过身来，由表兜里拽出一块金怀表，将表链抻直。

——你们可以搭电车送去吗？马上？

在商贾拱廊内，一个黑糊糊的背影正在翻看着小贩车上的书[1]。

1　商贾拱廊位于利菲河南岸，从坦普尔酒吧间通到韦林顿码头，廊内有书市，“黑糊糊的背影”指布卢姆。

——先生，管保给你送到。是在城里吗?

——可不，布莱泽斯·博伊兰说。十分钟。

金发姑娘递给他标签和铅笔。

——先生，劳您驾写下地址好吗?

布莱泽斯·博伊兰在柜台上写好标签，朝她推过去。

——马上送去，可以吗?他说。是给一位病人的。

——好的，先生。马上就送，先生。

布莱泽斯·博伊兰在裤兜里摆弄着钱，发出一片快乐的声响。

——要多少钱?他问。

金发姑娘用纤指数着水果。

布莱泽斯·博伊兰朝她衬衫的敞口处望了一眼，小雏儿。他从高脚杯里拈起一朵红艳艳的麝香石竹。

——这是给我的吧?他调情地问。

金发姑娘斜瞟了他一眼，见他不惜花费地打扮，领带稍微歪斜的那副样子，不觉飞红了脸。

——是的，先生，她说。

她灵巧地弯下腰去，数了数圆滚滚的梨和羞红的桃子。

布莱泽斯·博伊兰越发心荡神驰地瞅着她那衬衫敞口处，用牙齿叼着红花的茎，嬉笑着。

——可以用你的电话说句话儿吗?他流里流气地问。

* * *

——不过[1]!阿尔米达诺·阿尔蒂弗尼说。

他隔着斯蒂芬的肩膀，凝视着哥尔德斯密斯[2]那疙疙瘩瘩的脑袋。

两辆满载游客的马车徐徐经过，妇女们紧攥着扶手坐在前面。

1　原文皆为意大利语。

2　指奥利弗·哥尔德斯密斯（1730—1774）的雕像。他是英国诗人、剧作家、小说家，出生在爱尔兰，毕业于都柏林大学三一学院。其雕像即竖在该学院内。

一张张苍白的脸。男子的胳膊坦然地搂着女人矮小的身子。一行人把视线从三一学院移到爱尔兰银行那耸立着圆柱、大门紧闭的门厅。那里，鸽群正咕咕咕地叫着。

——像你这样年轻的时候，阿尔米达诺·阿尔蒂弗尼说。我也曾这么想过。当时我确信这个世界简直像个猪圈。太糟糕啦。因为你这副嗓子……可以成为你的财源，明白吗？然而你在做着自我牺牲[1]。

——不流血的牺牲[2]，斯蒂芬笑眯眯地说。他攥着梣木手杖的中腰，缓慢地轻轻地来回摆动着。

——但愿如此，蓄着口髭的圆脸蛋儿愉快地说。可是，我的话你也听听才好。考虑考虑吧。

从印契科驰来的一辆电车，服从了格拉顿用严厉的石手[3]发出的停车信号。一群隶属于军乐队的苏格兰高原士兵从车上七零八落地下来了。

——我仔细想一想，斯蒂芬说。低头瞥了一眼笔挺的裤腿。

——你这话是当真的吧，呃？阿尔米达诺·阿尔蒂弗尼说。

他用那厚实的手紧紧握住斯蒂芬的手。一双富于人情味的眼睛朝他好奇地凝视了一下，接着就转向一辆驰往多基的电车。

——来啦，匆忙中，阿尔米达诺·阿尔蒂弗尼友善地说。到我那儿去坐坐，再想想吧。再见，老弟。

——再见，大师，斯蒂芬说，他腾出手来掀了掀帽子说。谢谢您啦！

——客气什么，阿尔米达诺·阿尔蒂弗尼说。原谅我，呃？祝你健康！

阿尔米达诺·阿尔蒂弗尼把乐谱卷成指挥棒形，打了打招呼，迈

1　本页字体变换处原文均为意大利语。

2　“不流血的牺牲”是双关语，也可以作弥撒解。古代用羔羊祭祀，耶稣提出用面饼和葡萄酒来代替。

3　亨利·格拉顿（1746—1820），爱尔兰政治家，一七八二年迫使英国给予爱尔兰立法独立运动的领袖。议会大厦（后改为爱尔兰银行大厦）前竖着他的一座塑像，高举右手做辩论的姿势。

开结实耐穿的裤腿去赶搭那趟驶往多基的电车。他被卷进那群身着短裤、裸着膝盖的高原士兵——他们偷偷携带着乐器，正在乱哄哄地拥进三一学院的大门——所以他白跑了一趟，招呼也白打了。

* * *

邓恩小姐把那本从卡佩尔大街图书馆借来的《白衣女》[1]藏在抽屉尽里边，将一张花哨的信纸卷进打字机。

里面故弄玄虚的地方太多了。他爱上了那位玛莉恩没有呢？换上一本玛丽·塞西尔·海依[2]的吧。

圆盘顺着槽溜下去。晃了一阵才停住，朝他们飞上一眼：六。

邓恩小姐把打字机键盘敲得咯嗒咯嗒地响着：

——一九〇四年六月十六日。

五个头戴白色高帽的广告人来到莫尼彭尼商店的街角和还不曾竖立沃尔夫·托恩[3]雕像的石板之间，他们那H. E. L. Y'S的蜿蜒队形就掉转过来，拖着沉重的脚步沿着原路走回去。

随后，她定睛望着专门扮演轻佻风骚角色的漂亮女演员玛丽·肯德尔的大幅海报，慵懒地倚在桌上，在杂记本上胡乱涂写几个十六和大写的字母S。芥末色的头发。抹得花里胡哨的脸颊。她并不俊俏，对吗？瞧她捏着裙角那副样子！我倒想知道，那个人今晚到不到乐队去。我要是能叫裁缝给我做一条苏西·内格尔那样的百褶裙该有多好。走起来多有气派。香农和划船俱乐部里所有那些时髦人物的眼睛简直都离不开她了。真希望他今天不要把我一直留到七点。

电话铃在她耳边猛地响了起来。

1　《白衣女》是英国神秘小说家威尔基·科林斯（1824—1889）所著惊险小说。

2　玛丽·塞西尔·海依（1840—1886），女作家，主要写言情小说。

3　西奥博尔德·沃尔夫·托恩（1763—1798），爱尔兰共和主义者。一七九二年，在都柏林召开天主教徒代表大会，强迫议会通过天主教徒解救法案。一七九八年他率领三千士兵发动抗英革命，失败后被捕。即将被处绞刑前，自杀身死。一百年后，爱尔兰人着手在格拉夫顿街对面的圣斯蒂芬草坪上为其竖立雕像。但台座竣工后，便搁置下来。

——喂！对，先生。没有，先生。是的，先生。五点以后我给他们打电话。只有那两封——一封寄到贝尔法斯特，一封寄到利物浦。好的，先生。那么，如果您不回来，过六点我就可以走了吧。六点一刻。好，先生。二十七先令六。我会告诉他的。对，一镑七先令六。

她在一个信封上潦草地写下三个数字。

——博伊兰先生！喂！《体育报》那位先生来找过您。对，是利内翰先生。他说，四点钟他要到奥蒙德饭店去。没有，先生。是的，先生。过五点我给他们打电话。

* * *

两张粉红色的脸借着小小火把的光亮出现了。

——谁呀？内德·兰伯特问。是克罗蒂吗？

——林加贝拉和克罗斯黑文，正在用脚探着路的一个声音说。

——嘿，杰克，是你吗？内德·兰伯特说着。在摇曳的火光所映照的拱顶下，扬了扬软木条打着招呼。过来吧，当心脚底下。

教士高举着的手里所攥的涂蜡火柴映出一道长长的柔和火焰燃尽了，掉了下去。红色斑点在他们脚跟前熄灭，周围弥漫着发霉的空气。

——多有趣！昏暗中一个文雅的口音说。

——是啊，神父，内德·兰伯特热切地说。如今咱们正站在圣玛丽修道院的会议厅里。这是一个有历史意义的遗迹。一五三四年，绢饰骑士托马斯[1]就是在这里宣布造反。这是整个都柏林最富于历史意义的地方了。关于这事，总有一天奥马登·勃克会写点什么的。合并[2]以前，老爱尔兰银行就在马路对面。犹太人的圣殿原先也设在这儿。后来他们

1　绢饰骑士托马斯，参看第69页注释4。

2　英国政府以收买选票等手段取得多数，于一八〇〇年八月一日通过了合并条约，使大不列颠（英格兰和苏格兰）和爱尔兰以联合王国的名义结合在一起。于是，爱尔兰议会并入英国议会，尔后爱尔兰银行即迁入原议会大厦。

在阿德莱德路盖起了自己的会堂。杰克，你从来没到这儿来过吧？

——没有过，内德。

——他是骑马沿着戴姆人行道来的，那个文雅的口音说。倘若我没记错的话，基尔代尔一家人的宅第就在托马斯大院里。

——可不是嘛，内德·兰伯特说。一点儿也不错，神父。

——承蒙您的好意，教士说，下次可不可以允许我……

——当然可以，内德·兰伯特说。什么时候您高兴，就尽管带着照相机来吧。我会叫人把窗口那些口袋清除掉。您可以从这儿，要么从这儿照。

他在宁静的微光中踱来踱去，用手中的木条敲敲那一袋袋堆得高高的种子，并指点着地板上取景的好去处。

一张长脸蛋上的胡子和视线，都落在一方棋盘上。

——深深感谢，兰伯特先生，教士说。您的时间宝贵，我不打扰了……

——欢迎您光临，神父，内德·兰伯特说。您愿意什么时候光临都行。比方说，下周吧。瞧得见吗？

——瞧得见，瞧得见。那么我就告辞了。兰伯特先生。见到您，我十分高兴。

——我才高兴呢，神父，内德·兰伯特回答。

他把来客送到出口，随手把木条旋转着掷到圆柱之间。他和杰·杰·奥莫洛伊一道慢悠悠地走进玛丽修道院街。那里，车夫们正往一辆辆平板车上装着一麻袋一麻袋角豆面和椰子粉，韦克斯福德的奥康内尔。

他停下脚步来读手里的名片。

——休·C. 洛夫神父，拉思科非[1]。现住：萨林斯[2]的圣迈克尔教堂。一个蛮好的年轻人。他告诉我，他正在写一本关于菲茨杰拉德家

1　指拉思科非的一座隐修院。

2　萨林斯是都柏林西南十八英里的一座镇子。

族[1]的书。他对历史了如指掌，的的确确。

那个年轻姑娘仔细缓慢地将巴在她那轻飘飘的裙子上的一截小树枝摘掉。

——我还只当你在策划另一次火药阴谋[2]呢，杰·杰·奥莫洛伊说。

内德·兰伯特用手指在空中打了个响榧子。

——唉呀！他失声叫道。我忘记告诉他基尔代尔伯爵[3]放火烧掉卡舍尔大教堂后所说的那番话了。你晓得他说了什么吗？**我干了这档子事实在觉得过意不去**，他说。**然而天主在上，我确实以为大主教正在里面呢**。不过，他也许并不爱听。什么？天哪，不管怎样，我也得告诉他。这就是伟大的伯爵，**大**[4]菲茨杰拉德。他们统统是火暴性子，杰拉德家族这些人。

当他走过去时，挽具松了的那些马受了惊，一副紧张的样子。他拍了拍挨着他的那匹花斑马的颤抖的腰腿，喊了声：

——吁！好小子！

他掉过脸来问杰·杰·奥莫洛伊：

——呃，杰克。什么事呀？遇到什么麻烦啦？等一会儿。站住。

他张大了嘴，脑袋使劲朝后仰着，凝然不动地站住，旋即大声打了个喷嚏。

——哈哧！他说。该死！

——都怪这些麻袋上的灰尘，杰·杰·奥莫洛伊彬彬有礼地说。

—— 不是，内德·兰伯特气喘吁吁地说。我着了……凉，前天……该死……前天晚上……而且，那地方的贼风真厉害……

他拿好手绢，准备着打下一个……

1　菲茨杰拉德家族是十二世纪初英裔爱尔兰望族，基尔代尔伯爵这一支尤其显赫。

2　火药阴谋指一六〇五年英国天主教徒在地窖里埋下炸药，企图炸毁议会，炸死英王詹姆斯一世的案件。这个计划未遂，全体参与者均被击毙或处决。从此，天主教徒越发遭到迫害。

3　第八代基尔代尔伯爵（1456—1513）杰拉德·菲茨杰拉德于一四九五年与克雷大主教闹翻，纵火烧掉了卡舍尔大教堂。

4　原文是爱尔兰语。

——今天早晨……我到……葛拉斯涅文去了……可怜的小……他叫什么来着……哈哧！……摩西他娘啊！

* * *

穿深红色背心的汤姆·罗赤福特手托一摞圆盘，顶在胸前，另一只手拿起最上面的那个。

——瞧，他说。比方说，这是第六个节目。从这儿进去，瞧。眼下节目正在进行。

他把圆盘塞进左边的口子给他们看。它顺着槽溜下去，晃了一阵才停住，朝他们飞上一眼：六。

当年的律师趾高气扬，慷慨陈词。他们看见里奇·古尔丁携带着古尔丁—科利斯—沃德律师事务所的账目公文包，从统一审计办公室一路走到民事诉讼法庭。然后听到一位上了岁数的妇女身穿宽大的丝质黑裙，窸窸窣窣地走出高等法院海事法庭，进了上诉法庭，她面上泛着半信半疑的微笑，露出假牙。

——瞧，他说。瞧，我最后放进去的那个已经到这儿来了：节目结束。冲击力。杠杆作用。明白了吗？

他让他们看右边那越摞越高的圆盘。

——高明的主意，大鼻子弗林抽着鼻孔说。那么来晚了的人就能知道哪个节目正在进行，哪些已经结束了。

——瞧明白了吧？汤姆·罗赤福特说。

他自己塞进了一个圆盘：望着它溜下去，晃动，飞上一眼，停住：四。正在进行的节目。

——我这就到奥蒙德饭店去跟他见面，利内翰说。探探口气。好心总会有好报。

——去吧，汤姆·罗赤福特说。告诉他，我等博伊兰都等急啦。

——晚安，麦科伊抽冷子说。当你们两个人着手干起来的时候……

大鼻子弗林朝那杠杆弯下身去，嗅着。

——可是这地方是怎么活动的呢，汤米？他问道。

——吐啦噜[1]，利内翰说。回头见。

他跟着麦科伊走了出去，穿过克兰普顿大院的小方场。

——他是个英雄，他毫不迟疑地说。

——我晓得，麦科伊说。你指的是排水沟吧。

——排水沟？利内翰说，是阴沟的检修口。

他们走过丹·劳里游艺场，专演风骚角色的妩媚女演员玛丽·肯德尔从海报上朝他们投以画得很蹩脚的微笑。

他们来到锡卡莫街，沿着帝国游艺场旁的人行道走着，利内翰把事情的来龙去脉讲给麦科伊听。有个阴沟口，就像那讨厌的煤气管一样，卡住了一个可怜的家伙。阴沟里的臭气已把他熏个半死。汤姆·罗赤福特连那件经纪人背心也来不及脱，身上系了根绳子，就不顾一切地下去了。还真行，他用绳子套住那可怜的家伙，两个人就都给拽了上来。

——真是英雄的壮举，他说。

在海豚饭店跟前他们站住了，好让急救车从他们身边驰过，直奔杰维斯街。

——这边走，他一面朝右边走一面说。我要到莱纳姆那儿去瞧瞧权杖[2]的起价。你那块带金链儿的金表几点啦？

麦科伊窥伺了一下马库斯·特蒂乌斯·摩西那幽暗的办事处，接着又瞧了瞧奥尼尔茶叶店的挂钟。

——三点多啦，他说。谁骑权杖？

——奥马登，利内翰说。那是匹精神十足的小母马。

在圣殿酒吧前等候的时候，麦科伊躲开一条香蕉皮，然后用脚尖把它轻轻挑到人行道的阴沟里去。谁要是喝得烂醉黑咕隆咚地走到这儿，会很容易就摔个跟头。

1　吐啦噜是一首歌的叠句，参看第5章第1段。

2　权杖是参加阿斯科特赛马会的一匹马。

为了让总督出行的车马经过，车道前的大门敞开了。

——一博一，利内翰回来说。我在那儿碰见了班塔穆·莱昂斯。他打算押一匹别人教给他的破马，它压根儿就没有过赢的希望。打这儿穿过去。

他们拾级而上。在商贾拱廊内，一个黑糊糊的背影正在翻阅着小贩车上的书。

——他在那儿呢，利内翰说。

——不晓得他在买什么，麦科伊说着，回头瞥了一眼。

——《利奥波德或稞麦花儿开》[1]，利内翰说。

——他是买减价书的能手，麦科伊说。有一天我和他在一起，他在利菲街花两先令从一个老头那儿买了一本书。里面有精彩的图片，足足值一倍钱。星星啦，月亮啦，带长尾巴的彗星啦。是一部关于天文学的书。

利内翰笑了。

——我讲给你听一个关于彗星尾巴的极有趣儿的故事，他说。——站到太阳地儿来。

他们横过马路来到铁桥跟前，沿着河堤边的惠灵顿码头走去。

少年帕特里克·阿洛伊修斯·迪格纳穆拿着一磅半猪排，从曼根的（原先是费伦巴克的）店里走了出来。

——那一次格伦克里的感化院举行了盛大的宴会，利内翰起劲地说。要知道，那是一年一度的午餐会。得穿那种浆洗得笔挺的衬衫。市长大人出席了——当时是维尔·狄龙。查尔斯·卡梅伦爵士和丹·道森讲了话，还有音乐。巴特尔·达西演唱了，还有本杰明·多拉德……

——我晓得，麦科伊插了嘴。我太太也在那儿唱过一次。

1　《稞麦花儿开》是爱德华·费茨勃尔作词、亨利·比舍普（1786—1855）配曲的一首歌名。原来有个副标题叫“我可爱的简”。这里把“利奥波德”改成正标题，“稞麦花儿开”改成副标题，以便把利奥波德·布卢姆连名带姓套用。取Bloom（布卢姆）与“花儿开”的双关之意。

——是吗？利内翰说。

一张写有“房间出租，自备家具”字样的牌子，又出现在埃克尔斯街七号的窗框上。

他把话打住片刻，接着又呼哧呼哧地喘着气笑开了。

——等等，容我来告诉你，他说。卡姆登街的德拉亨特包办酒菜，鄙人是勤杂司令。布卢姆夫妇也在场。我们供应的东西可海啦：红葡萄酒、雪利酒、陈皮酒，我们也十分对得起那酒，放开量畅饮一通。喝足了才吃：大块的冷冻肘子有的是，还有百果馅饼……

——我晓得，麦科伊说。那一年我太太也在场……

利内翰兴奋地挽住他的胳膊。

——等一等，我来告诉你，他说。寻欢作乐够了，我们还吃了一顿夜宵。当我们走出来时，已经是第二天的凌晨几点啦。回家的路上翻过羽床山，好个出色的冬夜啊，布卢姆和克里斯·卡利南坐在马车的一边，我和他太太坐另一边。我们唱起来了，无伴奏的男声合唱，二重唱。**看啊，清晨的微曦**[1]。她那肚带下面灌满了德拉亨特的红葡萄酒。那该死的车子每颠簸一次，她都撞在我身上。那真开心到家啦！她那一对儿可真棒，上主保佑她。像这样的。

他凹起掌心，将双手伸到胸前一腕尺的地方，蹙着眉头说。

——我不停地为她把车毯往腿下掖，并且整一整她披的那条裘皮围巾。明白我的意思吗？

他用两只手在半空比画出丰满曲线的造型。他快乐得双目紧闭，浑身蜷缩着，嘴里吹出悦耳的小鸟啁啾声。

——反正那小子直挺挺地竖起来了，他叹了口气说。没错儿，那娘儿们是个浪母马。布卢姆把天上所有的星星和彗星都指给克里斯·卡利南和车把式看：什么大熊座啦，武仙座啦，天龙座啦，和其他繁星。可是，对上主发誓，我可以说是身心都沉浸在银河里了。说

1　“看啊……曦”一语出自迈克尔·威廉·巴尔夫所作歌剧《围攻罗切尔》(1835)第1幕中的四重唱（不是二重唱）。

真格的，他全都认得出。她终于找到一颗很远很远一丁点儿大的小不点儿。“**那是什么星呀，勃尔迪？**”她说，上主啊，她可给布卢姆出了个难题。“**那一颗吗？**”克里斯·卡利南说，“**没错儿，那说得上是个小针眼儿**[1]。”哎呀，他说的倒是八九不离十。

利内翰停下脚步，身倚河堤，低声笑得上气不接下气。

——我实在支持不住啦，他气喘吁吁地说。

麦科伊那张白脸不时地对此泛出一丝微笑，随即神情又变得严肃起来。利内翰又往前走着。他摘下游艇帽，匆匆地挠挠后脑勺。沐浴在阳光下，他斜睨了麦科伊一眼。

——他真是有教养有见识的人，布卢姆是这样的一位，他一本正经地说。他不是你们那种凡夫俗子……要知道……老布卢姆身上有那么一股艺术家气质。

* * *

布卢姆先生漫不经心地翻着《玛丽亚·蒙克的骇人秘闻》[2]，然后又拿起亚里士多德的《杰作》。印刷得歪七扭八，一塌糊涂。插图有：胎儿蜷缩在一个个血红的子宫里，恰似屠宰后的母牛的肝脏。如今，全世界到处都是。统统想用脑壳往外冲撞。每一分钟都会有娃娃在什么地方诞生。普里福伊太太。

他把两本书都撂在一旁，视线移到第三本上：利奥波德·封·扎赫尔-马索赫所著《犹太人区的故事》[3]。

1　原文作pinprick，有的注家说：此词含有“小小的阴茎”之意。

2　《玛丽亚·蒙克的骇人秘闻》(纽约，1836)是一部揭露加拿大蒙特利尔一座天主教修女院内幕的书。内容纯属捏造。出版后，查明作者并非像本人所宣称的那样是从修女院里逃出来的，但并未影响此书的销路。下文中的《杰作》是十七、十八世纪流行于英国的一本关于性的伪科学书，伪称为亚里士多德所著。

3　利奥波德·封·扎赫尔-马索赫(1836—1895)，奥地利小说家，以描写色情受虐狂的变态心理著称。受虐狂(masochism)一词即源于他的姓(Masoch)。《犹太人区的故事》(芝加哥，1894)的主旨是反对迫害犹太人。

——这本我读过，他说着，把它推开。

书摊老板另撂了两本在柜台上。

——这两本可好咧，他说。

隔着柜台，一股葱头气味从他那牙齿残缺不全的嘴里袭来。他弯下腰去，将其余的书捆起来，顶着没系纽扣的背心摞了摞，然后就抱到肮里肮脏的帷幕后面去了。

奥康内尔桥上，好多人在望着舞蹈等课程的教师丹尼斯·杰·马金尼先生。他一派端庄的仪态，却穿着花里胡哨的服装。

布卢姆独自在看着书名。詹姆斯·洛夫伯奇[1]的《美丽的暴君们》。晓得是哪一类的书。有过吧？有过。

他翻了翻。果不其然。

从肮里肮脏的帷幕后面传出来女人的嗓音。听：那个男人。

不行，这么厉害的不会中她的意。曾经给她弄到过一本。

他读着另一本的书名：《偷情的快乐》。这会更合她的胃口。拿来看看。

他随手翻到一页就读起来：

> ——她丈夫给她的那一张张一元钞票，她都花在店铺里那些华丽的长衫和昂贵无比的镶有褶边的裙子上了。为了他！为了拉乌尔[2]！对。就这一本。怎么样？试试看。
>
> ——她的嘴紧紧嘬住他的嘴，淫亵放荡地狂吻着；他呢，这当儿把双手伸进她的衫襟，去抚摩她那丰满的曲线。

对。就要这一本吧。它的结尾是：

1　洛夫伯奇（Lovebirch）一名，由爱（love）和桦枝（birch）二词组成。桦枝一般用来体罚学童。因此，以受虐狂为主题的小说作者喜用这个笔名。

2　拉乌尔是《偷情的快乐》一书之女主人公的情人。后文中的“曲线”，原文为法语。

——你来迟了，他嗓音嘎哑地说。用炯炯的怀疑目光瞪着她。

那位美女把她那镶边的貂皮大氅脱下来甩在一边，裸露出王后般的双肩和一起一伏的丰腴魅力。她安详地朝他掉转过来，无比可爱的唇边泛着一丝若隐若现的微笑。

布卢姆先生又读了一遍：那位美女……

一股暖流悄悄地浸透他全身，震慑着他的肉体。在揉皱了的衣服里面，肉体彻头彻尾地屈服了。眼白神魂颠倒般地往上一翻。他的鼻孔像是在寻觅猎物一般拱了起来。涂在乳房上的油膏（为了他！为了拉乌尔！）融化了。腋窝下的汗水发出葱头般的气味。鱼胶般的黏液（她那一起一伏的丰腴魅力！）摸摸看！按一按！粉碎啦！两头狮子那硫磺气味的粪！

青春！青春！

一位上了岁数、不再年轻的妇女正从大法院、高等法院、税务法庭和高级民事法院共用的大厦里踱了出来。她刚在大法官主持的法庭里旁听了波特顿神经错乱案；在海事法庭上聆听了“凯恩斯夫人号”船主们对“莫纳号”三桅帆船船主们一案的申诉以及当事者一方的辩解；在上诉法庭，倾听了法庭所做关于暂缓审判哈维与海洋事故保险公司一案的决定。

一阵含痰的咳嗽声在书摊的空气中回荡着，把肮里肮脏的帷幕都震得鼓鼓的。摊主咳嗽着走出来了。他那灰白脑袋不曾梳理过，涨红了的脸也没刮过。他粗鲁地清着喉咙，往地板上吐了口黏痰。然后，伸出靴子来踩住自己吐出的，并且弯下腰去，用靴底蹭了蹭。这样，就露出他那剩下没几根毛的秃瓢。

布卢姆先生望到了。

他抑制着恶心的感觉，说：

——我要这一本。

摊主抬起那双被积下的眼屎弄得视力模糊的眼睛。

——《偷情的快乐》，他边敲着书边说。这是本好书。

* * *

站在狄龙拍卖行门旁的伙计又摇了两遍手铃，并且对着用粉笔做了记号的大衣柜镜子照了照自己这副尊容。

待在人行道边石上的迪丽·迪达勒斯听到铃声和里面拍卖商的吆喝声。四先令九。那些可爱的帘子。五先令。使人感到舒适的帘子。新的值两畿尼哪。五先令还有加的吗？五先令成交啦。

伙计举起手铃摇了摇：

——当啷！

最后一圈的铃声响起时，这半英里自行车赛的选手们冲刺起来。J. A. 杰克逊、W. E. 怀利、A. 芒罗和H. T. 加恩，都伸长了脖子，东摇西摆，巧妙地驰过了学院图书馆旁的弯道。

迪达勒斯先生捋着长长的八字胡，从威廉斯横街拐了过来。他在女儿身边停下脚步。

——来得正是时候，她说。

——求求你啦，站直了吧，迪达勒斯先生说。难道你想学你那吹短号的约翰舅舅，把脑袋缩在肩膀上吗？瞧你这副样子！

迪丽耸了耸肩。迪达勒斯先生双手按住她的肩膀往后扳。

——站得直直的，丫头，他说。不然你会害上脊椎弯曲病的。你晓得自己像个什么样儿吗？

他蓦地垂下脑袋，往前一伸，并拱起肩，把下颌向下一耷拉。

——别这样，爹，迪丽说。大家都在望着你哪。

迪达勒斯先生直起身子，又去捋他那八字胡。

——你弄到点钱了吗？迪丽问。

——我上哪儿弄钱去？迪达勒斯先生说。在都柏林，没人肯借给我四便士。

——你准弄到了点儿，迪丽盯着他的眼睛说。

——你怎么晓得？迪达勒斯先生用舌头顶着腮帮子说。

克南先生对自己揽到的这笔订货踌躇满志，正沿着詹姆斯大街高视阔步。

——我晓得你弄到啦，迪丽回答说。刚才你待在苏格兰酒家里来着吧?

——我没去呀，迪达勒斯先生笑吟吟地说。是那些小尼姑把你教得这么调皮吧？拿去。

他递给她一先令。

——看看这够你顶什么用的，他说。

——我猜你准弄到了五先令，迪丽说。再给我点儿吧。

——等一会儿，迪达勒斯先生用恐吓的口吻说。你跟那几个都是一路货，对吧？自从你们那可怜的妈咽气以后，你们就成了一帮不知天高地厚的小母狗啦。可是等着瞧吧。迟早我会把你们彻头彻尾摆脱掉的。满口下流的脏话！我会甩掉你们的。哪怕我硬挺挺地抻了腿儿，你们也无动于衷。说什么：他死啦，楼上那家伙咽气啦。

他撇下她，往前走去。迪丽赶忙跟上去，拽住他的上衣。

——喂，干吗呀？他停下脚步来说。

伙计在他们背后摇铃。

——当啷啷！

——叫你这吵吵闹闹的混账家伙挨天罚！迪达勒斯先生掉过身去冲他嚷着。

伙计意识到这话是朝他来的，就很轻很轻地摇着那耷拉下来的铃舌。

——当！

迪达勒斯先生狠狠地盯了他一眼。

——瞧瞧这个人，他说。真有点儿意思。我倒想知道他还让不让咱们说话啦。

——爹，你弄到的钱不止这么些，迪丽说。

——我要玩个小花招儿给你们看，迪达勒斯先生说。我要撇下你们这一帮，就像当年耶稣撇下犹太人那样。瞧，我统共只有这么多。我从杰克·鲍尔那儿弄到了两先令，为了参加葬礼，还花两便士刮了一下脸。

他局促不安地掏出一把铜币。

——难道你不能从什么地方寻摸俩钱儿来吗？迪丽说。

迪达勒斯先生沉吟了一阵，点了点头。

——好吧，他认认真真地说。我是沿着奥康内尔大街的明沟一路寻摸过来的。这会子我再去这条街试试看。

——你滑稽透了，迪丽说。她笑得露出了牙齿。

——喏，说着。迪达勒斯先生递给她两便士，去弄杯牛奶喝，再买个小圆甜面包什么的。我马上就回家。

他把其他硬币揣回兜里，继续往前走。

总督的车马队在警察卑躬屈膝的敬礼下，穿过公园大门。

——你准还有一先令，迪丽说。

伙计把铃摇得山响。

迪达勒斯先生在一片喧嚣中走开了。他噘起嘴来轻声喃喃自语着：

——小尼姑们！有趣的小妞儿们！噢，她们准不会帮忙的！噢，她们确实不会帮的！是小莫妮卡修女[1]吧！

* * *

克南先生从日晷台走向詹姆斯门，异常得意自己从普尔布鲁克·罗伯逊那儿揽到的订货，沿着詹姆斯大街高视阔步地走过莎克尔顿面粉公司营业处。总算把他说服了。您好吗，克里敏斯[2]先生？好极啦，先生。我还担心您到平利科那另一家公司去了呢。生意怎么样？对付着糊口罢咧。这天气多好哇。可不是嘛。对农村是再好不过嘞。那些庄稼汉总是发牢骚。给我来一点点您上好的杜松子酒吧，克里敏斯先生。一小杯杜松子酒吗，先生？是的，先生。“斯洛克姆将军”

1　按：迪达勒斯家附近有一座由天主教修女经管的莫妮卡寡妇救济院。

2　威廉·克里敏斯实有其人，是茶叶和酒类的批发商。这里，克南正向他兜售茶叶。

号爆炸事件太可怕啦。可怕呀，可怕呀！死伤一千人。一派惨绝人寰的景象。一些汉子把妇女和娃娃都踩在脚底下。简直是禽兽。关于肇事原因，他们是怎么说来着？说是自动爆炸。暴露出来的情况真令人震惊。水上竟然没有一只救生艇，水龙带统统破裂了。我简直不明白，那些检验员怎么竟允许像那样一艘船……喏，您说得有道理，克里敏斯先生。您晓得个中底细吗？行了贿呗。是真的吗？毫无疑问。嗯，瞧瞧吧。还说美国是个自由的国度哩。我本来以为糟糕的只是咱们这里呢。

我对他笑了笑。美国嘛，我像这样安详地说。这又算得了什么？这是从包括敝国在内的各国扫出来的垃圾。不就是这么回事吗？确实是这样的。

贪污，我亲爱的先生。喏，当然喽，只要金钱在周转，必定就会有人把它捞到手。

我发现他在打量我的大礼服。人就靠服装。再也没有比体面的衣着更起作用的了。能够镇住他们。

——你好，西蒙，考利神父说。近来怎么样？

——你好，鲍勃，老伙计，迪达勒斯先生停下脚步，回答说。

克南先生站在理发师彼得·肯尼迪那面倾斜的镜子前梳妆打扮了一番。毫无疑问，这是件款式新颖的上衣。道森街的斯科特[1]。我付了尼亚利半镑钱，蛮值得。要是定做一件的话，起码也得三畿尼。穿着别提有多么可身。原先多半是基尔代尔街俱乐部[2]哪位花花公子的。昨天在卡莱尔桥上，爱尔兰银行经理约翰·穆利根用锐利的目光好盯了我两眼，他好像认出了我似的。

哎嘿！在这些人面前就得讲究穿戴。马路骑士[3]。绅士。就这么样，克里敏斯先生，希望以后继续光顾。俗话说得好：这是使人提神

1　斯科特是都柏林的一家高级服装店。

2　基尔代尔街俱乐部是当时都柏林首屈一指的英裔爱尔兰人俱乐部。

3　马路骑士一语出自同名喜歌剧（都柏林，1891），珀西·弗伦奇作词，豪斯顿·科利斯顿配曲。这里是双关语，既作拦路贼解，又含有流动推销员的意思。

而又不醉的饮料[1]。

北堤和布满了一个个船体、一条条锚链的约翰·罗杰森[2]爵士码头；一叶小舟——揉成一团丢下去的传单，在摆渡驶过后的尾流中颠簸着，向西漂去了。以利亚来了。

克南先生临别对镜顾影自怜。脸色黑红，当然喽。花白胡髭。活像是曾在印度服役回国的军官。他端着膀子，迈着戴鞋罩的脚，雄赳赳地移动那矮粗身躯。马路对面那人是内德·兰伯特的弟弟萨姆吧？怎么？是的。可真像他哩。不对，是那边阳光底下那辆汽车的挡风玻璃，那么一闪。活脱儿像是他。

哎嘿！含杜松液的烈酒使他的内脏和呼出来的气都暖烘烘的。那可是一杯好杜松子酒。肥肥胖胖的他，大摇大摆地走着，燕尾礼服随着他的步伐在骄阳下闪闪发光。

埃米特[3]就是在前面那个地方被绞死的，掏出五脏六腑之后还肢解。油腻腻、黑魆魆的绳子。当总督夫人乘双轮马车经过的时候，几只狗正在街上舔着鲜血哩。

那可是邪恶横行的时代。算啦，算啦。过去了，总算结束啦。又都是大酒鬼。个个能喝上四瓶。

我想想看。他是葬在圣迈肯教堂的吗？啊不，葛拉斯涅文倒是在午夜里埋过一次。尸体是从墙上的一道暗门弄进去的。如今迪格纳穆就在那儿哩。像是被一阵风卷走的。哎呀呀。不如在这儿拐个弯。绕点儿路吧。

克南先生掉转了方向。从吉尼斯啤酒公司接待室的拐角，沿着华特灵大道的下坡路走去。都柏林制酒公司的栈房外面停着一辆游览车，既没有乘客，也没有车把式，缰绳系在车轱辘上。这么做，好险呀。准是从蒂珀雷里[4]来的哪个笨蛋在拿市民的命开玩笑。倘若马脱了

---

1 饮料，指茶。

2 北堤位于利菲河东口入海处的北岸，隔河与爵士码头遥遥相对。

3 埃米特，参看第163页注释2。

4 蒂珀雷里是都柏林西南七十八英里处的城镇。

缰呢？

丹尼斯·布林夹着他那两部大书，在约翰·亨利·门顿的事务所等了一个小时。然后腻烦了，就带着妻子踱过奥康内尔桥，直奔考立斯—沃德法律事务所。

克南先生来到岛街附近了。那是多事之秋。得向内德·兰伯特借借乔纳·巴林顿[1]爵士回忆录。回首往事，回忆录读来就把过去的一切都井井有条地排列起来。在达利俱乐部赌博来着。当时还不兴玩牌时作弊。其中一个家伙被人用匕首把手钉在牌桌上了。爱德华·菲茨杰拉德勋爵[2]就是在这左近甩掉塞尔少校，逃之夭夭的。莫伊拉邸后面的马厩[3]。

那杜松子可真是好酒。

那是个英姿潇洒的贵公子。当然是出自名门喽。那个恶棍，那戴紫罗兰色手套的冒牌乡绅，把他出卖了。当然他们站到错误的一边。他们是在黑暗邪恶的日子里挺身而出的。那是一首好诗，英格拉姆[4]作的。他们是君子。那首歌谣本·多拉德唱起来确实感人。天衣无缝的表演。

罗斯包围战，我爹勇捐躯[5]。

一队车马从从容容地走过彭布罗克码头[6]，骑在马上簇拥着车辆的

1　乔纳·巴林顿（1760—1834），爱尔兰法律家、历史学家，著有《爱尔兰历史回忆录》（上卷1809，下卷1833）和《当代个人见闻录》（1827—1832）二书。

2　爱德华·菲茨杰拉德勋爵（1763—1798），一七九八年爱尔兰抗英革命的主要策划者。革命之前，他的同盟者被捕。他也在激烈的战斗中受伤，躲藏起来。一天，他在岛街附近甩掉追捕者都柏林市驻军军官亨利·查尔斯·塞尔少校，逃到他的支持者尼古拉斯·墨菲家里。但由于弗朗西斯·希金斯告密，次日仍被捕。后因伤势过重死于狱中。

3　菲茨杰拉德于逃亡期间，曾在友人莫伊拉伯爵（1754—1824）家后面的马厩里与妻子帕梅拉相会。

4　约翰·凯尔斯·英格拉姆。“他们在黑暗邪恶的日子里挺身而出”引自英格拉姆为了纪念一七九八年起义而作的《纪念死者》（1843）一诗。该诗首句是：“谁害怕谈到一七九八年？”

5　引自歌谣《推平头的小伙子》。罗斯是爱尔兰东南部的镇子。信天主教的爱尔兰农民起义军在一七九八年六月五日的罗斯包围战中被英军击溃。

6　克南正走在华特灵大道上，隔着利菲河可以望到北岸的彭布罗克码头。

侍卫们，在鞍上颠簸着，颠簸着。大礼服。嫩黄色的旱伞。

克南先生匆匆朝前赶去，一路气喘吁吁。

总督阁下！糟糕透啦！刚好失之交臂。真该死！太可惜啦！

* * *

斯蒂芬·迪达勒斯隔着罩了铁丝网的窗户，注视着宝石匠的手指在检验一条被岁月磨乌了的链子。尘土像丝网般密布在窗户和陈列盘上。指甲酷似鹰爪的勤劳的手指，也给尘土弄得发暗了。一盘盘颜色晦暗的青铜丝和银丝，菱形的朱砂、红玉以及那些带鳞状斑纹的和绛色的宝石上，都蒙着厚厚的积尘。

这些统统产于黑暗而蠕动着蚯蚓的土壤。火焰的冰冷颗粒，不祥之物，在黑暗中发光。沉沦的大天使把他们额上的星星丢在这儿了。满是泥泞的猪鼻子啊，手啊，又是拱，又是掘，把它们紧紧攥住，吃力地弄到手里。

这里，橡胶与大蒜一道燃着。在一片昏暗中，她翩翩起舞。一个留着赤褐色胡子的水手，边呷着大酒杯里的甘蔗酒，边盯着她。长期的航海生涯不知不觉地使他淫欲旺盛起来。她跳啊蹦啊，扭动着她那母猪般的腰腿和臀部。卵状红玉在肥大的肚皮上摆动着。

老拉塞尔又用一块污迹斑斑的麂皮揩拭出宝石的光泽，把它旋转一下，举到摩西式长胡子梢那儿去端详。猴爷爷贪婪地盯着偷来的珍藏。

而你这个从墓地刨出古老形象的人，又当如何？诡辩家的狂言谵语：安提西尼。推销不出去的学识。光辉夺目、长生不朽的小麦，从亘古到永远。

两个老妪刚刚被含有潮水气味的风吹拂了一阵。她们拖着沉重的脚步沿着伦敦桥路穿过爱尔兰区，一个握着巴满沙子的破旧雨伞，另一个提着产婆用的手提包，里面滚动着十一只蛤蜊。

电力站发出的皮带旋转的噼噼啪啪声以及发电机的隆隆声催促着斯

蒂芬赶路。无生命的生命。等一等！外界那无休止的搏动和内部这无休止的搏动。你咏唱的是你那颗心。我介于它们之间？在哪儿？就在两个喧哗、回旋的世界之间——我。砸烂它们算了，两个都砸烂。可是一拳下去，把我也打昏过去吧。谁有力气，尽管把我砸烂了吧。说来既是老鸨，又是屠夫。且慢！一时还定不下来。四下里望望再说。

对，真是这样。大极了，好得很，非常准时[1]。先生，你说得不错。在星期一早晨。正是正是[2]。

斯蒂芬边顺着贝德福德横街走去，边用梣木手杖的柄嗑打着肩胛骨。克罗希赛书店橱窗里一幅一八六〇年晒印的褪了色的版画吸引了他的目光。那是希南对塞耶斯的拳击比赛[3]。头戴大礼帽的助威者瞪大了眼睛站在圈了绳子的拳击场周围。两个重量级拳击手穿着紧身小裤衩，彼此把球茎状的拳头柔和地伸向对方。然而它们——英雄们的心脏——正在怦怦直跳。

他掉过身去，在斜立着的书车跟前站了下来。

——两便士一本，摊主说。六便士四本。

净是些破破烂烂的。《爱尔兰养蜂人》《阿尔斯教士传记及奇迹》《基拉尼导游手册》。

兴许能在这儿找到一本我在学校获得后又典当了的奖品。**年级奖：奖给优等生斯蒂芬·迪达勒斯**[4]。

康米神父已诵读完了九时课，他边喃喃地做着晚祷，边穿过唐尼卡尼小村。

装帧好像太讲究了，这是什么书啊？《摩西经书》第八、第九卷。

1　“大……准时”，这时斯蒂芬正经过威廉·沃尔什的钟表店，它坐落在贝德福德路上，门牌一号。

2　前文中斯蒂芬以嘲弄的态度对待天主和宇宙。眼下他经过钟表店，感到宇宙运行得就像钟表一般准时。然而他不去直截了当地表达这一心情，却借用了哈姆莱特为了装疯卖傻，故意说给波洛涅斯听的“你说得……正是”这句话。见《哈姆莱特》第2幕第2场。

3　一八六〇年四月，英国拳击手汤姆·塞耶斯（1826—1865）在英国汉普郡法恩伯勒迎战美国拳击手约翰·希南（1833—1873），争夺国际冠军。经两小时四十二个回合后，眼看希南即将获胜。然而观众冲上比赛台，裁判员只得判这场比赛为平局，双方并列冠军。

4　原文为拉丁文。

大卫王的御玺[1]。书页上还沾着拇指痕迹，准是一遍又一遍地被读过的。在我之前是谁打这儿经过的？怎样能使皲裂的手变得柔软。用白葡萄酒酿造醋的秘方。怎样赢得女性的爱情。这对我合适。双手合十，将下列咒语念诵三遍：

——**受天主保佑的女性的小天堂！请只爱我一人！**

神圣的！阿门！[2]

这是谁写的？最圣洁的修道院院长彼得·萨兰卡的咒语和祷文，公之于所有信男信女。赛得过任何一位修道院院长的咒语，譬如说话含糊不清的约阿基姆。下来吧，秃瓢儿，不然就薅光你的毛。

——你在这儿干什么哪，斯蒂芬？

迪丽那高耸的双肩和褴褛的衣衫。

快合上书，别让她瞧见。

——你干什么哪？斯蒂芬说。

最显赫的查理般的斯图尔特[3]脸庞，长长的直发披到肩上。当她蹲下去，把破靴子塞到火里当燃料的时候，两颊被映红了。我对她讲巴黎的事。她喜欢躺在床上睡懒觉，把几件旧大衣当被子盖，抚弄着丹·凯利送的纪念品——一只金色黄铜手镯。**天主保佑的女性**。

——你拿着什么？斯蒂芬问。

——我花一便士从另外那辆车上买的，迪丽怯生生地笑着说。值得一看吗？

人家都说她这双眼睛活脱儿像我。在别人眼里，我是这样的吗？敏捷，神情恍惚，果敢。我心灵的影子。

他从她手里拿过那本掉了封皮的书。夏登纳尔的《法语初级读本》。

1　大卫是古以色列国第二代国王。大卫王御玺上的图案是由两个等边三角形重叠而成的六角形。在犹太教中，这象征吉祥。

2　“受……保佑的……！阿门”，这是由西班牙语、中古时期的西班牙和阿拉伯语混合而成的咒语，中间夹有错别字。

3　指查理一世（1600—1649），他是斯图尔特王室中第二个继承英国和爱尔兰王位（1625—1649在位）的君主。

——你干吗要买它？他问。想学法语吗？

她点点头，飞红了脸，把嘴抿得紧紧的。

不要露出惊讶的样子。事情十分自然。

——给你，斯蒂芬说。这还行。留神别让玛吉给你当掉了。我的书大概统统光了。

——一部分，迪丽说。我们也是不得已啊！

她快淹死了。内心的苛责。救救她吧。内心的苛责。一切都跟我们作对。她会使我同她一道淹死的，连眼睛带头发。又长又柔软的海藻头发缠绕着我，我的心，我的灵魂。咸绿的死亡。

我们。

内心的苛责。内心受到苛责。

苦恼！苦恼！

* * *

——你好，西蒙，考利神父说。近来怎么样？

——你好，鲍勃，老伙计，迪达勒斯先生停下脚步，回答说。

他们在雷迪父女古董店外面吵吵嚷嚷地握手。考利神父勾拢着手背频频朝下捋着八字胡。

——有什么最好的消息？迪达勒斯先生问。

——没什么了不起的，考利神父说。我被围困住了，西蒙，有两个人在我家周围荡来荡去，拼命想闯进来。

——真逗，迪达勒斯先生说。是谁指使的呀？

——哦，考利神父说。是咱们认识的一个放高利贷的。

——那个罗锅儿吧，是吗？迪达勒斯先生问。

——就是他，考利神父回答说。那个民族的吕便。我正在等候本·多拉德。他这就去跟高个儿约翰打声招呼，请他把那两个人打发掉。我只要求宽限一段时间。

他抱着茫然的期待上上下下打量着码头，挺大的喉结在脖颈上凸了出来。

——我明白，迪达勒斯先生点点头说。本这个可怜的老罗圈腿！他一向总替人做好事。紧紧抓住本吧！

他戴上眼镜，朝铁桥瞥了一眼。

——他来了，他说，没错儿，连屁股带兜儿都来啦。

穿着宽松的蓝色常礼服、头戴大礼帽、下面是肥大裤子的本·多拉德的身姿，迈着大步从铁桥那边穿过码头走了过来。他一面溜溜达达地朝他们踱来，一面在上衣后摆所遮住的部位起劲地挠着。

当他走近后，迪达勒斯先生招呼说：

——抓住这个穿不像样子的裤子的家伙。

——现在就抓吧，本·多拉德说。

迪达勒斯先生以冷峭的目光从头到脚审视本·多拉德一通，随后掉过身去朝考利神父点了点头，讥讽地咕哝道：

——夏天穿这么一身，倒蛮标致哩，对吧？

——哼，但愿你的灵魂永遭天罚，本·多拉德怒不可遏地吼道。我当年丢掉的衣服比你所曾见过的还多哩。

他站在他们旁边，先朝他们，接着又朝自己那身松松垮垮的衣服眉飞色舞地望望。迪达勒斯先生一面从他的衣服上边东一处西一处地掸掉绒毛，一面说：

——无论如何，本，这身衣服是做给身强体健的汉子穿的。

——让那个做衣服的犹太佬遭殃，本·多拉德说。谢天谢地，他还没拿到工钱哪。

——本杰明，你那**最低音**[1]怎么样啦？考利神父问。

卡什尔·博伊尔·奥康内尔·菲茨莫里斯·蒂斯代尔·法雷尔戴着副眼镜，嘴里念念有词，大步流星地从基尔代尔街俱乐部前走过。

本·多拉德皱起眉头，突然以领唱者的口型，发出个深沉的音符。

——噢！他说。

1　原文为意大利音乐术语。

——就是这个腔调，迪达勒斯先生说。点头对这声单调的低音表示赞许。

——怎么样？本·多拉德说。还不赖吧？怎么样？

他掉过身去对着他们两个人。

——行啊，考利神父也点了点头，说。

休·C. 洛夫神父从圣玛利修道院那古老的教士会堂踱出来，在杰拉尔丁家族那些高大英俊的人们陪伴下，经过詹姆斯与查理·肯尼迪合成酒厂，穿过围栏渡口，朝索尔塞尔走去。

本·多拉德把沉甸甸的身子朝那排商店的门面倾斜着，手指在空中快乐地比比画画，领着他们前行。

——跟我一道到副行政长官的办事处去，他说。我要让你们开开眼，让你们看看罗克新任命为法警的那个美男子。那家伙是罗本古拉和林奇豪恩[1]的混合物。你们听着，他值得一瞧。来吧。刚才我在博德加偶然碰见了约翰·亨利·门顿。除非我……等一等……否则我会栽跟头的。咱们的路子走对了，鲍勃，你相信我好啦。

——告诉他，只消宽限几天，考利神父忧心忡忡地说。

本·多拉德站住了，两眼一瞪，张大了音量很大的嘴，为了听得真切一些，伸手去抠掉厚厚地巴在眼睛上的眼屎。这当儿，上衣的一颗纽扣露着锃亮的背面，吊在仅剩的一根线上，晃啊晃的。

——什么几天？他声音洪亮地问。你的房东不是扣押了你的财物来抵偿房租吗？

——可不是嘛，考利神父说。

——那么，咱们那位朋友的传票就还不如印它的那张纸值钱呢，本·多拉德说。房东有优先权。我把细目统统告诉他了。温泽大街二十九号。姓洛夫吧？

——对呀，考利神父说。洛夫神父。他在乡下某地传教。可是，

1　罗本古拉（约1836—1894），南罗德西亚大恩德贝勒（马塔贝勒）的国王，曾顽强抵抗英国殖民统治，但他的王国终于一八九三年十月被消灭。林奇豪恩是爱尔兰凶手詹姆斯·沃尔什的化名，被判无期徒刑（1895）后，逃往美国。

你对这有把握吗？

——你可以替我告诉巴拉巴[1]，本·多拉德说。说他最好把那张传票收起来，就好比猴子把坚果收藏起来一样。

他勇敢地领着考利神父朝前走去，就像是把神父拴在自己那庞大的身躯上似的。

——我相信那是榛子，迪达勒斯先生边说边让夹鼻眼镜耷拉在上衣胸前，跟随他们而去。

* * *

——小家伙们总会得到妥善安置的，当他们迈出城堡大院的大门时，马丁·坎宁翰说。

警察行了个举手礼。

——辛苦啦，马丁·坎宁翰欣然说。

他向等候着的车夫打了个手势，车夫甩了甩缰绳，直奔爱德华勋爵街而去。

褐发挨着金发，肯尼迪小姐的头挨着杜丝小姐的头，双双出现在奥蒙德饭店的半截儿窗帘上端。

——是啊，马丁·坎宁翰用手指捋着胡子说。我给康米神父写了封信，向他和盘托出了。

——你不妨找咱们的朋友试试看，鲍尔先生怯生生地建议。

——博伊德？马丁·坎宁翰干干脆脆地说。算了吧。

约翰·威思·诺兰落在后面看名单，然后沿着科克山的下坡路匆匆赶了上来。

在市政府门前的台阶上，正往下走着的市政委员南尼蒂同往上走的市参议员考利以及市政委员亚伯拉罕·莱昂打了招呼。

1　按照犹太人的惯例，每年在逾越节可以释放一名囚犯。当罗马总督彼拉多让犹太群众做选择时，他们却情愿释放凶杀犯巴拉巴，而把耶稣钉在十字架上。这里指放高利贷的吕便·杰。

总督府的车空空荡荡地开进了交易所街。

——喂，马丁，约翰·威思·诺兰在《邮报》报社门口赶上了他们，说。我看到布卢姆马上认捐五先令哩。

——正是这样！马丁·坎宁翰接过名单来说。还当场拍出这五先令。

——而且二话没说，鲍尔先生说。

——真不可思议，然而的确如此，马丁·坎宁翰补上一句。

约翰·威思惊奇地睁大了眼睛。

——我认为这个犹太人的心肠倒不坏呢[1]，他文雅地引用了这么一句话。

他们沿着议会街走去。

——看，吉米·亨利[2]在那儿哪，鲍尔先生说。他正朝着卡瓦纳的酒吧走呢。

——果不其然，马丁·坎宁翰说。快去！

克莱尔屋外面，布莱泽斯·博伊兰截住杰克·穆尼的内弟——这个筋骨隆起的人正醉醺醺地走向自由区。

约翰·威思·诺兰和鲍尔先生落在后面，马丁·坎宁翰则挽住一位身穿带白斑点的深色衣服、整洁而短小精悍的人，那个人正迈着急促的脚步趔趔趄趄地从米基·安德森的钟表铺前走过。

——副秘书长[3]脚上长的鸡眼可给了他点儿苦头吃，约翰·威思·诺兰告诉鲍尔先生。

他们跟在后头拐过街角，走向詹姆斯·卡瓦纳的酒馆。总督府那辆空车就在他们前方，停在埃塞克斯大门里。马丁·坎宁翰说个不停，频频打开那张名单，吉米·亨利却不屑一顾。

---

1 这是夏洛克在逾期不还必须割一磅肉的条件下，答应借钱给安东尼奥后，后者所说的话。见《威尼斯商人》第1幕第3场。

2 吉米·亨利，当时为市政厅的执事助理。下文中的克莱尔屋，原文为法语，参看第240页注释2。

3 即都柏林市副秘书长吉米·亨利。

——高个儿约翰·范宁也在这里，约翰·威思·诺兰说。千真万确。

高个儿约翰·范宁站在门口，他这个庞然大物把甬道整个给堵住了。

——您好，副长官先生，当大家停下来打招呼时，马丁·坎宁翰说。

高个儿约翰·范宁并不为他们让路。他毅然取下叼在嘴里的那一大支亨利·克莱[1]，他那双严峻的大眼睛机智地怒视着他们每个人的脸。

——立法议会议员们还在心平气和地继续协商着吧？他用充满讥讽的口吻对副秘书长说。

吉米·亨利不耐烦地说，给他们那该死的爱尔兰语[2]闹腾得地狱都为基督教徒裂开了口。他倒是想知道，市政典礼官究竟哪儿去啦，怎么不来维持一下市政委员会会场上的秩序。而执权杖的老巴洛因哮喘发作病倒了。桌上没有权杖，秩序一片混乱，连法定人数都不足。哈钦森市长在兰迪德诺[3]呢，由小个子洛坎·舍罗克做他的临时代理[4]。该死的爱尔兰语，咱们祖先的语言。

高个儿约翰·范宁从唇间喷出一口羽毛状的轻烟。

马丁·坎宁翰捻着胡子梢，轮流向副秘书长和副长官搭讪着，约翰·威思·诺兰则闷声不响。

——那个迪格纳穆叫什么名字来着？高个儿约翰·范宁问。

吉米·亨利愁眉苦脸地抬起左脚。

——哎呀，我的鸡眼啊！他哀求着说。行行好，咱们上楼来谈吧，我好找个地方儿坐坐。唔！噢！当心点儿！

他烦躁地从高个子约翰·范宁身旁挤过去，一径上了楼梯。

——上来吧，马丁·坎宁翰对副长官说。您大概跟他素不相识，

1　以美国爱国者和政治家亨利·克莱（1777—1852）命名的雪茄烟。

2　盖尔语即爱尔兰语。十九世纪初叶以来，议会里曾有人倡导提高爱尔兰语地位的运动。

3　约瑟夫·哈钦森于一九〇四年至一九〇五年间任都柏林市市长。兰迪德诺是威尔士圭奈斯郡阿伯康威区首府和海滨胜地。

4　原文为拉丁文。洛坎·舍罗克后来升为都柏林市市长（1912—1914）。

不过，兴许您认识他。

鲍尔先生跟约翰·威思·诺兰一道走了进去。

他曾经是个矮小的老好人。

鲍尔先生对着正朝映在镜中的高个儿约翰·范宁走上楼梯的那个魁梧的背影说。

——个子相当矮小。门顿事务所的那个迪格纳穆，马丁·坎宁翰说。

高个儿约翰·范宁记不得他了。

外面传来了嘚嘚的马蹄声。

——是什么呀？马丁·坎宁翰说。

大家都就地回过头去。约翰·威思·诺兰又走了下来。他从门道的阴凉处瞧见马队正经过议会街，挽具和润泽光滑的马脚在太阳映照下闪闪发着光。它们快活地从他那冷漠而不友好的视线下徐徐走过。领头的那匹往前跳跳窜窜，鞍上骑着开路的侍从们。

——怎么回事呀？

当大家重新走上楼梯的时候，马丁·坎宁翰问道。

——那是陆军中将——爱尔兰总督大人，约翰·威思·诺兰从楼梯脚下回答说。

* * *

当他们从厚实的地毯上走过的时候，勃克·穆利根在巴拿马帽的遮阴下小声对海恩斯说：

——瞧，巴涅尔的哥哥。在那儿，角落里。

他们选择了靠窗的一张小桌子，面对着一个长脸蛋的人——他的胡须和视线都专注在棋盘上。

——就是那个人吗？海恩斯在座位上扭过身去，问道。

——对，穆利根说。那就是他弟弟约翰·霍华德，咱们的市政典礼官。

约翰·霍华德·巴涅尔沉静地挪动了一只白主教，然后举起那灰不溜秋的爪子去托住脑门子。转瞬之间，在手掌的遮掩下，他两眼闪出妖光，朝自己的对手倏地瞥了一下，再度俯视那鏖战的一角。

——我要一客**奶油什锦水果**[1]，海恩斯对女侍说。

——两客**奶油什锦水果**，勃克·穆利根说。还给咱们来点烤饼、黄油和一些糕点。

她走后，他笑着说：

——我们管这家叫作糟糕公司，因为他们供应糟透了的糕点[2]。哎，可惜你没听到迪达勒斯的《哈姆莱特》论。

海恩斯打开他那本新买来的书。

——真可惜，他说。对所有那些头脑失掉平衡的人来说，莎士比亚都是个最过瘾的猎场。

独腿水手朝着纳尔逊街十四号地下室前那块空地嚷道：

——**英国期待着**……

勃克·穆利根笑得连身上那件淡黄色背心都快活地直颤悠。

——真想让你看看，他说，他的身体失去平衡的那副样子。我管他叫作飘忽不定的安古斯[3]。

——我相信他有个**固定观念**[4]，海恩斯用大拇指和食指沉思地掐着下巴说。眼下我正在揣测着其中有什么内涵。这号人素来是这样的。

勃克·穆利根一本正经地从桌子对面探过身去。

——关于地狱的幻影，他说。使他的思路紊乱了。他永远也捕捉不到古希腊的格调。所有那些诗人当中斯温伯恩的格调——苍白

1　此处的“奶油什锦水果”与后文的“奶油什锦水果”原文均为法语。

2　这是文字游戏。“糟透了的糕点”，原文作damn bad cakes，首字是D. B. C；与都柏林面包公司（Dublin Bread Corporation）的首字相同。

3　安古斯，参看第318页注释2。

4　原文为法语。

的死亡和殷红的诞生[1]。这是他的悲剧。他永远也当不成诗人。创造的欢乐……

——无止无休的惩罚，海恩斯马马虎虎地点了点头说。我晓得了。今儿早晨我跟他争辩过信仰问题。我看出他有点心事。挺有趣儿的是，因为关于这个问题，维也纳的波科尔尼[2]教授提出了个饶有趣味的论点。

勃克·穆利根那双机灵的眼睛注意到女侍来了。他帮助她取下托盘上的东西。

——他在古代爱尔兰神话中找不到地狱的痕迹，海恩斯边快活地饮着酒边说。好像缺乏道德观念、宿命感、因果报应意识。有点儿不可思议的是，他偏偏有这么个固定观念。他为你们的运动写些文章吗？

他把两块方糖灵巧地侧着放进起着泡沫的奶油里。勃克·穆利根将一个冒着热气的烤饼掰成两半，往热气腾腾的饼心里涂满了黄油，狼吞虎咽地咬了一口松软的饼心。

——十年，他边嚼边笑着说。十年之内，他一定要写出点什么。

——好像挺遥远的，海恩斯若有所思地举起羹匙说。不过，我并不怀疑他终究会写得出来的。

他舀了一匙子杯中那圆锥形的奶油，品尝了一下。

——我相信这是真正的爱尔兰奶油，他以容忍的口吻说。我可不愿意上当。

以利亚这叶小舟，揉成一团丢掉的轻飘飘的传单，向东航行，沿着一艘艘海轮和拖网渔船的侧腹驶去。它从群岛般的软木浮子当中穿行，将新瓦平街甩在后面，经过本森渡口，并擦过从布里奇沃特运砖来的罗斯韦恩号三桅纵帆船。

---

1 “苍白……诞生”一语出自斯温伯恩以意大利争取自由的斗争为主题的长诗《日出前的歌》(1871)。诗人认为“殷红的诞生”乃是希腊精神的特征。

2 朱利叶斯·波科尔尼(1887—1970)，捷克出生的欧罗巴语言学家。主要著作有《爱尔兰历史》(1916)、《古爱尔兰语语法》(1925)和《古凯尔特诗歌》(1944)。

* * *

阿尔米达诺·阿尔蒂弗尼踱过霍利斯街，踱过休厄尔场院。跟在他后面的是卡什尔·博伊尔·奥康内尔·菲茨莫里斯·蒂斯代尔·法雷尔，夹在腋下的防尘罩衣、拐杖和雨伞晃荡着。他避开劳·史密斯先生家门前的路灯，穿过街道，沿着梅里恩方场走去。远远地在他后头，一个盲青年正贴着学院校园的围墙，轻敲着地面摸索前行。

卡什尔·博伊尔·奥康内尔·菲茨莫里斯·蒂斯代尔·法雷尔一直走到刘易斯·沃纳先生那快乐的窗下，随后掉转身，跨大步沿着梅里恩方场折回来。一路上晃荡着风衣、拐杖和雨伞。

他在王尔德商号拐角处站住了，朝着张贴在大都市会堂的以利亚[1]这个名字皱了皱眉，又朝远处公爵草坪上的游园地皱了皱眉。镜片在阳光的反射下，他又皱了皱眉。他龇出老鼠般的牙齿，嘟囔道：

——我是被迫首肯的[2]。

他咬牙切齿地咀嚼着这句愤慨的话语，大步流星地向克莱尔街走去。

当他路过布卢姆[3]先生的牙科诊所窗前时，他那晃晃荡荡的风衣粗暴地蹭着一根正斜敲着探路的细手杖，继续朝前冲去，撞上了一个羸弱的身躯。盲青年将带着病容的脸掉向他那扬长而去的背影。

——天打雷劈的，他愠怒地说，不管你是谁！你总比我还瞎呢，你这婊子养的杂种！

* * *

在拉基·奥多诺荷律师事务所对面，少年帕特里克·阿洛伊修

1　指自封为先知以利亚的约翰·亚历山大·道维，参看第216页注释6。其实，法雷尔是在梅里恩会堂看到这个招贴的（大都市会堂坐落在阿贝街上）。

2　原文为拉丁文。

3　当时有个叫马库斯·J. 布卢姆的牙医在都柏林克莱尔街开业，但与本书主人公布卢姆无关。

斯·迪格纳穆手里攥着家里打发他从曼根的店（原先是费伦巴克的店）买来的一磅半猪排，在暖洋洋的威克洛街上不急不忙地溜达着。跟斯托尔太太、奎格利太太和麦克道尔太太一道坐在客厅里，太厌烦无聊了；百叶窗拉得严严实实的，她们全都抽着鼻子，一点点地啜饮着巴尼舅舅从滕尼的店里取来的黄褐色上等雪利酒。她们吃着乡村风味果仁糕饼的碎屑，靠磨嘴皮子来消磨讨厌的光阴，唉声叹气着。

走过威克洛巷后，来到多伊尔夫人朝服女帽头饰店的橱窗前。他停下了脚步，站在那儿，望着窗里两个裸体拳师向对方屈臂伸出拳头。两个身穿孝服的少年迪格纳穆，从两侧的镜子里，一声不响地张口呆看。都柏林的宠儿迈勒·基奥跟贝内特军士长——贝洛港的职业拳击家较量，奖金五十英镑。嘿，这场比赛好带劲儿，有瞧头！迈勒·基奥就是这个腰系绿色饰带迎面扑来的汉子。门票两先令，军人减半。我蛮可以把妈糊弄过去。当他转过身时，左边的少年迪格纳穆也跟着转。那就是穿孝服的我喽。什么时候？五月二十二号。当然，这讨厌的比赛总算全过去啦。他转向右边，右面的少年迪格纳穆也转了过来：歪戴着便帽，硬领翘了起来。他抬起下巴，把领口扣平，就瞅见两个拳师旁边还有玛丽·肯德尔（专演风骚角色的妩媚女演员）的肖像。斯托尔抽的纸烟盒子上就印着这号娘儿们。有一回他正抽着，给他老爹撞见了，狠狠地揍了他一顿。

少年迪格纳穆把领口扣平贴了之后，又溜溜达达往前走。菲茨西蒙斯是天下最有力气的拳击手了。要是那家伙嗖地朝你的腰上来一拳，就得叫你躺到下星期，不含糊！可是论技巧，最棒的拳击手还要数詹姆斯·科贝特[1]。但是不论他怎样躲闪，终于还是被菲茨西蒙斯揍扁了。

在格拉夫顿街，少年迪格纳穆瞥见一个装束入时的男人嘴里叼着

1　罗伯特·菲茨西蒙斯（1862—1917），美国职业拳击运动员，一八九一年获得次重量级世界冠军。一八九七年和一九〇三年，先后获得最重量级和重量级世界冠军。詹姆斯·约翰·科贝特（1866—1933），美国职业拳击运动员。一八九二年获最重量级世界冠军。一八九七年败于菲茨西蒙斯。他为拳击界开创了以技巧取胜的策略。詹姆是詹姆斯的昵称。

红花，还有他穿的那条漂亮的长裤。他正在倾听着一个酒鬼的唠叨，一个劲儿地咧嘴笑着。

没有驶往沙丘的电车。

少年迪格纳穆将猪排换到另一只手里，沿着纳索街前行。他的领子又翘了起来，他使劲往下掖了掖。这讨厌的纽扣比衬衫上的扣眼小得多，所以才这么别扭。他碰见一群背书包的学童们。连明天我都不上学，一直缺课到星期一。他又遇到了另外一些学童。他们可曾理会我戴着孝？巴尼舅舅说，今儿晚上他就要登在报上。那么他们就统统可以在报上看到了。讣告上将印着我的名字，还有爹的。

他的脸整个儿变成灰色的了，不像往日那样红润。一只苍蝇在上面爬，一直爬到眼睛上。在往棺材里拧螺丝的时候，只听到嘎吱嘎吱的响声。把棺材抬下楼梯的当儿，又发出咕咚咕咚的声音。

爹躺在里面，而妈呢，在客厅里哭哪。巴尼舅舅正在关照抬棺的人怎样拐弯。老大一口棺材，高而且沉重。怎么搞的呢？最后那个晚上爹喝得醉醺醺的。他站在楼梯平台那儿，喊人给他拿靴子；他要到滕尼的店里去再灌上几杯。他只穿了件衬衫，看上去又矬又矮，像一只酒桶。可那以后就再也看不见他了。死亡就是这样的。爹死啦。我父亲死了。他嘱咐我要当妈的乖儿子。他还说了些旁的话，我没听清，可我看得出他的舌头和牙在试着把话说得清楚一些。可怜的爹。那就是迪格纳穆先生，我的父亲。但愿眼下他在炼狱里哪，因为星期六晚上他找康罗伊神父做过忏悔。

* * *

达德利伯爵威廉·亨勃尔和达德利夫人用完午膳，就在赫塞尔廷中校伴随下，从总督府乘车外出。跟随在后面的那辆马车里坐着尊贵的佩吉特太太、德库西小姐和侍从副官尊贵的杰拉尔德·沃德。

这支车队从凤凰公园南大门出来，一路受到卑躬屈膝的警察的敬礼。跨过国王桥，沿着北岸码头走去。总督经过这座大都会时，到处都受到极其热烈的欢迎。在血泊桥畔，托马斯·克南先生从河对岸徒劳地遥遥向他致敬。达德利爵爷的总督府车队打王后桥与惠特沃思桥之间穿行时，从法学学士、文学硕士达特利·怀特先生身边走过。此公却没向他致敬，只是伫立在阿伦街西角M. E. 怀特太太那爿当铺外面的阿伦码头上，用食指抚摩着鼻子。为了及早抵达菲布斯巴勒街，他拿不定主意究竟是该换三次电车呢，还是雇一辆马车；要么就步行，穿过史密斯菲尔德、宪法山和布洛德斯通终点站。在高等法院的门廊里，里奇·古尔丁正夹着古尔丁—科利斯—沃德律师事务所的账目公文包，见到他有些吃惊。跨过里奇蒙桥之后，在爱国保险公司代理人吕便·杰·多德律师事务所门口台阶上，一位上了年纪的妇女正要走进去，却又改变了主意。她沿着王记商号的橱窗折回来，对国王陛下的代表投以轻信的微笑。伍德码头堤岸的水闸就在汤姆·德万事务所的下边，波德尔河从这里耷拉着一条效忠的污水舌头。在奥蒙德饭店的半截儿窗帘上端，褐色挨着金色；肯尼迪小姐的头挨着杜丝小姐的头，正一道儿在注视并欣赏着。在奥蒙德码头上，刚好从公共厕所走向副长官办事处的西蒙·迪达勒斯先生，就在街心止步，脱帽深打一躬。总督阁下谦和地向迪达勒斯先生还了礼。文学硕士休·C. 洛夫神父从卡希尔印刷厂的拐角处施了一礼，总督却不曾理会。洛夫念念不忘的是：有俸圣职推举权从前都掌握在宽厚的代理国王的诸侯手中。在格拉坦桥上，利内翰和麦科伊正在一边相互告别，一边望着马车经过。格蒂·麦克道维尔[1]替她那缠绵病榻的父亲取来凯茨比公司关于软木亚麻油毡的函件，正走过罗杰·格林律师事务所和多拉德印刷厂的大红厂房。从那气派，她晓得那就是总督夫妇了，却看不到夫人究竟怎样打扮，因为一辆电车和斯普林家具店的一辆大型黄色家具搬运车给总督大人让道，刚好停在她跟前。伦迪·福特烟草店再过去，从卡瓦纳酒吧那被遮住的门口，约翰·怀斯·诺兰朝着国王陛下的代表、爱尔兰总督阁下淡然一笑，但是无人目睹到其神情之冷漠。维多

1　格蒂·麦克道维尔是出现在第十三章中的漂亮少女。

利亚大十字勋章佩戴者、达德利伯爵威廉·亨勃尔大人一路走过米基·安德森店里那众多嘀嘀嗒嗒响个不停的钟表，以及亨利—詹姆斯那些衣着时髦、脸蛋儿鲜艳的蜡制模特儿——绅士亨利与最潇洒的詹姆斯[1]。汤姆·罗赤福特和大鼻子弗林面对着戴姆大门，观看车队渐渐走近。汤姆·罗赤福特发现达德利夫人两眼盯着他，就连忙把插在紫红色背心兜里的两个大拇指伸出来，摘下便帽给她深打一躬。专演风骚角色的妩媚女演员——杰出的玛丽·肯德尔，脸颊上浓妆艳抹，撩起裙子，从海报上朝着达德利伯爵威廉·亨勃尔，也朝着H. G. 赫塞尔廷中校，还朝着侍从副官、尊贵的杰拉尔德·沃德嫣然笑着。神色愉快的勃克·穆利根和表情严肃的海恩斯，隔着那些全神贯注的顾客们的肩膀，从都柏林面包公司的窗口定睛俯视着。簇拥在窗口的形影遮住了约翰·霍华德·巴涅尔的视线。而他正专心致志地注视着棋盘。在弗恩斯街上，迪丽·迪达勒斯从她那本夏登纳尔的《法语初级读本》上抬起眼睛使劲往四下里望，一把把撑开来的遮阳伞以及在炫目的阳光下一些旋转着的车轱辘辐条映入眼帘。约翰·亨利·门顿堵在商业大厦门口，瞪着一双用酒浸大了般的牡蛎眼睛，肥肥的左手攥着一块厚实的双盖金表，他并不看表，对它也无所察觉，在比利王的坐骑[2]抬起前蹄抓挠虚空的地方，布林太太一把拽回她丈夫——他差点儿匆匆地冲到骑马侍从的马蹄底下。她对着他的耳朵大声把这消息嚷给他听。他明白了，于是就把那两本大书挪到左胸前，向第二辆马车致敬。这出乎侍从副官尊贵的杰拉尔德·沃德的意外，就赶忙欣然还礼。在庞森比书店的拐角处，精疲力竭的白色大肚酒瓶H站住了，四个戴高帽子的白色大肚酒瓶——E. L. Y.' S.[3]，也在他身后停下脚

1　这是文字游戏。亨利—詹姆斯服装店的店名是由两个老板（亨利、詹姆斯）的名字组成的。而美国小说家，亨利·詹姆斯（1843—1916，1915年入英国籍）熟悉上流社会，素喜刻画绅士、淑女的形象。“最潇洒的”，原文为法语，既可用来形容亨利·詹姆斯的文笔，又可用来描述店中的人体模型。

2　指竖立在都柏林三一学院校园外学院草地上的英王威廉（比利是昵称）三世（1650—1702）骑着马的铜像（1929年移走）。他于一六九〇年出兵征服了爱尔兰。

3　这五个人身穿白罩褂，走街串巷，是为威兹德姆·希利的店铺做广告的。参看第221页注释3。

步。骑在马上的侍从们拥着车辆，神气十足地打他们跟前奔驰而去。在皮戈特公司乐器栈房对面，舞蹈等课程的教师丹尼斯·杰·马金尼先生被总督赶在前头。后者却不曾理会他那花里胡哨的服装和端庄的步履。沿着学院院长住宅的围墙，布莱泽斯·博伊兰扬扬得意地踩着乐曲《我的意中人是位约克郡姑娘》[1]叠句的节拍走来。——他脚蹬棕黄色皮鞋，短袜跟上还绣着天蓝色的花纹。先导马缀着天蓝色额饰，一副趾高气扬的样子；布莱泽斯·博伊兰则向它们夸示自己这条天蓝色领带、这顶放荡地歪戴着的宽檐草帽和身上穿的这套靛青色哔叽衣服。他双手揣在上衣兜里，忘记行礼了，却向三位淑女大胆献出赞美的目光和他唇间所衔的那朵红花。当车队驶经纳索街的时候，总督大人提醒他那位正在点头还礼的伴侣去留意学院校园中正在演奏着的音乐节目。不见形影的高原小伙子们正肆无忌惮地用嘟嘟嘟的铜号声和咚咚咚的鼓声为车队行列送行：

她虽是工厂姑娘，
并不穿花哨衣裳，
吧啦嘣。
我以约克郡口味，
对约克郡小玫瑰，
倒怀有一种偏爱，
吧啦嘣。

围墙里面，四分之一英里平路障碍赛的参加者M. C. 格林、H. 施里夫特、T. M. 帕蒂、C. 斯凯夫、J. B. 杰夫斯、G. N. 莫菲、F. 斯蒂文森、C. 阿德利和W. C. 哈葛德开始了角逐。正跨着大步从芬恩饭店前经过的卡什尔·博伊尔·奥康内尔·菲茨莫里斯·蒂斯代尔·法雷

1　这是隔着围墙传出来的高原士兵所奏通俗歌曲《我的意中人是位约克郡姑娘》（作者为C. W. 墨菲和丹利普顿）。内容是两个追求同一女子的男人一道来到她家，发现她原来是有夫之妇。

尔隔着单片眼镜射出来的凶恶目光，越过那些马车，凝视着奥匈帝国副领事馆窗内M. E. 所罗门斯先生那颗脑袋。在莱因斯特街深处，三一学院的后门旁边，保王派霍恩布洛尔手扶嗬嗬帽[1]。当那些皮毛光润的马从梅里恩广场上奔驰而过的时候，等在那儿的少年帕特里克·阿洛伊修斯·迪格纳穆瞧见人们都向那位头戴大礼帽的绅士致敬，就也用自己那只被猪排包装纸弄得满是油腻的手，举起黑色新便帽。他的领子也翘了起来。为默塞尔医院募款的迈勒斯义卖会快要开始了，总督率领着随从们驰向下蒙特街，前往主持开幕式。他在布洛德本特那家店铺对面，从一个年轻盲人身边走过。在下蒙特街，一个身穿棕色胶布雨衣的行人，边啃着没有抹黄油的面包，边从总督的车马前面迅速地穿过马路，没磕也没碰着。在皇家运河桥头，广告牌上的尤金·斯特拉顿先生咧着厚厚嘴唇，对一切前来彭布罗克区[2]的人都笑脸相迎。在哈丁顿路口，两个浑身是沙子的女人停下脚步，手执雨伞和里面滚动着十一只蛤蜊的提包；她们倒要瞧瞧没挂金链条的市长[3]大人和市长夫人是个啥样。在诺森伯兰和兰斯多恩两条路上，总督大人郑重其事地对那些向他致敬的人们一一回礼；其中包括稀稀拉拉的男性行人，站在一栋房子的花园门前的两个小学童——据说一八四九年已故女王[4]偕丈夫前来访问爱尔兰首府时，这座房子承蒙她深表赞赏。还有被一扇正在关闭着的门所吞没的、穿着厚实长裤的阿尔米达诺·阿尔蒂弗尼的敬礼。

1 原文作tallyho cap。三一学院司阍戴的鸭舌帽，状似猎狐时戴的那种便帽。猎人发现狐狸后，发出嗬嗬声以嗾狗，故名。

2 彭布罗克是都柏林东南郊区。

3 她们误以为乘车者是市长，而都柏林市长在正式场合一向是挂金链条的。

4 即维多利亚女王。一八四九年八月六日至十日，她和丈夫阿尔伯特亲王曾联袂访问都柏林，七日的《自由人报》做了详细报道。

第十一章

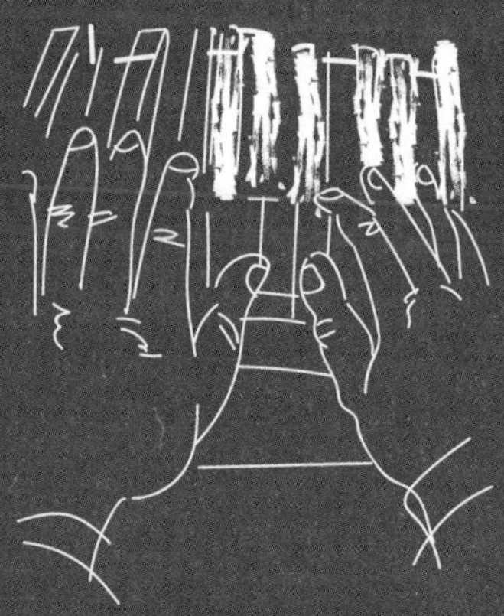

褐色挨着金色，听见了蹄铁声，钢铁零零响。

粗噜噜、噜噜噜。

碎屑，从坚硬的大拇指指甲上削下碎屑，碎屑。

讨厌鬼！金色越发涨红了脸。

横笛吹奏出的沙哑音调。

吹奏。花儿蓝。

挽成高髻的金发上。

裹在缎衫里的酥胸上，一朵起伏着的玫瑰，卡斯蒂利亚的玫瑰。

颤悠悠，颤悠悠：艾多洛勒斯[1]。

闷儿！谁在那个角落……瞥见了一抹金色？

与怀着怜悯的褐色相配合，丁零一声响了。

清纯、悠长的颤音。好久才息的呼声。

诱惑。温柔的话语。可是，看啊！灿烂的星辰褪了色[2]。

啊，玫瑰！婉转奏出酬答的旋律。卡斯蒂利亚。即将破晓。

辚辚，轻快二轮马车辚辚。

硬币哐啷啷。时钟咯嗒嗒。

表明心迹。敲响。我舍不得……袜带弹回来的响声……离开你。啪！那口钟[3]！在大腿上啪的一下。表明心迹。温存的。心上人，再见！

1　艾多洛勒斯是莱斯利·斯图尔特所作轻歌剧《弗洛勒多拉》（1899）中的漂亮轻浮的女主角。弗洛勒多拉是南海一岛，以所产香料驰名于世。

2　“灿烂……色”和下面的“即将破晓”是简·威廉斯（1806—1885）作词、约翰·L.哈顿（1809—1886）作曲的《再见，宝贝儿，再见》一歌的第1、2句。

3　“敲响”和“那口钟”，原文为法语。参看第391页注释2。

辚辚。布卢。

嗡嗡响彻的和弦。爱得神魂颠倒的时候。战争！战争！耳膜。

帆船！面纱随着波涛起伏。

失去。画眉清脆地啭鸣。现在一切都失去啦[1]。

犄角。呜——号角。

当他初见。哎呀！

情欲亢奋。心里怦怦直跳。

颤音歌唱。啊，诱惑！令人陶醉的。

玛尔塔！归来吧！

叽叽喳喳，叽叽咕咕，叽里喳喇。

天哪，他平生从没听到过。

又耳聋又秃头的帕特送来吸墨纸，拿起刀子。

月夜的呼唤：遥远地，遥远地。

我感到那么悲伤。附言：那么无比的孤寂。

听啊！

冰凉的，尖而弯曲的海螺。你有没有？独个儿地，接着又相互之间，波浪的迸溅和沉默的海啸。

一颗颗珍珠。当她。奏起李斯特的狂想曲。嘘嘘嘘。

你不至于吧？

不曾，不、不、相信。莉迪利德。喀呵，咔啦。

黑色的。

深邃的声音。唱吧，本，唱吧。

侍奉的时候就侍奉吧。嘻嘻。嘻嘻笑着侍奉吧。

可是，且慢！

1　“现……啦”一语出自《梦游女》（1831）。这是意大利作曲家温琴佐·贝利尼（1801—1835）作曲、费利采·罗马尼编剧的二幕歌剧。剧中描写一个磨坊女在梦游中误入伯爵卧室，她的未婚夫以为她失了身，便唱道“现在一切都失去啦”，以表达自己的绝望心情。下文中的号角，原文作horn。既作犄角解，又作号角解。

深深地在地底下黑暗处。埋着的矿砂。

因主之名[1]。全都完啦，全都倒下啦。

她的处女发[2]。那颤巍巍的纤叶。

阿门！他气得咬牙切齿。

此方。彼方，此方。一根冰冷的棍子伸了出来。

褐发莉迪亚挨着金发米娜。

挨着褐色，挨着金色，在海绿色阴影下。布卢姆。老布卢姆。

有人笃笃敲，有人砰砰拍，咔啦，喀呵。

为他祷告吧！祷告吧，善良的人们！

他那患痛风症的手指头发出击响板般的声音。

大本钟本。大本本。

夏日最后一朵卡斯蒂利亚的玫瑰撇下了布卢姆，我孤零零地感到悲哀[3]。

嘘！微风发出笛子般的声音：嘘！

地道的男子汉。利德·克·考·迪和多拉。哎，哎。

就像诸位那样。咱们一道举杯哧沁喀、哧冲喀吧[4]。

呋呋呋！噢！

褐色从近处到什么地方？金色从远处到什么地方？蹄在什么地方？

噜噗噜。喀啦啦。喀啦得儿。

直到那时，只有到了那时，方为我写下墓志铭。

完了[5]。

开始！

1　原文（Namine damine）为拉丁文祷词，有讹，参看第148页注释4。

2　原文作maiden hair，是一种植物，学名叫掌叶铁线蕨。这里是意译。

3　这里把托马斯·穆尔所作歌曲《夏日最后的玫瑰》的首句（夏日最后的玫瑰，被撇下独自开放）加以改动。Bloom是双关语，既作“开花”解，又指布卢姆。

4　“哧沁喀、哧冲喀”是演唱者蒂莫西·丹尼尔·沙利文（1827—1914）所作饮酒歌《三十二个郡》中，用来表现碰杯声的。

5　一八〇三年起义失败后，埃米特在判他死刑的法庭上最后宣称：“任何人也不要为我写墓志铭……等我的祖国在世界各国之间占有了一席之地，直到那时，只有到了那时，方为我写下墓志铭。我的话完了。”“直到那时”至“完了”，摘自他的最后几句话。

褐色挨着金色，杜丝小姐的头挨着肯尼迪小姐的头。在奥蒙德酒吧的半截儿窗帘上端听见了总督车队奔驰而过，马蹄发出锒锒的钢铁声。

——那是她吗？肯尼迪小姐问。

杜丝小姐说是啊，和大人并肩坐着，发灰的珍珠色和**一片淡绿蓝色**[1]。

——绝妙的对照，肯尼迪小姐说。

这当儿，兴奋极了的杜丝小姐热切地说：

——瞧那个戴大礼帽的家伙。

——谁？哪儿呀？金色更加热切地问。

——第二辆马车里，杜丝小姐笑呵呵地沐浴着阳光，用湿润的嘴唇说。他朝四下里望着哪。等一下，容我过去看看。

她，褐色，一个箭步就蹿到最后边的角落去，急匆匆地哈上一圈儿气，将脸庞紧贴在窗玻璃上。

她那湿润的嘴唇嗤嗤地笑着说：

——他死命地往回瞧哩。

她朗笑道：

——哎，天哪！男人都是些可怕的傻瓜，你说呢？

怀着悲戚之情。

肯尼迪小姐悲戚地从明亮的光线底下慢慢腾腾地踱了回来，边捻着散在耳后的一缕乱发。她悲戚地边溜达边连捋带捻着那已不再在太阳下闪着金光的头发。她就这样一面溜达着一面悲戚地把金发捻到曲形的耳后。

——他们可开心啦，于是她黯然神伤地说。

一个男人。

布卢姆怀着偷情的快乐，从牟兰那家店的烟斗旁走过，心中萦绕着偷情时的甜言蜜语，走过瓦恩那家店的古董，又为了拉乌尔，从卡

1　原文为法语，意思是“尼罗河水”，指淡绿蓝色。

洛尔宝石店里那磨损并且发乌了的镀金器皿前面踱过。

擦鞋侍役到她们，酒吧里的她们，酒吧女侍，这儿来了。她们不曾理睬他。于是，他便替她们把那一托盘咯嗒咯嗒响的瓷器嘭的一声撂在柜台上，并且说：

——这是给你们的茶。

肯尼迪小姐扭扭捏捏地把茶盘低低地挪到人们看不见的低处，一只底朝天的柳条筐上，那原是装成瓶的矿泉水用的。

——什么事？大嗓门的擦鞋侍役粗鲁地问。

——你猜猜看，杜丝小姐边离开她那侦察点，边回答说。

——是你的意中人，对吧？

傲慢的褐色回答说：

——我要是再听到你这么粗鲁地侮辱人，我就向德·梅西太太告你的状。

——粗噜噜、噜噜噜，擦鞋侍役对她这番恐吓粗野地嗤之以鼻，然后沿着原路走回去。

开花[1]。

杜丝小姐朝自己的花皱了皱眉，说：

——那个小子太放肆啦。他要是不放规矩些，我就把他的耳朵扯到一码长。

一副淑女派头，鲜明的对照。

——理他呢，肯尼迪小姐回答说。

她斟了一杯茶，又把茶倒回壶里。她们蜷缩在暗礁般的柜台后面，坐在底朝天的柳条筐上，等待茶泡出味道来。她们各自摆弄着身上的衬衫，那都是黑缎子做的：一件是两先令九便士一码；另一件是两先令七便士一码的。就这样等着茶泡出味儿来。

是啊，褐色从近处，金色从远处听见了。听见了近处钢铁的铿锵，远处的蹄嘚嘚。听见了蹄铁铿锵，嚓嚓嗒嗒。

1　原文（Bloom）是双关语，参看第378页注释3。

——我晒得厉害吗?

褐色小姐解开衬衫纽扣，露出脖颈。

——没有，肯尼迪小姐说。以后会变成褐色。你试没试过兑上硼砂的樱桃月桂水?

杜丝小姐欠起身来，在酒吧间的镜子里斜眼照了照自己的皮肤；镜子里盛有白葡萄酒和红葡萄酒的玻璃杯闪闪发光，中间还摆着一只海螺壳。

——连我的手都晒黑了，她说。

——擦点甘油试试看，肯尼迪小姐出了个点子。

杜丝小姐同自己的脖子和手告了别，回答说：

——那些玩意儿不过让人长疙瘩就是了，她重新坐了下来。我已经托博伊德那家店里的老古板去给我弄点擦皮肤的东西了。

肯尼迪小姐边斟着这会子刚泡出味儿来的茶，边皱起眉头央告道：

——求求你啦，可别跟我提他啦。

——可你听我说呀，杜丝小姐恳求说。

肯尼迪小姐斟了甜茶，兑上牛奶，并用小指堵起双耳。

——不，别说啦，她大声说。

——我不要听，她大声说。

可是，布卢姆呢?

杜丝小姐学着老古板的鼻音瓮声瓮气地说：

——擦在你的什么部位?他就是这么说的。

肯尼迪小姐为了倾听和说话，不再堵起耳朵了。可是她又开口说，并且恳求道：

——不要再让我想起他了，不然我会断气儿的。卑鄙讨厌的老家伙！那天晚上在安蒂恩特音乐堂里。

她啜了一口自己兑好的热茶，不大合她口味。她一点点地啜着甜甜的茶。

——瞧他那个德行，杜丝小姐说，并且把她那褐发的头抬起四分之三，鼓着鼻翼。呼哧！呼哧！

肯尼迪小姐的喉咙里爆出尖锐刺耳的大笑声。杜丝小姐那鼓起的鼻孔喷着气，像正在寻觅猎物的猎犬那样颤动着，粗鲁地发出吭哧吭哧声。

——哎呀！肯尼迪小姐尖声嚷道。你怎么能忘掉他那双滴溜溜转的眼睛呢？

杜丝小姐发出深沉的褐色笑声来帮腔，并嚷道：

——还有你的另一只眼睛[1]！

布卢姆那黑黑的眼睛读到了艾伦·菲加特纳的名字。我为什么老以为是菲加泽尔呢？大概联想到了采集无花果[2]吧。普罗斯珀·洛尔这个名字必然是个胡格诺派。布卢姆那双黑黑的眼睛从巴希的几座圣母玛利亚像前掠过。白衬衣上罩了蓝袍的人儿呀，到我这儿来吧。人们都相信她是神，或者是女神。今儿个那些女神们。我没能看到那个地方。那家伙谈话来着。是个学生。后来跟迪达勒斯的儿子搞到一块儿去了。他或许就是穆利根吧。这都是些俏丽的处女们。所以才把那些浪荡子弟们都招来了。她那白净的。

他的眼光掠过去了。偷情的快乐。快乐是甜蜜的。

偷情的。

焕发着青春的、金褐色的嗓门交织成一片响亮的痴笑，杜丝和肯尼迪，你那另一只眼睛。她们——褐发和哧哧地笑的金发往后仰着年轻的头，开怀大笑，尖声大叫，你那另一只，相互使了个眼色，发出尖锐刺耳的声调。

啊，喘着气儿，叹息，叹息。啊，筋疲力尽，她们的欢乐逐渐平息了。

肯尼迪小姐把嘴唇凑到杯边，举杯呷了一口，哧哧地笑着。杜丝小姐朝茶盘弯下腰去，又把鼻子一皱，滴溜溜地转着她那双眼皮厚

1　“还有……睛”出自十九世纪末叶都柏林杂耍剧场里常唱的一首歌《当你眨巴另一只眼睛》中的一句。

2　艾伦·菲加泽尔是个宝石商。他的姓菲加泽尔（Figather）读音近似“采集无花果”（fig gather）。

实、带滑稽意味的眼睛。肯尼迪又哧哧哧地笑着，俯下她那挽成高髻的金发；一俯下去，就露出插在后颈上的一把鳖甲梳子来了。她嘴里喷溅出茶水，给茶水和笑声噎住了，噎得直咳嗽，就嚷着。

——噢，好油腻的眼睛！想想看，竟嫁给那么一个男人！她嚷道。还留着一撮小胡子！

杜丝尽情地喊得很出色，这是个风华正茂的女子的洪亮喊声：喜悦，快乐，愤慨。

——竟嫁给那么个油腻腻的鼻子！她嚷道。

尖嗓门儿，夹杂着深沉的笑声，金色的紧跟着褐色，你追我赶，一声接一声，变幻着腔调，褐金的，金褐的，尖锐深沉，笑声接连不停。她们又笑了一大阵子。真是油腻腻的哩。耗尽了精力，上气不接下气，她们将晃着的头——那是用有光泽的梳子梳理成辫子并挽成高髻的——倚在柜台边儿上。全都涨红了脸（噢！），气喘吁吁，淌着汗（噢！），都透不过气儿来了。

嫁给布卢姆，嫁给那油腻腻的布卢姆。

——哦，天上的圣徒们！杜丝小姐说。她低头望了望在自己胸前颤动着的玫瑰，叹了口气。我从来还没笑得这么厉害过呢。我浑身都湿透了。

——啊，杜丝小姐！肯尼迪小姐表示异议。你个讨厌鬼！

她越发涨红了脸（你这讨厌鬼！），越发金光焕发。

油腻腻的布卢姆正在坎特维尔的营业处，在塞皮的几座油光闪闪的圣母像旁游荡。南尼蒂的父亲就曾挨门挨户地叫卖过这类货品，像我这样用花言巧语骗人。宗教有赚头。为了凯斯那条广告的事儿，得跟他见一面。先填饱肚子再说。我想要。还不到时候哪。她说过，在四点钟。光阴跑得真快。时针转个不停。向前走。在哪儿吃呀？克拉伦斯，海豚。向前走。为了拉乌尔。如果我能从那些广告上捞到五畿尼。紫罗兰色的丝绸衬裙。还不到时候。偷情的快乐。

脸上的红润消退了，越来越消退了，金黄色变得淡了。

迪达勒斯先生溜溜达达地走进了她们的酒吧。碎屑，从他那两个大拇指的灰指甲上削下碎屑。碎屑。他漫步走来。

——咦，欢迎你回来啦，杜丝小姐。

他握着她的手，问她假日度得可开心吗。

——再开心不过啦。

他希望她在罗斯特雷沃赶上了好天气。

——天气好极了，她说。瞧瞧我都晒成什么样子啦！成天躺在沙滩上。

褐中透白。

——那你可太淘气啦，迪达勒斯先生对她说。并放纵地紧握住她的手，可怜的傻男人都给你迷住啦。

身着缎子衬衫的杜丝小姐安详地将自己的胳膊抽了回去。

——哦，你给我走吧！我可不认为你是个非常傻的人。

可他是傻里傻气的。

——喏，我就是傻，他沉思了一下，我在摇篮里就显得那么傻，他们就给我取名叫傻西蒙。

——那时候你准是挺逗人爱的，杜丝小姐回答说。今天大夫要你喝点什么呀？

——唔，喏，他沉吟了一忽儿，凡事都听你的吧。我想麻烦你给我来点清水和半杯威士忌。

丁零。

——马上就端来，杜丝小姐答应道。

她风度翩翩地发挥了麻利快这一本事之后，立刻就转向镀有坎特雷尔与科克伦一行金字的镜子。她举止娴雅地拔开透明容器的塞子，倒出一份金色的威士忌。迪达勒斯先生从上衣下摆底下掏出烟草袋和烟斗。她敏捷地为他把酒端了来。他用烟斗两次吹出横笛的沙哑音响。

——可不是嘛，他若有所思地说。我一直想去看看莫恩山。那儿的空气准有益于健康。但是俗话说得好，久而久之，前兆终究会应验。是啊。是啊。

是啊。他把一小撮细丝，她的处女发，她的人鱼发[1]，塞进烟斗里。碎屑。一小绺。沉思。缄默无言。

谁都不曾说只言片语。是啊。

杜丝小姐边快活地打磨着平底大酒杯，边颤悠悠地唱了起来：

噢，艾多洛勒斯，东海的女王[2]！

——利德维尔先生今天来过吗？

利内翰走进来了。利内翰四下里打量着。布卢姆先生走到埃塞克斯桥跟前。是啊，布卢姆先生跨过耶塞克斯桥[3]。我得给玛莎写封信。买点信纸。达利烟店。那里的女店员挺殷勤的。布卢姆，老布卢姆。稞麦地开蓝花[4]。

——吃午饭的时候他来过，杜丝小姐说。

利内翰凑近了些。

——博伊兰先生找我来着吗？

他问。她回答说：

——肯尼迪小姐，我在楼上的时候博伊兰先生来过吗？

肯尼迪把第二杯茶端稳了，两眼盯着书页，用小姐式的腔调回答她这句问话：

——没有，他没来过。

肯尼迪虽听见了，却连抬也不抬一下她那小姐派头的目光，继续读下去。利内翰那圆滚滚的身躯绕着放三明治的钟形玻璃罩走了一圈。

1　人鱼发是当时人们喜用的一种细丝烟叶。

2　“噢……女王”出自《弗洛勒多拉》（参看第376页注释1）。在第1幕中，艾多洛勒斯与弗兰克谈情说爱，弗兰克对她唱起《棕榈树荫》。这是其中的一句。

3　这是文字游戏。埃塞克斯（Essex）、是啊（yes）、耶塞克斯（yessex），分别夹有yes或sex（性）。

4　这也是文字游戏。原文中，Old Bloom（老布卢姆）与Blue bloom（花儿蓝）发音相近。稞麦开蓝花又使人联想到比舍普作词的一首歌名《稞麦花儿开》，参看第345页注释1及有关正文。

——闷儿！谁在那个角落里哪？

肯尼迪连睬都不曾睬他一眼，可他还是试着向她献殷勤，提醒她要注意句号。教她光读黑字：圆圆的O和弯曲的S。

辚辚，轻快二轮马车辚辚。

金发女侍看着书，连睬都不睬。她不屑一顾。当他凭着记忆用没有抑扬的腔调呆板地背诵浅显的寓言时，她还是不屑一顾：

——一只狐狸遇见了一只鹳。狐狸对鹳说：你把嘴伸进我的喉咙，替我拽出一根骨头好不好？

他徒然地用单调低沉的声音讲了这么一段。杜丝小姐把脸掉向旁边那杯茶。

他叹了口气，自言自语地说：

——哎呀！啊唷！

他向迪达勒斯先生致意，对方朝他点了点头。

——一位著名的儿子向他的著名的父亲问候。

——你指的是谁呀？迪达勒斯先生说。

利内翰极其和蔼地摊开了双臂。谁呀？

——能是谁呢？他问。你还用得着问吗？是斯蒂芬，青年"大诗人"呀。

干渴。

著名的父亲迪达勒斯先生将他那填满干烟叶的烟斗撂在一旁。

——原来如此，他说。我一时还没悟过来指的是谁呢。我听说他交的朋友都是精心挑选的。你新近见到过他吗？

他见过。

——今天我还和他一道痛饮过美酒哩，利内翰说。城里的穆尼酒馆和海滨上的[1]穆尼酒馆。凭着在诗歌上的努力，他拿到了一笔钱。

他朝着褐发女侍那被茶水润湿了的嘴唇——倾听着他说话的嘴唇和眼睛，露出了微笑：

1 "城里的"和"海滨上的"，原文为法语。

——爱琳的精英们都洗耳恭听。包括都柏林最有才华的新闻记者兼编辑、堂堂的饱学之士休·麦克休，和那位生在荒芜多雨的西部、以奥马登·伯克这一动听的称呼闻名的少年吟游诗人。

过了一会儿，迪达勒斯先生举起他那杯兑水威士忌。

——那一定挺逗趣儿的，他说。我明白了。

他明白了。他饮着酒。眼睛里露出眺望远处哀伤之山的神色。他将玻璃杯撂下了。

他朝大厅的门望去。

——看来你们把钢琴挪动了位置。

——今天调音师来了，杜丝小姐回答说。是为了举办允许吸烟的音乐会而调的音。我从来没见过像他那样出色的钢琴演奏家。

——真的吗？

——他弹得好吧，肯尼迪小姐？要知道，真正的古典弹奏法。他还是个盲人呢，怪可怜的。我敢肯定他还不满二十岁。

——真的吗？迪达勒斯先生说。

他喝完了酒，缓步走开了。

——我一看他的脸就觉得难过，杜丝小姐用同情的口吻说。

天打雷劈的，你这婊子养的杂种！

与她表示的怜悯相配合，餐厅的铃铛丁啷一声响了。秃头帕特到酒吧和餐厅的门口来了。聋子帕特来了，奥蒙德饭店的茶房帕特来了。给吃饭的客人预备的陈啤酒。她不慌不忙地端上了陈啤酒。

利内翰耐心地等待着不耐烦的博伊兰，等待着辚辚地驾着轻快二轮马车而来的那个恶魔般的纨绔子[1]。

掀开盖子，他（谁？）逼视着木框（棺材？）里那斜绷着的三重（钢琴！）钢丝。他（就是曾经放肆地紧握过她的手的那个人）踩着柔音踏板，按了按三个三和弦音键，试一下油毛毡厚度的变化，听一

1　原文blazes boy有双关含义。博伊兰的教名为Blaze，而Old Blazes又有恶魔意。本书第四章米莉致布卢姆的信中，有“我差点儿写成布莱泽斯·博伊兰了”之句，说明在“布莱泽”之名后加上“斯”，实际上是外号。小写的blazes则作地狱解。

听用毡子裹住的琴槌敲击出的音响效果。

聪明的布卢姆（亨利·弗罗尔）在达利商行买了两张奶油色的仿羔皮纸（一张是备用的），两个信封，边买边回想着自己在威兹德姆·希利的店里工作时的事。你在自己家里不幸福吗？花是为了安慰我，把爱情断送掉的针[1]。花的语言是有含义的。那是一朵雏菊吗？象征着天真无邪。望完弥撒后，跟品行端正的良家少女见面。多谢多谢。聪明的布卢姆望着贴在门上的一张招贴画。一个吸着烟的美人鱼在绮丽的波浪当中扭动着腰肢。吸美人鱼牌香烟吧，吸那无比凉爽的烟吧。头发随波漂荡，害着相思病。为了某个男人。为了拉乌尔。他放眼望去，只见远远地在埃塞克斯桥上，远远地望到一顶花哨的帽子乘着二轮轻快马车。那就是。又碰见了。这是第三回了。巧合。

马车那柔软的胶皮轱辘从桥上辚辚地驰向奥蒙德码头。跟上去。冒一下险。快点儿走。四点钟。如今快到了。走出去吧。

——两便士，先生，女店员壮起胆子来说。

——啊……我忘记了……对不起……

——外加四便士。

四点钟，她。她朝着布卢姆嫣然一笑。布卢、微笑、快、走。再见。难道你以为自己是沙滩上唯一的小石头子儿吗？她对所有的人都这样，只要是男人。

金发女侍昏昏欲睡，默默地朝着她正读着的书页俯下身去。

从大厅里传来一阵声音，拖得长长的，逐渐消失。这是调音师忘下的音叉，他正拿着敲呢。又响了一声。他把它悬空拿着，这次它发出了颤音。你听见了吗？它发出了颤音，清纯，更加清纯；柔和，更加柔和。那营营声拖得长长的。呼唤声拖得越来越悠长，逐渐消失。

帕特替客人叫的那瓶现拔塞子的酒付了款。在离开之前，秃头而面带困惑表情的他，隔着大酒杯、托盘和现拔塞子的那瓶酒，跟杜丝小姐打起耳喳来。

1　参看第241页注释2。

——灿烂的星辰褪了色……

从里面传来无声歌的曲调：

——……即将破晓。

一双敏感的手下，十二个半音像小鸟鸣啭一般做出快活的最高音区的回应。所有的音键都明亮地闪烁着，相互联结，统统像羽管键琴般轰鸣着，呼吁歌喉去唱那被露水打湿了的早晨，唱青春，唱与情人的离别，唱生命和爱的清晨。

——露水如珍珠……

利内翰的嘴唇隔着柜台低低地吹着诱人的口哨。

——可是朝这边望望吧，他说。你这朵卡斯蒂利亚的玫瑰。

轻快二轮马车辚辚地驰到人行道的边石那儿停住了。

她站起来，合上书本。这朵卡斯蒂利亚的玫瑰烦恼而孤寂，睡眼惺忪地站了起来。

——她是自甘堕落呢，还是被迫的呢？他问她。

她以轻蔑口吻回答：

——别问了，你也就听不到瞎话啦。

像个大家闺秀，摆出大家闺秀的架势。

布莱泽斯·博伊兰那双款式新颖的棕黄色皮鞋在他大踏步走着的酒吧间地板上橐橐响着。是啊，金发女侍从近处，褐发女侍从远处。利内翰听见了，晓得是他，并向他欢呼：

——瞧，英雄的征服者驾到。

布卢姆这位不可征服的英雄从马车与窗户之间小心翼翼地穿过去。说不定他还瞧见了我呢。他坐过的座位还有股热气儿呢。他像一只谨慎的黑色公猫似的朝着里奇·古尔丁那只举起来向他打招呼的公文包走去。

——而我从卿卿……

——我听说你到这儿来啦，布莱泽斯·博伊兰说。

他用手碰了一下歪戴着的草帽檐儿，向金发的肯尼迪小姐致意。她朝他笑了笑。可是跟她形同姐妹的那个褐发女侍笑得比她还甜，像是在向他夸耀着自己那更加浓密的头发和那插着玫瑰的酥胸。

[潇洒的][1]博伊兰叫了酒。

——你要点儿什么？苦啤酒？请给来一杯苦啤酒。给我野刺李杜松子酒。结果出来了吗？

还没有。四点钟，他。都说是四点钟。

考利神父那红润的耳朵垂儿和突出的喉结出现在行政司法长官公署的门口。躲开他吧。赶巧碰上了古尔丁。他在奥蒙德干什么哪？还让马车等着。且慢。

喂，你好。到哪儿去呀？要吃点儿什么吗？我也刚好要。就在这儿吧。哦，奥蒙德？在都柏林说得上是最实惠的。哦，是吗？餐厅。就一动不动地坐在那儿。能够看见他，却别让他看见自己。我陪你一道去。来吧。里奇在前面引路。布卢姆跟在他的公文包后边。这饭菜足可以招待王爷。

杜丝小姐伸出她那裹在缎袖中的胳膊去够一只大肚酒瓶，她那胸脯挺得高高的，几乎快绷裂了。

——噢！噢！她每往上一挺，利内翰就倒吸一口气，并急促地说。噢！

然而她顺顺当当地抓到了猎物，扬扬得意地把它撂在低处。

——你为什么不长高点儿呢？布莱泽斯·博伊兰问。

1　方括弧内的“潇洒的”一词系根据海德一九八九年版和二〇〇一年版（第218页第4行）补译。

这位褐发女侍从瓶子里为他的嘴唇倾倒出浓郁的甜酒，望着它哗哗地往外流（他上衣上那朵花儿，是谁送的呢？），然后用甜得像糖浆般的嗓音说：

——好货色总是小包装的。

这指的是她本人喽。她灵巧地慢慢倾倒着那糖浆状野梅红杜松子酒。

——祝你走运，布莱泽斯说。

他掷下一枚大硬币。硬币哐啷一响。

——等着吧，利内翰说，直到我……

——交了好运，他表示自己的愿望，并举起冒泡的淡色浓啤酒。

——权杖不费吹灰之力就能取胜，他说。

——我下了点儿赌注，博伊兰边眨眼边喝着酒说。要知道，不是我本人出的钱。是我的一个朋友心血来潮。

利内翰继续喝着酒，并且朝自己杯中这倾斜着的啤酒以及杜丝小姐那微启的嘴唇咧嘴笑了笑。她那嘴唇差点儿把刚才颤巍巍地唱过的海洋之歌哼出来。艾多洛勒斯。东海。

时钟在响着。肯尼迪小姐从他们旁边经过（花儿，我纳闷是谁送的？），端走了托盘。时钟咔嗒咔嗒地响着。

杜丝小姐拿起博伊兰的硬币，使劲用它敲了一下现金出纳机。它发出一片哐啷声。时钟咔嗒咔嗒地响着。埃及美女[1]在钱箱里又扒拉又挑拣，嘴里哼唱着，递给了他找头。朝西边望去，咔嗒。为了我。

——几点钟啦？布莱泽斯·博伊兰问。四点？

钟。

利内翰那双小眼睛贪婪地盯住正在哼唱着的她，盯住哼唱着的胸脯，并拽拽布莱泽斯·博伊兰的袖管。

——咱们听听那个拍子[2]吧，他说。

1　因杜丝小姐方才唱的歌里有“东海的女王”一词，这里把她比作埃及美女。

2　这是酒吧女侍向顾客献殷勤的一种办法。把袜带拉长后一撒手，弹回来碰在腿上发出啪的一声，叫作：“敲响那口钟！”

古尔丁—科利斯—沃德法律事务所的那只公文包领着布卢姆，从那些裸麦地里开着花的桌子之间穿行。他对自己的目的感到兴奋，在秃头帕特的侍奉下，随随便便选了一张靠近门口的桌子。好挨得近一点儿。四点钟。难道他忘记了不成？兴许是玩花样。不来了：吊吊胃口。我可做不到。等啊，等啊。帕特，茶房，侍奉着。

褐发女侍那对闪亮的碧眼瞅着布莱泽斯那天蓝色的蝴蝶领结和一双天蓝色的眼睛。

——来吧，利内翰苦苦相劝，谁都不在嘛。他还从来没听过呢。

——……紧步凑向弗萝拉的嘴唇。

高高的、高高的音调——最高音部，清晰地响彻着。

褐发女侍杜丝边跟自己那朵忽沉忽浮的玫瑰谈着心，边渴求布莱泽斯·博伊兰的鲜花和眼睛。

——劳驾啦，劳驾啦。

为了让她说出表示同意的话，他一再央求着。

——我离不开卿卿[1]……

——待会儿再说，杜丝小姐羞答答地答应道。

——不，马上就来，利内翰催促着。敲响那口钟[2]！喏，来吧！谁都不在嘛。

她瞧了瞧。可得抓紧。从肯小姐所在的地方是听不见的。猛地弯下身去。两张兴奋起来的面庞正凝视着她弯腰。

游离主调的和弦，失去的和弦颤悠悠地重新找到了，接着又失去了，并又找到了震颤的主调。

1　此处的“紧步……唇”与前文的“我……卿”均出自《再见，宝贝儿，再见》（参看第376页注释2）。弗萝拉亦含有花和春的女神意。

2　原文为法语。

——来吧！干吧！敲响！

她弯下身，捏着裙子下摆一直撩到膝盖以上。磨磨蹭蹭地。弯着腰，迟迟疑疑，以胸有成竹的眼神继续挑逗着他们。

——敲响！

啪！她突然撒开捏着松紧袜带的手，让它啪的一声缓缓地碰回到她那包在暖和的长袜里、能够发出声响的女人大腿上。

——那口钟[1]！利内翰极高兴地嚷道。老板训练有方。无可挑剔。

她目空一切地堆出一脸做作的笑容（哭鼻子了！男人不就会这样么！），却朝亮处悄悄溜去，对博伊兰投以柔和的微笑。

——你这个人庸俗透顶，她边说边滑溜地走去。

博伊兰以目传神，以目传神。他把厚厚的嘴唇凑在倾着的杯子上，干了那一小杯，啜着杯中最后几滴糖浆般的紫罗兰色浓酒。当她的头从酒吧间里那镀了金字的拱形镜子旁边闪过时，他那双着了迷的眼睛紧紧追随着她；镜中可以望到的盛着姜麦酒、白葡萄酒和红葡萄酒的玻璃杯，以及一只又尖又长的海螺闪了过去，褐发女侍和更加明亮的褐发女侍一时交相辉映。

是啊，褐发女侍从近处走开了。

——……情人啊，再见吧[2]！

——我走啦，博伊兰不耐烦地说。

他精神抖擞地推开杯子，一把抓起找给他的零钱。

——等一会儿，利内翰赶忙把酒喝了恳求说。我有话告诉你。托姆·罗赤福特……

——他就欠下地狱啦，布莱泽斯·博伊兰边说边提起脚就走。

利内翰为了好跟着他走，把酒一饮而尽。

1　此处的“那口钟”与前文的两处“敲响”原文均为法语。
2　“情……吧！”出自《再见，宝贝儿，再见》。

——难道你勃起[1]了吗？他说。等一等。我马上就来。

他跟在那双匆匆地橐橐响着的鞋后边走去，然而到了门口就麻利地在一胖一瘦两个互相寒暄着的身影旁边站住了。

——你好，本·多拉德先生。

——呃？好吗？好吗？正在听考利神父诉苦的本·多拉德，掉过脸去，用含含糊糊的男低音说。他不会来找你什么麻烦了，鲍勃。阿尔夫·柏根会跟那高个子谈一谈。这回咱们要往加略人犹大的耳朵里塞根大麦秆。

迪达勒斯先生叹着气穿过大厅走来了，他用一个指头揉着眼睑。

——嘿，嘿，咱们就是得给他塞，本·多拉德就像是用约德尔[2]唱法似的兴高采烈地说。来吧，西蒙。给咱唱个小调儿。我们听到你弹的钢琴喽。

谢顶的帕特，耳聋的茶房正等着客人们叫饮料。里奇叫的是鲍尔威士忌。布卢姆呢？让我想想看。省得让他跑两趟。他脚上长了鸡眼呢。此刻已经四点钟啦。这身黑衣服穿着多热呀。当然，神经也有些作怪。它折射着（是吗？）热能。让我想想看。苹果酒。对，一瓶苹果酒。

——那算什么呀？迪达勒斯先生说。伙计，我不过是凑凑热闹。

——来吧，来吧，本·多拉德嚷道。把忧愁赶走！来呀，鲍勃。

他——多拉德，穿着那条肥大的裤子，领着他们（瞧那个衣着不整的家伙，现在就瞧）缓步走进大厅。他——多拉德，一屁股坐在琴凳上。他那双患痛风症的手咚的一声戳了一下琴键。咚的一声，又戛然而止。

秃头帕特在门道里碰见手里没有了茶盘的金发女侍走了回来。他面带困惑神色请她端杯鲍尔威士忌和一瓶苹果酒来。褐发女侍在窗畔注视着。褐发女侍从远处。

1　原文作got the horn。西方谓老婆与人通奸，丈夫头上就长犄角；这里则指“阴茎勃起”。
2　约德尔是用高音假声、低音胸声做快速交替的一种唱法，风行于瑞士阿尔卑斯山民之间。

轻快二轮马车辚辚地驰过。

布卢姆听见辚的一声，轻微的。他走啦。布卢姆对着沉默的蓝色花儿，像呜咽一般轻轻地叹了口气。辚辚。他走啦。辚辚。听哪。

——《恋爱与战争》[1]，本，迪达勒斯先生说。天主祝福往昔的岁月。

杜丝小姐那双大胆的眼睛无人理睬，她受不了阳光的刺激，就把视线从半截帘子那儿移开了。走掉啦。郁郁不乐（有谁知道呢？），实在太扎眼（那刺目的阳光！）她拽了拽拉绳，撂下了窗帘。这当儿，褐发下面浮泛着郁郁不乐之色。（他为什么这么匆匆忙忙地就走了开，正当我要？）款款来到酒吧间。秃头正挨着金发姊妹站在那儿，形成了不协调的对比，对比起来不协调，全然不协调的对比。徐缓、冰凉、朦胧地滑到阴影深处的海绿色，**一片淡绿蓝色**[2]。

——那天晚上弹钢琴的是可怜的古德温老爷爷，考利神父提醒他们说。他本人和那架科勒德牌三角钢琴[3]不大合得来。

是这样的。

——光听他一个人说了，迪达勒斯先生说。连魔鬼都制止不了他。喝得半醉的时候，他就成了个怪脾气的老家伙。

——哎唷，你还记得吗？本，大块头多拉德从受他惩罚的琴键前掉转身来说。而且他妈的我当时也没有婚礼服呢。

他们三个人都笑了。他没有结婚。三个全笑了。没有婚礼穿的礼服。

——那个晚上，咱们的朋友布卢姆可帮了大忙，迪达勒斯先生说。哦，我的烟斗哪儿去啦?

他踱回到酒吧间去找那支失去的和弦烟斗。秃头帕特正给里奇和帕迪两位顾客送饮料。考利神父又笑了一通。

——看来是我给救了急，本。

1　《恋爱与战争》是托马斯·库克所作的二重唱曲。

2　原文为法语。参看第379页注释1。

3　这是一种中档英国制三角钢琴，在一九〇四年，每架约值一百一十英镑。

——可不就是你嘛，本·多拉德斩钉截铁地说。我还记得那条紧巴巴的长裤的事儿。那可是个高明的主意，鲍勃。

考利神父的脸一直涨红到紫红色的耳垂儿。他打开了局面。紧巴巴的长裤。高明的主意。

——我晓得他手头紧。他老婆每星期六在咖啡宫弹钢琴，挣不了几个钱。是谁来着，透露给我说，她在干着另一种行当。为了寻找他们，我们不得不走遍整条霍利斯街，最后还是基奥那家店里的伙计告诉了我们门牌号码。记得吗？

本记起来了，他那张宽脸盘儿露出诧异的神情。

——哎唷，她尽管住在那样的地方，却还有赴歌剧院的豪华大氅什么的。

迪达勒斯先生手里拿着烟斗，溜溜达达地走回来了。

——梅里昂方场的款式。好多件舞衣，哎唷，还有不少件宫廷服装。然而他从来不让老婆掏钱。对吧？她有一大堆两端尖的帽子、博莱罗[1]和灯笼裤。对吧？

——唉，唉，迪达勒斯先生点了点头，玛莉恩·布卢姆太太有各式各样不再穿的衣服。

轻快二轮马车辚辚地沿着码头奔驰而去。布莱泽斯在富于弹性的轮胎上伸开四肢，颠簸着。

——肝和熏猪肉。牛排配腰子饼。好的，先生，好的，帕特说。

玛莉恩太太。遇见了他尖头胶皮管[2]。一股煳味儿，一本保罗·德·科克的。他这个名字多好！

——她叫什么来着？倒是个活泼丰满的姑娘。玛莉恩……？

——特威迪。

——对。她还活着吗？

——活得欢势着哪。

---

1 博莱罗，又译波莱罗。四分之三拍的西班牙舞。这里指舞衣。

2 参看第91页注释4和第220页注释1，这里同时又暗喻玛莉恩与博伊兰幽会事。

——她是谁的闺女来着……

——联队的闺女。

——对，一点儿不假。我记起那个老鼓手长来了。

迪达勒斯先生划了根火柴，嚓的一声点燃了，噗地喷出一口馨香的烟，又喷出一口。

——是爱尔兰人吗？我真不知道哩。她是吗，西蒙？

然后猛吸进一口，强烈，馨香，发出一阵噼啪声。

——脸蛋儿上的肌肉……怎样？……有点儿褪了色……噢，她是……我的爱尔兰妞儿摩莉，噢[1]。

他吐出一股刺鼻的羽毛状的烟。

——从直布罗陀的岩石那儿……大老远地来的。

她们在海洋的阴影深处苦苦地恋慕着，金发女侍守在啤酒泵柄旁，褐发女侍挨着野樱桃酒；两个人都陷入沉思。住在德拉姆康德拉的利斯英尔高台街四号的米娜·肯尼迪以及艾多洛勒斯，一位女王，多洛勒斯，都一声不响。

帕特上了菜，把罩子一一掀开。利奥波德切着肝。正如前文[2]所说的，他吃起下水、有嚼头的胗和炸雌鳕卵来真是津津有味。考立斯—沃德律师事务所的里奇·古尔丁则吃着牛排配腰子饼。他先吃牛排，然后吃腰子。他一口口地吃饼。布卢姆吃着，他们吃着。

布卢姆和古尔丁默默地相互配合，吃了起来。那是一顿足以招待王爷的正餐。

单身汉布莱泽斯·博伊兰顶着太阳在溽暑中乘着双轮轻便马车，母马那光滑的臀部被鞭子轻打着，倚靠那富于弹性的轮胎，沿着巴切勒便道辚辚前进。博伊兰摊开四肢焐暖着座席，心里急不可耐，热切而大胆。犄角。你长那个了吗？犄角。你长了吗？犄——犄——犄角。

多拉德的嗓门像大管似的冲来，压过他们那炮轰般的和音：

1　“我的……噢”是爱尔兰歌谣《爱尔兰妞儿摩莉，噢》中的叠句。歌中摩莉之父不许她与外族人通婚，致使“我”（一个苏格兰小伙子）为之心碎。

2　指第4章开头部分。

——当狂恋使我神魂颠倒之际……

本灵魂本杰明[1]那雷鸣般的声音震撼屋宇，震得天窗玻璃直颤抖着，爱情的颤抖。

——战争！战争！考利神父大声在嚷。你是勇士。

——正是这样，勇士本笑着说。我正想着你的房东[2]呢。恋爱也罢，金钱也罢。

他住了口。为了自己犯的大错，他摇晃着大脸盘上的大胡子。

——就凭你这样的声量，迪达勒斯先生在香烟缭绕中说。你准会弄破她的膜[3]，伙计。

多拉德摇晃着胡子，在键盘上大笑了一通。他是做得到的。

——且别提另一个膜了，考利神父补充说。歇口气吧。含情但勿过甚[4]。我来弹吧。

肯尼迪小姐给两位先生端来两大杯清凉烈性黑啤酒。她寒暄了一声。第一位先生说，这可真是好天气。他们喝着清凉烈性黑啤酒。她可晓得总督大人是到哪儿去吗？可曾听见蹄铁响，马蹄声。不，她说不准。不过，这会儿报的。噢，不用麻烦她啦。不麻烦。她摇晃着那份摊开的《独立报》，她寻找着总督大人。她那高高挽起的发髻慢慢移动着，寻找着总督大人。第一位先生说，太麻烦了。哪里，一点也不费事。喏，他就像那样盯着看。总督大人。金发挨着褐发，听见了蹄铁声，钢铁响。

---

1 “当……际”，出自《棕榈树荫》，参看第385页注释2。下面的本灵魂本杰明：从本·多拉德的本，联想到通过实验证明雷即电、并发明了避雷针的美国人本杰明·富兰克林（1706—1790）。灵魂（soul）与扫罗（Saul）谐音，见《使徒行传》：“忽然有一道光从天上下来，四面照射着他。……有声音对他说：‘扫罗……’”

2 考利神父的房东名叫休·洛夫（Love）。英语中，此字的主要词义为爱情。而此二重唱的爱情部分由高音歌手演唱。

3 前文中的声量，原文为organ，也作“器官”解。中世纪西方传说童贞玛利亚是通过耳膜而怀上耶稣的。膜（drum）是双关语，既指鼓膜，又作耳膜解。所以下文中考利神父有“且别提另一个膜（指耳膜）了”之语。

4 原文为意大利文。借“但勿过甚”这个音乐用语来提醒对方贪色也要适可而止。

——……我神魂颠倒之际

顾不得为明天而焦虑[1]。

布卢姆在肝汁里搅拌着土豆泥。《恋爱与战争》，有人就是。本·多拉德那著名的。有一天晚上，他跑来向我们借一套为了赴那次音乐会穿的夜礼服。裤子像鼓面那样紧紧地绷在他身上。一头音乐猪。他走出去之后，摩莉大笑了一阵。她仰面往床上一倒，又是尖叫，又是踢踢踹踹。这不是把他的物儿统统都展览出来了吗？啊，天上的圣人们，我真是一身大汗！啊，坐在前排的女客可怎么好！啊，我从来没笑得这么厉害过！喏，就是那样，他才能发得出那低沉的桶音。比方说，那些阉人。谁在弹琴呢？韵味儿不错。准是考利，有音乐素质。无论奏什么曲调，都能理解。可是他有口臭的毛病，可怜的人。琴声停止了。

富于魅力的杜丝小姐，莉迪亚·杜丝朝着正走进来的一位先生——和蔼可亲的初级律师乔治·利德维尔鞠着躬。您好。她伸出一只湿润的、上流小姐的手，他紧紧地握住。您好。是的，她已经回来啦。又忙忙碌碌地干起来了。

——您的朋友们在里面呢，利德维尔先生。

乔治·利德维尔，和蔼可亲，像是受诱惑般地握住一只肉感的手。

正如前文说过的，布卢姆吃了肝。这里至少挺清洁。在伯顿饭馆，那家伙用齿龈对付软骨。这里什么人也没有。除了古尔丁和我。干净的桌布，花儿，状似主教冠的餐巾。帕特张罗来张罗去。秃头帕特。无所事事。在都柏林市，这里最物美价廉了。

又是钢琴。那是考利。当他面对它而坐时，好像和它融为一体，相互理解。那些徒有其表、令人厌烦的乐师们在弦上乱拨一气。盯着琴弓的一头，就像拉锯般地拉起大提琴，使你想起牙疼时的情景。她

1 “我……虑”，语出自《棕榈树荫》，参看第385页注释2。

高声打起长的呼噜。那晚上我们坐在包厢里，幕间休息的时候，长号在下面像海豚般地喘着气；另一个吹铜管乐器的汉子拧了一下螺丝，把积存的唾沫倒出来。指挥的两条腿在松松垮垮的长裤里跳着吉格舞。把他们遮藏起来还是对的。

双轮轻快马车辚辚地疾驰而去。

只有竖琴。可爱灿烂的金光。少女拨弄着它。可爱的臀部，倒很适宜蘸上点儿肉汁。黄金的船。爱琳。那竖琴也被摸过一两次。冰凉的手。霍斯山，杜鹃花丛。我们是她们的竖琴。我。他。老的。年轻的。

——啊，我不行，老兄，迪达勒斯先生畏畏缩缩、无精打采地说。

得用强硬的口气。

——弹下去，妈的！本·多拉德大声嚷道。一小段一小段地来吧。

——来一段《爱情如今》[1]，西蒙，考利神父说。

他朝舞台下首迈了几大步，神情严肃，无限悲伤地摊开了长长的胳膊。他的喉结嘶哑地发出轻微的嗄声。他对着那里的一幅罩满尘土的海景画《最后的诀别》[2]柔声唱了起来。伸入大海中的岬角，一艘船，随着起伏的孤帆。再见吧。可爱的少女。她的面纱随风围着她刮，它在风中朝着岬角飘动。

考利唱道：

——爱情如今造访，
攫住我的目光……

少女不去听考利的歌声。她对那离去的心上人，对风，对恋情，对疾驶的帆，对归去者，摇着她的轻纱。

——弹下去吧，西蒙。

——哎，我的全盛时期确实已经过去了，本……喏……

1　原文为意大利文。这是歌剧《玛尔塔》第3幕的插曲。
2　这幅海景画是为约翰·威利斯的《最后的诀别》一歌所作的插图。

迪达勒斯先生将自己的烟斗撂在音叉旁边，坐下来，碰了碰那顺从的键盘。

——不，西蒙，考利神父掉过身来说。照原来的谱子来弹。一个降号。

键盘乖乖地变得高昂了，诉说着，踌躇着，表白着，迷惘着。

考利神父朝舞台上首大踏步走去。

——喂，西蒙，我为你伴奏，他说。起来吧。

那辆轻快双轮马车从格雷厄姆·莱蒙店里的菠萝味硬糖果和埃尔韦里的象记商店旁边，辚辚地驰过去。

布卢姆和古尔丁俨然像王侯一般坐下来，牛排、腰子、肝、土豆泥，吃那顿适宜给王侯吃的饭。他们像进餐中的王侯似的举杯而饮鲍尔威士忌和苹果酒。

里奇说，这是迄今为男高音写的最优美的曲调：《梦游女》。一天晚上，他曾听见约·马斯[1]演唱过。啊，麦古金[2]真了不起！对。有他独特的方式。少年唱诗班的味道。那少年名叫马斯。弥撒少年。可以说他是抒情性的男高音。听了之后永远不会忘记，永远不会。

布卢姆消灭了肝之后，就边吃剩下的牛排，边满怀同情地看着对面那张绷起来的脸上泛出的紧张神色。他背疼。布赖特氏病患者那种明亮的目光[3]。节目单上下一个项目。付钱给吹笛手[4]。药片，像是用面包渣做成的玩意儿，一畿尼一匣。拖欠一阵再说。也来唱唱：在死

1　约瑟夫·马斯（1847—1886），英国著名男高音歌手。他是从教堂唱诗班走上歌坛的。

2　巴顿·麦古金（1852—1913），爱尔兰男高音歌手，原先也曾参加唱诗班。

3　布赖特氏病亦称肾小球肾炎、肾炎。由于英国医师理查·布赖特（1789—1858）首次描述了这种疾病的临床表现（如脊背疼、眼睛发亮，大都是酗酒所致）而得名。这里，布赖特（Bright）与“明亮”（bright）拼法及发音相同，又是一文字游戏。

4　这是英国流行的一种说法：“你要是在其伴奏下跳舞，就得付钱给吹笛手。”含有“自作自受”意。此处指酗酒必然落到的下场。

者当中[1]。腰子饼。好花儿给[2]。赚不了多少钱。东西倒是值。鲍尔威士忌，喝起酒来挺挑剔：什么玻璃杯有碴儿啦，要换一杯瓦尔特里水啦。为了省几个钱，就从柜台上捞几盒火柴。然后又去挥霍一金镑。等到该付钱的时候，却又一文也拿不出来了。喝醉了就连马车钱也赖着不给。好古怪的家伙。

里奇永远也不会忘记那个夜晚。只要他活着一天，就绝忘不掉的。在古老的皇家剧场的顶层楼座，还带着小皮克。刚一奏起第一个音符。

里奇把到嘴边儿的话咽回去了。

眼下撒开弥天大谎来了。不论说什么都狂热地夸张。还相信自己的瞎话。真的深信不疑。天字第一号撒谎家。可他缺的是一份好记性。

——那是什么曲子呀？利奥波德·布卢姆问。

——现在一切都失去啦[3]。

里奇噘起嘴来。可爱的猖女[4]喃喃地唱着音调低沉的序曲：一切。一只画眉。一只画眉鸟。他的呼吸像鸟鸣那样甜美，他引为自豪的一口好牙之间，以长笛般的声音唱出哀愁苦恼。失去了。嗓音圆润。这当儿两个音调融合在一起了。我在山楂谷听见了画眉的啭鸣。它接过我的基调，将其糅合，变了调。过于新颖的呼声，消失在万有之中。回声。多么婉转悠扬的回音啊！那是怎样形成的呢？现在一切都失去啦。他哀恸地吹着口哨。垮台，降伏，消失。

布卢姆一面把花边桌垫的流苏塞到花瓶底下，一面竖起他那豹子[5]耳朵。秩序。是啊，我记得。可人的曲子。在梦游中她来到他跟前。

1　《倒在死者当中》是根据英国诗人约翰·戴尔（1700—1758）的诗所谱的歌。大意是说，不喝酒的人还不如倒在死者当中。

2　原文作Sweets to the。在《哈姆莱特》第5幕第1场中，王后边往奥菲利娅的棺材上撒花，边说："好花儿给美人儿。"这里引用时，省略了后面的sweet。意思是：给患肾炎者吃腰子，正如好花儿给美人儿。当时人们相信，丸药对疾病无济于事，不如食补。

3　参看第377页注释1。

4　猖女是苏格兰传说中的女妖。据说若夜间听见其哀号恸哭，家里必将死人。

5　这是文字游戏。布卢姆的教名利奥波德（Leopold）与豹子（leopard）发音近似。

一位沐浴在月光中的天真烂漫的少女。勇敢。不了解他们所面临的险境。然而还是把她留住吧。呼唤她的名字。摸摸水[1]。轻快双轮马车辚辚。太迟啦。她巴望着去。正因为如此。女人。拦截海水倒还容易一些。是的，一切都失去啦。

——一支优美的曲子，布卢姆，忘乎所以的利奥波德说。我对它很熟悉。

里奇·古尔丁平生从来不曾。

他对这一点也一清二楚。或许已有所觉察。依然念念不忘地提他的女儿。迪达勒斯曾说：只有聪明的女儿才会知道自己的父亲。我呢？

布卢姆隔着他那只肝儿已经吃光了的盘子，斜眼望去。失去了一切的人的面庞。这位里奇一度也曾沉湎于狂欢作乐。他玩的那些把戏而今都已过时了。什么扇耳朵啦，透过餐巾套环往外窥伺啦。现在他派儿子送出去几封告帮信。斗鸡眼的沃尔特说，爹，我照办了，爹。我不想麻烦您，但我原是指望能收到一笔钱。替自己辩解。

又是钢琴。音色比我上次听到的要好些。大概调了音。又停止了。

多拉德和考利还在催促那个迟迟疑疑的歌手唱起来。

——来吧，西蒙。

——来，西蒙。

——女士们，先生们，承蒙各位不弃，我深深表示感谢。

——来，西蒙。

——我不称钱，然而您们要是肯听的话，我就为大家唱一支沉痛的心灵之曲。

在帘子的遮阴下，钟形三明治容器旁边，莉迪亚胸前插了朵玫瑰。一位褐发淑女的娴雅派头，忽隐忽现；而金发挽成高髻、沉浸在冰凉而银光闪闪的一片淡绿蓝色[2]中的米娜，在两位举着大酒杯的顾客

1　西方迷信：若轻轻呼唤梦游者名字，或让他（她）摸摸水，就能使其清醒。

2　原文为法语。

面前也是这样。

前奏旋律结束了。拖得长长的、仿佛有所期待的和弦消失了。

——当我初见那绰约身姿时[1]……

里奇回过头去。

——西·迪达勒斯的声音，他说。

他们脑子里充满了兴奋欣喜，涨红了双颊，边听边感受到一股恋慕之情流过肌肤、四肢、心脏、灵魂和脊背。布卢姆朝耳背头秃的帕特打了个手势，叫他把酒吧间的门半开着。酒吧间的门。就是这样。这样就行了。茶房帕特在那儿听候吩咐，因为站在门口听不清楚。

——……我的悲哀似乎将消失。

一个低沉的声音穿过静寂的空气传了过来。那不是雨，也不是沙沙作响的树叶；既不像是弦音或芦苇声，又不像那叫什么来着——杜西玛琴；用歌词触碰他们静静的耳朵，在他们各自宁静的心中，勾起往日生活的记忆，好哇，值得一听。他们刚刚一听，两个人的悲哀就好像分别消失了。当他们——里奇和波尔迪——初见美的女神而感到茫然时，他们从丝毫也不曾想到的人儿嘴里，第一次听到温柔眷恋、情意脉脉、无限缠绵的话语。

爱情在歌唱。古老甜蜜的情歌。布卢姆缓缓地解开他那包包上的松紧带。敲响恋人那古老甜蜜的金发[2]。布卢姆将松紧带绕在四根叉开来的指头上，伸开来，松了松，又将它两道、四道、八道地绕在不安的指头上，勒得紧紧的。

1　从“当我初……时”到第408页注释1处的“回到我这里”，文中共插进了十二句歌词，均出自《玛尔塔》中莱昂内尔演唱的插曲《爱情如今》。

2　原文为法语。这句话是将金发女侍弹袜带以娱顾客一举与正唱着的歌词拼凑而成。

——胸中充满希望欣喜……

男高音歌手能够把好几十个女人弄到手。这样他们的嗓音就洪亮了。妇女们朝他脚下投鲜花。咱们什么时候能见面呢？简直让我晕头。辚辚地响着，欢天喜地。他不能专为戴大礼帽的演唱。简直让你晕头转向为他而擦香水。你太太使用哪一种香水。我想知道。辚辚。停下来了。敲门。在开门之前，她总是先对着镜子照上最后一眼。门厅。啊，来了！你好吗？我很好。那儿吗？什么？要么就是？她的手提包里装着口香片，接吻时吃的糖果。要吗？双手去抚摩她那丰满的……

哎呀，歌声高昂了，叹息着，变了调。洪亮，饱满，辉煌，自豪。

——幻梦破灭一场空虚……

他至今仍有着一副极美妙的歌喉。科克人的歌声就是柔和一些，就连土腔都是这样。傻瓜！本来能够挣到海钱的。净唱错歌词。把他老婆活活地累死了。现下他倒唱起来了。然而很难说。只有他们两个在一起。只要他不垮下来。沿着林荫路还能跑出个样儿来。他的四肢也都在歌唱。喝酒吧。神经绷得太紧了。为了唱歌，饮食得有节制。詹妮·林德[1]式的汤：原汁，洋苏叶，生鸡蛋，半品脱奶油。为了浓郁的、梦幻般的歌喉。

柔情蜜意涌了上来。缓缓地，膨胀着，悸动着。就是那话儿。哈，给啦！接呀！怦怦跳动着，傲然挺立着。

歌词？音乐？不，是那背后的东西。

布卢姆缠上又松开来，结了个活扣儿，又重新解开来。

布卢姆。温吞吞、乐融融、舔光这股秘密热流，化为音乐，化为情欲，任情淌流，为了舔那淌流的东西而侵入。推倒她抚摩她拍拍她

1　詹妮·林德（1820—1887），瑞典歌剧及清唱剧女高音歌唱家。一八四七年在伦敦演唱迈耶贝尔的《西里西亚野战营》中专为她写的女高音部分，轰动一时。

压住她。公羊。毛孔膨胀扩大。公羊。那种欢乐，那种感触，那种亲昵，那种。公羊。冲过闸门滚滚而下的激流。洪水，激流，涨潮，欢乐的激流，公羊震动。啊！爱情的语言。

——……希望的一线曙光……

喜气洋溢。女神莉迪亚一副淑女派头，尖声尖气地对利德维尔说着话。听不见，是由于希望的曙光被尖声压住了。

是《玛尔塔》。巧合。我正要写信呢。莱昂内尔的歌。你这名字挺可爱。不能写。请笑纳我这份小小礼物。拨弄她的心弦，也拨弄钱包的丝带。她是个。我曾称你作淘气鬼。然而这个名字：玛莎。多么奇怪呀！今天。

莱昂内尔的声音又回来了，比先前减弱了，但并不疲倦。它再一次对里奇、波尔迪、莉迪亚、利德维尔歌唱，也对那边张着嘴竖起耳朵、边等着伺候顾客的帕特歌唱。他是怎样初次瞥见那绰约的身姿，悲哀是怎样似乎消失的，她的眼神、丰韵和谈吐如何使古尔德和利德维尔着迷，如何赢得了帕特·布卢姆的心。

不过，我要是能瞧见他的脸就好了。意思就更清楚了。这下子我明白，当我在德雷格理发店对着镜中理发师的脸说话时，他何以总要望着我的脸了。尽管离得有点儿远，在这儿还是比在酒吧间听得真切一些。

——遇见你那温雅明眸……

我在特列纽亚的马特·狄龙家初次见到她的那个夜晚。她身穿黑网眼的嫩黄色衣衫。音乐椅[1]。最后只剩下我们两个。命运。我追在她

1　音乐椅是在音乐伴奏下围着椅子转的一种游戏。音乐一停，就各自抢座位，每次必淘汰一人，并抽掉一把椅子。

后面。命运。慢慢腾腾地兜圈子。快点转吧。我们两个人。大家都看着哪。停！她坐了下来。被淘汰的面面相觑。个个咧着嘴笑着。嫩黄色的膝盖。

——我的眼睛被迷惑……

歌唱着。她唱的是《等候》[1]。我替她翻乐谱。音域广阔，香气袭人。你的丁香树，什么牌的香水。我看见了胸脯，两边那么丰腴，喉咙颤抖着。当我初见，她向我道谢。她为什么……我呢？缘分。西班牙风韵的眼睛。此时此刻，在古老的马德里[2]，多洛勒斯——她，多洛勒斯，在中庭梨树下的阴影下。望着我。引诱着。啊，诱惑着。

——玛尔塔！啊，玛尔塔！

莱昂内尔摆脱了心头的一切郁闷，以愈益深邃而愈益高昂的和谐音调，饱含着强有力的激情，唱起悲歌，呼唤着恋人归来。莱昂内尔那孤独的呼唤，她是应该能理解的；玛尔塔是应该察觉到的。因为他所等待的只有她一人。在哪儿？这儿，那儿；试试那儿，这儿；哪儿都试试着。在哪儿。在某处。

——回来吧，迷失的你！
回来吧，我亲爱的你！

孤零零的，唯一的爱。唯一的希望。我唯一的慰藉。玛尔塔，胸腔共鸣，回来吧！

---

1 《等候》(1867）是艾伦·弗拉格作词、H. 米勒德配乐的歌曲。
2 《在古老的马德里》是G. 克利夫顿·宾尼姆作词、亨利·特罗特配乐的一首歌曲。

——回来吧！

声音飞翔着，一只鸟儿，不停地飞翔，迅疾、清越的叫声。蹁跹吧，银色的球体；它安详地跳跃，迅疾地，持续地来到了。气不要拖得太长，他的底气足，能长寿。高高地翱翔，在高处闪耀，燃烧，头戴王冠，高高地在象征性的光辉中，高高地在上苍的怀抱里，高高地在浩瀚、至高无上的光芒普照中，全都飞翔着，全都环绕着万有而旋转，绵绵无绝期，无绝期，无绝期……

——回到我这里[1]！

西奥波德！

耗尽了。

哦，唱得好。大家鼓掌。她应该来的。到我这儿，到他那儿，到她那儿，还有你，我，我们。

——妙哇！啪啪啪。真了不起，好得很，西蒙。噼啪噼啪。再来一个！噼噼啪啪。很是嘹亮。妙哇，西蒙！噼里啪啦。再来一个！再来鼓掌。本·多拉德、莉迪亚·杜丝、乔治·利德维尔、帕特、米娜，面前摆着两只大酒杯的绅士、考利、拥着大酒杯的第一位绅士还有褐发女侍杜丝小姐和金发女侍米娜小姐，个个不住地说啊，叫唤啊，拍手啊。

布莱泽斯·博伊兰那双款式新颖的棕黄色皮鞋橐橐地走在酒吧间地板上，这在前边已说过了。正如适才所说的，轻快双轮马车辚辚地从约翰·格雷爵士、霍雷肖·纳尔逊和可敬的西奥博尔德·马修神父的雕像前驰过。马儿颠颠小跑着，热腾腾的，坐在那儿也热腾腾的。

1　这是《爱情如今》的最后一句。参看第404页注释1。下一行的西奥波德，原文作Siopold，系将唱者西蒙（Simon）与听者利奥波德（Leopold）的名字合并而成，以表示二人感情上的共鸣。

那口钟。敲响。那口钟。敲响[1]。母马略减速度，沿着拉特兰广场圆堂旁的小丘徐徐前进。母马一颠一摇地向前踱着。对情绪亢奋的博伊兰，急不可待的博伊兰来说，真是太慢了。

考利的伴奏结束了，缭绕的余音消失在充满感兴的空气中。

里奇·古尔丁呢，就饮着他那鲍尔威士忌，利奥波德·布卢姆呷着他的苹果酒，利德维尔则啜着他那吉尼斯啤酒。第二位绅士说，倘若她不介意的话，他们很想再喝上两大杯。肯尼迪小姐那珊瑚般的嘴唇对第一位和第二位绅士冷冰冰地露出装腔作势的笑容，说她并不介意。

——把你在牢里关上七天，本·多拉德说。光靠面包和水来过活。西蒙，那样你就会唱得像花园里的一只画眉。

莱昂内尔·西蒙，歌手，笑了。鲍勃·考利神父弹琴。米娜·肯尼迪伺候着。第二位绅士会的钞。汤姆·克南大摇大摆地走了进来。莉迪亚既赞赏又博得赞赏。布卢姆唱的却是一支沉默之歌。

赞赏着。

里奇边赞赏边畅谈那个人的非凡的嗓子。他记得多年以前的一个夜晚。他永远也忘不了那个夜晚。那一次，西在内德·兰伯特家演唱《地位名声》[2]。天哪，他平生从没听到过那样的旋律。从来没听到过把“宁可分手，负心人”那句唱得那么美妙。天哪，唱“爱情既已不复存”时，歌喉是那样婉转清越。问问兰伯特，他也会这么说。

古尔丁那张苍白的脸兴奋得泛红了。他告诉布卢姆先生说，那个夜晚西·迪达勒斯在内德·兰伯特家演唱《地位名声》。

内兄。亲戚。我们擦身而过，彼此从不过话[3]。我想，他们之间有着不和的前兆[4]。他以轻蔑态度对待他。然而，他对他却越发仰慕。西演唱的那个夜晚。他用喉咙唱出的歌声宛如由两根纤细的丝弦奏出来

1　原文为法语。参看第391页注释2。

2　《地位名声》是《卡斯蒂利亚的玫瑰》中的咏叹调，参看第186页注释3。前文中的西，参看第57页注释2。

3　《我们擦身而过，彼此从不过话》(1882)是美国弗兰克·埃杰顿所作的歌曲名。

4　“他们之间有着不和的前兆”，语出自丁尼生的《默林与维维恩》(1859)一诗。

的，比其他任何人都出色。

那是哀叹的声音。现在平稳一些了。只有在静寂中，你才能感受自己所听到的。震颤。而今是沉默之曲。

布卢姆把十指交叉的双手松开来，用皮肤松弛的指头拨响那细细的肠线[1]。他将线拽长并拨响，发出嗡嗡声，然后又嘭的一声。这当儿，古尔丁谈起巴勒克拉夫的发声法。汤姆·克南按照回顾性的编排，有条不紊地向洗耳恭听着的考利神父谈着往事。神父正即兴弹奏着，边弹边点头。这当儿，身材魁梧的本·多拉德点上烟，和正抽着烟的西蒙·迪达勒斯聊了起来。他抽烟时，西蒙点着头。

失去了的你[2]。这是所有的歌的主题。布卢姆把松紧带拽得更长了。好像挺残酷的。让人们相互钟情，诱使他们越陷越深。然后再把他们拆散。死亡啦。爆炸啦。猛击头部啦。于是，就堕入地狱里去。人的生命。迪格纳穆。唔，老鼠尾巴在扭动着哪！我给了五先令。**天堂里的尸体**[3]。秧鸡般地咯咯叫着。肚子像是被灌了毒药的狗崽子。走掉了。他们唱歌。被遗忘了。我也如此。迟早有一天，她也。撇下她。腻烦了。她就该痛苦啦。抽抽噎噎地哭泣。那双西班牙式的大眼睛直勾勾地望空干瞪着。她那波——浪——状、沉——甸——甸的头发不曾梳理。

然而幸福过了头也令人腻烦。他一个劲儿地拽那根松紧带。你在自己家里不幸福吗？它啪的一声绷回去了。

车子辚辚地驶进多尔塞特街。

杜丝小姐抽回她那裹在缎袖里的胳膊，半嗔半喜。

——别这么没深没浅的，她说。咱们不过是刚刚相识。

乔治·利德维尔告诉她，这是千真万确的，然而她不相信。

第一位绅士告诉米娜，确实是这样的。她问他，真是这样的吗？第二个握着大酒杯的人告诉她是这样的。那么就是这样的。

1　肠线指松紧带。
2　“失去了的你”一语出自《爱情如今》。
3　原文为拉丁文，是用布卢姆当天在教堂里听到的两个词拼凑而成。

杜丝小姐，莉迪亚小姐，不曾相信。肯尼迪小姐，米娜，不曾相信。乔治·利德维尔，不，杜小姐不曾。第一个，第一个握着大酒杯的绅士；相信，不，不；不曾，肯尼迪小姐，莉迪莉迪亚维尔，大酒杯。

还不如在这里写呢。邮政局里的鹅毛笔不是给嚼瘪了，就是弄弯了。

秃头帕特在示意下凑了过来。要钢笔和墨水。他去了。要吸墨纸本。他去了。吸墨水用的本子。他听见了，耳背的帕特。

——对，布卢姆先生边摆弄那卷曲的肠线边说。没错儿。写上几行就行啦。我的礼物。意大利的华丽音乐都是这样的。这是谁写的呀？要是知道那名字，就能理解得更透彻一些。（若无其事地掏出信纸信封）那富于特征。

——那是整出歌剧中最壮丽的乐章[1]，古尔丁说。

——确实是这样，布卢姆说。

都是数目[2]！想想看，所有的音乐都是如此。二乘二除二分之一等于两个一[3]。这些是和弦，产生振动。一加二加六等于七[4]。你可以随心所欲地用这些数字变换花样。总能发现这个等于那个。墓地墙下的匀称[5]。他没注意到我的丧服。没有心肝！只关心自己的胃[6]。冥想数学[7]。而你还认为自己在倾听天体音乐哪。然而，倘若你这么说：玛莎，七乘九减X等于三万五千。这就平淡无奇了。那全凭的是音。

比方说，现在他正弹着。是即兴弹奏。听到歌词之前，你还以为正是你自己心爱的曲子呢。你很想留神[8]聆听。用心听。开头蛮好。接

---

1 原文作number，系双关语。

2 原文作number，系双关语。

3 指第八度音是下一音阶的第一度音，所以说是“两个一”。第八度音（即第二个“哆”，简谱上写作“1”）与第一个“哆”构成一个八度。

4 指音阶：“1”是“哆”，“2”是“来”。从“来”数起，第6个音阶是“西”。“哆”至“西”形成七度。

5 这是个谜。参看第174页注释1。

6 原文作gut，是双关语，也指提琴的肠线。

7 原文作musemathematics。Muse是双关语，也指司文艺、音乐的女神。

8 原文作sharp，是双关语，也作“升号”“升半音”解。

着就有些走调了。觉得有点儿茫然了。钻进麻袋又钻出来，跨过一只只的桶，跨越铁蒺藜，进行一场障碍竞走。时间会谱成曲调。问题在于你的心境[1]如何。总之，听音乐总是愉快的。除了女孩子们的音阶练习而外。隔壁人家，两个女学生一道。应该为她们发明一种不出声的钢琴。米莉不会欣赏音乐。奇怪的是我们两个人都……我的意思是。我为她买过《花赞》[2]。这个谱名[3]。有个姑娘慢慢地弹奏它，当我晚上回家来的时候，那个姑娘。塞西莉亚街附近那几座马厩的门。

秃头耳背的帕特送来十分扁平[4]的吸墨纸本和墨水。帕特将十分扁平的吸墨纸本和墨水钢笔一道撂下。帕特拿起盘子刀叉。帕特走了。

——那是唯一的语言，迪达勒斯先生对本说。他小时候在林加贝拉，克罗斯黑文，林加贝拉[5]听到过人们唱船歌。王后镇[6]港口挤满了意大利船。喏，本，他们在月光下，头戴地震帽走来走去。歌声汇在一起。天哪，那可是了不起的音乐。本，我小时候听过。穿越林加贝拉港的月夜之歌。

他撂开乏味的烟斗，一只手遮拢在唇边，咕呜呜地发出月光之夜的呼唤，近听清晰，远方有回声。

布卢姆用另一只眼睛，将卷成指挥棒形的《自由人报》浏览到下端，想查明那是在哪儿见到的。卡伦、科尔曼、迪格纳穆·帕特里克。嗨嗬！嗨嗬！福西特。哎呀！我要找的就是这个。

但愿他没望见，机敏得像耗子一般。他把《自由人报》打开，竖起。这下子就瞅不见了。记住要写希腊字母E[7]。布卢姆蘸了墨水。布卢姆嘟囔道：台端。亲爱的亨利写道：亲爱的玛迪。收到了你的信和

1　原文作mood，是双关语，也作“调式”解。

2　《花赞》是德国作曲家古斯塔夫·兰格（1830—1889）所作的钢琴小曲。

3　意思是，由于喜欢这个琴谱的名称而买。

4　原文作flat，也作“降半音”解。

5　原文作Ringabella, Crosshaven, Ringabella。从字面上看，仅仅是把两个地名排列起来而已。拆开来读就成为：Ring a bell, across haven, ring a bell…（敲响钟啊，响彻港口，敲响钟啊……）

6　王后镇，现名科夫，爱尔兰科克郡的海港。

7　手写的希腊字母E（ε），公认为表示一种艺术气质。

花。见鬼，我把它放在哪儿啦？哪个兜儿里哪。今天完全不可能。要在**不可能**下面画个杠杠。写信。

这可为难了。面有难色的布卢姆把帕特送来的扁平吸墨纸本当作手鼓似的轻敲着，那指头就表示我正在考虑着。

写下去。懂我的意思吧。不，把那个E换掉。奉上薄礼，请哂纳。别要求她写回信。等一下。给了迪格纳穆五先令。在这家店约莫要花上两先令，在海鸥身上花了一便士。以利亚来啦。在戴维·伯恩的酒吧开销了七便士。总计八先令左右。给半克朗吧。奉上薄礼：价值两先令六便士的邮政汇票。请给我写一封长信。你不屑于吗？辚辚，难道你长了那个吗？真是兴奋呀。你为什么叫我淘气鬼？你不也是个淘气鬼吗？哦，玛丽亚丢了带子。今天就写到这里为止，再见。是的，是的，会告诉你的。想要。才能不让它脱落。请告诉我那另一个。她写道：那另一个世界。我的耐心耗尽。才能不让它脱落。你一定要相信。相信。大酒杯。那。是。真的。

我写的是些蠢话吗？丈夫们是不会这么写的。结了婚，有了老婆，就得那样。因为我不在。倘若。可是，怎样能做到呢？她必须，保持青春。倘若她发现了夹在我那顶礼帽里的卡片。不，我才不一股脑儿告诉她呢。无益的痛苦。只要她们没撞上。女人们。半斤八两。

家住多尼布鲁克一哈莫尼大街一号的车夫詹姆斯·巴顿所赶的第三百二十四号出租马车上，坐着一位乘客，一位年轻绅士。他那套款式新颖的靛蓝色哔叽衣服是住在伊登码头区五号的缝纫兼剪裁师乔治·罗伯特·梅西雅斯做的，而头上戴的那顶极其时髦漂亮的草帽子是从大布伦斯维克街一号的帽商约翰·普拉斯托那儿买的。呃？这就是那辆轻轻颠摇着辚辚前进的轻快二轮马车。母马扭动着壮实的屁股，从德鲁加茨猪肉店和阿根达斯公司那锃亮的金属管子旁边驰过。

——是为广告的事写回信吗？里奇目光锐利地问布卢姆。

——是的，布卢姆先生说。是给市内的旅行推销员，我估计搞不出什么名堂来。

布卢姆嘟哝着：提供的线索倒都是最好的。然而亨利却写道：这会使我兴奋。你晓得个中情况。匆致。亨利。写希腊字母E。最好加个附言。他在弹什么哪？即兴的间奏曲。附言：啷当当。你要怎样来惩罚我？你要惩罚我？歪歪拧拧的裙子在摇来摆去，嘭嘭。告诉我，我想。知道。噢。当然喽，假若我不想知道的话，也就不会问了。拉、拉、拉、来。进入小调就悲怆地消失了。小调为什么就悲怆呢？签上H。女人们都喜欢来个悲怆的结尾。再加个附言：拉、拉、拉、来。今天我感到那么悲伤。拉、来。那么孤寂。亲。

他赶紧用帕特的吸墨纸吸了一下。信封。地址。从报纸上抄一个就是了。他嘴里念念有词：卡伦—科尔曼股份有限公司台启。亨利却写道：

都柏林市

海豚仓巷邮政局收转

玛莎·克利弗德小姐

用已经印有字迹的部分来吸，这样他就认不出了。就这样。蛮好。这可以做《珍闻》悬赏小说的主题。某位侦探从吸墨纸上读到了什么。稿费每栏一畿尼。马查姆经常想起大笑着的魔女。可怜的普里福伊太太。万事休矣。完蛋。

用悲怆一词；未免太富有诗意了。这是音乐使然。莎士比亚说过：音乐有一种魔力[1]。一年到头每天都在引用的名句。生存还是毁灭，这是一个值得考虑的问题[2]。智慧出自等待。

他在杰勒德那座位于费特小巷的玫瑰花圃里散步，赤褐色的头发已灰白了。人生只有一次，肉体只有一具。干吧。专心致志地干。

反正已经干完啦。邮政汇票，邮票。邮政局还在前面哪。这次走去吧。时间还来得及。我答应在巴尼·基尔南的酒店跟他们见面的。

---

1 “音……魔力”，出自文森修公爵对玛利安娜所说的话，见《一报还一报》第4幕第1场。
2 “生……问题”，出自哈姆莱特的独白，见《哈姆莱特》第3幕第1场。

这可不是什么愉快的差事。办丧事的家。走呀。帕特！听不见。这家伙是个耳聋的笨蛋。

马车快到那儿了。聊聊吧。聊聊吧。帕特！听不见。在折叠那些餐巾哪。他每天准得走一大片地。要是在他的后脑勺上画张脸，他就成两个人了。但愿他们再唱些歌儿，我也好排遣一下。

面有难色的秃头帕特将一条条餐巾都折叠成主教冠的形状。帕特是个耳背的茶房。当你等候着时，帕特这位茶房服侍你。嘻嘻嘻嘻。你等候时，他服侍。嘻嘻。他是个茶房。嘻嘻嘻嘻。他服侍，而你在等候。当你等候时，倘若你等候着，他就服侍，在你等候的当儿。嘻嘻嘻。唏。你等候时，他服侍[1]。

这会子，杜丝。杜丝·莉迪亚。褐发与玫瑰。

她的假日过得好极啦，简直好极啦。瞧瞧她带回来的这枚可爱的贝壳。

她轻悄悄地将那尖而弯曲的海螺拿到酒吧间另一头，好让他，律师乔治·利德维尔，能够听见。

——听啊！她怂恿他。

随着汤姆·克南那被杜松子酒醺热了的词句，伴奏者缓慢地编织着音乐。确凿的事实。沃尔特·巴普蒂的嗓子是怎样失灵的。喏，先生，那个做丈夫的一把卡住了他的喉咙。恶棍，他说，再也不让你唱情歌啦。果不其然，汤姆先生。鲍勃·考利编织着。男高音歌手把女人弄到手。考利把身子往后一仰。

啊，现在他听见了，她捧起海螺对准他的耳朵。听哪！他倾听着。真精彩。她又把它对着自己的耳朵。借着那透过来的光线，淡金色的头发一晃而过，形成对照。听一听。

笃，笃。

布卢姆隔着酒吧间的门，瞥见她们将一枚海螺对准自己的耳朵。

1　在此段中，作者利用waiter（茶房、侍者）及wait（侍候，也作等待解）这两个派生英文字，一方面产生音乐效果，同时表达布卢姆竭力排遣心头的烦闷，不去想自己的妻子即将在家里与博伊兰幽会一事。

他微微听到：她们先是各自、接着又替对方听见了波浪的迸溅，喧噪，以及深沉的海啸。

褐发女侍挨着金发女侍，从近处，从远处，她们聆听着。

她的耳朵也是一枚贝壳，有着耳垂。曾经去过一趟海滨。海滨那些俏丽的姑娘。皮肤被太阳晒得辣辣作痛。应该先擦点冷霜晒成棕色就好了。涂了奶油的烤面包片。哦，可别忘了那化妆水。她嘴角上长了疱疹。简直让你晕头转向[1]。头发梳成辫子。贝壳上缠着海藻。她们为什么要用海藻般的头发遮住耳朵呢？而土耳其妇女甚至还遮住嘴。为什么？她那双眼睛露在布巾上面。面纱。找入口。那是个洞穴。闲人免进。

她们自以为能听到海的声音。歌唱着。咆哮。这是血液的声音。有时淌进耳腔。喏，那是海洋。血球群岛。

真了不起。那么清晰。又冲过来了。乔治·利德维尔边听边捕捉着它那低诉，随听随将它轻轻地撂开。

——你说那惊涛骇浪在说着什么[2]？他笑吟吟地问她。

娇媚，面上泛着海洋般的微笑，莉迪亚却不回答。她只对利德维尔微笑着。

笃，笃。

从拉里·奥罗克那片酒店旁边，从拉里，果敢的拉里·奥旁边，博伊兰颠簸着走过，博伊兰拐了个弯。

米娜从那被抛弃的海螺旁边翩然来到正等待着她的那大酒杯跟前。不，她并不怎么寂寞，杜丝小姐的头昂然地告诉利德维尔先生。月光下在海滨散步。不，不是一个人。跟谁一道呀？她气势轩昂地回答说：跟一位绅士朋友。

鲍勃·考利那疾迅动着的手指又在高音部弹奏起来了。房东有优先权。只消宽限几天。高个子约翰。大本钟。他轻轻地弹奏一支轻松明快

1　“简直……转向”和前文的“海滨……姑娘”均出自博伊兰所唱的歌。

2　《惊涛骇浪在说着什么？》是约瑟夫·爱德华·卡彭特作词、斯蒂芬·格洛弗（1813—1870）配乐的一首二重唱曲。

清脆的调子，为了脚步轻快、调皮而笑容可掬的淑女们，也为了他们的情郎，绅士朋友们。一。一、一、一、一、一。二、一、三、四。

海，风，树叶，雷、河水、哞哞叫的母牛，牲畜市场，公鸡，母鸡不打鸣儿，蛇发出嘶嘶声。世上处处都有音乐。拉特利奇的门吱吱响。不，那只是噪声。他现在正弹着《唐璜》的小步舞曲。在城堡那一间间大厅里翩翩起舞的宫廷那五颜六色的服饰，外面却是悲惨的庄稼人，他们饥肠辘辘，面带菜色，吃的是酸模叶子。多好看。瞧，瞧，瞧，瞧，瞧，瞧。你们朝我们瞧。

我能感觉到那是欢乐的。从来不曾把它写成个曲子。为什么呢？我的欢乐是另一种欢乐。不过，两种都是欢乐。是啊，那无疑是欢乐。单从音乐这一事实来考虑，也能明白这一点。我常常以为她情绪低落，可她又欢唱起来了。这下子我才恍然大悟。

麦科伊的手提箱。我太太和你太太。喵喵叫的猫声。如裂帛。她说起话来舌头就像风箱的响板似的。她们无法掌握男人的音程。她们自己的声音也有漏气的时候。把我填满了吧。我是热乎乎、黑洞洞而且敞着口的。摩莉唱着《什么人……》[1]梅尔卡丹特。我把耳朵贴在墙上听。要的是一位能孚众望的女性。

马儿缓步前进，颠簸，轻摇，停住。花花公子博伊兰那棕黄色的鞋、短袜、跟部绣着天蓝色花纹，轻盈地踏在地面上。

噢，瞧咱们这副打扮！室内音乐。可以编个双关的俏皮话。当她那个的时候，我常想起这种音乐。那是声学。丁零零。空的容器发出的响声最大。因为从声学上来说，共鸣就像水压相等于液体下降的法则那样起变化的。正如李斯特所作的那些狂想曲。匈牙利味儿，吉卜赛女人的眼睛。珍珠。水滴。雨。快快摇啊，混作一团，一大堆啊，嘘嘘嘘嘘。现在。多半是现在。要么就更早一些。

有人笃笃敲门，有人砰砰拍。他，保罗·德·科克拍了。用响

1　原文为拉丁文。参看第117页注释3。

亮、高傲的门环，喀呵、咔啦咔啦咔啦、喀呵。喀呵喀呵[1]。

敲。笃，笃。

——唱“**这里，愤怒**”[2]吧。考利神父说。

——不，本，汤姆·克南插嘴说。来《推平头的小伙子》，用咱们爱尔兰土腔。

——啊，本，还是唱吧，迪达勒斯先生说。地道的好男儿[3]。

——唱吧，唱吧，他们齐声央求着。

我该走啦。喂，帕特，再过来一次。来呀。他来了，他来了。他走过去了。到我这儿来。多少钱？

——什么调？是六个升号吗？

——升F大调，本·多拉德说。

鲍勃·考利那双摊开来的利爪抓住了低音的黑键。

布卢姆对里奇说，他该走了。不，里奇说。不，非走不可。不知打哪儿弄到了一笔钱。打算纵酒取乐，一直闹到脊背都疼了。多少钱？他听人说话，总是靠观察嘴唇的动作。一先令九便士。其中一便士是给你的。放在这儿啦。给他两便士小费。耳聋，面带困惑神情。然而他的老婆和一家人也许在等候，等候帕特回家来。嘿嘿嘿嘿。一家人等候的当儿，聋子伺候着。

然而等一下。然而听哪。忧郁的和弦。深沉的。低低的。在地底下黑暗的洞穴里。埋着的矿砂。大量的音乐。

黑暗时代的声音，无情的声音，大地的疲惫，使得坟墓接近，带来痛苦。那声音来自远方，来自苍白的群山，呼唤善良、地道的人们。

1　这是文字游戏。原文作cock carracarracarra cock. Cockcock. Cock可作公鸡解，而在隐语中，又含有阴茎意。南美等地产一种长脚鹰，俗称咔啦咔啦（caracara），其羽毛是天蓝色的，有光泽，而博伊兰穿的衣服和短袜也是天蓝色的。故这里特地用喀呵（cock）和咔啦（carra）来表达博伊兰的敲门声。

2　原文为意大利语。这是莫扎特的歌剧《魔笛》（1791）第2幕第3场中的咏叹调《在这些圣堂里》的首句。

3　“地道的好男儿”是《推平头的小伙子》的首句。

他要找神父。要跟神父说一句话。

笃笃。

本·多拉德的嗓门。低沉的桶音。使出他浑身的解数来唱。男人、月亮和女人都没有的辽阔沼泽地，一片蛙叫声。另一个失落者。他一度做过海船的船具零售商。还记得那些涂了树脂的绳索和船上的提灯吧。亏空了一万镑。如今住在艾弗救济院里。一间斗室，多少多少号。都怪巴斯厂生产的头号啤酒，把他害到这地步。

神父在家里。一个冒牌神父的仆役把他迎了进去。请进。圣洁的神父。奸细仆役深打一躬[1]。和弦那缭绕的尾音。

毁了他们。使他们倾家荡产。然后给他们盖点子斗室，让他们在那里了此一生。睡吧，乖乖。唱支摇篮曲。死吧，狗儿。小狗崽，死吧。

警告声，严峻的警告声告诉他们：那个小伙子已走进那间阒然无人的大厅，告诉他们他的脚步声如何庄重地在那儿响着，向他们描述那间昏暗的屋子和那位身着长袍、坐在那里听取忏悔的神父[2]。

正派人。眼下有几分醉意。他自以为能在诗人画谜活动的《答案》中获奖。我们奉送你一张崭新的五镑纸币。抱窝的鸟儿。他认为答案是《最末一个游吟诗人之歌》。C空白T，打一只家畜。T波折号R是最勇敢的水手。他依然有副好嗓子。既然拥有这一切，正说明他还不是个阉人。

听哪。布卢姆在听。里奇·古尔丁在听。而门口，耳聋的帕特，秃头的帕特，拿到了小费的帕特也在听着。

和弦变得缓慢一些了。

忏悔与悲伤的声音徐徐传来，这是被美化了的、发颤的声音。本那副悔悟的胡子做着告解。**因天主之名**，因天主之名。他跪了下来。用手捶胸，忏悔着：**我的罪过**[3]。

又是拉丁文。那就像粘鸟胶一样鳔住人们。神父手里拿着赐给妇

1　“神父……一躬”，这一段写的是《推平头的小伙子》中的情节。
2　“警告……神父”，同上。
3　自“因天主之名”至“我的罪过”（原文均为拉丁文），见《推平头的小伙子》。

女们的圣体。停尸所里的那个家伙。棺材或者科菲，**因尸体之名**[1]。那只老鼠如今在哪儿哪？嘎吱嘎吱。

笃笃。

他们倾听着。大酒杯们和肯尼迪小姐。眼睑富于表情的乔治·利德维尔。乳房丰满的缎子。克南。西。

哀伤的声音叹息着唱了起来。罪过。复活节以来他曾诅咒过三次。你这婊子养的杂种！有一次举行弥撒的时候，他却游荡去了。有一次他路过坟地，却不曾为亡母的安息而祈求冥福。一个小伙子。一个推平头的小伙子。

正在啤酒泵旁边倾听的褐发女侍定睛望着远方。全神贯注地。她一点也料不到我正在瞧着她呢。摩莉最有本事发觉瞅自己的人了。

金发女侍斜睨着远处。那儿有一面镜子。那是她最俊俏的半边脸蛋儿吗？她们总是知道的。有人敲门。最后再找补一下。

喀呵咔啦咔啦。

听音乐的时候，她们都想些什么呢？捕追响尾蛇的方法。那天晚上，迈克尔·冈恩让我们坐在包厢里。乐队开始对音。波斯王最喜欢这支曲子了。使他联想到《家，可爱的家》[2]。他还曾用帷幕揩鼻涕。也许是他那个民族的习惯。那也是一种音乐。并不像说得那样糟糕。呜——呜——。铜管乐器朝上的管子发出驴叫般的声音。低音提琴的侧面有着深长的切口，奄奄一息。木管乐器像母牛似的哞哞叫。掀起盖子的小三角钢琴有如张着上下颌的鳄鱼，音乐就从那里发出。木管乐器像是古德温[3]这个姓。

她看上去蛮漂亮。橘黄色的上衣，领子开得低低的，袒露着胸部。当她在剧场里弯下身去问什么的时候，总是发散出一股丁香气

1　这里，布卢姆把他听到的两个拉丁词拼凑在一起。尸体（corpus）参看第115页注释1，“因……之名”（nomine）参看第148页注释4。

2　《家，可爱的家》是美国戏剧家约翰·霍华德·佩恩（1791—1852）的《米兰姑娘克拉丽》（伦敦，1823）中的插曲，由英国作曲家亨利·罗利·毕晓普（1786—1855）配乐。

3　木管乐器在英文中是woodwind（乌德温），与Goodwin（古德温）发音相近。

味。我把可怜的爸爸那本书里所引的斯宾诺莎[1]那段话，讲给她听了。她仔细听着，就像被催眠了似的。就是那样的眼神。弯着身子。二楼包厢一个家伙拼命用小望远镜盯着她。音乐的美你得听两次才能领略到。对大自然和女人，只消瞥上半眼。天主创造了田园。人类创造了曲调。遇见了他尖头胶皮管。哲学。哦，别转文啦！

全都完啦。全都倒下啦。他的父亲死在罗斯包围战中，他的哥哥们都是在戈雷倒下的。到韦克斯福德去。我们是韦克斯福德的小伙子，他非去不可。他是这个姓氏和家族中最后的一个。

我也一样，是我这个家族的最后一个。米莉，年轻学生。喏，也许怪我。没有儿子。鲁迪。如今已太迟了。哦，要是不太迟呢？要是不呢？要是还成呢？

他没有怨恨。

恨。爱。那些不过是名词而已。鲁迪。我快要老了。

大本钟放开了嗓门。里奇·古尔丁那苍白的脸上好不容易泛出了一片红晕，对快要老了的布卢姆说：了不起的嗓子。然而，什么时候又年轻过呢？

爱尔兰的时代到来了。我的国家在国王之上[2]。她倾听着。谁害怕谈到一九〇四年[3]？该开溜啦。看够了。

——**祝福我，爸爸**，推平头的小伙子多拉德大声嚷道。**祝福我，让我去吧**[4]。

笃笃。

布卢姆窥伺着不等祝福就溜掉的机会，着意打扮起来，好把人迷住。周薪十八先令。掏腰包的一向是男人们。你时刻可得留神着。那

1　巴鲁克·斯宾诺莎（1632—1677），出生于荷兰的一个犹太人家庭的唯理性主义者和无神论者。

2　“我……上”，语出自《推平头的小伙子》。

3　本书所描述的是一九〇四年六月十六日发生的事。这里把《纪念死者》（参看第355页注释4）一诗首句中的“谁害怕谈到一七九八年？”改为“一九〇四年”。

4　“祝福……去吧”，语出自《推平头的小伙子》。

些姑娘，那些俏丽的。挨着令人伤感的海浪[1]。歌剧合唱队女队员的风流韵事。为了证实毁约而在法庭上宣读信件。鸡宝宝的意中人。法庭上哄堂大笑。亨利。我从来没有在那上面签过名。你这个名字有多么可爱。

音乐的曲调和唱词都变得低沉了，随后又转快。冒牌神父窸窸窣窣地脱掉长袍，露出戎装。义勇骑兵队队长。他们全都背下来了。他们所渴望的那阵狂喜。义勇骑兵队队长。

笃笃。笃笃。笃笃。

她激动地倾听着，探出身子去听，起着共鸣。

脸上毫无表情。该是个处女吧。要么就只是用手指摸过。在上面写点什么：页数。不然的话，她们会怎样呢？衰弱。绝望。让她们青春常在。甚至自我赞赏。瞧吧。在她身上弹奏。用嘴唇来吹。白皙的女人身子，一支活生生的笛子。轻轻地吹。大声地吹。所有的女人都有三个眼儿。那位女神怎样，我没瞧见。她们要的就是这个。不宜对她们太客气。也正因为这样，他才能把她们搞到手。兜里揣着金子，脸皮要厚。说点儿什么。让她听着。眉来眼去。无词歌。摩莉和那个年轻的轮擦提琴手。当他说猴子病了，她晓得他指的是什么。或许由于那和西班牙语很接近。照这样，对动物也能有所理解。所罗门就理解[2]。这是天赋的能力。

用腹语术讲话。我的嘴唇是闭着的。在肚子里思考。想些什么呢？

怎么样？你呢？我。要。你。到。

队长粗暴、嗄声愤怒地咒骂着：你这长了肿瘤、中了风、婊子养的杂种。小伙子，你来得好。你还有一个钟头好活，你最后的[3]。

笃笃。笃笃。

1　“挨着令人伤感的海浪”一语出自朱利叶斯·本尼迪克特（1804—1885）所作歌剧《威尼斯的新娘》（1843）中的一首诗。

2　据民间故事，所罗门王能凭着一只魔戒指通晓动物的语言。

3　“队长……咒骂着”和“小伙子……后的”，出自《推平头的小伙子》。“婊子养的杂种”则是盲调音师发出的诅咒。

此刻心里怦怦地跳着。她们觉得可怜。要揩拭那渴望为死去的殉难者而流下的一滴眼泪。为所有即将死去者，为所有出生者。可怜的普里福伊太太。但愿她已分娩。因为她们的子宫。

用女人那子宫的液体润湿了的眼球，在睫毛的篱笆下安详地注视着，聆听着。当她不说话的时候，眼睛才显出真正的美。在那边的河上[1]。每逢裹在缎衣里的酥胸波浪般缓缓地起伏（她那一起一伏的丰腴魅力[2]），红玫瑰也徐徐升起，红玫瑰又徐徐落下。随着呼吸，她的心脏悸动着。呼吸就是生命。处女发[3]所有那些细小、细小的纤叶都颤动着。

可是，瞧！灿烂的星辰褪了色。哦，玫瑰！卡斯蒂利亚。破晓[4]。

哈。利德维尔。那么，为的是他而不是为。迷上了。我是那个样儿吗？不过，从这儿望望她吧。砰的一声拔掉的瓶塞，迸溅出来的啤酒泡沫儿，堆积如山的空瓶子。

莉迪亚那丰满的手轻轻地搭在啤酒泵突出来的光滑挺棍上。交给我吧。她完全沉浸在对推平头的那个少年的怜悯中。后，前；前，后。在打磨得锃亮的球形捏手（她晓得他的眼睛、我的眼睛、她的眼睛）上，怀着怜悯搬动着她的大拇指和食指。搬动一下又停下来，文雅地摸了摸，然后极其柔和地顺着那冰冷、坚硬的白色珐琅质挺棍慢慢滑下去。挺棍从两根手指形成的光滑的环里突了出来。

喀呵的一声，咔啦的一声。

笃笃。笃笃。笃笃。

我保有这座房子。阿门。他气得咬牙切齿。叛徒们将被绞死。

和弦随声附和了。非常悲戚。然而无可奈何。

别等完就走吧。谢谢，真是不同凡响啊。我的帽子在哪儿？从她身边走过去。可以把那张《自由人报》撂下。信我带着哪。倘若她对

---

1 “在那边的河上”，出自《推平头的小伙子》。

2 “她那……魅力”，出自《偷情的快乐》，参看第348页注释2。

3 “处女发”，参看第378页注释2。

4 “灿烂……色”和“破晓”，参看第376页注释2。

我？不会的。步行，步行，步行。像卡什尔·博伊尔·康诺罗·科伊罗·蒂斯代尔·莫里斯·蒂斯代尔·法雷尔。步——行。

喏，我得走了。你要走了吗？嗯，得告辞啦。布卢姆站了起来。裸麦上空高且蓝[1]。噢。布卢姆站了起来。屁股后边那块肥皂怪黏糊糊的。准是出汗了。音乐。可别忘记那化妆水。那么，再见。高级帽子。里面夹着卡片。对。

布卢姆从站在门口紧张地竖起耳朵的聋子帕特身边走过去。

小伙子在日内瓦兵营丧命。他的遗体葬在帕塞吉[2]。悲伤！哦，他感到悲伤[3]！哀恸的领唱人的声音向哀伤的祷告者呼唤。

从玫瑰花、裹在缎衣里的酥胸、爱抚的手、溢出的酒以及砰的一声崩掉的塞子旁边，布卢姆一面致意一面走过去，经过一双双眼睛，经过海绿色阴影下的褐色和淡金色的处女发。温柔的布卢姆，我感到很孤寂的布卢姆。

笃笃。笃笃。笃笃。

多拉德用男低音祷告道：为他祈祷吧。你们这些在平安中聆听的人们。低声祈祷，抹一滴泪，善良的男人，善良的人们。他生前是个推平头的小伙子。

布卢姆把正在那儿偷听的擦鞋侍役，推平头的擦鞋小伙子吓了一跳。他在奥蒙德的门厅里听见叫嚷和喝彩的声音和用胖嘟嘟的手拍着脊背的响声以及用靴子跺地板的声音，是靴子，而不是擦鞋侍役。大家异口同声地喊着要狂饮一通。亏得我逃脱了。

——喂，本，来吧，西蒙·迪达勒斯大声说。千真万确，你唱得跟过去一样好。

——更好哩，正喝着杜松子酒的汤姆·克南说。我敢担保，再也没有人能把这民歌唱得如此淋漓尽致的了。

1　参看第385页注释4。

2　“小伙子……命”和“他……塞吉”是《推平头的小伙子》一歌倒数第四句和第三句。帕塞吉是爱尔兰科克郡的地名。

3　“悲伤！……伤！”语出自《棕榈树荫》。

——拉布拉凯[1]，考利神父说。

本·多拉德像是跳卡丘查舞似的迈着沉重的步子，将他那庞大身躯移向酒吧。盛赞之下，他喜气洋洋，患痛风症的手指仿佛击响板一般，望空摆动着，打出种种节奏。

大本钟本·多拉德。大本本。大本本。

噜噜噜[2]。

大家深为感动。西蒙从他那宛如雾中警号筒的鼻子里哼出表示共鸣的声音，人们朗笑着，把情绪极高的本·多拉德簇拥过来。

——你看上去红光满面，乔治·利德维尔说。

杜丝小姐先整了整玫瑰花，再来服侍他们。

——**我心中的山峰**[3]，迪达勒斯先生拍了拍本那肥厚的后肩胛骨说，很结实，不过身上藏的脂肪太多了点儿。

噜噜噜噜噜——嘶——

——致命的脂肪啊，西蒙，本·多拉德瓮声瓮气地说。

里奇独自坐在不和的前兆中。古尔丁—科利斯—沃德。他犹豫不决地等在那儿。没有拿到钱的帕特也在等着。

笃笃。笃笃。笃笃。笃笃。

米娜·肯尼迪小姐将嘴唇凑到一号大酒杯的耳边。

——多拉德先生，那嘴唇小声咕唧着。

——多拉德，大酒杯咕唧着。

当肯尼迪小姐说那是多拉的时候，一号大酒杯相信了。她、多拉。大酒杯。

他喃喃地说。他晓得这个名字。那就是说，他对这个名字很熟悉。也即是说，他听说过这个名字。是多拉德吗？多拉德，对。

1　路易吉·拉布拉凯（1794—1858），生在爱尔兰（法国父亲，爱尔兰母亲）的意大利歌剧男低音歌唱家，曾在伦敦演唱。舒伯特专为他谱写过歌曲。

2　从这里到本章结束为止，作者用长短不一的“噜”音来表示布卢姆因肠胃里憋着气而发出的噜噜声。

3　原文为爱尔兰语。

是的，她的嘴唇说得大声一些，多拉德先生。米娜喃喃地说，那首歌他唱得很可爱。多拉德先生。而《夏日最后的玫瑰》是一支可爱的歌。米娜爱这支歌。大酒杯爱米娜所爱的歌。

那是多拉德撇下的夏日最后的玫瑰。布卢姆感到肠气在腹中回旋。

苹果酒净是气体，还会引起便秘。等一等。吕便·杰家附近的那家邮局。交一先令八便士。把这档子事解决了吧。为了避人耳目，沿着希腊街绕过去。我要是没跟他约会就好了。在户外更自由自在。音乐。刺激你的神经。啤酒泵。她那只推摇篮的手支配着。霍斯山。支配着世界[1]。

遥远。遥远。遥远。遥远。

笃笃。笃笃。笃笃。笃笃。

莱昂内尔·利奥波德[2]沿着码头朝上游走去，淘气的亨利揣着写给玛迪的信。波尔迪往前走去，拿着《偷情的快乐》，其中提到为了拉乌尔的那条镶有褶边的裙子，还想着遇见了他尖头胶皮管。

笃笃的盲人，笃笃地敲着走，笃笃地一路敲着边石，笃笃又笃笃。

考利给弄得发晕了。像是喝醉了。男人摆弄姑娘[3]，不如适可而止。比方说，那些狂热的听众。全身都是耳朵。连三十二分音符都不肯听漏。双目紧闭。随着节拍不时点着头。神魂颠倒了。你一动也不敢动。切不可思考。三句话不离本行。扯来扯去是关于音调的无聊话。

全都是在试着找个话题。一中断就会引起不快，因为你很难说。加德纳大街上的那架风琴。老格林每年有五十英镑的进项。他好古怪，独自住在那小阁楼里，又是音栓，又是制音器，又是琴键。成天坐在管风琴跟前。一连唠叨上几个钟头，不是自言自语，就是跟那个替他拉风箱的人说话。忽而低声怒吼，忽而尖声咒骂（他要塞进点儿

1　威廉·罗斯·华莱士（1819—1881）的诗《什么支配着世界？》中引用了英国谚语：“推摇篮的手就是支配着世界的手。”

2　利奥波德·布卢姆以歌剧《玛尔塔》的男主角莱昂内尔自居。

3　《男人摆弄姑娘》是十九世纪末叶出版的一本作者不详的色情作品，写女主角艾丽斯在男主角杰克的引诱下堕落的过程。

什么，她大声说：不行[1]。）。接着，突然轻轻地释放出很小很小的噼的一股气。

噼！很小的噼咿咿的一股气。在布卢姆的小不点儿里。

——是他吗？迪达勒斯先生取回烟斗说。今天早晨我跟他在一起来着，在可怜的小帕狄·迪格纳穆的……

——哎，愿天主降仁慈于他。

——顺便提一下，那上头有个音叉……

笃笃。笃笃。笃笃。笃笃。

——他的老婆有副金嗓子。也许应该说是曾经有过。对吧？利德维尔问。

——哦，那准是调音师忘掉的，莉迪亚对头一个看到音叉的西蒙·莱昂纳尔说。他刚才到这儿来过。

她告诉第二个看到音叉的乔治·利德维尔说，那是个盲人。弹得非常精彩，听来很有味道。灿烂的对照：褐发女莉迪亚，米娜金发女。

——大声喊啊！本·多拉德边斟酒边嚷道。唱出声儿来！

——我来！考利神父大声说。

噜噜噜噜噜噜。

我觉得我想要……

笃笃。笃笃。笃笃。笃笃。笃笃。笃笃。

——非常想要，迪达勒斯先生直勾勾地盯着一条没有头的沙丁鱼说。

在钟形三明治容器下面，在面包搭成的尸架上，停放着夏日最后的一条沙丁鱼，最后的，孤零零的。布卢姆孤零零的。

——好得很，他盯着。尤其是低音区。

笃笃。笃笃。笃笃。笃笃。笃笃。笃笃。笃笃。笃笃。

布卢姆贴着巴里服装公司踱去。但愿我能够。等一等。我要是

1　在《男人摆弄姑娘》中，艾丽斯再三大声嚷着“不行”一语，以反映女主人公在逐渐堕落下去的过程中的矛盾心情。

能把那个创造奇迹的人搞到手。这所房子里有二十四个律师。我点过数。诉讼。你们要彼此相爱。一摞摞的羊皮纸文件。皮克—波克特法律事务所拥有代理权。古尔丁—科利斯—沃德法律事务所。

然而，就拿那个击大鼓的汉子来说吧。他的职业是：米基·鲁尼乐队。奇怪，起初他是怎么想到干这一行的呢？坐在家里，吃罢猪头肉和包心菜，就坐在扶手椅上，抱着那只鼓，排练起他本人在乐队里演奏的那部分。嘭。嘭噼嘀。老婆听了倒挺开心。驴皮。驴子一辈子挨鞭子抽，死了之后继续挨猛打。嘭。猛打。这好像是**耶希麦克**[1]，不，我的意思是**基斯麦特**[2]。命运。

笃笃。笃笃。一个双目失明的青年用手杖笃笃地跺路，笃笃、笃笃、笃笃地经过达利的橱窗。那儿有个人鱼，头发整个儿飘动着（不过他瞧不见），噗噗地抽着人鱼的烟（瞎了，瞧不见），沁凉无比的人鱼的烟。

乐器。一片草叶，她双手合十做贝壳状，然后就吹奏。甚至用一把梳子和一张薄绉纸，也能吹出个曲调来。住在西伦巴德街的时候，摩莉穿着衬裙，披散着头发。我想，各行各业都有自身独特的音乐，你明白吧？猎户有号角。豁！你有角吗？**敲响那口钟**[3]！牧羊人有他的笛子。噼，小小的，一丁点儿。警察有哨子。修理锁和钥匙哇！扫烟囱咧！四点钟，一切正常，睡觉吧！现在一切都失去啦[4]。大鼓吗？嘭噼嘀。等一等。我晓得。还有发布员。小官吏。高个儿约翰。把死者唤醒。嘭。迪格纳穆。可怜小小的**因主之名**[5]。嘭。那是音乐。当然，我的意思是这一切都是嘭嘭嘭，很像所谓**从头**[6]。你依然可以听到。当我们行进时，我们一路走去，一路走去。嘭。

---

1 耶希麦克是土耳其语yashmak（面纱）的音译。

2 基斯麦特是土耳其语kismet（命运）的音译。

3 原文为法语。参看第391页注释2。

4 “现在……啦”，参看第377页注释1。

5 原文（nominedomine）为拉丁文祷词，有讹，参看第148页注释4。

6 “从头”原文为意大利文，系音乐术语，意思是回到乐曲的开头。“行进”（march），作为音乐术语，指进行曲。

我实在憋不住了。呋呋呋。可是如果在宴会上放了呢？这纯粹是个风俗习惯问题，例如波斯王。念一声祷文，抹一滴眼泪。然而，他想必是生来有点傻，竟没有看出那是个义勇骑兵队队长。整个儿遮起来了。坟地上那个身穿棕色胶布雨衣的到底是什么人呢？哎呀，小巷里的妓女来啦！

一个歪戴着黑色水手草帽、邋里邋遢的妓女，大白天就两眼无神地沿着码头朝布卢姆先生踱了过来。当他初见那绰约的身姿时。对，可不就是她嘛。我真是感到孤寂。雨夜在小巷子里。角。谁有呢？他有，她瞧见了。这里不是她的地盘。她是什么人？她多半是。您哪，有没有衣服让我洗呢？她认识摩莉。把我甩掉了。一位身穿棕色衣衫、富富态态的女人跟你在一起。弄得你张皇失措。我们约会了，尽管晓得那是永远也不可能，简直是不可能的。代价太高，离家，可爱的家又太近。她瞧着我吗？白天看上去是个丑八怪。脸像是在水里泡过。讨厌死啦。喔，可是，她也得像旁人那样活下去呀。瞧瞧这儿吧。

在莱昂内尔·马克古董店橱窗里，是高傲的亨利·莱昂内尔·利奥波德，亲爱的亨利·弗罗尔。利奥波德·布卢姆先生认真地审视着残旧的烛台和那一个个鼓着状似蛆虫般的吹奏袋的谐音手风琴。大贱卖：六先令。不妨买下来学着拉拉。倒不贵。让她走过去吧。当然喽，凡是用不着的东西，你都会觉得贵。高明的售货员正好一显身手。他想卖什么，就让你去买什么。有个家伙用瑞典制造的刀片替我刮了脸，然后我就买下了。他甚至向我讨刮脸费。现在她走过去了。六先令。

想必是苹果酒的关系，要么兴许是那杯勃艮第。

从近处，在褐发女旁；从远处，在金发女旁；在褐发女侍莉迪亚那朵诱人的夏日最后的玫瑰，卡斯蒂利亚的玫瑰跟前，他们一个个目光灼灼，大献殷勤，丁零当啷地碰着杯。首先是利德，随后是迪、考、克，第五个是多拉。利德维尔、西·迪达勒斯、鲍勃·考利、克南和大个儿本·多拉德。

笃笃。一个青年走进了阒无一人的奥蒙德的门厅。

布卢姆端详着挂在莱昂内尔·马克橱窗里的那幅豪迈的英雄肖像。罗伯特·埃米特最后的话。最后七句话。引自迈耶贝尔的作品[1]。

——诸位地道的男子汉。

——好哇，好哇，本。

——咱们一道举杯吧。

他们举起杯来。

哧吣喀、哧冲喀。

笃笃。一个双目失明的青年站在门口。他没瞧褐发女，也没瞧金发女，更没瞧本、鲍勃、汤姆、西、乔治、大酒杯、里奇、帕特。嘻嘻嘻嘻。他都没有瞧。

腻腻的布卢姆，油腻腻的布卢姆悄悄地读着那最后几句话。**当我的祖国在世界各国之间**。

噗。

准是那杯勃艮第在作怪。

呋！噢。噜噜。

占有了一席之地。背后一个人也没有。她已经走过去了。**直到那时。只有到了那时**。电车喀唧喀唧喀唧。好机会。来了。喀唧得喀唧喀唧。我敢说是那杯勃艮第。是的。一、二。**方为我写下**。喀啦啊啊啊啊啊啊。**墓志铭**。**我的话**。

噗噜噜噜噜呋。

完了[2]。

1　这里，布卢姆把迈耶贝尔的作品《最后的七句话》，同埃米特（参看第163页注释2）在判他死刑的法庭上所做发言中最后一段的七句话（其中涉及他的墓志铭）相提并论。

2　布卢姆一边读着英雄埃米特留下的最后几句话，一边趁着电车驶来时的噪声，把憋了好久的屁放出来。

第十二章

正当我跟首都警察署的老特洛伊在阿伯山拐角处闲聊的时候，真该死，一个扫烟囱的混蛋走了过来，差点儿把他那家什捅进我的眼睛里。我转过身去，刚要狠狠地骂他一顿，只见沿着斯托尼·巴特尔街蹒跚踱来的，不是别人，正是乔·海因斯。

——喂，乔，我说。你混得怎么样？你瞧见了吗，那个扫烟囱的混蛋差点儿用他的刷子把我的眼珠子捅出来？

——煤烟可是个吉祥的东西，乔说。你跟他说话的那个老笨蛋是谁呀？

——老特洛伊呗，我说。在军队里待过。刚才那家伙用扫帚、梯子什么的妨碍了交通，我还没拿定主意要不要控告他哩。

——你在这一带干什么哪？乔说。

——干不出啥名堂，我说。兵营教堂再过去，雏鸡小巷拐角处，有个狡猾透顶的混账贼——老特洛伊刚才透露给我关于他的一些底细。他自称在唐郡有座农场，于是就从住在海特斯勃利大街附近一个名叫摩西·赫佐格的侏儒那儿，勒索来大量的茶叶和砂糖。决定要他每星期付三先令。

——是行过割礼的家伙[1]吧？乔说。

——对，我说。割下一点尖儿。是个老管子工，姓杰拉蒂。两个星期来我一直跟他泡，可是他一个便士也不肯掏。

——这就是你目前干的行当吗？乔说。

——唉，我说。英雄们竟倒下了！就靠收呆账和荒账为业。但是

1　行过割礼的家伙指犹太人。

走上一整天也轻易碰不到像他那样声名狼藉的混账强盗。他那一脸麻子足盛得下一场阵雨。告诉他，他说，我才不怕他呢，他说，他就是再一次派你来，我也一点儿都不怕。要是他派的话，他说，我就让法庭去传讯他。我一定要控告他无执照营业。然后他吃得肚子都快撑破了。天哪，小个儿犹太佬大发脾气，我忍不住笑起来了。他喝的是俺的茶。他吃的是俺的糖。因为他不把欠俺的钱还给俺！对不？

从都柏林市伍德码头区圣凯文步道十三号的商人摩西·赫佐格（以下称作卖方）那里购入并出售提交给都柏林市阿伦码头区阿伯斜坡二十九号的绅士迈克尔·E. 杰拉蒂（以下称作买方）的耐久商品，计有常衡每磅三先令整的特级茶叶常衡五磅，常衡每磅三便士的结晶粒状砂糖常衡三斯通[1]。作为代价，上述买方应付给上述卖方一镑五先令六便士的货款。此款应按周分期付款，每七天支付三先令整。经上述卖方及其法定继承人、业务后继者、受托人和受让人为一方，买方及其法定继承人、业务后继者、受托人和受让人为另一方；在上述买方按照经双方同意，本日所议定的支付方法将款项准时付清卖方之前，上述买方不得将上述耐久商品予以典当、抵押、出售或用其他方式转让。上述卖方对这些商品仍然享有独占权，只能凭借他的信誉和意志来处置。

——你是个严格的戒酒主义者吗？乔问。

——在两次饮酒之间，一滴也不入。我说。

——向咱们的朋友表示一下敬意怎么样？乔说。

——谁呀？我说。他疯了，住进了“天主的约翰”[2]，可怜的人。

——喝的是他自己的那种酒吧？乔说。

——可不是嘛，我说。威士忌兑脑水肿。

——到巴尼·基尔南酒吧去吧，乔说。我想去见见“市民”。

——就在老相识巴尼那儿吧，我说。有什么新奇的或者了不起的

1　斯通为英国重量单位，一般合十四磅。

2　“天主的约翰”指都柏林郡的一家精神病院，为天主的圣约翰护病会所创办。

事吗，乔？

——一点儿也没有，乔说。我刚刚开完市徽饭店的那个会。

——什么会呀？我说。

——牲畜商的聚会，乔说。谈的是口蹄疫问题。关于这，我要向“市民”透露点内幕消息。

于是我们东拉西扯地闲聊着，沿着亚麻厅兵营和法院后面走去。乔这个人哪，有钱的时候挺大方，可是像他这副样子，确实从来也没有过钱。天哪，我可不能原谅那个大白天抢劫的强盗，混账狡猾的杰拉蒂。他竟然说什么要控告人家无执照营业。

在美丽的伊尼斯费尔[1]有片土地，神圣的迈昌[2]土地。那儿高高耸立着一座望楼，人们从远处就可以望到它。里面躺着卓绝的死者——将士和煊赫一世的王侯们。他们睡得就像还活着似的。那真是一片欢乐的土地，淙淙的溪水，河流里满是嬉戏的鱼：绿鳍鱼、鲽鱼、石斑鱼、庸鲽、雄黑线鳕、幼鲑、比目鱼、滑菱鲆、鲽形目鱼、绿鳕、下等杂鱼以及水界的其他不胜枚举的鱼类。在微微的西风和东风中，高耸的树朝四面八方摇摆着它们那优美的茂叶，飘香的埃及榕、黎巴嫩杉、冲天的法国梧桐、良种桉树以及郁郁葱葱遍布这一地区的其他乔木界瑰宝。可爱的姑娘们紧紧倚着可爱的树木根部，唱着最可爱的歌，用各种可爱的东西做游戏，诸如金锭、银鱼、成斗的鲱鱼、一网网的鳝鱼和幼鳕、一篓篓的仔鲑、海里的紫色珍宝以及顽皮的昆虫们。从埃布拉纳至斯利夫马吉[3]，各地的英雄们远远地漂洋过海来向她们求爱。盖世无双的亲王们来自自由的芒斯特、正义的康诺特、光滑整洁的伦斯特、克鲁亚昌的领地、辉煌的阿马、博伊尔的崇高地区。他们是王子，即国王的子嗣。

1　伊尼斯费尔是对爱尔兰的富于诗意的美称，意思是命运之岛。

2　巴尼·基尔南的酒店坐落在圣迈昌教区。圣迈昌教堂建立于一六七六年。

3　埃布拉纳是希腊地理学家托勒密（公元2世纪）对都柏林旧址的称呼。斯利夫马吉是位于都柏林东南约六十英里处的一座山。

那里还矗立着一座灿烂的宫殿[1]。它那闪闪发光的水晶屋顶，映入了水手们的眼帘。他们乘着特制的三桅帆船，穿越浩渺的海洋，把当地所有的牲畜、肥禽和初摘的水果，统统运来。由奥康内尔·菲茨蒙[2]向他们收税。他是一位族长——也是族长的后裔。用一辆辆巨大的敞篷马车载来的是田里丰饶的收获：装在浅筐中的花椰菜、成车的菠菜、大块头的菠萝、仰光豆、若干斯揣克[3]西红柿、盛在一只只圆桶里的无花果、条播的瑞典芜菁、球形土豆、好几捆约克种以及萨沃伊种彩虹色羽衣甘蓝，还有盛在一只只浅箱里的大地之珍珠——葱头；此外就是一扁篮一扁篮的蘑菇、乳黄色食用葫芦、饱满的大巢菜、大麦和芸苔，红绿黄褐朽叶色的又甜又大又苦又熟又有斑点的苹果，装在一只只薄木匣里的杨梅，一粗筐一粗筐的醋栗。多汁而皮上毛茸茸的，再就是可供王侯吃的草莓和刚摘下的木莓。

——**我才不怕他呢**，那家伙说，**一点儿都不怕**。滚出来，杰拉蒂，你这臭名远扬的混账山贼，溪谷里的强盗！

这样，无数牲畜成群地沿着这条路走去。有系了铃铛的阉羊、亢奋的母羊、没有阉过的剪了毛的公羊、羊羔、胡茬鹅、半大不小的食用阉牛、患了喘鸣症的母马、锯了角的牛犊子、长毛羊、为了出售而养肥的羊、卡夫那即将产仔的上好母牛、不够标准的牛羊、割去卵巢的母猪、做熏肉用的阉过的公猪、各类不同品种的优良猪、安格斯小母羊、无斑点的纯种去角阉牛，以及正当年的头等乳牛和肉牛；从拉斯克、拉什和卡里克梅恩斯那一片片牧场，从托蒙德那流水潺潺的山谷，从麦吉利卡迪那难以攀登的山岭和气派十足、深不可测的香农河，从隶属于凯亚族的缓坡地带，不停地传来成群的羊、猪和拖着沉重蹄子的母牛那践踏声，咯咯、吼叫、哞哞、咩咩、喘气、喧哗、哼哼、磨牙、咀嚼的声音。一只只的乳房几乎涨破了，那过剩的乳汁，

1　灿烂的宫殿，指都柏林果菜鱼市，与巴尼·基尔南酒吧相距一个街区。

2　奥康内尔·菲茨蒙是当时（1904）食品商场的总管理人。

3　斯揣克是英国的一种重量单位，一斯揣克相当于半蒲式耳至四蒲式耳，每蒲式耳合三十六升。

一桶桶黄油，一副副内膜中的奶酪，一只只农家小木桶里装满了一块块羊羔颈胸肉，多少克拉诺克[1]的小麦，以及大小不一，或玛瑙色，或焦茶色，成百上千的椭圆形鸡蛋，就这样源源不断地运来。

于是，我们转身走进了巴尼·基尔南酒吧。果不其然，“市民”那家伙正坐在角落里，一会儿喃喃自语，一会儿又跟那只长满癞疮的杂种狗加里欧文大耍贫嘴，等候着天上滴下什么酒来。

——他在那儿呢，我说，在他的光荣洞里，跟满满的小坛子[2]和一大堆报纸在一起，正在为主义而工作着。

那只混账杂种狗嗷嗷叫的声音使人起鸡皮疙瘩。要是哪位肯把它宰了，那可是桩肉体上的善行哩。听说当桑特里的宪警去送蓝色文件时，它竟把他的裤子咬掉了一大块，这话千真万确。

——站住，交出来，他说。

——可以啦，“市民”，乔说。这里都是自己人。

——过去吧，自己人，他说。

然后他用手揉揉一只眼睛，说：

——你们对时局怎么看？

他以强人[3]和山中的罗里[4]自居。可是，乔这家伙确实应付得了。

——我认为行情在看涨，他说着，将一只手滑到股骨那儿。

于是，“市民”这家伙用巴掌拍了拍膝头说：

——这都是外国的战争[5]造成的。

乔把大拇指戳进兜里，说：

——想称霸的是俄国人哩。

1　克拉诺克是古时在爱尔兰、威尔士和英格兰西部通用过的一种计量单位。称小麦时，每克拉诺克合二至四蒲式耳。

2　原文为爱尔兰语，是一首爱尔兰民歌的题目。其中有“我的心爱的，我的小坛子”之句。

3　原文为爱尔兰语。指爱尔兰战争（1689—1891）中正规军投降后，任何采用游击战方式抵抗英军的民族主义者。由于国外援助被切断，终被击败。

4　《山中的罗里》是查理·约瑟夫·基克哈姆（1830—1882）的一首诗的题目。诗中把山中的罗里描述为有着民族主义思想的农民。

5　指日俄战争。

——**荒唐**[1]！别胡说八道啦，乔，我说。我的喉咙干得厉害，就是喝上它半克朗的酒，也解不了渴。

——你点吧，“市民”，乔说。

——国酒[2]呗，他说。

——你要点儿什么？乔说。

——跟马卡纳斯贝一样[3]，我说。

——来上三品脱，特里，乔说。老宝贝儿，好吗，“市民”？他说。

—— 再好不过啦，**我的朋友**[4]，他说。怎么，加利？咱们能得手吗，呃？

他随说着，随抓住那只讨厌的大狗的颈背。天哪，差点儿把它勒死。

坐在圆形炮塔脚下大圆石上的那个人生得肩宽胸厚，四肢健壮，眼神坦率，红头发，满脸雀斑，胡子拉碴，阔嘴大鼻，长长的头，嗓音深沉，光着膝盖，膂力过人，腿上多毛，面色红润，胳膊发达，一副英雄气概。两肩之间宽达数埃尔[5]。他那如磐石、若山岳的双膝，就像身上其他裸露着的部分一样，全结结实实地长满了黄褐色扎扎呼呼的毛。不论颜色还是那韧劲儿，都像是山荆豆（**学名乌列克斯·尤列庇欧斯**[6]）。鼻翼宽阔的鼻孔里扎煞着同样是黄褐色的硬毛，容积大如洞穴，可供草地鹨在那幽暗处宽宽绰绰地筑巢。泪水与微笑不断地争夺主次的那双眼睛[7]，足有一大棵花椰菜那么大。从他那口腔的深窝里，每隔一定时间就吐出一股强烈温暖的气息；而他那颗坚强的心脏

1　原文为英语化了的爱尔兰语。

2　国酒，指黑啤酒。

3　意思是：“也要黑啤酒。”巴涅尔（参看第50页注释3）垮台前的纷争中，有个姓马卡纳斯贝的都柏林墓碑工在一次公众集会上发表冗长的讲演。后面的发言者简单地说了句：“跟马卡纳斯贝一样。”

4　原文为爱尔兰语。

5　埃尔是英国古尺名，合四十五英寸。

6　原文为拉丁文。这是音译。

7　“泪水……眼睛”，这里将托马斯·穆尔的《爱琳，你眼中的泪与微笑》（见《爱尔兰歌曲》）一诗的题目做了改动。

总在响亮、有力而健壮地跳动着，产生有节奏的共鸣，像雷一般轰隆轰隆的，使大地、高耸的塔顶，以及更高的洞穴的内壁都为之震颤。

他身穿用新近剥下来的公牛皮做的坎肩，长及膝盖，下摆是宽松的苏格兰式百褶短裙。腰间系着用麦秆和灯心草编织的带子。里面穿的是用肠线潦潦草草缝就的鹿皮紧身裤。胫部裹着染成苔紫色的高地巴尔布里艮皮绑腿，脚蹬低跟镂花皮鞋，是用盐腌过的母牛皮制成的，并系着同一牲畜的气管做的鞋带。他的腰带上垂挂着一串海卵石。每当他那可怕的身躯一摆动，就叮当乱响。在这些卵石上，以粗犷而高超的技艺刻着许许多多古代爱尔兰部族的男女英雄的形象：库楚林、百战之康恩、做过九次人质的奈尔、金克拉的布赖恩、玛拉基大王、阿尔特·麦克默拉、沙恩·奥尼尔、约翰·墨菲神父、欧文·罗、帕特里克·萨斯菲尔德、红发休·奥唐奈、红发吉姆·麦克德莫特、索加斯·尤格翰·奥格罗尼、迈克尔·德怀尔、弗朗西斯·希金斯、亨利·乔伊·莫克拉肯、歌利亚、霍勒斯·惠特利、托马斯·康内夫、佩格·沃芬顿、乡村铁匠、穆恩莱特上尉、杯葛上尉、但丁·阿利吉耶里、克里斯托弗·哥伦布、圣弗尔萨、圣布伦丹、麦克马洪元帅、查理曼、西奥博尔德·沃尔夫·托恩、马加比弟兄之母、最后的莫希干人、卡斯蒂利亚的玫瑰、攻克戈尔韦的人、使蒙特卡洛的赌场主破产了的人、把关者、没做的女人、本杰明·富兰克林、拿破仑·波拿巴、约翰·劳·沙利文、克莉奥佩特拉、我忠实的宝贝儿、尤利乌斯·恺撒、帕拉切尔苏斯、托马斯·利普顿爵士、威廉·退尔、米开朗琪罗·海斯、穆罕默德、拉默穆尔的新娘、隐修士彼得、打包商彼得、黑发罗莎琳、帕特里克·威·莎士比亚、布赖恩·孔子、穆尔塔赫·谷登堡、帕特里西奥·委拉斯开兹、内莫船长、特里斯丹和绮瑟、第一任威尔士亲王、托马斯·库克父子、勇敢的少年兵、爱吻者、迪克·特平、路德维希·贝多芬、金发少女、摇摆的希利、神仆团团员安格斯、多利丘、西德尼散步道、霍斯山、瓦伦丁·格雷特雷克斯、亚当与夏娃、阿瑟·韦尔斯利、领袖克罗克、希罗多德、杀掉巨人的杰克、乔答摩·佛陀、戈黛娃夫人、基拉尼的百合、恶毒眼巴洛尔、示巴女王、阿基·内格尔、乔·内格尔、亚历山德罗·伏特、杰里迈亚·奥多诺万·罗萨、堂菲利普·奥沙利文·比尔。他身旁横着一杆用磨尖了的花岗石做成的矛，他脚下卧着一条属于犬类的野兽。它像打呼噜般地喘着气，表明它已沉入了不安宁的睡眠中。这从它嘶哑的嗥叫和痉挛性的动作得到证实。主人不时地抡起用旧石器时代的石头粗糙地做成的大棍子来敲打，以便镇住并抑制它。

于是，特里总算把乔请客的三品脱端来了。好家伙，当我瞧见他拍出一枚金镑的时候，我这双眼睛差点儿瞎了。啊，真格的，多么玲珑的一镑金币。

——还有的是哪，他说。

——你是从慈善箱里抢来的吧，乔，我说。

——这是从我的脑门子淌下来的汗水，乔说。是那个谨慎的家伙把信息透露给我的。

——遇到你之前，我看见他啦，我说。正沿着皮尔小巷和希腊街闲荡哪。他那大鳕鱼眼连每根鱼肠子都不放过。

是谁通身披挂着黑色铠甲，穿过迈昌的土地前来？是罗里的儿子奥布卢姆。正是他。罗里的儿子是无所畏惧的。他是个谨慎的人。

——为亲王街的老太婆[1]工作着吧，“市民”说。为那份领着津贴的机关报。因在议会里宣过誓而受到拘束。瞧瞧这该死的破报，他说。瞧瞧这个，他说。《爱尔兰独立日报》，你们看多奇怪，竟然是“巴涅尔所创办，工人之友”哩。不妨听听这份**一切为了爱尔兰的《爱尔兰独立日报》**上所登的出生通知和讣告吧，我得谢谢你们。还有结婚启事呢。

他就开始朗读起来：

1　亲王街的老太婆指《自由人报》。该报虽主张爱尔兰自治，但立场温和。要求彻底独立的民族主义者认为它是受到以地方自治为宗旨的爱尔兰议会党团津贴的。

——埃克塞特市[1]巴恩菲尔德·新月街的戈登；住在滨海圣安妮之艾弗利的雷德梅因，威廉·T. 雷德梅因之妻生一子。这怎么样呢？赖特和弗林特；文森特和吉勒特，罗萨与已故乔治·艾尔弗雷德·吉勒特之女罗莎·玛莉恩，斯托克维尔克列帕姆路一七九号，普莱伍德和里兹代尔，在肯辛顿的圣朱德教堂举行婚礼，主婚人为武斯特副主教、十分可敬的弗雷斯特博士。呃？讣告：住在伦敦白厅小巷的布里斯托；住在斯托克·纽因顿的卡尔，因患胃炎与心脏病；住在切普斯托莫特馆的科克伯恩……

——我晓得那家伙，乔说。吃过他的苦头。

——科克伯恩·迪穆赛，已故海军大将大卫·迪穆赛的妻子；住在托特纳姆的米勒，享年八十五；住在利物浦坎宁街三十五号的伊莎贝拉·海伦·威尔士于六月十二日去世。一份民族的报纸怎么会刊登这样的玩意儿呢，呃，我的褐色小子[2]？班特里这个假公济私的马丁·墨菲[3]，搞的是什么名堂呢？

——啊，喔，乔说着把酒递过来。感谢天主，他们赶在咱们头里啦。喝吧，“市民”。

——好的，他说。大老爷。

——祝你健康，乔，我说。也祝大家的健康。

啊！哦！别聊啦！我就想着喝上一品脱，想得发了霉，我敢对上主发誓，我能听见酒在我的胃囊上滴答。

瞧，当他们快活地将那酒一饮而尽时，天神般的使者转眼到来。这是个英俊少年，灿烂如太阳，跟在他后面踱进来的是位雍容高雅的长者。他手执法典圣卷，伴随而来的是他那位门第无比高贵的夫人，女性中的佼佼者。

1　埃克塞特是英格兰德文郡的港口城市。下面“市民”诵读的是《爱尔兰独立日报》（1904年6月16日）上所载英国人名地名，读时略去一些爱尔兰人的姓名地址。

2　褐色小子是阴茎的低俗俚语。

3　班特里是墨菲的出生地，系爱尔兰科克郡班特里湾头附近的城镇。马丁·墨菲是《爱尔兰独立报》的业主，营造业起家。

小个子阿尔夫·柏根趸进门来，藏在巴尼的小单间里，拼命地笑。喝得烂醉如泥，坐在我没看见的角落一个劲儿地打鼾的，不是别人，正是鲍勃·多兰。我并不晓得在发生什么事。阿尔夫一个劲儿地朝门外指指画画。好家伙，原来是那个该死的老丑角丹尼斯·布林。他趿拉着洗澡穿的拖鞋，腋下夹着两部该死的大书。他老婆——一个倒霉可怜的女人——像鬈毛狗那样迈着碎步，紧赶慢赶地跟在后面。我真怕阿尔夫会笑破肚皮。

——瞧他，他说。布林。有人给他寄来了一张写着“万事休矣”的明信片。于是他就在都柏林走街串巷，一门心思去起……

接着他笑得弯了腰。

——起什么？我说。

——起诉，控告他诽谤罪，他说。要求赔偿一万镑。

——胡闹！我说。

那只该死的杂种狗发现出了什么事，嗥叫得令人毛骨悚然，然而“市民”只朝着它的肋骨踹了一脚。

——不许出声[1]！他说。

——是谁呀？乔说。

——布林，阿尔夫说。他起先在约翰·亨利·门顿那里，接着又绕到考立斯—沃德事务所去。后来汤姆·罗赤福特碰见了他，就开玩笑地支使他到副行政司法长官那儿去。噢，天哪，把我肚子都笑疼了。万事休矣：完蛋。那高个儿像是要传讯他似的盯了他一眼，如今那个老疯子到格林街去找警察啦。

——高个儿约翰究竟什么时候绞死关在蒙乔伊的那个家伙？乔说。

——柏根，鲍勃·多兰醒过来说。那是阿尔夫·柏根吗？

——是啊，阿尔夫说。绞死吗？等着瞧吧。特里，给咱来一小杯。那个该死的老傻瓜！一万镑。你该看看高个儿约翰那双眼睛。万事休矣……

1　原文为爱尔兰语。

于是他笑起来了。

——你在笑谁哪？鲍勃·多兰说。是柏根吗？

——快点儿，特里伙计，阿尔夫说。

特伦斯·奥赖恩听见这话，立刻端来一只透明的杯子，里面满是冒泡的乌黑浓啤酒。这是那对高贵的双胞胎邦吉维和邦加耿朗[1]在他们那神圣的大桶里酿造的。他们像永生的勒达[2]所生的两个儿子一样精明，贮藏大量的蛇麻子[3]那多汁的浆果，经过堆积、精选、研碎、酿制，再掺上酸汁，把刚兑好的汁液放在圣火上。这对精明的弟兄称得起是大酒桶之王，夜以继日地操劳着。

那么你，豪侠的特伦斯，便按照熟习的风俗，用透明的杯子盛上甘美的饮料，端给侠肠义胆、美如神明的口渴的他。

然而他，奥伯甘的年轻族长，论慷慨大度决不甘拜他人之下风，遂宽厚大方地付了一枚铸有头像的最贵重的青铜币[4]。上面，用精巧的冶金工艺浮雕出仪表堂堂的女王像，她是布伦维克家族[5]的后裔，名叫维多利亚。承蒙上主的恩宠，至高无上的女王陛下君临大不列颠和爱尔兰联合王国以及海外英国领土。她是女王，信仰的捍卫者，印度的女皇。就是她，战胜了众邦，受到万人的崇敬，从日出到日落之地，苍白、浅黑、微红到黝黑皮肤的人们，都晓得并爱戴她。

——那个该死的共济会会员在干什么哪，"市民"说。在外面鬼鬼祟祟地荡来荡去？

——怎么回事儿？乔说。

——喏，阿尔夫边把钱丢过去边说。谈到绞刑，我要让你们瞧一件你们从来没见过的东西：刽子手亲笔写的信。瞧。

1　邦是俚语，指斟掺水烈酒者。邦吉维和邦加耿朗指酿酒商本杰明·吉尼斯和亚瑟·吉尼斯。他们虽非双胞胎，却是同胞弟兄，参看第113页注释1和注释2。

2　据希腊神话，主神宙斯曾化作一只天鹅来接近勒达，使她产下两只蛋。从而生出了两对双胞胎：卡斯托耳（男）和克吕泰涅斯特拉（女），波吕丢刻斯（男）和海伦（女）。

3　蛇麻子能够使啤酒略带苦味。

4　这是亨利八世（1509—1547在位）及爱德华六世（1547—1553在位）时代发行的一种硬币，上镌当时国王的胸像。起初币值为十便士，后来降至六便士。此处指一便士。

5　维多利亚女王（1837—1901在位）属汉诺威王室。母亲是德意志布伦维克公国的公主。

于是他从兜里掏出一沓装在信封里的信。

——你在作弄我吗？我说。

——地地道道的真货，阿尔夫说。读吧。

于是，乔拿起了那些信。

——你在笑谁哪？鲍勃·多兰说。

我看出有点儿闹纠纷的苗头。鲍勃这家伙一喝酒就失态。于是，我就找个话茬儿说：

——威利·默雷近来怎么样，阿尔夫？

——不知道，阿尔夫说。刚才我在卡佩尔街上瞧见他跟帕狄·迪格纳穆待在一起。可当时我正在追赶着那个……

——你什么？乔丢下那些信说。跟谁在一起？

——跟迪格纳穆，阿尔夫说。

——你指的是帕狄吗？乔说。

——是呀，阿尔夫说。怎么啦？

——你不晓得他死了吗？乔说。

——帕狄·迪格纳穆死啦！阿尔夫说。

——可不，乔说。

——不到五分钟之前，我确实还曾看见了他，阿尔夫说。跟枪柄一样千真万确。

——谁死啦？鲍勃·多兰说。

——那么，你瞧见的是他的幽灵呗，乔说。天主啊，保佑我们别遭到不幸。

——怎么？阿尔夫说。真是不过五……哦？……而且还有威利·默雷跟他在一起，他们两个人在那个叫什么店号来着……怎么？迪格纳穆死了吗？

——迪格纳穆怎么啦？鲍勃·多兰说。你们在扯些什么呀……？

——死啦！阿尔夫说。他跟你一样，活得欢势着哪。

——也许是的，乔说。横竖今儿早晨他们已经擅自把他埋掉了。

——帕狄吗？阿尔夫说。

——是啊，乔说。他寿终正寝啦，愿天主怜悯他。

——慈悲的基督啊！阿尔夫说。

他的确是所谓吓破了胆。

在黑暗中，使人感到幽灵的手在晃动。当按照密宗经咒做的祷告送至应达处时，一抹微弱然而愈益明亮起来的红宝石光泽逐渐映入眼帘。从头顶和脸上散发出来的吉瓦光，使得虚灵体格外逼真。信息交流是脑下垂体以及骶骨部和太阳神经丛所释放出的橙色与鲜红色光线促成的。问起他生前的名字和现在天界何方，他答以如今正在**劫末**[1]或回归途中，但仍在星界低域，某些嗜血者手中经受着磨难。被问以当他越过那浩渺的境界后最初的感想如何，他回答说：原先他所看见的好比是映在镜子里的模糊不清的影像，然而已经越境者面前随即揭示出发展“我”[2]这一至高无上的可能性。及至问起来世的生活是否与有着肉身的我们在现世中的经验相仿佛时，他回答说，那些已进入灵界的受宠者曾告诉他说，在他们的住处，现代化家庭用品一应俱全，诸如塔拉梵那、阿拉瓦塔尔、哈特阿克尔达、沃特克拉撒特[3]。无比资深的能手沉浸在最纯粹的逸乐的波浪里。他想要一夸脱脱脂牛奶，立刻就给他端来，他显然解了渴。问他有没有什么口信捎给生者，他告诫所有那些依然处于摩耶[4]中的人们：要悟正道，因为天界盛传，马尔斯[5]和朱庇特[6]已下降到东方的角落来捣乱，而那是白羊宫的势力范围。这时又问，故人这方面有没有特别的愿望，回答是：“**至今犹活在肉身中的尘世间之凡朋俗友们，吾曹向汝等致意。勿容科·凯牟取暴利。**”据悉，这里指的是科尼利厄斯·凯莱赫。他是死者的私人

1　劫末，原文为梵文。指人死后灵魂将息期。

2　“我”（音译为“阿特曼”）是印度哲学中最基本的概念之一，指人本身的永恒核心。它在人死后继续存在，并且转移到一个新生命中去。

3　这里把英语的电话、电梯、冷与热、抽水马桶拼成梵语样子，以嘲讽通神学家对使用梵文的癖好。

4　摩耶是印度斯坦语，音译摩诃摩耶之略，意即“大幻”或“幻”。

5　原文作Mars，是双关语。意译是火星，呈红色，古罗马人把这颗太阳系七大行星之一称为战神马尔斯。

6　原文作Jupiter，是双关语。意译是木星，太阳系八大行星中最大的一颗。古罗马人把它叫作主神朱庇特。

朋友，也是有名气的H. J. 奥尼尔殡仪馆经理，丧事就是他经办的。告辞之前他要求转告他的爱子帕齐，说帕齐所要找的那只靴子目前在侧屋的五斗柜底下。这双靴子的后跟还挺结实，只消送到卡伦鞋店去补一下靴底就成了。他说，在来世，他一直记挂着这件事，心绪极为不宁。务必请代为转告。

大家向他担保一定照办，他明白表示感到满意。

他离开了尘寰。噢，迪格纳穆，我们的旭日。他踩在欧洲蕨上的脚步是那样疾迅。额头闪闪发光的帕特里克啊。邦芭[1]，随着你的风悲叹吧。海洋啊，随着你的旋风悲叹吧。

——他又到那儿去了，"市民"盯着外面说。

——谁？我说。

——布卢姆，他说。他就像是值勤的警察似的在那儿溜达十分钟啦。

没错儿，我瞧见他伸进脸蛋儿窥伺了一下，随后又偷偷溜掉了。

小个儿阿尔夫吓得腰都直不起来了，一点儿不假。

——大慈大悲的基督啊！我敢发誓，那就是他。

鲍勃·多兰一喝醉了，就堕落成整个都柏林最下流的歹徒。他把帽子歪戴在后脑勺上，说：

——谁说基督是大慈大悲的？

——请你原谅，阿尔夫说。

——什么大慈大悲的基督！不是他把可怜的小威利·迪格纳穆给带走的吗？

——啊，喏，阿尔夫试图搪塞过去，他说。这下子他再也用不着操劳啦。

然而鲍勃·多兰咆哮道：

——我说他是个残忍的恶棍，居然把可怜的小威利·迪格纳穆给

1　据杰弗里·基廷（约1580—约1644）所著《爱尔兰历史》（约1629），邦芭是亚当和夏娃之子该隐的大女儿。她和两个妹妹（爱琳和福撒）是爱尔兰最早的居民。邦芭又是神话中的王后，跟爱琳一样，成为爱尔兰的诗意称呼。

带走啦。

特里走过来，向他使了个眼色，让他安静下来，说这可是一家特准卖酒的体面的店哩，请不要谈这类话。于是，鲍勃·多兰就为帕狄·迪格纳穆号起丧来了，哭得真真切切。

——再也没有那么好样儿的人啦，他抽抽搭搭地说。最好样儿的、最纯真的人。

该死的泪水快流到眼边。他说着那该死的大话。还不如回家去找他娶的那个梦游症患者小个子浪女人呢。就是一名小执行吏的闺女穆尼。她娘在哈德威克街开了个娼家，经常在楼梯平台上转悠。在她那儿住过的班塔姆·莱昂斯告诉我，都凌晨两点了她还一丝不挂、整个儿光着身子待在那儿，来者不拒，一视同仁。

——这个最正派、最地道的却走了，他说。可怜的小威利，可怜的小帕狄·迪格纳穆！

于是，他满腔悲痛，心情沉重地为那一道天光之熄灭而哭泣。

老狗加里欧文又朝着在门口窥伺的布卢姆狂吠起来。

——进来吧，进来吧，“市民”说。它不会把你吃掉的。

布卢姆就边用那双鳕鱼眼盯着狗，边侧身踅了进来，并且问特里，马丁·坎宁翰在不在那儿。

——噢，天哪，麦基奥，乔说，他正在读着那些信中的一封。听听好不好？

他就读起一封信来。

亨特街七号

利物浦市

都柏林市都柏林行政司法长官台鉴：

敬启者，敝人曾志愿为执行上述极刑服务。一九〇〇年二月十二日，敝人曾在布特尔监狱绞死乔·甘恩。敝人还绞死过……

——给咱看看，乔，我说。

——……杀害杰西·蒂尔希特的凶手、士兵阿瑟·蔡斯。他是在彭顿维尔监狱被处绞刑的。敝人还曾任助手……

——天哪。我说。

——……那一次，比林顿将凶恶的杀人犯托德·史密斯处以绞刑……

“市民”想把那封信夺过来。

——等一等，乔说。

敝人有一窍门：一旦套上绞索，他就休想挣脱开。如蒙可敬的阁下录用，不胜荣幸。敝人索酬五畿尼。

霍·朗博尔德顿首

高级理发师

——他还是个凶猛、残暴的野蛮人[1]呢，“市民”说。

——而且，这混蛋还写一手狗爬字，乔说。喏，他说。阿尔夫，快把它拿开，我不要看。喂，布卢姆，他说。你喝点儿什么?

于是他们争论起这一点来。布卢姆说他不想喝，也不会喝，请原谅，不要见怪。接着又说，那么就讨一支雪茄烟抽吧。哼，他是个谨慎的会员，这可一点儿也不含糊。

——特里，给咱一支你们店里味道最浓的，乔说。

这时阿尔夫告诉我们，有个家伙给了一张服丧时用的加黑框的名片。

——那些家伙都是理发师，他说。是从黑乡来的。只要给他们五镑钱，并且管旅费，哪怕自己的亲爹他们也肯下手绞死。

他还告诉我们，把犯人悬空吊起后，等在下面的两个人就拽他的脚后跟，好让他彻底咽气。然后他们把绞索切成一截一截的，每副头

1　理发师原先也兼任外科医生和牙医。一四六一年成立理发师外科医生行会，直到一七一五年这两个行业才分开。理发师（barber）、残暴（barbarous）和野蛮人（barbarian）这三个单词，在英文中读音相近。

盖骨按多少先令卖掉。

这些恶狠狠的、操利刃的骑士们都住在黑乡。他们紧握着那致命的绳索。对，不论是谁，凡是杀过人的必然统统给套住，打发到厄瑞勃斯[1]去。因为上主曾说，我无论如何不能饶恕此等罪行。

于是，大家聊起死刑的事儿来了。布卢姆自然也闲扯起死刑的来龙去脉以及种种无稽之谈。那条老狗不停地嗅着他。我听说这些犹太佬身上总发散着一股奇怪的气味，能够吸引周围的狗，还能治服什么。

——可是有一样物件它是治服不了的，阿尔夫说。

——什么物件？乔说。

——就是被绞死的可怜虫的阳物，阿尔夫说。

——是吗？乔说。

——千真万确，阿尔夫说。我是听基尔门哈姆监狱的看守长说的。他们绞死"常胜军"的乔·布雷迪之后，就发生了这种情形。他告诉我，当他们割断绞索把吊死鬼儿撂下来时，那阳物就像一根拨火棍儿似的戳到他们面前。

——占主导地位的感情到死还是强烈的，乔说。正像某人说过的那样。

——这可以用科学来解释，布卢姆说。不过是个自然现象，不是吗，因为由于……

于是他咬文嚼字地大谈其现象与科学啦，这一现象那一现象什么的。

杰出的科学家卢伊特波尔德·布卢门达夫特[2]教授先生曾提出下述医学根据加以阐明：按照医学上公认的传统学说，颈椎骨的猝折以及伴随而来的脊髓截断，不可避免地会给予人身神经中枢以强烈刺激，从而引起海绵体的弹性细孔急速膨胀，促使血液瞬时注入在人体解剖

1　厄瑞勃斯是希腊神话中人世与地狱之间的黑暗区域。

2　指利奥波德·布卢姆。卢伊特波尔德是德文中对利奥波德的老式称谓。布卢门达夫特是德文"花香"的音译。

学上称为阴茎即男性生殖器的这一部位。其结果是：**在颈骨断裂致死亡的那一瞬间**[1]，诱发出专家称之为“生殖器病态地向前上方多产性勃起”这一现象。

“市民”当然急不可耐地等着插嘴的机会。接着就高谈阔论起“常胜军”啦，激进分子啦，六七年那帮人啦，还有那些怕谈到九八年的人什么的。乔也跟他扯起那些为了事业经临时军事法庭审判而被绞死、开膛或流放的人们，以及新爱尔兰，新这个，新那个什么的。说起新爱尔兰，这家伙倒应该去物色一条新狗，可不是嘛。眼下这条畜生浑身长满癞疮，饥肠辘辘，到处嗅来嗅去，打喷嚏，又搔它那疮痂。接着，这狗就转悠到正请阿尔夫喝半品脱酒的鲍勃·多兰跟前，向他讨点儿什么吃的。于是，鲍勃·多兰当然就干起缺德的傻事儿来了。

——伸爪子！伸爪子，狗儿！乖乖老狗儿！伸过爪子来！伸爪子让咱捏捏！

荒唐！也甭去捏该死的什么爪子了，他差点儿从该死的凳子上倒栽葱跌到该死的老狗脑袋上。阿尔夫试图扶住他。他嘴里还喋喋不休地说着种种蠢话，什么训练得靠慈爱之心啦，纯种狗啦，聪明的狗啦。该死的真使你感到厌恶。然后他又从叫特里拿来的印着雅各布商标的罐头底儿上掏出几块陈旧碎饼干。狗把它当作旧靴子那样嘎吱嘎吱吞了下去，舌头耷拉出一码长，还想吃。这条饥饿的该死的杂种狗，几乎连罐头都吞下去嘞。

且说“市民”和布卢姆正围绕刚才那个问题争论着呢：被处死于阿伯山的希尔斯弟兄和沃尔夫·托恩啦。罗伯特·埃米特为国捐躯啦，汤米·穆尔关于萨拉·柯伦的笔触——她远离故土[2]啦。满脸脂肪的布卢姆当然装腔作势地叼着一支浓烈得使人昏迷的雪茄。现象！他娶的那位胖墩儿才是个稀奇透顶的老现象哩：她的后背足有滚木球的球道那么宽。精明鬼伯克告诉我，有一阵子这对夫妻住在市徽饭店，

---

1 “在……间”和前文中的“海绵体”，原文均为拉丁文。

2 “为国捐躯”和“她远离故土”均出自汤米（托马斯的昵称）·穆尔的《她远离故土》，该诗描写埃米特牺牲后，他的未婚妻萨拉·柯伦对他的怀念。

里面有位老太婆，带着个疯疯傻傻、令人丢脸[1]的侄子。布卢姆指望她在遗嘱里赠给自己点儿什么，就试图使她的心肠软下来。于是，就对她百般奉承，和颜悦色地陪她玩比齐克牌戏。老太婆总是做出一副虔诚的样子，每逢星期五，布卢姆也跟着不吃肉，还带那个蠢才去散步。有一回他领着这个侄子满都柏林转悠。凭着神圣的乡巴佬发誓，布卢姆连一句也没唠叨，直到那家伙醉得像一只炖熟的猫头鹰，这才把他带回来。他说他这么做是为了教给那个侄子酗酒的害处。要是那个老太婆、布卢姆的老婆和旅店老板娘奥多德太太这三位妇人没差点儿把他整个烤了，也够不寻常的了。耶稣哪，精明鬼伯克学他们争辩的样儿给我看，我不得不笑。布卢姆说着他那些口头禅，什么**你们不明白吗**？要么就是**然而，另一方面**。不瞒您说，我刚刚谈到的那个蠢才从此就成了科普街鲍尔鸡尾酒店的常客：每星期五次，必把那家该死的店里的每一种酒都喝个遍，腰腿瘫软得动弹不了，只好雇马车回去。真是个现象！

——为了纪念死者，“市民”举起他那一品脱装的玻璃杯，瞪着布卢姆说。

——好的，好的，乔说。

——你没抓住我话中的要点，布卢姆说。我的意思是……

——**我们自己！**“市民”说。**我们自己就够了**[2]**！**我们所爱的朋友站在我们这边，我们所憎恨的仇敌在我们对面[3]。

最后的诀别[4]令人感动之至。丧钟从远远近近的钟楼里不停地响着，教堂幽暗的院子周围，一百面声音闷哑的大鼓发出不祥的警告，不时地被大炮那瓮声瓮气的轰鸣所打断。震耳欲聋的雷鸣和映出骇人

1　原文为爱尔兰语。

2　此处的“我们自己就够了”与前文的“我们自己”原文均为爱尔兰语。

3　“我们……对面”之句，套用托马斯·穆尔的《奴隶在哪里？》（见《爱尔兰歌曲集》），只是把原句中的“我们经过考验的朋友”改成“我们所爱的朋友”。

4　从“最后的诀别”到“我的旧酿酒桶”（参看第456页注释2）为止，系模仿美国作家华盛顿·欧文（1783—1859）的《一颗破碎的心》（见《见闻札记》）的文体。罗伯特·埃米特是在公众面前被野蛮地绞死后又斩首的。作者对此事作了虚构和艺术夸张。

景象的耀眼闪电，证明天公的炮火给这本来就已令人毛骨悚然的景色，平添了超自然的威势。瀑布般的大雨从愤怒的苍穹的水门倾泻到聚集在那里的据估计起码也不下五十万大众那未戴帽子的光头上。都柏林市警察署武装队在警察署长的亲自指挥下，在庞大的人群中维持着治安。约克街的铜管乐队和簧管乐队用缠了黑纱的乐器出色地演奏出我们从摇篮里就爱上的那支由于斯佩兰扎的哀戚歌词而最为动人的曲调。这样，使群众得以消磨一下大会开始前的这段时间。为了供临时浩浩荡荡赶来参加的那些乡亲们舒适地享用，还准备了特快游览列车和敞篷软座公共马车。都柏林的街头红歌手利×翰和穆×根，像往常那样用诙谐逗乐的腔调唱《拉里被处绞刑的前夕》[1]。我们这两位无与伦比的小丑在热爱喜剧要素的观众当中兜售刊有歌词的大幅印张，销路极佳。凡是在心灵深处懂得欣赏毫不粗俗的爱尔兰幽默的人，绝不会在乎把自己辛辛苦苦地挣来的几便士掏给他们。男女弃儿医院的娃娃们也挤满一个个窗口俯瞰这一情景，对于出乎意料地添加到今天的游艺中的这一余兴感到欢快。济贫小姊妹会的修女们想出个高明主意：让这些没爹没妈的可怜的娃娃们享受到一次真正富于教育意义的娱乐，值得称赞。来自总督府家宴的宾客包括许多社交界知名淑女，她们在总督伉俪的陪同下，在正面看台的特等席上落座。坐在对面看台上的是衣着鲜艳的外国代表团。通称作绿宝石岛[2]之友。全体出席的代表团包括骑士团司令官巴奇巴奇·贝尼诺贝诺内[3]（这位代表团团长[4]因半身不遂，只得借助于蒸汽起重机坐下来），皮埃尔保罗·佩蒂特埃珀坦先生[5]，杰出的滑稽家乌拉基米尔·波克

1 《拉里被处绞刑的前夕》是流行于十八世纪的一首爱尔兰歌谣。从拉里被处绞刑前伙伴们探望他，一直写到他被埋葬。

2 绿宝石岛是爱尔兰的雅称。

3 原文为意大利语。巴奇巴奇（Bacibaci）是“亲吻，亲吻”的变形。贝尼诺（benino）是“很好”，贝诺内（benone）是“非常好”的音译。以下人名都是把各国语汇诙谐地拼凑而成的。

4 原文为法语。

5 原文为法语。皮埃尔保罗是把常见的两个法国男人的名字拼在一起而成。佩蒂特是Petit（小）的音译。

特汉克切夫[1]，大滑稽家莱奥波尔德·鲁道尔夫·封·施万岑巴德-赫登塔勒[2]，玛尔哈·维拉佳·吉萨斯左尼·普特拉佩斯蒂[3]伯爵夫人、海勒姆·Y. 邦布斯特、阿塔纳托斯·卡拉梅勒洛斯伯爵[4]、阿里巴巴·贝克西西·拉哈特·洛库姆·埃芬迪[5]，伊达尔戈·卡瓦列罗·堂·佩卡迪洛·伊·帕拉布拉斯·伊·帕特诺斯特·德·拉·马洛拉·德·拉·马拉利亚先生[6]，赫克波克·哈拉基利[7]，席鸿章[8]、奥拉夫·克贝尔克德尔森[9]，特里克·范·特龙普斯先生[10]，潘·波尔阿克斯·帕迪利斯基[11]，古斯庞德·普鲁库鲁斯托尔·克拉特奇纳布利奇兹伊奇[12]，勃鲁斯·胡平柯夫[13]，赫尔豪斯迪莱克托尔普莱西登

1　乌拉基米尔是俄国男人常见的名字。波克特汉克切夫是把两个英文词“衣袋”（Pocket）和“手绢”（handkerchief）略加改动，拼在一起，冒充俄国姓。

2　原文为德语。莱奥波尔德和鲁道尔夫是德国男人的常见名字。其复姓由几个德文词拼凑而成。意思是：阴茎入浴-精巢谷居民。

3　原文为匈牙利语。意思是：母牛伯爵夫人·某人之花·普特拉佩斯蒂小姐。“普特拉佩斯蒂”与布达佩斯发音相近。

4　原文为当代希腊语。意思是：不朽·糖果摊贩伯爵。

5　阿里巴巴是《一千零一夜·阿里巴巴和四十大盗的故事》中的主人公。贝克西西是贿赂，拉哈特·洛库姆是阿拉伯—土耳其语，意思是尊贵的、辉煌的。埃芬迪（effendi）是土耳其语，是政府官员的尊称，意思是阁下、先生，一九三五年废止。在地中海东部各国，此词指权贵或学者。

6　原文为西班牙语，意思是：骑士阁下大人皮卡笛罗先生以及疟疾的灾难时刻福音与《天主经》。

7　赫克波克（Hokopoko）是赫克斯波克斯（hocuspocus，变戏法者为转移观众注意力所用的咒语）的变形。Harakiri是日语“腹切り”（意思是“剖腹”）的音译。这里把日本武士的剖腹自杀当作魔术表演。

8　这里把李鸿章（1823—1901）的姓改成了发音相近的席。

9　奥拉夫是北欧各国常见的男子名。克贝尔克德尔森（Kobberkeddelsen）是把挪威语“铜壶儿子”改为姓氏。

10　“先生”的原文为荷兰语（Mynheer）。“范”（van）一词夹在荷兰人姓名中表示出生地，相当于英语的“of ”，意即“的”。特里克（Trik）和特龙普斯（Trumps）是把英文的trick（把戏）和trumps（老实人的复数）改变得像是荷兰人的姓名。

11　潘（Pan）是波兰语中对男子的尊称。波尔阿克斯是把英语的战斧（poleaxe）改成波兰式的名字。（英语Polack一词，是对波兰血统者的蔑称）。帕迪利斯基（Paddyrisky）是波兰的姓帕岱莱夫斯基（Paderewski）的变形。Paddy一词，大写就是对爱尔兰人的俗称，小写则指水稻。与之相连的ris是法语的“米”，前面的Pan一词，又与法语“面包”（Pain）发音相近。

12　古斯庞德与俄语郭斯波今（意思是先生）发音相近。紧接着的名字也与俄国名字相仿。

13　勃鲁斯与戈东诺夫（约1551—1605）的名字勃利斯发音相近。此人原为沙皇费多尔一世的主要谋士，费多尔死后，即位为沙皇。

特·汉斯·丘赤里—斯托伊尔里先生[1]，国立体育博物馆疗养所及悬肌普通无薪俸讲师通史专家教授博士克里格弗里德·于贝尔阿尔杰曼[2]。所有的代表对他们被请来目睹的难以名状的野蛮行径，都毫无例外地竭力使用最强烈的各自迥异的言辞发表了意见。于是，关于爱尔兰的主保圣人[3]的诞辰究竟是三月八号还是九号，绿宝石岛之友们开展了热烈的争辩（大家全都参加了）。在争辩的过程中，使用了炮弹、单刃短弯刀、往返飞镖、老式大口径短程霰弹枪、便器、绞肉机、雨伞、弹弓、指关节保护套、沙袋、铣铁块等武器，尽情地相互大打出手。还派信使专程从布特尔斯唐把娃娃警察麦克法登巡警召了来。他很快就恢复了秩序，并火速提出，生日乃是同月十七号[4]。这一解答使争辩双方都保住了面子。人人欢迎九尺汉子这个随机应变的建议，全场一致通过。绿宝石岛之友个个都向麦克法登巡警衷心表示谢忱，而其中几个正大量淌着血。骑士团司令官贝尼诺贝诺内被人从大会主席的扶手椅底下解救出来，然后他的法律顾问帕格米米律师[5]解释说，藏在他那三十二个兜里的形形色色的物品，都是他趁乱从资历较浅的同僚兜里掏出来的，以促使他们恢复理智。这些物品（包括几百位淑女绅士的金表和银表）被立即归还给合法的原主。和谐融洽的气氛笼罩全场。

朗博尔德身穿笔挺的常礼服，佩戴着一朵他心爱的血迹斑斑的剑兰花[6]，安详、谦逊地走上断头台。他凭着轻轻的一声朗博尔德派头的咳嗽通知了自己的到来。这种咳嗽多少人想模仿（却学不来）：

1　这个长名字由两个德语单词：赫尔豪斯（Huren haus=妓院，省略了“en”）、迪莱克托尔（Direktor=经理），以及英语单词普莱西登特（president=总统）拼凑而成。丘赤里—斯托伊尔里是德裔瑞士人的姓。“先生”的原文为德语。

2　这个长名中，译成中文的部分，原文为英文。无薪俸讲师指德国等的大学中，不支薪俸，仅以学生的学费为报酬的讲师。以下几个词均为德语：克里格（Krieg=战争）、弗里德（Fried，是Friede=和平的变形）、于贝尔（Ueber=全面的）、阿尔杰曼（allgemein=普遍的）。

3　指圣帕特里克。

4　关于圣帕特里克的生日究竟是三月八日还是九日，塞缪尔·洛弗在《圣帕特里克的诞生》一诗中写道：一位马尔卡希神父建议说，与其为八或九闹分裂，不如合并。于是八加九得出十七这个数字。

5　原文是意大利语。帕格米米是把意大利作曲家尼克洛·帕格尼尼（1787—1840）的姓改得诙谐了，mimi（米米）的拼法近似意大利语mimo（滑稽演员）。

6　原文为作者杜撰的（拉丁文）学名。

短促，吃力而富有特色。这位闻名全世界的刽子手到来后，大批围观者报以暴风雨般的欢呼。总督府的贵妇们兴奋地挥着手帕。比她们更容易兴奋的外国使节杂七杂八地喝彩着，**霍赫、邦在、艾尔珍、吉维奥、钦钦、波拉·克罗尼亚、希普希普、维沃、安拉**的叫声混成一片。其中可以清楚地听到歌之国代表那响亮的哎夫维瓦[1]声（高出两个八度的F音，令人回忆起阉歌手卡塔拉尼当年曾经怎样用那尖锐优美的歌声使得我们的高祖母们为之倾倒）。这时已十七点整。扩音器里传出了祈祷的信号。全体与会者立即脱帽，骑士团司令官那顶标志着族长身份的高顶阔边帽（自林齐[2]那场革命以来，这就归他这一家人所有了），由他身边的侍医皮普博士摘掉了。当英勇的烈士即将被处死刑之际，一位学识渊博的教长在主持圣教赐予最后慰藉的仪式。本着最崇高的基督教精神，跪在一泓雨水中，将教袍撩到白发苍苍的头上，向慈悲的宝座发出热切恳求的祷告。断头台旁立着绞刑吏那阴森恐怖的身影，脸上罩着一顶可容十加仑的高帽子，上面钻了两个圆洞，一双眼睛从中炯炯地发出怒火。在等待那致命的信号的当儿，他把凶器的利刃放在筋骨隆隆的手臂上磨砺，要么就迅疾地挨个儿砍掉一群绵羊的头。这是他的仰慕者们为了让他执行这项虽残忍却非完成不可的任务而准备的。他身边的一张漂亮的红木桌上，整整齐齐地排列着肢解用刀、各式各样精工锻成的摘取内脏用的器具（都是举世闻名的、谢菲尔德市约翰·朗德父子公司刀具制造厂特制的）。还有一只赤土陶制平底锅，成功地把十二指肠、结肠、盲肠、阑尾等摘除后，就装在里面。另外有两个容量可观的牛奶罐：是盛最宝贵的牺牲者那最宝贵的血液用的。猫狗联合收容所的膳务员也在场。这些容器装满后，

1　霍赫是德语hoch、邦在是日语バンザイ的音译。意思均为万岁。艾尔珍是匈牙利语éljen，吉维奥是塞尔维亚—克罗地亚语zivio的音译，意思分别为祝他长寿和祝你长寿。钦钦是洋泾浜英语chinchin的音译，意为我向你致敬。波拉·克罗尼亚是现代希腊语polla kronia的音译，意即长寿。希普希普（hiphip）是美国人的集体喝彩欢呼声，意译为嗨，嗨。维沃是法语vive的音译，意思是万岁。安拉（Allah）是阿拉伯语，即伊斯兰教的真主。哎夫维瓦是意大利语evviva的音译，是欢呼声，意译为："万岁！"或"好哇！"

2　尼科罗·加布里尼·林齐（1313—1354），古罗马护民官和改革家。一三四七年他领导了一场革命，成功地把贵族统治阶层赶下台，进行了政治改革。

就由他运到那家慈善机构去。当局还用意周到地为这场悲剧的中心人物提供了一份丰盛的膳食，包括火腿煎鸡蛋，炸得很好的洋葱配牛排，早餐用热气腾腾的美味面包卷儿，以及提神的茶。他精神抖擞，视死如归，自始至终极其关心这档子事的种种细节。他以当代罕见的克制，不失时机站起来，慷慨激昂地表明了自己临终的一个愿望（并立即得到首肯）：要求将这份膳食平均分配给贫病寄宿者协会的会员们，以表示他对他们的关怀和敬重。当那位被遴选出来的新娘涨红了脸，拨开围观者密集的行列冲过来，投进为了她的缘故而即将被送入永恒世界的那个人壮健的胸脯时，大家的情绪**高涨到极点**[1]。英雄深情地搂抱着她那苗条的身子，亲昵地低声说：**希拉，我心爱的**。听到这样称她的教名，她深受鼓舞。于是她就以不至于损害他那身囚衣的体面为度，热情地吻着他身上所有那些适当的部位。当他们二人的眼泪汇成一股咸流时，她向他发誓说，她会永远珍视关于他的记忆，决不会忘怀他这个英勇的小伙子是怎样嘴里哼着歌儿，就像是到克隆土耳克公园去打爱尔兰曲棍球那样地走向死亡。她使他回忆起幸福的儿童时代那快乐的日子。那时他们一道在安娜·利菲河岸上尽情地做着天真烂漫的幼儿游戏。他们忘却了当前这可怕的现实，一道畅怀大笑。所有在场的人，包括可敬的教士，也参加到弥漫全场的欢快气氛中。怪物般万头攒动的观众简直笑得前仰后合。然而不久他们两个人就又被悲哀所压倒，最后一次紧紧地握了手。从他们的泪腺里再一次滔滔地涌出泪水。众多的围观者打心坎里感动了，悲痛欲绝地哽咽起来，连年迈的受俸教士本人也同样哀伤。膀大腰粗的彪形大汉，在场维持治安的官员以及皇家爱尔兰警察部队那些和蔼的巨人都毫无忌惮地用手绢擦拭着。可以蛮有把握地说，在这规模空前的大集会上，没有一双眼睛不曾被泪水润湿。这时一桩最富于浪漫主义色彩的事情发生了：一个以敬重妇女著称的年轻英俊的牛津大学毕业生走上前去，递

1　原文为拉丁文。下文中的希拉，与埃米特的未婚妻萨拉发音相近，是爱尔兰的雅称。索伊玛斯·麦克马纳斯夫人（笔名艾斯纳·卡贝莉，1866—1902）写过《希拉，我心爱的》一诗，其中描述人格化了的希拉怎样翘盼那“用忧患赢得的快乐”。

上自己的名片、银行存折和家谱，并向那位不幸的少女求婚，恳请她定下日期。她当场就首肯了。在场的每位太太小姐都接受了一件大方雅致的纪念品：一枚骷髅枯骨图案的饰针。这一既合时宜又慷慨的举动重新激发了众人的情绪。于是，这位善于向妇女献殷勤的年轻的牛津大学毕业生（顺便提一下，他拥有阿尔比安[1]有史以来最享盛名的姓氏）将一枚用几颗绿宝石镶成四叶白花酢浆草状的名贵的订婚戒指，套在他那忸怩得涨红了脸的未婚妻的手指上时，人们感到无比兴奋。甚至连主持这一悲惨场面的面容严峻的宪兵司令，那位陆军中校汤姆金-马克斯韦尔·弗伦奇马伦·汤姆林森——尽管他曾经毫不犹豫地用炮弹把众多印度兵炸得血肉横飞——当前也抑制不住感情的自然流露了。他伸出有着锁子甲的防护长手套，悄然抹掉一滴泪。那些有幸站在他身边的随行人员听见他低声喃喃自语着：

——该死，那个娘儿们可是尤物哩，那个令人心如刀绞的丫头。该死，我一看见她就感到心如刀绞，快要哭出来了。老实说，就是这样。因为她使我想起在利姆豪斯路等待着我的旧酿酒桶[2]。

于是，“市民”就谈起爱尔兰语啦，市政府会议啦，以及所有那些不会讲本国语言、态度傲慢的自封的绅士啦。乔是由于今天从什么人手里捞到了一镑金币，也来插嘴。布卢姆叼着向乔讨来的值两便士的烟头，探过他那黏乎乎的老脑袋瓜儿，大谈起盖尔语协会啦，反对飨宴联盟[3]啦，以及爱尔兰的祸害——酗酒。由他来提反对飨宴，倒蛮合适哩。哼，他会让你往他的喉咙里灌各种酒，一直灌到上主把他召走，你也见不到他请的那品脱酒的泡沫儿。有个晚上，我和一个伙伴儿去参加他们的音乐晚会。照例载歌载舞：她能爬上干草堆，她能，我的莫琳·蕾[4]。那儿有个家伙佩戴着巴利胡利蓝绶带徽章[5]，用

1　阿尔比安是古时对英格兰的诗意的称呼。

2　利姆豪斯路是伦敦的贫民窟。模仿欧文的文体的段落，到“我的旧酿酒桶”为止，参看第450页注释4。

3　全名为圣帕特里克反对飨宴联盟。成立于一九〇二年，其宗旨是促进戒酒。

4　“她……蕾”，出自塞缪尔·洛弗的《低靠背的车》一诗。

5　佩戴蓝绶带徽章是戒酒队队员的标志。

爱尔兰语唱着绝妙的歌儿。还有好多金发少女[1]带着不含酒精的饮料到处转悠，兜售纪念章、橘子和柠檬汽水以及一些陈旧发干的小圆面包。哦，丰富多彩的[2]娱乐，就甭提啦，禁酒的爱尔兰乃是自由的爱尔兰[3]。接着，一个老家伙吹起风笛来。那些骗子们就都随着老母牛听腻了的曲调[4]在地上拖曳着脚步，一两个天国的向导四下里监视着，防止人们行为猥亵，对女人动手动脚。

不管怎样，正如我方才说过的，那条老狗瞧见罐头已经空了，就开始围着乔和我转来转去，觅着食。倘若这是我的狗，我就老老实实地教训它一顿，一定的。不时地朝着不会把它弄瞎的部位使劲踢上一脚，好让它打起精神来。

——你怕它咬你一口吗？“市民”讥笑着问。

——哪儿的话，我说。可它兴许会把我的腿当成路灯柱子哩。

于是，他把那只老狗喊了过去。

——加里，你怎么啦？他说。

于是，他着手把它拖过来，捉弄了一通，还跟它讲爱尔兰话。老狗咆哮着作为应答，就像歌剧中的二重唱似的。像这样的相互咆哮简直是前所未闻。闲得没事的人应该给报纸写篇《为了公益[5]》，提出对这样的狗应该下道封口令。这狗又是咆哮，又是呜呜嗥叫。它喉咙干枯，眼睛挂满了血丝，从口腔里滴滴答答地淌着狂犬症的涎水。

凡是关心对下等动物（它们数目众多）传播人类文化者，切不可漏掉这条著名的爱尔兰老塞特种红毛狼狗。先前它曾以“加里欧文”这一外号闻名，新近在它那范围很广的熟人朋友的圈子内，又被改名为欧文·加里了。诚然令人惊异的是此狗所显示的“人化”现象。基

1　原文为爱尔兰语。

2　原文为英语化了的爱尔兰语。

3　“禁酒……爱尔兰”，是爱尔兰幽默家、新闻记者罗伯特·A. 威尔逊（笔名巴尼·马格洛尼，1820—1875）提出来的口号。他还写过一批禁酒歌。

4　“老母……调”指令人不愉快的曲调。在爱尔兰和苏格兰某些地区，则指用讲演来代替捐献。有一首苏格兰小调写道，一个吹笛手光吹曲子给母牛听，母牛说，你不如给我一把干草。下文中的“天国的向导”，指神父。

5　原文为拉丁文。

于多年慈祥的训练和精心安排的食谱，这次表演的众多成就中，还包括诗歌朗诵。当今我国最伟大的语音学专家（任何野马也不得把他从我们当中拖走！）不遗余力地对它所朗诵的诗加以阐释比较，查明此诗与古代凯尔特吟游诗人的作品有着显著的（重点系我们所加）相似之处。这里说的并非读书界所熟悉的那种悦耳的情歌，原作者真名不详，使用的是“可爱的小枝”[1]这一文雅的笔名；而是（正如署名D. O. C. 的撰稿人在当代某晚报上发表的饶有兴味的通信中所指出的那种）更辛辣、更动人的调子。眼下颇孚众望的现代派色彩更浓的抒情诗人自不用说，就连在著名的拉夫特里[2]和多纳尔·麦科康西丁[3]的讽刺性漫笔中也可以找到。这里我们添加一首由一位卓越学者译成英文的诗作为范例。眼下我们不便将他的大名公之于世。不过我们相信，读者准能从主题上得到暗示，而不必指名道姓。狗的这首原诗在韵律上使人联想到威尔士四行诗那错综的头韵法和等音节规律，只是要复杂多了。然而我们相信读者会同意，译文巧妙地捕捉了原诗的神髓。也许还应该补充一句：倘若用缓慢而含糊不清的声调来朗读欧文这首诗，那就更能暗示出被抑制的愤懑，效果会大为增加。

我发出最厉害的咒语
一周中的每一日
七个禁酒的星期四
巴尼·基尔南，诅咒你，
从未让我啜过水一滴
以平息我这腾腾怒气，
我的肠子火烧火燎地吼哩：

---

1 “可爱的小枝”是道格拉斯·海德的笔名。

2 安东尼·拉夫特里（约1784—1834），双目失明的爱尔兰诗人。十九世纪末叶海德等人把他的作品从爱尔兰文译成英文。

3 多纳尔·麦科康西丁（活动时期为19世纪中叶），爱尔兰诗人，盖尔文书法家。

要把劳里的肺脏吞下去[1]。

于是，他叫特里给狗拿点水来。说真格的，相隔一英里，你都听得见狗舔水的声音。乔问他要不要再喝一杯。

——好的，他说。伙伴[2]，以表示我对你没有敌意。

说实在的，他长得虽然土头土脑，可一点儿也不傻。他从一家酒馆喝到另一家，酒账嘛，一向叫别人付。他带的那条吉尔特拉普老爷爷的狗，也是靠纳税人和法人饲养的。人兽都得到款待。于是，乔说：

——你能再喝一品脱吗？

——水能凫鸭子吗？我说。

——照样再添一杯，特里，乔说。你真的什么饮料都不要吗？他说。

——谢谢你，不要，布卢姆说。说实在的，我只是想见见马丁·坎宁翰。要知道，是为了可怜的迪格纳穆的人寿保险的事儿。马丁叫我到迪格纳穆家去。要知道，他——我指的是迪格纳穆，当初根本没有通知公司办理让予手续的事，所以根据法令，受押人就没有名义去从保险额中领取款项了。

——好家伙，乔笑着说。要是老夏洛克[3]陷入困境，那可就有趣儿啦。那么，老婆就占上风了吧？

——那位老婆的仰慕者们所着眼的，布卢姆说。正是这一点。

——谁的仰慕者？乔说。

——我指的是给那位老婆出主意的人们，布卢姆说。

接着，他就全都搞混了，胡乱扯起根据法令抵押人什么的，并用大法官在法庭上宣读判决的口吻，说是为了他妻子的利益，已成立信托啦；然而另一方面，迪格纳穆确实欠了布里奇曼一笔款，倘若现

1　当时有些人试图模仿爱尔兰古典诗的格调来写英文诗。这首打油诗就是对这种尝试所做的讽刺。

2　原文为意大利语。

3　这里把迪格纳穆的债主布里奇曼，比作《威尼斯商人》中放高利贷的犹太人夏洛克。

在妻子或遗孀要否定受押人的权利啦，最后他那根据法令抵押人什么的，几乎把我弄得头昏脑涨了。那回根据法令，他差点儿就作为无赖或流浪汉被关进去，亏了他在法院有个朋友，这才得以幸免。售义卖会的入场券，或是匈牙利皇家特许彩票。这都千真万确。哦，请代我向犹太人致意！匈牙利皇家特许的掠夺。

于是，鲍勃·多兰脚步蹒跚地走过来了。他请布卢姆转告迪格纳穆太太，对她遭到的不幸，他深感悲哀。他未能参加葬礼，也非常遗憾。还请告诉她，他本人以及每一个认识他的人都说，再也没有比已经故去的可怜的小威利更忠实、更正派的人了。他说着这些夸张的蠢话，声音都哽住了。边说请转告她，边以悲剧演员的神态跟布卢姆握手。咱们握手吧，兄弟。你是无赖，我也是一个。

——请您恕我莽撞，他说。咱们的交谊如果仅仅拿时间来衡量，好像很浅。尽管如此，我希望并且相信，它是建立在相互尊重的感情上的。所以我才胆敢恳求您帮这个忙。然而，倘若我的恳求不够含蓄，超过了限度，请您务必把我的冒昧看作是感情真挚的流露而加以原谅。

——哪里的话，对方回答说。我充分了解促使你采取这一行动的动机，并会尽力完成您委托我办的事。尽管这是一桩悲哀的使命，想到您是如此信任我这一事实，这杯苦酒在一定程度上会变甜的。

——那么，请容许我握握您的手。他说。以您心地的善良，我确信您能道出比我这拙劣的言辞更为恰当的话语。倘若要我来表达自己强烈的感情，我会连话都讲不出的。

随后他就走出去了，吃力地想把步子迈得直一些。刚刚五点钟，就已经喝得醉醺醺的了。有一天晚上，他差点儿给抓起来，幸亏帕迪·伦纳德认得甲十四号警察。直到打烊之后，他还在布赖德街的一家非法出售偷税酒的店里，喝得昏天黑地。他让一个拉客的给放哨，一边跟两个“披肩”[1]调情，一边用茶杯大喝黑啤酒。他对那两个“披

1 “披肩”是都柏林俚语，即指妓女。

肩”说，自己是名叫约瑟夫·马努奥的法国佬，并且大骂天主教。扬言自己年轻时在亚当与夏娃教堂当过弥撒的助祭，闭着眼睛也能说出《新约全书》是谁写的，《旧约全书》又是谁写的。于是，他跟她们搂搂抱抱，狎昵调戏。两个“披肩”一边笑得死去活来，一边把他兜里的钱包摸走了。可这该死的傻瓜呢，把黑啤酒洒得满床都是。两个“披肩”相互间尖声叫着，笑着。说什么：你的《圣经》怎么样啦？你的《旧约》还在吗？要知道，就在这当儿，帕迪刚好从那儿走过。每逢星期天，他就跟他那个小娄般的老婆出门。她脚蹬漆皮靴子，胸前插着一束可爱的紫罗兰，扭着屁股穿过教堂的甬道，俨然一副娇小贵夫人的派头。那是杰克·穆尼的妹妹。母亲是个老婊子，给露水夫妻提供房间。哼，杰克管束着那家伙。告诉他，如果不把锅锔上[1]，他妈的就连屎都给他踢出来。

这当儿，特里端来了那三品脱酒。

——干杯，乔作为东道主说。干杯，“市民”。

——祝你健康[2]，他说。

——好运道，乔，我说。祝你健康，“市民”。

好家伙，他已灌下半杯啦。要想供他喝酒，可得一份家产哩。

——阿尔夫，那个高个子在市长竞选中帮谁跑哪？乔说。

——你的一位朋友，阿尔夫说。

——是南南[3]吗？乔说。那个议员吗？

——我不想说出名字，阿尔夫说。

——我猜到了，乔说。我曾看见他跟下院议员威廉·菲尔德一道去参加牲畜商的集会。

——长发艾奥帕斯[4]，“市民”说。那座喷火山，各国的宝贝儿，

1 锔锅是俚语，指男人娶自己使之怀孕的女人，转义为“放规矩点儿”。

2 原文为爱尔兰语。

3 南南，指英国国会议员兼都柏林市政委员南尼蒂。

4 长发艾奥帕斯是出现在古罗马诗人维吉尔的史诗《埃涅阿斯纪》第1卷末尾的诗人，他在狄多的宫殿里唱歌狂饮。

本国的偶像。

于是，乔对“市民”讲起口蹄疫啦，牲畜商啦，对这些采取的措施啦。“市民”一味唱对台戏。布卢姆也聊起治疥癣用的洗羊液、供牛犊子止咳用的线虫灌服药水，以及牛舌炎的特效药。这是由于他一度曾在废牲畜屠宰场工作过嘛。他手执账簿和铅笔踱来踱去，光动脑子，五体不勤。到头来由于顶撞了一位畜牧业者，被乔·卡夫解雇拉倒。这是个“万事通”先生，还想向自己的奶奶传授怎样挤鸭奶呢。精明鬼伯克告诉我，住在旅店里那阵子，那个老婆由于浑身长满了八英寸厚的脂肪，往往朝着奥多德太太几乎把眼睛都哭出来了，泪水流成了河。她解不开放屁带，“老鳕鱼眼”却边围着她跳华尔兹舞，边教她该怎么解。今天你有何方案？是啊，要用人道的方式。因为可怜的动物会感到痛苦的。专家们说，不使动物疼痛的最佳治疗方法就是轻轻地处理患部。哼，大概把手伸到母鸡[1]的下腹去时也那么柔和吧。

嘎嘎嘎啦。喀噜呵，喀噜呵，喀噜呵。黑丽泽是咱们的母鸡。她为咱们下蛋。下了蛋。她好快活啊。嘎啦。喀噜呵，喀噜呵，喀噜呵。随后好叔叔利奥来啦。他把手伸到黑丽泽下身，拿走那个刚下的蛋。嘎嘎嘎嘎，嘎啦。喀噜呵，喀噜呵，喀噜呵。

——横竖，乔说。菲尔德和南尼蒂今天晚上动身去伦敦，在下院议席上对此事提出质询。

——你对市参议员要去的事有把握吗？布卢姆说。我刚好想见见他哩。

——喏，他搭乘邮船去，乔说。今天晚上动身。

——那可糟啦，布卢姆说。我特别想见见他。也许光是菲尔德先生一个人去吧？我又不能打电话。不能打。他一准去吗？

——南南也去，乔说。关于警察署署长禁止在公园里举行爱尔兰国技比赛的事，协会要他明天提出质询。“市民”，你对这有什么看

1　母鸡，隐指情妇。

法？爱尔兰军[1]。

考维·科纳克勒先生（马尔提法纳姆。民。）：关于希利拉格[2]选区的议员——尊敬的朋友提出的问题，请允许我向阁下质问一下：政府是否已下令，即便从医学上对这些动物的病理状态提不出任何证据，也要一律予以屠宰呢？

奥尔福斯先生（塔莫尚特。保[3]。）：尊敬的议员们已经掌握了提交给全院委员会的证据。我感到自己没有什么可补充的材料。对尊敬的议员所提出的问题，回答是肯定的。

奥尔利·奥赖利先生（蒙特诺特[4]。民。）：是否下达了同样的命令，要把那些胆敢在凤凰公园举行爱尔兰国技比赛的人类这种动物也予以屠宰？

奥尔福斯先生：回答是否定的。

考维·科纳克勒先生：内阁大臣们的政策是否受到了阁下那封著名的米切尔斯镇电报[5]的启发呢？（一片噢噢声。）

奥尔福斯先生：这个问题我预先没有得到通知。

斯忒勒维特先生（邦库姆。独[6]。）：要毫不犹豫地射击[7]。（在野

1　原文为爱尔兰语。爱尔兰军是个民族主义团体。

2　括弧内是议员所代表的选区以及党派简称。马尔提法纳姆为爱尔兰牧区一村庄，并未设选区。“民”为爱尔兰民族主义党简称。希利拉格是爱尔兰伦斯特省威克洛郡（设有郡议会）的一个村子。

3　奥尔福斯暗指英国当时的首相阿瑟·詹姆斯·贝尔福（1848—1930）。他坚决反对爱尔兰自治运动，并由于残酷地镇压骚乱而得到“血腥的贝尔福”的诨名。塔莫尚特（Tamoshant）这一地名是作者根据苏格兰人的宽顶无檐呢绒圆帽（Tamoshanter）杜撰的。“保”为保守党简称。

4　迈尔斯·乔治·奥赖利（生于1830）是旧秩序的台柱子。蒙特诺特位于科克市郊外。

5　一八八七年九月，巴涅尔的一个同伴约翰·狄龙（1851—1927）准备在科克郡的米切尔斯镇发表演说。由于警察介入，引起一场骚乱，三个人被警察击毙。对于下院议员愤怒地提出的质询，当时任爱尔兰事务首席大臣的贝尔福，凭着警察当局草率发来的电报来证明镇压有理。英国自由党领袖威廉·埃瓦尔特·格莱斯顿（1809—1898）用“记住米切尔斯镇”这一口号来激发反英情绪。在一九〇四年，贝尔福是英国首相兼首席财政大臣。这里针对英国禁运爱尔兰牧牛问题提出质询：英国对爱尔兰的经济制裁是否出自高压政治。

6　邦库姆是美国北卡罗莱纳州一县。该县代表费利克斯·沃克曾在第十六届国会上说：“我为邦库姆发言。”从此，“邦库姆”成了“讨好选民的演说”一词的代用语。“独”为独立党简称。

7　“要……射击”，参看本页注释5。

党讥讽地喝倒彩。）

会议主席：请安静！请安静！（散会。喝彩。）

——正是那个人，乔说。使盖尔族的体育复兴了。他就坐在那儿呢。是他把詹姆斯·斯蒂芬斯放跑了。他是掷十六磅铅球的全爱尔兰冠军。你掷铅球的最高纪录是多少，“市民”？

——**不值得一提**[1]，“市民”故作谦虚地说。当年我可比谁也不差。

——可以这么说，“市民”，乔说。你的表演更有瞧头哩。

——真是这样吗？阿尔夫说。

——是啊，布卢姆说。人人都知道。难道你不晓得吗？

于是他们聊起爱尔兰体育运动来了，谈起绅士派的游戏——草地网球，爱尔兰曲棍球，投掷石头，谈到地地道道的本土风味以及重建国家等话题。当然，布卢姆也搬一搬他那一套：说即便一个家伙有着赛船划手那样结实的心脏，激烈的运动也还是有害的。我凭着椅背套断言：倘若你从该死的地板上拾起一根稻草，对布卢姆说：**瞧啊，布卢姆。你看见这根稻草了吗？这是一根稻草哩**。我凭着姑妈敢说：他能就此谈上一个钟头，并且从从容容地继续谈下去。

在**爱尔兰军**主持下，在**小不列颠街**的**布赖恩·奥西亚楠**[2]那座古色古香的大厅里进行了一场极为有趣的讨论：谈到古代盖尔族体育运动的复兴，谈到古希腊罗马以及古代爱尔兰的人们怎样懂得体育文化对振兴民族的重要性。这一高尚集会由可敬的主席主持，与会者来自各界。主席做了一番富于启发性的开场白——那是以雄辩有力的辞藻发表的一篇精彩有力的演说。接着又以通常那种优良的高水平，针对着复兴我们古代泛凯尔特祖先那历史悠久的竞技和运动之可取性，进行了一场饶有兴趣而富有启发性的讨论。然后我们古代语运动的著名而备受尊敬的学者约瑟夫·麦卡锡·海因斯先生就复兴古代盖尔族的运

1　原文为爱尔兰语。

2　此处的“布赖恩·奥西亚楠”与前文的“爱尔兰军”“小不列颠街”原文均为爱尔兰语。

动和游戏问题，做了雄辩的演说。这些竞技是当年芬恩·麦库尔[1]所朝朝暮暮操练的，旨在复兴自古以来的无与伦比的尚武传统。利·布卢姆因为站在反对论调的一边，人们对他的发言毁誉参半。身为声乐家的主席，经会众一再要求，并在全场鼓掌声中，极其出色地唱了不朽的托马斯·奥斯本·戴维斯[2]那首永远清新的诗《重建国家》（幸而它家喻户晓，用不着在此重复了），这样就结束了这场讨论。说这位资深的爱国斗士演唱得完全超过他平素的水平，无人会有异言。这位爱尔兰的卡鲁索-加里波第[3]处于最佳状态。当他用洪亮声腔高唱那首只有我们的公民才能演唱的久负盛名的国歌时，发挥得真是淋漓尽致。他那卓越高超的嗓音，以其不同凡响的音色大大提高了本来就已饮誉全球的声望。会众报以热烈的掌声。听众当中可以看到许多杰出的神职人员和新闻界、律师界以及学术文化界人士。会议就这样结束了。

与会的神职人员包括耶稣会法学博士威廉·德拉尼教长；神学博士杰拉尔德·莫洛伊主教；圣神修士团的帕·菲·卡瓦纳神父；本堂神父T. 沃特斯；教区神父约翰·M. 艾弗斯；圣方济各修道会的P. J. 克利里神父；布道兄弟会的L. J. 希基神父；圣方济各托钵修道会的尼古拉斯教长；赤脚加尔默罗会的B. 戈尔曼教长；耶稣会的T. 马尔神父；耶稣会的詹姆斯·墨菲教长；地方主教代理约翰·莱弗里神父；神学博士威廉·多尔蒂教长；主母会的彼得·费根神父；圣奥古斯丁隐修会的T. 布兰甘神父；本堂神父J. 弗莱文；本堂神父马·A. 哈克特；本堂神父W. 赫尔利；至尊的主教总代理麦克马纳斯阁下；无原罪圣母奉献会的B. R. 斯莱特里神父；教区司铎迈·D. 斯卡利教长；布道兄弟会的托·F. 珀塞尔神父；十分可敬的教区蒙席蒂莫西·戈尔曼；本堂神父约·弗拉纳根。在俗人士P. 费伊、托·奎克等等。

---

1 芬恩·麦库尔，爱尔兰半神话的骑士头目，为芬尼社所崇拜。

2 托马斯·奥斯本·戴维斯（1814—1845），爱尔兰作家和政治家，青年爱尔兰运动的主要组织者。他的文章成为新芬党的经典之作。

3 恩利科·卡鲁索（1873—1921）是意大利歌剧男高音歌唱家。把他和加里波第的姓连结在一起，遂有了爱国志士兼歌手的含义，参看第234页注释6。

——提起激烈的运动，阿尔夫说。基奥和贝内特之间的那场拳赛[1]，你们去看了吗？

——没有，乔说。

——我听说某某人在那场拳赛中，足足赚了一百金镑，阿尔夫说。

——谁？布莱泽斯吗？乔说。

于是布卢姆说：

——譬如说到网球，我指的就是动作要敏捷，眼力得有训练。

——对，布莱泽斯，阿尔夫说。为了增加迈勒获胜的机会，他到处散布说，迈勒成天酗啤酒。其实迈勒总在埋头练着拳。

——我们了解他，"市民"说。叛徒的儿子。我们晓得他是怎样把英国金币捞到自己兜里去的。

——你说得对，乔说。

布卢姆又插嘴谈起草地网球和血液循环，并且问阿尔夫：

——喂，柏根，你不这么认为吗？

——迈勒用对方的身子擦了地板，阿尔夫说。相形之下希南和塞耶斯的拳赛不过瞎胡闹。简直像爹妈管教儿子那样把他揍个痛快。那小个子连对方的肚脐眼儿都够不着，大个子净扑空了。天哪，他终于朝着对方的心窝给了一拳。什么昆斯伯里规则统统置之不顾，弄得对方把从未吃进去的东西都吐出来了。

迈勒和珀西为了争夺五十金镑奖金所展开的是一场具有历史意义的戴手套的重量级拳击。都柏林的羔羊凭着他那杰出的技巧，弥补了体重的不足。最后的信号打响后，两个斗士都遭到重创。在上一次的厮斗中，次中量级军士长狠狠地左右开弓，基奥只能当个接收大员。这位炮手朝着宠儿的鼻子利利索索地饱以老拳，使他鼻孔出血。迈勒看上去已晕头转向了。军人以挥起左拳猛击为开端，拿出看家本领来了。迎战的爱尔兰斗士作为回击，就对准贝内特的下巴颏尖儿猛地打

1　拳赛，参看第248页注释1。下文中的迈勒是基奥的姓。

过去。红衣兵[1]赶忙弯下腰去闪开了。然而那个都柏林人用左肘弯将对方的身子朝上一顶，这一着打得煞是漂亮。双方开始厮拼了。迈勒立即发动攻势，压倒了对方。这个回合以迈勒把那个彪形大汉逼到围栏索跟前惩罚一顿而告终。那个英国人的右眼几乎给揍瞎了。他回到自己那个角落，被浇以大量冷水。铃一响，他就又斗志昂扬、浑身是胆地上场了，充满了立即击倒那个埃布拉尼拳手的信心。这是一场一决胜负的殊死战。两个人像老虎般猛烈拼搏，观众兴奋不已。裁判员两次警告调皮蛋珀西因搂人犯了规，然而这位宠儿非常灵巧，他那脚技真有看头。双方经过短短几个回合，军人来个猛烈的上手拳，致使对方的嘴巴鲜血淋漓。这时，羔羊抽冷子从正面进攻，一记凶狠的左拳落在好斗的贝内特腹部使他栽了个大马趴。这一击利落痛快地把对方彻底打垮了。在紧张的期待中，当迈勒的助手奥利·弗特斯·韦茨坦把毛巾丢过去的时候，贝洛港的职业拳击家败局已定。桑特里的小伙子被宣判为胜者。观众狂热地喝彩，冲过围栏索，欢喜若狂地将他团团围起。

——他晓得面包的哪一面涂着黄油，阿尔夫说。我听说他正在组织一次去北方的巡回演出呢。

——没错儿，乔说。对吧？

——谁？布卢姆说。呃，对。一点儿不假。对，要知道，是一次消夏旅行。不过是去度假罢了。

——布太太是一颗格外灿烂的明星，对不？乔说。

——我内人吗？布卢姆说。对，她会去唱的，而且我估计会获得成功。他是一位很好的组织者。挺有本事。

我对自己说，我说：嗬，原来如此！这就明白了椰子壳里为啥有汁液，动物的胸脯上为啥没毛。布莱泽斯轻轻地吹奏笛子。巡回演出。跟布尔人打仗的时候，住在岛桥那一边的骗子、贪心鬼丹，把同一群马卖给政府两次。布莱泽斯就是丹的儿子。那老爷子成天把什么

1　红衣兵即指英国兵，因制服上衣为红色的而得名。

挂在嘴上。我登门拜访，并且说：博伊兰先生，我讨济贫费和水费来啦。你什么？水费，博伊兰先生。你什么，什么呀？听我的劝告吧，那个花花公子早晚会把那个娘儿们组织到手的。这只是我你之间说的私话。怎么，又来了吗[1]？

卡尔普[2]岩山的骄傲。特威迪这位头发像乌鸦般油黑的女儿。她在那弥漫着枇杷和杏子芬芳的土地上，出落成一位绝世美女。阿拉梅达诸园熟悉她的脚步声。橄榄园认识她并向她弯腰鞠躬。她就是利奥波德的贞洁配偶，有着一对丰满乳房的玛莉恩。

看哪，奥莫洛伊家族的一名成员走进来了，他面颊白里透红，是位容貌清秀的英雄。他精通法典，任国王陛下的顾问官。跟他一道来的是继承伦巴德家高贵门第的公子和后嗣。

——你好，内德。

——你好，阿尔夫。

——你好，杰克。

——你好，乔。

——天主保佑你，"市民"说。

——仁慈地保佑你，杰·杰说。喝多少，内德？

——半下子，内德说。

于是，杰·杰叫了酒。

——你到法院去过了吗？乔说。

——去过啦，杰·杰说。那档子事他会妥善处理的，内德。

——但愿如此，内德说。

眼下这两个人究竟企图干些什么？杰·杰的名字从大陪审团的名单上被勾掉了，另外一位想帮他一把。他的大名刊登在斯塔布斯[3]上。

1　原文为爱尔兰语。

2　卡尔普是希腊神话中的岩山名，在直布罗陀，长达两英里半。

3　指都柏林学院街的斯塔布斯商业事务处所出版的《每周公报》。该报刊登负债不还者的姓名，还说明本机构的目的是保护银行家、商业家、贸易商等不至于在从事种种交易时上当。

玩纸牌，跟那些戴着时髦的单片眼镜、华而不实的纨绔子弟一道开怀对酌，痛饮香槟酒。其实，传票和扣押令纷至沓来，几乎使他窒息。他赴弗朗西斯街的卡明斯当铺，把金表典当出去。进的是内部办公室，那儿谁都不认得他。当时正碰上我陪着精明鬼到那里去，赎他典当的一双长筒靴子。先生，你叫什么名字？邓恩，他说。哎，而且这下子完了[1]，我说。我寻思，迟早有一天，他会弄得寸步难行。

——你在附近遇到那个该死的疯子布林了吗？阿尔夫说。万事休矣，完蛋啦。

——遇见啦，杰·杰说。正在物色一名私人侦探。

——是啊，内德说。他不顾一切地要立即告到法庭上去。不过科尼·凯莱赫说服了他，叫他先请人去鉴定一下笔迹。

——一万镑，阿尔夫笑着说。我不惜一切代价也想听听他在法官和陪审团面前怎样说法。

——是你干的吗，阿尔夫？乔说。请吉米·约翰逊帮助你，说实话，全部是实话，只有实话[2]。

——我？阿尔夫说。不要污蔑我的人格。

——不论你怎样陈述，乔说。都会被作为对你不利的证言记录下来。

——当然喽，这场诉讼是会被受理的，杰·杰说。这意味着他并非**神经健全**。万事休矣，完蛋啦。

——你得有**一双健全**[3]的眼睛！阿尔夫笑着说。你不知道他低能吗？瞧瞧他的脑袋。你知道吗，有些早晨他得用鞋拔子才能把帽子戴上去。

——我知道，杰·杰说。倘若你由于公布了某件事而被控以诽谤

1　此处的“完了（Done）”与前文的“邓恩（Dunne）”，在英文中读音相近。

2　凡是在法庭上做证者必须举起右手宣誓：“请天主助我，因为我……实话。”这里把“天主”改为“吉米·约翰逊”。詹姆斯·约翰逊是十九世纪的一名苏格兰长老会教友，自封为“真理的使徒”，出版了一系列基督徒生活指南的书。

3　“神经健全”“一双健全”，原文均为拉丁文。

罪，即使那是确凿的，从法律观点看，还是无可开脱。

——唔，唔，阿尔夫，乔说。

——不过，布卢姆说。由于那个可怜的女人——我指的是那人的妻子。

——她是怪可怜的，“市民”说。或是任何其他嫁给半调子的女人。

——怎么个半调子法儿？布卢姆说。难道你的意思是说，他……

——半调子指的是，“市民”说。一个非鱼非肉的家伙。

——更不是一条好样的红鲱鱼，乔说。

——我就是这个意思，“市民”说。邪魔附体，这么说你就能明白了吧。

我确实看出要惹麻烦来了。布卢姆还在解释说，他指的是由于做老婆的不得不追在那个口吃的老傻瓜后面跑跑颠颠，这太残酷了。将该死的穷鬼布林撒到野外，几乎能被自己的胡子绊倒。老天爷看了都会哭上一场。残酷得就跟虐待动物一样。嫁给他之后，她一度得意扬扬，鼻孔朝天，因为她公公的一个堂弟在罗马教廷担任教堂领座人。墙上挂着他的一幅肖像，留着斯马沙尔·斯威尼般的小胡子。这位萨默希尔出生的布利尼先生[1]，意大利人[2]，教皇手下的祖亚沃兵，从码头区搬到莫斯街[3]去了。告诉咱，他究竟是个什么人？一个无名小卒，住的是两层楼梯带廊子的后屋，房租每周七先令。然而他全身披挂，向世人进行挑战。

——况且，杰·杰说。寄了明信片，就等于把事情公布出去了。萨德格罗夫对霍尔的判例中，明信片就被认为对怀有恶意[4]这一点提供

1　原文为意大利语。布利尼（Brini）是把布林（Breen）这个英文姓意大利化了。

2　原文作eyetallyano，是作者杜撰的词。eye可作“盯着”解，tally可作“账目”解。此词语意双关，发音接近“意大利人”(Italian)，而又含有“盯着账目的人”之意。

3　在一九〇四年，莫斯街是一条满是低级公共住宅的破破烂烂的街道。

4　霍尔是一家伦敦公司的经理。为了扩建厂房，他雇了一位建筑师。建筑师又雇萨德格罗夫去估计所需用料和款项。萨德格罗夫给七个营建业者发出他的估算。霍尔寄明信片给其中二人，说萨德格罗夫“完全估算错了”。尽管明信片上未写明他的名字，萨德格罗夫仍控告霍尔败坏了自己作为会计师的名誉。

了充分的证据。依我看，诉讼是能够成立的。

请付六先令八便士[1]。谁也不要听你的意见。咱们消消停停地喝酒吧。妈的，连这一点都挺不容易的。

——喏，为你的健康干杯，杰克，内德说。

——为健康干杯，杰·杰说。

——他又出现啦，乔说。

——在哪儿？阿尔夫说。

果然，他腋下夹着书，同老婆并肩从门前走过。科尼·凯莱赫也和他们在一起，路过时还翻着白眼朝门里面窥伺，并且想卖给他一副二手货棺材。他说话时口吻俨然像个老子。

——加拿大那档子诈骗案怎样啦？乔说。

——收审啦，杰·杰说。

一个叫作詹姆斯·沃特，又名萨菲洛，又名斯帕克与斯皮罗的酒糟鼻联谊会[2]成员在报纸上登广告说，只消出二十先令，他就售给一张赴加拿大的船票。什么？你以为我容易受骗吗？当然，这是一场该死的骗局。哦？米斯郡的老妈子和乡巴佬啦，跟他同一个联谊会的啦，统统上当了。杰·杰告诉我们，有个叫扎列兹基还是什么名字的犹太老头儿，戴着帽子在证人席上哭哭啼啼，他以圣摩西的名字发誓说，自己被骗去两镑。

——这案子是谁审理的？乔说。

——市记录法官，内德说。

——可怜的老弗雷德里克爵士，阿尔夫说。你可以让他眼睁睁地受骗上当。

——他的度量像狮子一般大，阿尔夫说。只要向他编一套悲惨的故事，什么拖欠了多少房租啦，老婆生病啦，一大帮孩子啦，管保他就在法官席上泪流满面。

1　这是十八世纪中叶规定的应付给律师的谈话费。

2　酒糟鼻联谊会是对犹太人的蔑称。

——可不，阿尔夫说。前些日子，当吕便·杰控告那个在巴特桥附近替公司看守石料的可怜的小个子冈穆利的时候，他本人没给押到被告席上就算他妈的万幸啦。

于是，他模仿起年迈的市记录法官的哭哭啼啼的腔调说：

——这简直是再可耻不过了！你是个勤勤恳恳干活的穷人嘛！有几个娃娃？你说的是十个吗？

——是啊，大老爷。俺娘儿们还害着伤寒病哪。

——老婆还害着伤寒病！可耻！请你马上退出法庭。不，先生，本法官决不下令要被告付款。先生，你怎么敢到我这里要我勒令他付款！这是个勤劳苦干的穷人呀！本法官拒绝受理。

牛眼女神月[1]的十六日，适值神圣不可分的三位一体节日[2]后的第三周。这时，处女月——苍穹的女儿正当上弦，学识渊博的审判官们恰好来到司法大厅里。助理法官考特尼坐在自己的办公室里发表意见。首席法官安德鲁斯在不设陪审团的情况下开庭，检验遗嘱。在该遗嘱中，被深切哀悼的已故葡萄酒商雅各布·哈利戴留给了神经不正常的未成年人利文斯通和另一个人各一份动产与不动产。**关于**[3]第一债权人对这份呈交上来以供检验其合法性、并最终确定如何予以执行的遗嘱中记载的财产所提出的要求，他正在慎重衡量并深思熟虑。不久，驯鹰者弗雷德里克爵士到格林街这座庄严的法庭上来了。他于五点钟左右入座，以便在都柏林市郡以及所属各地区实施布里恩法律[4]的职权。列席者为由爱阿尔的十二族组成最高评议会，每族限一名。帕特里克族、休族、欧文族、康恩族、奥斯卡族、弗格斯族、芬恩族、德莫特族、科麦克族、凯文族、卡奥尔特族、莪相族——共计十二名正直而善良的人。他以死在十字架上的上主之名，恳求他们说，要慎

1　牛眼女神指朱诺（Juno），因其名字与六月（June）发音相近，所以这么说。从“牛眼女神月”至“犯罪分子”（参看第473页注释1）这一大段，系模仿审判记录与爱尔兰传说的文体。

2　一九〇四年五月二十九日（星期日）为三位一体节日。

3　原文为拉丁文。

4　布里恩法律是八世纪时用盖尔语写成的古爱尔兰法律。布里恩是个公断人或仲裁人，而不是近代意义上的法官。下文中的爱阿尔是爱尔兰的古称。

重而真实地进行审议，在至高无上的君主——国王陛下与站在法庭上的囚犯之间的诉讼中，做公允的评决，凭着证据，做出正确的判决。他祈求上主庇佑他们，并请他们吻《圣经》。他们这十二名爱阿尔，个个从席位上起立，并以从亘古就存在的上主之名发誓说，他们将为主主持正义。于是，狱卒们立即把严正执法、行动敏捷的侦探们根据密告所逮捕并拘留在主楼里的犯人押出，给他上了手铐脚镣，不准许保释。他们就是要指控他，因为他是个犯罪分子[1]。

——这些家伙倒也不赖，"市民"说。他们大批地涌进爱尔兰，弄得全国都是臭虫。

布卢姆装作什么也没听见。他和乔攀谈起来，说小小不言的事儿，在下月一号之前不用放在心上。然而要是跟克劳福德先生讲一声就好了。于是，乔指着各路神祇发誓说，打下手的活儿他都包下了。

——因为，你要知道，布卢姆说。广告就靠反复登，再也没有旁的诀窍了。

——交给我办吧，乔说。

——受骗的是爱尔兰的庄稼汉，"市民"说。以及穷人。再也不要放陌生人进咱们家啦。

——噢，我敢说那样就成了，海因斯，布卢姆说。要知道，就是凯斯那档子事儿。

——你就只当事情已经定下来了就是啦，乔说。

——谢谢你的好意，布卢姆说。

——陌生人嘛，"市民"说。都怪咱们自己。是咱们放他们进来的，咱们引他们进来的，奸妇和她的姘夫把萨克森强盗们带到这儿来了。

——附有条件的离婚判决书，杰·杰说。

于是，布卢姆做出一副对酒桶后的角落里那张蜘蛛网——一个毫不起眼的东西——极感兴趣的样子。"市民"从背后满面怒容地瞪

1　模仿审判记录与爱尔兰传说的文字到此为止。参看第472页注释1。

着布卢姆，他脚下那只老狗仰头望着他，在打量该咬谁以及什么时候下口。

——一个不守贞操的老婆，“市民”说。这就是咱们一切不幸的根源。

——她就在这儿哪，正跟特里一道在柜台上对着一份《警察时报》咯咯笑着的阿尔夫说。打扮得花里胡哨的。

——让咱瞧一眼，我说。

那不过是特里向科尼·凯莱赫借来的美国佬黄色照片中的一张。放大阴部的秘诀。社交界美女的丑闻。芝加哥的一位富有的承包人诺曼·W. 塔珀，发现自己那位漂亮然而不贞的妻子，坐在泰勒军官的腿上。那位穿着灯笼裤的美人儿可不正经，正让情夫抚摩她那痒处呢。诺曼·W. 塔珀带着小口径枪蹦进去时，迟了一步，她刚刚跟泰勒军官干完套环游戏。

——哦，好的，天哪，乔说。你的衬衫多短呀!

——瞧那头发，乔，我说。从那罐头咸牛肉上弄下一截怪味儿的老尾巴尖儿，对不?

这时，约翰·威思·诺兰和利内翰进来了，后者的脸耷拉得老长，活像一顿没完没了的早餐。

——喏，“市民”说。现场有什么最新消息?关于爱尔兰语，那些锔锅匠们在市政厅召开的秘密会议上都做了什么决定?

穿戴锃亮铠甲的奥诺兰朝着全爱琳这个位高势大的首领深打一躬，禀明了事情的原委。这座无比忠顺的城市，国内第二大都会的神情肃穆的元老们聚集在索尔塞尔，照例对天界的神明们祷告一番后，关于该采取何等措施俾能让一衣带水的盖尔族[1]那崇高的语言得以光彩地在世间复兴，严肃地进行了审议。

——正进展着哪，“市民”说。该死而野蛮的撒克逊佬[2]和他们的

---

1 盖尔族（凯尔特族的一支）是从西班牙北部移民到爱尔兰的，所以说一衣带水，参看第19页注释3。

2 原文为爱尔兰语。

土音[1]，统统都下地狱去吧。

于是，杰·杰就摆出绅士派头插嘴说，光听片面之词可弄不清楚事实的真相，那是照纳尔逊的做法，用瞎了的那只眼睛对着望远镜[2]，并谈起制定褫夺公权法以弹劾国家[3]。布卢姆尽力支持他，同时讲着做事不可过火，以免招来麻烦，还说到他们的属地和文明，等等。

——你说的是他们的梅毒文明[4]喽！"市民"说。让那跟他们一道下地狱去吧！让那不中用的上帝发出的诅咒，斜落在那些婊子养的厚耳朵混蛋崽子身上吧，活该！音乐、美术、文学全谈不上，简直没有值得一提的。他们的任何文明都是从咱们这儿偷去的。鬼模鬼样的私生子那些短舌头的崽子们。

——欧洲民族，杰·杰说……

——他们才不是欧洲民族呢，"市民"说。我跟巴黎的凯文·伊根一道在欧洲待过。欧洲虽广，除了在**厕所里**，你一点儿也看不到他们或他们的语言的痕迹。

于是约翰·威思说：

——多少朵花生得嫣红，怎奈无人知晓。

懂得一点外语皮毛的利内翰说：

——**打倒英国人！背信弃义的英国！**"

说罢，他就用那双粗壮、结实、强有力的大手，举起一人木杯正在冒泡的烈性黑色浓啤酒，吆喝着本族口号"**红手迎胜利**[5]"，祈求敌族——那宛若永生的众神一般默然坐在雪花石膏宝座上的刚毅勇猛的英雄们，海洋上的霸主——彻底毁灭。

1　本页字体变换处，原文均为法语。

2　纳尔逊于一八〇一年随帕克海军上将率舰队赴哥本哈根。帕克担心他损失过重，发出信号令其撤退。他把已瞎了的右眼凑在望远镜上，说他看不见旗号，遂继续激战，重创丹麦舰队。

3　阿瑟·格里菲思，参看第65页注释2。他组织的新芬党的方针之一就是公布这样一条法律来在世界舆论的"法庭"上控诉英国。

4　他们，指英国。syphilisation是杜撰的词，将梅毒（syphilis）与文明（civilisation）拼在一起，遂成为"梅毒文明"。

5　红手是爱尔兰古代省份阿尔斯特的标记。也是奥尼尔族的家徽图案。奥尔索普牌瓶装啤酒即以此图案作为商标。

——你怎么啦？我对利内翰说。你这家伙就像是丢了一先令只找到了一枚六便士硬币似的。

——金质奖杯，他说。

——哪匹马赢啦，利内翰先生？特里说。

——丢掉[1]，他说。以二十博一。原是一匹冷门儿马。其余的全不在话下。

——巴斯那匹母马[2]呢？特里说。

——还跑着哪，他说。我们统统惨败啦。博伊兰那小子，在我透露消息给他的"权杖"身上，为他自己和一位女友下了两镑赌注。

——我也下了半克朗，特里说。根据弗林先生出的点子，把赌注下在"馨香葡萄酒"身上了。那是霍华德·德沃尔登勋爵的马。

——以二十博一，利内翰说。马房的生活就是如此。"丢掉"做了让人失望的事，他说。还闲扯些什么拇趾囊肿胀。脆弱啊，你的名字就是"权杖"。

于是，他走到鲍勃·多兰留下的饼干罐那儿去，瞧瞧能不能捞到点儿什么。那只老杂种狗为了撞撞运气，抬起生满疥癣的大鼻子跟在后面。所谓老嬷嬷哈伯德，走向食橱。

——这儿没有哩，我的乖，他说。

——打起精神来，乔说。要是没有另外那匹劣马，它原是会赢的嘛。

杰·杰和"市民"就法律和历史争论起来，布卢姆也不时地插进一些妙论。

——有些人，布卢姆说。只看见旁人眼中的木屑，却不管自己眼中的大梁。

——胡说，"市民"说。再也没有比视而不见的人更盲目的了，也不知道你懂不懂得我的意思。咱们这里本来应该有两千万爱尔兰人，

1　"丢掉"，参看第122页注释2。

2　指英国运动家威廉·巴斯（生于1879）的坐骑"权杖"。它原是一匹小公马（并不是母马），获得第三名。

如今却只有四百万。咱们失去了的部族都哪儿去啦[1]？还有咱们那全世界最美的陶器和纺织品！还有尤维纳利斯那个时代在罗马出售的咱们的羊毛，咱们的亚麻布和那在安特里姆的织布机织出来的花缎，以及咱们的利默里克花边呢？咱们的鞣皮厂和远处的巴利布附近所生产的白色火石玻璃呢？打从里昂的雅克以来咱们就拥有的胡格诺府绸，咱们的丝织品，咱们的福克斯福特花呢？新罗斯的加尔默罗隐修院所生产的举世无双的象牙针绣呢？当年，希腊商人从赫拉克勒斯的两根柱子——也就是如今已被人类公敌霸占了的直布罗陀——之间穿行前来，以便在韦克斯福德的卡曼集市上出售他们带来的黄金和推罗紫，如今安在？读读塔西佗[2]、托勒密，乃至吉拉德斯·卡姆布伦希斯[3]吧。葡萄酒、皮货、康尼马拉大理石、蒂珀雷里所产上好银子。咱们那至今远近驰名的骏马——爱尔兰小马。西班牙的菲利普，为了取得在咱们领海上的捕鱼权，还提出要付关税。在咱们的贸易和家园毁于一旦这一点上，那些卑鄙的英国佬们欠下了咱们多大的一笔债啊！他们不肯把巴罗河和香农河的河床挖深，以致好几百万英亩良田都成为沼泽和泥炭地，足以害得咱们大家全都死于肺病。

——咱们这儿很快就会像葡萄牙那样，连棵树都没有啦，约翰·威思说。或者像黑尔戈兰那样，只剩下一棵树，除非采取措施来重新植树造林。落叶松啦，冷杉啦，所有的针叶树正在迅速走向毁灭。我读卡斯尔顿勋爵的报告书来着……

——救救这些树木吧，“市民”说。戈尔韦的巨梣[4]，以及那棵树干有四十英尺、枝叶茂盛达一英亩的基尔代尔首领榆。啊，为了爱利

1　十九世纪中叶以来，因饥馑、移民等原因，爱尔兰人口由一八四一年的八一九万强减到一九〇一年的四四六万不到（照原先的自然增长率，本应增加到1800万）。据统计，十九世纪有四百万爱尔兰人移居美国。这里把爱尔兰人比作以色列人。公元前八世纪，由于遭受亚述侵略，以色列人原来的十二部族只剩下两个部族了。

2　科尼利厄斯·塔西佗为一至二世纪间罗马帝国高级官员。他在历史著作《阿格里科拉传》中提到英国和爱尔兰的宗教活动没什么差别。

3　吉拉德斯·卡姆布伦希斯（1146—1220），威尔士历史学家，留下了两部关于爱尔兰的著作。

4　戈尔韦是爱尔兰康诺特省一郡。梣是爱尔兰七种首领树（区别于普通树）之一。

那秀丽山丘[1]上的未来的爱尔兰人，救救爱尔兰的树木吧。

——整个欧洲都在盯着你哪，利内翰说。

今天下午，众多[2]国际社交界人士莅临参加爱尔兰国民林务员的高级林务主任琼·怀斯·德诺兰骑士与松谷的冷杉·针叶树小姐的婚礼，给爱尔兰增添了光彩。贵宾有：西尔威斯特·榆荫夫人、芭芭拉·爱桦太太、波尔·梣太太、冬青·榛眼太太、瑞香·月桂树小姐、多萝西·竹丛小姐、克莱德·十二棵树太太、山楸·格林太太、海伦·藤蔓生太太、五叶地锦小姐、格拉迪斯·毕奇小姐、橄榄·花园小姐、白枫[3]小姐、莫德·红木小姐、迈拉·常春花小姐、普丽西拉·接骨木花小姐、蜜蜂·忍冬小姐、格蕾丝·白杨小姐、哦·含羞草小姐、蕾切尔·雪松叶小姐、莉莲和薇奥拉·丁香花小姐、羞怯·白杨奥尔小姐、基蒂·杜威-莫斯小姐、五月·山楂小姐、格罗丽亚娜·帕默太太、莉亚娜·福雷斯特太太、阿拉贝拉·金合欢太太以及奥克霍姆·里吉斯的诺马·圣栎。新娘由她父亲格兰的麦克针叶树挽臂送到新郎跟前。她穿着款式新颖的绿丝光绸长衫，跟里面那件素淡的灰衬衣一样可身。腰系翠绿宽饰带，下摆上镶着颜色更浓郁的三道荷叶边。在这样的底色上，衬托以近似橡子的褐色吊带和臀饰。看上去无比姣好。两位伴娘落叶松·针叶树和云杉·针叶树是新娘的妹妹，穿戴着同一色调非常得体的服饰。褶子上用极细的线条绣出图案[4]精巧的羽毛状玫瑰。翡翠色的无檐女帽上，也别出心裁地插着淡珊瑚色苍鹭羽毛，与之配衬。恩里克·弗洛先生[5]以闻名遐迩的技艺奏起风琴：除了婚礼弥撒中所规定的一些乐章外，仪式结束后还奏了一支动人心弦的新曲调《伐木者，莫砍那棵树》。接受了教皇的祝福，临

1　爱利是爱尔兰语，爱尔兰共和国的旧称。《为了爱利那秀丽山丘，啊》，是多诺·麦康-马拉（1738—1814）用爱尔兰文写的一首歌曲。

2　原文为法语。

3　原文为法语。白枫是高级家具用料。

4　原文为法语。

5　原文为葡萄牙语。葡萄牙姓名恩里克·弗洛相当于英国的亨利·弗罗尔（布卢姆所用的化名）。

离开庭园内的[1]圣菲亚克教堂时，人们开玩笑地将榛子、椈子、月桂叶、柳絮、繁茂的常春藤叶、冬青果、槲寄生小枝和花楸的嫩条像密集的炮火一般撒在这对幸福的新人身上。威思·针叶树·诺兰先生和夫人将到黑森林里去度幽静的蜜月。

——然而，咱们用眼睛盯着欧洲，“市民”说。那些杂种还没呱呱落地之前，咱们就跟西班牙人、法国人和佛兰芒人搞起贸易来了。戈尔韦有了西班牙浓啤酒，葡萄紫的大海上泊满了运酒船。

——还会那样的，乔说。

——在天主圣母的帮助下，咱们会振作起来的，“市民”拍着他的大腿说。咱们那些空空荡荡的港口又会变得满满当当。王后镇，金塞尔，黑草地湾，凯里王国的文特里。还有基利贝格斯。那是广阔世界上的第三大港[2]，当年德斯蒙德伯爵能够和查理五世皇帝本人直接签订条约[3]的时候，从港内一眼可以望到戈尔韦的林奇家、卡文的奥赖利家以及都柏林的奥肯尼迪家那足有一个舰队那么多的桅杆。还会振作起来的，他说，到那时，咱们将会看到第一艘爱尔兰军舰乘风破浪而来，舰头飘着咱们自己的旗子。才不是你亨利·都铎的竖琴[4]呢。绝不是，那是在船上挂过的最古老的旗子，德斯蒙德和索门德省的旗子，蓝底上三个王冠、米列修斯[5]的三个儿子。

于是，他把杯中剩下的一饮而尽。倒挺像那么回事儿的。犹如制

1　原文为拉丁文。

2　基利贝格斯是爱尔兰西北多尼戈尔郡一海港。它从来也不是世界第三大港。这里，通过夸张表现出人物的自我膨胀。

3　德斯蒙德是爱尔兰古代一地区，大致为现凯里和利克二郡的领域。詹姆斯·菲茨莫利斯·菲茨杰拉德是第十代德斯蒙德伯爵。他的势力大到敢于违抗英国国王亨利八世。为了签订同盟条约来对抗英国，一五二九年曾和神圣罗马帝国皇帝查理五世（1519—1556在位）进行谈判。但他当年即死去，故未达成协议。

4　亨利八世将蓝底金竖琴图案嵌入英国王室纹章，以表示他君临爱尔兰。

5　在古代爱尔兰，芒斯特省分为德斯蒙德（芒斯特南部）和索门德（芒斯特北部）。据传说，最后入侵爱尔兰的是西班牙的米列修斯的三个儿子（埃贝尔、赫里蒙、伊斯）所率领的米列西亚族。其旗帜是“蓝底上三个王冠”，因而是“爱尔兰船上挂过的最古老的旗帜”。米列西亚族遂被视为爱尔兰王族的祖先。

革厂的猫似的又是放屁又是撒尿。康诺特的母牛犄角长[1]。尽管他势头这么冲，狗命要紧，他才不会到沙那戈尔登去向聚集的群众吹牛呢。由于他抢夺了退租的佃户的家当，摩利·马奎斯们[2]正在寻找他，要在他身上戳个洞，弄得他简直不敢在那儿露面。

——听，听这套话，约翰·威思说。你喝点儿啥？

——来杯"帝国义勇骑兵"，利内翰说。庆祝一番嘛。

——半下子，特里，约翰·威思说。再要一瓶"举手"。特里！你睡着了吗？

——好的，先生，特里说。小杯威士忌，还要一瓶奥尔索普。好的。先生。

不去服侍公众，却寻求下流的刺激，跟阿尔夫一道读那该死的报纸来过瘾。一幅是顶头比赛，低下脑袋，就像公牛撞门似的相互撞去，要撞得使该死的对方开瓢儿。另一幅是《黑兽被焚烧于佐治亚奥马哈》：一大群歪戴帽子的戴德伍德·迪克[3]朝吊在树上的黑鬼开火。他伸出舌头，身子底下燃着篝火。让他坐完电椅并将他钉在十字架上之后，还应该把他丢到大海里。这样才有把握置他于死地。

——关于善战的海军，你怎么看？内德说。它阻止了敌人前进[4]。

——你听我说，"市民"说。那是座人间地狱。你去读读几家报纸关于朴次茅斯的练习舰上滥施笞刑所做的那些揭露吧。是个自称感到厌恶的人写的。

于是，他开始对我们讲起体罚啦，舰上那些排成一列头戴三角帽的水手、军官、海军少将啦，以及那位手持新教《圣经》为这场刑罚做证的牧师啦。还谈到一个年轻小伙子被押上来，号叫着：妈！他们

---

1 "康诺……长"这句爱尔兰谚语的意思是说，母牛离得越远，牛离得越远，它的犄角越长（指名声）。康诺特在爱尔兰尽西边。

2 在一九〇四年，摩莉·马奎斯是爱尔兰恐怖主义者的通称。这个团体是一六四一年利尼利厄斯·马奎斯为了帮助民众起义而组织的，由于成员们男扮女装，故叫作摩莉。

3 戴德伍德·迪克是专写惊险小说的爱德华·L. 惠勒（约1854—约1885）的作品《戴德伍德·迪克，拦路王子》中的主人公。这个赌徒兼绿林好汉被描述为"一顶宽檐黑帽歪戴在他的眼睛上"。

4 "它……前进"，出自《穿深蓝色海军制服的小伙子》一歌。

把他捆绑在大炮的后座上。

——臀部着十二杖，“市民”说。这是老恶棍约翰·贝雷斯福德爵士的喊法。然而，现代化的上帝的英国人喊鞭打屁股。

约翰·威思说：

——这种习俗还不如把它破坏了，倒比遵守它还体面些。

然后他告诉我们，纠察长手里拿着一根长长的笞杖走了过来，抡起它，对准可怜的小伙子的后屁股就狠抽一通，直到他喊出一千声杀人啦！

——这就是你们那称霸世界的光荣的英国海军，“市民”说。这些永远不做奴隶的人们[1]有着天主的地球上唯一世袭的议院，国土掌握在一打赌徒和装腔作势的贵族手里。这就是他们所夸耀的那个苦役和被鞭打的农奴的伟大帝国。

——在那上面，太阳是永远不升的，乔说。

——悲剧在于，“市民”说。他们相信这个。那些不幸的雅胡[2]们相信这个。

他们相信笞杖：全能的惩罚者，人间地狱的创造者；亦信大炮之子水手；他因邪恶的夸耀降孕，生于好战的海军。其臀部着十二杖，供作牺牲，活剥皮，制成革，鬼哭狼嚎，犹如该死的地狱。第三日自床上爬起，驶进港口，坐于船梁末端，等待下一道命令，以便为糊口而做苦役，关一份饷。

——可是，布卢姆说。走遍天下，惩罚不都是一样的吗？我的意思是，要是你们以暴力对抗暴力，在这儿不也一样吗？

我不是告诉你了吗？就像我此刻饮着黑啤酒那样真切，即使在他弥留之际，他也会试图让你相信，死去就是活着。

1　这里套用詹姆斯·汤姆森（1700—1748）作词、托马斯·阿恩（1710—1778）配曲的颂歌《统治吧，大不列颠》（1740）中的词句。原词是：“大不列颠人永远、永远、永远不做奴隶。”

2　雅胡是斯威夫特的《格利佛游记》中的人形动物。他们是罪恶的化身，与胡乙姆（智马）形成对照，参看第59页注释4。

——我们将以暴力对抗暴力，“市民”说。在大洋彼岸，我们有更大的爱尔兰[1]。在黑色的四七年[2]，他们被赶出了家园。他们的土屋和路旁那些牧羊窝棚被大槌砸坍后，《泰晤士报》搓着双手告诉那些胆小鬼萨克逊人说：爱尔兰的爱尔兰人很快就会减到像美国的红皮肤人那么稀少。甚至连土耳其大公都送来他的比塞塔。然而撒克逊的混蛋们处心积虑地要把本国老百姓饿死。当时遍地都是粮食，贪婪的英国人买下来，卖到里约热内卢去。哎，他们把庄稼人成群地赶出去。两万名死在棺材船里。然而抵达自由国土的人们，对那片被奴役之地记忆犹新。他们会怀着报复之心回来的。他们不是胆小鬼，而是葛拉纽爱尔[3]的儿子们，豁牙子凯思林[4]的斗士们。

——千真万确，布卢姆说。然而，我指的是……

——我们盼望已久了，“市民”，内德说。打从那个可怜的穷老太太告诉我们法国人在海上，并且在基拉拉上了岸的那一天起[5]。

——哎，约翰·威思说。我们为斯图尔特王室战斗过，他们却在威廉那一派面前变了节，背叛了我们[6]。记住利默里克和那块记载着被撕毁了的条约的石头。我们那些“野鹅”为法国和西班牙流尽了最宝贵的血[7]。丰特努瓦[8]怎么样？还有萨斯菲尔德[9]和西班牙的得土安公

1　更大的爱尔兰，指美国，参看第477页注释1。十九世纪中叶以来，爱尔兰裔美国人不断地捐款训练起义者，以争取民族独立。

2　因一八四五年土豆欠收而引起的饥馑，造成霍乱等传染病。在一八四七年达到高峰。

3　葛拉纽爱尔是格蕾斯·奥马利（约1530—1600）的爱尔兰名字。她是西爱尔兰的女酋长和船长，据说曾培植当地的起义者达四十年之久。

4　豁牙子凯思林是爱尔兰传统的象征之一，参看第267页注释2。

5　一七九八年秋约一千名法国人在爱尔兰梅奥郡的基拉拉登陆，起初得势。由于当年的爱尔兰起义已被击溃，这支远征军没有援军被迫投降。参看第24页注释1。

6　斯图尔特王室的末代国王詹姆斯二世，参看第62页注释1。一六九〇年，他在博因河被威廉三世击败。遂背叛了爱尔兰支持者，逃往欧洲大陆。

7　“野鹅”，参看第62页注释1。当时流亡到法、西等国的爱尔兰人大都从了军。

8　在法军为一方、同盟军（英、汉诺威、荷、奥）为另一方的丰特努瓦战役（1745）中，在法军中服役的爱尔兰旅，配合法国炮兵与骑兵，向英军右翼冲锋，迫使英国—汉诺威的步兵退却。

9　帕特里克·萨斯菲尔德在法军中服役，战死于兰登之役（1693）。

爵奥唐奈[1]，以及做过玛丽亚·特蕾莎的陆军元帅的、卡穆的尤利西斯·布朗。可我们究竟得到了什么？

——法国人！“市民”说。不过是一帮教跳舞的！你晓得那是什么玩意儿吗？对爱尔兰来说，他们从来连个屁也不值。眼下他们不是正试图在泰·佩的晚餐会上跟背信弃义的英国达成**真诚的谅解**[2]吗？他们从来就是欧洲的纵火犯。

——**打倒法国人！**利内翰边啜啤酒边说。

——还有普鲁士王室和汉诺威王室那帮家伙，乔说。从汉诺威选侯乔治到那个日耳曼小伙子以及那个已故自负的老婊子[3]，难道坐到咱们王位上吃香肠的私生子还少了吗？

天哪，听他描述那个戴遮眼罩的老家伙的事，我不禁笑出声来。老维克每晚在皇宫里大杯大杯地喝苏格兰威士忌酒，灌得烂醉。她的车夫把她整个儿抱起，往床上一滚。她一把抓住他的络腮胡子，为他唱起《莱茵河畔的埃伦》和《到酒更便宜的地方去》中她所熟悉的片段。

——喏，杰·杰说。如今**和平缔造者**爱德华[4]上了台。

——那是讲给傻瓜听的，“市民”说。那位花花公子所缔造的该死的梅毒倒比**和平**来得多些。爱德华·圭尔夫-韦亭！

——你们怎么看，乔说。教会里的那帮家伙——爱尔兰的神父主教们，竟然把他在梅努斯下榻的那间屋子涂成魔鬼陛下的骑装的颜色，还将他那些骑师们骑过的马匹的照片统统贴在那里。而且连都柏

1　利奥波德·奥唐奈（1809—1867）是博因河战役后流亡到西班牙的奥唐奈家族的后裔。一八五六至一八六六年间，三次任首相。在摩洛哥战争（1859—1860）中功绩显赫，获公爵称号。

2　本页字体变换处，原文均为法语。

3　汉诺威是神圣罗马帝国的选侯（选帝侯的领土、爵位），一八六六年成为普鲁士一省。乔治一世（1660—1727）既是汉诺威选侯（1698—1727），又是英国汉诺威王朝第一代国王（1714—1727在位）。老婊子和日耳曼小伙子，指维多利亚女王及其丈夫阿尔伯特亲王，参看第146页注释5。维多利亚属于汉诺威王室，母亲是德国公主。阿尔伯特是维多利亚的大表兄，系萨克森—科堡—哥达亲王。

4　这是英法之间达成谅解之后，法国人对英王爱德华七世（1901—1910在位）的赞称。后者曾致力于改善与奥地利以及他的侄子德皇威廉二世（1888—1918在位）的关系，参看第189页注释4。

林伯爵[1]的照片也在内。

——他们还应该把他本人骑过的女人的照片统统贴上去，小阿尔夫说。

于是，杰·杰说：

——考虑到地方不够，那些大人们拿不定主意。

——想再来一杯吗，"市民"？乔说。

——好的，先生，他说。来吧。

——你呢？乔说。

——多谢啦，乔，我说。但愿你的影子永远不会淡下去[2]。

——照原样儿再开一剂，乔说。

布卢姆和约翰·威思一个劲儿地聊，兴奋得脸上泛着暗灰褐泥色，一双熟透了的李子般的眼睛滴溜溜直转。

——那叫作迫害，他说。世界历史上充满了这种迫害，使各民族之间永远存在仇恨。

——可你晓得什么叫作民族吗？约翰·威思说。

——晓得，布卢姆说。

——它是什么？约翰·威思说。

——民族？布卢姆说。民族指的就是同一批人住在同一个地方。

——天哪，那么，内德笑道。要是这样的话，我就是一个民族了。因为过去五年来，我一直住在同一个地方。

这样，大家当然嘲笑了布卢姆一通。他试图摆脱困境，就说：

——另外也指住在不同地方的人。

——我的情况就属于这一种，乔说。

——请问你是哪个民族的？"市民"问。

——爱尔兰，布卢姆说。我是生在这儿的。爱尔兰。

"市民"什么也没说，只从喉咙里清出一口痰，而且，好家伙，

1 维多利亚女王于一八四九年第一次正式访问都柏林时，曾把当时的威尔士亲王爱德华封为都柏林伯爵。

2 "但愿你的影子永远不会淡下去"是爱尔兰人通常用的祝酒词。

嗖地一下吐到屋角去的竟是一只红沙洲餐厅的牡蛎。

——我随大溜儿，乔。他说着掏出手绢，把嘴边揩干。

——喏，“市民”，乔说。用右手拿着它，跟着我重复下面这段话。

这时，极为珍贵、精心刺绣的古代爱尔兰面巾被小心翼翼地取出来，使观者赞赏不已。据传它出自《巴利莫特书》[1]的著者德罗马的所罗门和马努斯之手，是在托马尔塔赤·麦克多诺格家完成的。至于堪称艺术巅峰的四个角落的旷世之美，就毋庸赘述了。观者足以清清楚楚地辨认出，四部福音书的作者分别向四位大师[2]赠送福音的象征：一根用泥炭栎木制成的权杖，一头北美洲狮（附带说一句，它是比英国所产高贵得多的百兽之王），一头凯里小牛以及一只卡朗突奥山的金鹰。绣在排泄面上的图像，显示出我们的古代山寨、土寨、环列巨石柱群、古堡的日光间[3]、寺院和咒石堆。古老的巴米塞德时代斯莱戈那些书册装饰家们奔放地发挥艺术幻想所描绘的景物还是那样奇妙绚丽，色彩也是那么柔和。二湖谷，基拉尼那些可爱的湖泊，克朗麦克诺伊斯的废墟，康大寺院，衣纳格峡谷和十二山丘，爱尔兰之眼，塔拉特的绿色丘陵，克罗阿·帕特里克山，阿瑟·吉尼斯父子（股份有限）公司的酿酒厂，拉夫·尼格湖畔，奥沃卡峡谷，伊索德塔，玛帕斯方尖塔，圣帕特里克·邓恩爵士医院，克利尔岬角，阿赫尔罗峡谷，林奇城堡，苏格兰屋，拉夫林斯顿的拉思唐联合贫民习艺所，图拉莫尔监狱，卡斯尔克尼尔瀑布，市镇树林约翰之子教堂，莫纳斯特尔勃衣斯的十字架，朱里饭店，圣帕特里克的炼狱，鲑鱼飞跃，梅努斯学院饭厅，柯利洞穴，第一任威灵顿公爵的三个诞生地，卡舍尔岩石，艾伦沼泽，亨利街批发庄，芬戈尔洞——所有这一切动人的情景今天依然为我们而存在。历经忧伤之流的冲刷，以及随着时光的推移

1　《巴利莫特书》是一部古籍选集，约一三九一年由所罗门·奥德罗玛、马努斯·奥杜依盖楠等人在爱尔兰斯莱戈郡托马尔塔赤·麦克多诺格家中编选而成。

2　四位大师指编著《爱尔兰王国编年史》（或《四大师编年史》，1632—1636）的方济各会修士迈克尔·奥克勒里（1575—1643）、科奈尔·奥克勒里、库科伊克利切·奥克勒里和费尔菲萨·奥穆尔成里。

3　山寨、土寨、日光间，原文均为爱尔兰语。

逐渐形成的丰富积累，使它们越发绮丽多姿了。

——把酒递过来。我说。哪一杯是哪个的？

——这是我的，乔就像魔鬼跟一命呜呼的警察说话那样斩钉截铁地说。

——我还属于一个被仇视、受迫害的民族，布卢姆说。现在也是这样。就在此刻。这一瞬间。

嘿，那陈旧的雪茄烟蒂差点儿烧了他的手指。

——被盗劫，他说。被掠夺。受凌辱。被迫害。把根据正当权利属于我们的财产拿走。就在此刻，他伸出拳头来说。还在摩洛哥当作奴隶或牲畜那么地被拍卖。

——你谈的是新耶路撒冷[1]吗？“市民”说。

——我谈的是不公正，布卢姆说。

——知道了，约翰·威思说。那么，有种的就站起来，用暴力来对抗好啦。

就像是印在月份牌上的一幅图画似的。不啻是个软头子弹的活靶子。一张老迈、满是脂肪的脸蛋儿迎着那执行职务的枪口扬起来，嘿，只要系上一条保姆的围裙，他最适宜配上一把扫帚了。然后他就会蓦地垮下来，转过身，把脊背掉向敌人，软瘫如一块湿抹布。

——然而这什么用也没有，他说。暴力，仇恨，历史，所有这一切。对男人和女人来说，侮辱和仇恨并不是生命。每一个人都晓得真正的生命同那是恰恰相反的。

——那么是什么呢？阿尔夫说。

——是爱，布卢姆说。我指的是恨的反面。现在我得走啦，他对约翰·威思说。我要到法院去看看马丁在不在那儿。要是他来了，告诉他我马上就回来。只去一会儿。

谁也没拦住你呀！他宛如注了油的闪电，一溜烟儿就跑掉了。

1　新耶路撒冷是犹太人所向往的理想国。这里，“市民”是站在反犹太主义立场上问布卢姆是否支持犹太复国主义。

——来到异邦人当中的新使徒，“市民”说。普遍的爱。

——喏，约翰·威思说。还不就是咱们听过的吗：要爱你的邻居。

——那家伙吗？“市民”说。他的座右铭是：抢光我的邻居[1]。好个爱[2]！他倒是罗密欧与朱丽叶的好模子。

爱情思恋着去爱慕爱情[3]。护士爱新来的药剂师。甲十四号警察爱玛丽·凯里。格蒂·麦克道维尔爱那个有辆自行车的男孩子。摩·布爱一位金发绅士。礼记汉爱吻茶蒲州。大象江勃爱大象艾丽思。耳朵上装了号筒的弗斯科伊尔老先生爱长了一双斗鸡眼的弗斯科伊尔老人太。身穿棕色胶布雨衣的人爱一位已故的夫人。国王陛下爱女王陛下。诺曼·W. 塔珀太太爱泰勒军官。你爱某人，而这个人又爱另一个人。每个人都爱某一个人，但是天主爱所有的人。

——喏，乔，我说。为了你的健康和歌儿，再来杯鲍尔威士忌，“市民”。

——好哇，来吧，乔说。

——天主、玛利亚和帕特里克祝福你，“市民”说。

于是，他举起那一品脱酒，把胡子都沾湿了。

——我们晓得那些伪善者，他说。一面讲道，一面摸你的包。假虔诚的克伦威尔和他的“铁甲军”怎么样呢？在德罗赫达他们一面残杀妇孺[4]，一面又把《圣经》里的上帝是爱这句话贴在炮口上。《圣经》！你读没读今天的《爱尔兰人联合报》上关于正在访问英国的祖鲁酋长那篇讽刺文章？

1　原文为英语化了的爱尔兰语。这是两个孩子玩的纸牌游戏，把对方的牌全都夺到手者为胜。

2　原文为英语化了的爱尔兰语。

3　这里套用圣奥古斯丁（354—430）所著《忏悔录》第3卷中的话。奥古斯丁指的是在他发现天主是唯一和最终的爱情归宿之前，自己曾沉湎于肉欲。原话是：我思恋爱情，寻觅着所能爱的，爱慕爱情。

4　奥利弗·克伦威尔（1599—1658），英格兰军人和政治家，一六四九年在处死国王查理一世时，他是主要领导者。随后宣布在英伦三岛成立共和国，爱尔兰人予以抵制。他猛攻爱尔兰军事重镇德罗赫达，打死了至少二千八百名守备队员（另有数千无辜妇孺被野蛮地屠杀），迫使爱尔兰臣服。

——谈了些什么？乔说。

于是，“市民”掏出一张他随身携带的报纸朗读起来：

——昨日曼彻斯特棉纱业巨头一行，在金杖侍卫沃尔克普·翁·埃各斯的沃尔克普勋爵陪同下，前往谒见阿贝库塔的阿拉基[1]陛下，并为在陛下之领土上对英国商贾所提供之便利，致以衷心谢悃。代表团与陛下共进午餐。此皮肤微黑之君主于午宴即将结束时，发表愉快的演说，由英国牧师、可敬的亚拿尼亚·普列斯戛德·贝尔本流畅地译出。陛下对沃尔克普先生深表谢忱。强调阿贝库塔与大英帝国之间的友好关系，并谓承蒙白人女酋长、伟大而具男子气概之维多利亚女王馈赠插图本《圣经》，彼将珍藏，视为至宝。书中载有神之宝训以及英国伟大的奥秘，并亲手题以献辞。随后，阿拉基高举爱杯（系用卡卡察卡察克王朝先王、绰号四十瘊子之头盖骨做成），痛饮浓烈之黑与白威士忌。然后前往棉都各主要工厂访问，并在来宾留言簿上签名。最后，以贵宾表演婀娜多姿之古代阿贝库塔出征舞收尾，其间，舞者当众吞下刀叉数把，博得少女之狂热喝彩。

——孀居女人，内德说。她干得出来。我倒想知道她会不会给它派上跟我一样的用场。

——岂止一样，用的次数还更多哩，利内翰说。自那以后，在那片丰饶的土地上，宽叶芒果一直长得非常茂盛。

——这是格里菲思写的吗？约翰·威思说。

——不是，“市民”说。署名不是尚戛纳霍。只有P这么个首字。

——这个首字很好哩，乔说。

——都是这么进行的，“市民”说。贸易总是跟在国旗后边。

——喏，杰·杰说。只要他们比刚果自由邦的比利时人再坏一点儿，他们就准是坏人。你读过那个人的报告了吗，他叫什么来着？

1　阿贝库塔是西尼日利亚一省。阿拉基是小国的首领，类似苏丹。

——凯斯门特[1]，“市民”说。是个爱尔兰人。

——对，就是他，杰·杰说。强奸妇女和姑娘们，鞭打土著的肚皮，尽量从他们那里榨取红橡胶。

——我知道他到哪儿去了，利内翰用手指打着榧子说。

——谁？我说。

——布卢姆，他说。法院不过是个遮掩。他在“丢掉”身上下了几先令的赌注，这会子收他那几个钱去啦。

——那个白眼卡菲尔[2]吗？“市民”说。他可一辈子从来也没下狠心在马身上赌过。

——他正是到那儿去啦，利内翰说。我碰见了正要往那匹马身上下赌注的班塔姆·莱昂斯。我就劝阻他，他告诉我说是布卢姆给他出的点子。下五先令赌注，管保他会赚上一百先令。全都柏林他是唯一这么做的人。一匹“黑马”。

——他自己就是一匹该死的“黑马”，乔说。

——喂，乔，我说。告诉咱出口在哪儿？

——就在那儿，特里说。

再见吧，爱尔兰，我要到戈尔特去[3]。于是，我绕到后院去撒尿。他妈的（五先令赢回了一百），一边排泄（“丢掉”，以二十博一），卸下重担，一边对自己说：我晓得他心里（乔请的一品脱酒钱有了，在斯莱特里喝的一品脱也有了），他心里不安，想转移目标溜掉（一百先令就是五镑哩）。精明鬼伯克告诉我，当他们在（“黑马”）家赌纸牌的时候，他也假装孩子生病啦（嘿，准足足撒了约莫一加仑）。那个屁股松垮的老婆从楼上通过管道传话说：**她好一点儿啦或是：她……**

1　罗杰·凯斯门特爵士（1864—1916），反抗英国统治的起义中的爱尔兰烈士。一八九五年至一九〇四年，他历任英国驻葡属东非、安哥拉和刚果自由邦的领事。由于揭露白种商人在刚果对土著劳工的残酷剥削而博得国际声誉。一九一四年他参加新芬党，同德国商洽获得军事援助事，未果，一九一六年被处决。

2　卡菲尔是属于南非班图族的一支土著。当时爱尔兰有个叫作G. H. 奇尔格温（1855—1922）的杂耍演员。表演时，将脸涂黑，眼睛周围画上一圈白色大钻石，自称白色卡菲尔。

3　这里指要去厕所。通常的说法是：再见吧，都柏林，我要到戈尔特去。戈尔特是爱尔兰西部斯莱戈附近一寒村。原意是表示农民在城市里待不惯。

（噢！）其实，这都是花招：要是他赌赢了一大笔，就可以揣着赢头溜之乎也。（哎呀，憋了这么一大泡！）无执照营业。（噢！）他说什么爱尔兰是我的民族。（呜！哎呀！）千万别接近那些该死的（完啦）耶路撒冷（啊！）杜鹃们[1]。

当我好歹回去时，他们正吵得不亦乐乎。约翰·威思说，正是布卢姆给格里菲思出了个新芬党的主意，让他在自己那份报纸上出各种各样的点子：什么任意改划选区以谋取私利啦，买通陪审团啦，偷税漏税啦，往世界各地派领事以便兜售爱尔兰工业品啦。反正是抢了彼得再给保罗。呸，要是那双又老又脏的眼睛有意拆我们的台，那就他妈的彻底告吹啦，他妈的给咱个机会吧。天主，把爱尔兰从那帮该死的耗子般的家伙手里拯救出来吧。喜欢抬杠的布卢姆先生，还有上一代那个老诈骗师，老玛土撒拉·布卢姆[2]，巧取豪夺的行商。他那些骗钱货和假钻石把全国都坑遍了，然后服上一剂氢氰酸自杀了事。凭邮贷款，条件优厚。亲笔借据，金额不限。遐迩不拘。无须抵押。嘿，他就像是兰蒂·麦克黑尔的山羊，乐意跟任何人结为旅伴。

——喏，反正是事实，约翰·威思说。刚好来了一个能够告诉你们详细情况的人，马丁·坎宁翰。

果然城堡的马车赶过来了，马丁和杰克·鲍尔坐在上面，还有个姓克罗夫特尔或克罗夫顿的橙带党人，他在关税局长那里领着津贴，又在布莱克本那儿登了记，也关着一份饷，还用国王的费用游遍全国。此人也许姓克劳福德。

我们的旅客们抵达了这座乡村客栈，纵身跳下坐骑。

——来呀，小崽子！这一行人中一个首领模样的汉子大吼道。鲁莽小厮！伺候！

他边说边用刀柄大声敲打敞着的格子窗。

1　这个未说明姓名、身份的“我”一边解手一边发出噢、呜、哎呀、啊等呻吟声，暗示他患有淋病。杜鹃占其他鸟的窝下蛋，耶路撒冷杜鹃是十九世纪出现的一种对犹太复国主义者的贬称。

2　这里指布卢姆的父亲。

店家披上粗呢宽外衣，应声而出。

——各位老爷们，晚上好，他低三下四地深鞠一躬说。

——别磨磨蹭蹭的，老头儿！方才敲打的那人嚷道。仔细照料我们的马匹。把店里好饭好菜赶紧给我们端来。因为大家饿得很哪。

——大老爷们，这可如何是好！店家说。小店食品仓里空空的，也不知该给各位官人吃点啥好。

——咋的，这厮？来客中又一人嚷道。此人倒还和颜悦色，塔普同掌柜，难道你就如此怠慢国王差来的御使吗？

店家闻听此言，神色顿改。

——请各位老爷们宽恕，他恭顺地说。老爷们既是国王差来的御使（天主保佑国王陛下！）那就悉听吩咐。敢向御使诸公保证（天主祝福国王陛下！），既蒙光临小店，就决不会让各位饿着肚子走。

——那就赶快！一位迄未作声而看来食欲颇旺的来客大声叫道。有啥可给我们吃的？

老板又深鞠一躬，回答说：

——现在开几样菜码，请老爷们酌定。油酥面雏鸽馅饼，薄鹿肉片，小牛里脊，配上酥脆熏猪肉的赤颈凫，配上阿月浑子籽儿的公猪头肉；一盘令人赏心悦目的乳蛋糕，配上欧楂的艾菊，再来一壶陈莱茵白葡萄酒，不知老爷们意下如何？

——嘿嘿！最后开口的那人大声说。能这么就满意了。来点阿月浑子籽儿还差不多。

——啊哈！那位神情愉快的人叫唤道。还说什么小店食品仓里空空的哩！好个逗乐的骗子！

这时马丁走了进来，打听布卢姆到哪儿去了。

——他哪儿去啦？利内翰说。欺诈孤儿寡妇去啦。

——关于布卢姆和新芬党，约翰·威思说。我告诉“市民”的那档子事儿不是真的吗？

——是真的，马丁说。至少他们都斩钉截铁地这么说。

——是谁这么断定的？阿尔夫说。

——是我，乔说。我像鳄鱼一样一口咬定了。

——无论怎么说，约翰·威思说。犹太人为什么就不能像旁人那样爱自己的国家呢？

——没什么不能爱的，杰·杰说。可得弄准了自己国家是哪一个。

——他究竟是犹太人还是非犹太人呢？究竟是神圣罗马，还是襁褓儿[1]，或是什么玩意儿呢？内德说。他究竟是谁呢？我无意惹你生气，克罗夫顿。

——朱尼厄斯[2]是何许人？杰·杰说。

——我们才不要他呢，橙带党人或长老会教友克罗夫特尔说。

——他是个脾气乖张的犹太人，马丁说。是从匈牙利什么地方来的。就是他，按照匈牙利制度拟订了所有那些计划。我们城堡当局对此都一清二楚。

——他不是牙医布卢姆的堂兄弟吗？杰克·鲍尔说。

——根本不是，马丁说。不过是同姓而已。他原来姓维拉格[3]，是他那个服毒自杀的父亲的姓。他父亲凭着一纸单独盖章的证书就把姓改了。

——这正是爱尔兰的新救世主！"市民"说。圣者和贤人的岛屿[4]！

——喏，他们至今还在等待着救世主，马丁说。就这一点而论，咱们何尝不是这样。

——是呀，杰·杰说。每生一个男孩儿，他们就认为那可能是他们的弥赛亚[5]。而且我相信，每一个犹太人都总是处于高度亢奋状态，直到他晓得那是个父亲还是母亲。

——每一分钟都在企盼着，以为这一回该是了，利内翰说。

——哦，天哪，内德说。真应该让你瞧瞧他那个夭折了的儿子出

1　襁褓儿是爱尔兰天主教徒对美以美教派（以后推而至于一切新教徒）的蔑称。

2　朱尼厄斯是一七六九至一七七二年间在伦敦《公共广告报》上刊登的一批弹劾信上所署的笔名。

3　维拉格是匈牙利语"花"的音译。

4　圣者和贤人的岛屿，参看第60页注释2。

5　指犹太人总是期待弥赛亚（救世主）的诞生。

生之前布卢姆的那副神态。早在他老婆分娩六星期之前的一天，我就在南边的公共市场碰见他在购买尼夫罐头食品了。

——**它已经在母亲的肚子里了**[1]，杰·杰说。

——你们还能管他叫作男人吗？“市民”说。

——我怀疑他可曾把它搁进去过，“市民”说。

——喏，反正已经养了两个娃娃啦，杰克·鲍尔说。

——他猜疑谁呢？“市民”说。

嘿，笑话里包含着不少实话。他就是个两性掺在一起的中性人。精明鬼告诉过我，住在旅馆里的时候，每个月他都患一次头疼，就像女孩子来月经似的。你晓得我在跟你说什么吗？要是把这么个家伙抓住，丢到该死的大海里，倒不失为天主的作为呢！那将是正当的杀人。身上有五镑，然后却连一品脱的酒钱也不付就溜掉了，简直丢尽男子汉的脸。祝福我们吧。可也别让我们盲目起来。

——对邻居要宽厚，马丁说。可是他在哪儿？咱们不能再等下去啦。

——披着羊皮的狼，“市民”说。这就是他。从匈牙利来的维拉格！我管他叫作亚哈随鲁。受到天主的咒诅。

——你能抽空儿很快地喝上一杯吗，马丁？内德说。

——只能喝一杯，马丁说。我们不能耽误。我要约·詹[2]和S。

——杰克，你呢？克罗夫顿呢？要三杯半品脱的，特里。

——在听任那帮家伙玷污了咱们的海岸之后，“市民”说。圣帕特里克恨不得再在巴利金拉尔[3]登一次陆，好让咱们改邪归正。

——喏，马丁边敲打桌子催促他那杯酒边说。天主祝福所有在场的人——这就是我的祷告。

——阿门，“市民”说。

1　原文为法语。

2　“约·詹”是都柏林酒厂约翰·詹姆森父子公司所酿造的一种爱尔兰威士忌。

3　巴利金拉尔是爱尔兰唐郡一荒村，也有人说圣帕特里克就是在都柏林以南的范特利河口登陆的，参看第114页注释4。

——而且我相信上主会倾听你的祷告，乔说。

随着圣餐铃的丁零声，由捧持十字架者领先，辅祭、提香炉的、捧香盒的、诵经的、司阍、执事、副执事以及被祝福的一行人走了过来。这边是头戴主教冠的大修道院院长、小修道院院长、方济各会修道院院长、修士、托钵修士；斯波莱托的本笃会修士、加尔都西会和卡马尔多利会的修士、西多会和奥利维坦会的修士、奥拉托利会和瓦隆布罗萨会的修士，以及奥古斯丁会修士、布里吉特会修女；普雷蒙特雷修会、圣仆会和圣三一赎奴会修士，彼得·诺拉斯科的孩子们；还有先知以利亚的孩子们也在主教艾伯特和阿维拉的德肋撒的引导下从加尔默山下来了，穿鞋的和另一派；褐衣和灰衣托钵修士们，安贫方济各的儿子们；嘉布遣会修士们，科德利埃会修士们，小兄弟会修士们和遵规派修士们；克拉蕾的女儿们，还有多明我会的儿子们，托钵传教士们，以及遣使会的儿子们。再就是圣沃尔斯坦的修士们，依纳爵的弟子们，以及可敬的在俗修士埃德蒙·依纳爵·赖斯率领下的圣教学校兄弟会会员们。随后来的是所有那些圣徒和殉教者们，童贞修女们和忏悔师们。包括圣西尔、圣伊西多勒·阿拉托尔、圣小詹姆斯、锡诺普的圣佛卡斯、殷勤的圣朱利安、圣菲利克斯·德坎塔里斯、柱头修士圣西门、第一个殉教者圣斯蒂芬、天主的圣约翰、圣费雷欧尔、圣勒加德、圣西奥多图斯、圣沃尔玛尔、圣理查、圣味增爵·德保罗、托迪的圣马丁、图尔的圣马丁、圣阿尔弗烈德、圣约瑟、圣但尼、圣科尔内留斯、圣利奥波德、圣伯尔纳、圣特伦斯、圣爱德华、圣欧文·卡尼库鲁斯、圣匿名、圣祖名、圣伪名、圣同名、圣同语源、圣同义语、圣劳伦斯·奥图尔、丁格尔和科穆帕斯帖拉的圣詹姆斯、圣科拉姆西尔和圣科伦巴、圣切莱斯廷、圣科尔曼、圣凯文、圣布伦丹、圣弗里吉迪安、圣瑟南、圣法契特纳、圣高隆班、圣加尔、圣弗尔萨、圣芬坦、圣菲亚克、圣约翰·内波玛克、圣托马斯·阿奎那、不列塔尼的圣艾夫斯、圣麦昌、圣赫尔曼-约瑟、三个圣青年的主保圣人——圣阿洛伊苏斯·贡萨加、圣斯坦尼斯劳斯·科斯塔卡、圣约翰·勃赤曼斯、热尔瓦修斯、瑟瓦修斯、博尼费斯等圣徒、圣女布赖德、圣基兰、基尔肯尼的圣卡尼克、蒂尤厄姆的圣贾拉斯、圣芬巴尔、巴利曼的圣帕平、阿洛伊修斯·帕西费库斯修士、路易斯·贝利克苏斯修士、利马和维泰博的二位圣女萝丝、伯大尼的圣女玛莎、埃及的圣女玛丽、圣女露西、圣女布里奇特、圣女阿特拉克塔、圣女迪姆普娜、圣女艾塔、圣女玛莉恩·卡尔彭西斯、小耶稣的圣修女德肋撒、圣女芭巴拉、圣女斯科拉丝蒂卡，还有圣女乌尔苏拉以及她那一万一千名童贞女。所有这些人都跟光环、后光与光轮一道出现了。他们手执棕榈叶、竖琴、剑、橄榄冠，袍子上织出了他们的职能的神圣象征：角制墨水瓶、箭、面包、坛子、脚镣、斧子、树木、桥梁、浴槽里的娃娃们、贝壳、行囊、大剪刀、钥匙、龙、百合花、鹿弹、胡须、猪、灯、风箱、蜂窝、长柄杓、星星、蛇、铁砧、一盒盒的凡士林、钟、丁字拐、镊子、鹿角、防水胶靴、老鹰、磨石、盘子上的一双眼球、蜡烛、洒圣水器、独角兽。他们一边沿着纳尔逊圆柱、亨利街、玛利街、卡佩尔街、小不列颠街逶迤而行，一边吟唱以“**起来吧。发光**”[1]为首句的“将祭经”《**上主显现**》，接着又无比甜美地唱着圣歌“**示巴的众人**”。他们行着各种神迹：诸如驱逐污灵，使死者复活，使鱼变多，治好跛子和盲人。还找到了种种遗失物品，阐释并应验《圣经》中的话，祝福并做预言。最后，由玛拉基和帕特里克陪伴着，可敬的奥弗林神父在金布华盖的遮阴下出现了。这几位好神父抵达了指定地点，小布列颠街八、九、十号的伯纳德·基尔南股份有限公司的店堂；这是食品杂货批发商，葡萄酒和白兰地装运商；特准在店内零售啤酒、葡萄酒和烈酒。司仪神父祝福了店堂，焚香熏了那装有直棂的窗户、交叉拱、拱顶、棱、柱头、山墙、上楣、锯齿状拱门、尖顶和圆顶阁，把圣水洒在过梁上，祈求天主祝福这座房舍，一如曾经祝福过亚伯拉罕、以撒和雅各的房舍那样，并且让天主的光明天使们住在里面。神父一面往里走，一面祝福食品与饮料。所有那些被祝福的会众，都应答着他的祷词。

1　本页字体变换处，原文均为拉丁文。

——因主之名，济佑我等。

——上天下地，皆主所造。

——主与尔偕焉。

——亦与尔灵偕焉[1]。

于是他将双手放在他所祝福的东西上面，念感谢经，并做祷告，众人也随之祷告。

——主啊，万物因尔之言而圣洁，俯垂护佑尔所创造之生灵。凡感谢尔之恩宠，恪遵规诫，服从尔旨者，俯允其颂扬尔圣名，俾使肉身健康，灵魂平安。因基利斯督我等主。

——咱们大家都念同样的经，杰克说。

——每年收入一千镑，兰伯特，克罗夫顿或姓克劳福德的说。

——对，内德拿起他那杯“约翰·詹姆森”说。鱼肉不能缺黄油。

我正挨个儿看他们的脸，琢磨着到底谁能出个好主意，刚巧该死的他又十万火急地闯进来了。

——我刚才到法院兜了一圈找你去啦，他说。但愿我没有……

——哪里的话，马丁说。我们准备好了。

法院？天晓得！金币和银币塞得你的衣兜裤兜都往下坠了吧。该死的抠门儿鬼。叫你请我们每人喝一杯哪。真见鬼，他简直吓得要死！地地道道的犹太佬！只顾自己合适。跟茅坑里的老鼠一样狡猾。以一百博五。

——谁也不要告诉，“市民”说。

——请问，你指的是什么？他说。

——来吧，伙计们，马丁发现形势不妙，就说。马上就去吧。

——跟谁也别说，“市民”大嚷大叫地说。这可是个秘密。

1　本页字体变换处，原文均为拉丁文。

那条该死的狗也醒了过来，低声怒吼着。

——大家伙儿再见喽，马丁说。

他就尽快地催他们出去了，杰克·鲍尔和克罗夫顿，或随便你叫他什么吧，把那家伙夹在中间，假装出一副茫然的样子，挤上了那辆该死的二轮轻便马车。

——快走，马丁对车夫说。

乳白色的海豚蓦地甩了一下鬃毛，舵手在金色船尾站起来，顶着风扯开帆，使它兜满了风。左舷张起大三角帆，所有的帆都张开，船便向大海航去。众多俊美的宁芙[1]忽而挨近右舷，忽而凑近左舷，依依不舍地跟在华贵的三桅帆船两侧。她们将闪闪发光的身子盘绕在一起，犹如灵巧的轮匠在车轮的轴心周围嵌上互为姐妹的等距离的轮辐，并从外面将所有一切都用轮辋把她们统统箍住。这样就加快了男人们奔赴沙场或为博得淑女嫣然一笑而争相赶路的步伐。这些殷勤的宁芙们，这些长生不老的姐妹们欣然而来。船破浪前进，她们一路欢笑，在水泡环中嬉戏着[2]。

然而，天哪，我正要把杯中残酒一饮而尽时，只见"市民"腾地站起来，因患水肿病呼呼大喘，踉踉跄跄走向门口，用爱尔兰语的"钟、《圣经》与蜡烛[3]"，对那家伙发出克伦威尔的诅咒[4]，还呸呸地吐着唾沫。乔和小阿尔夫像小妖精般地围着他，试图使他息怒。

——别管我，他说。

嘿，当他走到门口，两个人把他拽住时，那家伙大吼了一声：

——为以色列三呼万岁！

哎呀，为了基督的缘故，像在议会里那样庄重地一屁股坐下，别在大庭广众之下丑态毕露啦。哼，一向都有一些该死的小丑什么的，无缘无故地干出骇人听闻的勾当。呸，照这样下去，黑啤酒会在你肠

---

1 宁芙，参看第93页注释1。

2 此段模仿十九世纪末叶写中世纪传奇的文体。

3 这是宣告把教徒永远开除教籍时的用语。

4 指克伦威尔在残酷地屠杀爱尔兰人时所发出的诅咒，参看第487页注释4。

肚里发馊的，一定的。

于是，全国的邋遢汉和婊子们都聚到门口来了。马丁叫车把式快赶起来，“市民”乱吼一气，阿尔夫和乔叫他住口[1]。那家伙呢，趾高气扬地大谈其犹太人。二流子们起哄要他发表演说，杰克·鲍尔试图叫他在马车里坐下来，让他闭上该死的嘴巴。有个一只眼睛上蒙着眼罩的二流子，扯着喉咙唱开了：**倘若月亮里那个男子是个犹太人，犹太人，犹太人**[2]；有个婊子大喊道：

——哎，老爷！你的裤纽儿开啦，喏，老爷！

于是他说：

——门德尔松是个犹太人，还有卡尔·马克思、梅尔卡丹特和斯宾诺莎。救世主也是个犹太人，他爹就是个犹太人。你们的天主。

——他没有爹，马丁说。成啦。往前赶吧。

——谁的天主？“市民”说。

——喏，他舅舅是个犹太人，他说。你们的天主是个犹太人。耶稣是个犹太人，跟我一样。

嗬，“市民”一个箭步蹿回到店堂里去。

——耶稣在上，他说。我要让那个该死的犹太佬开瓢儿，他竟然敢滥用那个神圣的名字。哦，我非把他钉上十字架不可。把那个饼干罐儿递给我。

——住手！住手！乔说。

从首都都柏林及其郊区拥来好几千名满怀赞赏之情的朋友知己们，为曾任皇家印刷厂亚历山大·汤姆公司职员的纳吉亚撒葛斯·乌拉姆·利波蒂·维拉格[3]送行。他要前往远方的地区撒兹哈明兹兹布

1　原文为爱尔兰语。

2　这个歌词是根据弗雷德·费希尔所作美国通俗歌曲《倘若月亮里那个男子是个黑人，黑人，黑人》（1905）而改的。

3　原文为匈牙利语。纳吉亚的意思是伟大的，撒葛斯是接尾语。乌拉姆是殿下。利波蒂即英文的利奥波德。维拉格是花。

洛尤古里亚斯-都古拉斯[1]（潺潺流水的牧场）。在**大声喝彩**声中举行的仪式以洋溢着无比温暖的友爱之情为特征。一幅出自爱尔兰艺术家之手的爱尔兰古代犊皮纸彩饰真迹卷轴，被赠送给这位杰出的现象学家，聊表社会上很大一部分市民之心意。附带还送了一只银匣，是按古代凯尔特风格制成的雅致大方的装饰品，足以反映厂家雅各布与雅各布先生们[2]的盛誉。启程的旅客受到热烈的欢送。经过选拔的爱尔兰风笛奏起家喻户晓的曲调《回到爱琳来》，紧接着就是《拉科齐进行曲》[3]。在场的众人显然大受感动。柏油桶和篝火沿着四海的海岸，在霍斯山、三岩山、糖锥山、布莱岬角、莫恩山、加尔蒂山脉、牛山、多尼戈尔、斯佩林山岭、纳格尔和博格拉、康尼马拉山、麦吉利卡迪的雾霭、奥蒂山、贝尔纳山和布卢姆山燃起。远处，聚集在康布利亚和卡利多尼亚[4]群山上的众多支持者，对那响彻云霄的喝彩声报以欢呼。最后，在场的众多女性的代表向巨象般的游览船献花表示敬意，接着它便缓缓驶去。它由彩船队护卫着顺流而下时，港务总局、海关、鸽房水电站以及普尔贝格灯塔都向它点旗致敬。**再见吧，我亲爱的朋友！再见吧**[5]！离去了，但是不曾被遗忘。

他好歹抓住那只该死的罐头飞奔出去，小阿尔夫吊在他的胳膊上。哼！连魔鬼也不会去阻拦。他就像是被刺穿了的猪那样嘶叫着，精彩得可以同皇家剧场上演的任何一出该死的戏媲美。

——他在哪儿？我非宰了他不可！

内德和杰·杰都笑瘫啦。

——一场血腥的战斗，我说。我能赶上最后一段福音。

运气还不错．车把式将驽马的头掉转过去，一溜烟儿疾驰而去。

1　原文为匈牙利语。撒兹是一百。哈明兹是三十。兹布洛尤是小牛。古里亚斯是牧牛人。都古拉斯是塞住。下文中的“大声喝彩”，原文为法语。

2　这是以都柏林的饼干制造商W. 雅各布与R. 雅各布为老板的一家股份有限公司。

3　《拉科齐进行曲》是米克洛斯·斯克尔于一八〇九年所作的歌曲。后曾被采用为匈牙利国歌。

4　康布利亚和卡利多尼亚分别为古罗马时期对威尔士和苏格兰的称呼，它们隔海与爱尔兰遥遥相对。

5　原文为匈牙利语。

——别这样，“市民”，乔说。住手！

他妈的，他把手朝后一抡。竭尽全力抛出去。天主保佑，阳光晃了他的两眼，否则对方会一命呜呼的。哼，凭着那势头，他差点儿把它甩到朗福德郡去。该死的驽马吓惊了，那条老杂种狗宛如该死的地狱一般追在马车后边。乌合之众大叫大笑，那老马口铁罐头沿街咯嗒咯嗒滚去。

这场灾祸立即造成可怕的后果。根据邓辛克气象台记录，一共震动了十一次。照梅尔卡利的仪器计算，统统达到了震级的第五级。五三四年，也就是绢骑士托马斯起义那一年的地震以来，我岛现存的记录中还没有过如此剧烈的地壳运动。震中好像在首都的客栈码头区至圣麦昌教区一带，面积达四十一英亩二路德一平方杆（或波尔赤）[1]。司法宫左近的巍峨建筑一股脑儿坍塌了；就连灾变之际正在进行法律方面的重要辩论的那座富丽堂皇的大厦，也全部彻底地化为一片废墟，在场的人恐怕一个不漏地都被活埋了。据目击者报告说，震波伴随着狂暴的旋风性大气变动。搜查队在本岛的偏僻地区发现了一顶帽子，已查明系属于那位备受尊重的法庭书记乔治·弗特里尔先生；还有一把绸面雨伞，金柄上镌刻着都柏林市记录法官博学可敬的季审法院院长弗雷德里克·福基纳爵士姓名的首字、盾形纹章以及住宅号码。也就是说，前者位于巨人堤道第三玄武岩埂上；后者埋在古老的金塞尔海岬附近霍尔奥彭湾的沙滩深达一英尺三英寸的地方。其他目击者还做证说，他们瞥见一颗发白热光的庞然大物，以骇人的速度沿着抛射体的轨道朝西南偏西方向腾空而去。每个钟头都有吊唁及慰问的函电从各大洲各个地方纷至沓来。罗马教皇慨然恩准颁布教令：为了安慰那些从我们当中如此出乎意料地被召唤而去的虔诚的故人之灵，凡是隶属于教廷精神权威的主教管辖区，每座大教堂都应在同一时刻，由教区主教亲自专门举行一场追思已亡日弥撒。一切救助

1　路德是英国面积单位，一路德为四分之一英亩。一杆（或波尔赤）是英国长度单位，一杆（或波尔赤）等于五码半。

工作，被毁物[1]及遗体等等的搬运，均托付给大布伦斯威克街一五九号的迈克尔·米德父子公司以及北沃尔街七十七、七十八、七十九和八十号的T. C. 马丁公司办理，并由康沃尔公爵麾下轻步兵团的军官和士兵们在海军少将阁下赫尔克里斯·汉尼拔·哈比亚斯·科尔普斯·安德森爵士殿下的指挥下予以协助。殿下的头衔包括：嘉德勋位爵士、圣帕特里克修会勋位爵士、圣殿骑士团骑士、枢密院顾问官、巴斯高级骑士、下院议员、治安推事、医学士、杰出服务勋位获得者、鸡奸者、猎狐犬管理官、爱尔兰皇家学会院士、法学士、音乐博士、济贫会委员、都柏林三一学院院士、爱尔兰皇家大学院士、爱尔兰皇家内科医师学会会员和爱尔兰皇家外科医师学会会员。

自从呱呱落地以来，你绝没有见过这样的场面。呸，要是这骰子击中了他的脑袋，连他也会想起金质奖杯的事，准会的；可是他妈的"市民"就会以暴行殴打、乔则以教唆帮凶的罪名被逮捕。车把式拼死拼活地赶着车，就像天主创造了摩西那样地有把握，遂救了那家伙一命。什么？啊，天哪，可不是嘛。他从后面向那家伙发出连珠炮般的咒骂。

——我杀死他了吗，他说。还是怎么的？

接着又对他那只该死的狗嚷道：

——追呀，加利！追呀，小子！

我们最后看到的是：该死的马车拐过弯去，坐在车上的那张怯生生的老脸在打着手势。那只该死的杂种狗穷追不舍，耳朵贴在后面，恨不得把他撕成八瓣儿！以一百博五！天哪，我敢担保，它可把那家伙得到的好处都给搞掉了。

此刻，看哪，他们所有的人都为极其明亮的光辉所笼罩。他们望到他站在里面的那辆战车升上天去。于是他们瞅见他在战车里，身披灿烂的光辉，穿着宛若太阳般的衣服，洁白如月亮，是那样的骇人，他们出于敬畏，简直不敢仰望。这时，天空中发出**以利亚！以利亚！**

---

1 "追思已亡日弥撒"和"被毁物"，原文均为拉丁文。

的呼唤声，他铿锵有力地回答道：阿爸！阿多尼。于是他们望到了他，确实是他，儿子布卢姆·以利亚，在众天使簇拥下，于小格林街多诺霍亭上空，以四十五度的斜角，像用铁锹甩起来的土块一般升到灿烂的光辉中去。

（上册完）